跨时空文学对话

KUA SHIKONG WENXUE DUIHUA

主　　编 ｜ 刘跃进　周令飞
执行主编 ｜ 曹维平　蒋芳菲

文化发展出版社
Cultural Development Press
·北京·

图书在版编目（CIP）数据

跨时空文学对话 / 刘跃进，周令飞主编. — 北京 ：文化发展出版社，2023.10（2024.5重印）

ISBN 978-7-5142-4142-6

Ⅰ．①跨… Ⅱ．①刘…②周… Ⅲ．①世界文学-文学研究 Ⅳ．①I106

中国国家版本馆CIP数据核字(2023)第214614号

跨时空文学对话

主　　编：刘跃进　周令飞
执行主编：曹维平　蒋芳菲

出 版 人：宋　娜	
责任编辑：周　蕾	责任校对：侯　娜
责任印制：邓辉明	装帧设计：侯　铮
封面题字：刘玉宏	

出版发行：文化发展出版社（北京市翠微路2号 邮编：100036）
发行电话：010-88275993　010-88275711
网　　址：www.wenhuafazhan.com
经　　销：全国新华书店
印　　刷：北京印匠彩色印刷有限公司

开　　本：787mm×1092mm　1/16
字　　数：455千字
印　　张：24.5
版　　次：2024年1月第1版
印　　次：2024年5月第2次印刷

定　　价：98.00元
ＩＳＢＮ：978-7-5142-4142-6

◆ 如有印装质量问题，请与我社印制部联系　电话：010-88275720

2017
中俄文学对话会

  2017年11月2日，由鲁迅文化基金会、中国社会科学院文学研究所世界华文文学研究中心联合主办的"中俄文学对话会（2017）"在京开幕，列夫·托尔斯泰的玄孙、俄罗斯总统顾问委员会顾问弗拉基米尔·托尔斯泰，鲁迅长孙、鲁迅文化基金会会长周令飞，中国社会科学院文学研究所所长刘跃进出席开幕式并致辞。

  本次对话会是鲁迅文化基金会2015年"大师对话：鲁迅对话托尔斯泰"的延伸项目，也充分契合了中国社会科学院文学研究所世界华文文学研究中心促进中外文学深度交流，推动中国当代文学精品走向世界的意图，以创新人文交流方式、丰富文化交流内容，实现有高度、有广度、有深度的国际文化交流。来自中俄两国研究机构、文博机构和在京高校的古典文学研究、现当代文学研究、比较文学研究界近20位学者，以及作家、汉学家齐聚一堂，以对话的形式进行学术交流。

中俄文学对话会（2017）
Китай и Россия: литературный диалог（2017）

周令飞

Владимир Толстой

刘跃进
Лю Юэцзинь

2018
中法文学对话会

2018年9月28日，由鲁迅文化基金会、中国社会科学院文学研究所世界华文文学研究中心、中共绍兴市委宣传部联合主办，浙江越秀外国语学院、鲁迅文化基金会绍兴分会承办的"中法文学对话会(2018)暨'大师对话'五周年纪念活动"，在绍兴正式拉开帷幕。鲁迅长孙、鲁迅文化基金会会长周令飞，中国社会科学院文学研究所党委书记张伯江，中共绍兴市委常委、宣传部部长丁如兴出席文学对话会并致辞。

2014年，鲁迅文化基金会启动"大师对话：鲁迅与世界文豪"系列活动。第一届是"鲁迅对话雨果"，之后，接连举办了"2015大师对话：鲁迅与托尔斯泰""2016大师对话：鲁迅与泰戈尔""2017大师对话：鲁迅与夏目漱石""2018大师对话：鲁迅与但丁"活动。连续5年的对话活动，在中国与相关各国的文学界，架起了一座文学交流的桥梁。此外，鲁迅文化基金会在"大师对话"基础上深入拓展，2017年，基金会发起了"中俄文学对话会"，2018年在绍兴举办"中法文学对话会(2018)暨'大师对话'五周年纪念活动"，既是对几年来工作的回顾与总结，更预示着未来"大师对话"的发展方向，把对话从个别大师扩展到两国文学，通过文学对话，拓展对话的领域，促进了交流，增加了理解，传播了文化。

"中法文学对话会"作为本次系列活动的首场活动，邀请了中法两国研究机构、文博机构和高校近40名学者，以及作家、汉学家、硕博士生齐聚一堂，展开了中法古典文学、现代文学、当代文学及比较文学学术研讨，以中国文学在法国、法国文学在中国、中法文学的相互借鉴与影响为主题，探讨中法两国文学各自的特色以及相互交流的历史。

会议期间还进行了中法作品互荐，由中方代表向法方推荐近40年中国最具代表性的10部作品，法方代表向中方推荐近40年来法国最具代表性的10部作品，通过这种形式，推动中法两国在当代文学和翻译领域上的交流。

4

5

2019
中印文学对话会

  由鲁迅文化基金会与中国社会科学院文学研究所世界华文文学研究中心、浙江越秀外国语学院共同主办的"中印文学对话会",于 2019 年 10 月 25 日在浙江越秀外国语学院开幕。鲁迅文化基金会会长周令飞、中国社会科学院文学研究所党委书记张伯江、印度新德里尼赫鲁大学教授海孟德(Hemant Adlakha)、浙江越秀外国语学院党委书记费君清等出席开幕式。

  此次对话会上,两国专家、学者就鲁迅研究、小说·木刻·革命美学、文学翻译在文化传承中的历史使命、中古时代的回文诗与中印文化交流等多个课题进行了深度对话。

7

2020
中韩文学对话会

　　2020年9月25日，在鲁迅先生139周年诞辰之际，也正值韩国出版韩文版《鲁迅全集》10周年，"中韩文学对话会"在绍兴召开。此次活动由鲁迅文化基金会、中国社会科学院文学研究所世界华文文学研究中心、浙江越秀外国语学院、韩中文学比较研究会、韩国世界华文文学学会、韩国文学翻译院等共同主办，旨在交流中韩文学的发展，加深两国文化之间的理解、沟通和互鉴。

　　会议采用线上"云交流"的形式展开。中韩两国共13位教授、专家分别做了主题演讲，讨论交流中韩文学在双方国内的影响与现实意义，推荐两国近40年以来的优秀文学作品，来自中韩的多位知名学者、批评家、教授、学生出席了会议。在传播中外文学的辉煌成就，弘扬中外文学的崇高境界，促进世界各国的文化交流方面起到了重要作用。

　　此次中韩文学对话，不仅立足于两国文化传统，更关注当下现实，以文学透视中韩社会发展，发挥文学承担的互鉴共融的桥梁作用。寻求中韩两国更广泛的共识和合作基础，不仅有助于推进世界文化的繁荣发展，更有助于解决当今世界高速发展所带来的诸多问题。

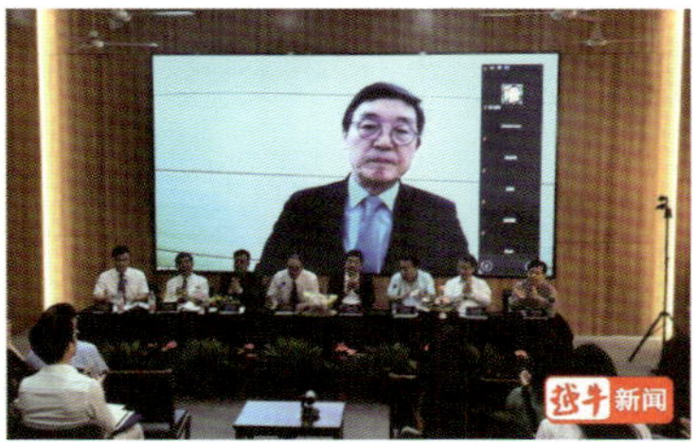

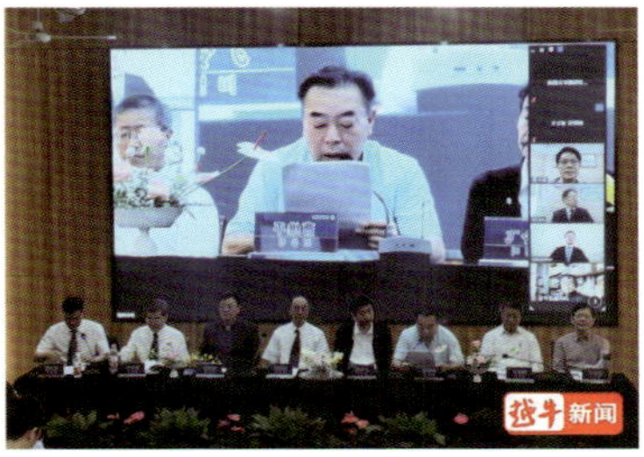

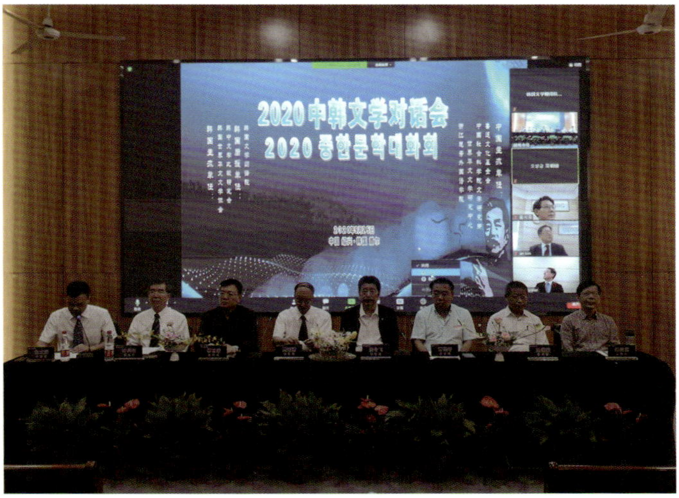
2020中韩文学对话会
2020 중한문학대화회

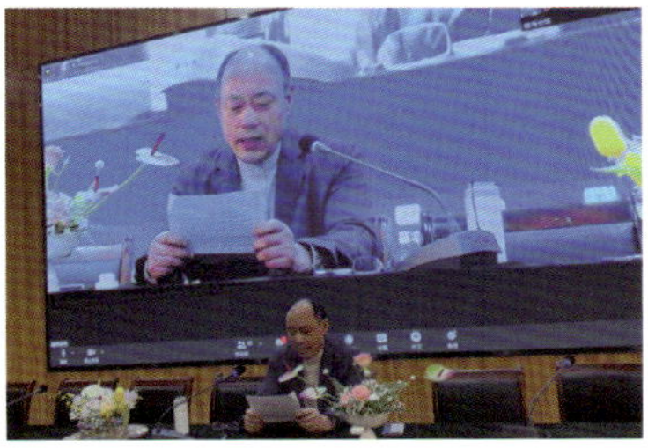

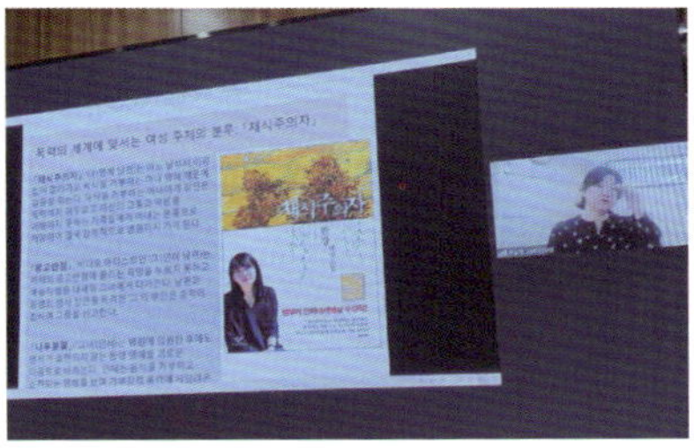

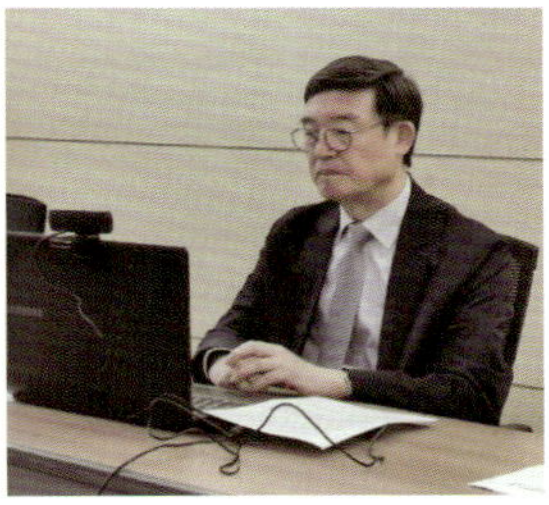

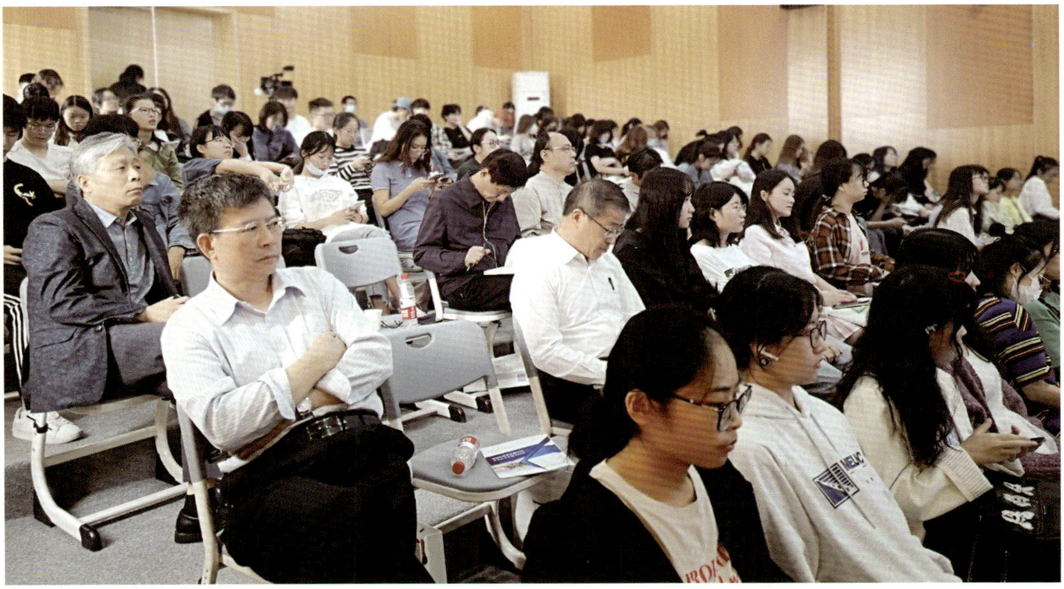

2021
中日韩《故乡》对话大会

2021年适逢鲁迅先生140周年诞辰，鲁迅作品《故乡》发表100周年。9月24日，由鲁迅文化基金会、中国社会科学院文学研究所、绍兴文化广电旅游局和北京语言大学世界文学研究院主办的"2021大师对话——故乡对话大会"在浙江绍兴举行，中日韩三国专家学者以故乡和乡愁为纽带，共话东亚文化与世界文化的"精神故乡"。

鲁迅蜚声世界文坛，被誉为"二十世纪东亚文化地图上占最大领土的作家"。绍兴是鲁迅的故乡，其笔下的祥林嫂、孔乙己、三味书屋、百草园、社戏等均源于此。

《故乡》创作于1921年，以鲁迅最后一次回绍兴时的真实经历为蓝本，字字浸透着他为民族觉醒、解放与复兴而奋斗一生的意志。绍兴市人民政府副市长胡敏在致辞中表示，《故乡》饱含了先生心中的怀乡、哀伤与希望之情，"我们将以鲁迅《故乡》作为联结世界文化的符号，开展'中日韩同上一堂课''赴鲁迅《故乡》美食之约'等纪念《故乡》发表100周年系列活动"。

鲁迅一生为民族"呐喊"，曾经求学南京、东渡日本等，最终长眠于上海。丰富的经历赋予了鲁迅对"故乡"的深刻情感，也为现代城市发展与文化交流奠定了基础。

"鲁迅先生最后十年在上海虹口度过，如今鲁迅精神已经深深融入了虹口城区发展中。"上海市虹口区委常委、宣传部部长吴强在视频致辞中表示，虹口与绍兴因先生而结缘，虹口愿与绍兴进一步深化交流与合作，在长三角一体化进程中，为在世界范围内弘扬鲁迅文化和鲁迅精神作出贡献。

为纪念这位文学巨匠，中日韩还将《故乡》列为教科书中的经典篇目，三国在寻找"精神故乡"和推动东亚文化交流方面有强烈的共鸣。

鲁迅长孙、鲁迅文化基金会会长周令飞在现场谈及，鲁迅作为"文化符号"，不仅是中国的，是亚洲的，更是全世界的，希望鲁迅作品和鲁迅精神可以成为各国文明交流互鉴的桥梁。

日本立宪民主党众议员、日中友好议员联盟干事长近藤昭一在视频致辞中表示，故乡，顾名思义，是指一个地方，但它也可以指人的内心，因此这次大会也是为了推进人与人、心与心之间的交流。

在近藤昭一看来，改变世界靠的是人民的精神力量，当今世界面临着全球变暖等诸多挑战，解决这些问题需要各国之间紧密合作。

韩国驻华大使馆公使衔参赞金辰坤在视频致辞中说，鲁迅是韩国人最喜欢的中国作家，鲁迅的作品《故乡》收录在韩国的初中教材中，在韩国具有很大的影响力。

"绍兴当选了2021年东亚文化之都，而且今明两年还是'中韩文化交流年'，在这样意义深远的时间里举办大会意义非凡。希望通过此次大会，我们再谈鲁迅思想，让其不仅在中日韩三国，更在全世界广为流传。"金辰坤如是说。

大会现场，还举行了"故乡使者"证书颁赠仪式。2021年5月，北京语言大学鲁迅与世界文化研究院发起了"百国百故乡优秀短视频"征选活动，并在全球评选出5位"故乡使者"。

来自泰国的"故乡使者"维雅通过视频说，"每一个人都会有故乡情怀，对于故乡我有说不尽的爱，既爱她宜人的气候，也爱她传统文化和美食"。

故乡对话大会
主题：鲁迅的《故乡》·我们的故乡

卓光平

张仕英

2021大师对话
MASTERS' DIALOGUE 2021
故乡对话大会研讨会
SYMPOSIUM OF HOMETOWN DIALOGUE CONFERENCE

故乡对话大会
主题：鲁迅的《故乡》·我们的故乡

2022
中德文学对话会

2022年11月29日,"大师对话:中德文学对话会"在厦门大学科学艺术中心一号会议室举办。本次活动由鲁迅文化基金会、北京语言大学鲁迅与世界文化研究院、厦门大学外文学院、北京外国语大学历史学院、武汉大学文明对话高等研究院共同主办。对话会以中德建交50周年为契机,旨在深化中德两国的学术文化交流、创新人文交流方式、丰富文化交流内容,促进推动中德之间的文化交流、增进两国文化互信互鉴。鲁迅文化基金会会长兼秘书长周令飞先生、厦门大学校长助理方颖教授出席活动并致辞。厦门大学外文学院院长陈菁教授主持开幕式。

本次活动采用线上线下相结合方式举办,邀请了北京外国语大学历史学院院长李雪涛教授、耶鲁大学东亚语言与文明系司马懿(Chloë Starr)教授、德国波恩大学汉学系顾彬(Wolfgang Kubin)教授等十多位国内外知名学者齐聚一堂,围绕鲁迅文学等作品,探讨中德文化、文明的交流与互鉴历史,交流双方对中德文化与文学相关个案的研究成果,让两国民众对于相互的文学与文化有更好的了解,由此推动世界文明交流互鉴,推动中国文化走向更广大的舞台。

14

序 一

由中国社会科学院文学研究所组织整理的《跨时空文学对话》出版在即，我因参与了部分工作，出版社建议我就本书的缘起介绍一些背景情况，供读者参考。

早在100年前，文学研究所创始人郑振铎先生就提出过中外文学对话的设想。1922年，郑振铎先生在《文学的统一观》一文中指出，以前的文学研究都是片段的、局部的，知道一个人的文学，却不知道他在文学史上的地位；知道一个时代的文学，却不知道那个时代的文学来源和对后来的影响；知道一个地方的文学，却不知道与其他地方文学的关系；知道一种文学样式、却不知道其他文学的多样。因此，这样的文学研究，如井底之蛙，缺乏一种全体的统一的观念，很难发现文学之美、文学之用。文学是世界人类的精神与情绪的反映，虽因地域的差别，其派别、其色彩，略有浓淡与疏密的不同，但是，其不同的程度，远不如其相同的程度。人类虽然相隔遥远，虽然肤色不同，而其精神和情绪却是相通的，并没有本质的差异。因此，研究文学，与一切科学、哲学一样，不能简单地分国别单独研究，也不能以时代为段限单独研究，而是要用"世界文学"的眼光去欣赏文学，借此认识不同的社会，更好地理解外部世界。

提出"文学的统一观"的那一年，郑振铎先生年仅24岁。5年以后的1927年，他编写的《文学大纲》出版，实际上这是一部世界范围的比较文学史。即使放在当下，这部著作依然有着重要的学术价值。30年后的1952年年底，郑振铎先生应中央人民政府之命创办文学研究

跨时空文学对话

所。他依然坚守世界文学的理念，认为研究中国文学，就必须把它放在世界文学范围内去观察、比较，才有可能挖掘出中国文学的独特价值和世界意义。这就需要开展系统的研究，进行深入的对话。文学研究所不仅要研究中国古典文学、中国现代文学、中国各民族民间文学，还要研究文艺理论、西方文学以及中外文学史，用钱锺书先生的话说，"东海西海，心理攸同；南学北学，道术未裂"。文学研究所创立之初，就分别成立了文艺理论组、西方文学组和中国文学史研究组。

70年来，文学研究所坚守中外文学对话的传统一直延续到今。

2016年春天，鲁迅文化基金会会长周令飞先生造访社科院文学研究所，商量筹备纪念鲁迅逝世80周年暨135周年诞辰大会，并初步商讨了中外文学对话活动等事宜。我们的看法不谋而合，一致认为这项活动将有助于展示和交流各国著名文学家及其优秀作品，有助于宣传和贯彻"一带一路"倡议，有助于弘扬和传播中华优秀传统文化。经过将近一年时间的筹备，中俄文学对话会于2017年11月2日在北京成功举办。那次对话会由鲁迅文化基金会、托尔斯泰庄园博物馆和文学研究所世界华文文学中心联合举办。列夫·托尔斯泰玄孙、俄罗斯总统顾问委员会顾问弗拉基米尔·托尔斯泰，鲁迅长孙、鲁迅文化基金会会长周令飞参加了会议，我代表文学研究所致辞，大意如下。

这次中俄文学对话会，是中俄文化交流的重要组成部分。2006年以来，中俄双方先后举办"国家年""语言年""旅游年""青年友好交流年"等双边活动。去年6月25日，中俄媒体论坛在俄罗斯北方之都圣彼得堡市隆重举行。今年5月，中俄两国领导人共同决定将2016年和2017年确定为中俄媒体交流年，在政治上互为信任，在文化上对话沟通，为提升中俄全面战略协作伙伴关系提供了新的动力。

如前所述，过去10年间，中俄双方举办了各种交流活动，但是还没有"文学年"。其中，中俄文学交流源远流长。我们这一代人，是读着俄罗斯文学长大的。19世纪前期普希金的《奥涅金》《上尉的女儿》，中期莱蒙托夫的《当代英雄》、果戈理的《钦差大臣》《死魂灵》、屠格涅夫的《猎人笔记》《贵族之家》《父与子》，后期冈察洛夫的《奥勃洛摩夫》、奥斯托洛夫斯基的《大雷雨》、陀思妥耶夫斯基的《罪与罚》、契诃夫的《小公务员之死》《变色龙》以及伟大的文学理论家别、车、杜（别林斯基、车尔尼雪夫斯基、杜勃罗留波夫）的作品等，都是我们熟读的经典作品。当然，我们最熟悉的作家还是托尔斯泰，他的《战争与和平》《安娜·卡列尼娜》《复活》可以说对我们产生了终生难忘的影响。苏联时期的红色文学，如高尔基、肖洛霍夫、法捷耶夫、奥斯托洛夫斯基，我们也读得如痴如醉。最近40年，我们对俄罗斯文学的了解有所欠缺，但是依然翻译介绍了很多好的作品，譬如国家组织的"中俄文学互译项目"就有俄罗斯文库，由于工作的需要，我有幸拜读过叶甫盖尼·希什金的《爱情守恒定律》、安德烈·比托夫的《普希金之家》、弗拉基米尔·沙罗夫的《此前与此刻》等长篇小说，具有新的时代气息，感同身受。

中国社会科学院文学研究所与俄罗斯科学院远东研究所有着多年的合作关系。很多俄罗斯汉学家在不同时期，到文学所做访问，我们也在不同时期到俄远东所访问。我本人就曾亲自造访，至今仍充满温馨的记忆。在座的同事，有的是在俄罗斯留学，有的多次访问俄罗斯，保持着对俄罗斯文学的高度热情。今天，中俄双方学者有机会共同探讨文学，推荐中俄文学名著，我们倍感亲切。我相信，经过学术界和文学界的不断努力，中俄文学交流必将取得新的成果，开创新的时代。

此后，鲁迅文化基金会联合中国社会科学院文学研究所及外国文学研究所、北京语言大学、北京外国语大学、上海外国语大学、浙江越秀外国语学院、厦门大学等科研单位和高校连续联合举办了5届"中外文学对话会"：一是2018年的中法文学对话会；二是2019年的中印文学对话会；三是2020年的中韩文学对话会；四是2021年的中日韩《故乡》对话大会；五是2022年的中德文学对话会。每次的文学对话会，国别不同，主题也不一样。中俄文学对话会是在2015年"鲁迅对话托尔斯泰"项目基础上的延伸，强化了中俄文学的比较研究。中韩文学对话会召开时，正值鲁迅先生139周年诞辰，韩国出版韩文版

跨时空文学对话

《鲁迅全集》10周年。借此机会，两国学者分别推荐了各自国家近40年以来的优秀文学作品。在鲁迅先生140周年诞辰、鲁迅作品《故乡》发表100周年之际，中日韩《故乡》对话会在鲁迅的家乡绍兴举办。中日韩三国专家学者以《故乡》为研讨对象，以乡愁为联络纽带，共话东亚文化与世界文化的"精神故乡"。大会现场还举行了"故乡使者"的证书颁赠仪式，浓浓的乡愁，一直萦绕在与会者的心间。"中外文学对话会"的系列活动，不仅有学术的交流、对话国的互访，还举办了多种形式的文学讲座、诗歌朗诵、文化展览、艺术演出等活动，通过鲁迅与世界文豪、中国文学与世界文学的对话，架起了不同民族、不同国家、不同时代的文化桥梁，开启了一扇认识世界、认识自我的文化之窗。

本书所收录的论文，即发表于上述各个场次的文学对话会。正如本书栏目所展示的那样，这些论文涉及中俄、中法、中德、中印、中日、中韩等国的文学特色、文学影响和文学传播，论题新颖，内容广泛，给人耳目一新的感受。作为读者，我从这部文集中获得了很多知识。从鲁迅的《故乡》，我想到了我的故乡，想到了世界的故乡，想到了人类命运共同体。我突然萌发出一种感动，那是文学给我的最本真、最难忘的阅读经历。

早在200年前，德国伟大的文学家歌德就曾提出过影响深远的"世界文学"的构想，并尝试着将英译的中国诗改写成有韵律的作品。如前所述，100年前的郑振铎也在积极倡导"世界文学"，并系统编纂了《世界文库》。他们都注意到了不同地区、不同民族、不同国家的文学都具有多样性、平等性和包容性特色。1935年，郑振铎在《世界文库发刊缘起》中说，伟大的文学家对于人类的贡献，"不以掠夺侵凌的手腕，金戈铁马的暴行，来建筑他们自己的纪念碑。他们是像兄弟似的，师友似的，站在我们的前面，以热切的同情，悲悯的心怀，将他们自己的遭遇，将他们自己所见的社会和人生，乃至将他们自己的叹息，的微笑，的悲哀，的愤怒，的欢悦，告诉给我们，一点也不隐匿，一点也不做作。他们并不在说教，在教训，他们只是在倾吐他们的情怀。但其深邃的思想，婉曲动人的情绪，弘丽隽妙的谈吐，却鼓励了、慰藉了、激发了一切时代、一切地域的读者们"。事实正是如此。世界文学的多样性、平等性和包容性，为人类命运共同体的构建，为人类文明新形态的创造注入了新鲜血液，如同绿水青山，装点了我们共有的精神家园。从这个意义上说，我们从事的中外文学的对话活动，无疑是一项非常有意义的工作。当然，书中所收的论文可能还有不足，但我们的初衷是真诚的，也为这项有意义的工作付出过心血。我们要为这种真诚和努力喝彩。

中国社会科学院学部委员

序 二

2014年3月27日，国家主席习近平在巴黎联合国教科文组织总部发表的重要讲话中指出："文明交流互鉴，是推动人类文明进步和世界和平发展的重要动力。"同年4月，鲁迅文化基金会创意发起的"大师对话——鲁迅与世界文豪"系列活动正式启动。10年来，鲁迅文化基金会先后与法国、俄罗斯、印度、日本、意大利、德国、美国、爱尔兰、丹麦、匈牙利等国家分别举办了2014年的"鲁迅对话雨果"、2015年的"鲁迅对话托尔斯泰"、2016年的"鲁迅对话泰戈尔"、2017年的"鲁迅对话夏目漱石"、2018年的"鲁迅对话但丁"、2019年的"鲁迅对话海涅"、2020年的"鲁迅对话马克·吐温"、2021年的"鲁迅对话萧伯纳"、2022年的"鲁迅对话安徒生"和2023年的"鲁迅对话裴多菲"10届系列活动。通过聚焦"名人效应和民间力量"、结合"请进来和走出去"两种路径，各国文豪后裔、学者，文博机构和故乡代表，围绕"大师对话"活动开展互访交流，发挥"交朋友与做朋友"项目优势，积极促进历史与现实的文化交流，努力讲好中国故事，深化文明交流互鉴，活动摸索出独特的国际交流经验，铸就了国际文化交流的成功品牌。

"大师对话"缘起于鲁迅之子周海婴先生提议，得益于鲁迅文化基金会的精心策划和鲁迅足迹城市的大力支持。"大师对话"活动以实际成效阐释了其宗旨意义。

一、鲁迅成为"文化出海"的重要标志。鲁迅既有"民族魂"，又有"世界心"。他的作品感应着人类的脉搏，具有深邃的穿透力，是享誉世界的中国文化精华。"大师对话"致力于通过鲁迅传播中华文明，在国际上赢得了广泛的认同，成为"文化出海"的鲜明标志，具有广泛的推广前景。

二、"大师对话"活动成为中外文明交流互鉴的新窗口。活动以"鲁迅"符号对标世界各国文豪，开展以鲁迅为代表的中国文化界与世界各国文化领域进行跨时空对话活动，推进了世界文学与文明的交流互鉴，成为中国文学与世界文学交流互鉴的纽带和新的窗口。通过多次对话，不仅让中国文化"走出去"，也让更多国际著名作家研究者和高端人士走进中国，了解和理解中国文化及真实的中国。

三、"中国文化"赢得西方国家的平视与尊重。"平等、互鉴、对话、包容"是"大师对话"活动的基本宗旨。除因受疫情影响，与美国、爱尔兰两国未能实现交流互访外，其余8次活动均属双向交流，体现了平等交往原则。"大师对话"活动在对外交往时采取"先伸手交朋友"的主动姿态，每次都赢得了对话国的尊重和回报，促使对话国政府和民众发自内心地接纳和欣赏中国优秀文化。

"大师对话"主活动为"中外文豪跨时空对话会"，加上多个子活动，包括举办座谈研讨会和经典诗文朗诵会，参访文豪故居、纪念馆和文豪后裔家庭，拜访文化名人和相关学校机构，接受媒体采访和参加电视台节目，赠送鲁迅铜像和交换特色纪念品，观看文豪文学作品改编表演，举办俄、意、美、德、日、爱、匈"大师对话图片展"等形式，多途径开展、多元素融入，使交流活动获得了极大成功，得到对话各国的热烈响应和积极参与。

2017年，在"大师对话"成功举办三届并获得各方好评的基础上，鲁迅文化基金会又与中国社会科学院文学研究所联合策划创办了"大师对话——中外文学对话会"年度学术活动，以拓宽和挖掘"大师对话"的广度和深度，进一步加强中外各国在学术领域的对话和研讨。

2017年11月2日，首届"中俄文学对话会"在北京开幕，列夫·托尔斯泰的玄孙、俄罗斯总统顾问委员会顾问弗拉基米尔·托尔斯泰，中国社会科学院文学研究所所长刘跃进与我本人出席开幕式并致辞；接着2018年的"中法文学对话会"、2019年的"中印文学对话会"顺利在绍兴举办；此后，2020年的"中韩文学对话会"、2021年的"中

跨时空文学对话

日韩文学对话会"、2022 年的"中德文学对话会"和 2023 年的"中匈文学对话会"采用线上"云交流"的形式召开,没有中断举办这一特色文化活动。值得一提的是,2021 年是鲁迅名作《故乡》发表 100 周年,这篇作品一直被收录在中日韩三国的中学语文教科书中,为此,该年特别策划了扩大举办的"中日韩《故乡》对话会",中日韩专家学者以故乡和乡愁为纽带,共话东亚文化与世界文化的"精神故乡",北京语言大学鲁迅与世界文化研究院自本届起加入联合主办阵容,并发起了"百国百故乡优秀短视频"征选活动,在全球评选出 5 位"故乡使者",中日韩中学生利用互联网,实现三国同上一堂《故乡》语文课,别开生面,应者如云。

"大师对话——中外文学对话会"自 2017 年创办至今已成功举办 7 场,在此,衷心感谢中国社会科学院文学研究所、外国文学研究所、北京语言大学、北京外国语大学、上海外国语大学、浙江越秀外国语学院、厦门大学等科研单位和高校的踊跃参加和大力支持。文学天然具有跨时空交流的特性,通过大家的精心努力,未来的"大师对话——中外文学对话会"活动,将继续秉承鲁迅创新精神,挖掘文学特质,不断做大做强,成为中外文学交流的金名片,由"一对一大师对话"变为"一批对一批大师对话""一国对全球大师对话",从而推动更多的中国大师走出国门,让中国文学进一步深入人心,让中国声音传遍全世界。

鲁迅文化基金会会长
北京语言大学鲁迅与世界文化研究院院长

目录

第一篇　中俄文学对话会 /1

文学交流视野下李白诗歌的浪漫主义解读 …………………… 刘宁　3

以戏剧架起中俄友谊的桥梁
　　——中俄戏剧交流及其相互影响 …………………… 刘平　13

孟姜女故事的稳定性与自由度 …………………… 施爱东　29

第二篇　中法文学对话会 /51

新时期法国文学翻译的意义 …………………… 赵稀方　53

雨果的"呐喊" …………………… 刘晖　63

中西文化共通性的一个实例：战国社会变革与欧洲浪漫主义运动
的现象关联 …………………… 方铭　69

"离骚"的几种翻译方法 …………………… 顾钧　83

郭沫若新诗创作对现代汉语的重大贡献 …………………… 张伯江　87

第三篇　中印文学对话会 /99

鲁迅视野中的亚历克舍夫木刻插图
　　——从《母亲》到《城与年》 ………………………… 董炳月 101

七十年来中国近代文学研究范式的形成与转移 ………… 王达敏 117

中古时代的回文诗与中印文化交流 ……………………… 陈君 125

荣耀之面：南北朝晚期的佛教兽面图像研究 …………… 王敏庆 135

印度古代文学研究在中国 ………………………………… 于怀瑾 161

第四篇　中韩文学对话会 /169

无尽苦难中的忧悲与爱愿
　　——论史铁生的文学心魂与宗教情感 ………………… 李建军 171

关于鲁迅与韩国文学的联系
　　——兼谈鲁迅"疏离韩国"问题 ……………………… 王锡荣 184

中韩建交后韩国文学在中国的传播 ……………………… 赵维平 191

20世纪20—40年代韩国现代文坛对鲁迅及其作品的译介和接受
　　………………………………………………………… 许赛 198

第五篇　中日韩《故乡》对话大会 /209

韩国接受《阿Q正传》的历史脉络与现状 ·················· 朴宰雨 211

故乡情结与现代想象
　　——鲁迅的故乡和文学的故乡 ·················· 黄悦 216

虚构与真实中的历史书写
　　——以鲁迅、梁启超、顾颉刚为例 ·················· 谭佳 218

鲁迅与《俄罗斯的童话》之相遇
　　——以"国民性"问题为中心 ·················· 李一帅 230

从都昌坊口到五湖四海 ·················· 鲁兰洲 244

地理的故乡和心理的故乡
　　——通过鲁迅思考故乡的意味 ·················· 全炯俊 247

日本鲁迅《故乡》的教学及其当下意义 ·················· 张仕英 251

全球化进程催生动漫与全媒介融合发展
　　——论百年经典文学作品的动漫表达 ·················· 王亦飞 260

百年《故乡》百年"路" ·················· 王众一 263

第六篇　中德文学对话会 /267

朱子的义利观能够证成"善之异质性"吗？
　　——基于康德主义的考察 ················ 谢晓东　刘舒雯 269

诗思互镜与文明交流互鉴的普遍语法
　　——以屈原、荷尔德林诗歌诠释中几组意象的再诠释为例·· 吴根友 276

"存在的建基者"：海德格尔论诗人对民族共同体的
历史性意义 ··· 贺念 290

跨文化共同记忆视阈下的福建与近现代中德文化交流 ········ 刘悦 303

亘古回响
　　——鲁迅对屈原精神的继承与超越 ················· 胡旭 313

歌德、屈原和鲁迅：通向永恒之路
　　——哀颂之歌与自强不息 ············ 吴漢汀（Martin Woesler）320

论歌德的《中国作品》与世界文学构想 ··············· 贺骥 349

· 第一篇 ·

中俄文学对话会

文学交流视野下李白诗歌的浪漫主义解读

刘宁

中国社会科学院文学研究所研究员

在中国20世纪的李白研究中,浪漫主义的解读方式十分流行,李白被视为一个浪漫诗人,而他的诗歌,则是浪漫主义艺术的代表。作为外来的文学批评概念,"浪漫"与"浪漫主义"是否适合用来理解李白的人生与艺术,是一个很值得思考的问题。这些概念产生于与中国传统文学差异较大的文学传统之中,以之阐释中国的传统诗文艺术,枘凿之处自然不可避免,因此对这种做法的质疑,自其产生之日起,就从未停止;但问题在于,外来的文学批评资源,对于我们理解中国的传统艺术是否只会带来障蔽与曲解,我们是否有可能,或者有必要彻底拒绝这些资源而重返传统的批评方式,我们该如何理解外来批评资源对于理解传统的意义?在20世纪,"浪漫主义"的批评话语进入李白研究,经历了曲折的过程,本文将通过梳理这一过程,对上述问题做出一些思考。

一、接受与拒斥:20世纪李白研究对待浪漫主义批评的态度

1922年,梁启超发表《中国韵文里所表现的情感》,将中国文学分为"浪漫"与"写实"两派,屈原和李白被视为最典型的浪漫诗人。[1]这是今天所知的最早以"浪漫文学"的概念来详细阐释李白的例子。自此之后,"浪漫""浪漫主义"等阐释视角逐步进入李白研究,而且影响越来越深入。大致说来,20世纪对于李白的浪漫主义解读,存在着两种批评取向:其一是基于对浪漫主义的一般性理解,这种理解源自欧洲的浪漫主义文学传统;其二则是基于苏联马列文论所阐发的,与现实主义相对的浪漫主义概念。后者在1949年以后中国大陆的李白阐释中十分流行。

"浪漫主义"这一概念,其内涵是相当复杂的,这与欧洲浪漫主义文学传统自身的复杂性息息相关。因此,要给这一概念下一个绝对的定义,无疑是困难的。以研究观念史著称的亚瑟·洛夫乔伊(Arthur O.Lovejoy),在考察了"浪漫主义"的纷繁含义之后,曾经很极端地认为,这个概念意味着太多的东西,多得人们几乎不知道它究

---

[1] 梁启超. 饮冰室文集:卷37[M]. 昆明:云南教育出版社,2001.

竟该意味着什么。[1]但大多数学者还是认为这个概念有一些相对基本的内涵，可以反映欧洲浪漫主义文学运动的基本特色。雷内·韦勒克（Réne Wellk）就提出，欧洲的浪漫文学有三个基本的特质：诗歌以想象为核心，对世界的认识以自然为核心，诗歌风格注重象征与神话。[2]这也确定了"浪漫主义"概念的一般内涵。在20世纪的前半期，中国学者对李白的浪漫主义阐释，就基本上是基于这种对浪漫主义的一般性理解。

梁启超视李白为浪漫文学的代表，而他对浪漫文学的理解，是以"想象"为核心的。他说："浪漫文学离开了想象是不能有很高的成就的，越富于想象就越好，李白就是有出众的才华，使其作品充满想象。"他还认为中国浪漫文学的想象，总是与神话联系在一起，因此中国的浪漫文学又可以称为"神话文学"。刘大杰在20世纪40年代发表的《中国文学发展史》中，对李白其人其诗的浪漫品质，给予了更为系统与详尽的阐发。他认为，盛唐时代是浪漫诗全面繁荣的时代，李白在浪漫诗歌的写作上取得了最为辉煌的成就。在刘大杰看来，"浪漫诗"有如下几个特点：其一，浪漫诗歌表现了诗人追求自由的精神，浪漫诗人积极主动地面对世界，蔑视陈规与一切束缚；其二，浪漫诗歌冲破古典的形式与规范，以崭新的方式描绘社会人生。盛唐诗人恰恰符合这两点。刘大杰认为，盛唐诗人是理想主义者，他们追求狂放不羁。在诗歌写作风格上，也不接受一切形式的束缚。李白的诗则是盛唐浪漫诗的高峰，他的个性和诗风都可以用"狂"来概括，尽管有时他醉心于醇酒妇人，有一些颓废的色彩，但他极大程度地体现了自由意志和冲决网罗的激情。作为一个才华出众的诗人，他在诗歌创作中体现出无与伦比的想象力，蔑弃陈规。[3]从这些阐述可以看出，梁启超和刘大杰对李白浪漫主义品质的认识，反映了对浪漫主义的一般性理解。在文学精神上，推崇表达自我、崇尚激情、追求自然；在文学写作风格上，注重想象、神话和对艺术形式规范的突破。这与韦勒克对欧洲浪漫主义文学基本艺术品质的概括十分接近。

"浪漫主义"作为重要的批评术语进入中国古典文学的研究，这一现象出现在20世纪上半期，并非偶然。在这一时期，欧洲的浪漫主义文学对中国文学产生了深刻的影响。李欧梵、陈恩荣等人都对此做过深入的研究。李欧梵甚至认为，20世纪的中国文学革命，就是一场浪漫主义的运动。尽管仔细探究起来，20世纪中国的浪漫主义文学表现出复杂的内涵，但从整体上看，这类文学还是拥有相对基本的艺术追求和创作品质。李欧梵将其概括为"反对讲求秩序、理性，以及对生活加以格式化、仪式化的古典传统，重新提倡真诚、自发、激情、想象以及对个体力量的释放——简言之，要

---

[1] See Essays in the History of Ideas[M].Baltimore and London:The John Hopkins Press,1948:228-253.
[2] See Réne Wellk.Concepts of Criticism[M].New Haven:Yale University Press,1973:129-221.
[3] 刘大杰.中国文学发展史[M].上海：中华书局，1941：327-363.

以主观的情感与冲力为先"[1]。1926年,梁实秋曾经总结当时的新文学,提出如下四个特征:一是基本上受外国影响;二是崇尚情感,限制理性;三是对生活的一般态度是"印象式"的("主观的");四是强调回归自然,强调原始状态。在梁实秋看来,这些特点带有鲜明的浪漫主义的色彩。[2] 陈恩荣在其研究中指出,中国的浪漫主义文学在20世纪30年代趋于衰落,40年代又再度兴盛。[3] 随着浪漫主义文学影响的深化,浪漫主义的批评传统也对中国的文学批评产生了重要影响,"浪漫主义"作为批评术语被广泛运用。例如,许啸天《中国文学史解题》就通过浪漫、写实、自然、颓废等一系列源于欧美批评传统的术语,来重新界定中国古典文学。梁启超、刘大杰用浪漫主义的批评视角解读李白的艺术,也反映了浪漫主义批评传统对中国文学批评的深刻影响。

1949年以后,中国大陆的古典文学研究,受到苏联马列文论体系的重要影响,现实主义与浪漫主义二元相对的批评模式广泛流行,中国文学史也被阐释为现实主义与浪漫主义两条创作线索的消长起伏。20世纪50年代,北京大学、复旦大学等高校编写的《中国文学史》,都依循这一模式,论及浪漫主义的文学传统。一般认为,远古神话是中国浪漫主义文学的开端,屈原将浪漫的诗歌艺术推向成熟,《庄子》的精神与艺术也充满浪漫主义的气质,陶渊明的诗歌体现了日常人生中的浪漫主义追求,而李白则是浪漫主义传统的高峰。在中国封建社会的后半期,浪漫主义文学在明代再一次出现繁荣。

马列文论体系中的"浪漫主义"概念,与基于欧洲浪漫主义文学之特质的一般意义上的"浪漫主义"概念,有着很密切的联系,两者对浪漫文学一些基本艺术特质的认识是十分接近的,但前者更强调在经济基础与阶级斗争决定论的前提下,理解"浪漫主义"的艺术追求,将其看成对社会生活的一种独特反映。例如,蔡仪在其影响很大的《文学概论》中就指出,浪漫主义是理想主义,其最基本的品质就是按照理想的形态去描述生活,阶级斗争是推动浪漫作家追求理想生活的重要动力。[4] 基于这样的理解,欧洲浪漫主义文学就依据作家对待社会生活的态度而被区分为积极浪漫主义和消极浪漫主义。

1949年以后中国大陆对李白的研究,受上述理论模式的影响很大,李白被视为积

---

[1] Leo Ou-fan Lee.The Romantic Generation of Modern Chinese writers[M].Cambridge:Harvard University Press,1973:L292.

[2] 梁实秋.梁实秋论文学[M].台湾:时报文化出版事业有限公司,1978:23.

[3] 陈恩荣.浪漫主义与中国文学[M].合肥:安徽教育出版社,2000:149-184,237-270.

[4] 蔡仪.文学概论[M].北京:人民文学出版社,1979:257-262.

极浪漫主义的代表作家。对李白浪漫主义艺术品质的描绘，1949年以后的有关论述，相较于梁启超、刘大杰等人，并没有很大差异，但这些品质被放在经济基础、上层建筑以及阶级斗争的理论框架下来观照。例如，李白追求个性、狂放不羁的气质，被认为是一种理想主义的人生态度，而他的理想又积极地反映了盛唐社会现实和阶级斗争的要求。李白的理想主义不仅是他个人的人生态度，也反映了唐代立国100多年以来，由于国力强盛、政治清明，因而在士人中激发起来的一种理想主义的精神潮流。这与当时阶级斗争的状况有密切的关系。

马列文论模式下的浪漫主义解读，对于浪漫主义艺术品质的具体分析，并没有太多的推进。例如，对浪漫艺术中的想象、夸张以及神话的运用等问题，都没有多少深入的讨论。而它从理想主义的视角对浪漫主义精神的阐述，多数情况下，出现了机械决定论的局限。但是，也有一些学者，在积极吸收马列文论阐释方式之影响的同时，又能够从中国文学的实际出发，对李白的艺术做出十分深入的解读。例如，林庚先生的李白研究，以"少年精神"解读李白的精神气质，其中我们不难看出以理想主义来理解浪漫精神的阐释旨趣，但与空泛机械地讨论理想主义不同的是，林庚先生深入地阐发了"少年精神"特有的天真自然、开朗蓬勃的艺术品质；同时，对于李白诗歌艺术中想象、夸张等因素的分析，也透辟而富于启发意义。[1]

在"浪漫主义"这一概念被逐渐深入地加以接受的同时，不少研究者也表现出拒斥的态度。例如，在1949年以前，谭正璧的《中国文学史大纲》影响很大，此书1925年初版，8年之间，重印11次。书中仍然使用"自然""豪放"等概念来阐述李白的艺术特征。[2]1960年，此书在香港再版，内容没有什么变化。[3] 龚启昌的《中国文学史读本》，1936年由上海乐华图书公司出版，也比较有影响。书中用"豪放"来描述李白的诗歌艺术。[4]1953年，骆侃如的《中国文学史新编》在香港出版，书中称李白为"自然诗人"[5]。在台湾最有影响的叶庆炳的《中国文学史》，同样不采用"浪漫主义"这样的概念，他以"诗仙"一称来描述李白其人其诗，具体的论述，也看不到多少浪漫主义批评的影响。[6]

美国学者的李白研究，最少采用"浪漫主义"这样的概念。在影响很大的《哥伦比亚中国古典文学选本》一书中，关于李白的简介，提到"浪漫"一词，但并未对其

---

[1] 林庚.唐诗综论[M].北京：人民文学出版社，1987：155-217.
[2] 谭正璧.中国文学史大纲[M].上海：光明书局，1925.
[3] 谭正璧.中国文学史大纲[M].香港：光明书局，1960.
[4] 龚启昌.中国文学史读本[M].上海：乐华图书公司，1936.
[5] 骆侃如.中国文学史新编[M].香港：现代文教社，1953.
[6] 叶庆炳.中国文学史[M].台湾：广文书局，1965.

含义作详细发挥。[1] 其他学者的讨论，甚至连"浪漫"一词也很少提到，如华兹生（Burton Watson）、柯睿（Paul Kroll）讨论李白的艺术，多着眼于李白和艺术传统的关系，[2] 柯睿认为，李白的天才就在于全面而深入地掌握艺术传统，综合变化以传达个性的声音。[3] 宇文所安（Stephen Owen）的讨论，也很关注李白艺术在诗歌史上的意义。[4]

20世纪80年代以后，中国大陆的李白研究，在反思马列文论浪漫主义的阐释模式的基础上，对是否运用"浪漫主义"这样的概念来阐释李白，显得更为审慎。袁行霈主编的《中国文学史》对李白的描述，虽然用到"浪漫"这样的概念，但已经完全摆脱了马列文论"浪漫主义"的阐释框架，在具体的批评中，"豪放"与"自然"成为一些核心的批评术语。

20世纪李白研究疏离"浪漫主义"这一批评术语的倾向，其原因是多方面的，对于80年代以后的中国大陆学者来讲，对马列文论现实主义、浪漫主义二元批评模式的简单机械之处的不满，是一个很直接的原因，但如果我们放眼整个20世纪就会感到，这种疏离，还反映了学者对于"浪漫主义"这样的外来批评术语是否适合中国文学实际的怀疑。这样的怀疑，自欧美文学批评传统影响中国以来，就没停止过，而在20世纪末对于中国古代文论的现代转换的反思浪潮中，类似的怀疑又得到过集中表达。

美国学者的疏离，则与他们更熟悉欧美浪漫文学传统有关。他们对中国与欧美文学传统的差异，表现得更为敏感。齐皎瀚（Jonathan Chaves）在其关于公安派的自我表达的讨论中，就详细地分析了用"浪漫主义"来理解中国文学的枘凿之处。例如，浪漫文学以注重自我、崇尚自然为其特征，而"自我""自然"这些概念在中国文学中有复杂的内涵，不能与欧美文学传统简单类比；中国文学对创造性的看法，也有独特之处。[5]

美国学者的看法，与中国学者对外来批评传统的怀疑与疏离不无契合之处，但在意识到种种枘凿之处之后，我们是否应该彻底排斥任何外来批评传统对中国文学研究的影响呢？事实上，这种彻底的拒斥，并非一种科学的态度，而我们所要做的，是对外来批评传统对中国文学研究的影响，做出深入的反思。

---

[1] Victor H,Mair.Columbia Anthology of Traditional Chinese Literature[M].New York:Columbia University Press,1994:198.

[2] Burton Watson.The Columbia Book of Chinese Poetry[M].New York:Columbia Unversity Press,1984:205.

[3] Victor H,Mair.The Columbia history of Chinese Literature[M].New York:Columbia University Press,2001:296.

[4] Stephen Owen.The Great Age of Chinese Poetry:the High Tang[M].New Haven and London:Yale University Press,1981:101-130.

[5] Robert Hegel,Richard Hessney,Jonathan Chaves. The Expression of self in the Kung-an School. Expressions of Self in Chinese Literature[M].New York:Columbia University Press,1985:128-146.

二、启发与局限：浪漫主义批评对李白研究的影响

20世纪，外来文学批评传统的引入，对中国文学的研究产生了巨大影响，而这种影响并不只是曲解和障蔽了中国文学的固有精神。我们也应该看到，它对于深入理解中国的文学传统，有很积极的启发意义。就李白研究而言，浪漫主义批评的引入，烛亮了许多在传统诗学批评中，未能充分彰显的内容与领域。

中国传统的诗学批评，论及李白，出现最多的是"天仙"[1]、"天才"[2]、"奇"[3]、"豪放"[4]、"飘逸"[5]、"天然"[6]等概念。这些概念有一个共通之处，就是着眼于李白其人其诗蔑弃常规、不受拘束的一面："天仙""天才""天然"与"人力""人工"相对，"奇"与"正"相对，而"豪放""飘逸"则与拘检相对。这的确揭示了李白精神与艺术的重要特征，但浪漫主义批评的引入，则从更多的侧面，展现了李白艺术的丰富内涵，其最突出者，约有如下三个方面。

（一）对"文学自我"的考察

文学创作与作者有密切的关系，中国的传统诗论，也注意到这种关系，如"知人论世""文如其人"等种种意见，都反映了这样的认识。但是，作者与作品的关系是十分复杂的，并不是作家的现实人格在作品中的简单投映，就可以全面地解释这种关系，所以古人一方面有"文如其人"的说法，另一方面也有"文章宁复见为人"（元好问《论诗绝句》）的感叹。

浪漫主义文学批评，十分重视作者与作品的关系。著名的浪漫主义文学研究专家M.H.艾布拉姆斯（M.H.Abrams）曾经提出，针对作者与作品之关系有三种态度，其一是由知人以知文，即通过对作者生平人格的了解，进而解释其作品。其二是从作品里找材料来勾勒作者的生平个性。他认为这两种态度都不是浪漫主义批评的真正追求，因为前者只是为作品的某些品质找作者生平人格上的理由，后者则只是把作品看作撰写作家生平事迹的材料。真正深入探究人与文之关系的浪漫主义批评态度，是第三种，即理解作品中的作者。这样的态度，将作品的艺术整体视为作家人

---

[1] "李白诗，仙才也"（《海录碎事》）；"天仙之辞"（《李诗通》）；"李白天仙之词"（《唐诗品汇》）。
[2] "天才纵逸"（高棅《唐诗品汇》）；"吾于天才得李太白"（徐复《而庵说唐诗》）；"太白天才豪逸，语多卒然而成者"（《沧浪诗话》）。
[3] "奇之又奇"（殷璠《河岳英灵集》）。
[4] "李白诗类其为人，骏发豪放"（苏辙《栾城集》）。
[5] "子美不能为太白之飘逸"（严羽《沧浪诗话》）。
[6] "清水出芙蓉，天然去雕饰"（胡仔《苕溪渔隐丛话》）。

格与灵魂的全面传达。[1]

第三种态度是浪漫主义批评的核心追求，而对于"文学自我"的考察，则是这一追求在具体批评方式上的体现。所谓"文学自我"是作者在作品中呈现的"自我"。作者在现实人生中呈现的"自我"与作品中呈现的"自我"，有同一的一面，也有显著的差异，而对于"文学自我"的揭示，显然不是通过简单的"知人论世"得以实现，而要通过作品的艺术整体做深入的考察。在中国传统的诗学批评中，对"文学自我"的分析并不充分，而在20世纪，随着外来批评传统的影响日趋深入，对"文学自我"的关注逐渐加深。例如，在中国传统的杜甫研究中，研究者一直强调知人论世，自宋代以来，编撰年谱、诗文系年的风气十分流行，但这种年谱加作品的阐释格局，并不能充分阐发杜甫在作品中表现的"文学自我"。20世纪有不少学者考察杜甫在作品中展现的自我形象，揭示其自重又不无自嘲的特点，还有学者认为杜诗的自我表达带有鲜明的自传特点。这些都加深了对杜诗"文学自我"的认识。

20世纪的李白研究，在对"文学自我"的考察上，取得了很大的成就。研究者更为细致和深入地勾勒了李白诗作中所呈现的诗人的自我形象。宇文所安曾指出，唐代没有哪个诗人像李白这样用心地在诗中呈现自我，即使杜甫也不是这样，李白不遗余力地向读者展现他的个性是如何的与众不同。[2] 这也正是对"文学自我"的考察，对于李白研究有着特殊意义的原因所在，而林庚、詹锳等学者的出色研究，正深入地揭示了李白"文学自我"的丰富面貌。

除了文学研究视角的启发之外，浪漫主义文学经验对于我们理解李白的"文学自我"也有诸多启发和裨益。欧美的浪漫文学，高度强调自我，而且将自我的呈现放在冲决主客之张力，冲决束缚的追求之中来实现。李白的"文学自我"就呈现出冲决网罗的狂放力量，例如下面的诗句。

    登高壮观天地间，大江茫茫去不还。黄云万里动风色，白波九道流雪山。
  （李白《庐山谣寄卢侍御虚舟》）

在这首诗中，诗人拔天倚地的自我形象，不仅有廓大的境界，更表现出蔑弃人间一切障碍的伟大气魄。这是李白"文学自我"的典型表达。刘熙载说李白"幕天席地，交友风月，本是平常过活"（《艺概》），但这个说法只论及李白诗歌境界之开阔，

---

[1] M.H.Abrams.The Mirror and the Lamp: Romantic Theory and the Critical Tradition[M].New York:W.W. Norton & Company,1953:22.

[2] Stephen Owen.The Great Age of Chinese Poetry:the High Tang[M],New Haven and London:Yale University Press,1981:109-110.

还没有点出其中冲决狂放的力量。而我们倘若参之以浪漫文学的某些经验，就可以很好地理解李白的精神特色。20世纪的李白研究，在揭示李白的"文学自我"方面取得了很大的成就，研究者在深入李白之作品和其生平的过程中，深入地勾勒了李白"文学自我"的复杂样态，这是传统诗论所未能完成的。

（二）对"激情"的理解

李白诗歌富于激情。"情"是中国传统诗论的重要范畴，但传统诗论对"情"的讨论，往往是置于与其他艺术范畴相对的框架中来讨论，如"情"与"景"、"情"与"理"等。对于"情"在艺术创作中的丰富样态，讨论得不是非常充分。而在浪漫主义批评中，对"情"的讨论，是一个核心的话题，而且尤其关注浓烈、激动的"激情"（emotion）。李白诗作中的情感，与此相当接近。例如，诗人在看到理想将要实现时的兴奋，是如此地奔放，他高唱"仰天大笑出门去，吾辈岂是蓬蒿人"（《南陵别儿童入京》），而当人生陷入苦闷，他的忧愁又是如此地不可遏止："抽刀断水水更流，举杯销愁愁更愁"（《宣州谢朓楼饯别校书叔云》）。类似激烈的情感体验，我们在欧美浪漫主义文学中是很容易看到的。而在中国文学的传统中，这样的激情表达，并未得到充分的展开，例如，李白的《行路难》，人们会注意到它与鲍照《行路难》的渊源关系，但鲍诗"对案不能食，拔剑击柱长叹息"的感慨，显然不能和李白的激情相提并论。屈原的《离骚》在浓烈的人生感慨中展现了充沛的激情，与李白诗歌颇有近似之处，但后世对楚骚的继承，又多偏于高远的兴寄和低沉的咏怀，极大地淡化了《离骚》中激情的浓度。李白的作品重现激情，而要深入理解这种表现品质，浪漫主义诗歌批评对"情"的解读，无疑会有很好的帮助。

浪漫主义的批评家立足于追求理想、冲决现实之束缚的精神追求来理解这种激情的表达，而李白身上正体现了这样的精神气质。但我们更需要注意的是，浪漫主义的批评是将这种精神气局与情感联系起来考察，这对于理解李白的艺术尤有裨益。有不少论者指出，李白在精神上远绍庄子，《庄子·逍遥游》中"与天地精神相往来"的气局，我们可以在李白身上清晰地观察到。阮籍《大人先生传》中所描绘的"以万里为一步，以千岁为一朝……以天地为家"的大人先生，也在李白的自我形象中得其仿佛，但无论《庄子》还是阮籍对大人先生的描绘，都重在精神境界的展示，缺少一种激情的表达，而李白则是运激情于宏阔之中，将激情与超越束缚的开朗气局融汇在一起，这样的艺术形态，在浪漫主义文学批评的解读中，无疑会得到更深入的阐发。在受到浪漫主义批评影响的刘大杰、林庚等人的李白研究中，李白诗作中的激情得到充分的关注与讨论，有关的认识也很有启发意义。

（三）对"想象"的分析

浪漫主义文学十分重视艺术想象，而"想象"(imagination) 也因此成为浪漫主义文学批评十分重视的内容。"想象"是作家在艺术创作中对现实人生的主观改造，因此这一艺术范畴的理论基础，是主观与客观的二分对立，这与欧美的哲学传统有密切的联系。中国哲学对世界本体的认识，与这种主客二分模式有很大差异，因此，对艺术想象的讨论，并不构成中国传统诗论的核心话题，而有关的讨论，多集中在"真"与"幻"、"奇"与"正"的关系问题上，对于艺术想象本身丰富的样态，与精神内涵的分析，并不是很充分。例如，刘勰《文心雕龙·夸饰》谈到艺术的夸张问题，而其主旨是要表达艺术之"奇"，不可过度，当不失其"正"，所谓："然饰穷其要，则心声锋起；夸过其理，则名实两乖。若能酌《诗》《书》之旷旨，翦扬马之甚泰，使夸而有节，饰而不诬，亦可谓之懿也。"刘勰之态度在传统诗论中颇有代表性。

传统的诗论家当然注意到李白诗歌大胆的想象，殷璠称李白《蜀道难》"奇之又奇"，皮日休称赞李白"言出天地外，思出鬼神表"。除了这些评论，很难看到对李白想象艺术的更充分的讨论。受到浪漫主义批评影响的 20 世纪的研究者，则对这个问题做出了更细致的分析。浪漫主义批评认为，想象必须和作家的"文学自我"与激情联系起来理解，他们认为，这不仅仅是一个文学的修辞手法，而是浪漫文学的基本追求，它展现了文学何以突破主客的对立，从而充分展现自我的艺术可能。想象被视为一种精神力量，20 世纪的李白研究，尤其偏重以这样的视角来观察李白诗中的想象，如林庚先生的《漫谈李白诗歌中的夸张》就是一个很好的代表。[1] 研究者注意到，在李白"奇之又奇"的想象中，蕴含着宏伟的精神视野，蔑弃一切精神束缚的力量以及不可遏制的激情。例如，李白"燕山雪花大如席，片片吹落轩辕台"中奇特的想象，正应该放在"烛龙栖寒门，光耀犹旦开。日月照之何不及此，唯有北风怒号天上来"的北国大地滚滚无际的黑暗之中来体会，在这无边的幽暗寒冷之中，只有大如席的雪花才能与之相配合。[2] 艺术奇思的背后，乃是不可抑制的愁闷与茫茫心绪。这些分析，都更深地触及李白诗艺的精髓。

由此可见，浪漫主义批评对于理解李白的诗歌艺术有许多积极的帮助，单纯评判"浪漫主义"这样的概念术语是否适合中国文学，是一个过于简单的做法。应该看到，随着欧美浪漫文学和文学批评引入中国，我们可以有更开阔的视野来理解传统文学，无论是浪漫文学的具体文学经验，还是浪漫主义文学批评的分析视角，都对我们多有启发，

---

[1] 林庚.唐诗综论 [M].北京：人民文学出版社，1978：218-220.

[2] 葛晓音.唐诗宋词十五讲 [M].北京：北京大学出版社，2003：82.

特别是在理解李白这样的诗人上，这样的启发尤其值得重视。

当然，作为一种外来的文学经验和批评传统，浪漫文学和浪漫主义批评在李白研究上的局限性，也是需要看到的，这主要表现在以下几个方面。

1. 对待文学传统的态度

欧美的浪漫文学，强调突破传统与常规的束缚，而李白对待传统的文学规范，却表现出相当尊重的态度。例如，李白创作了大量的乐府诗，这些作品在命意与表现格局上，对传统的乐府诗表现出很大的继承性，但在发挥传统命意上展现出极大的创造性。这种继承与创造水乳交融的艺术特色，与浪漫文学的文学经验有所差异。因此，浪漫主义批评对突破常规的强调，对于理解李白艺术就有不尽妥帖之处。20世纪的某些受浪漫主义批评影响的李白研究，过多地强调李白突破艺术规范，甚至认为他完全忽视规范，这样的认识都是需要认真反思的。

2. 对李白"天真自然"的理解，要注意中国文化背景

欧美的浪漫文学强调追求自然，而这其中所谓的"自然"(nature)，是主客二分模式下与人类文明相对的概念，因此其中蕴含着与现实世界的巨大张力。中国传统的诗论家多以"天真自然"来评价李白，这其中的"自然"，则是立足于中国哲学背景的概念，特别是受老庄哲学和魏晋玄学的影响，在与现实世界和现实人生的关系上，并不刻意强调其冲突，而是希望在现实人生中实现"自然"的理想。

我们不难注意到，李白虽然狂放不羁，但他并不刻意乖张，其诗作也并不刻意选择奇怪的题材，相反，他善于在日常人生中展现出理想的境界。例如《静夜思》，其所抒之情不过是寻常的游子思乡，其所写之景不过是日常生活的一个普通片段，但在他的笔下，游子低头沉吟思乡的一刹那，恰恰是摒除了一切繁杂而无比专情的时刻，这是一个理想而纯净的时刻，它生灭于日常人生的起伏之中，却体现了对人生的纯化与提升。这就是李白追求理想境界而又不离日常人生的独特所在。这样的"自然"，并不需要到远离人世的洪荒中去实现。

浪漫文学和浪漫主义文学批评在理解李白上的枘凿之处，是需要特别留意的，一切简单照搬外来批评视角的做法，都不可取，但从文学交流的开阔格局来看，我们大可不必因为这些枘凿而对外来影响抱彻底拒斥的态度，因为即使是枘凿的存在，也可以积极地启发我们深入认识中国文学的独特性。在经历了20世纪中外文学的巨大碰撞之后，任何要彻底回到中国传统的做法实际上都既无可能，也无必要。在开放的格局里，我们对自身传统的认识，其被深化的可能，实际上要远大于被削弱的可能。

以戏剧架起中俄友谊的桥梁
——中俄戏剧交流及其相互影响

刘 平

中国社会科学院文学研究所研究员

中俄戏剧交流历史悠久，源远流长，它见证着中俄两国人民的友谊，也说明中俄两国文化交流的密切关系。从最初梅兰芳去苏联演出所产生的影响，到之后我国翻译俄罗斯的剧本和理论文章，再到排演俄罗斯的名剧，接受俄罗斯演剧理论影响。在此过程中，既有中俄戏剧在相互交流中所产生的影响，也有在相互学习与借鉴中的发挥与创造。

一、中俄戏剧交流历史的简略回顾

中俄戏剧交流的历史是从19世纪初开始的。中国对俄罗斯戏剧的了解，一是从书本上学，二是在舞台上获得，最初是从斯坦尼斯拉夫斯基开始的。

斯坦尼斯拉夫斯基从1902年开始新演剧的实验。1916年，许家庆撰写的《西洋演剧史》中就有了介绍。同年，契诃夫剧作的译本先后由商务印书馆出版，包括《樱桃园》《海鸥》《万尼亚舅舅》。

1923年，余上沅在美国看到了莫斯科艺术剧院演出的《沙皇费尔多》《在底层》《樱桃园》《三姊妹》等剧，兴奋不已，马上给北京《晨报》写文章，向中国读者介绍这些剧目以及他看演出的观感。

时任清华大学教授的张彭春从1923年开始三度访问苏联，在莫斯科和列宁格勒看过很多各剧院的戏剧演出，曾写出专文《苏俄戏剧的趋势》[1]，具体论述了"苏俄戏剧为什么值得注意？""苏俄戏剧有什么样的趋势？""由苏俄戏剧想到我们在戏剧上该有哪方面的努力？"等问题。他对斯坦尼斯拉夫斯基的演剧理论也有深入研究，在后来为南开新剧团排戏时常常提到斯坦尼斯拉夫斯基的《我的艺术生活》，要求演员"从

---

[1] 张彭春. 苏俄戏剧的趋势 [J]. 人生与文学，1935，1(3).

生活出发，掌握分寸感，不能多一分，也不少一分"[1]。

关于俄罗斯戏剧作品及资料的翻译介绍始于20世纪30年代。创刊于1937年5月的《戏剧时代》，曾发表多篇翻译介绍苏联戏剧的文章，如《高尔基与蒲雷曹夫》《第四届苏联戏剧节的回忆》《莫斯科剧院之鸟瞰》等。

创刊于1937年6月的《新演剧》，发表介绍苏联戏剧的文章有《苏联演剧人才之养成》《莫斯科儿童剧场之理论及实践》《苏联演员的表演方法》《苏联剧作家论述苏联的戏剧》。该刊尤其重视苏联演剧理论文章的介绍，如《论现实主义的剧本创作》《演员的信念与真实感》《演员的创作基础》《艺术剧院与现实主义》《苏联戏剧的新任务》等。

1937年，郑君里根据1936年出版的斯坦尼斯拉夫斯基的著作《演员自我修养》英译本，翻译了第一、二两章，在上海《大公报》上发表。从1939年起，他与章泯合作，开始翻译全书，其中的若干章节曾在重庆《新华日报》《新演剧》上发表，单行本于1943年在重庆出版。

1938年，苏联戏剧大师斯坦尼斯拉夫斯基逝世。8月21日，《国民公报》"星期增刊"出版《斯坦尼斯拉夫斯基追悼专页》，悼念这位伟大的戏剧家。余上沅、姜公伟、阎折梧、郭蓝田等发表悼念文章，并发表《国立戏剧学校全体员生吊斯坦尼斯拉夫斯基氏并致电唁问丹钦科先生》一文。刊出"国立戏剧学校举行斯坦尼斯拉夫斯基追悼大会"的消息，时间是8月23日，地点在上清寺街国立戏剧学校礼堂。

自20世纪40年代开始，中国陆续翻译出版了丹钦科的回忆录《文艺·戏剧·生活》、斯坦尼斯拉夫斯基的《我的艺术生活》。中华人民共和国成立后陆续出版《斯坦尼斯拉夫斯基全集》《斯坦尼斯拉夫斯基的导演课》。1985年，上海译文出版社出版了英国著名戏剧理论家戴维·马加尔沙克的著作《斯坦尼斯拉夫斯基传》，书中涉猎许多戏剧大师以及著名演员的舞台实践，有助于提高斯氏体系形成发展下戏剧作品的演出效果及影响等，这是《我的艺术生活》中没有涉及的。

二、俄罗斯戏剧在中国的演出

随着对俄罗斯戏剧作家的介绍及作品翻译，舞台演出不断增多。中国最早演出俄罗斯戏剧是在1921年，20世纪30年代逐渐增多，演出水平也越来越高，至40年代演出范围越来越大，50年代形成高潮。

---

[1] 夏家善，崔国良，李丽中. 南开话剧运动史料[M]. 天津：南开大学出版社，1984：81.

（一）三四十年代的演出

在中国最早演出苏联戏剧的是天津南开新剧团。1921年10月16日、17日晚，天津南开新剧团为庆贺爱国教育家严修、张伯苓在天津共同创办"私立中学堂"17周年，在校庆活动中演出了俄国剧作家果戈理的名剧《巡按》（《钦差大臣》），这是南开新剧团第一次采用外国剧本。此后，比较重要的演出是由辛酉剧社、上海戏剧协社和苦干剧团等剧团承担。

1930年5月10日、11日，辛酉剧社在上海中央大会堂演出契诃夫名剧《文舅舅》（《万尼亚舅舅》），导演是剧社社长朱襄丞，主演是袁牧之（饰文舅舅）。该剧舞台艺术严谨，强调忠于原作，创造出俄罗斯生活的气息。

1933年9月，为纪念"九一八"事变两周年，上海戏剧协社演出俄罗斯名剧《怒吼吧，中国！》，由应云卫、夏衍、沈西苓、孙师毅、郑伯奇、顾仲彝、严工上组成导演团，由应云卫执导。演员有袁牧之、魏鹤龄、朱铭仙、沈童、冷波、赵曼娜等。舞台首次运用灯光的切割变化场景，场面恢宏，气势磅礴，演出获得很大成功。

1935年10月1日，上海业余剧人协会在上海金城大戏院公演果戈理的《钦差大臣》，导演团队由欧阳予倩、洪深、万籁天、史东山、沈西苓、孙师毅、章泯组成，章泯任执行导演。金山饰赫里斯塔可夫，顾而已饰安唐县长，王莹饰县长妻，叶露茜饰县长女。该剧通过讽刺、暴露沙俄官僚绅商的丑态，对国民党反动派的腐败和昏庸也是有力的讽喻，深受观众欢迎。

1936年11月，上海业余剧人协会在卡尔登大戏院连续演出三大名剧：《大雷雨》《欲魔》《醉生梦死》。《欲魔》根据托尔斯泰的《黑暗的势力》改编，欧阳予倩任导演。《醉生梦死》根据爱尔兰剧作家奥凯西的《朱诺与孔雀》改编。《大雷雨》完全按照奥斯特洛夫斯基的原作译本演出。

1936年2月，南京国立戏剧专科学校于27日至31日举行首次公演，剧目为《视察专员》，由果戈理的《巡按》改编，改编者陈治策，导演余上沅。

1944年4月5日，苦干剧团在上海巴黎戏院演出喜剧《视察专员》，陈治策根据果戈理名剧《钦差大臣》改编，黄佐临任导演。

1944年4月14日，新艺剧团在卡尔登大戏院上演四幕悲剧《罪与罚》，陆洪恩根据俄国陀思妥耶夫斯基同名小说改编，刘琼任导演，乔奇、林易任主演。

1945年11月24日，师陀、柯灵编剧，黄佐临导演的话剧《夜店》由苦干剧团在上海辣斐大戏院上演，石挥、丹尼、张伐、程之、莫愁、林榛等任主演，连续客满40场。评论家李健吾说："《夜店》的改编和上演应当是今年剧坛的一件大事。"唐弢先生说：

"我们的改编者和作者一齐努力,从低污卑贱里拼命地发掘人生,揭示了高贵的感情;让我们浸淫于喜怒爱憎,温习着悲欢离合,化腐朽为神奇,使秽水垢流发着闪闪的光。"巴金在这个戏中看到了"善良的灵魂"。景宋说:"《夜店》,尤其是话剧中,接触现实最深刻的,因为它所表现的是'人间地狱的一角'。这,在中国话剧界可是划时代的产品。"[1]

(二) 解放区演出的俄罗斯戏剧

1939年年底,抗日战争进入相持阶段,从延安到各抗日根据地曾出现过一阵"演大戏"的热潮。所谓"大戏",主要是指大型的中外名剧。根据毛泽东"延安也应当演出一点国统区的戏"的建议,延安各话剧团从1940年开始上演一批中外名剧,中国戏剧有《雷雨》《塞上风云》《上海屋檐下》《法西斯细菌》《雾重庆》《李秀成之死》《太平天国》等。而外国剧中,演出的俄罗斯戏剧最多:鲁迅艺术学院1940年演出的果戈理的《钦差大臣》、契诃夫的《求婚》《蠢货》《纪念日》,1941年演出的苏联独幕剧《海滨渔妇》《钟表匠与女医生》,1942年演出鲍戈廷的《带枪的人》等;西北青年救国剧团(后改为延安青年艺术剧院)1941年演出伊凡诺夫的《铁甲列车》;1940年陕甘宁边区剧协在延安举办戏剧节,鲁艺实验剧团和陕北公学、中国女子大学、抗日军政大学等联合公演果戈理名剧《钦差大臣》;中央党校剧团演出苏联话剧《决裂》。此后,晋察冀、晋冀鲁豫、山东、华东等抗日根据地都兴起了"演大戏"的热潮。

1940年11月,为纪念俄国十月革命23周年及晋察冀军区成立三周年举办戏剧节,华北联大文艺学院、联大文工团、西北战地服务团、抗敌剧社等联合演出了根据高尔基同名小说改编的大型话剧《母亲》。1941年5月,联大文工团演出了果戈理的《巡按》,西北战地服务团演出了根据托尔斯泰同名小说改编的话剧《复活》。联大文艺学院和联大文工团联合演出了鲍戈廷的名剧《带枪的人》。1942年8月,抗敌剧社演出了奥斯特洛夫斯基的名剧《大雷雨》。

1944年5月,《解放日报》根据毛泽东的建议,连载苏联作家考涅楚克创作的话剧《前线》(萧三译),还转载了苏联《真理报》介绍这部获得斯大林文艺奖金的剧目的文章。该剧最早由中央社会部枣园文工团演出,后续中央党校和鲁迅艺术学院联合演出,引起轰动效果。该剧描写苏联卫国战争时期的故事,教育干部要接受新事物,反对骄傲自满,克服保守思想,学习和掌握现代作战能力。剧作批判狭隘保守、凭经验主义指挥的前敌总指挥戈尔洛夫,表彰努力学习新事物、按前线实际情况灵活指挥作战的

---

[1] 原载于1945年12月苦干戏剧修养学馆《夜店》演出说明书。

青年军长欧格涅夫。剧中有个记者叫客里空,专门制造"假大空"新闻,报喜不报忧,违背了实事求是的精神,受到批评。当时,在根据地的干部、群众中,戈尔洛夫、欧格涅夫、客里空的名字被广为流传。凡是遇到保守固执的人,人们就称他为"戈尔洛夫";凡是遇到努力上进、善于学习新事物、实事求是而又能干的人,人们就称他为"欧格涅夫";凡是吹牛说大话,搞"假大空"的人,人们就直呼他为"客里空"。可见,这个戏的影响之大。此后,各根据地陆续上演《前线》,如山东根据地鲁南剧团、新四军抗敌剧团等。

1944年11月7日,为纪念俄国十月革命,抗敌剧社演出苏联作家西蒙诺夫的名剧《俄罗斯人》。1945年8月,日本无条件投降,抗战胜利结束。山东军区文工团演出《前线》、新四军文工团演出《俄罗斯人》、苏浙军区文工团演出《前线》,以表示庆贺。

1947年春,刘斐章领导的抗敌演剧六队在武汉演出《夜店》,刘高林任导演。1947年4月,抗敌演剧二队在北平建国东堂公演《夜店》,特邀焦菊隐执导,胡宗温、田冲、冉杰、蓝天野、罗泰、狄辛、宋凤仪、刘景毅等参加演出。焦菊隐学习运用斯坦尼斯拉夫斯基的体验学派,创造了真实生动的舞台形象,演出轰动故都,有评论认为,"《夜店》的演出,在北方戏剧史上掀开了新的一页"。

(三) 中华人民共和国成立后演出的俄罗斯戏剧

中华人民共和国成立后,中国舞台上演出的俄罗斯戏剧不断增多,形成一种热潮。从1950年开始,各剧团演出比较多的剧目是《莫斯科性格》《钢铁是怎样炼成的》《俄罗斯问题》《美国之音》《钦差大臣》等。1952年6月,东北人民艺术剧院在沈阳演出荣获1950年斯大林文艺奖金的苏联话剧《曙光照耀着莫斯科》,由苏洛夫编剧,严正导演,李默然主演。年底应邀进京演出,受到广泛欢迎。之后,全国有几十个剧团上演了此剧。

1956年1月1日,中央戏剧学院干部训练班举行毕业公演,演出三台不同类型、不同风格的话剧,都是苏联戏剧专家列斯里指导排练的。《柳鲍芙·雅洛娃娅》是苏联的优秀戏剧作品,还有《一仆二主》和《桃花扇》。

1956年6月18日,中国戏剧家协会在北京举行纪念苏联作家、戏剧家高尔基逝世20周年纪念会,田汉在会上作题为《社会主义现实主义戏剧文学的奠基人高尔基》的报告。会后北京人民艺术剧院(以下简称北京人艺)演出高尔基名剧《耶戈尔·布雷乔夫和其他的人们》,特邀苏联戏剧专家库里涅夫任艺术指导,总导演为焦菊隐,导演为夏淳、梅阡。

1956年11月,为纪念俄国十月革命40周年,全国话剧界数十个剧团上演了苏联话剧，北京人艺演出鲍戈廷的名剧《带枪的人》，中央戏剧学院实验话剧院演出了苏联名剧《革命的风浪》，上海人民艺术剧院举行"苏联话剧片段晚会"等。

1959年7月9日，中苏友好协会、中国戏剧家协会等单位在北京举行纪念俄罗斯名剧《大雷雨》演出100周年，田汉、欧阳予倩、梅兰芳、阳翰笙等文艺界人士出席。会后，中央戏剧学院实验话剧院演出了《大雷雨》，孙维世任总导演，耿震、林韦任导演。

此外，各大剧院演出的俄罗斯戏剧还有：北京人艺演出的《非这样生活不可》《耶戈尔·布雷乔夫和其他的人们》《是谁之过》《带枪的人》《列宁与第二代》《智者千虑，必有一失》等；中国青年艺术剧院演出的《保尔·柯察金》《钦差大臣》《万尼亚舅舅》《第二次爱情》等；上海人民艺术剧院演出的《曙光照耀着莫斯科》《尤里乌斯·伏契克》《决裂》《大雷雨》《蜻蜓》《悲壮的颂歌》《遥远的道路》《叶绍尔夫兄弟》等；辽宁人民艺术剧院演出的《尤里乌斯·伏契克》《在那一边》《一路平安》《为了革命》《叶绍尔夫兄弟》《红色宣传员》《待嫁的女人们》等；中央戏剧学院在20世纪50年代演出的《玛申卡》《小市民》《布雷乔夫》《她的朋友们》《普拉东克列契克》《远方》《祝你成功》《克里姆林宫的钟声》《肥缺》《俄罗斯人》等；中央实验话剧院演出的《小市民》、《革命的风浪》（原名《不平静的晚年》）、《大雷雨》、《契诃夫独幕喜剧晚会》、《求婚》、《纪念日》、《明知故犯》、《蠢货》、《叶绍尔夫兄弟》等。还有河北省话剧院、哈尔滨话剧院、四川省人民艺术剧院、湖北省话剧院、大连话剧团等在20世纪50年代演出了《曙光照耀着莫斯科》《尤里乌斯·伏契克》《柳鲍夫·雅洛娃娅》《以革命的名义》《乐观的悲剧》《我城一少年》《上一代》《克里姆林宫的钟声》等，形成了持续多年的演出高潮。

（四）新时期以来演出的俄罗斯戏剧

自20世纪五六十年代之后，中俄戏剧交流演出曾出现降温。一直到新时期，中国上演俄罗斯戏剧才又火热起来。2004年9月，中国国家话剧院推出"首届国家话剧院国际戏剧季'永远的契诃夫'"戏剧作品，演出契诃夫的《普拉东诺夫》《万尼亚舅舅》《三姐妹》《樱桃园》等剧作。

中央戏剧学院作为教学剧目，演出的俄罗斯剧目有《无辜的罪人》《海鸥》《老式喜剧》《残酷的游戏》《外省逸事》《列兵们》《伊尔库什克的故事》《复活》《打野鸭》《长子》《樱桃园》《三姐妹》《野安琪儿》《青春禁忌游戏》《去年夏天在丘立木斯克》等。

2009年11月，为纪念俄国19世纪文学家果戈理200周年诞辰，由上海戏剧学院与上海焦晃艺术工作室联合制作并演出了经典讽刺喜剧《钦差大臣》。

2010年1月30日，中国外国文学学会俄罗斯文学研究会、中国社会科学院外国文学研究所、《世界文学》编辑部联合在北京举行"契诃夫与我们——纪念契诃夫 150 周年诞辰学术研讨会"，演出由童道明创作、为纪念契诃夫 150 周年诞辰特意排演的话剧《我是海鸥》。

此外，各戏剧院团还邀请俄罗斯导演来排戏，以便能更好地学习。1991 年，北京人艺邀请莫斯科艺术剧院总导演叶甫列莫夫来排演《海鸥》；2003 年中央戏剧学院邀请俄罗斯叶卡捷琳堡剧团来演出《海鸥》；2013 年，为纪念俄罗斯戏剧家斯坦尼斯拉夫斯基 150 周年诞辰，上海话剧艺术中心邀请斯坦尼体系的传承者——俄罗斯导演阿道夫·沙彼罗先生来沪，导演契诃夫的名剧《万尼亚舅舅》。

三、中国戏剧在俄罗斯的演出

在中俄戏剧交流中，中国戏剧在俄罗斯演出不是很多，但有几次却产生了非常大的影响，如梅兰芳 1935 年的访苏演出等。

（一）梅兰芳访苏演出

1934 年 4 月，梅兰芳接到我国驻苏联大使馆转来的苏联对外文化协会的邀请，大意是"苏联对外文化协会闻梅兰芳赴欧美表演消息，极盼顺道过苏一游"，并表示，"梅君在苏境内食宿招待，可由苏方负担……"经过与苏方多次协商，苏联对外文化协会代理理事长库里雅科正式致函梅兰芳约请带领剧团于 1935 年 3 月莅临莫斯科。苏方还组成"梅兰芳招待委员会"，成员有斯坦尼斯拉夫斯基、聂米罗维奇·丹钦科、梅耶荷德、泰伊洛夫、爱森斯坦、特来杰亚考夫（《怒吼吧，中国！》的著者），皆为苏联戏剧、电影、文学界知名人士以及外交官员。

梅兰芳访苏的中方主要领导成员有团长梅兰芳、总指导张彭春、副指导余上沅。剧目的选择是梅兰芳与张彭春、余上沅、谢寿康、欧阳予倩、徐悲鸿、田汉等讨论商定的。正剧有《汾河湾》《刺虎》《打渔杀家》《宇宙锋》《虹霓关》《贵妃醉酒》。副剧有《红线盗盒》的"剑舞"、《西施》中的"羽舞"、《麻姑献寿》的"袖舞"、《木兰从军》中的"戟舞"、《思凡》的"拂尘舞"、《霸王别姬》的"剑舞"等。

苏联政府方面恐怕团员受不住颠簸之苦，特派"北方号"邮轮直接驶沪迎接梅兰芳团长、张彭春总指导及其他随行人员，于 1935 年 2 月 21 日从沪启程直驶海参崴。同行的还有以上海明星影片公司经理周剑云、电影明星胡蝶为首的中国电影代表团，也搭乘此轮赴苏参加国际电影节。"北方号"抵达海参崴后，梅兰芳一行又转乘西伯利亚特别快车，于 3 月 12 日抵达莫斯科。苏联对外文化协会、苏联外交人民委员会、苏联戏剧家协会等代表团到车站迎接。

对于梅剧团到苏联演出，苏联戏剧界非常重视，为演出制作了精致的戏单和宣传梅剧团的资料，每场开演前都派主要演员及专家20人轮流观摩，举行讨论会，邀请梅兰芳及张彭春、余上沅先生出席，共同进行学术研究。苏联对外文化协会会长阿洛舍夫为该会欢迎梅剧团1935年访苏而出版的《梅兰芳和中国戏剧》一书所写的前言记载如下。

> 伟大的中国艺术家梅兰芳的戏剧团来到我国，这是苏中两国文化交流史上的一件大事。
>
> 中国的古典戏剧，由于梅兰芳把它的艺术提高到那样令人惊异的程度，无疑会引起苏联艺术家和广大戏剧观众的极大兴趣……
>
> 苏联对外文化协会代表苏联各科学艺术组织，热烈欢迎我们杰出的客人莅临苏联首都……

这本书共收入4篇文章：苏联汉学家王希理的《中国舞台上的伟大艺术家梅兰芳》、电影导演爱森斯坦的《梨园仙子》、剧作家特来杰亚考夫的《五亿观众》和南开大学张彭春教授的《京剧艺术概观》。

梅兰芳原计划在莫斯科表演5场，在列宁格勒表演3场，后因观众购票空前踊跃，经苏方要求，遂改为在莫斯科演出6场，在列宁格勒增加到8场。每场演毕，观众都要求谢幕多次。最后，苏联对外文化协会又请梅兰芳在莫斯科大剧院再加演一场，作为临别纪念。这一场，梅兰芳被掌声请出谢幕达18次之多，这在该剧院的舞台演出史上亦是一桩破天荒的事。另有许多观众聚集在剧院门口等待着，渴望一睹梅兰芳的风采，以至需由警察维持秩序开辟一条小道，才能使梅兰芳登上汽车返回旅舍。那些日子里，甚至马路上的小孩，看见衣冠整洁的中国人走过，都会喊一声"梅兰芳"，可见其影响之大。

从3月23日起，梅兰芳在莫斯科音乐厅公演6天，演出了6出戏：《宇宙锋》《汾河湾》《刺虎》《打渔杀家》《虹霓关》《贵妃醉酒》；还表演了6种舞，即《西施》中的"羽舞"、《木兰从军》中的"走边"、《思凡》的"拂尘舞"、《麻姑献寿》的"袖舞"、《霸王别姬》的"剑舞"、《红线盗盒》的"剑舞"（见梅兰芳《我的电影生活》）。高尔基等苏联文艺界知名人士都到现场观看。4月14日，苏联文化协会举行座谈会，由聂米罗维奇·丹钦科主持，苏联文艺界代表性人物斯坦尼斯拉夫斯基、梅耶荷德、泰伊洛夫、爱森斯坦等，以及正在苏联访问的欧洲艺术家戈登·克雷、布莱希特、皮斯卡托等也参加了会议。

苏联艺术家对中国戏做了精辟准确的评价。斯坦尼斯拉夫斯基一贯主张现实主义的表演，反对脱离生活的形式主义。他认为，梅兰芳博士的现实主义表演方法，可供他们探索研究。他非常重视苏联民族形式的优良遗产，同时也善于吸收外来艺术的优点。他说，中国戏是有规则的自由动作。他还说，要成为一个好演员或好导演，必须刻苦地钻研理论和技术，二者不可偏废。丹钦科也认为，中国戏合乎舞台经济原则。[1]

德国著名剧作家布莱希特当时受到希特勒的迫害，正在苏联政治避难。他观摩梅兰芳的演出后，对京剧艺术着了迷，次年，他专门写了一篇《论中国戏曲与间离效果》的文章，他兴奋地说，他多年来所朦胧追求而尚未达到的，在梅兰芳却已经发展到极高的艺术水平。可以说，梅兰芳的精湛表演深深地影响了布莱希特戏剧观的形成。[2]

1957年，梅兰芳到莫斯科演出京剧《贵妃醉酒》《白蛇传》，同样引起很大反响。1991年，上海京剧院去莫斯科演出京剧《曹操与杨修》，2012年，北京京剧院去莫斯科演出《白蛇传》，都收到了很好的效果。

2011年6月，北京人艺去莫斯科演出了话剧《雷雨》，在演出结束后的酒会上，契诃夫国际戏剧节组委会主席沙德林异常激动地说："我们犯了一个历史性的错误，这么多年，第一次在我们家里看到了来自中国的斯坦尼斯拉夫斯基演剧学派的演出。我们曾经很好奇，随着中国经济的快速发展，这些年中国还有戏剧吗？今天，我们终于看到了非常优秀的演出，所有观众都为你们的演出叫好！"刘章春说："沙德林语气中肯，简直是在激动地大声叫喊。"[3]

（二）苏联上演的中国戏剧作品

20世纪50年代，苏联演出中国戏曲《西厢记》，演出时剧名改为《倾杯记》。

1958年3月8日，苏联中央运输剧院首演了曹禺的剧本《雷雨》。苏联戏剧艺术家波里斯·沃尔金看过演出后非常激动，写了《〈雷雨〉在莫斯科演出》一文。文中说："大大地改建后的剧场，可容纳1500人，中央运输剧院的观众大厅紧紧地挤满了各种各样的人群。许多中国同志也来看这个戏的首演。""观众从一开头就热烈地欢迎这个新（戏）的演出。"演出前，苏联功勋艺术家、剧院的总导演弗拉基米尔·戈里德费里德报告了排演这个戏的意义。"在首演的晚上，剧场里一再爆发出掌声。演出给观众深刻的印象。

---

[1] 黄殿祺. 话剧在北方奠基人之一——张彭春[M]. 北京：中国戏剧出版社，1995：277-278.
[2] 同[1]282.
[3] 刘章春. 从《雷雨》在莫斯科演出想到的[M]// 崔宁，刘章春. 斯坦尼斯拉夫斯基表演体系与北京人民艺术剧院. 北京：中国戏剧出版社，2013：76.

戏结束的时候，我们可以听到观众的欢呼声：'曹禺，好！''导演，好！''克拉斯诺波里斯基（扮演周朴园），好！''库兹涅措娃（扮演繁漪），好！'扮演四凤的演员拉里西·库尔丘莫娃的表演也给人们带来强烈的印象……她扮演的四凤征服了观众。"[1]3 月 9 日，中国驻苏大使刘晓和使馆工作人员看了这出戏，还有很多中国留学生也看了戏。演出结束后，刘晓同苏联中央运输剧院全体人员见面，他赞扬这个演出获得了令人愉快的艺术成就后，形象地说道："苏联艺术和苏中友谊这一花朵正在盛开。"当曹禺知道在莫斯科上演他的剧本后，立刻给剧院寄去一封信："先进的苏联剧院又一次上演中国的剧本，我很激动。我们看到中苏人民持久的兄弟般的友谊在这里得到了具体的表现。祝你们的工作获得成就！"北京人艺全体同志给苏联中央运输剧院的电报中说："我们深信，在你们的舞台上演出《雷雨》将大大地增强中苏人民的兄弟友谊的巩固，将促进我们两国之间和剧院之间的文化交流。"

苏联的普希金剧院 1958 年也演出了《雷雨》，演出时剧名改为《台风》，导演为阿·柯索夫。3 月 10 日，柯索夫给曹禺写信，交流他对剧本的分析和看法。曹禺热情地写了回信，并解答了他的问题。[2]

1958 年 3 月底，《马兰花》（苏联上演时改名为《神奇的花朵》）在莫斯科中央儿童剧院上演。该剧导演是著名戏剧大师克尼碧尔。我国在苏联国立戏剧学院学习的学生陈颙、张奇虹和王希贤担任了实习导演，帮助演员学习中国民族戏曲风格和插舞。该剧中的舞蹈由曾在我国舞蹈学校任教两年的苏联专家——苏联功勋演员查普林编排，剧中的婚礼舞蹈和假面舞给演出带来了鲜明美丽的色彩。舞台上表现了浓厚的中国民族色彩。在这方面，中国儿童剧院给予该剧很大的帮助。美术家伊凡诺夫做的布景和服装也突出了节日气氛。这次演出受到莫斯科文艺界人士的重视和观众的欢迎。[3]

1987 年 10 月，苏联新西伯利亚市红色火炬剧院演出了中国剧作家刘树纲的名剧《一个死者对生者的访问》，由张奇虹导演，舞美设计为苗培如。在苏联舞台上由中国导演执导中国当代话剧，这是第一次。11 月 11 日，该剧首演，效果非常好，一票难求。

---

[1] 〔苏联〕波里斯·沃尔金.《雷雨》在莫斯科演出 [J]. 戏剧报 .1958(9).
[2] 关于《雷雨》在苏联上演的通信 [J]. 戏剧报 .1958(9).
[3] 莫斯科上演《马兰花》[J]. 戏剧报 .1958(9).

四、在交流演出中的相互影响

（一）梅兰芳访苏演出的影响

德国剧作家布莱希特在莫斯科观看了梅兰芳 1935 年的访苏演出，感受非常深，特意写了《论中国戏曲与间离效果》一文，他如下说。

> 中国古典戏曲也很懂得这种陌生化效果，它很巧妙地运用这种手法。人们知道，中国古典戏曲大量使用象征手法。一位将军在肩膀上插着几面小旗，小旗多少象征着他率领多少军队。穷人的服装也是绸缎做的，但它却由各种不同颜色的大小绸块缝制而成，这些不规则的布块意味着补丁。各种性格通过一定的脸谱简单地勾画出来。双手的一定动作表演用力打开一扇门等等。舞台在表演过程中保持原样不变，但在表演的同时却把道具搬进来。所有这些久已闻名于世，然而几乎是无法照搬的。[1]

布莱希特还讲了一个有趣味的"插曲"：梅兰芳在做有关中国戏剧的报告时穿着西服当众表演的故事。他说："梅兰芳穿着黑色礼服在示范表演着妇女的动作。这使我们清楚地看出两个形象，一个在表演着，另一个在被表演着。在晚上这位博士（父亲、银行家）的表演变成了另一个形象，无论脸部表情，人物服装和神态都变了，忽而惊愕，忽而嫉妒，忽而调皮捣蛋，声音也不同了，那个穿着黑色礼服的梅兰芳几乎消失得无影无踪了。如果我们不是了解他，假如他不是这样名声显赫，从太平洋到乌拉尔尽人皆知的话，我们根本就认不出他来了。他表演的重点不是去表演一位妇女怎样走路和哭泣，而是表演出一位特定的妇女怎样走路和哭泣。他对'事物本质'的见解主要是对妇女的批判性和哲理性的认识。假如人们看见的是在现实中的一个相同的事件，遇见的是一位真实的妇女，也就谈不上任何艺术和艺术效果了。"[2]

布莱希特认为，中国戏曲艺术中的程式化，正是"记叙性戏剧"所需要的"间离效果"。在他剧作中常用的间离效果，有些就是从中国京剧的表现手法中脱胎出来的。如简洁而带有象征意义的舞台布景，演员戴的面具，还有虚拟动作。而"自报家门"手法则直接来自中国京剧艺术。如他 1932 年写的《母亲》中，弗拉索娃一出场就面向观众做自我介绍道："我叫弗拉索娃。我是工人的妻子，工人的母亲……"这种手法

---

[1]〔德〕贝·布莱希特. 布莱希特论戏剧 [M]. 北京：中国戏剧出版社，1990：192-195.
[2] 同 [1]205-206.

在他1941年写的《四川好人》中运用得最为完美。这出戏的开场《序幕》是这样写的。

> 四川某大城市的一条街。傍晚。挑水工人王在向观众做自我介绍。
> 王：我是这儿的挑水工人，在四川靠水吃饭。这是一只多么不牢靠的饭碗！如果水少，就得为找水而汗流不止；如果水多，水的买卖就不好做。在我们这个省里就是穷！人家都说，只有仙人方能救我们。现在你们想想，我是多么高兴。我认识的一位常在外面跑跑的牲口贩子告诉我说，我们的几个大名鼎鼎的仙人已经上了路，说不定什么时候就能到咱们四川……

这个《序幕》开场，与京剧里的自报家门、引子、定场诗有着异曲同工的作用。如果说以上还只是形式上受中国戏曲的影响的话，那么，布莱希特的另一剧作《高加索灰阑记》的主题则直接"借用"了中国戏曲《包待制智勘灰阑记》的创意。

据张奇虹先生回忆，1957年梅兰芳到莫斯科演出《贵妃醉酒》《白蛇传》时，一天，他的老师波波夫和克涅别尔特别兴奋地走进教室，停止了《李尔王》的排演，从下午4点到晚上11点，用了整个晚上谈梅兰芳的表演艺术，也谈到法国的表现派、德国的布莱希特等。

阿·波波夫说，梅兰芳的表演艺术是体验派，梅兰芳的表演是内心的体验和中国民族京剧优美的表现派融为一体的表演艺术。绝妙！精彩！他兴奋得一夜未睡好。他说，梅兰芳在他的《贵妃醉酒》三次下腰喝下三杯酒，通过他的肢体、舞步、唱腔、眼神、手势的表演，将人物的内心体验艺术地呈现在舞台上。他说，虽然听不懂，但他看见了，感受到了。梅兰芳把人物内心的痛苦、哀怨、凄凉表现到了极致的美，惟妙惟肖地表现出来，太动人啦！他还说，眼是心灵的镜子，梅兰芳有双大眼，他不轻易露，他都是有内心根据的，他边唱边含泪眯起双眼……感人的表演是第一自我控制着悲情，第二自我——角色又在人物的体验中，这是高超的体验表演艺术。[1]

（二）俄罗斯戏剧对中国的影响

俄罗斯戏剧对中国戏剧的影响，不论是剧本文学还是舞台表演都非常大。1954年年初，苏联专家列斯里等在中央戏剧学院开办了导演训练班、表演训练班、导演师资班、舞台美术班，均由苏联专家主持授课。在当时，对正处于摸索，甚至有些彷徨苦闷，渴望学习的中国演员们来说，把这称为"取真经"。1955年1月6日，苏联专家鲍格·库

---

[1] 张奇虹.斯坦尼斯拉夫斯基表演体系与北京人艺[M]//崔宁，刘章春.斯坦尼斯拉夫斯基表演体系与北京人民艺术剧院.北京：中国戏剧出版社，2013：48-49.

里涅夫来北京人艺主持表演训练班（甲、乙两个班）的训练，第一单元教授斯坦尼斯拉夫斯基的"舞台动作"。到12月初，训练班转入在实践中学习——通过排练高尔基的《耶戈尔·布雷乔夫和其他的人们》（简称《布雷乔夫》）一剧，对演员进行更具体的训练。库里涅夫任艺术指导，焦菊隐任总导演，夏淳、梅阡任导演。张帆说："中国的话剧界（尤其是像北京人艺这样的大剧院），在中华人民共和国成立以后的建设中从未脱离俄国的影响，从未脱离斯氏体系的影响。"1991年，叶甫列莫夫为北京人艺执导了全新概念的新现实主义的《海鸥》，副导演为任鸣，"再次打开我们的眼界，使得我们对斯氏体系和莫斯科艺术剧院有了新的认识"[1]。

周扬说："斯坦尼斯拉夫斯基是一个很大的斯基，是一个了不起的斯基。"斯氏体系影响了中国几代戏剧家，对中国的舞台艺术创作及其发展产生了极大影响。

（三）在学习借鉴中创造自己的舞台艺术风格

在学习借鉴斯坦尼斯拉夫斯基表演体系的过程中，中国有两位导演表现最为突出：一位是北京人艺的总导演焦菊隐，一位是中国青年艺术剧院的总导演孙维世。他们两人对斯氏体系的精华不仅了解得透彻，又有艺术创作方面的独特追求。

孙维世导演留学苏联学习戏剧多年，卫国战争时期都在苏联度过。她对斯氏体系有精到的理解与感悟。1948年回国后，她曾在华北大学文工团导演了小秧歌剧《一场虚惊》，其精彩程度令人耳目一新。1950年她被调到中国青年艺术剧院，1951年导演《保尔·柯察金》引起极大轰动。1952年她导演《钦差大臣》，北京人艺演员刁光覃、田冲、叶子、方琯德和蓝天野参加演出，取得极大成功。刁光覃说："孙维世导演对戏的处理，尤其是对演员的启发，使我对斯氏体系有了更具体的理解，我以后演戏、导戏，要学她的方法。"田冲这位个性十足、颇具天性的演员说，他最佩服的两位导演是焦菊隐先生和孙维世先生。"《钦差大臣》的合作，孙维世导演使我们具体感受到斯氏体系的精神。"[2]

在中国的舞台上，演外国戏而没有自己的痕迹，使之更像外国戏，孙维世为中国青艺导演的《万尼亚舅舅》是一个非常鲜明的例子。该剧的舞台呈现居然能跟苏联的剧院演得一模一样！一个外国朋友说："在北京看《万尼亚舅舅》和在莫斯科艺术剧院看完一场成功的演出一样，我们十分惊异，契诃夫的风格、情调、人物形象都被你们掌握住了。"苏联专家列斯里看这个戏的演出，格外喜欢金山的表演，第一场公演

---

[1] 张帆.北京人艺与斯氏体系[M]//崔宁，刘章春.斯坦尼斯拉夫斯基表演体系与北京人民艺术剧院.北京：中国戏剧出版社，2013：107.

[2] 蓝天野."我就是"，我不是——斯氏体系和北京人艺[M]//崔宁，刘章春.斯坦尼斯拉夫斯基表演体系与北京人民艺术剧院.北京：中国戏剧出版社，2013：6.

刚闭幕，观众还在鼓掌，列斯里便跑到台上拥抱金山，竖起大拇指连连夸奖说："你是天才的演员，演得太美了！"[1]

焦菊隐受到俄罗斯戏剧的影响，是从丹钦科和契诃夫开始的。

抗日战争时期，1942—1945年间，焦菊隐在翻译契诃夫戏剧和丹钦科的《回忆录》的过程中，找到了他向往已久的戏剧理想。他在为丹钦科《回忆录》（中译本《文艺·戏剧·生活》）写的"译后记"中记录了翻译该书时的心境："在这时，太阳召唤着我，艺术召唤着我，丹钦科召唤着我。我唯一的安慰，只有从早晨到黄昏，手不停挥地翻译这一本《回忆录》。"[2] 他还说，"每次读到《海鸥》经丹钦科的演出而成功的叙述，欣悦和感动就必然交迫着使我心酸一次。"丹钦科引用过的古罗马人的格言——"生活就是战斗"，也给予身处困境中的焦菊隐以莫大的勇气和信心。丹钦科的戏剧思想和艺术实践也为焦菊隐在探索戏剧理想过程中提供了一个真实而成功的范本。在演出方面，丹钦科提出"导演是一面镜子""导演必须死而复生在演员的创造中""导演是教师，又是组织者"等言论，对焦菊隐后来的导演工作影响非常大。1946年，在丹钦科逝世3周年之际，焦菊隐特意写了《聂米罗维奇·丹钦科的戏剧生活》一文表达对这位戏剧大师的崇敬之情。

从20世纪40年代开始，焦菊隐陆续翻译了契诃夫的《海鸥》《樱桃园》等作品，他说，是契诃夫使他"打开了眼界，认识到了应该走的路"。"必须坦白地承认，我的导演工作道路的开始是独特的：不是因为斯坦尼斯拉夫斯基才略懂得了契诃夫，而是因为契诃夫才略懂得了斯坦尼斯拉夫斯基。"[3] 因此，当50年代中国剧坛对斯氏体系顶礼膜拜之时，焦菊隐便明确提出："我们学习斯坦尼斯拉夫斯基，同样不应当生硬地搬用理论和教条。应该根据他的观点、思想和方法，研究我们的生活实际和创作活动，结合着我国的情况来寻求具体的运用方法，创造性地运用它和发展它。"[4]

在学习、研究斯坦尼斯拉夫斯基表演体系的过程中，焦菊隐先生提出"民族化实验"的主张，"以其对中国戏曲的智慧和精神的坚信，创建了具有中国作风、中国气派的民族演剧学派"。

焦菊隐导演的艺术主张，在排演《龙须沟》《蔡文姬》《虎符》《武则天》的舞台实践中进行了多方的实验。导演《龙须沟》时，焦菊隐强调表演的"生活化"和艺

---

[1] 张帆.北京人艺与斯氏体系[M]//崔宁，刘章春.斯坦尼斯拉夫斯基表演体系与北京人民艺术剧院.北京：中国戏剧出版社，2013：104.
[2] 邹红.焦菊隐戏剧理论研究[M].北京：北京师范大学出版社，1999：29.
[3] 焦菊隐.《契诃夫戏剧集》译后记[M]//焦菊隐文集（3）.北京：文化艺术出版社，1988：292.
[4] 刘章春.从《雷雨》在莫斯科演出想到的[M]//崔宁，刘章春.斯坦尼斯拉夫斯基表演体系与北京人民艺术剧院.北京：中国戏剧出版社，2013：79.

术的真实性。排《蔡文姬》时他提出的要求是："中国传统的国画技法就有着重于'情境意境'的渲染手法。写景为了着意写情，写情又为了着意写意。这种略景物之描写、重人物内心意境抒发的传统艺术手法在中国诗画里都是别具一格的，我们可以好好地借鉴。"在《虎符》中他强调"吸取戏曲精神"，明确要求演员运用戏曲的程式和动作，创造一种新的表演形式。《蔡文姬》则把"诗的意境"作为该剧舞台创作的美学追求，实际也是话剧民族化的实验与实践。

实践证明，焦菊隐对斯氏体系的学习、认识与理解，以及他的舞台实践是正确的。当时，中国戏剧人在向斯坦尼斯拉夫斯基表演体系学习的道路上也曾走过弯路（就全国的话剧界而言也是如此）。在学习的初期阶段，有些人单纯地将斯坦尼斯拉夫斯基表演体系理解为只讲体验不讲体现。这在1956年3月举行的全国话剧汇演中表现得非常突出，许多院团的戏比较"温""拖"，没有节奏，许多演员都在台上拼命体验着，往里晕着演，却表现不出来。而北京人艺的《明朗的天》之所以获得演出一等奖，是与苏联专家的细心指导分不开的。演员的表演既不温也不拖，他们不光讲体验也讲体现，甚至更看重体现。演员英若诚说："我们剧院的优秀老艺术家都是库里涅夫教出来的。"[1]

这种现象在苏联同样出现过。当神圣化导致斯氏体系的僵化，体验成为不证自明的真理，很多演员走入"从自我出发"的狭窄空间，给苏联剧坛带来虚假与陈腐的表演模式，梅耶荷德对外部形体的强调以及对舞台艺术和表演艺术的崭新解释，就是针对这种现象提出的。著名导演瓦赫坦戈夫说："斯氏体系在一个劲儿地扫除舞台陋习的同时，也把真正的、必须的剧场性扫掉了。"莫斯科艺术剧院艺术副总监斯梅梁斯基教授在谈到斯坦尼斯拉夫斯基和斯氏体系那些年的遭遇时说："在几十年的时间里，我们形成了一种对斯坦尼斯拉夫斯基的个人崇拜，不同的意见，不同的流派，甚至从肉体上被消灭了。这样，舞台艺术就成了一座荒原，在这荒原只有一座山，山顶上只有一个人，这个人被称为神。宗教也许需要这样做，但艺术不能这样做。"[2]

这些事实从另外一个角度说明，焦菊隐的舞台艺术实践是在走着一条正确的路，他对理论的思考，避免了中国戏剧走更大的弯路；他的艺术主张，开创了戏剧创作民族化的新天地，这些都是值得后人继承并发扬的！

据张奇虹说，苏联著名导演波波夫在给中国留学生讲述梅兰芳表演特点的那天，

---

[1] 张帆.北京人艺与斯氏体系[M]//崔宁，刘章春.斯坦尼斯拉夫斯基表演体系与北京人民艺术剧院.北京：中国戏剧出版社，2013：103.
[2] 解玺璋.纪念斯坦尼斯拉夫斯基有感[M]//崔宁，刘章春.斯坦尼斯拉夫斯基表演体系与北京人民艺术剧院.北京：中国戏剧出版社，2013：26.

就曾叮嘱中国学生（当时班上有邓止怡、周来、陈颙和张奇虹）回国后无论是排本民族的戏，还是排外国的戏都要向梅兰芳学习，吸收本民族的戏曲表演的精华。中国的梅兰芳是一位伟大的表演艺术家！[1]

　　这从另外一件事中也得到了印证。2011年6月，北京人艺去莫斯科演出《雷雨》。在《雷雨》演出结束后的酒会上，契诃夫国际戏剧节组委会主席沙德林异常激动地说："我们犯了一个历史性的错误，这么多年，第一次在我们家里看到了来自中国的斯坦尼斯拉夫斯基演剧学派的演出。我们曾经很好奇，随着中国经济的快速发展，这些年中国还有戏剧吗？今天，我们终于看到了非常优秀的演出，所有观众都为你们的演出叫好！"刘章春说："沙德林语气中肯，简直是在激动地大声叫喊。"[2]

　　实际上，俄罗斯的戏剧也在发展，尤其是在舞台表演方面表现非常突出。2011年8月，莫斯科艺术剧院在北京首都剧场演出《樱桃园》《白卫军》《活下去，并且要记住》三个剧目，时空变化灵巧多变，一扫陈旧臃肿；演员的表演不失对生活、对情感的内心的真实体验，他们注重对心态的揭示，注重对人物性格的塑造，但是在舞台的表现形式上一戏一格，简捷明快。张帆在看了这几台戏的演出后非常激动地说："他们的演出，让我们大开眼界，使我们看到了真正代表斯氏体系的莫斯科艺术剧院的演出，真是震撼哪！虽然语言不通，但他们的杰出表演还是打动了我们的心。看看人家的表演，那叫一个舒服，每一个人物演得都是那么自如、那么生动、那么没有雕琢的痕迹。"[3]评论家解玺璋说："这些演出让我们看到了四个截然不同的'斯坦尼斯拉夫斯基'。很显然，这些'离经叛道'的演出，完全打破了我们对于现实主义的固有印象。"[4]

　　俄罗斯戏剧，尤其是斯坦尼斯拉夫斯基的表演理论，影响了中国几代戏剧家，对中国戏剧舞台艺术创作及其发展产生了极大影响。时至今日，尽管中国戏剧在不断发展并走向成熟，但俄罗斯戏剧对中国戏剧的影响依然是深远的！

---

[1] 张奇虹．斯坦尼斯拉夫斯基表演体系与北京人艺[M]//崔宁，刘章春．斯坦尼斯拉夫斯基表演体系与北京人民艺术剧院．北京：中国戏剧出版社，2013：49.

[2] 刘章春．从《雷雨》在莫斯科演出想到的[M]//崔宁，刘章春．斯坦尼斯拉夫斯基表演体系与北京人民艺术剧院．北京：中国戏剧出版社，2013：76.

[3] 张帆．北京人艺与斯氏体系[M]//崔宁，刘章春．斯坦尼斯拉夫斯基表演体系与北京人民艺术剧院．北京：中国戏剧出版社，2013：108.

[4] 解玺璋．纪念斯坦尼斯拉夫斯基有感[M]//崔宁，刘章春．斯坦尼斯拉夫斯基表演体系与北京人民艺术剧院．北京：中国戏剧出版社，2013：29.

孟姜女故事的稳定性与自由度

施爱东
中国社会科学院文学研究所研究员

一、同题故事的"节点"

故事的传播过程中,哪些因素是稳定的,哪些因素是变异的?或者说,哪些因素是集体共享的,哪些因素是故事家即兴创作的?这中间有规律可循吗?

以孟姜女故事为例,我们可以把各种各样"成熟的孟姜女故事"放在一起比较一下,看它们有哪些部分是相同的,哪些地方是不同的。我们可以把那些相同的部分看作集体共享的、稳定的因素,把那些相异的部分看作变异的、不稳定的因素。

之所以强调"成熟的孟姜女故事",是因为孟姜女故事在千百年的传承过程中,历经变化,由早期无名无姓的杞梁妻到后来的孟仲姿、孟姿、孟姜女,再后来又插进一个"第三者"秦始皇,故事的主题、内容、形态均发生了质的变化。为了方便比较,我们首先要把比较的对象限定在一个大致同质的故事范围之内。所以,我们必须将讨论范围限定为"成熟的孟姜女故事"。为了有效地执行这一限定,我们只分析20世纪以来民俗学者们所搜集到的各种孟姜女故事。[1]

接着,我们得把这些孟姜女故事都摆出来,然后像拆机械零部件一样,把每个故事都拆分成一串相对独立的情节单元。我们把这种情节单元叫作"母题"(motif)[2]。

我们把每个孟姜女故事都分解成一串由若干母题组成的链条,然后把一串串母题

---

[1] 本文据以分析的故事来源主要有六:一为《孟姜女故事研究集》第一、二、三册(顾颉刚编著,参见叶春生主编《典藏民俗学丛书》,黑龙江人民出版社2004年)中所载录的孟姜女故事;二为《孟姜女万里寻夫集》(路工编,上海出版公司1955年)所辑录的故事;三为《民间文艺季刊(孟姜女传说研究专辑)》1986年第4期(姜彬主编,上海文艺出版社1986年)所辑录的故事,四为《孟姜女故事研究》(黄瑞旗著,中国人民大学出版社2003年)所辑录的故事;五为"中国民间故事集成"各省卷本中所辑录的故事;六为山东大学文史哲研究院民俗学研究所2009年4月在淄博市淄河镇所搜集的21则孟姜女故事。

[2] 母题被认为是"民间故事、神话、叙事诗等叙事体裁的民间文学作品内容叙述的最小单位"(刘魁立:《刘魁立民俗学论集》,上海文艺出版社,1998年,第376页)。但正如吕微在《母题:他者的言说方式》(《民间文化论坛》2007年第1期)一文中所指出的,"汤普森的母题索引太庞杂了,不好使用",所以,本文所使用的母题并不是来自汤普森(Stith Thompson, 1885—1976)《民间文学母题索引》(1955—1958)中的现成母题,而只是暂时借用了母题这个通俗的故事学概念,用以指称组成孟姜女故事的基本情节单元。

链放在一起进行比较。通过合并同类项，我们很快就能看出哪些母题是所有故事都共有的、传承的，哪些母题是属于个别故事独有的、变异的。

当然，在把这些故事拆分成母题链之前，我们首先必须问清楚：哪些故事是可以拿来进行比较的？或者说，我们认定一个故事是"孟姜女故事"的前提是什么？

首先，女主人公的名字必须叫作孟姜女，她是一个性情刚烈、有顽强意志的年轻女子。这是同一题材的故事最起码的前提。

其次，我们必须把列入讨论的故事限定为"为死去的丈夫而哭倒长城的那个孟姜女的故事"。也就是说，只有当故事必须具备了"为死去的丈夫而哭倒长城"这一"标志性事件"，我们才能把它列入讨论范围。

围绕同一标志性事件，围绕同一主人公而发生的各种故事，我们称之为"同题故事"。据此，我们就把所有围绕"为死去的丈夫而哭倒长城"这一标志性事件、围绕主人公孟姜女而发生的各种故事，都叫作"孟姜女同题故事"。

确认了界限范围之后，我们开始对所有孟姜女同题故事进行母题拆分，然后把拆分好的母题链拿来进行比较，很容易就发现，有这样几个关键性的母题是几乎所有同题故事中都要包含（或隐含）的：

（1）秦始皇要修一座长城；
（2）男主人公逃役；
（3）男主人公成为孟姜女的丈夫；
（4）男主人公被发现逃役，并被送往长城；
（5）男主人公死去，并被筑进长城；
（6）孟姜女寻夫；
（7）孟姜女哭倒长城，找到丈夫遗体；
（8）孟姜女报复害死丈夫的元凶；
（9）孟姜女自杀殉夫。

如果仔细考察以上9个母题，就会发现它们都有"前因后果"的逻辑关系，环环相扣，是"一条绳上的蚂蚱"，围绕着故事的标志性事件，被故事进程紧紧地串在了一起，也就是说，每一个单独的母题都是故事逻辑结构中的必备环节，缺了其中任何一环，别的母题就会没有着落，最终可能导致整个故事的支离破碎。

我们把这些在同题故事中高频出现的、在故事逻辑上必不可少的母题，称为同题故事的"节点"。

下面我们依次对孟姜女同题故事的9个节点进行简单的逻辑分析。

1．秦始皇要修一座长城。这是故事的前提、悲剧的根源。

如果秦始皇不修长城，男主人公就无须逃役，不会被抓，孟姜女也不用寻夫、不用哭长城，整个故事就无从讲起。

2．男主人公逃役。这是矛盾和冲突的起始。

说明修长城对于老百姓来说是一单苦差事，男主人公是不情愿的、被迫的。因为逃役，所以男主人公需要背井离乡，于是才有机会他乡偶遇孟姜女，并与孟姜女结为夫妻，这才会生出后续的许多情节。

3．男主人公成为孟姜女的丈夫。这是故事的另一个大前提。

孟姜女和男主人公必须先有了夫妻关系，接着才会有孟姜女寻夫、哭城、殉情的后续情节。

4．男主人公被发现逃役，并被送往长城。这是必要的过渡。

如果男主人公没有被抓走，也就不会死，孟姜女也就不必哭。那么，这个故事也就不存在了。

所以，孟姜女故事注定了男主人公一定会被抓走，而且一定得上长城。

在许多短故事中，上述 4 个节点可以是隐性的，比如，故事一开头就单刀直入其标志性事件："孟姜女的男人在这边修长城，后来饿着了，饿着了就是饿死了，就因为饿死了，孟姜女才哭她丈夫啊。"[1] 虽然故事既没有交代谁要修长城，也没有交代男主人公是否愿意修长城、男主人公如何成为女主人公的丈夫等，但故事是以承认前述 4 个节点为前提的，也即故事隐含了修长城这么一单事，隐含了男女主人公的夫妻关系，隐含了男主人公对于修长城的抵触情绪以及被抓壮丁的事实。

5．男主人公死去，并被筑进长城。这是矛盾激化的决定性因素。

男主人公一定要死去，他不死，孟姜女哭倒长城就变成无理取闹了。男主人公的死，是孟姜女哭倒长城的合法性依据。

而且，男主人公死后不能葬到别的地方，一定要被筑到城墙里面去，只有这样，孟姜女才有必要"向城而哭"。否则，如果男主人公另有葬所，孟姜女就应该到男主人公的墓地上去哭，而不应该跑到长城脚下来哭。如果不在长城脚下哭，长城就不会倒。这样，从空间上来看，孟姜女的哭就可以脱离长城这个中心点。那么，我们再往前推，就会发现，男主人公其实也没必要非得死于修长城不可，反正就是死，然后她老婆来哭，这样，他可以死于战争，或者死于别的灾难。同样，秦始皇也没必要出现了。整个故事就完全变样了。

---

[1] 淄博市淄河镇梦泉村孟兆兰讲述，山东大学文史哲研究院毕雪飞、付伟安搜集整理，2009 年 4 月 7 日。

所以，只要"为死去的丈夫而哭倒长城"这一标志性的核心母题不变，男主人公就一定要死在长城，而且必须被筑到城墙里面。

6．**孟姜女寻夫。这也是必要的过渡。**

一个千金小姐，毅然抛弃了衣食无忧的富裕生活，要到一个陌生而凶险的地方去执行一项千古留芳的艰苦任务——用哭声去撼倒一座长城。寻夫之旅是孟姜女从"家"到"长城"之间必须解决的空间问题。我们后面还将详细分析，寻夫之旅可长可短，即使短至一个"去"字，或者一个"找"字，那也是必要的过渡。

7．**孟姜女哭倒长城，找到丈夫遗体。这是孟姜女故事的标志性事件。**

哭倒长城是整个故事的高潮与核心，是该类故事中最神奇、最引人关注的一个母题。若没有这一中心节点，整个故事就土崩瓦解了。

而找到丈夫遗体，既是万里寻夫的目的所在，也是哭倒长城的目的与结果。

8．**孟姜女报复害死丈夫的元凶。这是民众心理的必然要求。**

早期的孟姜女故事中并没有这个节点，但这个节点的出现是故事演变和发展的必然结果。在民间故事中，任何不圆满的事件我们都可以把它看作一种"缺失"，只要"缺失"存在，民众就会期待它得到弥补。只要民众的心理有期待，故事家们就一定会不断地尝试补接新的母题来弥合这些"缺失"，以平复因故事的不圆满而带给民众心理的不愉快。

一般来说，如果故事开头出现了一个贫穷的正面主人公，那么到了故事结尾，主人公一定会变得富有；如果故事开头的正面主人公是个渴望爱情的光棍，那么，到了故事结尾，主人公一定会有一个美满的婚姻。这是民间故事的通则。

因此，只要孟姜女出发了，事情就一定会有一个结果。如果孟姜女在半路因为某种变故中止了她的寻夫之旅，那么，故事的缺失就没法弥补，这个故事就是不完整的。如果孟姜女到了长城，找不到丈夫的尸骨，寻夫没有着落，这个故事也是不完整的。同样，如果孟姜女找到了丈夫的尸骨，就这么悄无声息地回去了，听故事的民众也不会答应，因为他们心里不痛快，民众的这种心理缺失一定要得到弥补。

所以，从孟姜女决定出发去寻找丈夫那一刻起，我们就知道，她一定会经历一个非常艰难的旅程，但她一定能到达长城，而且一定会找到她丈夫的尸骨，最后，她还要报复害死她丈夫的元凶。

9．**孟姜女自杀殉夫。这是故事的必然结局。**

孟姜女早就说过了，如果丈夫不幸遇难，她也决不偷生。作为故事家们着力表彰的"贞节妇"，她必须以自己的实际行动来回应这种表彰，以最大限度地符合故事家们对于"贞节妇"的崇高要求。即使早期的故事家不做这种要求，后期的故事家也一定会想办法让孟姜女走上"自杀"的道路。

更何况,从逻辑上来说,既然孟姜女得罪了秦始皇,就等于断绝了自己的活路,与其改嫁秦始皇或者被秦始皇处死,还不如自己了断,赢得千载美名。

更重要的是,孟姜女上无父、中无夫、下无子,而且不能改嫁,在传统的社会观念中,她活在这个世上已经没有任何意义或价值了,唯有一死,才是她的最终归宿。

通过以上分析我们知道,故事的节点,全都承担着不可或缺的结构功能,环环相扣。它们的关系就像多米诺骨牌,错置其中任何一环,整个结构就有可能全盘失效。

如果节点之间是这样一种关系,那么,是不是每个故事家的每一次讲述中,都一定要全部地提到这9个节点呢?

那也不一定。假设在一段野长城边上,有人对你讲了这样一个孟姜女故事:

> 秦始皇的时候,有个女人叫孟姜女。她老公被秦始皇抓去修长城,死在那里。后来,这个女人就跑到长城去哭。当她哭到第十天的时候,那城墙突然就"哗"的一声倒下来了,这就是我们刚才看到的那一段倒塌了的长城。

虽然这个故事只具备了节点5和7,但我们仍然应该认可它是一个简陋的、不完整的孟姜女故事。因为在这个故事中,逻辑上已经隐含了节点1、3、4、6,只不过没有把这几个节点用实在的言语表达出来,未能展开为具体的故事母题。另外,它与节点2、8、9也没有发生矛盾,我们应当把它看作节点的省略或遗失。

一个故事家的某一次随意的讲述,往往会因为记忆的遗失,或者具体语境下对特定母题的强调或俭省,或者对共同知识的有意省略,导致故事结构的不完整[1]。但这种省略或遗失并不会妨碍其他故事家对于这些节点的补充。也就是说,实际的讲述活动中,未必每一次讲述都会充分展开每一个节点。只要一个实际讲述的故事包含了(或者隐含了)同题故事的"标志性事件",而又能与同题故事的其他节点相兼容,我们都应该把它看作同题故事中的一员。

---

[1] 2009年4月,山东大学民俗学研究所师生在淄博市淄河镇调查时,梦泉村李作明、池板村刘安森等人的讲述就有明显的遗漏,他们自己也明确表示记不得了、不清楚了,如李作明说:"孟姜女后来怎么了,我就听老人传说她死了,以后怎么死的我就不知道了。"另外,由于该镇村民多强调孟姜女就是本地人,她哭倒的就是本地的齐长城,所以,孟姜女的寻夫之旅往往就被简化为一两句话。还有些村民认为孟姜女哭长城是大家都很熟悉的故事,没必要细说,所以讲得特别简略。比如,梦泉村李兴源的故事:"孟姜女的男人范喜良修长城没有回来,她去找他,找不到就哭,就把长城哭倒了,故事就这样。"(以上参见毕雪飞:《淄博市淄川区淄河镇孟姜女传说调查专题报告》,山东大学文史哲研究院民俗学研究所《百脉泉》2009年第2期。)

跨时空文学对话

同一地区或同一族群、同一阶层的故事家往往会有相似的情节倾向，其大同小异的故事讲述可以互为补充，构成一个相对自足、完整的系统。比如，淄博市淄河镇的故事家大都认为"故事主人公孟姜女与其夫即为本地或周边地区的人"[1]，而孟姜女哭倒的，又是当地的齐长城，从"家"到"长城"总共也就几步之遥，千里寻夫的母题在该地区的故事系统中基本上就不会出现。我们的讨论，是以这个相对自足、完整的系统为基础，而不是以个别故事家的偶然讲述为基础。

另外，有一些故事家的个性特征比较明显，他的故事可能与别人的故事无法兼容，如果这样，我们就把这些故事视为"小概率事件"。从概率论的角度来说，这些情节比较特别、流传范围较小、影响不大的小概率事件是没有统计意义的，理论上是可以忽略的。比如，顾颉刚先生搜集的一个异文，"广东海丰客家民族说孟姜女是一个孝女，她的父亲给人埋在长城下；她傍城大哭，城墙为她倒塌了八百里，她把父尸觅到了。后来补筑倒塌的城墙，终于随筑随崩，故至今长城仍然留着缺处"[2]；又如，有些地方有"孟姜女望夫石"的传说，既然望夫化石了，自然就没有寻夫、哭城等一系列后续行为。这一类异文显然与其他地区故事家的讲述不一样，我们就把它叫作小概率事件，不列入讨论范围。

提取故事节点的时候，我们一定要先把这些小概率事件排除出去，否则，我们就只能面对一团乱麻，什么规律也抓不住。

二、故事讲述的自由度

关于秦始皇为什么要修长城，在台湾宜兰，有个叫陈阿勉的老太太是这样讲的。

> 有一次李铁拐来到人间，拿了两朵很漂亮的花给秦始皇，对他说："这株美丽盛开的花朵，你拿给你母亲插；另外一朵含苞待放的花儿，拿给你老婆插。"
>
> 秦始皇看到这两朵花，心想："要我老婆插这朵花，这么丑，才刚含苞而已；我老妈却插一朵这么漂亮的花？干脆我把它们换过来好了，含苞的给我妈，漂亮的给我老婆。"
>
> 因为李铁拐给的是仙花，含苞的花会愈开愈漂亮，但是已经盛开的花则会慢慢地凋谢，越来越丑。
>
> 结果，秦始皇发现："哎呀！我妈妈竟然变得比我老婆还漂亮！"

---
[1] 付伟安. 山东淄河镇孟姜女故事文本的现实性 [J]. 民俗研究，2009(3).
[2] 顾颉刚. 孟姜女故事研究 [M]// 叶春生. 典藏民俗学丛书（上）. 哈尔滨：黑龙江人民出版社，2004：70.

他就说："这样子的话，我要娶我妈妈当老婆！"

　　秦始皇的母亲就说："我是你的母亲啊！你怎么可以说这种话？如果你真要我当你老婆的话，可以呀！你去把天给遮起来吧！日光被你遮住看不到的时候，我就当你老婆！"

　　秦始皇说："好！我就造万里长城来遮天！"[1]

在福建沿海一带，这种讲法也很盛行。这类传奇性的母题很自如地进入了孟姜女故事，使原本单调的哭长城的故事变得更加丰富多彩。奇妙的是，这种新母题的加入，似乎并没有影响到同题故事的逻辑结构。

那么，一个外来的故事母题，它以一种怎样的进入方式，既丰富了同题故事，又不破坏同题故事本来的逻辑结构呢？

我们前面提到，同题故事的逻辑结构主要是由节点以及节点之间的关系所决定的。

至迟在北宋初年的时候，孟姜女故事的逻辑结构就已经基本定型。故事的节点网络一旦建成，故事的各个部分就自然而然地被故事的内在逻辑铆在一起，联结成一个比较稳定的逻辑整体，故事结构就不容易发生变异了。

那么，稳定的故事结构，或者说节点网络是否会排斥新母题的进入呢？

答案是：不会！

刘魁立先生在分析"狗耕田"故事时曾经举过一个例子。大多数的狗耕田故事，开头都是这样的："A兄弟分家—B弟弟只得到一条狗—C弟弟用狗去耕田……"但是，有一种异文是这样讲的："A兄弟分家—X1弟弟只分得一只牛虱—X2牛虱被别人的鸡吃了，鸡主人把鸡赔给弟弟—B鸡又被别人的狗吃了，狗主人把狗赔给弟弟—C弟弟用狗去耕田……"[2]

表面上看，后者（A—X1—X2—B—C）与前者（A—B—C）很不一样，过程复杂多了，但是，两者的情节结构是完全一样的，后者既没有发展也没有结束前者原有的情节，最终还是落在"C弟弟用狗去耕田"上，因而丝毫没有影响整个故事的逻辑结构与发展方向。

假设某一同题故事包含了ABCD四个节点，那么，任何一个故事家，无论他的个性化讲述如何与众不同，只要他的故事能够完整地呈现ABCD四个节点，我们都认为它还是属于同题故事（见图1）。

---
[1] 黄瑞旗. 孟姜女故事研究 [M]. 北京：中国人民大学出版社，2003：241.
[2] 刘魁立. 民间叙事的生命树：浙江当代"狗耕田"故事情节类型的形态结构分析 [J]. 民族艺术，2001(1).

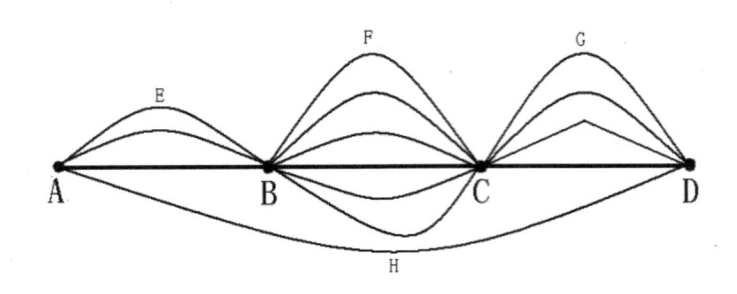

图 1 同题故事的节点及其异文

图中 ABCD 是故事节点，EFG 是从节点间衍生出来的故事异文。

无论故事家把故事讲成 A—B—C—D，还是讲成 A—E—B—F—C—G—D，或者讲成 A—B—C—G—D；也无论在 A—B 之间是讲成 A—E1—B，还是讲成 A—E2—B，都没有改变故事 A—B—C—D 的结构逻辑，因而也就不会改变我们对同题故事的确认。

我们前面提到，孟姜女故事有 9 个节点。接下来，我们可以围绕这些节点展开讨论，看看故事家在具体的故事讲述中，创造性发挥的自由度有多大。

围绕节点 1：秦始皇要修一座长城。

有些故事对节点 1 的讲述非常简单，甚至用一句"秦始皇修长城的时候"或者"那时候秦始皇不是修长城吗"就交代过去了。但也有些故事对于秦始皇筑长城的因由讲述得非常丰满，甚至可以成为一个单独的故事，如前面陈阿勉老太太的讲述。

那么，秦始皇为什么要修长城？到底是为了阻挡胡人南下、保境安民，还是为了借着这个工程杀戮良民，抑或是为了遮蔽天上的日光呢？关键得看讲故事的人是否喜欢秦始皇，毕竟秦始皇是个功过参半的人物。

在一则清代同治年间忍德馆抄本的《长城宝卷》中，是说秦始皇做了一个梦，梦见许多鬼魂来求他救命，一个阴阳官为他解梦，认为是塞北胡人南下犯边，死伤良民无数，应该修一道长城，挡住胡人的南下势头，于是，就有了修长城的需要。故事这样开头，秦始皇修长城就有了积极的意义，秦始皇是以一个"救星"的角色出场的，所以，后面的情节中，害死男主人公的元凶就成了秦始皇的大将蒙恬。在这本宝卷中，秦始皇斩了蒙恬，成了替孟姜女申冤的青天皇帝。

山东淄河人讲孟姜女哭倒的是齐长城，可既然是齐长城，又关秦始皇什么事呢？"齐长城沿线的民众一般把齐长城也记在秦始皇的名下，也就是说，人们把齐长城误作秦长城了，问起当地长城的修建，很多人都说是秦始皇。"[1]

无论什么长城，都是秦始皇修的，而且只要秦始皇决定修一座长城，无论故事家把修长城目的说成什么，都不会影响故事节点的逻辑功能。关键是秦始皇得征用民夫去修一座能倒下来的建筑物，好给孟姜女哭去——要是没有这座城墙，你让孟姜女去哭什么呀？

围绕节点 2：男主人公逃役。

这是一个比较弱的节点，有许多短故事中没有提到男主人公逃役的问题。凡是没有逃役节点的故事，节点 1~4 往往合并为一两句话，如"这个故事就是说原来范喜良修长城，刚结婚没多久就被抓壮丁抓去了"[2]。这类故事大多非常短小，也不出现孟姜女报复秦始皇的情节，只是简单交代一下长城是怎么被哭倒的。

一般来说，在男主人公逃役之前，故事家会对男女主人公的身世做一番交代。很多说唱文学中，都在男女主人公出世之前，进行了大量的铺陈，有说他们本来是金童玉女、神仙转世的，有说他们神奇诞生的，还有说他们是牛郎织女转世投胎的。

总之，任何一种"神异出生"和"特异成长"的母题，都可以进入孟姜女故事。只要孟姜女在许配男主人公之前，保持身心的纯净，之前发生什么故事，都不会影响到后续的情节。

男主人公的身世同理。可以把他说成世家子弟、书生公子，还可以是孝子、逃役，只要是个品德不坏的单身男子，不至于玷污了孟姜女的纯洁就行，甚至没有名字都没关系。

长城开工之后，男主人公是一开始就逃役呢，还是在长城干了一段时间之后再逃役？在主观上是故意逃役呢，还是受人陷害，逃役而不自知？是因为怕苦怕累呢，还是因为思念爹娘？

各种原因，随故事家们怎么说都不要紧。

只要男主人公有了躲避徭役的意向，就回到了故事的节点，就能把故事继续讲下去。要是他不及时逃出来，错过了孟姜女脱衣服，这场好戏就全完了。

因为男主人公不是故事的主角，所以，男主人公逃役的过程不会成为故事家们的讲述重点。但即使如此，还是有许多故事家愿意在这里插入男主人公逃役路上的各种故事。比如，在本书开篇介绍的《万里寻夫全传》中，就铺陈了范喜良的多才多艺（以便值得孟姜女下嫁）与逃役过程中的懦弱无能（以弱化男主人公对于灾难性事件的应

---

[1] 毕雪飞. 民间传说的文化解读：淄河语境中的孟姜女传说 [J]. 民俗研究，2009(3).

[2] 淄博市淄河镇梦泉村李兴柱讲述，山东大学文史哲研究院毕雪飞、付伟安搜集整理，2009 年 4 月 7 日。

变能力，反衬孟姜女的英烈）。

当男主人公流亡在逃役路上的时候，孟姜女在干什么呢？故事家喜欢什么样的孟姜女，就可以安排孟姜女去干什么，只要不与节点发生冲突就行。这样的情节在故事中是不承担功能，也不干扰原有功能的，所以，无论孟姜女干什么，都没关系。

男女主人公的这些琐碎小事，可有可无，可以随故事家个人的喜好进行加减，不会影响故事的发展。

围绕节点3：男主人公成为孟姜女的丈夫。

男主人公为什么会成为孟姜女的丈夫？是青梅竹马、早有婚约，还是偶遇后花园，窥浴成亲呢？

这也没关系，关键是两人得结为夫妇，好让孟姜女有个合法的理由跑到长城去哭。

许多故事家都说，孟姜女结婚才三天（有的说是结婚当天，总之，他们还来不及圆房，来不及享受鱼水之欢），男主人公就被抓走了。为什么要这么急就把男主人公给抓走，就不能让他们在一起多待两天，培养培养感情再抓走吗？

这就是故事家们的别有用心了。

孟姜女为什么要嫁给男主人公？正如孟姜女自己说的："古云：男女授受不亲。又云：男女不同席。今夜我一身尽为君看，岂堪再事他人？"孟姜女脱衣服的时候不小心被男主人公看见了，于是，她觉得这个看见她裸身的男人已经占有了她的贞操，因此"孟姜女一心要嫁范喜良，为的是一身被他看未防"。如果范喜良不娶她，那么，孟姜女决定"就此死在公子前"。

用我们今天的眼光看，这就是地地道道的封建思想，而过去的故事家们所要表彰的，正是这种思想。

孟姜女一再强调自己嫁给男主人公"原不图那闺房之乐"。两人拜堂成亲之后，孟姜女就认定自己"生为男家人，死为男家鬼"了，她说："妾自今日为始，退去铅华，脱却绫罗，从此荆钗布裙，在家奉侍双亲，久等我夫回转；倘若不幸，为妻的一准相从地下，决不独生。"多么坚贞的一个女人！

所以，故事家们早早安排官差把男主人公给抓走，就是为了淡化孟姜女夫妇之间的男女之情，反过来，孟姜女后来的行为就更突出了她对于"夫妻"这个抽象名分的"忠贞"。故事着重宣传的，就是孟姜女的"贞节"思想。

当然，且不说孟姜女只是故事家们编撰出来的虚拟人物，就算实有其人，我们也不能指责孟姜女的封建思想。她的观念代表了她那个时代的"先进思想"，是一种时代的产物，我们不能用今天的观念来苛求古人。

广西有一种说法，说死在长城的是孟姜女的父亲，孟姜女哭长城，是为他父亲而哭的。这种说法明显偏离了故事的节点，很难得到大多数人的认可，所以施展不出传播势力，没什么影响。

围绕节点 4：男主人公被发现逃役，并被送往长城。

男主人公是如何被送到长城役所的？是主动投案自首，还是被官差逮捕归案？如果是被逮捕，官差又是怎么发现他的？是因为被人跟踪了呢，还是因为婚礼上走漏了风声？如果是婚礼上走漏风声，这风声又是谁走漏的？

每一个问题上，都有可能滋生出新的母题，都能够让故事家们充分驰骋他们的丰富想象，把故事演绎得柳暗花明、峰回路转。但是，无论如何地柳暗花明，最终还是得回到故事的节点，把男主人公送上长城。

所以，孟姜女家人操办婚事的时候，一定要犯点错误，一定得有个人不小心把男主人公的身份给暴露出去，好让官府把男主人公抓走。如果他们不犯错误，婚礼办得很隐秘、很成功，那么，孟姜女夫妇就会悄悄地隐居起来，甜甜蜜蜜地过上幸福生活，这样，后面就没有故事可讲了。

许多故事家把男主人公被捕的时间安排在婚礼仪式刚刚结束的时候，反正是没让他们进得了洞房，故意让他们有名无实，以突出孟姜女的贞洁。

但也有些故事家为了突出孟姜女"为人妻"的贤淑干练，让男主人公在拜堂之后、被捕之前，适时地病倒在床上，这就给了孟姜女一个充分展示自己具有舍己为夫、任劳任怨优秀品质的绝好机会。

男主人公被抓走之后，剩下孟姜女留守闺中。这是一段漫长的留守。

一个深闺怨妇，天天望眼欲穿，这是很能滋生"望夫"情节的。这个话题我们后面还会讲到。

除了"姜女望夫"，故事家似乎还可以再编些故事填塞到这段时间中去。于是，一批仆人粉墨登场了。最典型的是《万里寻夫全传》中，虚构了一个叫孟兴的家人，为了让他既能打探到范喜良的死生消息，又有足够的时间在风月场上饰演故事，故事家们不惜把《水浒传》中神行太保戴宗"日行八百"的神奇本领都给了此人。

孟兴的故事基本上属于节外生枝，这样的枝节，在整体故事中没有什么意义。只是故事家为了显示孟姜女家有钱有势、有人可使，或者只是为了拖缓故事节奏、凑凑字数而随意编造的情节。

无论孟兴、孟和还是使女小秀，无论他们是好人还是坏人，也无论他们做了多少好事或是坏事，他们是怎么进入故事还得怎么退出故事。让他们死去也好、逃走也好、回家也好，总之，他们这些不承担结构功能的角色，全都得在孟姜女到达长城之前从故事中彻底消失，他们的存在丝毫不会影响到节点之间的逻辑关系。

围绕节点 5：男主人公死去，并被筑进长城。

男主人公是怎么死的？是病死的、累死的、被打死的，还是被活埋的？山东大学民俗学研究所 2009 年在淄博市淄河镇调查所得的 21 则孟姜女故事中，有 16 则异文明确讲述了范喜良的死因。其中 3 则异文提到了被筑到城内是为保城坚固、不再坍塌；3 则异文说是因工程事故等原因被砸进去了；其余的文本都说他是因饥饿、积劳成疾而死。[1]

男主人公并不是故事的正主角，故事家一般不会在他身上浪费太多口舌，这个环节也很难生出什么新奇的花样。稍微传奇一点的说法是，修长城的人太多，一天送九顿饭（或者七顿饭、十二顿饭），但还是送不到范喜良手上，最后饿死了。[2]

如何安排男主人公的死，得看故事家有什么承前启后的需要。总之，随便给个理由就行。只要把男主人公弄死了，然后把他筑到城墙里面，这个节点就算顺利完成。接下来，就只等着孟姜女来哭了。

围绕节点 6：孟姜女寻夫。

故事家们可以突出这个环节，也可以简化这个环节。若要突出这个环节，就让孟姜女一步一步走路去；若要简化这个环节，就让孟姜女那个家财万贯的父母雇几辆马车把她拉过去。山东淄博传说中孟姜女就是当地人，哭倒的又是当地的齐长城，所以，干脆说成孟姜女的家就在长城脚下，寻夫之旅就被大大压缩了，甚至一个"找"字就打发了："孟姜女的男人范喜良修长城没有回来，她去找他，找不到就哭，就把长城哭倒了。"[3]

但是，大部分故事家还是很愿意突出这个环节，他们选择了让孟姜女走路去长城。尤其是江浙一带，因为这里距离长城比较远，所以，万里寻夫送寒衣的情节就被渲染得特别丰满，"苏南东部沿太湖地区是水网地带，水乡多桥，在这一地区搜集到的大量同真实地名相连的孟姜女传说，不少都是与桥有关"[4]。

一个小女人，万里迢迢跋山涉水，这一路长夜漫漫孤苦无依，正是可以滋生各种故事的大好环节。如何从"家"来到"长城"？中间会经历多少艰难曲折？这是常人难以想象，更难以实践的。正是这种"千金小姐"与"艰难险阻"的强烈对照，更能加深听众对孟姜女"节烈"事迹的无限敬佩。故事家们的目的正在于此，他们有意给孟姜女安排了各种各样的磨难，以成就她作为"贞节妇"的光荣使命。

---

[1] 付伟安. 山东淄河镇孟姜女故事文本的现实性 [J]. 民俗研究，2009(3).
[2] 毕雪飞. 民间传说的文化解读：淄河语境中的孟姜女传说 [J]. 民俗研究，2009(3).
[3] 淄博市淄河镇梦泉村李兴源讲述，山东大学文史哲研究院毕雪飞、付伟安搜集整理，2009 年 4 月 7 日.
[4] 秦寿容，袁震. 苏南地区孟姜女传说的特色：专题采风调查报告 [J]. 民间文艺季刊（孟姜女传说研究专辑），1986(4).

她在出发前可以知道丈夫的死讯,也可以不知道丈夫的死讯。如果知道死讯,她就是去收尸;如果不知道死讯,她就是去送寒衣。

她可以一个人走,也可以带着仆人或丫鬟一起走。这中间还可以插入很多故事,既可以插入与恶仆斗争的故事、丫鬟遇害的故事,也可以插入得到神灵帮助的故事。

一路上,孟姜女可能碰上强盗、小偷、淫贼,也可能碰上好心的店主、同命的妇女、善良的老妈妈,甚至可以遇上贫贱之中的韩信母子。

总之,一个弱女子,而且是个能让秦始皇垂涎三尺的美貌弱女子,涉险离家的危险系数之高,是可想而知的。因为万里寻夫要经过的地方可以很多,每一个地方的故事家都可以把当地风物与孟姜女寻夫挂起钩来,说明孟姜女当年途经此地时做了一个什么动作,以至于形成了今天的某道风景。"山西曲沃县侯马镇南浍河桥土岸上有手迹数十,是她送寒衣时经过浍水,水涨不得渡,以手拍南岸而哭,水就浅了下去,这手迹便是拍岸时所留遗。"[1]

这就像唐僧前往西天取经一样,小说家故意要放出风去,让各路妖魔鬼怪都知道:吃了唐僧肉可以长生不老。这样一来,唐僧西行的危险系数就会大大提高。

唐僧也好,孟姜女也好,他们在旅途上的危险系数越高,潜在的紧张与缺失就越多,越容易滋生出各种各样的离奇故事,故事就会愈加生动刺激。这种状况恰如"一张白纸,好画最新最美的图画"。

无论孟姜女在路上遭遇什么、收获什么,经历了怎样的艰难曲折,都没有关系。只要不把孟姜女弄死、弄丢、弄残(如果弄残了,秦始皇就不会迷她,后面的故事就没法讲下去),后面的故事还能接着照讲。

故事家们把孟姜女折腾够了,这才跟跟跄跄地把孟姜女带到长城脚下。可怜的孟姜女,她的下一个任务是,用哭声去撼倒一座长城。

围绕节点7:孟姜女哭倒长城,找到丈夫遗体。

所有的准备,都是为了这一刻。"哭长城"是孟姜女故事的重中之重,决不能随便一哭了事,她得不停地哭。

好心点的故事家,让她随便哭几声,表示个意思,甚至才哭第一声就把城墙哭倒了;狠心一点的故事家,会要她哭上十天八天;更狠一点的,非得让她把眼睛哭出血来,这才把长城放倒。淄博市淄河镇甚至有一种说法:"孟姜女与范喜良的夫妻关系非常恩爱,范喜良的死对孟姜女的刺激非常大,以至于哭成了精神病,每天沿着长城哭,

---

[1] 顾颉刚.孟姜女故事研究.

为什么她能坚持下来就是因为她是精神病。"[1]

长城怎么倒的？不同的故事家会有不同的设想。有的说就是哭倒的，天人感应，哭着哭着，城墙实在受不了了，就倒了。有的说是神仙帮她推倒的，孟姜女哭了半天，发现城墙还没倒，就用头去撞，故事家决不能让她把头撞坏了，要是撞得满脸是血，秦始皇还能爱上她吗？后面的戏就没法演了，于是，众神仙赶紧发力，帮助孟姜女把墙给推倒了。也有人认为是巧合，孟姜女哭着哭着，"突然有一天，天上打雷下雨，雷把长城劈倒了，就认为是孟姜女把长城哭倒的"[2]。最有想象力，也最狠心的故事家是这么说的：孟姜女哭啊哭啊，泪水把城墙根给泡软了，墙就倒了。老天，那得多少眼泪呀？

反正，无论她怎么哭，墙是一定要倒的。

墙倒了，尸骸露出来了。有的故事家直接就说露出了男主人公的尸骸，也有的说男主人公的尸体一直没有腐烂，还有的说男主人公的尸骸上有信物[3]，按这几种说法，那就不必费事去"滴血认亲"了。但大多数故事家不想让孟姜女这么容易结束任务。墙倒了，露出来的只是一堆乱七八糟的白骨，于是有了辨认尸骨的需要，有的故事家要求孟姜女滴血认亲，有的故事家要求孟姜女滴泪化血。故事家们可以想出各种各样的办法来折磨孟姜女，以取得最理想的悲剧效果。

淄博市淄河镇"对于哭夫的情节描述与别处略有不同，讲到孟姜女一边哭一边在地上画圈烧纸，而这个正是当地为逝者烧纸风俗的由来"[4]。淄河镇孟姜女故事的哭夫情节比较突出，这与当地盛行《十哭长城》《送寒衣》《哭情郎》《孟姜女哭长城》等孟姜女小调是相对应的。

有些早期的故事中，孟姜女哭倒长城，找到丈夫的尸骨，就把他背回家安葬了，完成了一个结发妻子应尽的义务。也有的说她见了丈夫白骨之后，痛哭了三天三夜，直接就把自己也哭死了。更多的是讲她投水自杀。还有一种是说，孟姜女在神仙的帮助下，让男主人公起死回生，夫妻得以重新团聚。

我们前面说过，如果孟姜女就这么死了，坏人没有受到处罚，老百姓是不会让这个故事结束的。

秦始皇作为孟姜女报复和戏弄的对象，到底是什么时候被故事家们发明出来的，

---

[1] 张士闪.从故事到事件——围绕山东淄博市淄河镇孟姜女故事产业开发的讨论[J].民族艺术，2009(4).
[2] 同上。
[3] 付伟安.山东淄河镇孟姜女故事文本的现实性[J].民俗研究，2009(3).
[4] 毕雪飞.民间传说的文化解读：淄河语境中的孟姜女传说[J].民俗研究，2009(3).

目前没有确切的材料。但至迟在明代应该就有了这一情节的萌芽。《风月锦囊》所录的《孟姜女寒衣记》中，孟姜女有这样一段唱词："因哭倒长城七十余处，被蒙恬捉见秦王，要奴为妃。奴苦哀奏，赐奴寻夫，再来听奏。"可见，这时秦始皇就已经开始对孟姜女动心思了，但孟姜女的反抗行动还不够激烈。

围绕节点 8：孟姜女报复害死丈夫的元凶。

大概在明代以后的故事中，孟姜女开始了她的复仇计划。

如果故事中的元凶是蒙恬，那很容易，孟姜女随便使点什么手段，就能够找个机会陷害他一把，直接借手秦始皇就把他斩了。

如果故事中的元凶是秦始皇本人，那就不太好办，孟姜女只能利用"女色"耍耍花样，戏弄戏弄秦始皇，聊以解恨，至多也就是让秦始皇为男主人公披个麻戴个孝，因为实在是没办法弄死秦始皇，全天下人都知道，秦始皇是自己中暑死的，与孟姜女没有关系。

除此之外，实在也想不出还有什么更好的复仇办法。这一个环节的变异性比较小。

围绕节点 9：孟姜女自杀殉夫。

孟姜女当然不能活泼泼艳生生地落入秦始皇手中，否则，仇没报成，反让仇人占了便宜。孟姜女一定要逃离秦始皇的魔爪。怎么逃离？普天之下，都是秦始皇的土地。看来孟姜女只有自杀一条路可走。

孟姜女死是一定的，怎么死却是可以由故事家们发挥想象加以选择的。孟姜女可以撞墙，或者撞石碑而死，也可以跳长城、投河、投湖、投海、投大洼而死，还可以悲伤过度，痛哭而死。死后，也许是良心发现的秦始皇，也许是哪位好心人，也许是老天爷，一般都会给她建一座纪念性的坟墓，以表彰她的节烈行为。

还有一种传说非常残忍，孟姜女跳了海，秦始皇把她的尸体捞上来，"拿起铁枝扫帚将她一身皮肉全洗掉，奇迹顿时出现，孟姜女的皮肉落水化成银鱼水上漂。秦始皇再命人将孟姜女的骨头全磨掉，谁知道骨粉散开随风飘来又飘去，变成蚊虫叮得昏君无处逃。"[1]

当然也有些很好心的故事家，在孟姜女跳海的一刹那，派出虾兵蟹将，把她接到东海龙宫。老龙王为她接风洗尘，收为义女。这样一来，孟姜女升入神格，肯定会获得一些神奇的力量，于是，有了神力的孟姜女，还得再次回到陆地上与秦始皇周旋一番。

孟姜女跳海之后，在许多神奇故事中，秦始皇转而升为故事主角。据说秦始皇织了一条赶山鞭，能把高山赶入大海，能把石头赶得满地跑。秦始皇要赶山填海造长城，或者是赶山填海找孟姜女，海里龙王一看着了急，于是施出美人计，让龙女假扮孟姜

---

[1] 马知遥. 论孟姜女传说的人文内涵与创意之可能 [C]// 山东淄川·中国孟姜女传说学术研讨会论文集，2009.

女前去敷衍秦始皇，偷了赶山鞭。后来龙女怀孕，生下一个男孩，就是楚霸王。龙女将霸王放在沙滩上，于是，老雕张开翅膀给他遮阳，老虎过来给他喂奶，所以楚霸王是"龙生虎奶雕搭棚"[1]……按照这种方式，故事家可以无休无止地把故事讲下去，但那已经不是孟姜女哭长城的故事了，我们也就此打住。

从以上围绕9个节点的分析中我们可以看到，无论是在节点之上，还是节点之间，都存在巨大的想象空间，可以让故事家们充分地驰骋自己的文学想象，随人所愿地增添新的故事母题。

这些母题只要不构成与故事节点的逻辑冲突，是可以随故事家们的个人喜好随意选择的。至于听众能不能接受这些稀奇的讲法，那就只能看故事家的忽悠水平了。

但是，如果故事家的讲述更换了其中部分节点，比如把A—B—C—D讲成了A—H—D，故事进程不是以节点B和C的方式来展开，而是以H的方式从A到达D，那么，我们就不认为故事AHD是故事ABCD的同题故事。

打个比方。如果有个故事家如下这么讲。

……孟姜女哭倒长城之后，秦始皇没有怪她，反而向她求爱，孟姜女要他答应三个条件，秦始皇答应了，并且完成得很好，孟姜女仔细想想，觉得秦始皇是真心爱自己的，而且"忠君"也是一种美德，于是就嫁给了秦始皇，受到秦始皇的宠爱，后来，因为不堪忍受皇后的妒忌与折磨，跳海自杀了。

除了故事节点8"孟姜女报复害死丈夫的元凶"被篡改之外，其他所有的节点都具备。哭也哭过了，长城也倒了，最后也跳海自杀了，但我们还是不能认可这是孟姜女同题故事。一旦"复仇"的节点被更改，转而向秦始皇投怀送抱，那么，原来的复仇主题也就荡然无存了，故事将彻底变味。

或者另外一个故事家这么讲。

秦始皇修长城的通知下达以后，爱国青年范喜良热血沸腾，决心为祖国国防建设贡献自己的一份力量，主动申请前往长城服役，最后累死在长城。孟姜女万里寻夫来到长城，知道丈夫死讯，哭了十天十夜，终于把长城哭倒了……

---

[1] 在淄博市淄河镇，城子村的韦良斌、西股村的孟兆翠都讲到了这些情节。（毕雪飞：《淄博市淄川区淄河镇孟姜女传说调查专题报告》）

除了节点 2"男主人公逃役"被篡改之外,其他所有的节点都具备。我们同样不能认可这是孟姜女同题故事。"逃役"节点的被更改,直接导致孟姜女哭长城"合法性"的消失。如果范喜良主动赴役是一种爱国行为,那么,他光荣牺牲之后,孟姜女跑来大闹工地、哭倒长城、报复国家领导人、以死相要挟,就无异于破坏国防建设、扰乱社会治安了,这只能给范喜良的光辉形象抹黑。

由于故事的节点网络构成了一个自足的逻辑体系,某个节点被篡改后,必然会发生连锁反应,可能引起故事逻辑结构的全盘崩溃,或者导致原有故事主题的全面消解。但是,只要故事家不篡改故事的节点,任何相容母题的进入,都不会影响到同题故事逻辑结构的变化。

所以,在故事的传承与变异过程中,传承的稳定依赖于节点的稳定,变异的随意是指节点之外的随意。

三、故事节点与母题、功能的简单辨析

结束本文之前,我们再对同题故事、节点以及故事类型(type)、母题(motif)、功能项[1](function)等相关概念作一简单辨析。

功能项是普罗普在《故事形态学》[2]中提出的核心概念。普罗普对阿法纳西耶夫搜集的 100 个俄罗斯神奇故事(同一体裁故事)进行了形态分析,总共分析出 31 个功能项。这 31 个功能项基本上涵盖了所有 100 个神奇故事的全部母题。

功能项是组成同一体裁故事的基本单元。功能项类似于母题[3],但具体用法不同。功能项是在特定的故事体裁下分析出来的,因此是具体故事体裁之下的情节单元,它不能脱离具体的故事体裁而被称作"功能项"。母题是从所有故事中借助"重复律"

---

[1] 《故事形态学》中译本(北京:中华书局,2006 年)译者贾放教授在该书《译后记》中说,function 这个核心概念曾被直译为"功能",但就现代汉语语感而言,功能指一种作用,而不是一种成分,"事实上,作者是将其作为进行结构分析的基本单元来使用的,与民间故事研究的其他流派所使用的'情节''母题'等概念是在一个平面上,是一个构成元素的单位"。经过反复斟酌,贾放教授创用了"功能项"这个译名,力图更好地体现普罗普结构分析理论的基本理念。

[2] 涅赫留多夫在为《故事形态学》的中译本序言中说:《故事形态学》最初的书名是《神奇故事形态学》,而初次预告该研究成果时的命名为《俄罗斯神奇故事形态学》。(《故事形态学》中译本第 2 页)

[3] 普罗普说:"角色的功能这一概念,是可以代替维谢洛夫斯基所说的母题或贝迪耶所说的要素的那种组成成分。"(《故事形态学》中译本第 17 页)

分析出来的[1]，不依赖于某一具体的故事类型，因此是一种相对独立的故事单元。比如，一本《文学理论》，把它放在中文系的教材体系当中，它被当作培养学生的一种"基础教材"（功能项）；把它放在图书阅览室，它就只是可供不同读者阅览的一本"图书"（母题）。

普罗普认为："对于故事研究来说，重要的问题是故事中的人物做了什么，至于是谁做的，以及怎样做的，则不过是要附带研究一下的问题而已。"所以，故事功能"在任何情况下，都不应考虑作为完成者的人物"[2]。也就是说，普罗普认为，故事体裁学和形态学排斥了以主人公属性和姓名为标志的故事类别。

对于故事类型的划分，一直存在分歧。"19世纪末，当卡尔·克隆注意到不同民族的故事中存在着大量相似情节梗概时，他就提出了'故事类型'这个概念。他的学生安蒂·阿尔奈（Aarne）根据这个概念发展出国际民间故事的分类体系，于1910年出版了著名的《故事类型索引》一书。"[3]但是，阿尔奈对类型的划分基本上是经验式的，并没有制定一套严格的划分标准，因此后来的学者对于分类标准一直存有分歧。自从普罗普的故事形态学诞生之后，多数学者倾向于依据形态特征来对故事进行类型划分，刘魁立先生就是这一标准最坚定的支持者，他认为"一切故事类型的确立，从根本上说，依据的是形态。靠什么？靠情节基干"[4]，刘守华也认为"类型是就其相互类同或近似而又定型化的主干情节而言"[5]。

可是，在中国故事中，著名的故事大多是以主人公的属性和姓名为标志的，如孟姜女的故事、梁山伯与祝英台的故事、牛郎织女的故事、刘三姐的故事、秃尾巴老李的故事、白蛇传、柳毅传书等。在中国民间文学体裁学中，一般把这些与"一定的历史人物、历史事件或地方风物、社会习俗"[6]有关的故事叫作"传说"。传说的数量在中国民间文学诸体裁中是最多的，超过其他各类故事的总和。

以历史人物或虚拟的历史人物为中心的各类传说，在普罗普的故事形态学中是不

---

[1] "阿莫斯指出，母题不是分解个别故事的整体所得，而是通过对比各种故事，从中发现重复部分所得。只要民间故事中有重复部分，那么这个重复的部分就是一个母题，即使这个母题是一个完整的大故事中套的小故事，只要这个小故事能够自由地进出不同的大故事，那我们也就可以称这个小故事为一个母题。"（吕微《母题：他者的言说方式》，《民间文化论坛》2007年第1期）

[2] 〔俄〕弗拉基米尔·雅可夫列维奇·普罗普. 故事形态学[M]. 贾放，译. 北京：中华书局，2006：17-18.

[3] 户晓辉. 类型（英语Type，德语Typ）[J]. 民间文化论坛，2005(1).

[4] 高木立子翻译，西村真志叶记录整理：《刘魁立、稻田浩二谈艺录》，北京龙爪树宾馆，2004年10月24日.

[5] 刘守华. 中国民间故事类型研究[M]. 武汉：华中师范大学出版社，2002：2.

[6] 万建中. 民间文学引论[M]. 北京：北京大学出版社，2006：169.

合法的。故事形态学不承认以"物"（人物、事物）为中心的传说具有"类"的特征或"类"的研究价值。于是，如何对这些具有浓郁中国特色的"物"的故事进行结构分析，就成了中国故事学所面临的一个问题。

解决问题的第一步，我们就得定义一个以"物"为中心的故事类名。因此，我们把围绕同一标志性事件，围绕同一主人公而发生的故事命名为"同题故事"。

故事类型主要被应用于跨文化的比较研究。"阿尔奈 1910 年编纂的故事类型索引，虽然主要建筑在芬兰民间故事的资料基础上，但是他大量引用了丹麦等北欧国家以及德国的资料，所以它一开始便具有一定的国际性。"[1] 随着阿尔奈编纂体系的影响日益扩散，"母题和类型概念使学者们在全球范围内研究民间叙事的规律以及异同成为可能，它们可以看作是民间文学或民俗学最核心的两个学科范畴"[2]。所以，"通过母题或故事类型编目来确定民间叙事，在真正的民俗学家中间已经变成一个国际化的必备条件"[3]。

而同题故事由于限定了与特定主人公的关系，因此就被限定在主人公所生活着的特定文化背景之下，这种文化背景是相对同质的。如果说故事类型以及母题、功能是一种跨文化的故事研究工具，那么，同题故事以及节点则是同质文化体系内部的故事分析工具。

节点只在同题故事中才有意义，是同题故事内部的分析与归纳。本文所归纳的 9 个节点全都是由故事主角（主人公，以及主人公必要的助手、对手等角色）发出的必要行为，这些行为在故事进程中必不可少，承担着不可或缺的结构功能。

作为国际性的故事检索工具，母题的划分必须具有严格的统一标准，只有这样，才能保证不同学者析出的母题之间具有可比性。"母题是他者所使用的东西，而不是根据研究者自抒己见所任意规定的标准所得到的东西。于是，母题索引就能够服务于我们今天对他者的研究即和他者的对话。"[4]

与此相反，由于故事节点的析出被限定在同题故事之内，因而并不需要在更广大的范围内与其他故事母题具有"重复性"或"可比性"。故事节点只需要满足同题故事内部的重复性和可比性，更极端地说，只需要满足研究者自己的分析需要，因而是开放的、非客观的。只要研究者的数据来源可靠，分析和论述的逻辑是清楚的，而且能够自圆其说，那么，我们就认为他对于该同题故事的分析就是有效的。

---

[1] 刘魁立. 刘魁立民俗学论集 [M]. 上海：上海文艺出版社，1998：104.
[2] 户晓辉. 母题（英语 Motif，德语 Motiv）[J]. 民间文化论坛，2005(1).
[3] 〔美〕阿兰·邓迪斯. 民俗解析 [M]. 户晓辉，编译. 桂林：广西师范大学出版社，2005：228.
[4] 吕微. 母题：他者的言说方式——《神话何为》的自我批评 [J]. 民间文化论坛，2007(1).

我们说，每一个故事节点都承担着不可或缺的结构功能，节点与节点之间环环相扣。事实上，普罗普对于功能项的界定也部分地具有这一特征，"如果将所有的功能项连起来读下去，我们将会看到，出于逻辑的需要和艺术的需要，一个功能项会引出另一个"[1]。另外，吕微在《神话何为》一书中曾经创造性地使用了"功能性母题"这一概念，与故事节点的界定也有相近的地方。[2]

尽管节点与功能项、功能性母题有如此多的相似之处，但区别也是非常明显的，下文试述之。

无论某一故事体裁的功能项集合，还是故事类型的母题集合，都相当于这一故事体裁或类型中所有故事的"最小公倍数"。举例来说，假如在某一故事类型中，故事 A 包含母题 12345，故事 B 包含母题 23456，故事 C 包含母题 34567，那么，故事的全部功能项就包含了所有的 1234567。

阿法纳耶夫的所有 100 个故事，甚至所有的神奇故事，全都被涵盖在普罗普的 31 个功能项之中。而对于一个具体的神奇故事来说，并不需要具备所有的 31 个功能项，"缺少几个功能项不会改变其余功能项的排列顺序"[3]。

关于故事类型，邓迪斯也曾指出："应该记住，一个故事类型是一个合成的情节概要，它在准确无误的细节方面对应的不是一个个别的异文，但同时又在某种程度上包含着那个民间故事所有的现存异文。"[4]

假设我们把大圆当作神奇故事的全部功能项，把两个长方形当作所有神奇故事中的任意两个故事，那么，所有的长方形都被涵盖在大圆之内（见图 2）。

"节点—故事"与"功能项—故事"的关系则恰恰相反。节点相当于所有同题故事的"最大公约数"。也就是说，每一个孟姜女同题故事都涵盖了前述的 9 个故事节点。举例来说，假如在某一同题故事中，故事 A 包含母题 12345，故事 B 包含母题 23456，故事 C 包含母题 34567，那么，

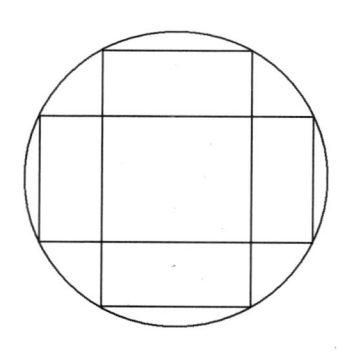

图 2 故事体裁或类型中功能项与具体故事的关系

---

[1] 〔俄〕弗拉基米尔·雅可夫列维奇·普罗普. 故事形态学 [M]. 贾放，译. 北京：中华书局，2006：59.
[2] "功能性母题是在对同类型故事的各种异文中重复性内容的综合，再结合对该类型故事的整体性内容进行分析，即把故事内容分解为相互限制、相互制约的不可分割的不同部分的基础上给出的抽象。"（吕微《母题：他者的言说方式——〈神话何为〉的自我批评》）
[3] 〔俄〕弗拉基米尔·雅可夫列维奇·普罗普. 故事形态学 [M]. 贾放，译. 北京：中华书局，2006：18.
[4] 〔美〕阿兰·邓迪斯. 民俗解析 [M]. 户晓辉，编译. 桂林：广西师范大学出版社，2005：229.

故事的节点就只有345。

假设我们把两个长方形视作任意两个孟姜女同题故事，把小圆视作9个故事节点，那么，所有的长方形都涵盖了小圆（见图3）。

在许多情况下，故事类型与同题故事难以重叠。比如《狼外婆故事》和《老虎外婆故事》，明显属于同一故事类型，但由于"物"的名称不同，我们无法将它纳入同题故事进行研究。尽管这样看起来有点呆板，可是，既然我们已经如此定义了，就只能按着既定的规则来操作，任何理论的提出，都有一定的适用范围和局限。

但在一些特殊的情况下，有些故事类型与同题故事是可以重叠的。比如，《狗耕田的故事》，这一故事类型中的所有异文，还没有发现"物"的名称不是狗的。在这种故事类型与同题故事的集合对象完全一致的情况下，我们可以画出一张更清楚的示意图来说明功能与节点的区别。大圆即全部功能项，两个长方形即任意两则故事异文，小圆即全部节点（见图4）。

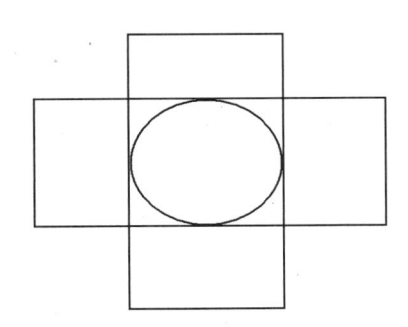

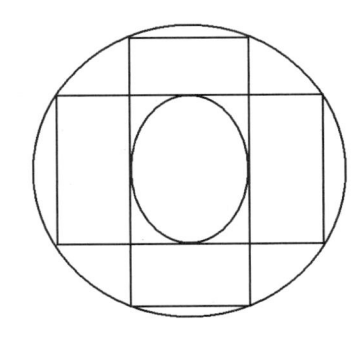

图3 同题故事中具体故事与节点的关系　　图4 特殊情况下功能、故事与节点的关系

· 第二篇 ·

中法文学对话会

新时期法国文学翻译的意义

赵稀方

中国社会科学院文学研究所研究员

一、"名与重印"与雨果

1977年，人民文学出版社开始了新旧并举的翻译出版策略。它试探性地"越轨"重印了5本久被禁绝的世界古典文学名著：斯威布的《希腊的神话和传说》，阿拉伯民间故事集《一千零一夜》（一、二、三），果戈理的《死魂灵》，莎士比亚的《哈姆雷特》，莎士比亚的《雅典的泰门》。这些书都并非新译，而是对于从前的名家名译的重印，故称为"名著重印"。1978年，人民文学出版社"名著重印"的种类大大超过了上一年，累计达到37种。这里面就有雨果的《悲惨世界》（李丹译）。在很多作家、学者的文章中，我们都可以看到他们对于彼时抢购、阅读西方古典文学名著盛况的深情追忆。陈思和曾在一篇文章中写道："那年5月1日，全国新华书店出售经过精心挑选的新版古典文学名著《悲惨世界》《安娜·卡列尼娜》《高老头》等，造成了万人空巷的抢购的局面。"[1]

"四人帮"垮台是一个政治事件，新的文化并未随之出现。从知识生产的角度看，文化惯性持续的一个重要原因是缺乏外来文化的刺激与参照。自1977年开始的"名著重印"，所担负的正是这样一个重要的角色，它在国内植入了新的话语生长点，为新时期的知识构造提供了动力，其直接结果是促进了新时期最早思想文化思潮人道主义的话语实践。

一种外来文化进入中国，首先出自中国文化的需要，但作为从前被禁止的外国文学名著进入中国，必然会带来对于原有的社会意义结构的破坏。中国读者从外国古典名著中得到的启示，与其说来自那些外国小说，不如说更来自中国社会内部。经历了"文革"的中国读者，在阅读外国古典名著时，尤其容易被其中的人道主义情怀所打动，并引发对于中国现实世界的反省。世界古典文学名著以前被禁止的一个重要理由正是所谓抽象人道主义，它们重新流通必然会引起对于人道主义的重新认识。

---

[1] 陈思和. 想起了《外国文艺》创刊号 [M]// 上海译文出版社. 作家谈译文. 上海：上海译文出版社，1997.

有一种不断被重复的看法，即认为新时期第一篇关于"人性"和"人道主义"的文章，是发表于《文艺研究》1979年第3期朱光潜的《关于人性、人道主义、人情味和共同美问题》一文。应该说，朱光潜的这篇文章，加上其后汝信的《人道主义就是修正主义吗？》、王若水的《谈谈异化问题》两文，是引发全国性的有关人道主义大讨论的关键性文章。但朱光潜的文章不仅非谈论人道主义的第一篇文章，关于人道主义的讨论更不是仅仅始于这几篇文章之后。在此文之前，就已有不少讨论人道主义的文章。早在1978年11月广州召开的"全国外国文学研究工作规划会议"上，后来在有关人道主义和异化问题大讨论中起了关键作用的中国理论界权威周扬在涉及对于世界文学的评价时，就初步提出了不应该笼统反对人道主义的思想。他说："我们对人道主义，也不应笼统反对，我们只反对对人道主义不作历史的、阶级的分析。"[1] 周扬的这一讲话以会议纪要的形式，刊载于全国较有影响的刊物《外国文学研究》1979年第1期上。正是在这一期上，同时出现了讨论人道主义的专栏"人道主义笔谈"。

1980年，戴厚英发表了引起争议的小说《人啊，人！》。在这篇小说中，主人公何荆夫在1957年被打成右派，后来流落民间多年。面对那个人与人残酷相斗、人情爱情都遭到压抑的现实，他苦苦思索着我们究竟需不需要人道主义的问题，写作一本《马克思主义与人道主义》的书，是雨果的《九三年》给了他重要的启示。在《九三年》的结尾，共和国的凶恶敌人朗德纳克侯爵在被捕前从大火里救了三个儿童，使主持军事法庭审判处决朗德纳克的共和国英雄、司令官郭文深受感动，并甘愿代替这个魔鬼受刑而放掉了他。因为从朗德纳克救孩子的行动中，郭文看到了"魔鬼身上的上帝"，在郭文的头脑里"在绝对正确的革命上，还有一个绝对正确的人道主义"。这种超越于革命的博大的爱使何荆夫深受启发，他对他的老师说："革命的目的难道是要破坏家庭，为了使人道窒息吗？绝不是的。"[2]

人道主义话语的推进，让我们看到一个被逼迫出来的逻辑转换，即中国的人道主义者转而去论证马克思主义的人道主义性质。中国的人道主义者竭力论证，我们从前仅仅强调马克思主义阶级斗争学说是片面的，真正的马克思主义是以人为目的的，是一种最彻底的人道主义。在"人道主义笔谈"中李鹫还在说不能将人道主义与马克思主义相混同，事隔不久，王若望的谈话已公然将两者混为一谈了，他将人道主义看成了真正的马克思主义，而将阶级斗争理论说成"反马列主义的"。

中国人道主义者不仅对于西方马克思主义只是一种利用，他们不过是在借用马克

---

[1] 全国外国文学研究工作规划会议在广州召开. 外国文学研究，1979(1).
[2] 戴厚英. 人啊，人！[M]. 广州：广东人民出版社，1980.

思主义这一外壳表述自己的内容。果然，在 20 世纪 80 年代以后逐渐宽松的氛围中，中国人道主义思想的"深化"已经不再诉诸于马克思主义，而直接承受了西方启蒙主义和自由主义思想流脉。

二、萨特与存在主义

新中国对于西方现代哲学是排斥的，但萨特却例外地与新中国关系友好。1955 年 9 月至 11 月，萨特曾偕同西蒙·波伏娃访问我国。他们去了沈阳、鞍山等地，并在北京登上了天安门城楼参加了国庆典礼。萨特对于中国的社会主义建设表示了赞赏。在当年 11 月 2 日的《人民日报》上，他发表了题为《我对新中国的观感》的文章，称颂中国是个"伟大的国家"。1980 年，萨特去世。这位被称为知识界良心的"哲学泰斗"的去世，引起了世界的震动，这也给中国学术界宣传萨特提供了一个绝好的契机。这一年，《外国文艺》第 5 期出现"萨特去世后西方的评论"专题，并在同期刊载了萨特的论文《论存在主义是一种人道主义》。这是萨特的这篇在新时期最为出名的文章的首次露面，《外国文艺》专门选择了萨特的这篇文章，应该与当时的人道主义思潮有关，但这其实是一种历史的误会。

这并不是萨特的作品第一次在新时期露面。在 1978 年《外国文艺》创刊号上，萨特的剧本《肮脏的手》就赫然在目。萨特进入中国的一个标志，可以说是 1981 年柳鸣九主编的《萨特研究》的出版。这本书在新时期首次对萨特作了比较全面的介绍，这本书的百科全书性质，满足了新时期读者的需要。它一版再版，与《外国现代派作品选》《现代小说技巧初探》一同成为那时流行于知识界的畅销书，并成了新时期"萨特热"中的主要文本凭借。

萨特的主要理论著作《存在与虚无》是一本艰深晦涩的纯哲学著作，即使在西方能读懂的专家也不多，但这本书在中国居然一版再版。笔者手头的这本 1987 年三联版《存在与虚无》的印数是 37000 册，对于一本理论书来说这个印数是惊人的。据一份 20 世纪 80 年代初的调查，在校大学生 80% 粗知萨特，20%"读过这些文学作品，又接触过理论"，8% 的学生"有比较系统的探索研究"，中国新时期"萨特热"的情形由此可见一斑。

新时期是从人道主义的语境中理解西方现代主义的，存在主义的命运也正是如此，并且萨特的"存在主义是一种人道主义"更成了将两者等同的一个有力论据。新时期萨特最受欢迎的思想是"存在先于本质"和"自由选择"，这令经过了"文革"的国人茅塞顿开：正因为我们盲从于外在的"绝对真理"，放弃了自己，才落到今天这个地步，我们应该有自己的独立思考，自我决定命运。新时期为现代主义文学平反的最有影响的文章是柳鸣久的《现当代资产阶级文学评价的几个问题》，其中评论说，"存在先于本质"和"自由选择"论"强调了个体的自由创造性、主观能动性"，并将其视为"资产阶级人道主义的个性自由论、个性解放论"的一种。[1]

萨特的《存在主义是一种人道主义》早在1980年就有了译文，到处被望文生义地误用，而真正地释述人的困境的存在主义理论的《存在与虚无》直至1987年才翻译出版。这个时间的差异，看似翻译难易的问题，其实显示了我们对于萨特的存在主义的接受程度，显示出新时期从人道主义到现代主义的深化。陈思和曾描绘这一心路历程："对经受了残酷与绝望不亚于二次大战的中国知识分子，尤其是年轻知识分子而言，他们一时还难以从巨大的理想破碎和荒诞人生的打击下缓过神来，他们急需从世界的普遍经验中来理解他们自己的处境以及如何感受这种处境。自然，在一阵阅读狂喜过后，他们——当然其中也包括了像我这样正在大学求学，正在逐渐地步入知识分子行列的浮躁的年轻人——很快就不满足于那些遥远而美好的古典名著。"[2]

1983年第1期《小说界》曾刊发了题为《关于存在主义答文学青年》的一组专栏文章，其中"请陈骏涛同志就存在主义在我国当前文学作品中的反映作了答问"，陈骏涛在答问中也肯定文坛"出现了一些具有存在主义思想倾向的文学作品"。确定无疑地受到萨特思想影响的一篇小说，是1984年谌容的《杨月月与萨特之研究》。这篇小说的结构很独特，独特之处不在于它采用了阿维与阿璋的通信体方式，因为这种方式在现代小说中并不罕见，而在于阿维的信全是叙述她所遇见的杨月月，而阿璋的信全是叙述他所研究的萨特，于是小说由毫不相干的杨月月与萨特两部分组合而成。小说的情节主线是杨月月的故事，但在阿维向她的丈夫讲述这一故事时，她的丈夫却并无兴趣，而在回信中大谈萨特，这样杨月月的故事就与萨特的言谈奇特地并置到了一起。小说从萨特的出殡，谈到萨特的政治表现，谈到萨特的"存在先于本质""自由选择"的思想，再谈到萨特晚年有关马克思主义"不可超越"的评论，篇幅之多，连缀起来简直就是一篇萨特评论，水平大体上没有超出柳鸣久《萨特研究》的"序"。

在萨特等存在主义小说中，我们常常看到这样一种由违反常规而带来的荒诞。小说中的荒诞出自本体意义上的人的虚无感，因为外在世界与人类的意识是相悖的，故而一切先验价值及社会规范都是一种虚假的人为，没有终极根据，对于人来说也就没有什么意义。对刘索拉等人来说，荒诞大多不是针对于一切社会规定与价值，而是针对于特定的他们认为已经过时的社会成规，如学校的旧体制、家庭的传统教育方式等。

---

[1] 柳鸣久. 现当代资产阶级文学的评价的几个问题 [J]. 外国文学研究，1979(1).
[2] 陈思和. 想起了《外国文艺》创刊号 [M]// 上海译文出版社. 作家谈译文. 上海：上海译文出版社，1997.

这样,他们的反抗背后显示出的往往是个性主义情结。《无主题变奏》中主人公的一句话露骨地表明了这一点,在其女朋友逼他上进考大学时,他感叹:"我只想做一个普通人,一点儿也不想做一个学者,现在就更不想了。我总该有选择自己生活道路和保持自己个性的权利吧?"刘索拉等小说中的主人公看似蔑视一切,但对于真正的西方古典音乐及绘画其实是崇拜的,对于作曲在国际上获奖更是欣喜若狂。它表明中国的现代派其实是有价值追求的,荒诞是有限度的。

三、米兰·昆德拉：历史反省

20 世纪 80 年代后期,米兰·昆德拉的作品在中国风行。他的小说的最早汉译本,是韩少功译的《生命中不能承受之轻》,时在 1987 年 9 月,初版就印了 24000 册。景凯旋、徐乃健译的《为了告别的聚会》,在出版日期上比上一本书早 1 个月(1987 年 8 月),但面世却要晚。此后,对于米兰·昆德拉的小说及其他著作的翻译连绵不断,以至不久以后米兰·昆德拉几乎所有的著作都有了中译本,而且很多著作都有多种译本。据估计,如果加上港台的话,米兰·昆德拉著作的发行量超过了百万册,在 80 年代后期新时期文学失去轰动效应以后,米兰·昆德拉的小说如此热销,堪称奇迹。

囿于时代的原因,新时期初期的伤痕文学等并未对"文革"以来的历史做出清醒的反省。来自社会主义国度捷克的米兰·昆德拉对于斯大林主义的反省,恰恰给国人提供了一个契机。对于斯大林主义的批评,我们其实早已在索尔仁尼琴等苏联作家的笔下看到,米兰·昆德拉所独具的魅力在于他将具体的历史是非升华到人性的形而上的层次,建立了别具一格的现代深度。

中国新时期作家追逐着西方现代主义、后现代主义,但又感受不到这些主义所表达的来自现代西方社会的感受,因而总有东施效颦的不安。米兰·昆德拉的现代感是从捷克的社会主义实践的荒谬中生发出来的,这无疑给经过了"文革"的中国作家一个切实的启示。从文章上看,国内学者在谈论米兰·昆德拉的时候,往往津津乐道于他的形而上的"存在"意义上的探索。这表现出人们忌惮政治的心理,同时又表现出人们对于米兰·昆德拉开掘现实的深度的仰慕。

共同的社会主义历史,是我们与米兰·昆德拉的共同机缘所在。米兰·昆德拉写作《玩笑》的 1967 年,正是中国"文革"伊始。在米兰·昆德拉写作《笑忘录》的 1978 年及写作《生命中不能承受之轻》的 1984 年,我国的新时期文学也正在反思"文革"。米兰·昆德拉在小说中叙述的历史经验,让我们感到熟悉而亲切,但他反省历史的方式,却让我们别开生面。《玩笑》中叙述的因玩笑而招致杀身之祸的故事,在中国的"文革"

中似曾相识。主人公被发配服役，身体上遭受折磨，精神上受到扭曲，而女性的爱成了活下去的信念，这些情节与张贤亮的《绿化树》大致相同。新时期"伤痕文学""反思文学"中所呈现的告发、批斗、毒打等历史苦难，较之米兰·昆德拉的小说有过之而无不及，但我们对于"苦难"的叙述方式却不相同。在"伤痕文学""反思文学"中，"文革"被叙述成了一个少数"坏人"（"四人帮"及其爪牙）迫害"好人"的灾难故事。文学作品中好人、坏人以及受骗上当的人界限分明，好人虽然历经苦难，但对于党的信心不改，坏人虽然猖獗一时，但不得民心，终于垮台。"文革"故事尽管血泪斑斑，但凄美而悲壮，既不令人恐怖，也不让人绝望，反倒给读者提供了历史的安全感。这种叙事策略体现了中国现实政治的需求，也体现了国人缓解内心焦虑的心理需求。

　　米兰·昆德拉的处理方式与我们大不相同。不可否认，米兰·昆德拉的小说是在表现斯大林主义统治下的捷克，但他并没有仅仅满足于暴露伤痕和抗议政治，而是要探究这政治背后的人性。米兰·昆德拉在小说中指出："后来被视为罪恶的历史，当初其实并非由犯罪分子组成，恰恰相反是由热情分子组成，是'革命者'的青春挥洒。"（《生命中不能承受之轻》）。追根溯源，米兰·昆德拉认为这是人性中的媚俗所致。媚俗（Kitsch）是一个德语词，描述的是一种追随潮流、讨好大多数的心态和做法。"媚俗的根源就在于与存在完全认同。而存在的基础是什么呢？是上帝？人类？斗争？爱情？男人？女人？由于意见不一，于是就有各种不同的媚俗：天主教的，新教的，犹太教的，共产主义的，法西斯主义的，民主主义的，女权主义的，欧洲的，美国的，民族的，国际的。"显然，米兰·昆德拉并不是在反对某一主义，而是反对使种种主义得以膨胀的人性的"媚俗"，它使人失去个性，盲从于外在。萨宾娜后来终于走出了"年轻的法国人高高举起拳头，喊着谴责社会帝国主义的口号"的游行队伍，别人惊奇她为什么不去反对占领她们国家的苏联社会帝国主义，她的想法是：正是这种"举着拳头、众口一声地喊着同样的口号的齐步游行"的行为，导致了社会帝国主义的产生。米兰·昆德拉指出：政治很容易导致群众的媚俗，但我们却不能因此而原谅自己，推卸责任，"我的良心是好的！我不知道！我是个信奉者！难道不正是他的'我不知道''我是个信奉者'造成了无可弥补的罪孽吗？"

　　米兰·昆德拉的独特性，构成了对于中国新时期的巨大挑战。"米兰·昆德拉热"本身体现了中国知识者的变革要求，但中国的政治现实却决定了米兰·昆德拉不能畅通无阻，其结果就是"被改写的昆德拉"。在米兰·昆德拉畅销的后面，掩藏着他的作品被肆意篡改的悲惨事实。如此改写的结果，是流行中的米兰·昆德拉符号的模糊。由于其中政治含义被压抑了，米兰·昆德拉的小说中有大量的思想和议论在中国变成了群起而模仿的"哲理性"，而"性"这一米兰·昆德拉揭示捷克民族摆动斯大林高压的出口也失却了历史的含义，成了当代作家乐此不疲的话题。从当代写作中我们能够看到，米兰·昆德常常是作为"哲理性"的化身和写"性"的高手而产生影响的。

四、司汤达：翻译的突破

《红与黑》在中国的第一个译本是在 1947 年由上海作家书屋出版的赵瑞蕻译本，这也是 1949 年以前的唯一一个译本。1949 年后则出现了另外一个译本，即 1954 年由上海平明出版社出版的罗玉君译本，1949 年至新时期这一时期也只有这一个译本。至新时期，译本骤然增加，截至 1995 年，先后有以下多种译本面世：郝运译本（上海译文出版社，1986）、闻家驷译本（人民文学出版社，1988）、郭宏安译本（译林出版社，1993）、许渊冲译本（湖南文艺出版社，1993）、罗新璋译本（浙江文艺出版社，1994）、臧伯松译本（海南出版社，1994）、赵琪译本（青海人民出版社，1995）、亦青译本（长春出版社，1995）等。围绕着众多的译本，评论界开始出现不同的凡响，最后演化为一场大规模的讨论和争议。它牵涉《读书》《文汇读书周报》《中国翻译》《文艺报》等多家报刊，参与者包括赵瑞蕻、郭宏安、许渊冲、罗新璋、方平、许钧、施康强等众多的翻译家和学者，并因为《文汇读书周报》就《红与黑》汉译征询读者意见而引起了公众的参与。这也因此引起了国内外文坛的广泛关注：国际翻译家联盟前秘书长、《国际译联通迅》主编阿埃瑟兰教授，国内知名文化人季羡林、草婴、苏童等都回应了这场论争，使其堪称中国翻译史上的一件蔚为大观的事件。这一"事件"涉及翻译风格、人名地名翻译等多种讨论。

笔者最感兴趣的是作为其焦点的所谓"等值"与"再创造"之争，这一争论延续了中国传统的"直译"与"意译"之辨，其中所隐含的意味，值得我们深思。

在谈论罗玉君和闻家驷译本的时候，涉及两种不同的翻译风格。施康强指出："罗译善发挥，往往添字增句，译文因此有灵动之势，但是有时稍嫌词费，司汤达似没有这般啰嗦。闻译比较贴近原文句型，但处理不尽妥当，有些句子太长，显得板滞，司汤达本人好像也没有这个毛病。"[1] 孙迁在文章中则明确指出："笔者的感觉是，罗译偏重意译，闻译则多用直译。"[2] 对两个译本高下的评价，应该说与其翻译方法直接有关，但从上述施康强的话可以看出，他们并没有在翻译方法上明显偏向于直译与意译中的某一方。

直接的冲突，是由北大知名翻译家许渊冲先生引起的。许渊冲 1993 年重新翻译出

---

[1] 施康强. 何妨各行其道 [J]. 读书，1991(5).
[2] 孙迁. 也谈《红与黑》的汉译：和王子野先生商榷 [J]. 四川外语学院学报，1992(3).

版了《红与黑》，并写了一个"译者前言"。在这个"译者前言"中，他通过对比他的译本与此前译本的差异，申述了自己偏于"意译"的翻译思想。他的主要翻译思想是："文学翻译的最高目标是成为翻译文学，也就是说，翻译作品本身要是文学作品。""翻译是两种语言的竞赛，文学翻译更是两种文化的竞赛。译作和原作都可以比作绘画，所以译作不能只临摹原作，还是临摹原作所临摹的模特。"简单地说，他认为翻译要成为一种"文学翻译"，而不是"文字翻译"，意思是不必过于拘泥于字句，应该发挥汉语的优势，传达出原作的精神。

施康强的一篇题为《红烧头尾》的文章发表于1995年第1期北京的《读书》。与此同时，韩沪麟在1月17日的上海《文汇读书周报》上发表了题为《从编辑角度漫谈文学翻译》的文章。这两篇文章共同批评许渊冲，形成了南北夹击之势。施康强、韩沪麟的评论还获得了《红与黑》第一个译者赵瑞蕻的支持。许渊冲显得很孤立，但也不是完全没有人支持他。《红与黑》的另一译者罗新璋就赞成许渊冲。不同的意见互相冲突，相持不下，作为主要阵地的上海《文汇读书周报》和南京大学西语系翻译研究中心联合起来，做了一个问卷《〈红与黑〉汉译读者意见征询》，发表于1995年4月29日的《文汇读书周报》上。据《文汇读书周报》的透露，这次调查的结果是：78.3%的人支持"等值"类，仅21.7%的人支持"再创造"类，而读者喜欢的译文作者依次为郝运、郭宏安、罗新璋、许渊冲和罗玉君。可以说，"直译派"获得大胜，而以许渊冲为代表的"意译派"则落败而归。

罗新璋、许渊冲等"再创造"派翻译家大呼意外，罗新璋在给许渊冲的信中感慨："读者是上帝，喜欢看洋泾浜中文，无可奈何的事。"在我看来，对于这些读者的回答其实不必太拘泥。它们往往并非来自读者真实的阅读感受，而是被问卷带入了预定问题，然后被这一问题的先在传统话语规定了答案。

"等值"与"再创造"两派其实早已有价值的高下之分，这当然不仅仅是指鲁迅的传统，还有许渊冲指出的，早在问卷之前，《文汇读书周报》就片面地发表了不少主张"等值"，批评"再创造"的文章，它们早已给读者造成了"等值"派优先的印象。之所以说上述言论并非来自读者的阅读经验，是因为在任何一种风格的中文译本，都不存在上述读者喜欢的"与原文结构贴近的译文"。多数没有读过外文原著的读者受到"等值""再创造"划分的影响，想象"等值"就是"与原文结构贴近"，而"再创造"就是背离原文的发挥，上述读者的很多议论，都建立在这一基础之上，这是受了"问卷"二元对立式的提问方法的误导。

毫无疑问，所有的《红与黑》的中文译本都是在以中文句式翻译原文，遵从外文原句的结构翻译从根本上说是不可能的事。所有的翻译都是在以中文调谐原文，成功的翻译都是将中文写得较顺而又不背离原意者。就此而言，所谓直译、意译、等值、再创造，文字翻译、文学翻译之类的区别并不是绝对的，它在一定程度上只是人为地"制造"出来的。早在1982年赵瑞蕻在批评罗玉君译本的时候就曾指出："至于我们历来所说，也曾长期争论着的'直译'和'意译'的问题，我不想在这里多讨论了。因为依我看来，真正优秀的翻译是不存在这个矛盾的。"在赵瑞蕻看来，错译无法以"意译"之名掩盖，而正确的翻译也没必要弄得佶屈艰涩。当事人许渊冲则也提出，"等值"与"再创造"并不矛盾，他说："因为两种语言、文化不同，不大可能有百之百直译的文学作品，也不大可能有百分之百意译的文学作品，百分之百的意译与其说是翻译，不如说是创作。因此，文学翻译的问题，主要是直译或意译到什么程度，才是最好的翻译作品。"[1]而许钧后来在编《文字·文学·文化——〈红与黑〉汉译研究》一书时，则也明确地谈到这一问题。他在比较了《红与黑》结尾的五段译文后指出："对比原文，这五种译文没有一种是'逐字逐名地直译，甚至硬译'，也没有一种百分之百的'意译'。"而且许钧还注意到，从翻译实践看，并不存在所谓"等值"与"再创造"的区分。

如此看来，这场争论似乎从一开始就是一场误会。许渊冲明确地将"文字翻译"与"文学翻译"对立起来，又明确标出"再创作"，就绝对化了两者的区别，易于引起误解。但我们必须注意到，许渊冲的翻译原则其实是以"信"字为根本原则的。而仔细观察许渊冲与施康强、韩沪麟、赵瑞蕻诸人的争论，我们会发现，许渊冲并没怀疑"信"或"等值"的原则，相反，他所论证的，是他自己的译文较别人更"信"、更"等值"。例如，许渊冲认为《红与黑》的开头一句中的"美丽"包括建筑和山川两个部分，故而译为"山清水秀，小巧玲珑"，因而他认为译文并不像韩沪麟批评的那样"不等值""不严谨"，而恰恰相反是"等值"和"严谨"的。同样，认为市长在内心有将自己比作能遮荫蔽的大树的意思，许渊冲认为"大树底下好乘凉"的译文较"我喜欢树荫"的直译更为准确。由此看来，许渊冲强调在翻译一个句子的意思时更多地考虑译文的上下语境，予以综合理解。由上面罗新璋"干一桩比白天还要明显的事""好像是加了滴水就使花瓶涨溢了"等句子看，表面的直译其实根本是不可能的，如此看只能"译意"，而应该追求的是译"意"的准确性，事实上，许渊冲与施康强等人争论的都是对于"意"的不同理解。那句较为极端的"魂归离恨天"其实也是这样，分歧并不在于是否应该准确地传达"死了"这个意思，而在于两人对于"死了"这一动作的性质的理解不一致，施康强认为司汤达避免哀艳，用词平淡，而许渊冲以前文证明作者这里其实含了强烈的感情。

---

[1] 赵端蕻. 译书漫忆 [M]// 许钧. 文字·文学·文化. 南京：南京大学出版社，1996.

我们发现,"直译"与"意译"看起来十分对立,其实双方在立场上是高度一致的。这种立场就是"信",即最大限度地忠实原文,所争论的不过是何种手段、谁更忠实而已。这种被中国翻译论述奉为最高目标的"原著中心主义",在西方文化翻译的文化研究中,这一被视为天经地义的前提,早已被打破。忠实于原作,如果作为一种应用翻译技巧的研究,自然是可以的;如果在翻译理论的层次上将"原著中心"视为前提则早已过时,在西方当代翻译的文化研究中,恰恰是翻译之"背离"被视为论述的当然前提,所需讨论的是"背离"的原因、条件、结果等。随着中国学界对于西方翻译操纵学派的了解,翻译研究逐渐离开了传统的"直译"与"意译"的纠结,由司汤达《红与黑》的翻译所引起的这场巨大争议,可以说既是中国翻译研究的一个高潮,也是一个新的起点。

雨果的"呐喊"

刘晖

中国社会科学院外国文学研究所研究员

在中国的法国文学研究领域，近年来雨果研究比较寥落。应该说，雨果作品的翻译和介绍已经非常完备，关于雨果的研究成果也得到了比较系统的梳理。学界前辈的积累已经颇具规模，但当今研究者对雨果的现代性关注不够，很多人仍停留在文学课为我们灌输的刻板印象上：雨果是一个进步的浪漫派作家，一个单向度的文学思想革命者。他被封圣了，遗产被锁进了保险柜，永久地与世隔绝，变成了萨特所说的"石化的思想"。按照布尔迪厄的说法："颂扬'经典作家'的话语中最陈腐的一个论点，起到的作用就是把作家驱赶到虚无缥缈之境，好像脱离了时间和空间，总之，远离现在的冲突和斗争，这个论点自相矛盾之处在于将他们描述为我们的当代人和我们的至亲之亲；他们如此现代，如此亲近，乃至我们一刻也没有怀疑过我们对他们作品的表面上直接（实际上借助我们的所有训练达到）的理解。"（《帕斯卡尔式的沉思》）无疑，我们远未意识到雨果的丰富性和复杂性。是时候重新发现雨果了。我们会发现，雨果仿佛从遥远的时代发出了对现代的预言，他以无比的革命性和现代性，为我们带来了巨大的诗学和思想启示。

如何阅读雨果才能重建作家的多维度，而不仅仅将他视为时代精神的表现？不妨借鉴布尔迪厄的文学场理论，把雨果放入历史构造的文学场中，依据文学场和社会世界的同构性，说明他的作品如何由于形式化，既是美学的，又是政治的。因为作家作为统治阶级中的被统治阶层，与被压迫者利害相关，利用其表述能力为民众阶级呐喊。雨果经历了1830年革命、1848年革命、1852年路易·波拿巴政变、1870年普法战争，他仿佛被历史的进程吸收了，被宗教、政治、文学攫住了。他经历了文学场自主化的关键阶段，被浪漫主义、现实主义、自然主义潮流裹挟着，于是，他成了一面聚焦了所有社会问题和可能的答案的反光镜。巴尔扎克说得好："作家应该熟悉各种现象，各种天性。他不得不在身上藏着一面无以名之的集中一切事物的镜子，整个宇宙就按照他的想象反映在镜中。"但这种镜像经过雨果的想象变形了，体现了孔帕农所说的反现代的现代派的所有悖论。法国批评家圣伯夫论浪漫派作家时说："尽管他们曾热

跨时空文学对话

爱骑士和君主时代，热爱传说和战功，我们最近不合时宜的举动和灾难，当代的大革命，尤其是拿破仑不可思议的命运和两度沉浮，令他们感到震撼；他们作为昔日的杰出人物，满怀现代的情感，他们是创新者，即使在缅怀过去之时。"雨果的习性是自相矛盾的和分裂的。他坚持诗人有双重的灵魂，"诗人是唯一既赋有雷鸣也赋有细语的人"，如同他主张的浪漫派戏剧一样，他是光明与阴影的和谐共存。他像天使一样飞翔，脚踵上沾了大地的尘土。他设法调和秩序与正义、私利与怜悯、金钱与良心的矛盾。他有一家之主和资产者的精明算计，也有慷慨的慈悲之心。他要成为夏多布里昂，也要做"人民之友"马拉。他热爱功名，出入高雅的沙龙、灯火通明的歌剧院，但厌恶贪婪不义的"城堡里的伯爵"；他拨动"响亮的铜弦"，充当法国的良知，揭露贫民窟的苦难。他反对暴君，同样痛恨反民主、反文明、野蛮凶残的暴民，"不见得警钟都能发出青铜之音"，"苦难没有残酷的权利"，所以，"你们既不要相信低贱者，也不要相信高贵者，唯有静观！"重要的是摧毁产生他们的制度。他的父亲雨果将军曾在拿破仑麾下作战，他对皇帝始终充满了敬意。雨果和拿破仑一样，并非出身贵胄，而是靠天才和奋斗跃居高位的，这种亲和性使他把帝国与大革命视为一体，帝国是大革命的果实，他希望大革命的暴力一劳永逸地中止一切暴力，通过教育使世界和缓地向善。但他的改良主义也是革命性的。虽然他不主张颠覆一种社会结构，但要求对社会结构的所有方面进行彻底重组。他有不可救药的乐观主义，相信善的力量终将获胜，"希望的双眼比理智更明智"（《傻子的愤怒》）。他有时又是宿命论的，"她（大地）使一切在墓穴中归于平等；她在尘土里，将死去的放牛人同所有亚历山大大帝，与凯撒的遗骸互相混淆"（《大地颂》）。当拿破仑的侄子路易·波拿巴宣称信奉自由和民主、主张消灭贫困的时候，他出力帮他竞选总统。当他修改宪法，背叛誓言，发动政变当皇帝时，他发出了讨伐的檄文《拿破仑宵小》，鼓舞人民的斗志。他写了充满辛辣的讽刺和史诗的豪迈的《惩罚集》，将皇帝及其帮凶"禁闭在诗韵和声音的牢笼里，关押在节奏的监狱里"（《雨果传》）。他对拿破仑控诉他的侄子："他们肮脏的黑手摸到你青铜的脚趾，他们偷走了你。你当初作为拿破仑大帝，宛如一颗星辰在安息；如今你作为波拿巴，复活了，竟又在博阿尔内的马戏场玩起杂耍。"（《惩罚集》）此后，他义无反顾地在布鲁塞尔、泽西岛、根西岛过流放的生活，"我将承受流放的苦难，哪怕没有尽头"（《惩罚集》）。1859年，帝国发布大赦令，雨果置若罔闻，他从荒岛上发出呼声，激励着人们对自由的信仰，"我忠于我和自己良心订下的契约，我要始终为维护自由而流亡"（《言行录》）。他明察并抨击法国的殖民主义的残酷和伪善："当你们从树林，山洞，河岸赶走野人，你们目光闪亮的兄弟，这涂满色彩的太阳之子，树枝和花朵缠绕的非理性的人，当你们把这无用的亚当逐出，你们用更像爬虫的人，沉溺于物质和贪婪的人，另一种冷酷的、无耻的、赤裸裸的人填补荒芜。崇拜美元神的人，不再为太阳而为金子跃动的人，他说自己是自由的，向惊恐不安的世界展示了为自由效力的惊人的奴役！"他不断地为了拯救死刑犯、保护犹太人免遭屠戮、赦免巴黎公社社员，进行干预。他在最后一次政治集会发出类似马克思的声音："社会问题存在着，它是可怕的，也是简单的，这就是有产者和无产者的问题！"所以，在左拉写下为德雷福斯辩护的《我控诉》之前，雨果已经无数次地作为诗人呐喊和介入。他说："政治家们宣布我们无知，在他们用来攻击的武器库里还收进了一个非常严厉的词，这个词说出了他们所能想到的最刻毒的侮辱：他们叫我们诗人。"（《言行录》）

但雨果的思想不只是政治的，同时也是哲学的和神学的。他要求"诗人每时每刻都要完成哲学家的职责"（《美为真服务》）。因为在他看来，"天才在大地上就是上帝的自我呈献"。他有造物主那样的超越时空、纵观古今的巨眼，将无数混杂的形象凝聚在他的头脑中。他既是万物，又是万物的创造者。波德莱尔对巴尔扎克的评价也适用于雨果："我一直觉得他最主要的优点是：他是一位洞观者，一位充满激情的洞观者。"（《浪漫派的艺术》）1853年到1856年，雨果写了《静观集》中的宗教诗篇，以及《撒旦的末日》和《上帝》两部神学诗作的大部分。他自由地遨游于宗教、深渊、帝国、空间、时间中。他感激上帝创造了有缺陷的人类，因为缺陷赋予人无与伦比的美，人是自由的。他认为，上帝使我们将空虚变成光明，从非理性得出理性，使我们获得力量，战胜混沌、无限、荒诞，摆脱恐惧，超越焦虑。在他看来，上帝不是使我们获得真实，而是创造更多的真实。他督促人不断地超越自己，置身于自身之外，克服绝望。雨果比任何人都更有悲悯之心，更充分地理解、更完美地表达了人类的感情。所以他不选择巴尔扎克的醒世锐利，福楼拜解剖刀的冷静客观，波德莱尔的激愤放浪。他创造的角色是典型环境中的典型人物，是常人，也是超人。如莫洛亚所说："雨果教义的特点是一出宇宙喜剧：忽然堕入永劫的灵魂得救了，卑贱者变成了高贵者。"（《雨果传》）雨果在流放期间写的旷世杰作《悲惨世界》中的主人公冉阿让就经历了这样的本体论提升。冉阿让对是否说出自己的苦役犯身份犹豫不决，他的良心深处掀起了风暴："外表沉默的下面，却有荷马史诗中的那种巨人的搏斗，有弥尔顿诗中的那种神龙蛇怪的混杂、成群成群的鬼魂，有但丁诗中的那种螺旋形的幻视。"他的彷徨被雨果比作救世主的彷徨。冉阿让曾受到不公正的待遇，"审判他的时候，上帝缺席了"。他还是告发了自己，这一壮举给他戴上他神圣的光轮。最后他成了追捕他的沙威的救命恩人，沙威同样饶恕了冉阿让，遭遇了巨大的精神危机："社会秩序的司炉、政权的司机、骑上直线的盲目铁马，竟让一道光给掀下来！"冉阿让留给珂赛特的财富中有卞福汝主教赠给他的两个银烛台，希望曾唤起他的良知的烛台为珂赛特填补可能的信仰空虚。

对雨果而言，对人本身的至高超越的叙述便是历史，通过历史实现上帝的观念，就是革命。眼见大革命吞噬了自己的孩子，他的信仰又染上了怀疑的色彩。这种神学—哲学的沉思构成了他的作品坚实的基础。雨果明智地阻止了出版商对书中哲理部分的删节："轻快的表面情节的成功能够维持十二个月；内在情节的成功可以维持十二年。"他在遗嘱中写道："真理、光明、正义、良心——这就是上帝、神、光明。"然而这一切都是通过形式化实现的。

作为以诗言志的典范，雨果从未放弃磨炼自己的诗艺。瓦莱里说："他晚年所写的诗歌无论在广度上、结构上、声韵上还是完美方面都是其他诗歌所无法比拟的。"雨果把人类比作不可思议的飞船，进行着听命于上帝的伟大起义，"它耕翻着深渊；它打开那产生暴雨、严冬、旋风、呼啸声与嘲骂声的犁沟，多亏了它，和谐才成为天上的麦束。这神秘的天空中的播种的农夫，这云间可敬的犁忙个不休"（《长空》）。这不是以庄严、豪迈的调式移译夏多布里昂《墓中回忆录》中的"布列塔尼"吗？波德莱尔、马拉美、瓦莱里都从他的诗中获得灵启。"恶浪这冷酷的流水，像怪物似地旋转着投入青灰色的海洋，虚无缥缈的天空下是一片荒漠般的空场，啊，凄凉的大海！一切都像有生命的墓园！"（《大海》）这不是瓦莱里的《海滨墓园》的先声吗？人身上混杂着"受罚的半人半神和被宽恕的魔鬼"，"同情囚徒，也应同情牢房的门锁"（《影子》）。这不是预告了波德莱尔著名的矛盾修辞法吗？还有，"那个可怕的黑色太阳，黑夜的光就从那里发出"，这不是昭示着马拉美"忧郁的黑色太阳"吗？

雨果创立了大教堂诗学。他用词语建造《巴黎圣母院》，把教堂变成了石质的诗歌，诗歌、圣言与石头筑成了坚固的信仰统一体。他在《莱茵河纪行》中描述了科隆大教堂的小雕像："一个临近的窗子透出一线亮光，照亮了拱形曲线下一排精致的坐姿小雕像，那些天使和圣人有的正在阅读膝头上展开的大书，有的竖起手指，正在谈话或布道。就这样，有的学习，有的授课。这是教堂奇妙的导言，它不是别的，正是用大理石、青铜和石头制成的圣书。"普鲁斯特也仿照雨果的大教堂诗学建筑了《追寻逝去的时光》，仿佛奇迹般的，他在鲁昂大教堂的正门上找到了艺术史家罗斯金描绘的小雕像，深受感动："这尊无害的、奇怪的小雕像将出乎意料地从这种比别的雕像更彻底的死亡中复活，这种死亡是消失在数目的无限和相似性的平淡无奇中，但天才也很快使我们脱离了这种死亡。"小雕像也许会化为齑粉，但无限传递的非物质的思想不死。雨果的思想不死！

按照郎西埃的说法，雨果、巴尔扎克等浪漫派作家同时创造了法国文学、文化、文明，因为他们提出了历史的和社会学的诠释准则，这些科学本身提供了关于世界之真实的雄辩证词，由说话者的态度或是写作者的纸张所表达的真相："文学，只有作为'社会的表达',才能成为无诗性标准时文学潜力的表现。"(《沉默的言语——论文学的矛盾》)也就是说,个人特性的文学表达与社会的文学表达是书写艺术作品的相同感知方式。历史学家莫娜·奥祖夫把19世纪文学视为考察旧制度与大革命之间历史的观象台,她认为文学与贵族趣味息息相关,作家与普通人的分别在于天资、想象力、真知灼见以及风格,由此,体现现代性的文学应该是内容与形式并重的:"新生的文学应该兼具贵族的内涵与大革命的遗产。"(《小说鉴史——旧制度与大革命的百年战争》)也就是说,尽管小说承载了历史内容,但"作家们受旧世界与世界关系的启发产生的明晰思想,没有他们展现这种思想并使其在小说中活灵活现的方式重要"(《小说鉴史》)。雨果的作品是内容与形式的和谐统一。革命者雨果说:"法国革命开始创造一部巨著。米拉波和罗伯斯庇尔都对这种巨著做过贡献。路易十八把书中的很大一部分抹掉了。查理十世又撕去了一页。那本书还在;那支笔也在。谁有胆量拿起笔再把书写下去?你!"(《论米拉波》)雨果既是传达神谕的提坦,又是战斗的提坦,使文学发挥了政治和宗教的作用,文学公开表明政见,团结在真理的祭坛周围。更可贵的是,他不仅通过作品行动,还亲身介入,与统治思想同时进行形式上和实质上的斗争。

雨果的诗学不惧怕且坚持有用性。他明确反对"为艺术而艺术",强调"有用而又美,这就是崇高"。早在1834年,他在一份关于浪漫主义词汇的声明中,即宣告文学的自由、平等。他摧毁了"诗律的巴士底狱",他在解放文学的同时也解放了思想。1864年,雨果在《莎士比亚论》中谈到,诗人将"脖子上套着项圈的作家""受人雇用和豢养的学者"视若寇仇,要为自由而呐喊,"他们既使主子不便、又使奴才生气"。在《美为真服务》中,他提出了诗人的天职:"所有的奴隶、被压迫者、受苦者、被骗者、不幸者、不得温饱者,都有权向诗人提出要求;诗人有一个债主,那便是人类。"所以,"我们坚持创作社会的诗、人类的诗、为人民的诗"。"当有一天,国王的权威与普通人的自由两者平等的时候,那么,我们便可以把身子舒展一下,享受富有奇想的诗歌、对薄伽丘的《十日谈》发笑,而在我们头上则是蓝色的宁静的天空。"与常人年轻时革命、老了便保守不同,雨果表现出逆向的生长,他从热爱君主转向崇拜帝制、支持共和,最后同情巴黎公社,越老越激进,如毕加索所说的:"一个人要变得年轻,须花漫长的岁月。"唯一不变的是他作为诗人的责任,他22岁时便写下:"不,诗人在世界上,将自愿流离远方,去抚慰受奴役者的创伤。"(《革命中的诗人》)他一生都在践行着这样的誓言。他感受人民的痛苦,利用书籍启发他们,安慰他们,"唤醒人民、催促人民前进、奔驰、思索、发挥意志力"。但雨果对人民的态度毫无民粹主义的成分。哀其不幸,怒其不争。他在诗中痛心疾首地呼号:"为什么,人们不费吹灰之力便可

跨时空文学对话

以摧毁朽坏的枷锁,却接受绝对的权力?为什么人数最多的是最懦弱的?哦,人民!服从暴君,就是当暴君。"他常常处于绝对的孤独之中:"我几乎完全隔绝。我工作,这是我的力量所在。"

无疑,我们发现了雨果和鲁迅的无数相似性,最根本的,他们都主张为人民的诗学,传达真实的声音,如鲁迅所说:"只有真的声音,才能感动中国的人和世界的人,必须有了真的声音,才能和世界的人同在世界上生活。"

中西文化共通性的一个实例：战国社会变革与欧洲浪漫主义运动的现象关联

方铭

北京语言大学教授

在中国文化发展史和思想史上，距今 2500 年左右开始的战国时代，无疑是最具有文化发展活力、思想自由的时代，即使到了近代，我们想复制那样的自由思想气氛，也很难有成功的实例。而从 18 世纪开始的欧洲浪漫主义运动，也为欧洲社会发展、思想进步、文化繁荣提供了一个全新的起点。对比两个在空间上和时间上毫无关联的文化现象，我们可以发现其中的相似性，进而认识到中西文化在发展过程中实现文化创新和社会进步的一些必然性的东西。

一、社会巨变与战国文人的文化创新

顾炎武论春秋与战国之不同，云："春秋时犹尊礼重信，而七国则绝不言礼与信矣；春秋时犹宗周王，而七国则绝不言王矣；春秋时犹严祭祀，重聘享，而七国则无其事矣；春秋时犹论宗姓氏族，而七国则无一言及之矣；春秋时犹宴会赋诗，而七国则不闻矣；春秋时犹有赴告策书，而七国则无有矣。邦无定交，士无定主，此皆变于一百三十年之间。"[1] 周王朝的基本道德，在于礼义人伦，孝悌笃敬。及至春秋之时，虽说礼坏乐崩，但贵族君主，还是以提倡礼义为多。到了战国时期，社会政治的变化可谓天翻地覆，虽然混乱加剧，但也意味着文化传统和道德传统对文人的约束有所松弛，文人个性的张扬和自由思想也就有机会喷发出来。

战国剧变的时代特征决定了战国时代的权贵需要战国的文人，诸侯争雄，文人的智慧，是最可倚重的力量。《论衡·效力》对文人即"士"的重要性说得很清楚，其云："入楚楚重，出齐齐轻，为赵赵完，畔魏魏伤。"也就是说，谁失去了文人，谁就失去了成功，正是源于文人发挥着重要的作用。《吕氏春秋·察贤》称魏文侯"师卜子夏，友田子方，礼段干木"，即是由于魏国的现实需要文人。而当时的魏国还有李悝、吴起、商鞅等文人。

---

[1] 黄汝成．日知录集释．

跨时空文学对话

秦孝公欲强秦国，首先便从征求文人开始。《史记·秦本纪》载，秦自穆公后，僻在雍州，不与中国诸侯之会盟，夷翟遇之。秦孝公意欲复兴秦国，不欲中原诸侯之小觑，下令征求文人，曰："宾客群臣有能出奇计强秦者，吾且尊官，与之分土。"秦孝公要的这个文人不是一般的文人，而是有"奇计"的文人。只要能有奇计使秦国富强，不但要给高官，还要分封爵土，使跻身世袭贵族之列。商鞅也正是听了秦孝公这个命令，西入秦，因景监求见秦孝公，游说孝公变法，内务耕稼，外劝战死之赏罚。其标新立异，因此而获尊官分土之赏。

"奇计"的需求，又不止秦一国。刘向《战国策序》云："当此之时，虽有道德，不得施谋。有设之强，负阻而恃固；连与交质，重约结誓，以守其国。故孟子、孙卿儒术之士，弃捐于世，而游说权谋之徒，见贵于俗。是以苏秦、张仪、公孙衍、陈轸、代、厉之属，生从横短长之说，左右倾侧。苏秦为从，张仪为横，横则秦帝，从则楚王，所在国重，所去国轻。……战国之时，君德浅薄，为之谋策者，不得不因势而为资，据时而为，故其谋扶急持倾，为一切之权。虽不可以临国教化，兵革救急之势也。皆高才秀士，度时君之所能行，出奇策异智，转危为安，运亡为存，亦可喜，皆可观。"

战国时代不是一个可以道德兼并天下的时代，需要的是实力和谋略，文人正是能出奇谋、献奇智，从而增强一国实力的力量。王公大人之重视文人，当然是出于对文人所具有的奇谋异智的尊敬，其目的当然是基于维护自身生存的现实利益之考虑。而战国时代对文人的奇智异谋的期望，使战国文人为了适应新的时代氛围和时代期望，自觉地调整自己的心态，以提出新奇的政治见解和文化见解当作自己的神圣追求。

罗根泽《诸子通考》之《晚周诸子反古考》认为，"核之晚周诸子，亦确多反古之言"，并举《墨子》《荀子》《商君书》《韩非子》《吕氏春秋》为例。《墨子·非儒下》攻击儒者之"必古言服然后仁"的主张，认为古之服、古之言曾经在它产生之时，是属于全新的事物，而当时之人以言以服。《墨子·公孟》云，一定时期的言与服，是同时圣人、暴人所共同拥有，却不能导致人人成为圣人。《墨子·非儒》《墨子·耕柱》批评"君子循而不作"之观点，以古之弓、甲、车、舟，俱出智者之手，后人因而用之，如果因循而不创新才是所谓君子，则古代创为弓、甲、车、舟之智者反成小人，鲍函车匠反成君子了？正确的态度应是继承古之善者，创为今之善者，这样才能积善成多。《荀子·儒效》以法先王之儒为俗儒，以法后王而不能类推者为雅儒，以法后王能以今持古者为大儒，《商君书·更法》认为"三代不同礼而王，五霸不同法而霸，故知者作法，而愚者制也；贤者更礼，而不肖者抱焉"，即夏、商、周三代礼不同而王，春秋五霸法不同而霸，制定法是智者的事情，遵守法是愚者的事情；礼是贤人所定，而不贤之人为礼拘泥。欲王欲霸，欲成为智者贤人，就得反古改制。《韩非子·显学》云，儒、墨俱称述尧舜，儒者以尧舜大圣，爱民而仁义，墨者以尧舜无私而俭朴。尧舜的真面目究竟如何，谁都说不清楚，所以，法古实际是愚蠢而不切合实际的行为。《吕氏春秋·察今》云，一定的时代有一定的法律，是因为每一个时代都有不同于其他时代的特殊环境，如果违背了特殊环境具体情况的要求，而盲目地推行已过时的古法，那必定会犯错误。

《墨子》《荀子》《商君书》《韩非子》《吕氏春秋》等书反古，此"古"指一切之"古"；而儒家之托古，此"古"则主要指"郁郁乎文哉"的周，周与夏商相比较，则为近古，或称为"今"，则儒家对上古，亦含有菲薄之意。黄老道家崇尚黄帝，而庄子则好举赫胥氏之世以为说，对三皇五帝，则有微辞，则道家以上古而反近古。产生了圣人的时代，相对于道家宗师来说已是"古"，所以，他们也是"反古"的。

《孟子·滕文公下》云："圣王不作，诸侯放恣，处士横议，杨朱、墨翟之言盈天下，天下之言不归杨则归墨。杨氏为我，是无君也；墨氏兼爱，是无父也。无父无君，是禽兽也。公明仪曰：'庖有肥肉，厩有服马，民有饥色，野有饿殍。此率兽而食人也。'杨墨之道不息，孔子之道不著，是邪说诬民充塞仁义也。"孟子作为儒家代表人物，是遵从孔子所倡导的以六经为核心的传统价值观的学者，他之所以指责杨朱、墨翟之学说，就在于他认为杨朱、墨翟之学有无父无君之嫌，在本质上有否定仁义之倾问。杨朱以个人主义抛弃君臣义务，而墨子以博爱主义取代亲亲之等差原则，这显然与儒家标榜的以六经义理为中心的价值体系背道而驰。至于道家黄老学派之主张道法权术；庄子道家之欲绝去礼学仁义；阴阳家之神秘鬼神；法家之严而少恩，不别亲疏，不殊贵贱，一断于法，无亲亲尊尊之情，以及权、术、势的结合；名家之诡辩；纵横家崇尚诈奸；杂家之综合主义；农家之主张君臣并耕，皆与儒家恪守传统精神，倡导光明正大、仁义礼智、敬鬼神而远之、德治为尚、利民实用、以民为本、道德感化的精神不符。这表明诸子之思想，是对传统价值观念的革命。孟子、荀子欲以传统精神矫正时世，发不得已之辩，却仍阻挡不住时代之大势。刘向在《战国策序》中称战国之时："仗于谋诈之弊，终于信笃之诚，无道德之教，仁义之化，以缀天下之心，任刑罚以为治，信小术以为道，遂燔烧《诗》《书》，坑杀儒士，上小尧舜，下邈三王。王德岂不远哉。"指出战国之世儒术、儒术之士受排挤乃至遭杀害，而背弃儒术的新主张，受到了士大夫、诸侯王的欣赏，这是铁的事实。也就是说，战国时代是崇尚新思想、新观念的时代，而诸子也正是以创造新思想、新观念为己任的。其具体形式，或表现为反古倾向，或表现为标新立异，《庄子·天下》之云"天下多得一察焉以自好""百家往而不返"，《汉书·艺文志》云"各推所长"，所指正是这种反古和标新立异的倾向。

与反古相联系，是战国文人对历史的重新审视。中国古代社会之面貌，因无可靠证据，战国前人多语焉不详。《庄子·胠箧》历数帝王世系，以为"至德之世"，有所谓容成氏、大庭氏、伯皇氏、中央氏、粟陆氏、骊畜氏、轩辕氏、赫胥氏、尊卢氏、祝融氏、伏羲氏、神农氏，这种世系之可靠性当然值得怀疑。孔子论三代大同，有天下为公，选贤与能之说法。但古本《竹书纪年》云："舜囚尧，复偃塞丹朱，使不与父相见。"舜代尧而有天下，"筑丹朱城，俄又夺之"，丹朱为尧之子，以孟子的说法，尧之死，舜避丹朱于南河之南，但天下的诸侯万民朝觐讴歌，不好不"之中国，践天子位焉"。《韩非子·说疑》云："舜逼尧，禹逼舜，汤放桀，武王伐纣，此四王者，人臣弑其君者也，而天下誉之。"《荀子·正论》也反对禅让之说，认为是"浅者之见，妄者之传"。尧、舜、禹三王不过是古代的原始部落酋长，孔孟在他们身上附着的道德光环，其可信性是可以大打折扣的。《竹书纪年》、韩非子、荀子为恢复历史本来面目，为我们提供了有益的线索。又《天问》曰："有任汨鸿，师何以尚之？佥曰何忧，何不课而行之？鸱龟曳衔，鲧何听焉？顺欲成功，帝何刑焉？永遏在羽山，夫何三年不施？伯禹愎鲧，夫何以变化？纂变前绪，遂成考功，何续初继业，厥谋不同？洪泉极深，何以寘之？地方九则，何以坟之？河海应龙，何尽何历？鲧何所营？禹何所成？"鲧在尧时，窃帝息壤以堙洪水，帝令祝融杀之于羽郊，而由其子禹踵武其迹，治水成功。但在屈原眼里，鲧无异于盗火的普罗米修斯，而遭圣帝之杀。并对鲧禹之治水细节，提出疑问。

以《道德经》为代表的道家学者认为天道自然无为，"生而不有，为而不恃，长而不宰"，否定天道有所谓意志，认为"天地不仁，以万物为刍狗"。荀子则对天人关系有更深刻的见解，《荀子·礼论》肯定"天地合而万物生，阴阳接而变化起"，自然界的发生及变化是天地阴阳对立变化的结果。《荀子·天论》认为"天有常道矣，地有常数矣""天行有常，不为尧存，不为桀亡""天不为人之恶寒也辍冬，地不为人之恶辽远也辍广""强本而节用，则天不能贫""本荒而用侈，则天不能使之富"。《荀子·荣辱》曰："知命者不怨天。"强调人的主观能动性的作用。韩非子为荀子学生，《韩非子·亡征》曰："用时日，事鬼神，信卜筮而好祭祀者，可亡也。"《韩非子·饰邪》认为"龟筴鬼神，不足以举胜""然而持之，愚莫大焉""越王勾践持大朋之龟，与吴战而不胜，身臣入宦于吴；反国弃龟，明法亲民以报吴，则夫差为擒"。鬼神是靠不住的。而天地，也不具有意志，《韩非子·扬权》认为"若天若地，孰疏孰亲"，即天不具有亲疏之能。

《史记·孔子世家》指出："孔子晚而喜《易》，序《彖》《系》《象》《说卦》《文言》。"按孔子序《彖》《系》《象》《说卦》《文言》之说法虽不见得可靠，但其成书当在战国或战国以前，特别是《系辞》《文言》《序卦》《杂卦》，应是战国时期的著作。《序卦传》曰："有天地然后万物生焉，盈天地之间者唯万物。""有天地然后有万物，有万物然后有男女，有男女然后有夫妇，有夫妇然后有父子，有父子然后有君臣，有君臣然后礼义有所错。"也就是说，自然界以物质的形态存在，人类社会的发展是在天地产生之后，先有了男女，而后才依次产生夫妇、父子、君臣、礼义。《说卦传》并认为："神也者，妙万物而为言者也。"神作为世界万物变化之称，并不具有人格。《说卦传》《序卦传》还以物质释八卦，乾坤震巽坎离艮兑分别代表天地雷风水火山泽，认为这八种物质存在变化以成万物。《系辞传上》曰："是故易有太极，是生两仪，两仪生四象，四象生八卦。"又曰："古者包牺氏之王天下也，仰则观象于天，俯则观法于地，观鸟兽之文，与地之宜，近取诸身，远取诸物，于是始作八卦，以通神明之德，以类万物之情。"肯定八卦之创造，源于对天地、鸟兽、人物等自然和社会现象的观察，是人对世界万物的模仿、比拟。而屈原《天问》，自遂古以下，呵而问焉，曰："遂古之初，谁传道之？上下未形，何由考之？冥昭瞢暗，谁能极之？冯翼惟象，何以识之？明明暗暗，惟时何为？阴阳三合，何本何化？圜则九重，孰营度之？惟兹何功，孰初作之？八柱何当？东南何亏？九天之际，安放安属？隅隈多有，谁知其数？天何所沓？十二焉分？日月安属？列星安陈？出自汤谷，次于蒙汜，自明及晦，所行几里？夜光何德，死则又育？厥利维何，而顾菟在腹？女歧无合，夫焉取九子？伯强何处？惠气安在？何阖何晦？何开何明？角宿未旦，曜灵安藏？"则是以理性的眼光重新审视流传于世的对天地万物及其起源的神秘主义解释。

二、战国文人对个体生命意义的思考及思想自由

战国文人对个体生命意义和君臣关系的思考，体现出了独立思想和自由主义精神的发挥，这一点在杨朱那里表现得最为彻底。

杨朱的观点，载于《列子·杨朱》篇。杨朱针对与礼教纲常互为补充的功名利禄，通过对尧、舜、伯夷、叔齐、管仲、田恒等人不同境遇的分析，得出结论说："实名贫，伪名富。""实无名，名无实，名者，伪而已矣。昔者，尧舜伪以天下让许由、善卷，而不失天下，享祚百年。伯夷、叔齐实以孤竹君让而终亡其国，饿死于首阳之山。实伪之辩，如此其省也。"因此，礼义荣禄是人生的"重囚累梏"，人的本性在于享乐，而生命短促，贤如尧舜，恶如桀纣，死后都如腐骨，所以，"太古之人知生之暂来，知死之暂往，故从心而动，不违自然所好；当身之娱非所去也，故不为名所劝。从性而游，不逆万物所好；死后之名非所取也，故不为刑所及"。"生非所生，死非所死，贤非所贤，愚非所愚，贵非所贵，贱非所贱，然而万物齐生齐死，齐贤齐愚，齐贵齐贱。十年亦死，

百年亦死；仁圣亦死，凶愚亦死。生则尧舜，死则腐骨；生则桀纣，死则腐骨，腐骨一矣，孰知其异？且趣当生，奚遑死后。"杨朱既揭示了重当生之旨，又认为，享乐的目的在于重生贵己，即不以穷损生，不以富累生。因此，"古之人损一毫利天下不与也，悉天下奉一身不取也。人人不损一毫，人人不利天下，天下治矣"。杨朱看来，"世固非一毛之所济"，所以，损一毫利天下，是没有意义的。有人损一毫利天下，则有人以天下奉一身，如果人人不损一毫，则人人不得以天下为利。每个人都有权利发挥自己的智慧，保护自己的利益不受侵犯，所谓"智之所贵，存我为贵"。人人存我，则君主不能侵犯人民，人民有与君主相平等的捍卫自己利益的权利。杨朱认为，人之生死，也是一种自然现象，所以，他说："理无久生。生非贵之所能存，身非爱之所能厚"，"贵生爱身"并不执着于生命与身体，而是遵从自然本性，不"以礼教自持"，"无不废，无不任"。杨朱把"贵己""为我"，看作大智大圣大公，曰："人肖天地之类，怀五常之性，有生之最灵者也。人者，爪牙不足以供守卫，肌肤不足以自捍御，趋走不足以从利逃害，无毛羽以御寒暑，必将资物以为养，任智而不恃力。故智之所贵，存我为贵；力之所贱，侵物为贱。然身非我有也，既生，不得不全之；物非我有也，既有，不得而去之。身固生之主，物亦养之主。虽全生，不可有其身；虽不去物，不可有其物。有其物，有其身，是横私天下之身，横私天下之物。不横私天下之身，不横私天下物者，其唯圣人乎？公天下之身，公天下之物，其唯至人矣。此之谓至至者也。"身非我有，物非我有，全生去物，不是利己，而是不横私天下之身，不横私天下之物，因此，贵己，为我，不是个人主义，为我主义，而正是遵从自然本性。《韩非子·显学》云："今有人于此，义不入危城，不处军旅，不以天下大利易其胫一毛，世主必从而礼之，贵其智而高其行，以为轻物重生之士也。"这里"不以天下大利易其胫一毛"的观点，正是杨朱"拔一毛而利天下不为也"的思想。《吕氏春秋·不二》云："阳生贵己。""贵己"即"为我"。《孟子·尽心上》云："杨子取为我，拔一毛而利天下不为也。"《孟子·滕文公上》云："杨氏为我，是无君也。"杨朱的"无君"，正是他的观点的价值所在，也正是战国文人个性张扬和自由主义精神的体现。孟子批判杨朱之"无君"，但《孟子·离娄下》曰："君之视臣如手足，则臣视君如腹心；君之视臣如犬马，则臣视君如国人；君之视臣如土芥，则臣视君如寇仇。"这也正是对君臣传统关系心生怀疑以后产生的新主张。

  战国时代巨变，也促成了思想自由的战国时代学术特征。这种特征，不仅表现为儒、道、墨、法、名、阴阳、纵横、农、杂诸家壁垒分明的主张，更表现在即使是同一派别内部存在的不同观点的对立；不仅表现为各家对自己所持的主张的宣传，更表现在各家对自己主张的强烈信心。《吕氏春秋·察今》云："天下之学者，多辩言利辞，倒不求其实务，以相毁以胜为故。"说诸子不求实务，则未必，因为诸子人人自觉其学说合于实用；说诸子相毁以胜为故，则一语中的。战国诸子，各有新主张，所以酝酿成互相攻讦的局面，如孟子攻击杨朱、墨翟、陈农之学，庄子、墨子之攻击儒学。《韩非子·显学》谓战国时，"儒分为八、墨离为三"，有所谓子张之儒、子思之儒、颜氏之儒、孟子之儒、漆雕氏之儒、仲良氏之儒、孙氏之儒、乐正氏之儒，相里氏之墨、相夫氏之墨、邓陵氏之墨。这种分化，不仅表明不同家互相差异，即使是儒墨内部，也有争议。而屈原《离骚》等著作在思想内容和艺术形式方面表现出的个性，以及其个人行为的强烈个性化特征，也是自由思想的体现。

战国文人虽然在大多数场合表现为理性主义，但由于怀疑的合法性和彻底性，就为神秘主义的产生提供了便利。邹衍把阴阳学说与五行学说统一起来，创为五德终始之说，以为社会变化的根据是阴阳五行相胜的规律，所以虞土为夏木战胜，夏木又为商金战胜，商金为周火战胜，代替周的王朝，必然是水德之人。《吕氏春秋·侈乐》曰："楚之衰也，作为巫音。"这种现象，在屈原的作品中得到了集中表现，成为屈原浪漫主义艺术手段的重要组成部分。《汉书·艺文志》所载，蓍龟十五家，杂占十八家，以及阴阳五行、神仙、形法，乃至天文、历谱，或托名夏商周代，或归之黄帝、泰一、神农，"纪吉凶之象"，言"凶阨之患、吉隆之喜""五德终始""骨法之度数""器物之形容"等，大抵皆神异其论，虚诞其说。《史记·五帝本纪》说"百家言黄帝，其文不雅驯，荐绅先生难言之"。不独黄帝如此，用战国古文字写成的《汲冢琐语》内容多"卜梦妖怪"，今存之《穆天子传》，其杂历史传说、卜筮梦验，即機祥、神鬼、预言吉凶等，有古今纪异之祖之名。又《史记·大宛列传》云：《禹本纪》言"河出昆仑，昆仑其高二千五百余里，日月所相避隐为光明也，其上有醴泉、瑶池；今自张骞使大夏之后，穷河源，恶睹本纪所谓昆仑者乎？故言九州山川，《尚书》近之矣。至《禹本纪》《山海经》所有怪物，余不敢言之也"。《尚书·禹贡》，其成书虽晚，但代表的是西周或春秋时人们对中国地理的认识，其记录山川物产，虽不见得科学、准确，但都比较实在。《禹本纪》不见著录，而《山海经》见于《汉书·艺文志》之形法，虽是地理书，实乃神怪总汇，今本《山海经》之最后成书虽不一定在战国，但战国人创作、编辑了《山海经》的蓝本。这正是战国时人欲了解渺远之时间及空间的历史、地理之愿望。

三、欧洲浪漫主义运动与卢梭、叔本华、尼采、康德

当我们说"浪漫主义"的时候，首先指的是浪漫主义运动。浪漫主义运动是18世纪后期至19世纪中期发生在欧洲的一场广泛的文化大革命。浪漫主义，首先是对传统，

特别是统治欧洲文明的古典主义原则的反叛，它是一种人生立场和思想状态，即主张个性，尊重主观意志，反对理性秩序，想象和感情的立场和状态。浪漫主义运动作为一种立场和思想状态，虽然最先出现在文学中，但是，正像任何一种立场或思想状态的表现绝不仅仅限于文学样式之中一样，它对其他艺术也产生了深远的影响。

浪漫主义文学家十分关注社会问题，德国狂飙突进文学，充满了战斗的、反封建的精神，耶拿派施莱格尔兄弟、诺瓦利斯、蒂克等早期浪漫派，要求个性解放，强调创作自由，反对传统束缚；阿尔尼姆、布伦垣诺等中期浪漫派出于对拿破仑占领的反抗，而强调注重表现民族意识的民间文学；沙米索、霍夫曼等后期浪漫派作家注重对社会现实的讽刺、揭露，显示出强烈的现实使命感。英国早期湖畔诗人华兹华斯、柯尔律治、骚塞等人批判工业文明所带来的社会黑暗及冷酷的金钱关系，拜伦、雪莱、济慈等第二代浪漫派诗人强烈要求摆脱封建教会势力，表现出争取自由和进步的民主倾向，他们通过形象性和富于音乐感的诗句，显示了诗歌主人公强烈的反叛精神和复杂的心理矛盾，时而愤世嫉俗，与旧世界势不两立；时而又消沉失望。拜伦以其传奇性的经历，成为欧洲文坛的英雄；瓦尔特·司各特把历史事件与大胆想象有机结合起来，创始了欧洲历史小说。法国浪漫主义虽晚于英国和德国，但由于它更直接、更深刻地经受了法国资产阶级革命的影响，以及革命之后激荡的社会思想，表现出更鲜明的革新精神和政治色彩，夏多布里昂、斯塔尔夫人，以及稍后的雨果、拉马丁、维尼都是其中杰出的代表。

浪漫主义运动是法国大革命、欧洲民主运动和民族解放运动高涨的产物，是在政治上反对封建专制、思想上反对教会僵化、艺术上反对古典主义清规戒律的激烈反叛形式，是当时社会各阶层对启蒙思想家提出的"理性王国"的否定。同时，也是德国古典哲学强调主观作用，强调天才、灵感和主观能动性，强调人的自在自为的绝对自由的必然反映。

浪漫主义运动最初的代表是卢梭。卢梭作为浪漫主义运动之父，他不但是浪漫主义运动所依赖的思想方法的奠基者，他的个人行为，也极其富于叛逆色彩，罗素曾对他的一些富于戏剧性乖僻的行为进行了描述，并指出："卢梭的传记他自己在他的《忏悔录》里叙述得十分详细，但是一点也不死心塌地尊重事实。他乐于自表为大罪人，往往在这方面渲染夸大了；不过，倒也有丰富的外在证据说明他欠缺一切平常道德。这件事并不使他苦恼，因为他认为他永远有着一副温情心肠，然而温情心肠却从来没阻碍他对最好的朋友有卑鄙行动。"[1] 卢梭乖异的行为很不像一个当时为社会所崇尚的

---

[1] 罗素.西方哲学史：下卷[M].北京：商务印书馆，1963.

绅士，他的无道德的表现，并不是真的堕落，而是为了反抗社会秩序的必需。对浪漫主义的这种用心，罗素是一清二楚的，他说："浪漫主义者并不是没有道德；他们的道德见识反倒锐利而激烈。但是，这种道德见识依据的原则却和前人向来以为良好的那些原则完全不同。浪漫主义运动从本质上讲，目的在于把人的人格从社会习俗和社会道德的束缚中解放出来。这种束缚一部分纯粹是给相宜的活动加的无益障碍，因为每个古代社会都曾经发展一些行为规矩，除了说它是老传统而外，没有一点可恭维的地方。但是，自我中心的热情一旦放任，就不易再教它服从社会的需要。基督教多少算是做到了对'自我'的驯制，但是经济上、政治上和思想认识上的处种原因刺激了对教会的反抗，而浪漫主义运动把这种反抗带入了道德领域里。"[1]

卢梭这位不幸的半疯狂的老人，在他去世之前，他那些风格迷人的著作，倾倒了激动不已的欧洲读者。霍尔顿和霍普尔在他们合著的《欧洲文学的背景》一书中指出："卢梭的最初声望建立在那本反智力的《论科学和艺术》（1750 年）上。在这本书里，他提出科学研究并不能给人带来幸福，只会使他的生活变得更加复杂，从而导致更深的堕落。他说，处于原始状态的人是幸福的，学习只会混淆他的自然善性。此外，艺术使他意识到奢侈，从而使他变得自私而贪婪。所有这一切导致了社会不平等，而这是人类不幸的最大因素。因此，'艺术和科学得到了改进，而我们的头脑却成比例地堕落'。人类希望在自然法则中轻易地找到指引，而获得指引的方法是观察自身的特性。"卢梭要求人们"自我反省，去倾听良心的呼唤"。他坚信人类的进步是与人类的堕落相联系的，文明带来了奢侈、自私、贪婪和不平等，带来了社会不幸，所以人类应回复到原始自然状态中去。在《论人类不平等的起源和基础》（1735 年）一书里，"继续颂扬'自然状态'。"而自然状态之下，"人人都可以享受到大地的果实，而人，一个'高贵的野蛮人'，无知、满足、无拘无束。只是当私有财产出现以后，人才开始奴役自己，失去他的自然善行"。

18 世纪晚期及 19 世纪欧洲浪漫主义运动的巨流中，拥有一大批具有叛逆精神的思想家，譬如叔本华和尼采，便是两个最具典型性的例子。叔本华是一个悲观主义者，他性格孤僻、傲慢、喜怒无常，显得有些精神病气质。他甚至一生都在痛恨他的母亲，因为她使他来到人世，承受人间的痛苦。他最有代表性的观点，便是认为世界作为自在自物，是一种非理性的、盲目的生存意志。他说："'世界是我的表象'——这是一条适用于一切有生命，能认识的生物的真理。"[2] 即人所认识到的一切事物，并不是

---

[1] 罗素. 西方哲学史：下卷 [M]. 北京：商务印书馆，1963.
[2] 叔本华. 世界之为意志与表象 [M]// 洪谦. 西方现代资产阶级哲学论著选辑. 北京：商务印书馆，1964：5.

本身就存在的东西，而只是呈现于人的表象，即意识中的东西。他又说，我们永远不能透过外部达到事物的实在本质，不管我们怎样进行探究，除了影像和名称之外，我们永远不能接触到任何东西。我们就像一个人绕着堡垒转来转去而找不到一个入口，只是有时画下它的草图一样。[1]他指出了人与外部事物之间的隔阂，因而反对把认识的条件实体化。认识最重要的特点是主体和对象的对立，对象是主体在一定的观点、一定的立场和角度所观察的对象，是由主体加工、过滤过的对象，是由主体用其先天的范畴所构造出的对象。主体与对象的对立表现为一种联系，即对象对主体的依存，没有主体，对象便不存在，对象不是实体，不是实际存在的自在之物，而是现象。人的身体作为对象之一，也是一种现象，是一种异己的东西，人不可能理解自己。人除了作为对象的现象部分，便只有情感和欲望，即意志，这才是人的本质、人的主体。认识到主体是意志，就无疑是"给了他一把揭明自己存在的钥匙，使它领会了自己的本质，自己的行为，自己的活动的意义，向它指明了这一切的内在结构"[2]。在叔本华看来，理性、思想不过是意志的表现、意志的客观化，它们是为意志服务的，是意志的工具，而不是理性主义宣称的那样，是所谓人的本质。叔本华的唯意志主义实际是一种认识论的反理性主义，认为只有通过非理性的直觉，才能达到主体和对象的无差别融合。

叔本华特别关注人及人的自由等问题。他认为如果排除或忽视了人的自由，就根本不能谈论人的真正的存在和人的道德行为。人在社会与历史之中，而社会和历史都不过是现象世界，社会制度和社会结构实质是理性主义者杜撰出来的理想，便是按照理性派哲学家的理论去认识和行动的人，他们必然要受自然和历史的必然性的支配。他们不了解支配他们的必然性、因果性、目的性等只不过是意志的表现，即意志的客观化；不了解社会制度、社会结构以及社会理想后面隐藏的非理性、盲目的意志，因而他们只不过是社会的傀儡和工具，也不可能有真正的自由。

叔本华否定一切现实社会，否定理性和科学，否定一切乐观主义，提出以抑制人的欲望、否定人的生命意志来达到解脱。

尼采自认为是叔本华的后继者，他生活的大部分时代已是19世纪中后期，这时候浪漫主义的洪流已化为涓涓小溪，不再有汹涌的气势。尼采本人与浪漫主义也有区别。罗素指出："尼采在自觉上并不是浪漫主义者；确实，他对浪漫主义者常常有严厉的批评。"[3]尼采虽然批判浪漫主义，却与浪漫主义有很重要的关系，所以罗素又说："尽

---

[1] Dewitt Harker. 叔本华选集[M]// 余增煆. 西方哲学史. 上海：上海人民出版社，1928：59.
[2] 叔本华. 世界之为意志与表象[M]// 洪谦. 西方现代资产阶级哲学论著选辑. 北京：商务印书馆，1964.
[3] 罗素. 西方哲学史：下卷[M]. 北京：商务印书馆，1963.

管尼采批评浪漫主义者,他的见解有许多倒是从浪漫主义者来的;他的见解和拜伦的见解一样,是一种贵族无政府主义的见解……"[1]

尼采把否定哲学中的理性传统以及与之相关的一切理想,一切道德和价值观念当作自己哲学的出发点。他的口号是"重新估价一切价值",即对理性主义经济的文明采取虚无态度,这是与叔本华一脉相承的。他继承了叔本华那来自康德的不可知论思想,认为人只与现象相关,而永远不会接触到实在本身。

尼采是一个个人主义者,他以权力意志代替叔本华的生存意志,认为人生的本质在于不断地表现自己、创造自己、扩张自己,发挥自己的权力,个人主义是权力意志的体现,是一切人的天性,人的每一个器官都是按利己主义的原则活动的。他说:"个人是一种全新的东西,创造的东西,绝对的东西,一切行为都完全是他自己的。"[2] 利己主义和权力意志,奠定了他的超人哲学的基础。

从卢梭至叔本华,再到尼采,在他们的思想方法之中,贯彻了浪漫主义自由、叛逆、神秘、主观、游情、反理性等特征。这种特征,同样见诸以思辨见长的德国古典哲学家的哲学体系之中,康德、费希特、谢林、黑格尔等人的神秘主义,以及对主观、精神的强调,都表现出浪漫主义倾向。关于这一点,著名学者张东荪有很精辟的论述,他说:"总之,康德的哲学十分伟大精密。他的贡献在大处有一点,在小处有好几点。大的一点是所谓他那种等于歌白尼革命的事业。质言之,即是他发现那个先验的方法。小的几点:第一,他把空时认为是我们感性上的格式;第二,他把理性只认为是一种合理的要求;第三,他把经验界与外物本样完全分为两截;第四,他从这个地方不能求证于经验;第五,他把道德亦就不在经验界解释;第六,他居然还能设法打通这个隔绝的两界。"[3]

自卢梭、康德、费希特、谢林、黑格尔、叔本华,以至尼采,在立场与方法上所表现出与理性主义相对立的浪漫主义特征,无疑是浪漫主义运动的理论基础。而浪漫主义文学家们所表现出的特征,也正是与思想上的革命相联系的。所以,霍尔顿和霍普尔说:"浪漫主义这个词松散笼统,从各个方面的现象来看,它有一个共同特性,这就是思想自由,而古典主义的态度是思想必须循规蹈矩。"[4] 这个概括,对我们的研究至为重要。他把浪漫主义的核心价值和最重要的特点呈现在我们的眼前。浪漫主义的表现千姿百态,但是如果用一句话来概括的话,就是思想自由。

---

[1] 罗素. 西方哲学史:下卷 [M]. 北京:商务印书馆,1963.
[2] 尼采. 权力意志 [M]// 洪谦. 西方现代资产阶级哲学论著选辑. 北京:商务印书馆,1964.
[3] 张东荪. 哲学 [M]. 上海:世界书局,1935.
[4] 霍尔顿,霍普尔. 欧洲文学的背景 [M]. 重庆:重庆出版社,1991.

四、文化创新依赖于思想自由

我在上面作了如此累赘的说明,只是想表明这样一个立场,在历史上曾经产生过的浪漫主义绝不仅仅是我们现在的文学理论教科书上所表明的只是一种文学创作方法,也绝不仅仅限于文学领域。这也正是我曾经在《怎样理解浪漫主义》一文中所阐述的内容:"浪漫主义是一种文化运动,是一种精神。""浪漫主义是一种时代思潮,它不仅表现在文学领域,而且因为它是一种'立场或思想状态',同样表现在其他艺术形式,以及哲学、政治思想之中。"[1]

我们在讨论战国时代社会巨变时,必然联系到春秋及春秋以前的社会,我们知道,周代是一个礼制社会,春秋出现了"礼崩乐坏"的趋势,但人们还在积极寻求礼乐的恢复,其主流仍是尊礼乐;而战国时代,从文化及社会制度方面,都表现出和它以前社会的差别。如果我们把以礼制为基础和基本价值取向的春秋及春秋以前的社会称为"古典主义"时代的话,我认为是比较贴切的。

古典主义时代,是针对反传统的浪漫主义时代而言。如果说春秋及春秋以前人们的观念中"循规蹈矩"的思想方式和价值观占主导地位,因而与欧洲古典主义有相似性的话,战国时代由于百花齐放、百家争鸣而形成的"思想自由",可以说是与浪漫主义有相似性的。

浪漫主义反对权威、传统和古典模式,战国时代的思想及艺术乃至政治方面,也表现出这样的特征。在政治上,周天子的地位一落千丈,魏、韩、赵三家分晋,田氏篡齐,得到了周天子乃至天下诸侯的一致支持;在思想上,以六经为代表的传统思想受到了来自诸子的挑战,即使是儒家,也积极地改造六经思想;在诗歌方面,传统的以《诗经》四言诗为代表的典雅传统被楚辞的自由奔放形式所取代;在音乐方面,至春秋末,雅乐已渐为郑卫淫声取代,而战国之际之楚乐,更进一步表现出艳丽倾向,《文心雕龙·声律》谓"诗人综韵,率多清节;楚辞辞楚,故讹韵实繁",诗乐舞合一,楚辞讹韵,正是音乐变化的表现;在礼制方面,以下凌上、以强凌弱的风气渐盛,诸侯纷纷自称为"王"。

浪漫主义主张个人主义和尊重个性,追求人的自由,反对专制,这在战国时代也有突出表现。以扬朱为代表的"为我"主义者正是个人主义。战国士子追求独立人格,自由地选择自己的思想和服务国度,受到轻视,则决绝而去。屈原作品强调自己的才能出众和志向高洁,宋玉赋为个人尊严而辩,都是个人主义和尊重个性的思想的体现,是浪漫主义的重要特点。庄子倡导绝对自由,"无待""坐忘",儒家倡导舍之则藏

---
[1] 方铭. 怎样理解浪漫主义 [J]. 学习, 1994(3).

的相对自由，与浪漫主义的自由接近。浪漫主义有的时候表现为无政府主义，道家崇尚原始社会的人人平等，孔子及其弟子的大同世界，都是一种无政府主义。农家强调人人躬耕，因而没有劳心者，也必然导致无政府状态。战国时虽有法家专制主义的形成，但反对专制和民本思想，也是诸子、史传著作所追求的。屈原所渴望的选贤授能，也是反对专制主义的一个方面。

浪漫主义重视自然，战国时代，屈原等人热衷于描写自然，以自然物来譬喻不同的品德和行为，而道家主张自然、无为、率真，也正是重视自然的烙印。浪漫主义强调主观感情，战国时期，无论诸子散文，或者历史散文、辞、赋，都饱含着作者强烈的感情色彩，特别是屈原"发愤以抒情"[1]，更表现出一种强烈的主观感情宣泄的特征。浪漫主义文学有着丰富的想象力、鲜明的色彩、异常的情节、大胆的夸张，而这也正是战国文学，特别是屈原、宋玉等人最显著的特点。另外，诸子著作，特别是以庄子为代表的寓言文学，其形象、情节之奇诡，与屈原、宋玉实有异曲同工之妙。战国史传著作《左传》《国语》《战国策》等，充满了细节描写，其中也必不可少地含有想象、夸张的成分。向民间文学学习，也是浪漫主义显著的特点，战国时屈原的《楚辞》，来自楚地民歌，《九歌》诸篇，其来源肯定与民间文学有极大关系。战国赋，是民间"谐隐"所脱胎。而《荀子·成相》，谭家健《先秦散文艺术新探》，肯定了它与云梦睡虎地秦简《为吏之道》的姊妹关系。《为吏之道》是民间鼓辞。浪漫主义文学具有爱国和民族主义倾向，战国文学中，楚辞表现出的楚国地方特征，以及屈原心系楚国、眷顾怀王的情感，正是一种爱国主义和民族主义的气息。

浪漫主义具有神秘主义倾向，战国时代思潮，有理性精神的发扬，也有诡奇之心理，其诡奇心理，正表现在大量神秘文化的产生和文学对神秘现象如鬼神世界的描写。浪漫主义具有无道德的倾向。道德的产生，在浪漫主义之前，浪漫主义为了反对传统，必然向传统道德开战。由于浪漫主义背弃了旧道德，而代之以新道德，所以似乎有一种无道德之感。战国时纵横策士，朝秦暮楚，无从一而终的忠君道德。而法家欲去仁义，道家反传统道德，都表现出无道德的特点。浪漫主义否定一切现实社会、理性、科学，战国时庄子道家和《道德经》欲绝去礼学，弃仁义道德智慧，墨、道、法诸家否定文学艺术，农家之反对社会分工，都具此特征。

悲观主义是浪漫主义者常有的毛病，战国文学中也弥漫着悲观主义倾向，比如庄子以生死，认为人的痛苦的根源是有生命，对社会人性的丑恶表现出一种绝望的情绪。荀子以人性之恶，法家否定人与人之间的情感力量，屈原的自杀，都表现为一种悲观

---

[1] （宋）洪兴祖. 楚辞·九章·惜诵 [M]// 楚辞补注. 北京：中华书局，1983.

主义倾向。

　　正像欧洲浪漫主义运动所表现出的丰富多彩的特点，而在具体的人身上体现出来的又千差万别一样，战国文人表现出的浪漫主义倾向也是丰富多彩而又千差万别的。在众多的战国文人中，庄子的著作和屈原的作品的思想及艺术特点，历来被认为具有与浪漫主义运动相似的倾向。庄子思想与叔本华、尼采的接近更使这种一致性表现出了哲学高度。

　　尽管战国时代思想、文学、艺术表现出了与欧洲18世纪浪漫主义的广泛的相似性，但它们产生的时代、表现的形式、文化传统都存在巨大差异，战国时代及战国时代的思想文化遗产中的浪漫主义倾向，并不是独立存在的，而是与它的时代和文化传统相联系。虽说在战国时代，思想自由代替了循规蹈矩，而这种思想自由影响了中国几千年政治、文化的发展，但战国的浪漫主义仍不过是昙花一现，随着秦的统一及汉中央集权统治的巩固，董仲舒提出的"罢黜百家，独尊儒术"的政治策略，使中国文化很快又回复到古典主义的"规矩"中去了。

　　战国时代所具有的与浪漫主义的相似性，使我们相信，一个有创造力的时代，其思想及文学总是具有某种"浪漫主义"品格。而这种相似性，正是中外文化互通的基础，也是中国社会与人类大家庭一致性的重要体现。

"离骚"的几种翻译方法

顾钧

北京外国语大学国际中国文化研究院教授

《离骚》是中国最著名的诗歌之一，19世纪以来不断被翻译成多种西方文字。目前最流行的是霍克思（David Hawkes）1985年的英译本（*On encountering trouble*）和马修（Rémi Mathieu）2004年的法译本（*À la rencontre du chagrin*）。不难看出，这两位译者都将"离"理解为"遭遇"，这当然不错，也有历史依据。班固在《离骚赞序》中明确指出："屈原初事怀王，甚见信任。同列上官大夫妒害其宠，谗之王，王怒而疏屈原。屈原以忠信见疑，忧愁幽思而作《离骚》。离犹遭也；骚，忧也，明己遭忧作辞也。"简言之，"离"就是"罹"，"离骚"就是"遭忧"。

班固的解释不是最早的，在他前面还有司马迁："屈平疾王听之不聪也，谗谄之蔽明也，邪曲之害公也，方正之不容也，故忧愁幽思而作《离骚》。'离骚'者，犹离忧也。"（《史记·屈原贾生列传》）司马迁把"离骚"解释为"离忧"，实际上只解决了"骚"的问题，但体会"信而见疑，忠而被谤"的上下文，意见应该和班固相近。后世如颜师古、朱熹、钱澄之、段玉裁、王念孙、朱骏声等均持此说。班固和司马迁的权威解释，无疑是两位西方译者最可信赖的依据。

《离骚》不是单篇流传后世，而是作为《楚辞》中的一篇（当然是最重要的一篇）。东汉王逸的《楚辞章句》是今传《楚辞》的最早注本，他在"离骚"问题上的发言权显然不低于两位史学大师："屈原执履忠贞而被谗邪，忧心烦乱，不知所诉，乃作《离骚经》。离，别也。骚，愁也。经，径也。言己放逐离别，中心愁思，犹依道径，以风谏君也。"也就是说，"离骚"是离别的忧愁，这里"离"的意思是"离别"，不再是"遭受"，与班马说几乎正好相反。明代汪瑗《楚辞集解》、近人姜亮夫《重订屈原赋校注》均赞同此说。另外，1878年《离骚》最早被翻译成英文时，题目就是 *The sadness of separation*，译者庄延龄（E. H. Parker）给予王说有力的海外支持。

各有各的道理，都能找到佐证。《离骚》中"进不入以离尤兮，退将复修吾初服"中的"离尤"就是"遭受责难"的意思；屈原另一篇作品《怀沙》中的"郁结纡轸兮，离愍而长鞠"中的"离愍"意思是"遭受悲哀"。还可以找更早的《周易》，"离"

本身是八卦之一，两个"离"上下叠加就成为六十四卦中的第三十卦，也叫"离"，《象传》的解释是："离，丽也；日月丽乎天，百谷草木丽乎土。"所以"离"是"附丽"，意思显然更靠近"遭受"。"离"作离别、分离讲在现代汉语中最为常见，在古汉语中同样不少见，不说别的，《离骚》本身中的"余既不难夫离别兮""纷总总其离合兮"都是适例。

"离"有两个意思，虽然相反，但是否可以在"离骚"中得到某种统一？借用黑格尔的术语，是否可以实现正反和？这个可能性是存在的。屈原遭遇不公正的待遇，满腹忧伤，于是决定离开是非之地，"为余驾飞龙兮，杂瑶象以为车；离心之可同兮？吾将远逝以自疏"，他希望通过上下求索去寻找新的理想和希望。"离"既说明了过去，也指向了未来。但离别对于屈原来说，绝不是"逝将去女，适彼乐土"（《诗经·魏风·硕鼠》）那样简单直接，"陟升皇之赫戏兮，忽临睨夫旧乡；仆夫悲余马怀兮，蜷局顾而不行"。"离"既说明了外在的困境，也指向了内心的纠结。

一词多义，甚至同时含有两个相反的意思，是很多语言共有的现象。比如，英语中的 ravel 既有使纠缠、使混乱的意思，也有解除纠缠和混乱的意思；dust 既可以指除去灰尘，也可以指沾上灰尘。但还是黑格尔，曾傲慢地认为只有德语才能做到这一点，对此钱锺书先生在《管锥编》一开头就以《论易之三名》予以迎头痛击："《易纬乾凿度》云：'易一名而含三义，所谓易也，变易也，不易也。'郑玄依此义作《易赞》及《易论》云：'易一名而含三义：易简一也，变易二也，不易三也。'……胥征不仅一字能涵多意，抑且数意可以同时并用，'合诸科'于'一言'。黑格尔尝鄙薄吾国语文，以为不宜思辩；又自夸德语能冥契道妙，举'奥伏赫变'（Aufheben）为例，以相反两意融会于一字（ein und dasselbe Wort für zwei entgegengesetzte Bestimmungen），拉丁文中亦无义蕴深富尔许者。其不知汉语，不必责也；无知而掉以轻心，发为高论，又老师巨子之常态惯技，无足怪也；然而遂使东西海之名理同者如南北海之马牛风，则不得不为承学之士惜之。"

但是，"知汉语"者是否就能够把握一词多义呢？有时也要打个问号。霍克思和马修都是大汉学家，但在"离骚"翻译上就只取一端，而没有做到兼顾。

近日读到美国汉学家魏宁（Nicholas M. Williams）研究《离骚》的最新论文（收入荷兰阿姆斯特丹大学出版社 2019 年版 *Chinese Poetry and Translation* 一书），认为严格从字面上兼顾两者几乎不可能，但可以把"离骚"翻译成 Sublimating sorrow（也是他论文的标题）。他从黑格尔的"奥伏赫变"那里获得启发，认为屈原最终扬弃了世俗的情感——对君王和身边小人的怨恨、对楚国前途的担心以及自己无从施展政治抱负的失望，实现了自我的超越和升华（sublimate）。他甚至认为，屈原没有自沉汨罗，而是过上了隐居生活，成了巫师的朋友。《离骚》最后一句"吾将从彭咸之所居"中的彭咸不是投水而死的商朝大夫，而是《山海经》海内西经和海外西经中提到的"巫彭"和"巫咸"，是两个人，而不是一个人。

也许这个研究成果有些过于标新立异，但其合理性在于，诗歌创作（以及一切文艺）从本质上来说都是一种超越和升华，写作无疑是屈原宣泄自己所遭受痛苦的最佳方式，如果他一开始就选择自杀，就没有必要写什么诗了。其实王逸很早就注意到了这一点："独依诗人之义而作《离骚》，上以讽谏，下以自慰。"（《楚辞章句》）这里"自慰"是关键词。另外，司马迁也指出过，包括《离骚》在内的杰作都是"发愤之所为"，是上古圣贤"意有所郁结，不得通其道"的结果。（《史记·太史公自序》）

钱锺书对于黑格尔"自夸"的批判，魏宁也注意到了，但他没有深究的是一个耐人寻味的事实：钱先生在"离骚"的理解上没有采取兼容并蓄，而是只取一端，只是他既不赞成班马的"遭忧"，也不认可王逸的"放逐离别，中心愁思"。针对后者他写道："'离骚'一词，有类人名之'弃疾''去病'或诗题之'遣愁''送穷'；盖'离'者，分阔之谓，欲摆脱忧愁而遁避之，与'愁'告'别'，非因'别'生'愁'。"（《管锥编·楚辞洪兴祖补注》）按照钱先生的意见，"离骚"用英语来表达就是 Departing from trouble，更通俗一点就是 Saying goodbye to trouble。

对于"离骚"的理解，特别是"离"的意思，历来众说纷纭。除上述几种外，还有散去的忧愁说、牢骚说、楚古曲名说、离开蒲骚（楚国地名）说、离疏说等。其中比较有趣的是牢骚说，清代学者戴震认为："离骚，即牢愁也，盖古语，扬雄有《畔牢愁》，离、牢，一声之转，今人犹言牢骚。"（《屈原赋注初稿》）这一意见由于得到近代楚辞研究大家游国恩的支持而颇具影响。

林林总总的说法，无论影响大小，道理有无，都在钱锺书先生的视野之中。但他只取一端的做法似乎说明，他关于"易之三名"和"奥伏赫变"的洞见仅仅针对某些哲学概念，而没有扩大至文学领域。一些核心哲学术语很难（如果不是完全无法）翻译，"奥伏赫变"勉强可以译成"扬弃"，而集易简、变易、不易于一身的"易"则很难在外文中找到对应词，《周易》在英文中通常被翻译为 The Book of Changes，但 change 只有变易一个意思。

近年来，也许是为了避免纷扰，有些外国学者直接用 Li sao 来翻译"离骚"，比如著名美国汉学家宇文所安（Stephen Owen）主编的《中国古代文学作品选》（*Anthology of Chinese Literature: Beginnings to 1911*），但他和孙康宜联合主编的《剑桥中国文学史》（*The Cambridge History of Chinese Literature*）中却还是使用了 *On encountering trouble* 这个译名，可见班马说影响之深远。

跨时空文学对话

　　和"离骚"这个题目一样,屈原最终的结局也是众说纷纭。魏宁在他的论文中赞成隐居说,不无道理。《离骚》中间部分"忽反顾以游目兮,将往观乎四荒"这句有助于说明这一点,有种意见认为屈原所表达的是求贤君、求知己,非常牵强,更合理的理解是他想远离庙堂,走向乡间。

郭沫若新诗创作对现代汉语的重大贡献

张伯江

中国社会科学院大学文学院院长，中国社会科学院语言研究所所长、研究员

一、引　言

现代汉语从白话文运动兴起，大规模取代文言成为社会文教通用语言，直至新中国把它确定为汉民族共同语，至今已有逾百年的历程。现在人们回顾起现代汉语的发端，常常会提及早期"语文运动"的倡导者陈独秀、胡适、钱玄同等人的口号式主张，而有意或无意地忽视了数十年间现代汉语实践者们的重要贡献。事实上，一个全民共同语的定型过程，更多的是其使用者共同的创造，其中，有影响的文学家起了举足轻重的作用。郭沫若就是其中不容忽视的一位。

郭沫若1914年赴日留学，没有直接参与国内轰轰烈烈的新文化运动，但他很快嗅到了新文学的气息，投身于新文学的创作，一发不可收，成为名副其实的一位最成功的现代汉语实践者[1]。

郭沫若在日留学初期，就有过用现代白话进行文学创作的想法。1919年，他从国内寄来的报纸上第一次看见中国的白话诗："看了不觉暗暗地惊异：'这就是中国的新诗吗？那么我从前作过的一些诗也未尝不可发表了。'"（《创造十年》，上海现代书局，1932年9月）所谓"从前作过的一些诗"应该指的是1916—1919年他写的自由体白话诗，如《新月》："月儿呀！你好像把镀金的镰刀。你把这海上的松树斫倒了，啊，我也被你斫倒了！"《白云》："你是不是刨了的冷冰？我怎得把你吞下喉去，解解我的焦心？"这些诗写作的时候，胡适的《文学改良刍议》和陈独秀的《文学革命论》还没有问世，"文学革命"的口号和胡适的白话诗也还没有发表。

一种有代表性的看法是，"五四"白话文运动是先由胡适等人理论上倡导，再引出鲁迅等人的创作实践。这个过程的代表人物也主要是胡适和鲁迅，比如有的学者明确说："胡适范式不过是激活本土白话小说的旧有资源，难以在语言转型上开辟新的

---

[1] 魏建《重识〈女神〉》："郭沫若正式发表新诗是在1919年，到了这时，郭沫若也并不清楚国内的新文化倡导者在做些什么，即使到了他的白话新诗进入爆发期的时候，他也与国内的思想先驱处于几乎完全隔膜的状态。当时的郭沫若基本上是'一个人在战斗'，几乎是独立地用《女神》的创作参与了这场伟大的历史变革。"（《郭沫若研究》2017年第1辑）

天地"，"真正打开新体白话局面的，于创作方面是鲁迅"[1]。1955年，现代汉语普通话定义为"以典范的现代白话文著作为语法规范的现代标准汉语"后，语文教学与语法研究界也更多地关注鲁迅的小说和散文。与此同时，郭沫若的现代诗歌创作，虽然得到文学史上一定程度上的认可，却没有获得理论上的价值论证。本文所要强调的，正是郭沫若新诗在现代汉语建设上的重大贡献。

应该说，郭沫若的现代新诗创作，一直是沿着自己的发展线路进行的，形成了自己独特的文体。他可能完全不知道胡适主张的"我们可尽量采用《水浒》《西游记》《儒林外史》《红楼梦》的白话"[2]，也不知道傅斯年主张的"直用西洋文的款式，文法，词法，句法，章法，词枝……一切修词学上的方法，造成一种超于现在的国语，欧化的国语"[3]，但是他有自己对汉语的感知，有他对汉语历史与未来的思考，有他对20世纪全新的汉语文学的信心，有他已然成熟于胸的中国新诗的理想图景。他巧妙地化用古往今来的文辞英华，遵从汉语自身的表达习惯，吸收西方抒情诗的精神，写出一系列气息清新、气象奔腾的诗作来。他的新诗，不拘泥于中国旧体诗的文体，不受诗句字数的约束，情感炽烈，流畅自然，处处体现着现代汉语内在的韵律和节奏，又饱含着时代的新气息。

长期以来，人们对郭沫若新诗创作有一种偏见，偏向于认为是情感先行，而艺术形式建树乏善可陈，甚至有一定的缺憾[4]。本文的目的正是要纠正这个认识上的偏误，用语言学的新理论和新学说，解读郭沫若新诗语言风格的本质机制。

二、韵律的自觉——汉语式的韵律和节奏

汉语的诗歌自古以来讲求韵律和节奏，每个时代最流行的诗歌韵律，都是和当时通行的语音结构紧密相关的。明人杨慎说："凡观一代书，须晓一代语。"（《升庵外集》卷三）。先秦时期汉语是以单音节为主的语言，那时每个音节的结构比较复杂，甚至有可能存在复辅音。每个音节独立性强，耗时也较长，像《诗经》那样句子较短的格式就是常态，一字一顿，四个字一句，成为节奏感最好的句式。汉代以后，汉语音节

---

[1] 宋声泉. 文言翻译与"五四"新体白话的生成 [J]. 文学评论，2019(2).

[2] 胡适. 建设的文学革命论 [J]. 新青年，1918，4(4).

[3] 傅斯年. 怎样做白话文 [J]. 新潮，1919，1(2).

[4] 如李乐平《新诗的"自由化"与"格律化"及其他——论郭沫若闻一多诗美主张和创作表现的异同》这样评价郭沫若："在突破了旧体诗词的格律之后，由于其强调'自然流露'而执意追求'绝端的自由'和'绝端的自主'，因此，其诗作在形式上就不免因随意走笔而自由松散。正是因为其在创作时不着边际的随心所欲，不免出现了一些玄虚空泛的诗作，这便完全脱离了我国古典诗词的优良传统，而使内容和形式出现了某些不统一、不协调的情况。因此，他的个别诗作，尤其是在他影响下但却远不如他成就大的那些诗人的作品，更加显得空洞直白，缺少韵致。这自然削弱了诗的艺术感染力。"（《华中师范大学学报》1999年第1期）

趋于简化，双音词开始增多，双音、单音并行，于是出现单双音节节奏搭配的"五言""七言"占主导地位的诗句模式。现代汉语仍然是单音词和双音词并行的格局，因此"五言""七言"仍然是人们感觉最自然的诗句方式。林庚甚至认为，现代诗句"清清的流水蓝蓝的天""红红花儿蓝蓝的天"与传统"五七言"的精神是相通的，是五七言的发展[1]。林庚还提出了"半逗律"，即不拘于几言，只要让每个诗行的半中腰都具有一个近于"逗"的作用就行。有"逗"，就可以把每一个诗行分为均匀的上下两半；不论诗行的长短如何，这上下两半相差总不出一字，或者完全相等。四言诗是"二二"，五言诗是"二三"，七言诗是"四三"，现代新诗则可以是"五四""四五"等多种形式。

林庚先生这一论述意义重大。他的这一感悟，成熟于20世纪中叶，他对新诗创作中这一规律的体现也采取了渐进式的评价[2]。我们认为，郭沫若对这种"半逗律"早就有了很深刻的体察和感悟，从他创作新诗的第一天起，就时时把握着这一汉语节奏命脉。以下是从他早期作品中随意摘出的一些诗句，这种风格在《女神》《星空》等几部诗集中可以说随处可见：

"从今后我不愿｜常在家中居住，我要常在这｜开阔的空气里面"，

"我只不羡慕｜那空中的飞鸟，他们离了你｜要在空中飞行"（《地球，我的母亲！》）

"我为我心爱的人儿｜燃到了这般模样！"（《炉中煤》）

"平和之乡哟｜我的父母之邦！岸草那么青翠｜流水这般嫩黄！"（《黄浦江口》）

"不可凭依的哟｜如生的梦境！不可凭依的哟｜如梦的人生！"（《瓶》第一首）

郭沫若对中国诗歌这种韵律传统的与时俱进精神，有深刻的洞见。在他心中，这种对"半逗律"的追求，甚至用语气词显示出来的做法，是与2000年前屈原的做法遥相呼应的。1940年他发表文章指出："那些先生们，他们在固执着文言文，以为这是中国之粹，其实真正的国粹，他们何尝懂得！就连之乎也者的文体，本来是2000年的白话文运动的产物，他们根本就不知道。""屈原所创造出来的骚体和之乎也者的文言文，

---

[1] 林庚.五七言和它的三字尾[J].文学评论，1959(2).
[2] 林庚写于1948年的《再论新诗的形式》中说："从新诗运动以来，诗坛的变化约可以分为三个段落，第一个段落是摆脱旧诗的时期，那便是初期白话诗以迄《新月》诗人们的写作；第二个段落是摆脱西洋诗的时期，那便是以《现代》为中心及无数自由诗人们的写作；第三个段落是要求摆脱不易浅出的时期，那便是七七事变起以迄现在的诗坛。"（《新诗格律与语言的诗化》，经济日报出版社2000年版，第37页。）

就是春秋战国时代的白话诗和白话文。"[1] 我们在郭沫若的新诗里可以清楚看到《楚辞》的影子，其实就源于他有意识的追摹：

> 交不忠兮怨长，期不信兮告余以不闲。朝骋骛兮江皋，夕弭节兮北渚。（屈原《九歌·湘君》）
>
> "啊，是我自己呀把她误解，她是忙着试验呀才没有信来。"（《瓶》第二十六首）
>
> "接信时是那么的呀心跳，见信后又这般的呀无聊。"（同上第二十首）

我们清楚地看到，郭沫若所有的诗作都有明确的韵律追求，尽管他自己称之为"内在的韵律"[2]：是"情绪底自然消涨"，他说"这种韵律异常微妙，不曾达到诗的堂奥的人简直不会懂"。他用"音乐的精神"来比况这种超乎外形的韵律感。其实，当我们了解了汉语音节结构发展的历史，就可以坦然承认，每个时代主流诗歌的诗句字数、格律尽管不同，其内在精神是一致的[3]。郭沫若深谙此道，从来没有写出"那轻，那娉婷你是，鲜妍百花的冠冕你戴着""雪化后那片鹅黄，你像；新鲜初放芽的绿，你是"那种有悖语言自身节奏和谐的蹩脚诗句来。

郭沫若说："诗的语言恐怕是最难的，不管有脚韵无脚韵，韵律的推敲总应该放在第一位。和谐，是诗的语言的生命。"[4] 郭沫若的新诗写作，总是含着饱满的激情，所以他不愿简单复现旧体诗词那样以七八个字为限的句子，他根据古往今来的韵律传统，大量使用了三个韵律单位构成的容量较大的长句，例如：

> 这清香怕不是梅花所有？
> 这清香怕吐自你的心头？
> 这清香敢赛过百壶春酒。

---

[1] 郭沫若. 革命诗人屈原 [N]. 新华日报（重庆），1940.

[2] 致李石岑信 [N]. 时事新报·学灯（上海），1921.

[3] 在《文学的本质》中，郭沫若指出："文学的原始细胞所包含的是纯粹的情绪的世界，而它的特征是有一定的节奏。节奏之于诗是与生俱来的，是先天的，决不是第二次的、使情绪如何可以美化的工具。情绪在我们的心的现象里是加了时间的成分的感情的延长，它本身具有一种节奏。"见《郭沫若全集》第15卷第348页，北京：人民文学出版社，1992年。
在《论节奏》中他更详细地对节奏进行了理论性阐述，指出了新诗与旧体诗的不同在于"旧体的诗歌，是在诗之外更加了一层音乐的效果。诗的外形采用韵语，便是把诗歌和音乐结合了。我相信有裸体的诗便是不借重于音乐的韵语，而直抒情绪中的观念之移动，这便是所谓散文诗，所谓自由诗。这儿虽没有一定的外形的韵律，但在自体是有节奏的。"同上，第360页。

[4] 郭沫若. 略论文学的语言 [J]. 文坛（重庆），1943，2(1).

这清香战颤了我的诗喉。(《瓶·春莺曲》)

这种句子明显是中国近代板腔体戏曲唱词常用的 3 + 3 + 4 韵律模式（如"芍药开牡丹放花红一片，艳阳天春光好百鸟声喧"），这种模式用于现代诗歌，进一步扩展，就成为更为奔放的诗句：

我们的猛力｜纵使打不破｜这万恶的魔宫，
到那首阳山的路程｜也正好｜携着手儿同走!（《励失业的友人》）
我很想｜把我的琴和我的瑟｜为她弹奏呀，
或者是｜摇我的钟击我的鼓｜请她跳舞。(《〈关雎〉的翻译》)

这种扩展之所以成为可能，还是源自汉语韵律句法的本质特征。

长期以来，文学研究中有一种把诗歌语言与自然语言对立起来的倾向，这种观念应该是深受近代以来西方语言观念的影响：英语的自然语言首要的是轻重音的讲究，节奏的松紧居于次要地位，只有到了诗歌语言里才有意识地制造节奏；汉语自然语言古往今来都是看中节奏的，汉语诗歌的节奏感就是直接取自生活语言节奏规律的。可以说，英语"话是话，诗是诗"（或者叫"语是语，歌是歌"）；在汉语，说话的节奏无异于诗歌的节奏，字与字之间的抑扬顿挫天然带有音乐性。因此我们要特别强调的是，汉语的自然语言，其本质就是讲求韵律和节奏的，"半逗律"不仅是诗句的通则，更是自然语言的通则。沈家煊明确指出，汉语是"以对为本"的语言：汉语大到语篇和段落，小到短语和词，都是以对为本，只是放大缩小的尺寸不同而已；不仅是声韵的对，也是语法和语义的对。[1]

三、句法的自由——汉语本质的并置句法

与新文化运动中有些主张者不同，郭沫若并不是刻意地在诗句中引入"现代的"句法，而是准确地把握汉语句法的本质特点，秉持古今汉语一以贯之的文法精神，让古老的汉语句法传统以全新的面貌呈现出来。人们会感到，郭沫若的句子是新的，句式是带有强烈时代感的，但读来却又是地道的汉语。这个特色，在以往的汉语语法观念下难以获解。近年来，汉语学者摆脱西方学说的影响，日益看清汉语句法的实质特点：汉语句法与西方句法最重要的不同在于，西方语言是一种"立体的"结构，即以动词

---

[1] 沈家煊.汉语的韵律和节奏[M]//《繁花》语言札记.南昌：二十一世纪出版社集团，2017.

为中心，句子里其他成分都是围绕着动词确定其身份、体现与动词的关系的；而汉语是一种"平面的"结构，即词语之间呈简单的线性铺排关系，不需要语缀作关联，也不需要太多的虚词建立联系，实词与实词的并置铺排，读者自然能读出其间的语义关系。有人生动地比喻为：汉语句子是"竹节式"的，英语是"葡萄串"式的。[1] 郭沫若的诗句，正是精准地把握了这一本质，于是我们读到了既热情奔放，又自然流畅的汉语式的新诗。

这跟那些所谓"现代的"（欧化的）句法相比，尤其是比起那些在诗句里人为地添加虚词的主张来，不知要高明多少。[2] 新文化运动开始后的新诗写作中，我们可以清楚地看出有些诗人刻意在诗句里植入欧化句法的痕迹。例如："主人也是名利场中的过来人，但现在寻着了他的新乐趣"，"他是一个聪明人，他把聪明用在他的园子上"（胡适《临行赠蜷庐主人》），其中"他的新乐趣"和"他的园子"都是刻意使用英语里领属结构的用法，如果用自然的汉语其实应该说成"寻着了新乐趣""把聪明用在园子上"，用了"他的"显得矫揉造作；再如"西山的秋色几回招我，不幸我被我的病拖住了"（胡适《十一月二十四夜》），不仅"我的病"是没必要的领属结构，"被"字用在这里更是没有几分道理，明显是模仿英语被动句的结构。

以前有些论者谈及欧化句式的弊端，指出句子过长，意义缠绕，显得啰唆，[3] 没有说到点子上。因为所谓的长短、缠绕都是相对而言的，有时取决于阅读者的主观感受。我们认为，欧化句式的缺点主要在于句子层次复杂，是一种结构性的欧化，而不仅仅是风格的欧化。汉语的句子，结构关系简单，句子成分之间都是线性的并置。像"我被我的病拖住了"，单看长度并不很长，但多余的被动结构给句子平添了曲折，就很不符合汉语的自然习惯。再如"急坏种花人，苞也无一个"（胡适《希望》）虽是简短，但短短五个字的"苞也无一个"不仅违反了汉语五言诗的"2＋3"节奏传统，更重要的是用了一个浓缩的特殊句式（"连苞也没有一个"），违反了平面化的常态，造成极不流畅的效果。反观郭沫若的诗句，从字数上看有时很长，但句子层次简单，节奏匀称，读起来朗朗上口，原因就在于，他是本质上紧扣了汉语的句法特点的，例如：

> 巫峡的奇景是我不能忘记的一桩。【1】
> 十五年前我站在一只小轮船上，【2】
> 那时候有迷迷蒙蒙的含愁的烟雨，【3】

---

[1] 刘剑，周帆. 新诗"竹节式"结构的诗路探寻 [J]. 西南大学学报，2011(5).
[2] 刘进才《语言文学的现代建构》（北京大学出版社 2015）第四章"国语语法探讨与现代语法的革新"详细讨论了胡适等人过于强调语法、在句子里多用虚词的做法。
[3] 王本朝. 欧化白话文：在质疑与试验中成长 [J]. 文学评论，2014(6).

洒在那浩浩荡荡的如怒的长江。【4】

我们的轮船刚好才走进了瞿塘，【5】
啊，那巫峡的两岸真正如削成一样！【6】
轮船的烟雾在那峡道中蜿蜒如龙，【7】
我们是后面不见来程，前面不知去向。【8】

峡中的情味在我的感觉总是迷茫，【9】
好像幽闭在一个峭壁环绕的水乡。【10】
我头上的便帽竟从我脑后落下，【11】
当我抬起头望那白云暧䥁的山上。【12】（《巫峡的回忆》）

这三小节诗，我们读起来自然流畅，每个句子都是相近的节奏规律，每一小节都是由四句相近的韵律结构体组成，轻松读下来有读骈文的感觉。当我们进一步仔细观察其间语法关系的时候，却发现包含着多种多样的逻辑关系。如第1句，是个独立的句子，就语义说，几乎是统摄全诗的，但和第2句连起来读，给人感觉如对句一般；第3、4句也像是对句，从语义上分析却是一主语一谓语；第10句是对第9句的承续，第11句是对9、10两句的承续，第12句又是对第11句的补充。可见，汉语整齐的结构单位包含着多种多样的语义关系。

汉语的句子不靠逻辑结构来组织，这一特征该如何认识？有些论者是持激烈的批评态度的。例如傅斯年认为："中国传统文学在语言学、修辞学方面与西方相比，具有很多难以弥补的缺陷。第一，中国文章单句多而复句少，甚至没有，层层分析的句群与文章就更鲜见了。一个问题层面，惟求铺张，深度却非常浅，'其直如矢，其平如底'。"[1] 有趣的是，语言学研究者并不这么看，他们知道，每种语言都有自己的历史，不能强行用一种语言的规格去硬套、去改造另外的语言。赵元任、吕叔湘都认为不能用英语那样的"句子"概念来套汉语，吕叔湘说："用小句而不用句子做基本单位，较能适应汉语的情况，因为汉语口语里特多流水句，一个小句接一个小句，很多地方可断可连。"[2] 构成汉语流水句的基本单位，既可以是主谓俱全的，也可以只是谓语部分，也完全可以只是一个名词短语。千百年来，汉语以这种行云流水的组织方式构句谋篇，不仅不伤文辞，且创造出了美丽的诗文。文言如此，白话亦如此。白话文运动的倡导

---

[1] 刘东方. 论傅斯年的现代白话语言观 [J]. 文学评论，2007(5).
[2] 吕叔湘. 汉语语法分析问题 [M]. 北京：商务印书馆，1979.

者希望白话更"讲求文法",愿望是好的,但不去深入体察汉语特点,而简单地把英语观念移植到汉语身上,未免胶柱鼓瑟。郭沫若虽然没有做语言学上的学理深究,但他对汉语的本质特征有敏锐的感知能力,他的新诗,对汉语"流水句"特征反映得最为到位,如:

"你我都是去得匆匆,终个是免不了的别离,我们辗转相送。凄寂的呀,我两个飘蓬!"(《夜别》)

俞平伯说:"文法这个东西不适宜应用在诗上。中国本没有文法书,那些主词客词谓词的位置更没有规定,我们很可以利用他,把句子造得很变化很活泼。那章法的错综也是一样的道理。"[1]这代表了早期一种温和的句法观,当时对句法的认识还不免肤浅。今天我们要强调的是,汉语句法的"流水句"规律是普遍存在于诗句和散文里的,这是汉语语法研究一百年来最重要的新认识。

"流水句"的要义就在于,汉语里连续的句子之间,要表达的意思是自然接续、自然流动的,但使用的短语或小句的结构,则不受句法规则的强制约束,如下面这一小节诗:

我自从遇见她,我便想她,想她,想她呀,
沙洲上我不知道一天要去多少回;
但我遇见她一次后,便再也不能见她了,
我不知道她住在何处,她真是有去无归。(《〈关雎〉的翻译》)

连续的几个句子并不像英语那样一直使用一个主语,句子的结构类型也不尽相同。乍看上去诗体非常自由,没有句式、字数的约束,但整体读起来,却很有"求之不得,寤寐思服。悠哉悠哉,辗转反侧"的神气,可以说,准确复原了两千多年前的口气和情绪。我们赞同魏建的看法:"郭沫若比早期白话诗人的高明之处在于,他从一开始关注的就不是白话能否入诗,而是为新诗寻找取代旧诗艺术规范的'诗之精神'。"[2]这里所强调的是,不论旧诗还是新诗,反映"诗之精神"的,一定是汉语的艺术规范,而不是让汉语的词汇遵从西方语言的组织方式来作诗,那样作出来的,必定是西式的诗,

---

[1] 俞平伯. 社会上对于新诗的各种心理观 [J]. 新潮 .1919, 2(1).
[2] 魏建. 重识《女神》[J]. 郭沫若研究, 2017(1).

而不是中国的诗。

四、结构的自省——汉语式的语句组构

郭沫若的新诗成就，文学界早有定评，一致认为他的诗作"摆脱旧诗格律的镣铐而趋向自由诗"[1]。"不独艺术上他的作品与旧诗词相去最远，最要紧的是他的精神完全是时代的精神——20世纪底时代的精神。"[2] 这无疑是大文学家对大文学家的最到位的体验。但这种"神思飚举，游心物外，或惊才绝艳，或豪放雄奇，或幽闲澹远"的"当时未见可与对垒者"[3]的艺术风格，究竟来自哪里呢？很多人认为，既然是彻底摆脱旧形式的，那就一定是外来的、西化的。郭沫若的诗作里固然偶尔夹杂一些外文单词，但正如我们上面指出的，比起那些有意模仿西方语言句法的诗人，郭沫若很少去做那个方向的努力。相反，他最透彻地看清了汉语的实质，最准确地把握了汉语的精神，又最智慧、最艺术地把汉语固有的构词造句手段注入时代气息，发挥到极致。

跟傅斯年主张的"直用西洋文的款式，文法、词法、章法、词枝……""一切修辞学上的方法，造成一种超于现在的国语，因而成就一种欧化国语的文学""应用西洋修辞学上的一切质素，让国语具有精工的技术"完全相反的方向，郭沫若运用他超强的汉语感受力，尽其可能地调用汉语固有的表达手段，尤其是迥异于西方语言的极具表现力的词汇——语法手段，赋予时代气息，构筑了他的新诗风格。下面举三个典型例证。

一是肯定性谓语的大量使用。现代汉语的"是"字并不等同于英语的 be 动词，也就是说，不仅仅是个起语法作用的联系词，而是具有肯定、强调、情感表达和节奏表达等多种作用的实义成分。赵元任对汉语谓语有个一针见血的观察，他发现汉语的谓语如果按名词性谓语、动词性谓语和形容词性谓语这样分类其实意义不大，他看到的一个重要事实是，不论哪一种词类的谓语，都可以被肯定；不论哪一种词类的谓语，都可以作叙述。用"是"对谓语加以肯定，是个横贯各种谓语类型的特点。郭沫若新诗里这个手段运用得十分普遍，营造了独特的语气效果，在一般性的叙述和描写之上，糅进了诗人主体的确信情态。例如：

你**是**时常地爱抚他们、你**是**时常地怀抱着他们。（《地球，我的母亲》）

---
[1] 周扬. 郭沫若和他的《女神》[M]// 李斌. 女神之光：郭沫若传. 北京：作家出版社，2018.
[2] 闻一多.《女神》之时代精神 [M]// 孙党伯. 闻一多全集：二. 武汉：湖北人民出版社，1993：110.
[3] 茅盾. 我所走过的道路 [M]. 北京：人民文学出版社，1977.

我们**是**呀动也不敢一动。（《朋友们怆聚在囚牢里》）

宇宙万汇都有死，我与你**是**永远不死。（《赠友》）

你们**是**受着了永远的监禁！（《留别日本》）

我**是**凭倚在孤山的水亭，她**是**伫立在亭外的水滨。（《瓶第四首》）

梅子再进成梅林，啊，我真**是**永远不死！（《瓶·春莺曲》）

我翘望着我心爱的姑娘，啊，我**是**怎能呀化只飞鸟？（《瓶第二十九首》）

二是同位结构的大量应用。"人称代词＋普通名词"这种方式在现代汉语中用得很普遍，但是当它第一次在郭沫若的《女神》等早期诗集里奔涌而来时，还是给了读者以很大的震撼。例如：

"摩托车前的明灯！你二十世纪底亚坡罗！"（《日出》）

"你团圞无缺的明月哟，请借件缟素的衣裳给我。"
"你渊默无声的银海哟，请提起幽渺的波音和我。"（《霁月》）

"啊啊！你早就幻想飞行的达·芬奇呀！"
"晨安！你坐在万神祠前面的'沉思者'呀！"（《晨安》）

汉语的同位结构是汉语独有的一种结构方式，与英语、俄语等语言里的所谓同位结构是名同实异，准确地说应该叫"同位同指组合"[1]，是汉语戏剧化表达的一种突出手段，具有强烈的修辞效果。我们的研究表明，汉语的同位同指组合，为戏剧语言所偏爱，因为它融主客观为一体的特殊结构方式，表现了强烈的戏剧化效果[2]。于是我们看到，在戏剧性的《雷电颂》里，汉语式的同位结构大量采用：

啊，电！你这宇宙中最犀利的剑呀！

把你这东皇太一烧毁了吧！把你这云中君烧毁了吧！你们这些土偶木梗，你们高坐在神位上有什么德能？你们只是产生黑暗的父亲和母亲！

你们风，你们雷，你们电，你们在这黑暗中咆哮着的，闪耀着的一切的一切，你们都是诗，都是音乐，都是跳舞。你们宇宙中伟大的艺人们呀，尽量发挥你们的力量吧。

---

[1] 刘探宙. 汉语同位同指组合研究 [M]. 北京：中国社会科学出版社，2016.
[2] 张伯江. 戏剧化的语言：论京剧语体对汉语人称表达的影响 [M]// 冯胜利，施春宏. 汉语语体语法新探. 上海：中西书局，2018.

三是灵活多样的句子结构。曾有论著认为，古典诗是一种"非连续"性句法，"基本核心句"不明显，而初期白话诗大致是"连续"性句法，"基本核心句"明显，句法统一[1]。此处所谓"初期白话诗"的特点，对于胡适等人也许适用，在郭沫若的早期白话诗里，所谓"古典诗"的特征倒是随处可见。例如：

哦哦，明与暗，同是一样的浮云。
我守看着那一切的暗云……
被亚坡罗的雄光驱除干净！
是凯旋的鼓吹呵，四野的鸡声！（《日出》）

这里，看不见什么"基本核心句"，倒是赵元任所说的那种"非动作者"成分"明与暗"做了句子的主语；最后一句"四野的鸡声"，不管你说它是倒置的主语还是名词性的谓语，都是所谓"基本核心句"所不能允许的，典型的汉语"非连续"性句法传统。再如：

太阳当顶了！无限的太平洋鼓奏着男性的音调！
万象森罗，一个圆形舞蹈！（《欲海》）

一只白鸟，来在池中飞舞。
哦，一湾的碎玉！无限的青蒲！（《晴朝》）

声声不息的鸣蝉呀！
秋哟！时浪的波音哟！
一声声长此逝了……（《鸣蝉》）

其中"一个圆形舞蹈""一湾的碎玉！无限的青蒲！"这样以名词性短语用作谓语，无论从什么语法理论看，都不属于"基本核心句"的句法，却是古往今来一脉相承的汉语式句法；而"声声不息的鸣蝉""秋""时浪的波音"三者连缀，既不是并列，也不是陈述，而是以汉语特有的"互文阐释"方式构成句法[2]。

能够体会到，并且能自如运用这种西方语言没有、汉语独有的构句方式，说明作者具有良好的母语体察能力。不像"开的花还不多，且把这一树嫩黄的新叶，当作花看罢"那样的诗句，不用汉语式的"花开的不多"偏用明显模仿西语的"开的花不多"，以及"种

---

[1] 荣光启."现代汉诗"的发生：晚清至五四[M].北京：中国社会科学出版社，2015.
[2] 沈家煊.说四言格[J].世界汉语教学，2019(3).

在小园中，希望开花好"，不用汉语式的"花开好"偏用"开花好"，那么不自然。相比之下，郭沫若的诗句很少有这种抛弃汉语传统而刻意模仿西方句法结构的生硬做法。

五、结　语

郭沫若新诗语言的清新流畅，一直给人以强烈的感受，但为什么长期以来没有得到有理据的解读？一方面是囿于某些认识上的偏见，另一方面，也是我们对汉语实质特征的认识尚不到位。21世纪以来，汉语研究者摆脱了印欧语观念的束缚，通过冷静的跨语言比较，得出汉语特点的新的认识。用这种新的眼光回过头来看现代汉语形成初期的语言实践，便清楚梳理出一个截然的区别：凡是机械模仿西方语言的尝试，或简单地在汉语传统中植入西式表达法的做法，都以其生硬造作而形不成强烈的打动力，也难以获得长久的影响力；相反，那些善于体味中西语言本质，敏锐捕捉汉语生命力，并致力于为它注入时代气息的作家，不论是写小说、散文的鲁迅、老舍、朱自清，还是耕耘于新诗作法的郭沫若，无一不开一代新风，用他们探索的扎实足迹，为汉语的文学创作留下了宝贵的经验，并深刻影响了后世创作的发展。

这项研究给文学研究的启发是什么呢？那就是，对"风格"的探讨不能仅停留在"印象"层面上，而应扎扎实实采用相关学科的学理进行实证性分析。闻一多就曾对郭沫若的新诗风格有很大的误会："今之新诗体格气味日西，如《女神》之艺术吾诚当见之五体投地；然谓为输入西方艺术以为创倡中国新诗之资料则不可，认为正式的新体中国诗，则未敢附和。盖郭君特西人而中语耳。不知者或将疑其作为译品。为郭君计，当细读律诗，取其不见于西诗中之原质，即中国艺术之特质，以熔入其作品中，然后吾必其结果必更大有可观者。"[1]可见，不管是胡适、傅斯年们对汉语语法的全然否定，认为必须全盘引进西式的逻辑结构才能创造出现代汉语，还是闻一多这样的汉语传统维护派，认为只有遵循格律的精神才能创出新诗的风格来，这两种看似对立的主张，都有一个共同的认识局限，那就是，看不到现代汉语内在的韵律精神，看不到现代汉语迥异于西方语言的句法特征，未能用古今演变的发展眼光和古今一贯的汉语精神来准确把握现代汉语的实质。

100余年来，中国现代文学和中国现代学术是同步成长的。早期的新文学倡导者兵分几路，分别从文艺理论、文学创作和语言研究几个方向共同努力，共同致力于现代汉语的塑造。文学创作为语言研究提供了鲜活多样的素材，语言研究的深化也为文学风格的定性提供了坚实的学理支持。

---

[1]　闻一多.律诗底研究·辨质[M]//孙党伯.闻一多全集（十）.武汉：湖北人民出版社，1993.

· 第三篇 ·

中印文学对话会

鲁迅视野中的亚历克舍夫木刻插图
——从《母亲》到《城与年》

董炳月

中国社会科学院文学研究所研究员

鲁迅晚年大力倡导以木刻为主的现代版画，编选或参与编辑了 10 多部现代版画作品。笔者要强调的是，这些作品半数以上为苏俄版画。鲁迅倡导版画初期即 1929 年至 1930 年间出版的 5 册《艺苑朝华》，第 5 册即为《新俄画选》。1931 年 2 月翻印的版画集《小说士敏土之图》，所收 10 幅作品为苏联作家革拉特珂夫的长篇小说《士敏土》的插图（作者为德籍版画家梅斐尔德）。1934 年 3 月出版的《引玉集》收录的是 11 位苏联版画家的 59 幅作品，1936 年 5 月印行的《死魂灵一百图》收录了果戈理名著《死魂灵》插图 116 幅，1936 年 7 月印行的《苏联版画集》收录苏联版画作品多达 172 幅。鲁迅生前编定但未及出版的木刻集《〈城与年〉之图》，则是苏联版画家亚历克舍夫（1894—1934）为费定名著《城与年》制作的 28 幅木刻插图。[1] 鲁迅 1936 年拟编而未编定的《拈花集》，同样是苏联木刻作品集——他在 1936 年 3 月 26 日写给曹白的信中说："现在正在计画另印一本木刻，也是苏联的，约 60 幅，叫做《拈花集》。"[2] 这些版画作品，不仅展现了鲁迅晚年的文艺思想，展现了鲁迅对文学与美术之关系的理解，而且涉及晚年鲁迅与苏俄文艺乃至苏联的关系，须进行多角度的研究。本文选择其中亚历克舍夫的 42 幅木刻作品为对象探讨相关问题，这是因为，从 1934 年年初将亚历克舍夫制作的《母亲》插图编入《引玉集》，到 1936 年 3 月 10 日编定《城与年》插图集并抱病撰写"小引"，鲁迅在两年多的时间里持续关注亚历克舍夫的木刻作品。而且，亚历克舍夫制作插图的《母亲》和《城与年》均为苏联名著。所以，探讨鲁迅与亚历克舍夫木刻的关系，能够有效地阐释相关问题。

---

[1] 关于鲁迅晚年所编各册版画集所收作品的数量、类别等情况，黄乔生在《鲁迅编印版画全集》（共十二册）各册的解说中有具体说明，可参阅。南京，译林出版社，2019 年 3 月。
[2] 鲁迅. 鲁迅全集：14[M]. 北京：人民文学出版社，2005：56.

跨时空文学对话

一、高尔基《母亲》的14幅插图

鲁迅第一次介绍亚历克舍夫的生平与作品，是在《引玉集》中。《引玉集》（1934年3月出版）所收录11位苏联版画家的59幅作品中，14幅是亚历克舍夫为高尔基长篇小说《母亲》制作的木刻插图。鲁迅在《〈引玉集〉后记》中介绍作品被收录的各位画家时，关于亚历克舍夫，引录了其自传。

亚历克舍夫（Nikolai Vasilievich Alekseev）。线画美术家。一八九四年生于丹堡（Tambovsky）省的莫尔襄斯克（Morshansk）城。一九一七年毕业于列宁格勒美术学院之复写科。一九一八年开始印作品。现工作于列宁格勒诸出版所："大学院"，"Gihl"（国家文艺出版部）和"作家出版所"。

主要作品：陀思妥耶夫斯基的《博徒》，斐定的《城与年》，高尔基的《母亲》。

七，三〇，一九三三。亚历克舍夫[1]

亚历克舍夫的这份自传以及另外四位画家的自传，是鲁迅委托在苏联留学的曹靖华约请画家本人撰写的。关于此事，鲁迅在《〈引玉集〉后记》中有交代，曰："因为我极愿意知道作者的经历，由靖华兄致意，住在列宁格勒的五个都写来了。我们常看见文学家的自传，而艺术家，并且专为我们而写的自传是极少的，所以我全都抄录在这里，借此保存一点史料。"[2] 鲁迅抄录的五位苏联画家的自传都很重要，而亚历克舍夫的尤其重要。这是因为，亚历克舍夫在写了这份自传后的第二年（1934年）即病逝，这份自传大概是他写给外国知音的最后的或唯一的自传。

《引玉集》出版之后，其中的14幅《母亲》插图获得了积极反响。一位名叫韩白罗的美术爱好者甚至用晒图法翻印这14幅插图，编为单行本《〈母亲〉木刻十四幅》。鲁迅为韩白罗提供了《母亲》插图，并且为《〈母亲〉木刻十四幅》作序，表达自己对《母亲》这部小说与亚历克舍夫插图的认识与评价。该序仅两百字许，现引录于此。

高尔基的小说《母亲》一出版，革命者就说是一部"最合时的书"。而且不但在那时，还在现在。我想，尤其是在中国的现在和未来，这有沈端先君的译本为证，用不着多说。在那边，倒已经看不见这情形，成为陈迹了。

---

[1] 鲁迅. 鲁迅全集：7[M]. 北京：人民文学出版社，2005：439-440.
[2] 同[1]437.

这十四幅木刻,是装饰着近年的新印本的。刻者亚历克舍夫,是一个刚才三十岁的青年,虽然技术还未能说是十分纯熟,然而生动,有力,活现了全书的神采。便是没有读过小说的人,不也在这里看见了暗黑的政治和奋斗的大众吗?

一九三四年七月廿七日,鲁迅记。[1]

该序文虽短,但包含的信息很丰富。第一节谈的是小说及其中文译本。鲁迅借用"革命者"(列宁)的话强调《母亲》与时代的关系("革命"性质),进而用沈端先(夏衍)的中文译本将《母亲》与中国的革命现实相结合,并且指出了"那边"(苏联)社会情形的变化(革命已经完成)。鲁迅所言"沈端先君的译本"共两册,由上海大江书铺出版。《母亲》出版于1929年10月15日,初版本印数两千册。《母亲·第二部》出版于1930年11月10日,1933年8月15日印至第3版。序文第二节是谈《母亲》插图即亚历克舍夫的14幅木刻。"生动,有力,活现了全书的神采"是对木刻插图的艺术水准及其与小说原著之关系的评价,"暗黑的政治和奋斗的大众"则是对小说与木刻共通主题的概括。鲁迅能够用两百字的短序表达这样丰富的内容,是因为他对高尔基和亚历克舍夫有充分的了解。不过,鲁迅这里说亚历克舍夫"刚才三十岁"不准确。亚历克舍夫于1894年出生,1934年是40岁而非30岁。

在鲁迅的表述中,亚历克舍夫的木刻插图"生动""有力",因此,"便是没有读过小说的人,不也在这里看见了暗黑的政治和奋斗的大众吗?"——这种表述是对亚历克舍夫木刻作品的褒奖,同时也意味着鲁迅在思考不同文艺形式(木刻与小说)的表现力问题。基于这种表述来看《母亲》的14幅插图,便能看到"暗黑的政治和奋斗的大众"是如何在木刻这种艺术形式中凸显出来的。14幅插图的第1幅,画的是一位健壮、络腮胡子、双拳紧握的工人,其身后是高高的围墙,围墙下另有几名工人,远处是高耸的烟筒。这位工人显然是"奋斗的大众"的代表,结合小说看即第一节中的老工人巴什卡。第4幅上与巴维尔讨论问题的中年男子(雷宾),第5幅上对工人讲演的青年(巴维尔),第6幅上游行的工人们,第14幅上在车站散发传单的老年女性(母亲弗拉索娃),均属"奋斗的大众"。作为"暗黑的政治"的符号,首先是第3幅插图中的军警——两名军警被刻成黑色的剪影,其次是第7幅中高举战刀的军官率领的军警队伍——队伍背后是黑暗的天空。剪影的表现形式、画面的构图、人物的选择,都在展现"暗黑的政治"。直接表现双方之对立与冲突的,则是第3幅、第12幅、

---

[1] 鲁迅.鲁迅全集:8[M] 北京:人民文学出版社,2005:409.

第 13 幅。第 3 幅画的是前来搜查的军警离去时老妇人（母亲）坐在椅子上、悲哀地把头垂到胳膊上的情形，第 12 幅画的是军警在殴打讲演者（老工人雷宾），第 13 幅画的是被捕的工人在法庭上与审判者辩论。《引玉集》收录的《母亲》插图没有说明文字，但是，读者面对这些木刻作品，确实能够直观地把握"暗黑的政治和奋斗的大众"。

　　一方面是"暗黑的政治"，一方面是"奋斗的大众"。双方处于冲突、斗争的状态。从"奋斗的大众"一方来说，这冲突、斗争就是革命。质言之，鲁迅在高尔基小说《母亲》和亚历克舍夫木刻插画中，看到了革命——作为思想的革命与作为美学的革命。这种革命是晚年鲁迅在苏俄版画中发现并认同的核心价值，所以他多次加以强调。1930 年年初，鲁迅编印第一本苏联版画集《新俄画选》，在为该书写的"小引"中即强调版画与革命的关系，说："又因为革命所需要，有宣传，教化，装饰和普及，所以在这时代，版画——木刻，石版，插画，装画，蚀铜版——就非常发达了。"[1]《新俄画选》仅收版画 12 幅（其中 5 幅为木刻），第 2 幅《新的革命的体制》与第 3 幅《克伦谟林宫的袭击》均呈现出鲜明、激烈的革命性，两幅画的作者亦同为克林斯基。对于新兴版画倡导者鲁迅来说，这种革命观是前提性、模式性的，鲁迅后来的版画论中基本都包含这一观念。1930 年 9 月 27 日，他为版画集《梅斐尔德木刻士敏土之图》写"序言"，写及插图作者梅斐尔德，强调其"革命"，说："关于梅斐尔德的事情，我知道得极少。仅听说他在德国是一个最革命底画家，今年才 27 岁，而消磨在牢狱里的光阴倒有 8 年。他最爱刻印含有革命底内容的版画的连作，我所见过的有《汉堡》《抚育的门徒》和《你的姊妹》，但都还隐约可以看见悲悯的心情，惟这《士敏土》之图，则因为背景不同，却很示人以粗豪和组织的力量。"[2] 这里所谓的"粗豪"，一方面是《士敏土》插图与《汉堡》《抚育的门徒》《你的姊妹》等作品的差异，另一方面是鲁迅后来评价亚历克舍夫《母亲》插图时所谓的"生动""有力"。所谓"组织"，当指画面的整体布局。比较而言，《梅斐尔德木刻士敏土之图》所收 10 幅作品尺寸较大，场面开阔，内容丰富，人物众多，这对画面的整体构思和布局提出了较高的要求。梅斐尔德的处理很成功，充分发挥了木刻艺术的表现力。不言而喻，"粗豪和组织的力量"均起源于并且服务于木刻作品的革命主题。

二、《城与年》的插图与文本

　　1934 年年初，鲁迅编《引玉集》的时候，并未将其持有的亚历克舍夫木刻作品全

---

[1] 鲁迅. 鲁迅全集：7[M]. 北京：人民文学出版社，2005：362-363.
[2] 同 [1]381-382.

部编入，编入了《母亲》插图，而留下了《城与年》插图。从鲁迅自述来看，取舍的原因有两个：一是插图作品的原著是否有中文译本，二是《引玉集》的作品合集性质。关于前一个原因，鲁迅在《〈引玉集〉后记》中说："亚历克舍夫的作品，我这里有《母亲》和《城与年》的全部，前者中国已有沈端先君的译本，因此全部收入了；后者也是一部巨制，以后也许会有译本的罢，姑且留下，以待将来。"[1] 由此可见，他编选亚历克舍夫木刻插图，并非仅仅是为了把这些插图作为单纯的美术品呈现给中国读者，而是希望这些插图能够与相应的文学名著呼应。《引玉集》的特征之一，正是所收画作多为文学名著的插图。《母亲》插图之外，另有绥拉菲摩维支《铁流》插图，斯派斯基《新年的夜晚》插图，孚尔玛诺夫《叛变》插图，等等。在此意义上，《引玉集》是文学名著的木刻形式的"美术副本"。关于《母亲》，《〈引玉集〉后记》已经提及"沈端先君的译本"，而半年之后在《〈母亲〉木刻十四幅·序》中再次提及（如前文所引），可见鲁迅的印象之深。大江书铺版沈端先所译《母亲》《母亲·第二部》均无插图，因此，《引玉集》所收《母亲》插图与《母亲》中文译本形成了呼应。但《城与年》尚无中文译本，因此鲁迅暂缓编印其插图。《引玉集》出版三个月之后，1934年6月19日，鲁迅在写给曹靖华的信中又说："此后想印文学书上之插画一本，已有之材料，即《城与年》，又，《十二个》。"[2] "印文学书上之插画"这种构思本身，同样包含着对文学与美术同一性的追求。对于鲁迅来说，文学（小说）与美术（木刻）是认识、把握苏俄文艺的两个主要途径。关于后一个原因，鲁迅在1934年7月17日写给吴渤的信中谈论《引玉集》，说："《城与年》的插画有二十七幅，倘加入集中，此人的作品便居一半，别人的就挤出了，因此留下，拟为续印别种集子之用。"[3] 确实，《引玉集》虽为11位苏联艺术家的木刻作品合集，但亚历克舍夫的14幅《母亲》插图就占其所收59幅作品的近四分之一。如果再加上《城与年》的28幅，亚历克舍夫一人的作品即多达42幅，其他画家的作品就只有45幅了。"便居一半"之说表明鲁迅计算了作品的数量。

两个原因之中，前一个原因显然更重要。鲁迅称为"巨制"的《城与年》是苏联作家费定（1892—1977）的长篇小说名著，短期内难以出现中文译本。鲁迅为了早日出版插图，便请曹靖华撰写小说故事梗概，以与插图搭配。他1935年1月26日给曹靖华写信，说："捷克的一种德文报上，有《引玉集》介绍，里面说，去世的是Aleksejev。他还有《城与年》二十余幅在我这里未印，今年想并克氏、冈氏的都印它出来。

---

[1] 鲁迅. 鲁迅全集：7[M]. 北京：人民文学出版社，2005：440.
[2] 鲁迅. 鲁迅全集：13[M]. 北京：人民文学出版社，2005：153.
[3] 同[2]177.《城与年》插图实为28幅，鲁迅持有前27幅的原拓，最后一幅是从《城与年》俄文原版中复制的。

跨时空文学对话

但如有那小说的一篇大略，约二千字，就更好，兄不知能为一作否？"[1] 在10天后的2月7日写给曹靖华的信中又说："《城与年》的概略，是说明内容（书中事迹）的，拟用在木刻之前，使读者对于木刻插画更加了解。木刻画想在四五月间付印，在五月以前写好，就好了。"[2] 但是，《城与年》篇幅宏大，阅读与归纳颇费时日，曹靖华未能在5月之前写成"概略"。关于此事，12年之后的1947年，曹靖华在《城与年》的"译后记"中回忆说："当时在平功课很忙，一直挨到当年暑假才写这概要，写了将近两万字，大概于该年秋天或冬天寄出。"[3] 两万字是鲁迅希望的两千字的十倍。鲁迅收到概要当在1935年年底。他在1936年1月5日写给曹靖华的信中说："《城与年》说明，早收到了。"3月10日他撰写了《〈城与年〉插图小引》，在"小引"中说："斐定（Konstantin Fedin）的《城与年》至今还不见有人翻译，恰巧，曹靖华君所作的概略却寄到了。我不想袖手来等待。便将原拓木刻全部，不加删削，和概略合印为一本，以供读者的赏鉴，以尽自己的责任，以作我们的尼古拉·亚历克舍夫君的纪念。"[4] "以供""以尽""以作"这种排比句式已经具有抒情性，文后落款"一九三六年三月十日扶病记"中的"扶病记"则表明了编辑工作的悲壮。鲁迅撰写《〈城与年〉插图小引》九天前即3月2日的日记记有："下午骤患气喘，即请须藤医生来诊，注射一针。"[5] 这里的"骤患气喘"是突发支气管炎并引发肺气肿，日本医生须藤多次来诊治，一周之后的3月8日才"云已渐愈"。鲁迅是在"渐愈"而未愈的情况下投身《城与年》插图集的编辑工作的。

鲁迅收到曹靖华的"概略"之后，便摘录其中的文字做插图说明。但是，从译文性质的"概略"中找出与每幅插图对应的说明文字十分困难。《城与年》原著厚达472页，缩写为"概略"之后，大部分情节、细节被省略，与插图相应的文字自然也被打了折扣。另外，小说为了制造悬念、增强叙事效果，使用了倒叙手法，但曹靖华写"概略"的时候，为了便于读者理解，将倒叙改成了顺叙。这样，故事结构的变化进一步增加了寻找插图对应文字的难度。因此，鲁迅的图解工作颇费周折。写《〈城与年〉插图小引》的次日即1936年3月11日，他给俄国文学翻译家孟十还写了一封求助信。

十还先生：

《城与年》插画的木刻，我有一套作者手印本，比书里的好得多。作者去

---

[1] 鲁迅.鲁迅全集：13[M].北京：人民文学出版社，2005：359.
[2] 同[1]374.
[3] 费定.城与年[M].曹靖华，译.北京：生活·读书·新知三联书店，1951：591.
[4] 鲁迅.鲁迅全集：7[M].北京：人民文学出版社，2005：444.
[5] 鲁迅.鲁迅全集：16[M].北京：人民文学出版社，2005：595.

年死掉了，所以我想印他出来，给做一个纪念。

　　请靖华写了一篇概要。但我想，倘每图之下各加题句，则于读者更便利。自己摘了一点，有些竟弄不清楚，似乎概要里并没有。

　　因此，不得已，将概要并原本送上，乞为补摘，并检定已摘者是否有误。倘蒙见教，则天恩高厚，存殁均感也。此布并颂

　　时绥。

迅 顿首 三月十一日[1]

信中"天恩高厚，存殁均感"这种夸张的表达，再次表明了鲁迅对亚历克舍夫及其木刻插图的热情。孟十还为俄国文学专家，1936年鲁迅编印《死魂灵一百图》时，俄文序言和各图的说明文字均为孟十还所译。

孟十还显然未能解决鲁迅的问题。鲁迅给他写信一个半月之后，5月3日又给曹靖华写信求助，说："印《城与年》的木刻时，想每幅图画之下，也题一两句，以便读者，题字大抵可以从兄的解释中找到，但开首有几幅找不到，大约即是'令读者摸不着头脑的事'。今将插画所在之页数开上，请兄加一点说明，每图一两句足够了——"[2] 接着列出了5处插图的页码，即原著28幅插图中的第3、4、5、6、22幅。[3] 曹靖华提供的说明文字依次如下。

　　安得烈疯后，在室内隔窗对邻人演说［第3幅］

　　彼得堡［第4幅］

　　敌人要攻彼得堡，居民被征掘壕守城了。……一位情绪高涨的战壕教授演说着。［第5幅］

　　"你好！"一个士兵（即舍瑙）向安得烈问好。［第6幅］

　　"兵士们！这里囚着你们的朋友！"反战的甘尼格给示威的大众指着铁窗。［第22幅］

鲁迅去世10年之后，1946年至1947年，曹靖华撰写的"概略"先后发表在《新华日报》

---

[1] 鲁迅. 鲁迅全集：14[M]. 北京：人民文学出版社，2005：45-46.
[2] 同[1]86.
[3] 这五幅插图是笔者据北京鲁迅博物馆保存的鲁迅所藏《城与年》俄文原版书确认的。该书为曹靖华寄赠，内封右下角有曹靖华的签名和购书日期、地点。

和《中苏文化》杂志上。[1]《新华日报》发表者题为"城与年概要",《中苏文化》杂志发表者题为"城与年本事",二者文题不同,但正文无异。这也就是鲁迅读到的"概略"。上引鲁迅致曹靖华信中的"令读者摸不着头脑的事"一语,即为曹在《城与年本事》第二节中所言——"这以后,在我们面前出现了活的安得烈,从一个闭塞的小城来到圣彼得堡,在这里做了许多令读者摸不着头脑的事。"[2] 结合《城与年本事》来看可知,《城与年》木刻插图的说明文字几乎全部是从《城与年本事》中摘录的,只有少数几则鲁迅做了细微的改动或缩写。例如,第9图的说明文字为"古尔特回过头来,两手插在衣袋里"。《城与年本事》中的原文是"古尔特回过头来,手插在衣袋里"[3]。鲁迅在原文的"手"之前加了个"两"字。"手"变为"两手",更符合画中人物的实际情形(插图上古尔特确实是两手插在衣袋里),也更能体现古尔特的冷漠与决绝(不愿与现在变为敌国国民的老友握手)。再如第23图,鲁迅写的说明文字是"李本丁被吊到苹果树上去……",而《城与年本事》中的原文是"军官向土坡上一棵苹果树一指,树枝上系着一根绳子,李本丁被吊到树上去的时候说:'弟兄们,这是德国人……'"[4]。鲁迅精心撰写插图说明文字,是为了帮助读者理解插图,也是在发现插图与原著之间的关系,即美术与文学的关系。

大约在1992年,曹靖华将《城与年》概要编入《曹靖华译著文集》第十卷的时候,对概要做了修改,并将题目改为"《城与年》概略"。[5] 题目不是《新华日报》的"城与年概要",也不是《中苏文化》的"城与年本事"。文题的修改显然是为了契合鲁迅的表述。从1935年撰写概要到后来将概要发表在《新华日报》《中苏文化》上,再到编入《曹靖华译著文集》,57年间曹靖华与概要"难分难解"。在这一过程中,鲁迅一直影响着他。

1936年3月10日写《〈城与年〉插图小引》时,鲁迅处于"扶病"状态,随后又努力了两个多月,才最终完成《城与年》插图集的编辑工作。此间"扶病"状态时断时续。当年8月27日他给曹靖华写信,说:"《城与年》尚未付印。我的病也时好时坏。十天前吐血数十口,次日即用注射制止,医诊断为于肺无害,实际上确也不觉什么。"[6] 从1934年1月20日写《〈引玉集〉后记》时决定编《城与年》插图集,到1936年上半

---

[1]《新华日报》1946年3月1-7日;《中苏文化》杂志1947年2月第18卷第2期。
[2] 曹靖华. 中苏文化 [M].1947,18(2):39.
[3] 同 [2].
[4] 同 [2]43.
[5] 曹靖华. 曹靖华译著文集:第十卷 [M]. 北京:北京大学出版社,郑州:河南教育出版社,1992:318-346.
[6] 鲁迅. 鲁迅全集:14[M]. 北京:人民文学出版社,2005:136.

年为这些插图配说明文字，两年半的时间里鲁迅呕心沥血。超常的热情体现了鲁迅对亚历克舍夫的真诚，证明着木刻艺术在晚年鲁迅心目中的巨大价值。

不过，必须注意：上述鲁迅的种种努力并非仅仅是为了亚历克舍夫与木刻，亦与小说原著有关。这涉及鲁迅与《城与年》作者费定（鲁迅写作"斐定"）及苏联同路人作家的关系。

费定乃苏联著名作家，早在20世纪20年代末期即受到鲁迅的关注。1928年11月，鲁迅翻译了费定的短篇名作《果树园》（发表于当年12月《大众文艺》月刊）。《果树园》抒情性强，有唯美主义倾向，阶级意识薄弱，甚至有赞美主仆关系、否定新时代之嫌。鲁迅了解费定的"同路人"作家身份，翻译《果树园》表明了他对于文学与革命之关系的另一种理解。1933年1月，上海良友图书印刷公司出版了鲁迅与柔石、曹靖华合译的苏联"同路人"作家小说集《竖琴》，《竖琴》收小说10篇，其中鲁迅译7篇，7篇中即包括《果树园》。鲁迅不懂俄文，《果树园》是从日文转译，底本为米川正夫编译的《劳农露西亚小说集》。鲁迅转译了《果树园》，并在《〈竖琴〉后记》中翻译了米川正夫介绍费定的文字。米川写道："斐定（Konstantin Fedin）也是'绥拉比翁的兄弟们'中之一人，是自从将短篇寄给一九二二年所举行的'文人府'的悬赏竞技，获得首选的荣冠以来，骤然出名的体面的作者。"关于《果树园》，米川写道："这篇是在'文人府'的悬赏时，列为一等的他的出山之作，描写那古老的美的传统渐就灭亡，代以粗野的新事物这一种人生永远的悲剧的。题目虽然是绝望底，而充满着像看水彩画一般的美丽明朗的色彩和绰约的抒情味（Lyricism）。"鲁迅翻译了米川的介绍文字，并补充说明道："后二年，他又作了《都市与年》的长篇，遂被称为第一流的大匠，但至一九二八年，第二种长篇《兄弟》出版，却因为颇多对于艺术至上主义与个人主义的赞颂，又很受批评家的责难了。这一短篇，倘使作于现在，是决不至于脍炙人口的；中国亦已有靖华的译本，收在《烟袋》中，本可无需再录，但一者因为可以见苏联文学那时的情形，二则我的译本，成后又用《新兴文学全集》卷二十三中的横泽芳人译本细加参校，于字句似略有所长，便又不忍舍弃，仍旧收在这里了。"[1] 这里已经提及《都市与年》（《城与年》）。《〈竖琴〉后记》写于1932年9月10日，8天之后的9月18日，鲁迅在为自己所编苏联"同路人"作家小说集《一天的工作》写的"前记"中，介绍苏联文坛状况，再次提到费定及其《城与年》，说："革命直后的无产者文学，诚然也以诗歌为最多，内容和技术，杰出的都很少。有才能的革命者，还在血战的涡中，文坛几乎全被较为闲散的'同路人'所独占。……站在新的立场上的智识者的作家既

---

[1] 鲁迅编译. 竖琴 [M]. 上海：上海良友图书公司，1933：274-276.

经辈出,一面有些'同路人'也和现实接近起来,如伊凡诺夫的《哈蒲》,斐定的《都市与年》,也被称为苏联文坛上的重要的收获。"[1]可见鲁迅了解费定创作倾向的变化。[2]此后两年多的时间里,因《果树园》在国民党政府的文化围剿中遭查禁,鲁迅一直保持着对费定的关注。他在1934年11月21日撰写的《中国文坛上的鬼魅》第四节(最后一节)批判出版审查、压迫书店和第三种人的帮凶行为。

> 压迫书店,真成为最好的战略了。
> 但是,几块石子是还嫌不够的。中央宣传委员会也查禁了一大批书,计一百四十九种,凡是销行较多的,几乎都包括在里面。中国左翼作家的作品,自然大抵是被禁止的,而且又禁到译本。要举出几个作者来,那就是高尔基(Gorky),卢那卡尔斯基(Lunacharsky),斐定(Fedin),法捷耶夫(Fadeev),绥拉斐摩维支(Serafimovich),辛克莱(Upton Sinclair),甚而至于梅迪林克(Maeterlinck),梭罗古勃(Sologub),斯忒林培克(Strindberg)。[3]

这里列举的九位作家以苏俄作家为主,多为左翼。其中高尔基、费定两位的小说均有由亚历克舍夫制作插图者。据鲁迅《〈且介亭杂文二集〉后记》,费定被禁的书是《果树园》。[4]《果树园》实为六篇外国短篇小说的合集,名之曰"世界短篇杰作选",译者署名为"鲁迅等译",上海现代书局1931年10月20日初版,1933年3月20日再版。其中费定的作品仅《果树园》一篇,篇名却被用作书名,译者鲁迅的名字也上了封面,可见此篇及鲁迅的影响力。该书遭查禁,原因大概也在于此。并不"革命"的《果树园》因遭查禁而被强加了革命性。

鲁迅撰写《中国文坛上的鬼魅》时正在倡导现代版画,刚出版了《引玉集》,正在编《城与年》插图集。从这个背景看他的《城与年》插图编辑工作,会看到此项工作位于《〈竖琴〉后记》与《〈一天的工作〉前记》的延长线上,表明了鲁迅对苏联"同路人"作家乃至苏联文坛的持续关注。

《城与年》是在特定的空间与时间之中讲述俄、德两国知识分子的人生故事:留

---

[1] 《一天的工作》第2、3页。鲁迅编译,上海良友图书公司1933年3月出版。"直后"为日语汉字词,此处意思是"刚一发生时"。
[2] 关于鲁迅与费定的关系,可参阅李春林论文《鲁迅与苏联"同路人"作家关系研究》第二节"鲁迅与费定"。论文被收入《跋涉于文学高地》,李春林著,社会科学文献出版社,2013年12月出版。
[3] 收入《且界亭杂文》。引自《鲁迅全集》第6卷160-161页。"几块石子"是指当局雇用特务、地痞用石块砸书店的玻璃橱窗。
[4] 鲁迅. 鲁迅全集:6[M]. 北京:人民文学出版社,2005:648.

德的俄国知识分子安得烈因其个人主义思想脱离社会，成为革命的敌人，陷于多种矛盾冲突中，最后发疯，被从前的好友、德国画家库尔特枪杀。库尔特本为民族主义者，但在第一次世界大战中克服了狭隘的民族主义思想，加入布尔什维克成为革命者。如书名所示，小说构思之中包含着鲜明的空间意识与时间意识——关于这个问题，还是引用译者曹靖华的概括："城，这是由德国的纽伦堡，爱兰艮……写到俄国的彼得堡，莫斯科……年，这是从一九一四年，即第一次世界大战前夜起，一直到一九二二年，即苏联新经济政策开始止。在第一次世界大战与军事共产主义时代的背景上，展开了广大的场面。"[1]鲁迅无缘阅读完整的《城与年》中文译本，读到的只是曹靖华撰写的概要，但应当注意到了小说中的"革命"问题。曹靖华在概要中明确写道："古尔特经过了可怕的大战，变成了一个清醒的革命者，变成一个布尔雪维克了，而安得烈依然是一副旧面目。"[2]在此意义上，鲁迅对《城与年》的认可与对高尔基《母亲》的认可具有"革命"的同一性，这种"革命"的同一性同属于亚历克舍夫为两部小说制作的木刻插图。不过，《城与年》的主题是变换的空间与动荡的年代中人的命运与精神世界，而非革命。恰恰是这一点在苏联国内受到了批评。《〈城与年〉普及本原序》（G.柯列斯尼柯瓦）批评小说对十月革命后莫斯科街头破败、饥饿、死亡景象的描写："作者锐敏地观察到战争的缺点，这是他的很大的贡献。可是他用贫困与饥荒的琐碎的细目，掩盖了革命，这表现了同路人作家的近视，不明白阶级斗争的深刻的意义与革命的伟大。"该序批评小说中安得烈的个人主义思想，认为"安得烈的全部生活，就是在追求个人的幸福。战争，革命，这一切都从旁边溜走了"。该序甚至将小说人物安得烈对待革命的态度等同于小说作者费定本人的态度："可是在对于革命的感受上，作者和安得烈是有共通之点呢。安得烈成了这部作品的中心人物，这并不是偶然的。在这部作品里，革命居于次要的地位，这也不是偶然的。知识分子对于革命的感受，成了这部作品的主题，而且这主题贯通了斐定的以往的全部创作，这些也都不是偶然的。"该序的最后一节是这样的："作者不了解革命，不能像出身于无产阶级[的]作家那样把革命表现出来。他也不能这样把它表现出来，因为他本身是一位艺术思想在革命前就形成了的典型的知识分子。"[3]可以说，鲁迅因亚历克舍夫的木刻插图与《城与年》相遇，却由于语言障碍无法阅读这部小说，更无缘读到G.柯列斯尼柯瓦等人的评论文章。否则，《城与年》复杂的内容将促使他对费定与苏联无产阶级文学进行再认识。

鲁迅为编辑、出版《城与年》插图集呕心沥血，但对插图本身未做具体评论或解说。

---

[1] 费定.城与年[M].曹靖华，译.北京：生活·读书·新知三联书店，1951：579.
[2] 曹靖华.城与年本事[J].中苏文化，1947，18(2)：42.
[3] 费定.城与年[M].曹靖华，译.北京：生活·读书·新知三联书店，1951：5，6，7，12.

不过，他对《城与年》插图的认识，可以通过他对《母亲》插图的评价来理解。他评价《母亲》插图时所说的"生动，有力，活现了全书的神采""暗黑的政治和奋斗的大众"，同样适用于《城与年》插图。鲁迅评论《母亲》插图的时候已经持有《城与年》插图并决定编印，因此可以将那种评价看作对《母亲》与《城与年》两部小说插图的共同评价。从《城与年》插图来看，亚历克舍夫深入理解了原著的构思与主题，并用木刻的形式进行了直观的呈现，以木刻的存在形式赋予了原著的构思与主题。插画与原著的这种关系，典型地体现在扉页画上：扉页画的基本构图是一座巨大的城门——暗夜中的城门，一辆汽车亮着车灯开出（或开进）城门，画面中央不远处是一座城市雕塑，更远处是探照灯射向夜空的光束。"城"的空间元素（城门与雕塑）与"年"的时间元素（天空的光束、行驶的汽车与车灯）浑然一体。在色彩方面，这幅扉页画大量使用细密的线条制造出灰色区域，使画面不限于木刻作品常见的黑白两色，丰富了画面的表现力。在主题方面，《城与年》木刻插图对于战争残酷性的表现可谓惊心动魄。如第13幅上那些毒气致盲的士兵，第18幅上被截去四肢、裹在绷带里的伤兵，第19幅上失去双腿、用两只手走路的李本丁，都有巨大的视觉冲击力。《城与年》插图的另一亮点是对人物的刻画，亚历克舍夫善于捕捉人物行为中的某个重要瞬间，用木刻画定格，以呈现人物特殊的心理特征与精神状态。因此，插图经常画人物的姿势。这种表现手法在《母亲》插图中已经得到娴熟运用，在《城与年》插图中则有更充分的发挥。具有代表性的是第3幅安得烈发疯之后面向窗外对邻居讲演的背影，第26幅疯狂的安得烈与其脚下无数奔跑的老鼠……这些插图都可以用鲁迅所谓"生动，有力，活现了全书的神采"来概括。

对于木刻版画，鲁迅有自己的审美标准。在整体性的美学风格方面他强调"力之美"[1]，在表现形式、技法等具体层面，他对木刻版画的构图、色彩（黑白亦为色彩）、人物塑造等都有自己的见解。他在1936年4月1日写给木刻家曹白的信中如下说。

> 现在中国的木刻家，最不擅长的是木刻人物，其病根就在缺少基础工夫。因为木刻究竟是绘画，所以先要学好素描；此外，远近法的紧要不必说了，还有要紧的是明暗法。木刻只有白黑二色，光线一错，就一榻胡涂。现在常有学麦绥莱尔的，但你看，麦的明暗，是多么清楚。[2]

这里强调了三方面的问题：一是人物刻画，二是远近比例，三是光线与色调。由

---

[1] 关于鲁迅的"力之美"美术观，请参阅董炳月《浮世绘之于鲁迅》，《鲁迅研究月刊》2016年6月号。
[2] 鲁迅. 鲁迅全集：14[M]. 北京：人民文学出版社，2005：61.

此看《城与年》插图，三方面均近于完美。大概是由于这个原因，俄文原版《城与年》的内封上，也在作者姓名、小说名称下面标明"木刻版画／亚历克舍夫"。也就是说，亚历克舍夫的木刻插图是《城与年》的有机组成部分，在苏联读者群中也有广告功能。

三、"连环图画"的观念

如前所述，鲁迅编定《城与年》木刻插图的说明文字之后，又亲自动手书写。鲁迅手书的插图说明以影印的形式面世，是在他去世10年之后，由曹靖华翻译、上海骆驼书店1947年出版的《城与年》中。关于这些插图和鲁迅手迹，曹靖华1982年回忆说："抗战结束后，一九四六年夏，我到了上海，向广平同志提起这事，于是两人翻箱倒匣，终于找到了。我即将亚历克舍夫的全部手拓木刻送往制图厂拍照。鲁迅先生曾亲自在每幅画上加一条宣纸，并亲笔在上面题写说明。据说现在这些原件均保存在鲁迅博物馆。后来，《城与年》的中译本包括亚历克舍夫的插图，鲁迅先生题字的说明，以及作者专为中译本写的小传，由上海骆驼书店出版，与中国读者见面。解放后又由上海文艺出版社重印。"[1] 鲁迅手书说明文字的这些插图，除了印在《城与年》中文译本中，后来也被收入其他木刻作品集，或单独出版。收录这些木刻插图者有《拈花集》[2]，单独出版者有中央编译出版社的《城与年之图》[3]、译林出版社的《城与年》[4]等。后二者的出版意味着鲁迅当年的愿望变成了现实，可惜二者均未收《城与年》的概要，这与鲁迅当年的构思有距离——如前所引，鲁迅说"《城与年》的概略，是说明内容（书中事迹）的，拟用在木刻之前，使读者对于木刻插画更加了解"。读者直接面对28幅木刻插图，没有"概略"作为媒介，理解起来有难度。

当《城与年》插图与鲁迅手书说明文字组合起来作为单行本出版的时候，连环画形式的《城与年》诞生了。上述译林出版社版插图集《城与年》误将小说原著的书名用作插图集的书名，这种"误"意味深长——意味着费定长篇名著因插图获得了连环画的存在形式。在鲁迅所藏俄文原版《城与年》中，插图没有独立的说明文字，读者只能根据插图附近的叙述文字来理解插图。但是，在连环画版《城与年》中，插图拥有独立的说明文字，内容变得明朗、具体，说明文字直接引导读者理解插图。无论是对于费定来说，还是对于亚历克舍夫来说，连环画版《城与年》的诞生都是意外的收获，但是，对于鲁迅来说这是其晚年文艺观的必然结果。

---

[1] 曹靖华. 曹靖华译著文集：第十卷[M]. 北京：北京大学出版社，郑州：河南教育出版社，1992：479.
[2] 北京鲁迅博物馆. 拈花集[M]. 北京：人民美术出版社，1986.
[3] 鲁迅译. 鲁迅编印美术书刊辑存十三种：第13卷[M]. 北京：中央编译出版社，2014.
[4] 北京鲁迅博物馆. 鲁迅编印版画全集：第8册[M]. 南京：译林出版社，2019.

跨时空文学对话

对于晚年鲁迅来说，连环画是文学与美术的混合体，并且是大众化的文艺形式。1932年10月，针对"第三种人"苏汶抹杀"连环图画"的言论，鲁迅撰写长文《"连环图画"辩护》，阐述连环画的历史、功能与价值如下说。

> 我们看惯了绘画史的插图上，没有"连环图画"，名人的作品的展览会上，不是"罗马夕照"，就是"西湖晚凉"，便以为那是一种下等物事，不足以登"大雅之堂"的。但若走进意大利的教皇宫——我没有游历意大利的幸福，所走进的自然只是纸上的教皇宫——去，就能看见凡有伟大的壁画，几乎都是《旧约》《耶稣传》《圣者传》的连环图画，艺术史家截取其中的一段，印在书上，题之曰《亚当的创造》《最后之晚餐》，读者就不觉得这是下等，这在宣传了，然而那原画，却明明是宣传的连环图画。
>
> 在东方也一样。印度的阿强陀石窟，经英国人摹印了壁画以后，在艺术史上发光了；中国的《孔子圣迹图》，只要是明版的，也早为收藏家所宝重。这两样，一是佛陀的本生，一是孔子的事迹，明明是连环图画，而且是宣传。
>
> 书籍的插画，原意是在装饰书籍，增加读者的兴趣的，但那力量，能补助文字之所不及，所以也是一种宣传画。这种画的幅数极多的时候，即能只靠图像，悟到文字的内容，和文字一分开，也就成了独立的连环图画。［后略］

在文章最后，鲁迅呼吁如下。

> 我并不劝青年的艺术学徒蔑弃大幅的油画或水彩画，但是希望一样看重并且努力于连环图画和书报的插图；自然应该研究欧洲名家的作品，但也更注意于中国旧书上的绣像和画本，以及新的单张的花纸。这些研究和由此而来的创作，自然没有现在的所谓大作家的受着有些人们的照例的叹赏，然而我敢相信：对于这，大众是要看的，大众是感激的！[1]

文中所谓的"和文字一分开，也就成了独立的连环图画"，完全适合于《城与年》插图单行本。文章最后的两个"大众"与"！"，表明了鲁迅连环画观念的大众文艺观（无产阶级文艺观）性质。这种文艺观与同一时期鲁迅的大众语倡导，是基于相同的政治意识，具有本质的一致性。

---

[1] 鲁迅. 鲁迅全集：4[M]. 北京：人民文学出版社，2005：457-458，460-461.

鲁迅在《"连环图画"辩护》一文中，不仅阐述了连环画的历史、功能与价值，呼吁相关研究与创作，而且介绍了19世纪后半叶欧美版画复兴之后出现的"连环图画"名作——其中包括比利时版画家麦绥莱勒的六部作品。鲁迅撰写此文将近一年之后，1933年9月，上海良友图书公司出版了麦绥莱勒的四种"木刻连环图画故事"，即《一个人的受难》《光明的追求》《没有字的故事》《我的忏悔》。分别为这四册连环画写序的，依次是鲁迅、叶灵凤、赵家璧、郁达夫，皆为当时中国文化界名人。这四部木刻作品均只用图画叙事，无说明文字，所以四篇序都用一定的篇幅介绍图中的故事，以帮助读者理解图画。不过，四篇序的写法各不相同。叶灵凤偏重欧洲木刻史，赵家璧结合1931年的连环画论争阐述连环画与大众的关系，郁达夫主要讲画家与自传性木刻连环画的关系。比较而言，鲁迅为《一个人的受难》写的序有两个特点。一是辩证了"连环图画"的概念。这套书的总名称是"木刻连环图画故事"，但鲁迅并不赞同。他在序中开宗明义，说："'连环图画'这名目，现在已经有些用熟了，无须更改；但其实是应该称为'连续图画'的，因为它并非'如环无端'，而是有起有讫的画本。"[1] 改"连环"为"连续"、强调"有起有讫"，是着眼于图画的叙事性、故事的完整性。二是为书中的25幅木刻画逐一写了说明，不同于另外三篇序只是笼统地讲述故事情节。总体上看，鲁迅的这篇序不仅阐述了连环画这种艺术形式，而且通过为每一幅画写说明，使《一个人的受难》成为现代意义上的连环画。可惜鲁迅的说明文字是集中写在序中，而非分别写在每幅画旁边。否则，《一个人的受难》在形式上也就成了真正的连环画。

结合《"连环图画"辩护》《一个人的受难》来看《城与年》插图集，可以看出鲁迅为《城与年》每一幅插图写说明文字的行为具有必然性。鲁迅编印《城与年》插图集是基于思想、美学的认同，同时具有形式探索的意义。鲁迅的处理方式，使《城与年》插图转换为独立的现代连环画，完成了文学与美术的统一。《城与年》插图集作为连环画，处于《"连环图画"辩护》《一个人的受难》的延长线上。

四、结语：鲁迅的"文艺"回归与超越

鲁迅在1936年4月1日回复曹白的信中，不仅讨论木刻版画中的人物、明暗法等问题（如前文所引），并且说："从此进向文学和木刻，从我自己是作文的人说来，当然是很好的。"[2] 未见曹白原信，但从鲁迅此信的上下文来看，应当是曹白在来信中表示要"从此进向文学和木刻"，鲁迅在复信中表示赞同。这里要强调的是：这种赞

---

[1] 鲁迅. 鲁迅全集：4[M]. 北京：人民文学出版社，2005：572.
[2] 鲁迅. 鲁迅全集：14[M]. 北京：人民文学出版社，2005：61.

同之词同时也是鲁迅本人的"夫子自道"。鲁迅晚年的六七年间正是"进向文学和木刻"的，因此他才会编印以木刻作品为主的十余种版画集。

鲁迅晚年"进向文学和木刻"，且美术活动多涉苏俄版画，并非偶然。结合鲁迅早年（留日时期）的文艺活动来看，可以看到其必然性。1906年鲁迅在仙台弃医从文，是美术（作为战争美术的幻灯片）促成的。他弃医从文回到东京之后的文学活动，则更多受到列夫·托尔斯泰、迦尔洵、列·安德列耶夫等俄国作家的影响。[1] 在此意义上，热衷版画（并且是苏俄版画）的"晚年鲁迅"是向"青年鲁迅"回归。当然，这种回归是超越性的升华，而非重复、倒退。其超越性，一是体现在"革命"与"斗争"成为其文艺活动的主题——这不同于《呐喊·自序》讲述仙台弃医从文时笼统的"改造国民精神"；二是其美术活动是倡导融战斗性、大众性、实用性、"力之美"为一体的木刻艺术。鲁迅美术观的这种价值取向体现在文学上，则是对于杂文文体的注重。关于晚年鲁迅文艺观中文学与美术的一体两面关系、杂文与木刻这两种不同文艺形式的内在同一性，笔者在《"文章为美术之一"——鲁迅早年的美术观与相关问题》一文中已经论述过。鲁迅之所以如此重视亚历克舍夫的木刻作品，原因正在于这些作品高度契合了其晚年文艺观，是革命时代之革命美学的载体。

---

[1] 参阅董炳月《鲁迅留日时代的俄国投影——思想与文学观念的形成轨迹》《"文章为美术之一"——鲁迅早年的美术观与相关问题》的论述。二文均收入《鲁迅形影》，三联书店2015年出版。

七十年来中国近代文学研究范式的形成与转移

王达敏

中国社会科学院文学研究所研究员

中国近代文学是古典文学的终结，也是现代文学的开端。鸦片战争之后，伴随着国家走出中世纪的步武，中国文学体系开始从古典向现代转型。就学术史而论，1949年迄今70年间，中国近代文学研究界建立了两个研究范式：一是旧民主主义革命时期文学研究范式；二是中国文学体系的现代转型研究范式。最近20年，学者分别从民国文学和跨学科等方向进行突围，尝试建立新的研究范式。

一、"旧民主主义革命时期文学研究范式"的形成

1957年前，中国近代文学学科尚未建立，但学界对近代文学的拓荒性研究早已展开。五四运动后，胡适撰《五十年来中国之文学》（载《最近之五十年：申报馆五十周年纪念（1872—1922）》，申报馆，1922）、陈子展撰《中国近代文学之变迁》（中华书局，1929）和《最近三十年中国文学史》（上海太平洋书店，1930）、钱基博撰《现代中国文学史长编》（世界书局，1932），均把清末到作者著史时为止的文学作为相对独立的段落考察；均重视文学作品的艺术价值；均把此期文学分为旧文学（或古文学）与新文学两个系统；均以为此段文学具有过渡性质。其迥异处在于：胡、陈站在进化论立场，扬新而抑旧；钱氏较为客观，但其护惜古文学的心思则隐藏于纸背。三位学者筚路蓝缕以启山林的工作规定了此后近代文学研究的大致方向。

1957年，教育部所颁《中国文学史教学大纲》根据新旧民主主义理论，参照历史学界的相关论述，提出"从鸦片战争到五四运动的文学"命题。学界对此迅速做出回应。1958年，北京大学中文系文学专门化1955级编撰的《中国文学史》（人民文学出版社，1958）、复旦大学中文系古典文学组学生集体编撰的《中国文学史》（中华书局，1958），皆设了"近代文学编"。1960年，吉林大学中文系中国文学史教材编写小组编著的《中国文学史》（吉林人民出版社，1960）专设"清及近代部分"，复旦大学中文系1956级中国近代文学史编写小组编撰的著作径直取名《中国近代文学史》（中华书局，1960）。1963年，游国恩等主编的《中国文学史》（人民文学出版社，

1963)最后一篇就是"近代文学编"。至此,与古代文学学科、现代文学学科相对的近代文学学科的断代地位正式确立;近代文学研究中首个范式"旧民主主义革命时期文学研究范式"初步形成。这一研究范式的主要特征:以1840年鸦片战争为近代文学的时间上限,1919年五四运动为其下限;以反帝反封文学为论述主体;以前后脉联的资产阶级启蒙文学、改良文学和革命文学为叙述框架;以泛政治化原则和进化论史观为指导,对进步的、革命的作家给予肯定,对复古的、保守的作家给予否定;以现实主义、浪漫主义、形式主义、拟古主义等术语论析作品的创作方法;等等。游国恩等主编的《中国文学史》中的"近代文学编"由季镇淮撰写。季著用"文学潮流"的概念来论述近代文学的演化过程,对有些研究对象的艺术把握精辟独到,是"旧民主主义革命时期文学研究范式"发轫期的最好成绩,成为近代文学学科此后发展的基石。

二、开掘"旧民主主义革命时期文学研究范式"的潜力

1978年后,改革开放,思想解冻,编纂近代文学史的事业达于鼎盛。陈则光撰《中国近代文学史》上册(中山大学出版社,1987)、任访秋主编的《中国近代文学史》(河南大学出版社,1988)、管林和钟贤培主编的《中国近代文学发展史》(中国文联出版公司,1991)和郭延礼撰《中国近代文学发展史》三卷(山东教育出版社,1990、1991、1993)梓行。这四部著作既为"旧民主主义革命时期文学研究范式"所笼罩,又对这一范式做出大幅度调整:纠其偏颇,匡其不逮,填补其空白。该范式的学术潜力由此被挖掘殆尽。与20世纪五六十年代之际出版的近代文学史著作相比,这四部作品的创获在于:编纂者摒弃了单纯以政治标准鉴人衡文模式,力图以不虚美、不隐恶的实事求是态度著史;在中西文化交流的背景下审视近代文学活动;在凸显近代文学反帝与反封、救亡与启蒙主旋律的同时,展示各种体裁、流派和作家创作的审美特征;肯定资产阶级文学革新运动对于中国文学变革的意义;等等。

在上述四部著作中,郭延礼所撰《中国近代文学发展史》规模最为宏伟,内容最为富赡。郭延礼在20世纪50年代末登上学坛,迄今在近代文学研究领域耕耘六十载,出版专著数十种,发表论文百余篇,其成果有力地推动着近代文学研究向前发展。《中国近代文学发展史》是郭延礼的代表作。作者沿着胡适、陈子展、钱基博和季镇淮、钱仲联、任访秋等开辟的学术道路,在80年代精神烛照下,将近代文学研究带向新的境界。作者以为:"中国近代文学既是中国古典文学的发展和终结,又是现代文学的胚胎和先声,它具有承前启后的意义。中国近代文学是中国文学发展史上的一个重要阶段,80年代全部文学创作表明:近代文学是作家在空前的民族灾难面前,在西方文

化的冲击下，经过痛苦反思之后所形成的觉醒的、蜕变的、开放型的文学。"[1] 这一总括不离"旧民主主义革命时期文学研究范式"，更有溢出其外者，昭示着近代文学研究从整体上已经到了该是突破的时刻。

三、建立"中国文学体系的现代转型研究范式"

1997年，张炯、邓绍基、樊骏主编的多卷本《中华文学通史》（华艺出版社，1997）出版，其中第五卷《近现代文学编》由王飚主纂。在这部《近现代文学编》和一系列自撰论文中，王飚综合学界已有成果和自己独立思考所得，尝试从"旧民主主义革命时期文学研究范式"突围，为近代文学研究建立一个更符合历史实际、更具解释力的范式。他以为："中国不像欧美那样存在一个具有独立形态的资产阶级文学生长、成熟的完整过程，近代中国有资产阶级性质的文学，但不足以构成一个时代。所谓近代文学，只是中国文学从古典走向现代的转型时期的文学。因此，应该以探索中国文学独特的近代化历程为中心，来构建研究体系。"[2] 根据这一思路，王飚为近代文学构筑了一个可以命名为"中国文学体系的转型研究范式"。

"中国文学体系的转型研究范式"要点有三。一是该范式的核心概念是"中国文学体系的转型"。伴随着中国现代化的历史进程，中国文学体系各构成要素，包括作家队伍、文学观念、创作内涵、形式体制、文学语言、传播方式和发展途径等，次第发生了现代性转换。这一转换到五四文学革命后逐渐完成。揭示中国文学体系各构成要素转换的成因、轨迹、特点和经验教训，是近代文学学科的特殊价值所在。二是近代文学发展的基本线索由衰变和新变两股潮流组成。在传统和现代两种力量作用下，沿袭传统的作家和文学流派虽然也进行自我调整以求延存，但终究无法扭转颓势，是为衰变；努力挣脱传统的作家和文学流派积极面向西方，追求改革，势力由小而大，是为新变。这两股潮流尽管互相渗透，但发展方向截然不同。19世纪中后期，沿袭传统的作家和文学流派仍占主导地位；19世纪末至五四新文学革命后，努力挣脱传统的作家和文学流派逐步走向文坛中心。三是近代文学史分期的依据只能是文学本身的演进节奏，而非政治、历史等。由于中国文学体系的转型开始于近代、完成于现代，因而近代文学和现代文学应该归为一个完整的文学史单元。从文学自身的演进节奏看，近代文学应始于鸦片战争前20年，终于文学革命发难的1917年。

近40年来，近代文学研究领域最大的收获是涌现出一批以中国文学体系的转型为

---

[1] 郭延礼. 中国近代文学发展史·自序 [M]. 济南：山东教育出版社，1990：卷首.
[2] 王飚. 中国文学体系的转型：近代文学研究新视野 [J]. 中国社会科学院院报，2003.

主题的论著。代表性论著有陈平原撰《中国小说叙事模式的转变》（上海人民出版社，1988）、袁进撰《中国小说的近代变革》（中国社会科学出版社，1992）、关爱和撰《古典主义的终结——桐城派与"五四"新文学》（上海文艺出版社，1998）、刘纳撰《嬗变：辛亥革命时期至五四时期的中国文学》（中国社会科学出版社，1998）、连燕堂撰《从古文到白话》（中央民族大学出版社，2000）、马卫中撰《光宣诗坛流派发展史论》（苏州大学出版社，2000）、杨联芬撰《晚清至五四：中国文学现代性的发生》（北京大学出版社，2003）、么书仪撰《晚清戏曲的变革》（人民文学出版社，2006）、郭延礼撰《中国文学的变革：由古典走向现代》（齐鲁书社，2007）、耿传明撰《决绝与眷恋：清末民初社会心态与文学转型》（复旦大学出版社，2010）、宋莉华撰《传教士汉文小说研究》（上海古籍出版社，2010）、左鹏军撰《晚清民国杂剧传奇文献与史实研究》（人民文学出版社，2011）、张天星撰《报刊与晚清文学现代化的发生》（凤凰出版社，2011）、张俊才和王勇撰《顽固非尽守旧也——晚年林纾的困惑与坚守》（山西人民出版社，2012）、彭玉平撰《王国维词学与学缘研究》（中华书局，2015）、段怀清撰《王韬与近现代文学转型》（复旦大学出版社，2015）、王风撰《世运推移与文章兴替》（北京大学出版社，2015）、郭延礼和郭蓁撰《中国女性文学研究（1900—1919）》（山东教育出版社，2016）、胡全章撰《近代报刊与诗界革命的渊源流变》（北京大学出版社，2017）、郭浩帆撰《近代报刊视野下中国小说转型研究》（科学出版社，2018）等。就其同者而观之，这些论著皆可归于"中国文学体系的转型研究范式"之下，皆可视为对这一研究范式有效性的检验、丰富和完善。

四、跨越五四界碑，引入"民国文学"概念

在中国文学史学科体系中，近代文学学科和现代文学学科的合法性都来自新旧民主主义理论。这一理论将五四运动发生的时间1919年作为划分民主主义新与旧的分水岭。相应地，1919年也先天性地成了近代文学学科与现代文学学科的界碑：1919年前的文学属于近代文学范畴，1919年后的文学属于现代文学范畴。五四界碑的出现，给近代文学学科和现代文学学科都带来了严重损害。其实，在近代文学学科和现代文学学科拓荒期，胡适、陈子展和钱基博将五四前后的文学视为一个整体加以论述。1978年后，分属两个学科的学者重新发现并继承胡适等创辟的学术传统，相向而行，同时突围，跨越五四界碑，直至引入"民国文学"概念，使两个学科展现出新的景观。

最先推倒五四界碑的，是现代文学学科中的先觉者。1985年，黄子平、陈平原、钱理群发表《论"二十世纪中国文学"》（《文学评论》1985年第5期）、《二十世

纪中国文学三人谈》（《读书》1985年第10期、第11期、第12期），提出"二十世纪中国文学"概念。"所谓'二十世纪中国文学'，就是由上世纪末本世纪初开始的、至今仍在继续的一个文学进程，一个由古代中国文学向现代中国文学转变、过渡并最终完成的进程，一个中国文学走向并汇入'世界文学'总体格局的进程，一个在东、西方文化大撞击大交流中，从文学方面（与政治、道德等其他方面一起）形成现代民族意识（包括审美意识）的进程，一个通过语言艺术来折射并表现古老的民族及其灵魂在新旧嬗替的大时代中新生并崛起的进程。"[1] 这一概念将20世纪50年代之后横亘于近代文学学科和现代文学学科之间的界碑掀翻，引起震动。1988年，陈思和和王晓明在《上海文论》提出"重写文学史"命题，引起新的震动。接着，根据"二十世纪中国文学"思路，文学史开始了重写实践。严加炎、钱理群主编的六卷本《二十世纪中国小说史》最先提上日程，由陈平原撰写的《二十世纪中国小说史（1897—1916）》（北京大学出版社，1989）是该书第一卷，很快发行。随后，孔范今主编《二十世纪中国文学史》（山东文艺出版社，1997）和黄修己主编《20世纪中国文学史》（中山大学出版社，1998）也陆续问世。1998年，王德威发表《被压抑的现代性——没有晚清，何来"五四"》（载王德威撰《想象中国的方法——历史·小说·叙事》，生活·读书·新知三联书店，1998）、《被压抑的现代性——晚清小说的重新评价》（载王晓明编《批评空间的开创——二十世纪中国文学研究》，东方出版中心，1998），论述晚清现代性的文学史价值，在"二十世纪中国文学"概念和"重写文学史"命题基础上，用现代性将近代文学与现代文学打成一片。对于近代文学学科而言，五四界碑被移除后，近代文学的下限不存在了，"旧民主主义革命时期文学研究范式"从根本上被动摇，研究者由此获得解放。

跨越五四界碑后，一些现代文学研究者进一步引入"民国文学"概念，为现代文学和近代文学两个学科注入新的活力。陈福康、张福贵分别于1997年、2003年提出"民国文学"的说法，无有应者。最近十年，"民国文学"概念的丰富蕴含引起学界关注。有学者试图以"民国文学"替换现代文学学科的名称，完成一部全新的现代文学史；有学者试图在"民国文学"框架内，包容旧体文学、通俗文学和新文学；还有学者试图从民国史角度诠释现代文学问题。目前，以民国文学史命名的著作尚未出现。孙郁撰《民国文学十五讲》（山西人民出版社，2015）将民国时代的新文学、旧文学纳入论述范围。李怡、张中良主编的"民国历史文化与中国现代文学研究"丛书（山东文艺出版社，2015）则是从民国史视角研究现代文学所取得的初步成果。

与现代文学研究者相比，近代文学研究者没有理论宣言，而是直截了当地以研究

---

[1] 陈平原，钱理群，黄子平. 二十世纪中国文学三人谈[J]. 读书，1985(10).

实绩呈现民国文学的多样性。近代文学研究者从晚清出发，顺流而下，跨越五四界碑，突入民国。在近代文学研究者看来，民国文坛主要由三部分组成：新文学、通俗文学、旧体文学。论述新文学和通俗文学是现代文学研究者的专长，阐释旧体文学的任务则主要由近代文学研究者所承担。十多年来，近代文学研究者研究民国旧体文学的著作指不胜屈。其最要者，旧体诗词研究方面有孙之梅撰《南社研究》（人民文学出版社，2003）、胡迎建撰《民国旧体诗史稿》（江西人民出版社，2005）、尹奇龄撰《民国南京旧体诗人雅集与结社研究》（中国社会科学出版社，2011）、付建舟撰《近现代转型期中国文学论稿》（凤凰出版社，2011）、杨萌芽撰《古典诗歌的最后守望》（武汉出版社，2011）、李剑亮撰《民国词的多元解读》（浙江大学出版社，2012）、胡迎建撰《陈三立与同光体诗派研究》（中国社会科学出版社，2013）、张晖撰《晚清民国词学研究》（南京大学出版社，2014）、马大勇撰《二十世纪诗词史论》（时代文艺出版社，2014）、张煜撰《同光体诗人研究》（中西书局，2015）、潘静如撰《民国诗学》（安徽师范大学出版社，2016）、曹辛华撰《民国词史考论》（人民出版社，2017）。戏曲研究方面有梁淑安撰《南社戏剧志》（中国社会科学文献出版社，2008）、左鹏军撰《晚清民国传奇杂剧文献与史实研究》（人民文学出版社，2011）。文论研究方面有黄霖主编《民国旧体文论与文学研究》（凤凰出版社，2017）。此外，研究民国桐城派、骈文派的论文也琳琅满目。这些论著出而行世，改写了近代文学学科和现代文学学科的版图，也使一直以来牢不可破的进化史观受到冲击。

五、走向文学之外

在研究方法上，70年间，近代文学研究领域经历了三次重大变革：一是泛政治化视角的确立；二是从泛政治化视角回到文学本身；三是从文学本身出发走向文学之外。从泛政治化视角望去，物物皆着政治色彩，扭曲历史真实和文学史真实的事时常发生。回到文学本身，作家的创作个性、作品的审美属性得以凸显，但学者仅与文学周旋，分析套路单一、见解主观、对重大文学史问题缺乏解释力的弊端也显露无遗。走向文学之外后，学者或借鉴其他学科的方法，对文学史问题进行讨论；或挨着其他学科的边缘行进，以文学现象为材料，结合非文学文献，对相关学科的问题进行研索；或干脆进入其他学科另辟蹊径。虽然走向文学之外导致文学研究有空心化之虞，但总体而论，学者在跨越学科边界后所取得的成就则有目共睹。这些成就突出表现在以下方面。

一是女性研究。夏晓虹对晚清女性论题做了精深探索，先后出版了《晚清文人妇女观》（作家出版社，1995）、《晚清女性与近代中国》（北京大学出版社，2004）、《晚清女子国民常识的建构》（北京大学出版社，2016）。作者从报刊取材，从个案入手，回到历史现场，呈现大时代中文人女性观的新变和知识女性的新气象。黄锦珠撰《女性书写的多元呈现：清末民初女作家小说研究》（台湾里仁书局，2014）借鉴女性主义理论，对清末民初10余位女作家如何书写女性经验、建构女性主体意识等做了研讨。

二是白话文研究。在相当长一段历史时期，学界论及对新文学的诞生具有重大影响的白话文运动时，总是依照当事者胡适、周作人等的论说，言必称五四，而对清末白话文潮流或轻描淡写，或贬多褒少。近年，随着研究的推进，白话文运动肇兴于清末的事实浮出地表。然而，清末白话文运动的整体形态和流变轨迹究竟如何，学界仍然不明就里。胡全章撰《清末民初白话报刊研究》（中国社会科学出版社，2011）以近代报刊史料为基础，对清末白话文运动展开了系统考索，清晰还原了这场语言变革的面貌，勾勒出其与五四白话文运动的历史关联，肯定了其历史功绩。袁进主编《新文学的先驱：欧化白话文在近代的发生、演变和影响》（复旦大学出版社，2014）运用语言场域等理论，在大量史料基础上，揭示出：在19世纪传教士的创作和所译中文著作里，欧化白话文的规范已经确立，新的文学形态已经出现。这对晚清至五四的白话文运动，对新文学的出世影响既深且巨。

三是家族研究。张剑撰《清代杨沂孙家族研究》（中国社会科学出版社，2010）选取"孝坊与义庄""诒砚与承砚""诗艺与家法"等关节点，对近代杨沂孙家族做了具体而微的研究。汪孔丰撰《麻溪姚氏与桐城派的演进》（安徽大学出版社，2018）围绕麻溪姚氏的迁转、一门之内自为师友、藏书和编刻书籍、与桐城其他望族姻联等，论述了该族七代学者在桐城派建立、传衍过程中做出的卓越贡献，借此揭明桐城派的家族化特征和旧中国文化传承的内在机制。

四是学术史研究。陆胤撰《政教存续与文教转型——近代学术史上的张之洞学人圈》（北京大学出版社，2015）在西学东渐、东学西来的背景下，论述了张之洞及其周边学人群体在中国近代政教存续和文教转型中的作为。作者贴近古人的精神世界，在爬梳相关人事脉络、学术理路中，得窥先贤之大体，努力掘发其明道济世和转移风气之功。即使在描述张之洞及其周边学人群体的诗酒交游时，作者着力呈现的，也是酬唱背后的时代感，以及这种时代感所隐寓的政治情怀。

五是出版与文学关系研究。潘建国撰《物质技术视阈中的文学景观》（北京大学出版社，2016）以为，新兴印刷技术的引入是新的文学观念、新的文体和新小说发生、发展的物质条件。古代章回小说文本及其图像也借助新兴印刷技术实现了传播升级。栾梅健、张霞撰《近代出版与文学的现代化》（复旦大学出版社，2015）从近代出版技术革新、出版政策新变和出版家的文化追求诸层面，讨论了近代出版对于文学现代化的影响。作者以为，民营出版机制的形成造就了一批视野开阔、思想独立的作家；翻译著作的大量出版带来了现代民主思想，带来了新的创作手法和技巧，推动着文学观念和创作的历史性转折。

六是经学与文学关系研究。刘再华撰《近代经学与文学》（东方出版社，2004）讨论了近代今文经学、古文经学如何在与西学抗衡竞争中与时俱进，利用其自身蕴藏的与现代性相接的元素，推动中国文学的现代转型。作者以为，学者在经学思想上的分野一定程度上决定了近代不同文学派系的生成。作者把某些反经学的文学思潮也纳入论述系统。王成撰《"今文学"与晚清诗学的演变：以晚清"今文学"家诗学理论为中心》（中国社会科学出版社，2015）描述了晚清今文学对诗学的渗透过程，以为今文学作为一种知识范式对于今文学家的诗学起着规约作用。

七是广告研究。广告作为报刊上的边角料，一向为学者所忽略。袁进主编《中国近代文学编年史——以文学广告为中心（1872—1914）》（北京大学出版社，2013）别出心裁，以文学广告为中心，将文学作品生产和流通的一个个交会点贯串起来，用原始文献中呈现出的历史细节，书写近代文学发展的历史。刘颖慧撰《晚清小说广告研究》（人民出版社，2014）以晚清五家报刊上的小说广告资料为素材，从传播学角度，讨论了小说广告在小说创作、营销、传播中的影响。

八是晚清图像研究。陈平原开研究晚清图像的先河。他以图像解说晚清历史，又以史料印证图像，在图、史互证中呈现晚清社会生活和审美趣味。其《鼓动风潮与书写革命——从〈时事画报〉到〈真相画报〉》（《文艺研究》2013年第4期）论述了画家如何革命、画报怎样叙事、图文能否并茂、雅俗有无共赏等问题。其与夏晓虹编著的《图像晚清：点石斋画报》（东方出版社，2014）采撷《点石斋画报》精华，从中外纪闻、官场现形、格致汇编、海上繁华等视角，还原晚清的社会面貌。其《图像叙事与低调启蒙——晚清画报三十年》（《文艺争鸣》2017年第4期、第7期）提纲挈领地梳理了1884年至1913年的画报史，并从战争叙事、图文对峙等方面论述了晚清画报的启蒙、娱乐和审美功能。作者以为，这些画报以平常语调描述社会主潮、旋涡与潜流，描述都市风情、市民趣味及其日常生活场景，在这些描述中低调地进行着启蒙。

中古时代的回文诗与中印文化交流

陈君

中国社会科学院文学研究所研究员

"回文"这一名称，最早出现在两晋南北朝时代，"回文"的"回"是回旋曲折、婉转往复之义，应用到文学创作中，便形成了"回文"这种独特的艺术形式。依照体裁不同，"回文"艺术可分为诗（回文诗）、铭（回文研铭、回文扇铭、回文镜铭）等形式；[1] 根据题材差异，则可分为宗教与世俗两类，宗教类作品如宋太宗《御制莲花心轮回文偈颂诗十八首》，[2] 世俗类作品数量更多，参见宋桑世昌编纂的《回文类聚》四卷，以及清代朱象贤续纂的《续图》十卷及《织锦回文图》一卷。[3] 在诸种"回文"艺术形式中，回文诗是比较独特的一类，集中反映了古人的思维习惯和汉语的文字特点。"回文诗"最早出现在西晋时期，在南北分裂、动乱频繁的两晋南北朝时代，广泛传播于南北各地，得到士大夫的普遍接纳与喜爱，成为当时流行的诗体之一。本文试搜集相关资料，探讨早期回文诗写作和传播的基本状况，揭示其在中古文学史和中西文化交流史上的独特价值。

一、窦滔苏蕙《璇玑图诗》及相关史事

现存较早且有名的回文诗，除了西晋苏伯玉妻的《盘中诗》[4]，就当属前秦苏蕙（公

---

[1] 《回文研铭》在中古时期非常流行，见本文第三部分的相关内容。《艺文类聚》载有梁简文帝《纱扇铭》，与《回文研铭》的阅读方法相同，属于同一种艺术形式。见唐欧阳询撰、汪绍楹校《艺文类聚》卷六九，中华书局1982年版，第3册，第1215页。又有镜铭，如五代后周王仁裕撰有《转轮回纹金鉴铭》，陈尚君《石刻所见唐人著述辑考》："《转轮回纹金鉴铭》后周天水王仁裕撰。……《册府元龟》卷九七云：'显德二年四月，太子少保王仁裕《回文金镜铭》，上之赐帛百匹。'"《陈尚君自选集》，广西师范大学出版社2000年11月第一版，第133页。
[2] 徐俊纂辑. 敦煌诗集残卷辑考[M]. 北京：中华书局，2000：192.
[3] 《正续合镌回文类聚》（《回文类聚四卷、回文续编十卷》），北京大学图书馆藏清裕文堂刻本。
[4] 南朝陈徐陵撰《玉台新咏》卷九，文学古籍刊行社据向达先生藏明寒山赵氏刊本影印1955年版。

元350年前后）制作的《织锦回文璇玑诗图》。[1]《织锦回文璇玑诗图》，《隋书·经籍志》著录为《织锦回文诗》一卷，全诗见于宋代类书《文苑英华》卷八三四，就其诗题而言，织锦是材料，回文璇玑是制作和阅读的方法，诗图即诗歌的图案。

关于《回文璇玑诗图》的创作缘起和本事，传世文献中有三种不同的记载。第一种记载见于《晋书》卷九六《列女·窦滔妻苏氏传》："窦滔妻苏氏，始平人也，名蕙，字若兰。善属文。滔，苻坚时为秦州刺史，被徙流沙，苏氏思之，织锦为回文旋图诗以赠滔。宛转循环以读之，词甚凄惋，凡八百四十字，文多不录。"[2] 据此，苏蕙《织锦回文璇玑诗图》作于前秦苻坚时，因其夫窦滔被徙流沙，苏蕙赠诗以寄相思之意。传中所谓"流沙"，即今天的甘肃敦煌一带，为前秦与西域军事、外交往来的重要孔道，窦滔"被徙流沙"，很可能是指他谪戍敦煌。[3]

第二种记载见于《文选》卷一六《别赋》李善注。江淹《别赋》云："织锦曲兮泣已尽，回文诗兮影独伤。"李善注引《织锦回文诗序》曰："窦滔秦州，被徙沙漠，其妻苏氏。秦州临去别苏，誓不更娶，至沙漠便娶妇，苏氏织锦端中，作此回文诗以赠之。符（当作"苻"）国时人也。"其中"符（当作"苻"）国时人也"五字，当是李善叙事之后所加的自己的意见，指窦滔、苏蕙是十六国苻秦时人，并非《诗序》本来的内容。

第三种记载见于武则天如意元年（公元692年）所作《苏氏织锦回文记》（《璇玑图诗叙》），所述窦滔、苏蕙事与前两种有很大不同。《记》云：

> 前秦苻坚时，秦州刺史扶风窦滔妻苏氏，陈留令武功苏道贤第三女也，名蕙，字若兰，智识精明，仪容妙丽，谦默自守，不求显扬。年十六，归于窦氏，滔甚敬之。然苏氏性近于急，颇伤嫉妒。滔字连波，右将军于爽之孙，朗之第二子也。神风伟秀，该通经史，允文允武，时论高之。苻坚委以心膂之任，备历显职，皆有政闻。迁秦州刺史，以忤旨谪戍敦煌。会坚克晋襄阳，虑有危逼，借滔才略，诏拜安南将军，留镇襄阳。初滔有宠姬赵阳台，歌舞之妙无出其右，

---

[1] 逯钦立编《先秦汉魏晋南北朝诗·晋诗》卷一五。需要指出的是，有意见认为苏伯玉妻《盘中诗》也是"回文诗"的一种，因其阅读方法也是回环往复，如《正续合镌回文类聚》（《回文类聚四卷、回文续编十卷》，北京大学图书馆藏清裕文堂刻本）卷首朱象贤识语云："诗体不一而回文尤异，自苏伯玉妻《盘中诗》为肇端，窦滔妻作《璇玑图》而大备。今之屈曲成文者，《盘中》之遗也。反覆往回、左右相通、巡还成句及交加借字、三四五六七言互诵者，皆《璇玑》之制也。"即以《盘中诗》为"回文诗"的一种。
[2] 中华书局1974年校点本，第8册，第2523页。宋吴淑《事类赋》卷十引臧荣绪《晋书》所记略同，云："窦滔妻苏氏，善属文。苻坚时滔为秦州刺史，被徙流沙。苏氏思之，织锦为回文诗寄滔。宛转循环读之，词甚凄切。"
[3] 当时前秦是"东极沧海，西并龟兹，南苞襄阳，北尽沙漠"（《高僧传》卷五《释道安传》）的大国，经营西域是其政策的重要内容。

滔置之别所。苏氏知之，求而获焉，苦加捶辱，滔深以为憾。阳台又专伺苏氏之短，谗毁交至，滔益忿苏氏。苏氏时年二十一，[1]及滔将镇襄阳，邀苏氏同往。苏氏忿之，不与偕行。乃携阳台之任，绝苏氏音问。苏氏悔恨自伤，因织锦为回文，五彩相宣，莹心辉目，纵广八寸。题诗二百余首，计八百馀言，纵横反覆，皆为文章。其文点画无缺，才情之妙，超今迈古，名曰璇玑图。然读者不能悉通，苏氏笑曰："非徊宛转，自为语言。非我家人，莫能解之。"遂发苍头赍至襄阳。滔览之，感其妙绝，因送阳台之关中，而具车从礼迎苏氏，归于汉南，恩好愈重。苏氏所著文词五千馀言，属隋季丧乱，文字散落，追求勿获，而锦字回文盛传于世。朕听政之暇，留心坟典，散帙之次，偶见斯图，因述若兰之多才。复美连波之悔过。遂制此文，聊示将来。如意元年五月一日，大周天册金轮皇帝制。[2]

综观以上三种记载，第一种与第二种所述情节大致相同，可能出于同一来源，可以视为一个版本，而且编撰《晋书》的房玄龄等与注释《文选》的李善，生活的时代也非常接近——《晋书》成书于唐太宗贞观二十二年（公元648年），《文选》李善注成书于唐高宗显庆年间（公元656—660年）。两种记载的最大不同在于，《文选》李善注多了窦滔被徙流沙之后另娶新妇之事。与前两种记载相比，武后所叙的第二个版本较为复杂，使得《织锦回文诗》的写作背景更为丰富。它不仅列出了窦滔、苏蕙的家世、姓字，还多出了不少前秦史事，如前秦进攻东晋的襄阳之战等。其与前两个版本的最大差异是，据《晋书》和《文选注》的记载，苏蕙《回文诗》作于关中，寄往敦煌，窦滔与苏蕙的婚姻结局不详；而据武则天《璇玑图诗叙》，诗作于关中，寄往汉南，经过一番波折，二人重归于好，欢聚于襄阳。

关于苏蕙赠诗的时代背景，真实情况究竟如何？兹据《资治通鉴》卷一〇四、卷一〇五《晋纪》，将前秦与东晋对峙之时所涉凉州、襄阳之重要史事列举如下。

东晋孝武帝太元元年（公元376年）夏，前秦苻坚遣使持节武卫将军苟苌、左将军毛盛、中书令梁熙、步兵校尉姚苌等帅率骑十三万讨前凉张天锡。又命秦州刺史苟池、河州刺史李辩、凉州刺史王统三州之众为苟苌后继。八月，天锡降。九月，苻坚以梁熙为凉州刺史，镇姑臧，徙豪右七千余户于关中。

---

[1]《先秦汉魏晋南北朝·晋诗》逯钦立本注云："万历本作三。"
[2]《文苑英华》卷八三四。

太元三年（公元378年）春，前秦苻坚遣征南大将军苻丕等率步骑七万寇襄阳，东晋梁州刺史朱序固守待援。

太元四年（公元379年）二月，襄阳陷落，朱序被俘。苻坚以中垒将军梁成为荆州刺史，配兵一万，镇襄阳。

太元六年（公元381年）十二月，前秦荆州刺史都贵遣其司马阎振，中兵参军吴仲率众二万寇竟陵。东晋荆州刺史桓冲遣南平太守桓石虔、卫军参军桓石民破之，获振、仲，斩首七千级，俘虏万人。

太元七年（公元382年）九月，桓冲使杨威将军朱绰击秦荆州刺史都贵于襄阳。

太元八年（公元383年）正月，苻坚遣吕光发长安、讨西域。五月，桓冲率众十万伐秦、攻襄阳，遣前将军刘波等攻沔北诸城。十二月，吕光行越流沙三百余里，焉耆等诸国等皆降。惟龟兹王帛纯拒之，婴城固守，光进军攻之。

太元九年（公元384年）四月，东晋竟陵太守赵统攻襄阳，秦荆州刺史都贵奔鲁阳。七月，吕光平龟兹，抚宁西域，威恩甚著，远方诸国，前世所不能服者，皆来归附。八月，秦王坚闻吕光平西域，以光为都督玉门以西诸军事，西域校尉。道绝不通。

依据前两个故事版本的记载，窦滔被徙流沙，应在苻秦灭前凉以后，苻坚失败以前，苏蕙《回文诗》由关中寄往敦煌，与以上所录史事相合。而南朝诗文讲到苏蕙，也往往将她与武威、边塞等联系起来，如梁元帝《寒闺诗》："愿织回文锦，因君送武威。"《荡妇秋思赋》："妾织回文之锦，思君出塞之歌。"北周庾信《荡子赋》："合欢回文锦，因君寄武威。"陈后主《长相思》："关山征戍何时极，望风云，绝音息，上林书不归，回文徒自织。"可见，在南朝流行的《织锦回文诗》事有一些与《晋书》《文选》注所叙是一致的。故曹道衡、刘跃进先生将苏蕙撰《织锦回文诗》事系于东晋孝武帝太元元年（公元376年）前秦梁熙、姚苌等平前凉之后，并认为"武曌所作《织锦璇玑图》谓窦滔在襄阳诸说，不可信"[1]。

---

[1] 曹道衡、刘跃进著《南北朝文学编年史》，人民文学出版社2000年10月第一版，第30页。曹道衡先生《十六国文学家考略》亦云："苻坚攻陷襄阳在太元四年（公元379年），派去镇守襄阳的是梁成（见《晋书·苻坚载记》），淝水之战发生在太元八年（公元383年），当时镇守襄阳的是都贵，此后襄阳又被晋兵收复，该地在前秦统治下不过四个年头，并无再次换人的记载，可见窦滔镇守襄阳之说，并不可信。"梁成事见《晋书》卷一一三《苻坚载记上》："太元四年……苻丕陷襄阳，执南中郎将朱序，送于长安，坚署为度支尚书。以其中垒梁成为南中郎将、都督荆扬州诸军事、荆州刺史，领护南蛮校尉，配兵一万镇襄阳，以征南府器杖给之。"

而依武则天《苏氏织锦回文记》，则苏蕙《织锦回文诗》作于关中，寄往汉南，写作当在东晋孝武帝太元五年（公元380年）至太元九年（公元384年）间，[1]这也有"内证"。《初学记》所载《前秦苻坚秦州刺史窦滔妻苏氏〈织锦回文七言诗〉》云："仁智怀德圣虞唐，真妙显华重荣章。臣贤惟圣配英皇，伦匹离飘浮江湘。津河隔塞殊山梁，民士感旷怨路长。身微闵已处幽房，人贱为女有柔刚。亲所怀想思谁望，纯清志洁齐冰霜。新故或忆殊面墙，春阳熙茂雕兰芳。琴清流楚激弦商，奏曲发声悲摧藏。音和咏思惟空堂，心忧增慕怀惨伤。"[2]诗之第四句"伦匹离飘浮江湘"，让人很自然地联想到襄阳之地。虽有诗歌为"内证"，然其人物事迹于史无证，特别是窦滔为前秦苻坚秦州刺史、安南将军等事，皆未见记载，难免启人疑窦，但旧史阙文多矣，说有易，说无难，武后所叙窦滔与苏蕙之事，亦有其渊源，不能轻易否定。

因此，关于苏蕙《织锦回文诗》的本事，两个版本各有证据支持，根据目前的材料难以判断孰是孰非，只能存疑。

二、回文诗在南北方的广泛传播

苏蕙创作《织锦回文诗》四十多年之后，南朝刘宋谢灵运（公元385—433年）编纂了《回文集》十卷。这部《回文集》编纂的时间，当与谢灵运编纂《诗集》和《赋集》同时，很可能是在他担任秘书监之时，因秘书监掌秘阁图书，便于图书文献之整理与文学总集之编纂。据顾绍柏先生《谢灵运生平事迹及作品系年》[3]，谢灵运任秘书监、整理秘阁图书，在刘宋文帝元嘉三年（公元426年）。那么《回文集》的编纂也当在这一年，谢灵运时年42岁。

如以苏蕙《织锦回文诗》为回文诗之滥觞，自公元379年前后至元嘉三年谢灵运编纂《回文集》，可以看到，在短短四十多年的时间里，江南已经产生出数量如此众多的回文诗，让谢灵运得以编纂出十卷规模的《回文集》，与他编纂的其他单体文学总集——《赋集》九十二卷、《诗集》五十卷、《七集》十卷、《连珠集》五卷[4]相并列。

---

[1] 东晋孝武帝太元元年（公元376年），前秦平凉州时，秦州刺史为苟池。据武后《璇玑图诗叙》，窦滔谪戍敦煌之前为秦州刺史，则窦滔为秦州刺史的时间应在苟池之后，当377年至378年前后。太元三年（公元378年）或四年（公元379年），窦滔谪戍敦煌，恰当苻坚克晋襄阳。太元五年（公元380年）苻坚拜窦滔为安南将军，镇襄阳，苏蕙《织锦回文诗》的写作也当在此时，约在太元五年至太元九年（公元384年）间。淝水之战后，前秦政权土崩瓦解。此时，身在襄阳的窦滔与苏蕙命运如何，因史无明文，无从考稽。
[2] 唐徐坚编《初学记》卷二七"宝器部·锦"。
[3] （晋）谢灵运. 谢灵运集校注[M]. 顾绍柏校注. 郑州：中州古籍出版社，1987.
[4] 以上见《隋书·经籍志》著录。《旧唐书·经籍志》与《新唐书·艺文志》又著录谢灵运《回文诗集》一卷。

跨时空文学对话

苏蕙生活在前秦，人在关中，谢灵运生活在晋宋之交，在南方的建康（今江苏省南京市，六朝时称"建康"），时地悬远，诗缘却未隔断，回文诗在南方传播的迅猛与创作的繁盛，让人惊叹。

刘宋以后，苏蕙《织锦回文诗》在南朝得到广泛传播，从中可以看出十六国北朝文学对南朝文学的影响。

目前可见最早的南朝回文诗出于贺道庆之手，时间在谢灵运之后不久，《回文类聚》卷三载南朝宋会稽贺道庆《四言》："阳春艳曲，丽锦夸文。伤情织怨，长路怀君。惜别同心，膺填思悄。碧凤香残，金屏露晓。入梦迢迢，抽词轧轧。泣寄回波，诗缄去札。"其中讲到了"丽锦、伤情、织怨、惜别"等，显然受到了苏蕙《织锦回文诗》的影响。刘宋之后，前秦苏蕙《织锦回文诗》更是南朝诗文常常出现的典故，如下。

  沈约《相逢狭路间》："大妇绕梁歌，中妇回文织。"
  沈约《华山馆为国家营功德》："锦书飞云字，玉简黄金编。"
  王筠《秋夜》："尔时思锦字，持制行人衣。"
  刘孝胜《妾薄命》："织书凌窦锦，敏诵轶繁弓。"
  昭明太子《锦带书十二月启·夹钟二月》："花明丽月，光浮窦氏之机。"
  吴均《与柳恽相赠答诗》："诗织回文锦，无因寄陇头。"
  徐陵《玉台新咏序》："生长深宫，笑扶风之织锦。"
  庾信《荡子赋》："合欢无信寄，回文织未成。"
  庾信《仰和何仆射还宅怀故诗》："落生理曲处，网积回文机。"
  张正见《赋得佳期竟不归》："路远寄诗空织锦，宵长梦返欲惊魂。"
  苏子卿《梅花落》："织书偏有意，教逐锦文回。"
  萧铨《婀娜当轩织》："绫中转蹙成离鹄，锦上回文作别诗。"[1]

可见，苏蕙《回文诗》在南朝文人圈中非常流行，在某种程度上已成为南北文学交流的一个使者，映衬于南朝文学对北朝文学影响巨大的特殊时代背景，[2] 这种情况更

---

[1] 丁胜源、周汉芳先生对《回文诗》的研究倾注了大量心血，搜集了丰富的资料，以上所引南朝诗文即为两位先生所揭出，见丁胜源、周汉芳著《前秦女诗人苏蕙研究》，陕西人民出版社2002年12月第一版。又曹道衡、沈玉成先生指出，"江淹《别赋》中的'织锦曲兮泣已尽，回文诗兮影独伤'句，即用此事，后来吴均等人也多次使用这一典故"。见曹道衡、沈玉成《南北朝文学史》，人民文学出版社1998年第一版，第363页。

[2] 尽管当时南北分立，南北文学与文化的交流仍然非常频繁，由于南朝文化要高于北朝，因此南朝文学与文化在北朝的回响是当时的一大景观，如魏收《魏书》就用了不少沈约《晋书》《宋书》的资料，而魏收、邢劭关于"沈诗任笔"的争论，正说明北朝文人对南朝文学的看重。

加难能可贵。

有意思的是，谢灵运所编《回文集》又从南方传入北方，在北朝文士圈里产生了影响。读《回文集》已成为北魏后期士大夫闲暇之余的逞才游戏，《魏书》卷八五《文苑·邢臧传》："与裴敬宪、卢观兄弟并结交分，曾共读《回文集》，臧独先通之。"[1] 这条记载告诉我们，阅读《回文集》需要仔细辨识，可以反映读者的聪慧与机敏。邢臧等人生活在公元六世纪前期，晚于谢灵运一百年左右。从四世纪后期到六世纪前期，回文诗由西北传入江南，再由南方的建康传入北方的洛阳，成为南北文学交流的见证者。让人稍觉遗憾的是，早期苏蕙创作的"织锦回文诗"已经达到很高的水平，其复杂的阅读方法在今天仍让人赞叹不已，但后来出现的南北朝时期的《回文诗》以及敦煌出土的中古时期的《杂诗图》，反而不如"织锦回文诗"那样精致。

中古时代的回文诗，按照阅读方法不同大致可分为三类。

第一类，倒读与正读文字完全一样。如梁简文帝萧纲《咏雪》诗："盐飞乱蝶舞。花落飘粉奁。奁粉飘落花，舞蝶乱飞盐。"[2] 这首诗虽未题作回文，实际上却是典型的回文之作，与后来的文字游戏"浦江清游清江浦""上海自来水来自海上"等相类。

第二类，整首诗倒读也可成韵，逯钦立先生称之为"颠倒使韵"。如梁元帝萧绎《后园作回文》诗："斜峰绕径曲，耸石带山连。花余拂戏鸟，树密隐鸣蝉。"[3] 又如梁简文帝萧纲《和湘东王后园回文》诗："枝云间石峰，脉水浸山岸。池清戏鹄聚，树秋飞叶散。"[4] 都是二、四两句押韵。

第三类，"回文"不限于诗歌的倒读，而是婉转环绕之义，也就是按照一定的规则和方法去读诗，苏伯玉妻的《盘中诗》、苏蕙的《回文璇玑诗图（或图诗）》就属于这一类。敦煌文献里的一些"回文诗"，如徐俊先生纂辑的《方角书（诗）一首（江南远客 [足全]）》《方形圆形诗图诗（出门逢白雨）》《十字诗图诗（天阴逢白雨）》[5] 等也属于这一类。这些诗歌可与《隋书·经籍志》记载的《杂诗图》等并观，《隋书》

---

[1] "结交分"即结友、交友之义。《北史》卷四三《邢峦传附臧传》："（臧）与裴敬宪、卢观兄弟并结友，曾共读《回文集》，臧独先通之。"
[2] 逯钦立编《先秦汉魏晋南北朝诗·梁诗》卷二二。
[3] 逯钦立编《先秦汉魏晋南北朝诗·梁诗》卷二五。
[4] 逯钦立编《先秦汉魏晋南北朝诗·梁诗》卷二二。
[5] 《方角书（诗）一首（江南远客 [足全]）》，徐俊纂辑《敦煌诗集残卷辑考》，中华书局2000年第一版，第895-896页。（王国维《唐写本回文诗跋》："右回文诗，由中心至边旁读之，得五言八句。"姚淦铭等编《王国维文集》，中国文史出版社1997年版，第一卷，第45页。转引自徐俊《敦煌诗集残卷辑考》）《方形圆形诗图诗（出门逢白雨）》，徐俊纂辑《敦煌诗集残卷辑考》，中华书局2000年第一版，第896页。《十字诗图诗（天阴逢白雨）》，徐俊纂辑《敦煌诗集残卷辑考》，中华书局2000年第一版，第798页。

卷三五《经籍志四》载："梁有《杂诗图》一卷，亡。……《回文集》十卷，谢灵运撰；又《回文诗》八卷；《织锦回文诗》一卷，苻坚秦州刺史窦氏妻苏氏作。"又载《五岳七星回文诗》一卷。[1] 可知，敦煌出土的这些唐代"回文诗"，其渊源就来自苏蕙《织锦回文诗》《五岳七星回文诗》等六朝"诗图"，它们一起跨越了历史的长河，向我们展示着中古时代独特的诗图合璧的创作艺术。值得注意的是，敦煌"回文诗"中的方形和十字形图诗，或与西藏苯教在当地的影响有关——苯教艺术特别崇尚以方形和十字形为图案，这些作品很可能产生于敦煌陷蕃时期。[2]

三、关于"回文诗"起源的推测

一般认为，苏伯玉妻《盘中诗》与苏蕙《织锦回文璇玑诗图》是较早的"回文诗"，但南朝批评家刘勰《文心雕龙·明诗》有一个完全不同的说法："至于三六杂言，则出自篇什；离合之发，则明于图谶；回文所兴，则道原为始；联句共韵，则柏梁余制；巨细或殊，情理同致，总归诗囿，故不繁云。"范文澜注引李详《黄注补正》云。

  《困学纪闻》十八评诗云："《诗苑类格》谓回文出于窦滔妻所作，（《晋书·列女传》：窦滔妻苏氏名蕙字若兰。滔被徙流沙，苏氏思之，织锦为回文璇玑图诗以赠滔。宛转循环以读之，词甚凄惋，凡八百四十字。）《文心雕龙》云云。又傅咸有《回文反复诗》，温峤有《回文诗》，皆在窦妻前。"翁元圻注引《四库全书总目·宋桑世昌回文类聚四卷》，《艺文类聚》载曹植《镜铭》，回环读之，无不成文，实在苏蕙以前。详案梅庆生音注本云："宋贺道庆作四言回文诗一首，计十二句，四十八言，从尾至首，读亦成韵。而道原无可考，恐原为庆字之误。"案道庆之前回文作者已众，不得定"原"字为"庆"之误。[3]

刘勰认为回文诗的创作始于道原，但未提供其他证据，从"道原"之名来看，很可能是一个佛教徒，由于史料缺乏，其时代、生平和事迹都无从考究。或以"道原"为时代晚了很多的南朝刘宋时期的"贺道庆"，此意见亦无法成立，因为在东晋时代，著名文人和佛学家谢灵运已经编纂了10卷《回文集》，对谢灵运这样有名的诗人以及

---

[1] 中华书局1973年版，第4册，第1085页。《隋志》所载《五岳七星回文诗》，观其题目，似为道教徒所作，或为道教对回文诗艺术形式的借鉴之作。
[2] 关于敦煌陷蕃的年代，学界意见不一，参见金滢坤《敦煌陷蕃年代研究综述》，载《丝绸之路》1997年第1期。
[3] 刘勰.文心雕龙注：上[M].范文澜注，北京：人民文学出版社，1958：96.

十卷《回文集》这样大的篇幅，刘勰不可能不知道，因此刘勰笔下的"道原"只能是另外一个人。考察文献资料，北魏前期有一位道原法师曾"擅名魏代"，名迹略见于《续高僧传》卷一六《僧实传》。虽然此"道原"在刘勰之前，但他生活的北魏孝文帝时期，比谢灵运编撰《回文集》的时间已晚了70年左右，因此他也不可能是作回文诗的第一人。

笔者有一个推测，西晋时期可能已有回文诗的创作。根据今天残存的挚虞《文章流别论》，可以推知其中收有赋、诗、七、设论、颂、符命、史述、箴、铭、诔、哀（含哀辞、哀策）、碑、图谶十三种文体。[1]其中"图谶"一体的特点，挚虞《文章流别论》说："图谶之属，虽非正文之制，然以取其纵横有义，反复成章。"[2]从"纵横有义，反复成章"两句来看，挚虞所说的"图谶"大概不仅是谶纬之类的文字，很可能还包括了《盘中诗》一类的"回文诗"或"杂诗图"等靠"婉转循环"的方法来阅读的文字游戏或诗歌游戏。

无独有偶，印度古典梵语诗歌也有回文创作的形式 citra kāvya（英译为 picture-poetry），意谓构成图画的诗。[3]citra 有两种词性，作为形容词，意谓不同的、奇妙的、五颜六色的；作为名词，意谓图画。kāvya，是诗、诗歌的意思。citra kāvya 有的仿照莲花的样式，有的仿照刀剑的形状，与中国古代文学中"回文诗"的含义非常接近（"回文"意即连环曲折的图画）。在中古文献里，没有出现"回文诗"的字眼而只有"回文"，其实"文"这个字本身已有"图画、诗图"的含义，这恰好与梵文 citra kāvya 的语源相吻合。正如汉魏之间"反切"的产生与印度声明学传入中原有关，回文诗的兴盛与佛教在中国的流行，差不多也是同步的，这种巧合应非偶然。[4]

我们还注意到，编纂10卷《回文集》的谢灵运，写《回文研铭》的沈约，以及创作回文诗的王融、梁元帝萧绎等，都与佛教有某种联系，甚至精通佛教或梵文。即以苏蕙与回文诗的关系而言，也不能排除佛教和梵语文学影响的因素。苏蕙创作《织锦回文图》的时代，佛教非常流行，前秦苻坚攻占襄阳后尊崇释道安就是一个显著的例子，而苏蕙所在的长安地区，正处于佛教由西域传入中国的交通孔道上。伴随着佛教进入中国的，有僧侣、经卷以及各种仪式物品，也有各种文学艺术形式，回文诗当即其中一种。[5]假如这一推测能够成立，它足可证明，汉语具有很强的包容性与扩展空间，

---

[1] 陈君.《文章流别集》与挚虞的文体观念[J]. 广西师范大学学报，2015(5).
[2] 清严可均辑《全上古秦汉三国六朝文·全晋文》卷七七，第2册，第1906页。原始出处不详。
[3] 另外，在古希腊、罗马文明中，也存在着回文艺术形式，如庞贝古城发现的 Sator Square（或 Rotas Square）。今天的英语世界也有不少回文（palindrome）的例子，如2016年美国科幻电影《降临》（Arrival）中，女主人公为女儿起的名字 Hannah 就是一个回文字。
[4] 后来道教对回文诗这种创作形式也予以借鉴，《隋书》卷三五《经籍志四》有《五岳七星回文诗》一卷，观其题目，似为道教徒所作。
[5] 让我们感慨的是，存世的汉镜铭文这么多，却尚未发现一枚具有回文诗的意蕴。

能吸收来自域外的各种艺术形式，并予以创造性的转化；而种种外来文艺形式的引进，也锻炼了汉语的表达力和表现力，丰富着中华民族的心灵与智慧。同时，它也告诉我们，中国诗人具有非常敏锐的感受力和鉴别力，对外来事物能精巧地模仿和改造。

中国是一个诗之国度，诗歌繁荣、诗学发达、诗教深厚。对这个古老的诗国而言，从西域传入的回文诗可以称得上远道而来的客人。回文诗在中古时代的繁荣以及此后的长盛不衰，可以说是主人对这位贵客的最好款待了。

荣耀之面：南北朝晚期的佛教兽面图像研究

王敏庆

中国社会科学院文学研究所副研究员

公元 5 世纪中叶至 6 世纪后期，在中国的佛教造像艺术中出现了一种兽面图像，作为一种"装饰"，这种兽面形象或出现在造像碑上，或出现在石窟中，或出现在菩萨身体的装饰物上。[1] 不仅如此，与这些佛教中的兽面相似的图像还出现在北周粟特人的墓葬及北齐显贵的墓葬中，此外，南朝的墓葬中亦偶有出现。不少学者认为佛教艺术中这种兽面图像是饕餮，但为何饕餮会出现在佛教艺术的图像中？不仅如此，它为何还出现在信奉祆教的粟特人的墓葬中？本文对佛教艺术中这种兽面图像的身份、其与粟特人墓葬中兽面的关系，以及此类兽面在中国的流传情况进行了初步探讨。

一、关于兽面图像的研究

从 5 世纪中叶到 6 世纪一百四五十年的时间中，中国北方佛教艺术中出现了一种兽面图像，这种兽面最早出现在云冈二期洞窟中，即 465—494 年。[2] 它们或出现在佛像龛的龛楣部位、佛像的头光中，或出现在石窟窟顶，或出现在菩萨像的身上等，而与佛教中的这种兽面形象十分相近的兽面图像，在粟特人或北齐贵族的墓葬中也多有出现，南朝的墓葬中偶尔出现。将这类图像称为兽面只是一种笼统的说法，目前学界一般将佛教艺术中出现的这种兽面称为饕餮。罗叔子在其著作《北朝石窟艺术》中称云冈石窟中出现的这种兽面："垂帐之兽头，其根源是汉代之兽面与殷周之饕餮。"[3] 张元林在《兼容并蓄，融会中西——灿烂的莫高窟西魏艺术》一文中描述 285 窟："在窟顶四披交界处悬挂有兽面的饕餮形象、玉佩、流苏、羽葆等……"[4] 罗宏才在其《中

---

[1] 限于本文研究的时间段，将兽面图像出现的时间锁定在北周之前。入隋之后及至唐代，佛教造像中仍有兽面图像出现，特别是隋代，由于这些带有兽面图像的造像不能确定其所属是在平陈之前，仍属于北朝范围的作品，还是平陈后的作品，故暂且不论。

[2] 宿白. 云冈石窟分期试论 [J]. 考古学报，1978(1)：26-27. 其排列顺序是：7、8；9、10；1、2；5、6 窟，此外，二期还包括 11、12、13 窟，此三窟的始建时间约相当于 9、10 窟的时间，但拖延的时间较长。

[3] 罗叔子. 北朝石窟艺术 [M]. 上海：上海出版公司，1955：75.
戴蕃豫. 中国佛教美术史 [M]. 北京：书目文献出版社，1995：191.

[4] 中国敦煌壁画全集编辑委员会. 中国敦煌壁画全集 2：西魏 [M]. 天津：天津人民美术出版社，2002：29.

国佛道造像碑研究——以关中地区为考察中心》一书中也认为这种兽面为饕餮[1]。从考古类型学角度对5—6世纪佛教石窟艺术中的兽面进行分期研究的是李娅恩。这为兽面研究打下了很好的考古学基础，但不足的是她并没有明确指出这种兽面是什么，且在资料的收集中忽略了造像碑及粟特人墓葬中的此类兽面图像。尽管该文研究的是北方石窟中的装饰纹样，但这些墓葬或造像碑上不少都有准确的时间纪年，可为其石窟研究提供较为可靠的佐证。李娅恩只是简单地将兽面图像出现在佛教石窟中解释为："自佛教传入之后，古有兽面纹在佛教石窟中仍相继沿用，以北魏云冈石窟二、三期和龙门石窟兽面纹可做佐证。这可能与孝文帝汉化政策有密切关系。"[2] 显然，她也认为佛教中的兽面图像是中国本土所有，随着佛教与中国文化的融合而被挪用在了佛教造像艺术中。

所谓饕餮，宋代吕大临在关于癸鼎的释文中说："癸鼎，文作龙虎，中有兽面，盖饕餮之象。《吕氏春秋》曰：'周鼎着饕餮，有首无身。食人未咽，害及其身。'《春秋左氏传》：'缙云氏有不才子，贪于饮食，冒于货贿，天下之民谓之饕餮。'古者，铸鼎象物，以知神奸。鼎有此像，盖示饮食之戒。"[3] 从吕大临的解释中得知，三代青铜器上的一种兽面纹饰被称为"饕餮"，而根据《春秋左氏传》和《吕氏春秋》可知，饕餮其性为贪，铸像于鼎以示为戒。所以，现在学界一般将鼎上所制饕餮纹的用意，确认为"示戒"。[4]

接下来的问题是，这种远在三代、其性贪婪，被三代时期的君主用来警戒、化民的饕餮图像为什么会出现在佛教造像艺术中？古人对一种图像的使用，往往是因为它具有某种含义，特别是在宗教艺术中这类具体的人或动物形象更不会乱用，或毫无意义地出现，它必因具有某种特定意义而存在。或言，佛教讲"贪嗔痴"，正好饕餮以示贪戒。但这样的解释显得有些单薄和牵强。退一步讲，如果说出现在石窟中的兽面饕餮是为了以示贪戒，那么饕餮以装饰物的形式出现在菩萨身上[5]又作何解释？显然，这种出现在佛菩萨造像上的兽面并非饕餮。

如果这种兽面不是饕餮那么它是什么？笔者认为，就兽面论兽面显然很难有所突破，这首先要从兽面所出现的位置以及它与周围图像的关系入手、从它与佛教的关系

---

[1] 罗宏才.中国佛道造像碑研究：以关中地区为考察中心 [M].上海：上海大学出版社，2008：118.
[2] 李娅恩.北朝装饰纹样研究：5、6世纪中原北方地区石窟装饰纹样的考古学研究 [D].北京：中国社会科学院，2002：72-74.
[3] （宋）吕大临.考古图：卷一《癸鼎》[M]// 四库艺术丛书——考古图：外六种.上海：上海古籍出版社影印，1991：24.
[4] 芮传明.饕餮与贪魔关系考辨 [J].传统中国研究集刊第二辑：3.
[5] 金维诺.中国寺观雕塑全集：早期寺观造像 [M].哈尔滨：黑龙江美术出版社，2003：39.

入手，来探索其中的奥秘。

二、兽面图像类型及其渊源

在探讨兽面图像名称前，先请看兽面图像统计表[1]。

表1 兽面图像统计表

类别	时间	位 置	资料来源
石窟	北魏	云冈1洞塔柱东面上层屋形龛斗拱 云冈8窟北壁上层龛龛楣浮雕 云冈12洞前室西壁上层屋形龛斗拱 云冈13洞斗拱	李娅恩.北朝装饰纹样研究：5、6世纪中原北方地区石窟装饰纹样的考古学研究[D].北京：中国社会科学院博士论文，2002：72-74
	北魏	龙门古阳洞北壁下层龛楣装饰 龙门古阳洞尉迟造像龛下部 龙门古阳洞元佑造像龛龛楣装饰 龙门古阳洞南壁近于正壁的小龛 龙门古阳洞北壁下层大龛之间的小龛 龙门古阳洞窟顶太妃侯造像龛 龙门古阳洞南壁中层东起第二龛	同上
	北魏	巩县第一窟东壁龛间隔浮雕 巩县第三窟西壁龛间隔壁浮雕	同上
	北魏	巩县第三窟中心柱西面龛垂幔装饰	河南省文物研究所.中国石窟：巩县石窟寺[M].北京：文物出版社，日本：株式会社平凡社，1989，图25
	北魏	偃师水泉石窟9、15、19号龛龛楣装饰	刘景龙，赵会军.偃师水泉石窟[M].北京：文物出版社，2006
	北魏	四川广元皇泽寺45窟中心塔柱中层栏杆下	罗宗勇.广元石窟艺术.图版14
	西魏	敦煌285窟窟顶四角兽面	中国敦煌壁画全集编辑委员会.中国敦煌壁画全集2：西魏[M].天津：天津人民美术出版社，2002
	西魏	敦煌西魏249窟北壁立佛伞盖上	《中国石窟：莫高窟》

---

[1] 表格中之所以将墓葬中的这类兽面图像列出，是由于它与佛教造像艺术中出现的兽面颇为相似，其中应有某种渊源。

续表

类别	时间	位置	资料来源
单体造像装饰	东魏	高平王元宁为亡妻造释迦佛立像 东魏天平四年（公元537年）（美国克利夫兰美术馆藏）	金申.海外及港台藏历代佛像：珍品纪念图典[M].太原：山西人民出版社，2007：77
	北齐	菩萨立像（山东诸城体育馆出土 诸城博物馆藏）	金维诺.中国寺观雕塑全集：早期寺观造像[M].哈尔滨：黑龙江美术出版社，2003：162
	北齐	菩萨立像（山东诸城体育中心出土 诸城博物馆藏）	同上，图版115
	北齐	彩绘观音（青州龙兴寺遗址出土 青州博物馆藏）	同上，图版159
	北周	彩绘观音（西安未央区中查村出土18号菩萨像）	中国社会科学院考古研究所.古都遗珍：长安城出土的北周佛教造像[M].北京：文物出版社，2010，39：58-59
造像碑	北魏	四面道（佛）教碑像，屋脊正中刻一兽面，碑侧拱形佛龛龛楣中央亦刻有兽面。西安碑林博物馆所藏	胡文和.陕西北魏道（佛）教造像碑、石类型和形象造型探究[J].考古与文物.2007（4）
	北魏	佛五尊造像碑碑首（西安市博物馆藏）	笔者考察所得
	北魏	释迦多宝弥勒造像碑龛楣中心（西安市博物馆藏）	笔者考察所得
	北魏	造像碑北侧下部帷幕龛饰（西安碑林博物馆藏）	笔者考察所得
	西魏	佛像碑 碑阴上部（美国纳尔逊美术馆藏）	金申.海外及港台藏历代佛像：珍品纪念图典[M].太原：山西人民出版社，2007：87
	西魏	权氏造石佛像碑碑首（甘肃出土 甘肃省博物馆藏）	金维诺.中国寺观雕塑全集1：早期寺观造像[M].哈尔滨：黑龙江美术出版社，2003，图版105
	北齐	武平三年（公元572年）马士悦造像碑碑首（河北曲阳出土）	冯贺军.曲阳白石造像研究[M].北京：紫禁城出版社，2005，图11

续表

类别	时间	位置	资料来源
造像碑	北齐	四面石龛像（美国大都会博物馆藏）	金申编.海外及港台藏历代佛像：珍品纪念图典[M].太原：山西人民出版社，2007：148
造像碑	北周末隋初	陕西白水新出朗安达等邑子造像碑侧面顶部	罗宏才.中国佛道造像碑研究：以关中地区为考察中心[M].上海：上海大学出版社，2008：118
墓葬	北魏	司马金龙墓石棺床下部	李娅恩.北朝装饰纹样研究：5、6世纪中原北方地区石窟装饰纹样的考古学研究[M].北京：中国社会科学院.2002：73
墓葬	北魏	洛阳古代博物馆藏北魏石棺床，床正面中部及两边床腿正面	施昌安.河南沁阳北朝墓石床考：兼谈石床床座纹类比[M]//粟特人在中国：历史、考古、语言的新探索，北京：中华书局，2005
墓葬	南朝	河南郑县画像砖墓拱形门楣	罗宏才.中国佛道造像碑研究：以关中地区为考察中心[M].上海：上海大学出版社，2008：119
墓葬	北齐	娄睿墓门额	山西省考古研究所，太原市文物考古研究所.北齐东安王娄睿墓[M].北京：文物出版社，2006，彩版78
墓葬	北齐	徐显秀墓门额	山西省考古研究所，太原市文物考古研究所.太原北齐徐显秀墓发掘简报[J].文物，2003(10)
墓葬	北齐—隋	石棺床（美国波士顿美术馆藏）	金维诺.中国寺观雕塑全集：早期寺观造像[M].哈尔滨：黑龙江美术出版社，2003：152
墓葬	北周	安伽墓门楣	陕西省考古研究所.西安北周安伽墓[M].北京：文物出版社，2003：18，图14
墓葬	北周	康业墓石榻前部及墓门门楣	西安市文物保护考古所.安北周康业墓发掘简报[J].文物，2008（6）：19

跨时空文学对话

从统计及分类中不难看到，兽面出现在佛教石窟、单体造像以及造像碑上，基本上涵盖了佛教造型艺术中的主体类型，可见它与佛教关系之密切。下面我们再对佛教造像中兽面的图像组合关系做进一步考察。笔者将佛教艺术中这些兽面图像的组合方式分为 A、B、C 三种类型，其中 A 和 B 型又各自分为两种样式，各种类型特征的具体描述见兽面组合类型表。

表 2　佛教艺术中兽面组合类型表

组合关系类型		状态描述	图例	名称及图片出处
A型	A型Ⅰ式	此式为几个兽面重复出现，口中衔着交错或波浪式的花链（或称"华绳"）。这种形式以出现在石窟造像中龛像的龛楣部位为最多，个别出现在造像碑上。如云冈二期石窟、洛阳龙门古阳洞石窟、河南巩县第三窟中心柱以及偃师水泉石窟第 9 龛[1]		水泉石窟北壁第 9 龛 北魏（引自刘景龙，赵会军. 偃师水泉石窟[M]. 北京：文物出版社，2006：79，图版 43）
	A型Ⅱ式	这种形式为兽面的口中衔着成串的璎珞宝珠或锦带。它不仅出现在石窟的装饰中，还成为菩萨身上的璎珞配饰。如诸城博物馆藏北齐的菩萨立像		1. 莫高窟 285 窟南披 西魏（引自中国敦煌壁画全集编辑委员会. 中国敦煌壁画全集 2：西魏[M]. 天津：天津人民美术出版社，2002：图版 167） 2. 敦煌 249 窟佛像华盖，西魏（笔者绘）

---

[1] 水泉石窟第 9 龛的兽面与其他具象的兽面图像略有区别，这是一种兽面图像的抽象化处理手法，阔口大张獠牙外出，尚比较清晰，然鼻与眼部位是以卷曲的曲线图形表示，似乎有些难以辨认，但我们注意到鼻子部位呈花芽状对称的卷曲图形正好是兽面的鼻孔，眼睛的处理方式与之相似。这种具象图像抽象化手法，在造型艺术中是最常见的艺术处理手法，又如明清时期的草龙装饰纹样，也是这种艺术表现形式。

续表

组合关系类型		状态描述	图 例	名称及图片出处
B型	B型Ⅰ式	兽面单个出现，基本没有其他附加物。如龙门、巩县石窟中的单个兽面、陕西西安市博物馆收藏的释迦多宝弥勒造像碑龛楣中间的兽面图像等		释迦多宝弥勒造像碑 北魏 西安市博物馆藏（笔者摄）
	B型Ⅱ式	在兽面的两侧出现其他动物的形象，与兽面构成一种组合关系		四面石龛像 北齐 美国大都会博物馆藏（引自金申.海外及港台藏历代佛像：珍品纪念图典[M].太原：山西人民出版社，2007:148）
C型		此式或可称兽面缠枝纹式，缠枝花的枝茎从兽口两侧伸出，呈波浪式二方连续纹样向左右延展		高平王元宁为亡妻造释迦佛立像 东魏天平四年（公元537年）美国克利夫兰美术馆藏（引自金申.海外及港台藏历代佛像：珍品纪念图典[M].太原：山西人民出版社，2007:77）

在这些实例中，兽面总是与花环、璎珞这些吉祥瑞物相联系，与"反面教材"饕餮的含义应是相去甚远，而且值得注意的是兽面与佛菩萨的关系甚为密切，它似乎具有某种象征意义。尽管佛教进入中国后，佛教艺术也在不断地随之中国化，但对于整个中国佛教史来说，南北朝仍属佛教传入的早期，因此它的外来因素还是占有相当比重。佛教源自印度，所以在对一些图像进行研究时往往要追溯其源头。

A型Ⅰ式兽面口中所衔的粗大花串源自古印度的传统习俗，即向伟大人物敬献花环以示崇敬。山奇塔（Sāñchī）1号遗址的一块石板上是雕刻于公元前1世纪的人、天礼拜佛陀的场景，由于当时还没有佛陀的形象出现，所以用菩提树代替。在画面的最上端，有两个有翼天人一手托花盘，一手持花环，正在向菩提树敬献鲜花（见图1）。而另一幅出土于马图拉（Mathura）的公元2—3世纪的石板上表现的则是世俗人向佛陀的象征——菩提树敬献花环的场景[1]。此外，花串还出现在佛塔（Stupa）上，在一块犍陀

---

[1] 参见 Shanti Lal Nagar:Buddha in Gandhāra Art and other Buddhist Sites .p272 plate 295, "Vipaśya Buddha"。

跨时空文学对话

罗（Gandhāra）的浮雕板上刻画了人们为表达对佛的敬意，将长长的花链呈波浪状围绕在佛塔的覆钵中部。[1] 不论是在犍陀罗还是在马图拉，波状的长花链常作为一种装饰出现在佛教雕刻中，并且波浪的起伏是由于人对花链的抬举而形成（见图2），这种图像在印度相当流行。在云冈二期，我们同样见到了这种形式的花链（见图3），它由天人抱持（其原型或可追溯到那些托举着花链的人），并形成波浪式的起伏。除单线式波浪花链外，还有一种交错出现的花链，由天人双手擎着，悬于佛陀的头顶，水泉石窟甬道北壁16龛（见图4）及云冈二期第11窟东侧附属窟群中的龛像上都是这种交错式的花链。[2] 很可能，这种持花链飞舞于佛陀头顶上的形式，是由早期在菩提树上方敬献花环的天人演化而来。只是在佛像出现之后，佛像取代了早期的象征物菩提树或佛塔，于是形成了天人持花链飞舞于佛头上方的形象。

图1 山奇塔1号遗址雕刻 公元前1世纪 [3]　　图2 Miracle of śrāvastī，2—3世纪 犍陀罗 [4]

---

[1] 参见 Shanti Lal Nagar:Buddha in Gandhāra Art and other Buddhist Sites,p264 plate285。
[2] 参见《中国石窟·云冈石窟》，图版112。
[3] 引自 Shanti Lal Nagar:Buddha in Gandhāra Art and other Buddhist Sites,Delhi:Buddhist world,2010,p107 Plate 115。
[4] 引自 Shanti Lal Nagar:Buddha in Gandhāra Art and other Buddhist Sites.p207 plate 220。

图 3　云冈第 6 窟后室中心塔柱下层北龛佛传故事　云冈二期[1]

图 4　水泉石窟甬道北壁 16 龛　北魏后期[2]

在偃师水泉石窟中我们清楚地看到，牵有花链的天人与兽面相互置换的情景，水泉石窟北壁第 9 龛为 7 个兽面口含交错式花链位于拱形龛的龛楣处，而甬道北壁的 16 龛相同的位置兽面则变成了天人（参见组合类型表中 A 型 I 式和图 4）。虽然二者的意义不尽相同，但可以确定的是它们都具有正面的内涵。花链在印度找到了它的出处，同样在印度也发现了兽面的渊源。图 5 是一根笈多时代饰有此类兽面的石柱，为二方连续式，兽面下饰有珠串，形式与交错出现的花链有些相似。图 6 是南印度 Svarga Brahma 神庙遗址，由遮娄其国王维纳亚迪亚（Vinayadiya 618—696 年）所建，它不仅

图 5　Kirttimukha 石柱　笈多时代[3]

图 6　Svarga Brahma 神庙及石柱局部
　　　公元 618—696 年[4]

---

[1] 引自《中国美术全集：雕塑卷》图版 39.
[2] 刘景龙，赵会军. 偃师水泉石窟 [M]. 北京：文物出版社，2006；63，图版 27.
[3] 图 5 引自 Sharma, R. C:Buddhist art : mathura school. New Delhi : Wiley Eastern Ltd., 1995.plate50
[4] 〔意〕玛瑞里娅·阿巴尼斯. 古印度：从起源到公元 13 世纪 [M]. 刘青，张洁，陈西帆，等译. 北京：中国水利水电出版社，2006；252-253，63，图版 27.

143

柱头上饰有兽面，而且在柱子中上部也饰有一圈衔有璎珞珠串的兽面，而这一形式与水泉石窟的兽面更为相似，只不过它是单线波浪式而非交错式。位于印度中央邦的卡朱拉霍（Khajuraho）神庙，由金德拉（Chandella）王朝建于10—11世纪，其呈二方连续式的兽面建筑装饰与水泉石窟接近（见图7），兽面所含带状物的编排方式为交错式。一块印度10世纪雕有Kirttimukha兽面的石雕板下部的花饰（见图8），其编排方式亦为交错式，它们与水泉石窟交错出现的花链一致，而更有意义的则是这种花链与兽面的组合。尽管卡朱拉霍神庙和石雕板的时间比水泉或云冈二期的这类兽面图像晚，但从印度这类兽面图像的整体状况来看，在印度这种兽面图像出现比较早，发展演变亦有序可循。然在中国，在佛教传入之前几乎不见连续几个兽面口含饰物出现的图像，所以，卡朱拉霍神庙等兽面的例子可以用以佐证中国佛教造像艺术中所出现的此种兽面图像源于印度。此外，这种兽面图像在印度不仅出现在佛教艺术中，而且在其他宗教中也广泛使用。

图7 卡朱拉霍（Khajuraho）神庙建筑装饰 公元10—11世纪[1]

图8 Kirttimukha石雕板 公元10世纪[2]

---

[1] 〔意〕玛瑞里娅·阿巴尼斯. 古印度：从起源到公元13世纪[M]. 刘青，张洁，陈西帆，等译. 北京：中国水利水电出版社，2006：2-3.

[2] 图8引自 Ranesh Ray and Jan Van Alphen:TEJAS: 1500 years of Indian Art, New Delhi:Lustre Press,2007.p80.

A 型 II 式口衔璎珞珠串或锦带的兽面在印度尚不见有与之完全对应的图像，不过我们在北印度建于 11 世纪的 bhojeswar mandir 神庙门廊左侧，发现了一个衔有链条铃铛的兽面（见图 9），我们依然可以寻到一些线索。本文图 20 北齐菩萨立像的兽面璎珞上是系有铃铛的，这种底部敞口的钟形铃铛盖非中国本有，秦汉以来中国的铜钟多是两头略收中间微鼓的形状，如编钟。因此，可以初步判断菩萨身上的铃铛是一种外来样式，二者的相似性似乎说明 5—6 世纪时印度兽面有的是衔有珠串铃铛的。当然，在中国，这种珠链装饰被中国化了，它既保留了原来印度的一些装饰特征，同时被又加以改造，将中国古有的玉佩装饰因素融入其中。

　　B 型兽面不论 I 式还是 II 式，它的出现位置都是有规律的，即常常出现在门拱或龛拱上方的中间位置。例如，西安市博物馆藏北魏释迦多宝弥勒造像碑，美国大都会博物馆藏北齐四面石龛像等（参见兽面组合类型表）。比较北齐四面石龛像的兽面位置与印度 Ghateswar 神庙门廊的兽面（见图 10），会发现二者在兽面安放位置上的理念的一致性。北齐石龛像兽嘴咬住龛门圆拱尖楣的尖部，因此看起来就好像整个尖楣

图 9　北印度 bhojeswar mandir 神庙门廊　11 世纪 [1]

图 10　Ghateswar 神庙门廊　9—12 世纪 [2]

---

[1]　〔意〕玛瑞里娅·阿巴尼斯. 古印度：从起源到公元 13 世纪 [M]. 刘青，张洁，陈西帆，等译. 北京：中国水利水电出版社，2006：130-131.

[2]　同上。

跨时空文学对话

门拱从兽面的口中"流出",下面为门的入口。Ghateswar 神庙门廊也正是如此,门拱从兽口分为两边正好形成入口,而且兽口中还衔有链串饰物。此外,西安市博物馆所藏的北魏释迦多宝弥勒造像碑上的兽面,也是一口咬住龛楣的正中。所谓 B 型 II 式,只是在 I 式兽面的两侧多了其他形象,北齐四面石龛像的兽面两侧多出了两条对称的龙,在印度虽未找到兽面与龙相组合的图像,但我们看 Ghateswar 神庙门廊的兽面的两侧有一对对称的吹笛乐人形象,在构图方式上与北齐四面石龛像是一样的。这种现象或许能从一个具体例子上体现佛教艺术的本土化过程。当然,北齐改造的对象不会是比它晚的 Ghateswar 神庙门廊上的兽面组合图像,而是比之时间要早很多的类似图像。

在印度,这种在门上部或中间装饰兽面的例子还有很多,只是能够保存下来的多为公元 6 世纪以后的作品。上面所说只是单个兽面在建筑上的情况,而在中国佛教艺术中它还出现在菩萨的身上,详见后文。

C 型缠枝花兽面最能直接显示中国兽面图像与印度兽面的关系。兽面组合类型表中的东魏高平王元宁为亡妻造释迦佛立像,其佛像头光(见图 11)与印度山奇建筑群 45 号遗址佛像的头光(见图 12)中均出现了 C 型兽面,而且它们的时间也比较接近。除了由于地域与时间原因形成的具体缠枝花纹及兽面样式有所不同外,二者在结构形式上如出一辙。非常明显,东魏佛造像直接挪用了印度造像中的纹饰,那么此二者兽面的名称和含义也应当是一致的。C 型兽面除了用于佛像头光的装饰外,最多的还是用于建筑中,如 11 世纪索兰克王朝时期摩诃拉(Modhla)太阳神庙内屋顶横梁处的

图 11 高平王元宁为亡妻造释迦佛立像局部 [1]

图 12 山奇建筑群 45 号遗址佛像 7—10 世纪 [2]

---

[1] 东魏天平四年(公元 537 年)美国克利夫兰美术馆藏(引自金申. 海外及港台藏历代佛像: 珍品纪年图典 [M]. 太原: 山西人民出版社, 2007: 77.)。

[2] 〔意〕玛瑞里娅·阿巴尼斯. 古印度: 从起源到公元 13 世纪 [M]. 刘青, 张洁, 陈西帆, 等译. 北京: 中国水利水电出版社, 2006: 145.

Kirttimukha 装饰雕刻，[1] 只是它并非环状，而是呈直线排开，样子与北周安伽墓门楣上的缠枝兽面图像非常接近。

从以上分析以及大量图像证据表明，中国南北朝佛教艺术中出现的兽面其渊源是来自印度，在文化渊源上，饕餮与佛教造像上的兽面也没有什么直接关系（这种兽面究竟为何，详见第三节）。在印度，这种兽面不仅是最古老的形象[2]，并且在空间上纵贯整个南亚次大陆，是古印度雕刻中卓越的成果之一，而这个图像就是印度著名的被称为 Kirttimukha (face of glory) 的兽面形象。

三、印度的兽面 Kirttimukha 及其流传

在这一部分内容中所讲的兽面 Kirttimukha 的流传，主要论述的是在中国以外的流传状况，该图像在中国的传播则单独叙述。

（一）Kirttimukha 的含义及特点

Kirttimukha（梵文 Kīrttimukha）：Kirti 梵文意为陈述、记载、名声、名誉。汉译，名：好名、名闻；誉：称誉；称：称赞、称扬、赞叹。Mukha，汉译：面、面目、面部、面具。合称 Kirttimukha，英文为 Glory face 或 face of glory，汉语直译"荣誉之面"。

Kirttimukha 的图像特征是一个狮子的头部，因此又被称为"simhamukha(lion-face)"，它象征着一种如同狮子般的强大力量。这个形象经常被置于湿婆神庙拱门上部的中间位置，或柱楣、檐口等部位，有时也出现在湿婆的头冠上。这个面具既是湿婆愤怒时破坏力量的象征，同时又是一个表达永恒至尊存在的艺术主题。它也代表太阳、时间、死亡以及除湿婆之外可以摧毁整个世界的宇宙之火。[3] 所以它被印度教徒看作荣耀的神圣力量的象征，而这种力量既可以产生万物，同时也可以毁灭万物。作为守护神，Kirttimukha 具有辟邪作用，[4] 对于佛教而言，Kirttimukha 则是无常的象征以及佛法的护持者。[5] 在图像上它经常与以下三种形象构成组合关系：莲花、那伽（Naga）以及马

---

[1] 〔意〕玛瑞里娅·阿巴尼斯. 古印度：从起源到公元 13 世纪 [M]. 刘青，张洁，陈西帆，等译. 北京：中国水利水电出版社，2006：183.

[2] Sivaramamurti, Art of India, p552. 转引自 Margaret stutley:The Illustrated Dictionary of Hindu Iconnography[M]. London: Routledge and Kegan paul,1985:p73.

[3] Margaret stutley.The Illustrated Dictionary of Hindu Iconnography[M].London:Routledge and Kegan paul,1985:73.

[4] Ranesh Ray and Jan Van Alphen.TEJAS: 1500 years of Indian Art [M].New Delhi:Lustre Press,2007:81.

[5] "For Buddhists it is a symbol of Impermanence—the face of the demon grasping the Wheel of Samsara. However, alone,it is an auspicious mark of the activity of Dharma Protection." From http://www.khandro.net/mysterious_vyali_mukha.htm.

卡拉（Makala 中国称之为"摩羯鱼"）。[1]

在印度，Kirttimukha 的形象随着时间的推移而逐渐发生变化。较早时期，如笈多时代的 Kirttimukha 形象，虽经装饰手法的改造，但它还比较接近狮子的面貌，但是 7 世纪以后，它的形象逐渐发生改变。例如，7 世纪 Svarga Brahma 神庙石柱上的 Kirttimukha 已经与早期的形象有所不同，之后则更演变成一种凸出的两个大眼睛上耸起两支"角"的样子（见图 13）。显然，Kirttimukha 的形象里又融入了其他动物的形象特征。对于口中衔缠枝花的 Kirttimukha 来说，早期比较具象的莲花逐渐发展成一种比较抽象、繁缛的卷草纹。中国东魏高平王元宁造像释迦头光中，Kirttimukha 口中的莲花还比较具象，同时兽面的形象也与笈多时代的 Kirttimukha 更为接近。

1. Kirttimukha 笈多时代 5—6 世纪　　2. Kirttimukha 帕拉马拉王朝 11 世纪

图 13　印度 Kirttimukha 形象的变化 [2]

（二）Kirttimukha 的流传

在印度本土，Kirttimukha 由北到南遍布整个南亚次大陆，这从本文以上所引的实例中也可见一斑。在印度之外，Kirttimukha 的形象也广泛流传，特别是东南亚一带。4—6 世纪时东南亚对印度文化的接收是全面的，不论是印度教（新婆罗门教）还是佛教，在东南亚都相当盛行，Kirttimukha 也随着这种文化传播而进入东南亚。图 14 是两处位于中爪哇的宗教建筑，一个建于公元 8—9 世纪，从图片中看到，Kirttimukha 同样出现在门拱的上方，只是它的名字不再称为"Kirttimukha"，而叫作"Kāla"（或"Mahakāla"）即时间或死亡之神[3]，另一个是著名的波罗浮屠中的 Kāla，它也出现在门拱上部的中间位置（见图 14）。

那么在印度的北面即中亚一带，兽面 Kirttimukha 是否也流传过呢？目前笔者

---

[1] Ranesh Ray and Jan Van Alphen.TEJAS: 1500 years of Indian Art .New Delhi:Lustre Press,2007:81.
[2] Ranesh Ray and Jan Van Alphen.TEJAS: 1500 years of Indian Art .New Delhi:Lustre Press,2007:80,82-83.
[3] Claire Holt.Art In Indonesia:Continuities And Change.Ithaca New york:Cornell University,1967:44；Margaret stutley.The Illustrated Dictionary of Hindu Iconnography.62.
[4] Claire Holt.Art In Indonesia:Continuities And Change.Ithaca New york:Cornell University,1967:39,plate27, 44, plate29.

Tjandi Ealasan 神庙　8—9世纪　　　　波罗浮屠 9世纪

图14　8—9世纪中爪哇宗教建筑[1]

所收集的证据中尚无直接出土于中亚的兽面 Kirttimukha 图像，但是笔者在收集国内5—6世纪兽面图像时却发现，在中亚粟特人以及有明显粟特文化影响的墓葬中出现了这种兽面图像。入华的粟特人仍然保持着自己独立的宗教信仰，即琐罗亚斯德教（Zoroastrianism）[1]，火祆教是中国人给它的称谓。由于人数较多，北周或北齐的统治者出于不同的政治目的带头祭拜祆教神，这也使得祆教在中国北部有了一个较为自由的发展空间。出现这种兽面的墓葬主要有北周粟特人康业墓、安伽墓，北齐高官显贵东安王娄睿墓和徐显秀墓。康业墓和安伽墓先后发现于陕西西安，即北周都城长安。康业于北周天和六年（公元571年）卒，康居人，祖先为康居王族，父于西魏大统十年（公元544年）被举荐为大天主，卒于保定三年（公元563年）。后康业继任此职。[2]其墓中有两处出现兽面，一是石棺床前部侧面以阴线刻有C型兽面，即兽面口衔缠枝，与C型稍有区别的是在兽面两侧各出现了一只禽鸟，且鸟口中衔有瑞草。另一处是墓门的门楣处，兽面"两侧各一翼龙，面向兽首作奔走状。龙首高昂，曲颈，身修长，肩生双翼，长尾后扬，四肢健壮。龙与兽首之间似为火焰纹，右侧龙尾亦饰火焰纹"[3]。此翼龙带有祆教文化特征，因为中国的龙是不需要翅膀的，但在波斯等地出土的一些金银器物中有很多如犬、羊、驼等牲畜都是带有翅膀的。[4]安伽为北周萨保，卒于大象元年（公元579年）[5]，他墓门的门楣上亦有C型兽面，缠枝中无禽鸟形象。此外，

---

[1] 林悟殊先生则认为应当称之为查拉图斯特拉（Zarathustra）教。
　　林悟殊. 波斯拜火教与古代中国 [M]. 台湾：新文丰出版公司，1995：1.
[2] 西安市文物保护考古所. 西安北周康业墓发掘简报 [J]. 文物，2008(6)：34.
[3] 西安市文物保护考古所. 西安北周康业墓发掘简报 [J]. 文物，2008(6)：19.
[4] 何京. 太原北齐徐显秀墓"羽翼兽"试析 [J]. 文物春秋，2009(2).
[5] 陕西省考古研究所. 西安北周安伽墓 [M]. 北京：文物出版社，2003：62.

跨时空文学对话

北齐显贵娄睿墓（公元 570 年）和徐显秀墓（公元 571 年）墓门上方的半圆形门额中也有此兽面，不过没有缠枝，只有两只口衔瑞草的禽鸟位于兽面两侧。这四座墓葬的时间上，娄睿墓、徐显秀墓和康业墓的时间挨得非常近，就在公元 570—571 年，安伽墓比他们晚八年。这些墓葬中的兽面出现的位置有一个共同的规律，就是它们都出现在门的上部，或门额或门楣的中间位置，这与印度兽面 Kirttimukha 经常出现在门的上方是一致的。当然，康业墓还有一处兽面出现在石榻前部的中间位置。此外，这四座墓葬除安伽墓外，兽面均与两只左右呈对称状的口衔瑞草的禽鸟相组合，而这三座墓时间就集中在两年间，地域上一个位于北周，两个位于北齐。兽面与禽鸟的组合似乎构成了一种固定的图示，在一定时间内在粟特袄教文化中传播。那么兽面为什么要与禽鸟组合，它还有没有更早些的图像出现？

  关于袄教进入中国的时间，陈垣先生曾做过详细考证。[1] 史书最早记录中国与袄教国家往来的是《魏书》中所载，北魏神龟元年（公元 518 年）与波斯通好之事。西安市碑林博物馆藏有一件北魏佛道造像碑即田梁宽等造像碑，在其石碑的上部，即庑殿式屋形龛的房脊上也出现了兽面与禽鸟组合的图像。从龛内人物造型清瘦的特点来看，应是北魏孝文帝汉化改革之后的造像碑，这与北魏和波斯等袄教国家通好的时间相近。比造像碑时间较晚的北齐娄睿墓、徐显秀墓和北周康业墓都出现了与它相似的兽面和对称禽鸟的图像组合，而且禽鸟口中都衔有瑞草，应当说它们的图像之间存在内在关联，造像碑上的兽面与禽鸟不是形象的临时拼凑。而且我们注意到造像碑兽面的位置也是位于门上方，因为中国建筑的特点决定了兽面不能安在大房檐下，而只能将其置于屋顶上，这一点与墓葬相似，与印度 Kirttimukha 经常出现的位置也相仿。值得注意的是，这块造像碑是一块佛道教造像碑，在这个有兽面和禽鸟图像的屋形龛中坐的是一位道教神，这从他的冠帽及着装上很容易分辨。我们知道，魏晋南北朝时期中国本土宗教道教由于受到外来宗教的刺激，也正处于蓬勃发展的阶段。在道教图像系统中，它不仅吸收了佛教图像，而且极有可能也吸收了此时进入中国的其他宗教图像，这其中不排除袄教图像因素。因为在印度，兽面 Kirttimukha 经常与莲花、那伽以及马卡拉（摩羯鱼）相组合，尚未见 Kirttimukha 与飞禽组合的形象。更有意思的是，在这块佛道造像碑的侧面，一个拱形佛龛龛楣的正中间雕刻着一个兽面，我们可以肯定它就是 Kirttimukha，因为龛内是一尊佛像。有禽鸟和无禽鸟的兽面同时出现在一块造像碑上，而且分属不同的宗教神，也许刊刻造像碑的工匠对此是无知的，但他们手中造像的粉本来源则应当是属于不同的宗教图像体系。

---

[1] 陈垣. 火袄教入中国考 [M]//. 丝绸之路文献叙录. 兰州：兰州大学出版社，1989.

仔细观察造像碑上兽面两侧的飞禽，会发现它的形象与较晚的娄睿墓或康业墓中那种完全中国凤鸟化的形象有些差别，它更像是一只被美化的公鸡，粗大的脚爪俨然是公鸡的特征，两只禽鸟共衔一棵瑞草，而禽鸟口衔瑞草的形象是比较有代表性的祆教图像。[1] 也就是说，这种兽面与禽鸟相组合的形象可能在祆教进入中国之前就已经是祆教特有的图像了。而田梁宽造像碑上的这一图像是比较早的，较接近祆教图像原貌的形象。下面图表是田梁宽造像碑与四座有兽面图像墓葬的排比列表，以时间为序，它们之间的图像关系可一目了然。

表3　田梁宽造像碑及墓葬兽面图像列表

朝代	名称	兽面图像	位置	图片出处
北魏	田梁宽等造像碑	原碑　　线图	屋脊	原碑：引自胡文和.陕西北魏道（佛）教造像碑、石类型和形象造型探究[J].考古与文物，2007（4）：70.线图：引自罗宏才.中国佛道造像碑研究：以关中地区为考察中心[M].上海：上海大学出版社，2008:120，图4-2-7.

---

[1] 罗宗真，王志高. 六朝文物[M]. 南京：南京出版社，2004：61.
关于此段时间的祆教遗存可参见施安昌《六世纪前后中原祆教文物叙录》，载北京大学历史系编《古代中外关系史：新史料的调查、整理和研究国际学术研讨会论文汇编》，2002。
罗宗真在《六朝文物》中所指的这种禽鸟图像又被称为"绶带鸟"，即鸟的脖颈处系有向后飘动的绶带，这种鸟的形象见于隋代虞弘墓石棺的图像上，如第5幅图"草原部族与胜利之神"上便有两只口衔芝草的瑞鸟，其中一只脖颈处系有绶带；第7幅"骑象斗狮图"下方有一只口衔芝草的系绶带瑞鸟（姜伯勤：《中国祆教艺术史研究》，北京：三联书店，2004，第132页，图8-9以及第134页，图8-11）。由于此枚造像碑的时间较早，故此尚不清楚瑞鸟颈部的绶带是原本没有，还是在造碑时被去掉。但瑞鸟口衔芝草的形象在祆教图像中是存在的，比较具有祆教的特点。再有就是兽面图像，姜伯勤在《中国祆教艺术史研究》中提到"盛于皮袋"的祆神，即唐安菩墓出土的三彩骆驼褡裢上的兽面图像，并肯定这一图像并非"虎面纹"（姜伯勤：《中国祆教艺术史研究》，第228页。）而早在北齐，青州傅家画像石上就已经出现了这种"盛于皮袋"的祆神，姜先生援引郑岩先生所绘青州傅家北齐画像石线图"商旅驼运图"加以说明，将这种兽面祆神图像提早到北齐（姜伯勤：《中国祆教艺术史研究》，第66页）。由于水平所限，笔者尚不能确定驼背上的兽面与这枚北魏造像碑上兽面的关系，但有一点可以确定，即这种兽面图像早在祆教进入中国之前已经存在于祆教中，即使并非同一神祇，也可能存在图像借鉴关系。在中国，兽面与禽鸟的图像组合最早的例子当数这枚西安碑林所藏的造像碑。（关于青州北齐傅家画像石的图像及研究详见郑岩《魏晋南北朝壁画墓研究》，北京：文物出版社，2003，"青州傅家北齐画像石与入华祆教美术"一章，第236-267页。）

续表

朝代	名称	兽面图像	位置	图片出处
北齐	东安王娄睿墓（公元570年）		门额	王银田，王晓娟.东魏北齐墓葬壁画中的莲花纹[J].北方文物，2010（1）:39.又见山西省考古研究所，太原市文物考古研究所.北齐东安王娄睿墓[M].北京：文物出版社，2006，彩版78
北齐	徐显秀墓（公元571年）		门额	王银田，王晓娟.东魏北齐墓葬壁画中的莲花纹[J].北方文物，2010(1):39.又见山西省考古研究所，太原市文物考古研究所.太原北齐徐显秀墓发掘简报[J]文物，2003(10)
北周	康业墓（公元571年）		门额及围屏石榻前部	图片笔者摄，为石榻前部的兽面。参见西安市文物保护考古所.西安北周康业墓发掘简报[J].文物，2008(6)
北周	安伽墓（公元579年）		门楣	陕西省考古研究所.西安北周安伽墓[M].北京：文物出版社，2003: 18, 图14

从祆教中兽面出现的位置和印度 Kirttimukha 出现位置的一致性以及兽面自身的形象来看,二者应是存在某种关联的。火祆教与婆罗门教或佛教的渊源可以追溯到公元前,正如查尔斯·埃利奥特所说的那样:"《梨俱吠陀》与拜火教的《讽诵集》相类似是很明显的事……而且印度人和伊朗人所共有的宗教仪式和神祇,在拜火教主琐罗亚斯德的改革以前既已存在。"[1] 此外,从语言上更能体现出二者的密切关系。威廉姆·杰克逊(Williams Jackson)在其 1892 年出版的《阿维斯陀语语法与梵语比较》一书中,从语音关系、词汇以及语法三方面比较了阿维斯陀语与吠陀语的相似性。[2] 例如,他将阿维斯陀[3]语古经《耶斯特》(Yasht)与《吠陀》中关于赞颂密特拉神(Mithra)的经文做了比较,二者文字几乎完全相同。

《耶斯特》经文	《吠陀》经文
tam amavantam yazatam	tam amavantam yajatam
suram damohu savishtam	suram dhamasu savisthtam
mithram yazai zaothrabyo	mithram yazjai hotrabhyah

(译文:这是强而有力的密特拉神,是所有创造物中最强大者,我谨以酒献上。[4])

宗教学奠基人缪勒很早就指出语言与宗教的关系。人类初期形成的三个比较固定的语言,即图兰语、闪米特语和雅利安语,与此三种语言相应形成了三个"独立的宗教中心",就是以图兰语为基础的儒教和道教,以闪米特语为基础的犹太教、基督教和伊斯兰教,以雅利安语为基础的婆罗门教、琐罗亚斯德教和佛教。[5]《耶斯特》经文和《吠陀》经文之所以如此相像的原因就是它们同源于雅利安语系。

另一个例子是火祆教与佛教在建筑方面的相互影响。这在中亚一带则存留着一些珍贵的实物遗迹。阿富汗(古时属犍陀罗地区)苏尔科·科塔尔(Surkh kotal)祆教神

---

[1] 〔英〕查尔斯·埃利奥特. 印度教与佛教史纲:第一卷 [M]. 李荣熙,译. 北京:商务印书馆,1982:153.
[2] 龚方震,晏可佳. 祆教史 [M]. 上海:上海社会科学出版社,1998:10-11.
[3] 祆教经典称为"阿维斯塔"或"阿维斯陀"(Avesta)。
[4] W. Jackson. An Avesta Grammar comparison With Sanscrit. 1892.pp11-12. 转引自龚方震,晏可佳《祆教史》,第 11-12 页.
[5] 〔英〕缪勒. 宗教学导论 [M]. 陈观胜,李培茱,译. 上海:上海人民出版社,2010:64-65.

庙建造于约公元 2 世纪，在其遗址的照片上我们清楚地看到，在方形坛基的四角各有一个圆形柱础，可以肯定，当年四角应是立有四根立柱的（见图 15），"法国考古学家施龙姆伯格（Daniel Schlumberger）在考古报告中指出，这座神殿（苏尔科·科塔尔袄教神庙）无疑肇源于伊朗，尤其与苏萨和波斯波利斯的神庙相似。在伊朗，这种形式的火袄教神殿在几个世纪里几乎没有变化过"[1]。可见，这种形式是源自波斯的特有建筑样式。但是我们在犍陀罗的佛教雕刻中也见到过类似的建筑形式。

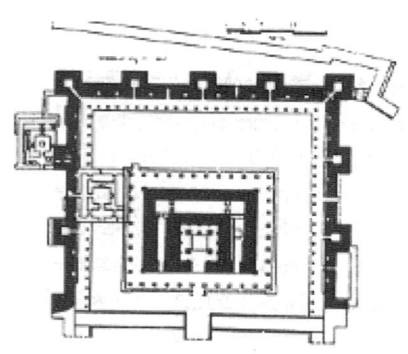

图 15　阿富汗苏尔科·科塔尔（Surkh kotal）袄教神庙祭坛及平面图 贵霜时代公元 2 世纪中叶 [2]

下面两图中是发现于犍陀罗地区的两块早期佛教雕刻，一个为传统的安放舍利之处——覆钵式佛塔 Stupa（见图 16），而另一个则是高台基上的小型房屋建筑，或者可称为"神祠"，但它也是佛教安放舍利之处（见图 17）。Kurt Behrendt 注意到在犍陀罗一带盛放佛舍利的不全是佛塔，还有一种功能与佛塔相似的佛教神祠，这不仅仅是摆放舍利位置的简单改变，它更显示出人们对佛舍利礼拜空间的认同。[3] 而这就反映出在犍陀罗袄教建筑给予佛教的影响，因为我们注意到在佛塔（Stupa）四角也出现了四根圆柱，这在山奇或巴尔胡特等佛塔周边是没有的。或许当年科塔尔袄教神庙的样子就如图 17 中的佛教神祠。科塔尔袄教神庙遗址的发现充分说明，贵霜时期的犍陀罗佛教艺术不仅有来自古希腊罗马的影响，同时也有来自波斯的影响。尤其是在粟特这个地方，粟特人所信奉的神祇往往在印度教中能找到与之对应的神，正如 S.P. Gupta 所说："实际上粟特是一个文化大熔炉，伴随着来自遥远国度的各种经贸活动，形形色色的

---

[1] 林梅村.高昌火袄教遗迹考 [J].文物，2006(7)：66.
[2] 同 [1]65；平面图引自 Cf. Klaus Schippman, The Development of the Fire Temple :5th International Congress on Iranian Art & Archaeology, Tehrran, 1972。
[3] Kurt Behrendt.Relic Shrines of Gandhāra :A Reinterpretation of the Archaeological Evidence.Pia Brancaccio and Kurt Behrendt :Gandhāran Buddhism——Archaeology, Art, Texts, Canada:UBC, 2006:97.

文化也在这里交汇。"[1]

此外，波斯人的活动不仅出现在北印度，同样在南印度以及东南亚都有波斯或受波斯文化影响的中亚人活动的遗迹。[2]

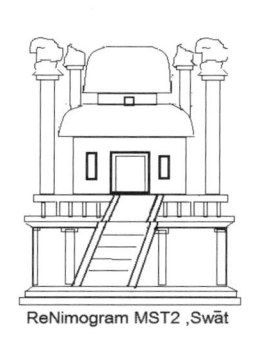

图 16　造塔　犍陀罗[3]　　　　图 17　位于高台上带有柱子的佛教神祠斯瓦特[4]

波斯与印度有着如此密切的文化背景，那么，不论是印度教（或佛教）还是祆教中的兽面可能有着古老的共同的形象源头，只是随着两种文明及宗教各自的发展而分道扬镳，而这种差别主要体现在兽面的身份或意义方面。随着两种宗教先后传入中国，这种兽面形象又在中国交会。图像上也可能存在一定的借鉴关系。据笔者查阅的资料，有一个形象与佛教兽面 Kirttimukha 十分相近，它就是祆教神祇中的贪魔阿缁（āz）。

阿缁是善神阿胡拉·马兹达的儿子阿塔尔（ātar 是司职火神）的死敌，它贪婪残暴，是黑暗与邪恶的象征。其形象特征是有首无身，并有着一双大眼睛。成书于8—9世纪的巴拉维语文献《创世纪》（Bundahishn）这样写道："贪魔阿缁吞噬一切事物，由于匮乏而无物可获时，它就吞食自身。……因此有人说道：'其贪婪的眼睛犹如没有边界的旷野。'"[5] 关于阿缁的形貌，科普文特在《赞美诗》中写道："我怎么能治愈你，啊，黑厉（贪魔），你这雌狮，俗世之母。"[6] 可见，阿缁应当有着一张狮面，这与 Kirttimukha 在相貌来源上是一致的。阿缁的威力很大，连阿胡拉·马兹达的儿子都不是它的对手，以至于要向别人求救。祆教的宗旨是崇善、光明与洁净，显然不会将阿缁作为崇拜的对象，但在信奉祆教人的墓葬中确实出现了这种形象，那么比较合

---

[1] "In fact Sogdiana was the melting pot of cultures coming from various directions through the long-distance trade mechanism." (S. P. Gupta, "Hindu Gods in Western Central Asia A Lesser Known Chapter of Indian History," Dialogue, vol. 3, No. 4, 2002. from: http://www.hvk.org/articles/0103/311.html)
[2] G. 赛代斯. 东南亚的印度化国家 [M]. 蔡华，杨保筠，译. 北京：商务印书馆，2008：85-87.
[3] 田栗功. がンダーラ美術 I. 东京：二玄社，2003：258, 图 531.
[4] 笔者绘。
[5] 芮传明. 饕餮与贪魔关系考辨 [M]// 传统中国研究集刊：第二辑，上海：上海人民出版社，2006：7.
[6] 同 [5]14.

理的解释就是,以兽面形象出现的贪魔阿缁具有辟邪功能。因为它是极恶之物,所以人们反过来将它作为一种保护者,那么一般的邪祟自然奈何不得。这就像中国文化中虎的形象,原本老虎伤人,古时人们谈虎变色,避之唯恐不及,但正是由于老虎有这样巨大的威力,所以古人又将它奉为神,转而成为人们的保护者。但阿缁毕竟是恶魔,必须有可以节制的神物,只有这样,人们在将其作为辟邪之物时才会更安全。

那么什么可以节制阿缁呢?在西安碑林博物馆所藏北魏田梁宽造像碑上我们看到,兽面的两侧各有一只禽鸟,状似公鸡而加以美化,而娄睿等人的墓葬中的兽面图像组合也与之一致。前边提到阿塔尔因为斗不过阿缁而向他人求救的事,《创世纪》中这样记述:"'在黑夜的第三时分,阿胡拉·马兹达的儿子阿塔尔向神圣的斯劳沙(Sraosha)呼救'。斯劳沙随即唤醒了神鸟(公鸡)帕洛达希(Parodarsh),要它唤起大家对付邪魔。"[1] 公鸡报晓,光明降临人间,邪恶的势力被压制。所以在阿缁的两侧配有神鸟,[2] 以示压制住它的邪恶势力,而利用它的威神保护人们。施昌安先生也认为那些出现在墓葬石床上的兽面(他称之为"铺首")具有辟邪作用。[3] 他所举的例子是河南洛阳古代艺术博物馆所收藏的一件北魏石床,在石床正面中央以线刻手法刻有一个兽面,其位置与康业墓石床上兽面的位置一样。

Kirttimukha 在不同的文化中被赋予了不同的内涵及名称,就像在东南亚被称为"Kalā"那样,在袄教中它可能被赋予了辟邪阿缁的身份。R.C. Zaehner 就认为阿缁的观念源自佛教,因为在袄教的原始经典《阿维斯塔》中不见关于"阿缁"的记载,"阿缁"的出现多是在公元后几个世纪的文献中,如成书于8—9世纪的《创世纪》。佛教三毒"贪、嗔、痴"首戒"贪",而贪魔阿缁的典型特征就是"贪"。[4] 也许正是由于存在这种理论上的渊源,既而又直接引用了佛教中的图像,所以我们看到在粟特人墓葬中出现的这类兽面,具有如此明显的佛教特征也就不足为奇了。此外,像佛教中的摩醯首罗天同时也是袄教中的神,这是在汉文史料中明确指出的,[5] 此亦为袄教与佛教神祇存在密切关系的一个旁证。

---

[1] 芮传明. 饕餮与贪魔关系考辨[M]. 传统中国研究集刊:第二辑,上海:上海人民出版社,2006:7.

[2] 姜伯勤在《中国袄教艺术史研究》中称这种神鸟为"赫瓦雷纳"(Hvarenah)鸟,它是"与光明的性质相联系的好运"的象征(姜伯勤:《中国袄教艺术史研究》,第69页。)不论是赫瓦雷纳鸟还是神鸟帕洛达希,都是与光明相联系、压制黑暗的象征。

[3] 施昌安. 河南沁阳北朝墓石床考——兼谈石床床座纹饰类比[M]// 粟特人在中国:历史、考古、语言的新探索,北京:中华书局,2005:458.

[4] R.C. Zaehner, The Dawn and Twilight of Zoroastrianism, from: http://www.farvardyn.com/zurvan5.php.

[5] (唐)韦述:《两京新记》,"布政坊"条。参见黎北岚. 袄神崇拜:中国境内的中亚聚落信仰何种宗教?[M]// 粟特人在中国:历史、考古、语言的新探索. 北京:中华书局,2005:547.

四、Kirttimukha 或贪魔阿缁在中国的流传

不论是佛教中的 Kirttimukha 还是粟特人的阿缁，这种兽面形象在中国的传播状态与其所处的政权管辖地域有密切的关联。在文章开始对兽面形象所做的统计中我们可以看到，北魏时兽面出现在佛教造像中，北魏分裂后，在西边，西魏的佛教艺术中尚出现兽面图像，但进入北周后，兽面图像在佛教艺术中则极少见到，而在粟特人的墓葬中多有出现。东部的政权为东魏—北齐，北齐的佛教艺术中，兽面图像常出现在菩萨配饰的璎珞上，墓葬中兽面也出现在具有明显祆教文化影响的北齐显贵的墓中。在南朝，除河南邓县学庄村南朝画像砖墓墓门拱额上出现了一枚兽面图像外，此种图像几乎很少见到。

上文讲到粟特人墓葬中出现的兽面与佛教艺术中的兽面，在形式上存在相当的一致性，特别是兽面两侧配禽鸟的样式几乎成为当时在华祆教的特有形式，因此不论兽面两侧有没有禽鸟，兽面图像在当时中国人看来或许都与祆教难脱关系。关于火祆教在南朝的情形与北朝大不相同，史料中有两条较早的记载可资参考。一是《南史·齐本纪上》南齐永明十一年的记载如下。

> 先是魏地谣言，"赤火南流丧南国"。是岁，有沙门从北携此火而至，色赤于常火而微，云以疗疾。贵贱争取之，多得其验。二十余日，都下大盛，咸云"圣火"。诏禁之不止。火灸至七炷而疾愈。[1]

永明十一年即北魏太和十七年（公元 493 年），有沙门（未必是佛教徒）携"赤火"入南国，说是为了给人治病，而且多有应验。从其文字描述看，很像火祆教，但文中并未明确指出，故其为祆教之论只备一说。另一条是《梁书·蔡撙传》中关于"天监九年，宣城郡吏吴承伯挟祆道聚众攻宣城"之事，[2] 有学者认为"蔡撙传"中所说的"祆道"即为火祆教，并将其作为火祆教在南朝出现的确史加以运用，但王永平先生则对此加以驳斥，在《"祆道"辨——从南朝梁吴承伯起义谈起》[3] 一文中详细举证并论述了"祆道"非火祆教而应为"妖道"的观点。

在南朝的史料中关于祆教的记载很少，同样在南朝出土的文物中，这种在北朝与祆教有着密切关联的兽面图像也非常少见。河南邓县学庄村南朝画像砖墓墓门拱额上

---

[1] （唐）李延寿. 南史·齐本纪：上 [M]. 北京：中华书局，1975：125.
[2] （唐）姚思廉. 梁书·蔡撙传 [M]. 北京：中华书局，2011：333.
[3] 王永平. "祆道"辨：从南朝梁吴承伯起义谈起 [J]. 晋阳学刊，1999(3).

的兽面（见图18）是笔者所收材料中仅见的一例，它的位置与印度以及粟特人墓葬中兽面常出现在门额中间的位置是一致的。但它口中所衔之物，则具有典型的中国传统文化特色，即那根绕有锦带的杖是西王母的"胜"，[1] 而它在南朝仅出现在墓葬中，并不多见。[2] 四川一带出土了相当数量的南梁佛教造像，也未发现有兽面图像出现。按梁武帝广交南海、印度诸国，对这种兽面图像不会陌生，但在南梁的佛教艺术中并未采用（目前考古证据显示如此），这或许显示了其对宗教文化艺术有一个筛选过程。

北朝佛教艺术中 Kirttimukha 形象最早出现在云冈二期以后的石窟中，在洛阳主要集中在龙门古阳洞和偃师水泉石窟等处，一些单体造像碑上时有所见。从孝文帝改革到北魏分裂的前几年，正是北魏佛教造像的盛期。《洛阳伽蓝记》载："永明寺，宣武皇帝所立也，在大觉寺东。时佛法经象，盛于洛阳，异国沙门，咸来辐辏，负锡持经，适兹乐土。世宗故立寺以憩之。房庑连亘，一千余间……百国沙门，三千余人。"[3] 在北方一统的社会背景下，北魏政权是一个开放的政权，他对各类文化因素都会兼容并蓄。我们看到，在西魏时还有一些兽面图像出现，如敦煌西魏窟第285和249窟，甘肃出土的西魏大统十二年（公元546年）的权氏造像碑[4]（见图19）以及美国纳尔逊美术馆收藏的佛像碑上，[5] 这应当是北魏的余续。

山东诸城博物馆藏北齐菩萨立像的璎珞（见图20）以及青州博物馆所藏的一尊菩萨立像[6] 的璎珞上均出现了兽面。图21是西安草滩出土的一尊北周汉白玉菩萨像，从其所用材料及制作的精美程度来看当为皇家或显贵所制。这尊观音的璎珞装饰同样华美，但不同的是北周菩萨身上没有了兽面，取而代之的是花朵装饰。从这个具体的例子可以看到，兽面璎珞北齐有，之后的隋代也有几例璎珞上装饰有兽面的菩萨像，而北周除早期出现的一尊菩萨残像衣服的后腰部饰有兽面[7] 外，在佛菩萨造像上几乎很难见到这样的图案。

---

[1] 此一点为罗世平老师所指出。

[2] 李妡恩. 北朝装饰纹样研究：5、6世纪中原北方地区石窟装饰纹样的考古学研究[D]. 北京：中国社会科学院，2002：75.

[3] （北魏）杨衒之. 洛阳伽蓝记[M]. 韩结根，注. 济南：山东友谊出版社，2001：170.

[4] 该碑上方兽面与龙身龙爪紧密结合组成碑额，似乎与佛教兽面形态有所不同。但这里需要注意其组合的方式，兽面大口咬住龙身，而口中衔物正是佛教中这种兽面的基本特征。我们看在东南亚的神庙建筑上，硕大的兽面正是高居拱门上方正中，并咬住拱尖。这与造像碑上的兽面形态也是一致的。

[5] 金申. 海外及港台藏历代佛像：珍品纪年图典[M]. 太原：山西人民出版社，2007：88.

[6] 金维诺. 中国寺观雕塑全集1：早期寺观造像[M]. 哈尔滨：黑龙江美术出版社，2003，图159.

[7] 中国社会科学院考古研究所. 古都遗珍：长安城出土的北周佛教造像[J]. 文物出版社，2010，图39，58-59.

图 18　河南邓县学庄村南朝画像砖墓　南朝[1] 　　　图 19　权氏造像碑西魏大统十二年[2]

图 20　菩萨立像　北齐　诸城博物馆藏[3] 　　　图 21　白石菩萨　北周　西安市博物馆藏[4]

北周不禁祆教反加支持，是由于统治者的政治需要。《隋书·礼仪志》记："后周欲招来西域又有拜胡天制，皇帝亲焉，其仪并从夷俗，淫僻不可纪也。"北周时居留长安的胡人——粟特人应当数量不少，从西安前后发现的三座粟特人的墓葬中便可得到证实。需要说明的一点是，北周皇帝带头拜胡天，有其明确的政治目的，即为"招来西域"，所以他对自己的行为有清楚的认识，一切都围绕他的政治需要而进行。由于北周政府对祆教的支持态度，所以在粟特人的墓葬中，这种与其宗教密切相关的兽面图像也就会很自然地频频出现。

综上所述，这种兽面图像在北朝较为盛行，而在南朝则十分稀少。但在北朝各政

---

[1] 罗宏才. 中国佛道造像碑研究 [M]. 上海：上海大学出版社，2008：119，图 4-2-4.
[2] 金维诺. 中国寺观造像全集 1：早期寺观造像 [M]. 哈尔滨：黑龙江美术出版社，2005：99，图 105.
[3] 同 [2] 图 162.
[4] 笔者摄。

权中的流行情况又有所差别：在北魏、西魏及东魏—北齐，这种兽面图像盛行或比较多见，在北周则少见，然而在北周的粟特人墓葬中，这种兽面图像又频频出现。在东魏—北齐，这种与北周粟特人墓葬中相似的兽面图像，也出现在其高官显贵的墓葬中。兽面图像在北周的"突然缺环"，当有其背后的宗教文化原因。

五、小 结

5世纪中叶至6世纪后期，在中国的佛教艺术中出现的这种图像，学界一般认为是中国三代时期的饕餮或汉代兽面，笔者依据此类兽面的组合关系、其宗教归属以及南北朝时期中西交流广泛的社会大背景，认为此兽面应为印度宗教艺术中的Kirttimukha形象。而出现在中国境内的粟特人墓葬及带有明显袄教文化影响的墓葬中所出现的此类兽面图像，本文尝试性初步推断其为与佛教有着密切渊源的袄教神——贪魔阿缁。Kirttimukha在佛教里它既是无常的象征，又是佛法的守护者。然而随着地域和文化的不同，它又被赋予了新的内涵。由于它鲜明的异域文化特色，在南北朝晚期时，不同的政权出于不同的政治、宗教目的，对它采取了不同的态度。

兽面Kirttimukha的形象与中国传统的饕餮或汉代的兽面的确十分相似，但我们不能轻易地就认为南北朝后期佛教艺术中的此类形象就是饕餮或汉代兽面，因为这种名称具有文化属性。这就如同我们在印度见到这种兽面图像时不能称其为"饕餮"一样。所以必须具体情况具体分析。那么首先就要考虑大的时代背景，南北朝乃至隋唐，是一个中西文化交流十分频繁的时期，西域的宗教、艺术纷纷进入中国，此时我们面对某种图像，尤其是出现在外来宗教艺术中的图像时，就不能单纯从中国的文化传统中去寻找它的"身份"，而应当具体分析研究对象所处的空间环境、具体位置、组合关系及相关文化或宗教背景，唯有如此才可能得出比较接近事实的答案。至于兽面Kirttimukha的形象与中国传统的饕餮或汉代的兽面之所以相似，笔者推测大致有这样一些原因：其一，当一种外来艺术形象进入中国后，其原始图像毕竟是少数，而且在传移摹写中也会渐失原貌；其二，中国工匠在制作这类外来图像时，大多数会利用自己已有的资源、熟悉的形式进行制作，这大致便是一个所谓本土化的过程；其三，兽面形象在很多文化中都存在，作为兽面它们在形象上本就存在很大的共性。所以相似的图像在不同的文化背景中则具有不同身份或名称，不可一概而论。

本文对Kirttimukha的考察、它与袄教神的关系、中国粟特人墓葬中的兽面图像是否为贪魔阿缁等问题的探讨尚属初始阶段，由于水平所限，存在不少疏漏或讹误，在此特求教于方家。

印度古代文学研究在中国

于怀瑾
中国社会科学院外国文学研究所研究员

中印文化交流源远流长，现存文献中甚至留下过早在先秦时期，中印就已经开始交往的传说。有确凿的文献记载，至少在西汉前期中印交流就开始了，迄今已有两千多年历史。过去，印度文化的传入主要集中在宗教方面，其中固然包含佛教文学的内容，但是关于佛教以外的纯文学作品的介绍，实为罕见。我国对印度古典文学作品的介绍、翻译和研究时间较晚，距今不过一百多年历史。光绪三十年（公元 1904 年），苏曼殊南游暹罗、锡兰等地，学习梵文，接触到印度古代文学作品，不久他就开始了翻译和介绍印度古代文学中优秀作家作品的工作，填补了中国近现代译介史上的诸项空白。

一、印度古代文学作品的翻译

苏曼殊在《梵文典》自序中说："夫欧洲通行文字，皆源于拉丁，拉丁源于希腊，由此上溯，实本梵文。他日考古文学，唯有梵文、汉文两种耳，余无足道也。"正因为认识深刻及此，所以 1907 年年初，他在东京率先潜心著译《梵文典》。同时他也是第一个注意到笈多时期著名诗人迦梨陀娑（Kālidāsa）并向国人推介其作品的人。苏曼殊特别欣赏迦梨陀娑的《沙恭达罗》（Abhijñānaśākuntalam），发愿："我将竭我的能力，翻译世界闻名的《沙恭达罗》诗剧，在我佛释迦的圣地，印度诗哲迦梨陀娑所作的那首，以献呈给诸位。"只可惜他的这一愿望终生没能实现，只留下一首歌德《题〈沙恭达罗〉》的译诗："春华瑰丽，亦扬其芬；秋实盈衍，亦蕴其珍。悠悠天隅，恢恢地轮，彼美一人，沙恭达纶。"让我们感受这部剧作之伟大。1909 年，他在给刘三的信中说："弟每日为梵学会婆罗门僧传译二时半。梵文师弥君，印度博学者也，东来两月，弟与交游，为益良多。尝属共译梵诗《云使》一篇，《云使》乃梵土诗圣迦梨达奢所著长篇叙事诗，如此土《离骚》者，乃弟日中不能多所用心，异日或能勉译之也。"只可惜他在梵学会待的时日不长，而挚友章太炎又与刘师培反目，令他"心绪甚乱"，甚至觉得"浊世昌披"，从此为脑病所苦，情绪不佳，与弥君合译《云使》的宏愿遂成泡影。

民国时期，《沙恭达罗》的翻译最早当推焦菊隐译本，名为《失去的戒指》，实际是对《沙恭达罗》第四、五幕内容的节译，1925 年发表在《京报·文学周刊》上。随后王哲武据法译本转译《沙恭达罗》，连载于《国闻周报》第六卷。《沙恭达罗》出过的单行本有王维克译本（1933 年）和王衍孔译本（1947 年），都是根据法文译的；还有糜文开译本（1950 年），是根据英文译的；卢冀野曾把《沙恭达罗》改为南曲，名叫《无胜王出猎缔良缘，孔雀女金环重圆记》，1945 年由重庆正中书局出版，1947 年再版；而 1956 年由人民文学出版社出版的季羡林译本既是最后一个译本，也是唯一根据梵文本翻译的译本。迦梨陀娑的另一部重要剧本《优哩婆湿》（Vikramorveśiya）也是季羡林据梵文本译出，1962 年由人民文学出版社出版。

另外，1942 年到 1946 年曾经前往印度学习过戏剧的吴晓玲先生也从梵文原本翻译过印度的两部重要古典戏剧：戒日王（śīlāditya）的《龙喜记》（Nāgānanda）和首陀罗迦（śudraka）的《小泥车》（Mṛcchakaṭika），分别于 1956 年和 1957 年由人民文学出版社出版。

此后直接由梵文翻译的戏剧还有韩廷杰先生译的跋娑（Bhāsa）《惊梦记》（Svapnavāsavadatta），1983 年由中国戏剧出版社出版。此书卷首有季羡林所作的序，书后有韩廷杰的一篇《跋娑和他的〈惊梦记〉》，介绍了跋娑和这部戏剧的重要地位和价值；1999 年浙江文艺出版社出版了童道明主编的《世界经典喜剧全集》，其中的《印度日本卷》中收录了由黄宝生翻译的《惊梦记》。

在梵语文学译介到中国的过程中，两大史诗《摩诃婆罗多》（Mahābhārata）和《罗摩衍那》（Rāmāyaṇa）的翻译也颇为曲折而引人注目。

由于史诗篇幅体量庞大，因此最先译出的一般都是缩略改写本。1959 年，中国青年出版社出版了唐季雍、金克木校的《摩诃婆罗多的故事》，该书译自拉贾戈帕拉查理（C.Rajagopalachari）的英文改写本，译本不长，只有 24 万字左右。

1962 年，同样由中国青年出版社出版了冯金鑫和齐光秀合译的《罗摩衍那的故事》，底本是玛朱姆达（S. Mazumdar）的英文改写本，译本共 33 万字。

此外，1962 年人民文学出版社还出版了孙用的英文节译本《腊玛延那·玛哈帕腊达》。而 1984 年湖南人民出版社分别出版了由黄志坤和董友忱各自从俄文改写本翻译的《罗摩衍那》和《摩诃婆罗多》。

《罗摩衍那》梵文本的全译工作始于 20 世纪 70 年代，由季羡林先生独立发起并承担，他在"文革"的困境中着手翻译，并于 1980 年至 1984 年由人民文学出版社陆续出齐七卷八册全书。这是全世界迄今除英译本之外，仅有的外文全译本。该书在 1994 年获得国内图书出版界的最高奖项首届"国家图书奖"。2016 年吉林出版集团股份有限公司再版此书。

至于另一部规模更为宏大的史诗《摩诃婆罗多》，其汉译本则是集体合作翻译的成果。早在20世纪50年代，金克木先生就翻译过这部史诗中的著名插话《莎维德丽》，发表在1954年的《译文》杂志上。后又由金先生开列插话选目，其弟子赵国华、席必庄和郭良鋆合作翻译了《摩诃婆罗多插话选》，于1987年由人民文学出版社出版。此前，1982年，赵国华翻译的独立插话《那罗和达摩衍蒂》也已由中国社会科学出版社出版单行本。就这样，在金先生的支持下，《摩诃婆罗多》的全译工作正式开展了，但其间过程却曲折心酸。这个旷日持久且很有可能亏本的出版计划不仅面临过无人愿意接手的出版困境，还遭遇过成员变动、人手不足的种种障碍，亲自参与翻译的金克木先生及发起人赵国华先生甚至未等到该项目完工就溘然长辞。然而历经十余年的不懈努力，这部伟大史诗的汉译工程终于在黄宝生先生的主持下顺利完成，并于2005年由中国社会科学出版社出版。可以说，印度两大史诗的翻译是中国两代梵文学者汗水的结晶。

和中国一样，印度也是一个诗歌大国。举凡史诗、神话传说、佛教偈颂、戏剧台词，几乎都会用到韵文。千百年来，我国学者除了翻译过大量佛经偈颂韵语，对古印度诗歌作品的翻译几乎是一片空白。为翻译古印度诗歌做出巨大贡献的当首推金克木先生。1956年，为纪念世界文化名人迦梨陀娑，人民文学出版社曾将金克木翻译的《云使》和季羡林翻译的《沙恭达罗》合订为一册，出版刊行。金译《云使》在忠实贴合梵文原文的基础上，文采斐然、含蓄隽永，充分展现了金克木先生的诗人本色，不仅是近现代文学史上杰出的翻译文学作品，也是译者的成功"创作"赋予了迦梨陀娑作品以鲜活的生命力。几乎同一时期，徐梵澄先生在印度也出版了《云使》的汉译本，命名为《行云使者》。

金克木翻译的另一部重要的诗歌作品是《伐致呵利三百咏》（Śatakatraya）。这是一部在印度流传很久、很广的梵语短诗集。金先生根据印度学者高善必（D.D.Kosambi）的精校本，1947年就译出69首，发表在《文学杂志》1948年第2卷第6期上。1982年人民文学出版社出版了《伐致呵利三百咏》高善必精校本的全译本。此全译本诗集只收录了确定无疑属于伐致呵利本人所作的二百咏。

1984年湖南人民出版社出版了金克木编译的《印度古诗选》，虽然只是165页的大32开本，但选录的范围却比较广泛，有吠陀颂诗、《摩诃婆罗多》插话片段《莎维德丽》、佛经《法句经》选、《伐致呵利三百咏》选、《嘉言集》等格言诗选，还有《云使》《妙语集》中的抒情诗。其中四部《吠陀本集》是印度最古老的诗集，此前一直未曾翻译过。翻译它对中国学者开展印度文学、神话学和宗教学的研究都有重要参考价值。而这部《印度古诗选》中共翻译了20首选自《吠陀本集》的诗歌，在此书中占有重要地位。

163

此后在 1987 年，季羡林和刘安武合作编选了一部 380 页的《印度古代诗选》，由漓江出版社出版。此书选题更宽广，不仅有金克木译诗，还有张锡林译的泰米尔语格言诗《拉古尔箴言》、黄宝生译的胜天（Jayadeva）《牧童歌》（Gītagovinda）片段、刘安武和刘国楠译的印地语诗人加耶西、杜勒西达斯等诗人的作品、刘安武从《苏尔诗海》（Surasāgara）中选译苏尔达斯（Sūradāsa）的 25 首神话传说诗歌、李宗华译的乌尔都语古诗等。这是一部多语种的印度古诗选集。其中许多诗篇为首次译出，填补了印度古代文学汉译的空白。

其后，国内又陆续出版了一些印度古代诗歌的译作，代表作品如下。

1988 年人民文学出版社出版了金鼎汉翻译的中世纪印地语文学名著《罗摩功行之湖》。

1989 年中国社会科学出版社出版了张宝胜翻译的《薄伽梵歌》（Bhagavadgītā）。

2006 年上海三联书店出版的《徐梵澄文集》第八卷收入了其翻译的《薄伽梵歌》。

2010 年商务印书馆出版了黄宝生等翻译的《薄伽梵歌》。

2010 年商务印书馆出版了巫白慧翻译的《〈梨俱吠陀〉神曲选》。

2015 年中国社会科学出版社出版了黄宝生著《梵汉对勘佛所行赞》（Buddhacarita）。

马鸣的《佛所行赞》不仅是一部佛教经典，同时也代表了古典梵语早期诗歌的最高成就，在梵语文学史上起到了承前启后的重要作用。

除戏剧、史诗、诗歌外，故事文学也在印度古代文学中占据着重要位置。印度古代长期保持口耳相传的文化传播方式，神话传说、史诗和故事文学特别发达。故事文学最初只在民间口头流传，后来由文人编订成集。其中，《五卷书》（Pañcatantra）、《佛本生故事》（Jātaka）和《故事海》（Kathāsaritsāgara）是印度古代最著名的三部故事集，长期广为流传，其中许多故事也传入亚洲和欧洲各国，对世界故事文学产生了深远影响。人民文学出版社先后于 1959 年出版了季羡林翻译的全本《五卷书》，1985 年出版了郭良鋆、黄宝生翻译的《佛本生故事选》，2001 年出版了黄宝生等翻译的《故事海选》，并将它们组合成一套《印度故事文学名著集成》介绍给读者。这三部作品皆从梵文和巴利文译成中文，并做了适当注释，一经问世，广受好评，至今已多次再版。

另外，值得一提的是，2009 年以来，中国社会科学院接受了国家社科基金重大委托项目《梵文研究及人才队伍建设》。为此，中国社会科学院成立了梵文研究中心执行这个项目。意在针对目前国内梵语人才稀缺、研究力量薄弱的现状，有步骤、有计划地培养梵文研究队伍，推动梵文研究事业。在文学研究方面，中心自 2017 年开始与中西书局合作，推出"梵语文学译丛"系列丛书，以补梵语诗歌、小说、戏剧等文学经典之阙。已出版译著目录如下。

诗集《阿摩卢百咏》（*Amaruśataka*）（傅浩译，中西书局，2016 年）；

诗集《六季杂咏》（*Ṛtusaṃhāra*）（黄宝生译，中西书局，2017 年）；

叙事诗《〈罗怙世系〉梵汉对照读本》（黄宝生译注，中国社会科学出版社，2017 年）；

小说《十王子传》（*Daśakumāracarita*）（黄宝生译，中西书局，2017 年）；

戏剧《后罗摩传》（*Uttararāmacarita*）（黄宝生译，中西书局，2018 年）；

戏剧《指环印》（*Mudrārākṣasa*）（黄宝生译，中西书局，2018 年）；

戏剧《结髻记》（*Veṇīsaṃhāra*）（黄宝生译，中西书局，2019 年）；

诗集《妙语宝库选》（*Subhāṣitaratnakoṣa*）（黄宝生译，中西书局，2019 年）；

诗集《毗尔诃纳五十咏》（*Caurapañcāśikā*）（傅浩译，中西书局，2019 年）。

二、印度古代文学史的书写

许地山所著《印度文学》由商务印书馆 1930 年出版，这是中国人自己撰写的第一部印度文学史专著，填补了学术空白，影响甚广。1931 年、1945 年两次再版。此书虽然没有命名为文学史，实际则是系统叙述从古代到近代印度文学发展进程的文学史著作。作者之所以不称之为"史"，或许是因为它仅有 6.5 万字，自以为没达到"史"的规模，故只当作印度古代文学概论而已。但是这部著作的开拓性却奠定了它在我国印度文学史研究领域的重要地位。

柳无忌的《印度文学》是紧随许地山之后的第二部印度文学史著作，1945 年 2 月由重庆中国文化服务社出版，同年 5 月即重印。1982 年由台湾联经出版事业公司再版。全书 14 万字，篇幅超过许地山著作的一倍以上。柳氏原先专攻西洋文学，印度文学并非专长。据他在台湾联经版后记中说：他写作此书，源于 1920 年他在清华大学随父亲柳亚子研究苏曼殊时，苏曼殊翻译泰戈尔的诗歌引发了他对印度文学的神往，进而扩展到"对于古代印度文物的憧憬"，决心探寻印度古代文学的珍贵宝藏。他的这部《印度文学》的突出特点是，既接受了许地山的启发和影响，又大量汲取了印度文学研究领域的英文资料，书后所列英文参考书目竟达 18 种之多。

以上许、柳二位的两种著作虽然都具有史的性质，但是毕竟只是概论式的普及读物。严格意义上的印度文学史著作，当推金克木先生在 20 世纪 60 年代完成的《梵语文学史》。此书是他 1960 年在北大东语系印度语言文学专业授课时使用的讲义，1964 年由人民文学出版社正式出版，1978 年再版。全书将近 30 万字，是我国第一部专业的梵语文学史，也是第一部由通晓梵文的专家用第一手材料写成的梵语文学史。

1987 年，刘安武的《印度印地语文学史》由人民文学出版社出版。这是继金克木先生的《梵语文学史》之后又一部以印度某一语种的文学作品为研究对象的印度文学史。

1988 年，北京知识出版社出版了黄宝生著《印度古代文学》，它实际上也是一部梵语文学史，但同时涉及了部分俗语文学。全书十余万字，深入浅出，简明扼要，是一部高水平的印度古代文学入门书。只可惜印数太少，仅 1000 册。

此外，北京大学东语系乌尔都语的教师们为了教学的需要，除了编写教材、翻译乌尔都语文学作品外，还编写了一部《乌尔都语文学史》，供内部使用。

以上几种印度古代文学史，基本都是个人专著，还是单语种的文学史，而印度古代文学是由多语种构成的相互联系、相互补充的文学体系。要完整表述印度古代文学发展的历史过程，就必须撰著多语种文学的综合史。到了 20 世纪 90 年代，经过长期的学术积累和研究队伍的培养，撰著多语种综合性印度古代文学史的条件成熟了。季羡林先生带领学生组成写作班子，完成了一部 43 万字的《印度古代文学史》，于 1991 年由北京大学出版社出版。该书不仅内容涵盖了从公元前 15 世纪到 19 世纪中叶多语种印度古代文学的全貌，还是一部由可以直接阅读古印度多语种原文的学术群体完成的文学史，这是我国空前重要的学术成果。

三、印度古代文艺理论研究

印度传统诗学是印度美学的基石，也是东西方诗学的三大源头之一，经过漫长的历史发展，形成了世界上独树一帜的文学理论体系。金克木先生是国内研究印度古代文论的第一位拓荒者。在其梵学成果结集《梵竺庐集》甲卷中收录有《古代印度文艺理论五篇》，是五种梵语诗学名著重要章节的译文。其中 3 篇于 1965 年首先发表在《古典文艺理论译丛》第十辑中，后又增译两篇，合成单行本《印度古代文艺理论文选》，作为《外国文艺理论丛书》之一，于 1980 年由人民文学出版社出版。通过这 5 篇译文及金先生撰写的引言，中国学术界才得以初步认识了印度古代文论的风貌。在这五篇译文中，金先生不仅确定了梵语诗学的一些基本术语译名，如"味"（rasa）、"韵"（dhvani）、"色"（rūpa）、"曲语"（vakrokti）等，为后来者所继承发扬，还在引言中介绍了梵语诗学的一些基本著作及批评原理，为梵语诗学研究指点了门径。

在金克木之后，黄宝生先生承其衣钵，从 20 世纪 80 年代中期开始，对梵语诗学展开了系统全面的研究，并取得了令人瞩目的成果。1993 年，黄先生的《印度古典诗学》列选"北京大学文艺美学丛书"，由北京大学出版社出版，一经问世就受到广泛好评，此后不断再版再印。正如作者在序言中所说："东方文学，尤其是东方诗学，在比较文学中依然是薄弱环节。这说明我们迫切需要加强对东方文学和诗学的研究，为中国比较文学学派的崛起和长远发展打下坚实的基础。"黄先生的写作正是基于这种现实考虑。由于印度第一部文艺理论著作《舞论》是一部专门的戏剧学著作，后来才从梵语戏剧学中分离出以诗歌为主要研究对象的梵语诗学。长期以来，戏剧学与诗学皆作为独立学科存在和发展，因此该书分为上下两编，上编讨论梵语戏剧学的诸多问题，如戏剧源流、分类、情节、角色、语言、舞台演出、味和情等；下编则重点论述狭义上的诗学，覆盖了庄严论（alaṅkāra）、风格论（rīti）、味论（rasa）、韵论（dhvani）、曲语论（vakrokti）等梵语诗学理论的重要分支。此外，上下两编还专门辟出两章依照时间顺序系统梳理和概述梵语诗学论著，让读者得以窥见梵语诗学理论发展的脉络和全貌。在论述过程中，作者自觉运用了比较文学的研究方法。比如，对梵语戏剧起源的讨论，不仅广引汉译佛经资料，还在与古希腊戏剧和中国戏剧的对比中，凸显其鲜明特征和历史渊源。

在《印度古典诗学》之后，黄宝生还以撰写《诗学》过程中积累的翻译资料为基础，翻译完成了上下册的《梵语诗学论著汇编》一书，列入"东方文化集成"丛书，于 2008 年由昆仑出版社出版。该书从梵文原典中选译或全译了十种梵语诗学著作，极大地扩充和填补了金克木先生此前开创的翻译工作，让国内有志于从事印度文学研究的学者能够获得大量基于原典翻译的可靠文献资料，并为后来的翻译者确立了相对完整的译名体系。在一些具体译名上，黄宝生没有采取金克木的直译而尽量意译。比如，将味论中的"随情"（anubhāva）改为"情态"，将"别情"（vibhāva）改为"情由"，使中国读者更易于接受。近期，年过古稀的黄先生又将其中两种选译补全，并完成了《舞论》（Nāṭyaśāstra）除音乐部分的全部 30 章翻译。2019 年，近 130 万字的《梵语诗学论著汇编》增订本由中国社会科学出版社出版。

除了综合性研究成果，印度诗学专题研究也受到一些学者的重视。1997 年，桂林漓江出版社出版了倪培耕的《印度味论诗学》一书。"味"是印度古典诗学的核心概念，倪培耕此书将"味"论放置在印度传统文化背景下，详尽梳理其生成衍化的轨迹，评述了不同理论家对"味"论的不同解说和贡献。本书大量采用印度现代学者的研究成果，为中国读者加深对印度"味"论诗学的认识和理解提供了重要的参考价值。

21 世纪以来，印度古典诗学研究在原有基础上也取得了显著进展，2006 年，昆仑出版社出版了郁龙余等著的《中国印度诗学比较》一书。作者在"绪论"中说，该书"力图通过中印诗学比较研究，深入认识两国诗学的内涵和特质，进而观照西方诗学，确定中印诗学的正确位置，消解妨碍学术健康发展的西方中心论和狭隘的中华本位思想，为梳理中国传统诗学、建构中国现代新诗学尽力"。近年来，四川大学尹锡南教授先后推出了《印度文论史》（2015 年）、《印度古典文艺理论选译》（2017 年）、《印度诗学导论》（2017 年）等一系列著作。尤其《印度文论史》一书按照作品的时间顺序全面系统地梳理了印度文论的发展演变，其中对"印度中世纪文论发展（13 世纪至 19 世纪中叶）"以及相关艺术理论著作的介绍填补了此前研究的空白。

以上所述，亦系择其要而言之。此外，研究印度古代文学作家作品及文学理论的单篇学术论文，数量和学术水平也颇为可观，限于篇幅，姑且略而择其珍。待以后有机会再缕述其详。

总之，作为中国现代学术体系的分支，我国的印度古代文学研究迄今已有百年历史。从苏曼殊对迦梨陀娑的推重与译介开始，经过许地山、柳无忌、季羡林、金克木、黄宝生等几代学者前仆后继的拓荒和积累，目前已初步建立起包含不同分支的学科体系，取得了一系列令人瞩目的成果。但是，印度像中国一样历史悠久、文化深厚。吠陀时代以降，经过数千年发展的梵语文学可谓卷帙浩繁，蔚为大观。相较而言，我国的印度古代文学研究仅仅是撬动了冰山一角，亟待投入更多的研究力量来开掘这座宝库。

· 第四篇 ·

中韩文学对话会

无尽苦难中的忧悲与爱愿
——论史铁生的文学心魂与宗教情感

李建军

中国社会科学院文学研究所研究员

> 伟大的艺术作品像风暴一般，涤荡我们的心灵，掀开感知之门，用巨大的改变力量，给我们的信念结构带来影响。我们试图记录伟大作品带来的冲击，重造自己受到震撼的信念居所。
>
> ——乔治·斯坦纳：《托尔斯泰或陀思妥耶夫斯基》

文学常常产生于心灵孤独、忧伤、痛苦、绝望甚至愤怒的时刻，但它本质上是爱、信念和希望的结晶。没有对人类和世界的爱的态度，没有对生活的理想主义热情，就不会产生真正意义上的文学。一个冷漠的自我中心主义的作家，一个对人类和生活完全丧失爱意和信心的人，也许仍然会有发泄和写作的冲动，也有可能写出颇受市场欢迎的畅销书，却很难写出真正伟大的作品。

在中国当代作家中，史铁生无疑是最具爱的情怀和能力的作家，也是最具理想主义精神的作家。面对他者和生活，他的内心充满深沉的忧悲情怀和博大的爱愿精神。他具有"匡正"现实生活和建构理想生活的文化自觉，试图通过写作积极地影响人们的"心魂"和内心生活，教会人们如何有尊严地面对苦难与死亡，如何积极地与世界和他人保持爱的关系。所以，他虽然多以自我的苦难体验为叙写内容，却超越了个人经验的狭隘性，表达了对人类命运的深刻理解和深切关怀——就像他评价一部作品时所说的那样，通过对"不尽苦难的不尽发问""使人的心魂趋向神圣，使人对生命取了崭新的态度，使人崇尚慈爱的理想"。

他像虔诚的"信者"那样探索宗教问题，又像睿智的哲人那样喜好思辨；他是一个清醒的现实主义者，敢于直面沉重、苦难的人生，又是一个纯粹的理想主义者，坚定、执着地探索精神生活向上前行的路径；他尊重"传统文学"的经验和成就，却又有突破小说叙事常规的先锋精神，敢于将长篇小说发展为结构复杂的"往事与随想"[1]；他是一个全面意义上的作家，既是小说家和散文作家，又是一个真正意义上的抒情诗人——在他那里，散文和小说的分野，纪实和虚构的边界，其实并不很分明，而他作品的成功之处，恰在于，散文里有小说的魅力，小说中有散文的自由，而朴实内敛、打动人心的抒情性，则是他几乎所有作品的共同特点。他将冷静与热情、尖锐与温和、严肃与幽默统一起来，显示出一种极为独特的文学气质和写作风格。

一

一个知识分子，他的文化气质和文化性格，他的思维方式和行为方式，多多少少会受到时代风气和社会环境的影响。一个时代的精神如果是理性、健全的，是客观的和向上的，那么，知识分子就很容易受其影响，具有同样健康的性格和积极的精神状态；一个时代的精神如果恰好相反，是非理性、不健全的，是主观的和向下的，那么，知识分子就更有可能成为一个盲从的人，成为一个缺乏个性、独立精神和批判能力的人。在极为不利的条件下，只有那些特别优秀的知识分子，才能摆脱时代和环境对自己的消极影响，成为自己时代的清醒的分析师和冷静的批判者。

就精神生活的外部环境和时代条件来看，史铁生实在说不上幸运。他从小就生活在气氛紧张而缺乏理性的"斗争时代"。充满自信和豪情，是这个时代最明显的特点，只是，那自信里，更多的是盲目，那豪情里，更多的是冲动。这个时代的思维习惯，具有独断而教条的特点，而其行为模式，则具有极端和狭隘的性质；它把盲从当作美德，把仇恨当作力量。它鼓励、纵容人的攻击本能和好斗天性，试图将"运动"凝定为日常的生活状态，试图将"斗争"凝固为绝对的生活原则。

就是在这样一个患有多动症的混乱无序的时代，就是在这样一个无爱的甚至无缘

---

[1] 结构过于复杂，可读性不够强，是史铁生两部长篇小说经常被谈及的问题，也是一个让他很纠结的问题："反正有时候没法照顾读者。我觉得最痛苦的是我想达到那个效果，没达到，或者是我的能力压根儿就达不到。"（史铁生等：《史铁生的日子》，凤凰出版社，2011年，第97页）关于《务虚笔记》，史铁生在一封信中说："如果有人说它既不是小说，也不是散文，也不是诗，也不是报告文学，我觉得也没有什么不对。因为实在不知道它是什么，才勉强叫它作小说。"（史铁生等：《史铁生的日子》，第262页）其实，如果将他的长篇小说当作"思想录"和"印象记"性质的长篇散文作品来读，而不再费力追寻情节发展的逻辑线索，不再试图还原人物形象的生成脉络，那么，他的"非小说化"叙事所带来的复杂性和阅读难度，就不再是什么问题了。事实上，史铁生的长篇小说就是别样形式的"笔记"，就是用来表达自己和人物的思想和印象的手段和载体。他的重点不在塑造人物，也不在叙写情节；其中的人物虽然模糊，情节性也不强，但思想和印象是明晰的。他的长篇小说，一开始就存在命名不确的问题，因为，它们的特点不在虚构性，不在情节性，而在写实色彩很强的思想性和印象性，所以，依照曾经流行一时的"新××"的命名策略，它们完全被可以称为"新形态随想录"。

无故地仇恨人和伤害人的时代，史铁生度过了人生历程中最关键的阶段。他在自传性很强的小说《奶奶的星》中说："海棠树的叶子落光了，没有星星。世界好像变了一个样子。每个人的童年都有一个严肃的结尾，大约都是突然面对了一个严峻的事实，再不能睡一宿觉就把它忘掉，事后你发现童年不复存在了。"[1] 小说中，"我"最爱的奶奶，被当作"地主"赶出北京、送回农村老家去了；"我"为此松了一口气，因为，"那些天听说了好几起打死人的事了"[2]。正是因为这些"严峻的事实"，清醒的反思开始了，灵魂的觉醒开始了："不断地把人打倒，人倒不断地明白了许多事情。打人也是为革命，骂人也是为革命，光吃不干也是为革命，横行霸道、仗势欺人，乃至行凶放火也是为革命。只要说是为革命，干什么就都有理。理随即也就不值钱。"[3] "童年不复存在了"，但精神上的成年阶段开始了——史铁生的思想成熟了，人格发展了。他克服了时代对自己的消极影响，超越了冷酷无情、颟顸自负的"斗争哲学"，并一再引用马丁·路德·金的话提醒人们："切莫用仇恨的苦酒来缓解渴望自由的干渴。"[4] 在他的身上，你看不到一丝一毫"红卫兵"和"造反派"的凶暴和戾气；面对他人和世界，他的内心没有一星半点的恶意和敌意。他终其一生，都保持着理性而宽容的生活态度，都按照可靠的逻辑和基本的常识来思考和写作，从未被那些看似"悲壮"的狂热所迷惑，从未被那些看似"正义"的风潮所裹挟。他超越了时代的局限，成了一个能正确地思考、判断和写作的知识分子。

始于20世纪80年代末期的"转型时代"，将"经济建设"当作生活的"中心"，人们的兴趣和热情，因此被吸引到了对金钱的渴望和物质生活方面，进而逐渐形成一种"新的意识"和"后现代时尚"。当代文学显然极大地受到了新的社会时尚的影响。许多作品推波助澜，将"实用主义"合理化，将"享乐主义"浪漫化。然而，在史铁生的笔下，你看不到普遍存在的"后现代时尚"，诸如模棱两可的相对主义、缺乏理想的虚无主义、缺乏热情的混世主义、唯利是图的拜物教倾向等。他对一切下行和后退的生活理念，对一切降低人类的尊严和道德水准的主张，都非常警惕。例如，"生命的唯一要求是活着"，是一句似乎很深刻的话，也是某些先锋作家挂在嘴上的"流口常谈"。但是，史铁生想了好久之后，却"怎么也不能同意"。在他看来，"当生命二字指示为人的时候，要求就多了，岂止活着就够？说理想、追求都是身外之物——这个身，必只是生理之身，当生理之身是不写作的，没有理想和追求，也看不出何为

---

[1] 史铁生. 我的遥远的清平湾 [M]. 北京：北京十月文艺出版社，1985：176.
[2] 同 [1]175.
[3] 同 [1]176.
[4] 史铁生，等. 史铁生的日子 [M]. 南京：凤凰出版社，2011：51.

身外之物。一旦看出身外与身内,生命就不单单是活着了。……而爱作为理想,本来就不止于现实,甚至具有反抗现实的意味,正如诗,有诗人说过:'诗是对生活的匡正。'"[1] 史铁生具有"匡正"生活的自觉意识和使命感。他无法认同那种过于实际的生活态度。仅仅满足于吃喝拉撒睡的动物主义生活方式,在他看来,这还只是"生理之身"的生活。所以,他反复强调理想的意义和爱的价值。对我们这个时代来讲,史铁生的写作和思想的意义,就突出地体现在这一点上——始终为理想和信仰的价值辩护,始终站在理想主义的高度,来思考和探索苦难、生死、爱愿和拯救等重要的问题。

当然,面对自己的遭遇和残酷的现实,史铁生也有过愤懑和不平,也有过怨望和颓唐。在自己文学创作的探索期(1978—1982年),史铁生曾写了《午餐半小时》《我们的角落》两篇情绪低落、略带幽怨的作品。前一篇写的是"八个半人"的小工作间午餐半小时期间的生活情景:日常的近乎无聊的对话里,反映出底层人对社会生活中存在的等级差别和贫富悬殊的不满,揭示了卑微的人们庸俗的生活态度和庸常的生活愿望,也反映出底层人艰辛而无助的生活现状,整体上呈现出一种灰暗的色调和悲观的情绪。[2]《我们的角落》写的是三个病退的残疾青年,在一个非正式的"生产组"的劳动生活、内心的苦恼,以及他们与困退回来的姑娘王雪之间的友谊。这篇小说写于1980年,后改名为《没有太阳的角落》,1997年收入《当代作家选集丛书·史铁生》的时候,删掉了后半部分过于冗杂、低沉的叙述。

然而,无论面对多么严重的挫折和苦难,史铁生最终总能动心忍性,从容面对,不仅表现出非凡的意志品质,而且还能经常地表现出高品质的幽默感。他的幽默感,近乎完美地表现在他的中篇小说《关于詹姆士的报告文学》[3] 和《好运设计》《私人大事排行榜》《游戏·平等·墓地》等散文作品中。他有很强的自省意识,能对自己的过错真诚地忏悔。例如,表现在《合欢树》《我与地坛》《相逢何必曾相识》《"文革"记愧》等作品里的愧疚之情和自责之意,就特别令人感动和尊敬。

---

[1] 史铁生:《对话练习》,时代文艺出版社,2000年,第320页。诺贝尔文学奖得主、墨西哥诗人帕斯说"诗是对生活的匡正",史铁生特别喜欢这句话,曾在自己的文章中多次引用,并在《无病之病》中评价说:"我相信这是对诗性最恰切的总结。"(史铁生:《对话练习》,第365页)

[2] 史铁生并不讳言这些作品中的"悲观情绪",但他拒绝接受"调子低了一点"的批评。他认为"悲观"并不是一种消极的情绪,因为,"悲观其实就是看到永恒的困境,没有一个圆满的没有矛盾的状态等着你,你休想。……你能面对困境,承认突围是永恒,这难道是悲观吗?"(《史铁生的日子》,第172页)

[3] 在这部风格独特而且最合小说规范的小说中,一个个充满"黑色幽默"色彩的细节和故事,包含着融温暖与感伤、反讽与同情、犀利与柔软为一体的复杂况味和多种元素,深刻地批判了荒谬的"文革"时代对爱和信仰的毁灭,对人性的戕害,对个体人格的扭曲。小说结尾的一段"悼词",虽然写的是日常生活中的一个情景,却有着催人泪下的力量,也包含着作者对人物的深切的同情(史铁生:《原罪·宿命》,人民文学出版社,2008年,第50页)。

二

人类所有的文化成就，都取决于一种被许多思想家称为"主动性"的力量。如果人们屈从于压抑性的制约力量，如果人们不能摆脱思维和行动上的被动性，那么，我们便无法创造出任何有价值的文化。

史铁生的写作，几乎从一开始就属于自觉的主动的写作。这种积极的主动性，首先体现在他对主宰性的写作理念和规约模式的超越。他没有"偶像"意识。他不相信也不崇拜任何庸俗意义上的"神"，所以，对"自吹自擂好说瞎话，声称万能，其实扯淡"的"第一种神"，他没有好感，对"喜欢恶作剧，玩弄偶然性，让人找不着北"的"第二种神"[1]，他同样深恶痛绝。他怀疑那种把"立场"当作一切的冷冰冰的写作模式，认为"立场和观点绝然不同，观点是个人思想的自由，立场则是集体对思想的强制"[2]；他强调"态度"的意义，"美，其实就是人对世界、对生命的一种态度。……感动我们的其实是发现者的态度，其实是再发现时我们所持的态度"[3]。在写作上，他所选择的态度，忠实于自己的"记忆"和"印象"，忠实于个人的真实经验和真实思想；他把诚实地表达真实经验的文学，当作矫正被"简化"的"历史"的可靠手段。他向自己提出了这样一个问题："文学所追求的真实是什么？"他认真思考之后的结论是："历史难免是一部御制经典，文学要弥补它，所以，它看重的是那些心魂。历史惯以时间为序，勾画空间中的真实，艺术不满足于这样的简化，所以去看这人间戏剧深处的复杂，在被普遍所遗漏的地方去询问独具的心流。"[4]

史铁生拒绝一切由他者预设的主题，拒绝一切由别人设计出来的教条的写作方式。他发现了"不现实"其实是一种"好品质"："比如艺术，我想应该是脱离实际的。模仿实际不会有好艺术，好的艺术都难免是实际之外的追寻。"[5]他看到了"深入生活"在逻辑上的漏洞，所以，提出了"深入思考生活"的观点，强调艺术对生活的内在真相的发现和揭示，"说艺术源于生活，或者说文学也是生活，甚至说它们不要凌驾于生活之上，这些话都不宜挑剔到近于浪费。……艺术或文学，不要做成生活（哪怕是苦难生活）的侍从或帮腔，要像侦探，从任何流畅的秩序里听见磕磕绊绊的声音，在任何熟悉的地方看见陌生"[6]。他反复强调"心魂"的意义，因为，在他看来，写作的

---

[1] 史铁生. 病隙碎笔 [M]. 西安：陕西师范大学出版社，2006：12.
[2] 史铁生. 对话练习 [M]. 长春：时代文艺出版社，2000：112.
[3] 同 [2]239.
[4] 史铁生. 我与地坛 [M]. 北京：人民文学出版社，2008：46.
[5] 同 [2]141.
[6] 同 [2]279-280.

成败最终取决于内在的"心魂",而不是外在的"生活"。

他还清醒地发现了这样一个严重的问题,那就是,如果过度地强调"艺术"对"生活"和"实际"的依赖,就会使"心魂萎缩",会消解"对实际生活的怀疑",甚至会限制写作的"自由","粉饰生活的行为,倒更会推崇实际,拒斥心魂。因为,心魂才是自由的起点和凭证,是对不自由的洞察与抗议,它当然对粉饰不利。所以要强调艺术不能与现实同流。艺术,乃'于无声处'之'惊雷',是实际之外的崭新发生"[1]。我认为,这段话,对于理解史铁生的文学思想来讲,具有至关重要的意义。因为,它包含着深刻的真理性内容:文学就是在"心魂"的不那么讲"实际"的自由活动中,通过洞察生活的真相,发出抗议的声音,从而有效地"匡正"生活。难怪史铁生要强调文学的"务虚"性,难怪他要把自己的第一部长篇小说命名为《务虚笔记》,也难怪他在《务虚笔记》里这样回答"写作何用"的问题,"写作,就是为了生命的重量不被轻轻抹去。让过去和未来沉沉地存在,肩上和心里感觉到它们的质量,甚至压迫,甚至刺痛。现在才能存在。现在才能往来于过去和未来,成为梦想"[2]。他的写作从最初开始,便围绕自己的经验,尤其是自己的主观情绪和主观印象展开,从而使自己的写作成为一种与人的"心魂"和"心流"相关的写作。

三

史铁生的非凡之处,不仅表现在他对僵硬的文学观念和写作模式的自觉超越上,而且表现在他对写作自由的深刻理解上,还表现在他对文学与宗教关系的独到见解上,尤其表现在他对爱愿情感的深刻体验和完美叙写上。

文学与宗教都是与人的困境和拯救密切相关的精神现象。如果文学仅仅局限于此岸,仅仅停留在生活的外部表象上,而缺乏理想主义的视野,缺乏宗教和神性的照临,那它就很难抵达精神的高度和思想的深度。

史铁生无疑属于那种既有此岸的人文理想,又有彼岸的宗教情怀的作家。他站在现实的人文主义的立场,强调对人的人格尊严和基本权利的保护,但他也强调用神性来"监督"人性,强调人性对神性的依赖,"神即现世的监督,即神性对人性的监督,神又是来世的,是神性对人性的召唤。这一个监督和一个召唤,则保证着现世的美好和引导着希望的永在,人于生于死才更有趣些"[3]。像许多伟大的作家一样,他对文学

---

[1] 史铁生.病隙碎笔[M].西安:陕西师范大学出版社,2006:102.
[2] 史铁生.务虚笔记[M].上海:上海文艺出版社,1996:459.
[3] 史铁生,等.史铁生的日子[M].南京:凤凰出版社,2011:267.

艺术与宗教的共生关系，也深信不疑，"我一直这么看：好的宗教必进入艺术境界，好的艺术必源于宗教精神"[1]。他说自己写作的理由，就是"为了不至于自杀"，而他对"纯文学"的理解和界定，则显然具有宗教学和人类学的视野，"纯文学是面对着人本的困境。譬如对死亡的默想、对生命的沉思，譬如人的欲望和人实现欲望的能力之间的永恒差距，譬如宇宙终归要毁灭，那么人的挣扎奋斗意义何在，等等，这些都是与生俱来的问题，不因社会制度的异同而有无。因此，它是超越着制度和阶级，在探索一条全人类的路"[2]。因为内蕴着普遍同情与终极关怀的文学精神和宗教情怀，所以，史铁生的文学理念，显然已经不是一般意义上的"纯文学"观，而是具有宗教持念和宗教情怀的文学思想。

如果说，有的时候，关于"宗教—文学"问题，他的表达还不够直接和明确，那么，他在 1995 年 6 月 10 日写给 DL 的信中，他关于"宗教—文学"的"持念"，就表达得非常显豁了，"灵魂用不着我们创造，那是上帝的创造，我们的创造是接近那片东西，也可以说就是接近上帝。尤其当我们发现这接近是永无止境的距离时，真正的写作才可能发生"[3]。这显然是一种谦卑的写作，它承认自己的"创造"的有限性，所以，它从不狂妄自大，从不把自己的写作当作任性的不受约束的行为，而是将它当作怀着虔诚之心接近上帝的精神之旅。

四

对人生苦难的敏感和同情，是史铁生文学写作的情感基调；如何面对和超越苦难，则是他反复探索的主题。这一情调和主题，贯穿在他几乎所有重要的作品里，尤其反映在他才华横溢的绽放期（1982—1990）和硕果累累的成熟期（1990—2010）的代表作品里，如《我与地坛》、长篇随笔《病隙碎笔》、两部长篇小说《务虚笔记》《我的丁一之旅》以及大量其他样式的散文、随笔和小说。

人生而渴念幸福，却无往不在苦难之中。苦难是人生的底色。众生皆苦，这是佛教的基本理念；人来世间就是"受苦"的，这是陕北人的理解。陕北人甚至干脆就把底层的劳动者称作"受苦人"。在陕北"插队"期间，尤其是在后来被病苦折磨的日子里，史铁生体验到了"受苦"的滋味，也看到了"苦难"的真面目。他最终明白了这样一个道理：人不可能"征服"所有的苦难，也别想一劳永逸地战胜苦难。"'人

---

[1] 史铁生.对话练习[M].长春：时代文艺出版社，2000：340.
[2] 同[1]436.
[3] 同[1]193.

跨时空文学对话

定胜天'是一句言过其实的鼓励，'人被抛到这个世界上来的'才是实情。生而为人，终难免苦弱无助，你便是多么英勇无敌，多么厚学博闻，多么风流倜傥，世界还是要以其巨大的神秘置你于无知无能的地位。"[1] 所以，任何人都不要试图扮演救世主；人所能做的，就是既不"逃避苦难"，也不"放弃希望"。

像一切有信仰的人一样，史铁生不仅把苦难看作一种人的普遍境遇，而且倾向于积极地看待它。在他看来，苦难乃是人类与生俱来的"宿命"。他在给友人李健鸣的一封信中说："我越来越相信，人生是苦海，是惩罚，是原罪。对惩罚之地的最恰当的态度，是把它看成锤炼之地。"[2] 又在另一封信中说："无缘无故地受苦，才是人的根本处境。"[3] 但是，人类无须抱怨，更不必畏惧。因为，苦难就是生活的本质，正是因为有了苦难，人类的生活才有了向上的动力，人才能真正认识自己，认识自己的有限性和无限性。在《我与地坛》里，他这样表达了对苦难的本质与意义的理解："假如世界上没有了苦难，世界还能够存在么？……就算我们连丑陋，连愚昧和卑鄙和一切我们所不喜欢的事物和行为，也都可以统统消灭掉，所有的人都一样健康、漂亮、聪慧、高尚，结果会怎样呢？怕是人间的剧目就全要收场了，一个失去差别的世界将是一条死水，是一块没有感觉没有肥力的沙漠。"[4] 这里，史铁生揭示了一个关于苦难的深刻的辩证法：没有苦难，就没有幸福，苦难是为了证明爱和幸福而存在的。史铁生显然切切实实地感受并认识到了这个辩证法的真理性，所以，他才在《足球内外》中这样强调："看来苦难并不完全是坏东西。爱，并不大可能在福乐的竞争中牢固，只可能在苦难的基础上生长。当然应该庆幸那苦难时光的短暂，但是否可以使那苦难中的情怀长久呢？"他接着说道："长久地听见那苦难（它确实没有走远），长久地听见那苦难中的情怀，长久地以此来维护激情也维护爱意，我自己以为这就是宗教精神的本意。"[5] 在《说死说活》中，他同样强调了"幸福"与"苦难"的依存关系："没有痛苦和磨难你就不能强烈地感受到幸福，对了。那只是舒适和平庸，不是好运不是幸福，这下对了。"[6]

一切就这样无可改变地决定了。苦难将成为无法逃避的境遇。那么，如何才能最终超越苦难呢？人们该靠着什么拯救自己呢？

---

[1] 史铁生. 对话练习 [M]. 长春：时代文艺出版社，2000：277.
[2] 同 [1]142.
[3] 同 [1]131.
[4] 同 [1]34-35.
[5] 同 [1]120.
[6] 同 [1]97.

没有谁可以单凭一己之力战胜苦难。对抗苦难是人类的群体性的伟大行动。我们必须依赖他者。我们不能只为了自己而对抗苦难——如果没有对他者的关注和关怀，没有对于他者的同情和付出，那么，我们就仍然是苦难的卑微的奴隶。战胜苦难最伟大的力量是爱，是对他者和世界的爱。史铁生说："我想，每个人都是生存在与别人的关系之中，世界由这关系构成，意义呢，借此关系显现。"[1] 在写于1994年5月24日的《无答之问或无果之行》中，史铁生说过这样一段话，彻底否定了人可以"孤立"地自我拯救的任何可能性，"还有一种意见，认为：说到底人只可拯救自己，不能拯救他人，因而爱的问题可以取消。我很相信'说到底人只可拯救自己'，但怎样拯救自己呢？人不可能孤立地拯救自己，和，把自己拯救到一个与世隔绝的地方去。世上如果只有一个人，或者只有一个生命，拯救也就大可不必。拯救，恰是在万物众生的缘缘相系之中才能成立。或者说，福乐逍遥可以独享，拯救则从来是对众生（或曰人类）苦乐福患的关注。孤立一人的随生随灭，细细想去，原不可能有生命意义的提出。因而爱的问题取消，也就是拯救的取消"[2]。在人们的生存越来越原子化、越来越个人主义的时代，史铁生所揭示的真理，闪烁着照亮人心的灿烂光芒，具有指示迷津的启蒙作用。

超越了利己主义狭隘性的爱愿和利他精神，甚至在史铁生早期的小说中，就已成为一个重要的潜性主题。《我的遥远的清平湾》之所以打动了那么多读者的心，之所以今天读来仍然让人感动不已，就在于它的内里，包含着作者自己对陕北"受苦人"的博大的爱意和慈悲，就在于它抒情性地赞美了人与人之间、生命与生命之间互助的关系和互爱的精神。

史铁生的"缘缘相系"的情感，甚至表现在对动物尤其是对牛的态度上。如果说，人与人之间痛痒相关，只有通过建构爱的关系，才能战胜和超越苦难，那么，动物之间也离不开这样的爱的法则。《我的遥远的清平湾》里的老黑牛，就像有德之人一样有爱心，有责任感，有牺牲精神，"据说，有一年除夕夜里，家家都在窑里喝米酒，吃油馍，破老汉忽然听见牛叫、狼嗥。他想起了一头出生不久的牛不老，赶紧跑到牛棚。好家伙，就见这黑牛把一只狼顶在墙旮旯里，黑牛的脸被狼抓得流着血，但它一动不动，把犄角牢牢地插进了狼的肚子"。然而，老黑牛的利他精神，还有更加日常亲切、感人至深的表现呢！"黑牛我至今还记得这么件事：有天夜里，我几次起来给牛添草，都发现老黑牛站着，不卧下。别的牛都累得早早地卧下睡了，只有它喘着粗气，站着。

---

[1] 史铁生. 对话练习 [M]. 长春：时代文艺出版社，2000：382.
[2] 同 [1]230.

我以为它病了。走进牛棚，摸摸它的耳朵，这才发现，在它肚皮底下卧着一只牛不老。小牛犊正睡得香，响着均匀的鼾声。牛棚很窄，各有各的'床位'，如果老黑牛卧下，就会把小牛犊压坏。我把小牛犊赶开（它睡的是'自由床位'），老黑牛'噗通'一声卧倒了。它看着我，我看着它。它一定是感激我了，它不知道谁应该感激它。"[1] 这里包含着伟大的启示：就连牛这样的动物，似乎也懂得战胜苦难的秘密，似乎也明白忍耐、吃苦和牺牲对于自己和他者的意义，似乎也明白，只有"缘缘相系"的慈悲，才能给苦难的生命带来安详和幸福。

五

苦难吁求着爱，也点燃着爱。正像苦难是史铁生覃思深虑的问题一样，爱则是他的文学写作的母题，是他谈论最多的一个话题。他的许多散文，不用说，都是表达爱的情感和思想的，而他的包括两部长篇小说在内的许多小说作品，也同样把"爱"作为叙事的内容和主题。在中国作家中，像他这样叙述"爱"和谈论"爱"的，几乎绝无仅有。

爱和爱愿，是史铁生时时谈及的具有灵魂意义的话题，是他展开叙事的稳定的精神基础。他区别了"虚误"和"务虚"的不同：前者的典型是"连年的文打武斗"，后者则是对"爱的追寻"和对意义的追问。他说："在'俗人'成为雅号的时刻，倒是值得冒被挖苦的风险，作一回'雅士'的勾当。"[2] 他所说的"'雅士'的勾当"，就是勇敢地强调理想和爱的价值和意义。在一个缺乏宗教传统和爱的习惯的文化环境里，在一个倾向于将写作的焦点集中在技巧形式和身体欲望的叙事语境里，他的这种清醒而执着的伦理精神，就显得特别难能可贵。

汤因比说："我相信圣灵和道是爱的同义语。我相信爱是超越的存在，而且如果生物圈和人类居住者灭绝了，爱仍然存在并起作用。"[3] 在英国的莎士比亚研究专家海伦·加德纳看来，爱是莎士比亚戏剧中"占有特殊的核心地位的东西"，"莎士比亚把'仁慈、怜悯、和平和爱'当做'人性的真实写照'在戏剧中加以渲染，由此而产生的美感不断涌现，且一点也不牵强附会和矫揉造作，而在短暂的时刻和精炼的语言里自然而本能地表现出来"[4]。关于爱，史铁生也有着同样的态度和认识。在他看来，文学就是"灵魂的事"。深邃而博大的"灵魂"不同于宽泛意义上的"精神"。它是一种更

---

[1] 史铁生.命若琴弦[M].北京：人民文学出版社，2008：117.
[2] 史铁生.对话练习[M].长春：时代文艺出版社，2000：367.
[3] 汤因比.一个历史学家的宗教观[M].成都：四川人民出版社，1990：344.
[4] 〔英〕海伦·加德纳.宗教与文学[M].成都：四川人民出版社，1998：81.

内在、更纯粹的精神现象，它与神性是相通的，"神，乃有限此岸向着无限彼岸的眺望，乃相对价值向着绝对之善的投奔，乃孤苦的个人对广博之爱的渴盼与祈祷"[1]。而灵魂的本质则是爱愿。在与上引文字相隔不远的地方，他接着说道："比如希特勒，你不能说他没有精神，由仇恨鼓舞起来的那股干劲儿也是一种精神力量，但你可以说他丧失了灵魂。灵魂，必当牵系着博大的爱愿。"

史铁生对于爱的情感的思考，是极其深刻的。在他的理解中，"爱"不是一种简单的情感，而是一种充满信仰色彩的愿望和行动。为了表达自己对"爱"的独特理解，他把"爱"由单音字扩展为双音词"爱愿"。在史铁生的阐释中，爱愿就是仁爱，就是接近怜惜和慈爱的一种情感——它"一向是包含了怜爱的，正如苦弱的上帝之于苦弱的人间"。紧接着，史铁生还揭示了爱愿与性爱的本质区别：它不仅不同于性爱，而且高于性爱，"在荷尔蒙的激励下，昆虫也有昂扬的行动；这类行动，只是被动地服从优胜劣汰的法则，最多是肉身短暂的娱乐。而怜爱，则是通向仁爱和博爱的起点啊"[2]。史铁生发现了爱愿的力量，认识到了"爱的重要"。他说："困境不可能没有，最终能抵挡它的是人间的爱愿。……人生的困境不可能全数消灭，这样的认识才算得上勇敢，这勇敢才使人有了一种智慧，即不再寄希望于命运的全面优待，而是倚重了人间的爱愿。爱愿，并不只是物质的捐赠，重要的是心灵的相互沟通、了解，相互精神的支持、信任，一同探讨我们的问题。"显然，爱愿不是简单和狭隘意义上的精神现象：它不是"爱欲"（Eros），更不是"性力"（Libido)，甚至不是寻常意义上的"爱"（Love）；它是一种更宽阔、更宏博、更深沉的爱，似乎只能以一个组合词的形式来表达（如 Love-will）。对"爱愿"意义的阐释和强调，无疑是史铁生对中国文学伦理精神建构的重大贡献。

六

史铁生从佛教那里理解了"慈悲"，从基督教那里理解了"爱"[3]。"爱愿"加"慈悲"，就是他的情怀，就是他的宗教。

史铁生毕竟是东方人。他对佛有着更为亲切的感觉，对佛的精神，也有着极为深刻的理解。在写于1994年2月2日的《神位 官位 心位》一文中，他说："佛，本不是一职官位，本不是寨主或君王，不是有求必应的神明，也不是可卜凶吉的算命先生。

---

[1] 史铁生.病隙碎笔[M].西安：陕西师范大学出版社，2006：147.
[2] 同[1]165.
[3] 他说："人生下来有两个处境，一个是你怎么活，这个我觉得是基督的精神，一个是你对死怎么看，那你得看重佛的智慧。"（《史铁生的日子》，第158页）

佛仅仅是信心，是理想，是困境中的一种思悟，是苦难里心魂的一条救路。"[1] 在《无答之问或无果之行》中，史铁生这样阐释了佛的伟大，"佛的伟大，恰在于他面对这差别与矛盾以及由之而生的人间苦难，苦心孤诣沉思默想；在于他了悟之后并不放弃这个人间，依然心系众生，执着而艰难地行愿；在于有一人未度他便不能安枕的博爱胸怀"[2]。佛意味着同情和悲悯，接近佛即意味着把无情之心，变成有情之心，"我想，最要重视的当是佛的忧悲。常所谓'我佛慈悲'，我以为即是说，那是慈爱的理想同时还是忧悲的处境。我不信佛能灭一切苦难，佛因苦难而产生，佛因苦难而成立，佛是苦难不尽中的一种信心，抽去苦难佛便不在了。佛并不能灭一切苦难，即是佛之忧悲的处境。佛并不能灭一切苦难，信心可还成立么？还成立！落空的必定是贿赂的图谋，依然还在的就是信心。信心不指向现实的酬报，信心也不依据他人的证词，信心仅仅是自己的信心，是属于自己的面对苦难的心态和思路。这信心除了保证一种慈爱的理想之外什么都不保证，除了给我们一个方向和一条路程之外，并不给我们任何结果"[3]。史铁生对佛是"苦难不尽中的一种信心"的理解，对由此"信心"而来的对"慈爱的理想"的阐释，都是得道之语，具有照亮人心的思想光芒。

乌纳穆诺说："怜悯是人类精神爱的本质，是爱自觉其所以为爱的本质，并且使之脱离动物的而成为理性人的本质。爱就是怜悯，并且，爱越深，怜悯也越深。"[4] 史铁生无疑也是这样理解爱的本质的，只不过，他更喜欢用"慈悲"来表达。其实，怜悯与慈悲在本质上是一回事，所不同的是，前者更多地属于基督教的话语谱系，而后者则更多地属于佛教的话语谱系。在《我与地坛》里，他就将慈悲当作"信者"必须信奉的"持念"，"丑弱的人和圆满的神之间，是信者永远的路。这样我听见，那犹豫的音乐是提醒着一件事：此岸永远是残缺的，否则彼岸就要坍塌。这大约就是佛之慈悲的那一个'悲'字吧。慈呢，便是在这一条无尽无休的路上行走，所要有的持念"[5]。他曾反复强调"悲"的意义。在致学者杨晓敏的信中，他说过这样一段话："其实这个'悲'字很要紧，它充分说明了佛在爱莫能助时的情绪，倘真能'有求必应'又何悲之有？人类在绝境或迷途上，爱而悲，悲而爱，互相牵着手在眼见无路的地方为了活而舍死朝前走，这便是佛及一切神灵的诞生，这便是宗教精神的引出，也便是艺术之根吧。"[6] 他把佛的心系众生的"慈悲"深化为"忧悲"。"忧"比"慈"更沉重，但也更深沉；

---

[1] 史铁生.对话练习[M].长春：时代文艺出版社，2000：218.
[2] 同[1]225.
[3] 同[1]219.
[4] 〔西班牙〕乌纳穆诺.生命的悲剧意识[M].哈尔滨：北方文艺出版社，1987：90.
[5] 史铁生.我与地坛[M].北京：人民文学出版社，2008：59.
[6] 同[1]339.

"忧悲"更能体现佛的温柔的博爱情怀。对"忧悲"的深刻体悟和阐发，无疑是他的一大贡献。

在史铁生的理解中，充满爱愿的精神之旅，是一个没有终点的过程，而神和佛也意味着无休止的行动，也是没有完成时态的。所以，他对"人人皆可成佛"的阐释，就像他对"爱愿"的诠释一样："佛并不是一个实体，佛的本义是觉悟，是一个动词，是行为，而不是绝顶的一处宝座。这样，'人人皆可成佛'就可以理解了，'成'不再是一个终点，理想中那个完美的状态与人有着永恒的距离，人皆可朝向神圣无止步地开步了。谁要是把自己挂起来，摆出一副伟大的完成态，则无论是光芒万丈，还是淡泊逍遥，都像是搔首弄姿。'烦恼即菩提'，我信，那是关心，也是拯救。'一切佛法唯在行愿'，我信，那是无终的理想之路。"[1] 从一个对"伟大的完成态"无限迷恋的时代来讲，对那些过度自大和自信的"拯救者"来讲，史铁生的思想，具有指示方向的意义。

史铁生对宗教精神和爱的理想，有着极为深刻的理解。在他看来，任何时代都不能没有理想主义之光的照亮，都不能没有梦想，"有那样的梦想，现实就不再那么绝望，不至于一味地实际成经济动物"。而理想主义的本质就是爱，正像爱的本质就是理想主义一样，"爱是一种理想或梦想，不仅仅是一种实际，这样，当爱的实际并不美满之时，喜欢实际的中国人才不至于全面地倒向实际，而放弃缭绕于心魂的爱的梦想"[2]。没有这种理想主义的爱，就什么都谈不到，"一个更美好的世界，不管是人间还是天堂，都必经由万苦不辞的爱的理想，这才是上帝或佛祖或一切宗教精神的要求"[3]。在中国当代作家中，还没有一个人像史铁生那样，因为看到了表象之下的危机，因为看到了繁华背后的困境，所以特别强调"爱的理想"，特别强调"梦想"和"理想"对于"市场经济时代"人们的内心生活的意义。

作为一个拥有坚定信仰的人，史铁生是镇定而慈悲的乐观主义者。他的作品所表现出来的热情、信心和力量，标志着我们时代文学在精神追求上所达到的高度。随着时间的流逝，他的思想价值会越来越凸显，就像早晨的太阳会越升越高一样，就像奔赴大海的江河会越流越宽一样。

---

[1] 史铁生.对话练习[M].长春：时代文艺出版社，2000：222.
[2] 同[1]141.
[3] 同[1]142.

关于鲁迅与韩国文学的联系
——兼谈鲁迅"疏离韩国"问题

王锡荣

一、鲁迅是否忽略、"疏离"韩国？

2005年，在韩国学术界举行的一次会议上，韩国著名学者李泳禧提出：好像鲁迅对韩国是忽略的，并由此产生了一些思考和感想，认为鲁迅对韩国文学是"疏离"的，里面包含了一些困惑。后来还有研究生沿着这个思路写了硕士学位论文。[1] 随后又有人发表文章，沿着李泳禧的思路，做了自己的进一步解读。[2] 当时参加会议的一个中国学者听了以后，后来回国做了一个研究，查阅了《鲁迅全集》和一些资料，几年后他多次发表文章，[3] 指出鲁迅对韩国并不是完全忽略的。他举出了《鲁迅全集》谈到韩国的几个例子，以及与几位韩国人的交往。对于这个问题，后来好像没有引起进一步的讨论。

但另外，关于鲁迅与韩国、关于鲁迅与韩国人的交流以及各种比较，相关的文章还是有人在发表的。例如，去年还看到洪昔杓教授关于鲁迅与李陆史关系的研究论文。本文不拟对鲁迅与韩国文学的关系展开全面论述，仅就我所了解的鲁迅与韩国文学的一些联系，顺便谈谈鲁迅是否"疏离韩国"的问题。

二、鲁迅著作中提到的韩国（朝鲜）

从2010年到2013年，中国学者张叹凤多次发表文章，梳理鲁迅谈到韩国（朝鲜）的言论。他提到的有这样几处。

一是1925年在《灯下漫笔》一文中说："到中国看辫子，到日本看木屐，到高丽看笠子，倘若服饰一样，便索然无味了，因而来反对亚洲的欧化。这些都可憎恶。"[4] 高丽即韩国古称，韩国的斗笠，也是一景。虽然中国、日本、越南古代都戴斗笠，但

---

[1] 陈秋亮. 疏离：鲁迅与韩国（朝鲜）新文学 [D]. 延边：延边大学硕士论文，2009.
[2] 崔雄权. 疏离：鲁迅与韩国新文学：从鲁迅研究的东亚视角谈起 [J]. 鲁迅研究月刊，2010(6).
[3] 张叹凤. 韩国学者的疑问：鲁迅漠视朝鲜？[J]. 现代中国文化与文学，2010.
之后还在《鲁迅研究月刊》等刊物上多次发表类似内容的文章。
[4] 鲁迅. 鲁迅全集：第1卷 [M]. 北京：人民文学出版社，2005：228.

韩国的笠子看来别有风貌，所以在文人笔下，到韩国看笠子成为时尚。

二是 1919 年在《一个青年的梦·译者序二》中说："譬如现在论及日本并合朝鲜的事，每每有'朝鲜本我藩属'这一类话，只要听这口气，也足够教人害怕了。"[1] 日本政府强迫朝鲜政府签订《日韩合并条约》，使朝鲜沦为日本的殖民地。

三是严格来说属于间接材料。鲁迅在《〈狭的笼〉译者附记》[2]中提到"日英是同盟国"，根据《鲁迅全集》注释中说到的"日英同盟国"，是 1902 年"日、英帝国主义为侵略中国及与沙皇俄国争夺在中国东北和朝鲜的利益，缔结了反俄的军事同盟"。应该说，这个证据是多少有些牵强的。因为鲁迅在文章中提到隐含韩国问题的还很多，但严格来说这是不能作为证据的。

四是《〈苦闷的象征〉引言》中写道："厨川博士名辰夫，号白村……曾经割去一足，然而尚能游历美国，赴朝鲜……"[3]

五是 1927 年写的《谈所谓〈大内档案〉》中说："朝鲜的贺正表，我记得也见过一张。"[4]

张叹凤提到的这几个例子，为很多人所知道。除了第二条，其他只是顺便提到而已，这里不再赘述。但实际上，《鲁迅全集》里关于朝鲜、韩国（或高丽、高句丽、新罗、乐浪）的地方，远不止这些。在 2005 年版《鲁迅全集》中，"朝鲜"一词在正文中出现达 17 次，"韩国"则几乎没有被提到。[5]还提到"高丽"5 次，"高句丽"1 次（关于书籍版本），"新罗"2 次，"乐浪"4 次（均为考古书籍）。

但在《鲁迅全集》中谈到韩国的，还有多处是张叹凤没有提到的，其中有的内容甚至更重要。我们来做一考察。

（1）早在 1903 年，鲁迅到日本留学次年写的《中国地质略论》中提到："蕴藏矿物以是代为最富。（10）纪之见于中国者，自辽东半岛直亘朝鲜北部；虽土质确荦，不宜稼穑，而所产金银铜锡之属，实远胜于他纪诸岩石，土人仅耕石田，于生计可绰有余裕焉。"[6]"（10）纪"指寒武纪。鲁迅谈到寒武纪时期从中国的辽东半岛到朝鲜北部，虽然土地贫瘠，不能种植庄稼，但是矿产丰富，人们只要耕石田（开矿），就不愁生计了。

（2）特别值得指出的是 1918 年前后鲁迅写的一篇生前未发表的文稿，即《随感录》。

---

[1] 鲁迅.鲁迅全集：第 10 卷[M].北京：人民文学出版社，2005：212.
[2] 同[1]217.
[3] 同[1]256.
[4] 鲁迅.鲁迅全集：第 3 卷[M].北京：人民文学出版社，2005：589.
[5] 除了有三次提到中国先秦时期的"韩国"之外，只有在许广平给鲁迅的信中提到一次"韩国独立团"。
[6] 鲁迅.鲁迅全集：第 8 卷[M].北京：人民文学出版社，2005：10.

跨时空文学对话

在这篇手稿里，鲁迅因看到几篇韩国爱国志士的文章，产生了强烈的感想：值得多谈几句。

鲁迅一开头就说："近日看到几篇某国志士做的说被异族虐待的文章，突然记起了自己从前的事情。"[1]

这"某国"，据《鲁迅全集》注释为"当指朝鲜"。根据文章内容分析，明显是指韩国（大韩帝国，1897—1910年）。当时这"某国"已经亡国，而在1900年前后鲁迅在街上看到清政府训练新军的时候，该国还没有亡国，根据周边国家情况分析，不是波兰、印度和越南，而且有爱国者流亡在中国的，就只能是指当时的韩国。

鲁迅又说："那时候不知道因为境遇和时势或年龄的关系呢，还是别的原因，总最愿听世上爱国者的声音，以及探究他们国里的情状。波兰印度，文籍较多；中国人说起他的也最多；我也留心最早，却很替他们抱着希望。其时中国才征新军，在路上时常遇着几个军士，一面走一面唱道：'印度波兰马牛奴隶性，……' 我便觉得脸上和耳轮同时发热，背上渗出了许多汗。"（同上）

这里鲁迅是说，中国又何尝不是跟印度波兰一样被侵略被奴役呢？鲁迅说的"那时候"，中国正在训练"新式陆军"，证明是甲午海战失败后那几年，也显然就是鲁迅在南京读书的时候，即1898年到1902年。

鲁迅还说："那时候又有一种偏见，只要皮肤黄色的，便又特别关心：现在的某国，当时还没有亡；所以我最注意的是芬兰菲律宾越南的事，以及匈牙利的旧事。匈牙利和芬兰文人最多，声音也最大；菲律宾只得了一本烈赛尔的小说；越南搜不到文学上的作品，单见过一种他们自己做的亡国史。"（同上）这里就明显提到了韩国，而且明确说"只要是皮肤黄色的，便又特别关心"。这说明了1900年前后韩国不是鲁迅"最注意"的国家的原因：一是当时韩国还没有亡国，二是韩国向世界发出的声音不多，也不大。

鲁迅接着说："听这几国人的声音，自然都是真挚壮烈悲凉的；但又有一些区别：一种是希望着光明的将来，……一种是絮絮叨叨叙述些过去的荣华，……末后便痛斥那征服者不行仁政。"（同上）

这里鲁迅说的"几国人"，应当是包含韩国人在内的。因为语境已经回到写文章的时候了。对"某国志士"即韩国志士发出的声音，鲁迅肯定他们是"真挚壮烈悲凉"的，其中也包含"希望光明"和讴歌往昔荣华这两种倾向。

从这篇文章里可以看到，鲁迅对韩国问题其实是一直在关注的，只是在韩国还没

---

[1] 鲁迅.鲁迅全集：第8卷[M].北京：人民文学出版社，2005：94.

有被日本吞并的时候，因为更加关注波兰、印度、越南等国，韩国没有成为"最注意"的对象。而1910年以后，直到写文章的1918年前后，韩国志士们在中国发出"真挚壮烈悲凉"的声音的时候，实际上已经成为鲁迅"最注意"的对象了。

对于后者，我这里还有另外一个证据。根据鲁迅的二弟周作人1905年3月的日记，当时正在日本留学的鲁迅从日本寄回国内的书籍中，有一本《朝鲜名家诗集》，其中收韩国16世纪到1894年前后的诗歌1056首，周作人也连续两天阅读该书。这也可以证明鲁迅早年对韩国的关注。

（3）《两地书·六五》："昨日（廿六）为援助韩国独立团及万县惨案，我校放假一日，到中大去开会……"（许广平）[1]

1926年6月10日，朝鲜国王李环的葬礼举行之际，爱国群众在汉城举行示威游行，反对日本帝国主义的殖民统治，争取民族独立，后发展为全国性的运动。这就是韩国"六一〇独立运动"。当时中国人民对于韩国的独立运动是热情支持的，许广平参加了支持韩国独立团活动的大会，并告诉了鲁迅。鲁迅虽然没有回应，但是这并不表示他不关心韩国。因为当时正有别的事要谈，所以没有回应。但是后来在中山大学讨论涉及韩国学生的时候，鲁迅是明显支持他们的。我们将在下文谈及。

（4）1927年2月，鲁迅在香港演讲《无声的中国》说："我们试想现在没有声音的民族是哪几种民族。我们可听到埃及人的声音？可听到安南（越南）、朝鲜的声音？印度除了泰戈尔，别的声音可还有？"[2]

在这里，鲁迅认为在当时世界上，朝鲜、埃及与越南，印度除泰戈尔以外，没能发出自己民族的声音，或者说，世界听不到韩国的声音。这首先说明，鲁迅并没有忽略朝鲜，他应该是在观察了朝鲜的状况之后提出的看法。也许有人认为朝鲜民族一直在发出自己的反抗之声，是否不为鲁迅所关注？但至少，鲁迅认为他们的声音没有在世界上引起注意。人们听不到，所以他说"可听到安南、朝鲜的声音？"实际上，鲁迅不是否定朝鲜民族对侵略的抗争之声，而是说他们的声音没有被世界的人们所听到。这里面，既包含了对他们的同情，也包含了对他们声音不强的失望，还包含了对他们的期望，正如鲁迅当时对中华民族的感受一样：哀其不幸，怒其不争。鲁迅这篇演讲的主旨，正是呼吁人们起来反抗，发出自己的声音、发出民族抗争的声音。在这里，鲁迅对朝鲜民族的评价、期望，与对中国人民是一致的。所以题目叫《无声的中国》。

（5）1927年7月，鲁迅在《〈游仙窟〉序言》中说："《唐书》虽称其文下笔立

---

[1] 鲁迅．鲁迅全集：第11卷 [M]．北京：人民文学出版社，2005：185.
[2] 鲁迅．鲁迅全集：第3卷 [M]．北京：人民文学出版社，2005：15.

成,大行一时,后进莫不传记,日本新罗使至,必出金宝购之,而又訾为浮艳少理致,论著亦率诋诮芜秽。"[1]

这里鲁迅提到"新罗"是韩国东南部的一个古代小国国名,这个国名在中国古代典籍中出现很多。鲁迅这里是说《唐书》中虽然说《游仙窟》的作者张鷟文章写得快,名气很大,当时日本和新罗等国的来使,都会出重金收购,但对其评价不高。

（6）1930年2月,鲁迅在《〈溃灭〉第二部一至三章译者附记》中说:"他无法可想,然而反对无法中之法,然而仍然同食无法中之法所得的果子——朝鲜人的猪肉——为什么呢,因为他饿着!"[2]

这里提到"朝鲜人的猪肉",是《毁灭》第二部第三章中,说主人公美谛克所在的莱奋生部队在冬天的战场上严重缺乏食物的情况下,强行把当地高丽人赖以过冬的猪宰了,让150名饥饿的战士吃。小知识分子出身的美谛克虽然看不惯,内心很挣扎,但还是不得不吃那些猪肉。

（7）1931年10月,鲁迅在《"民族主义文学"的任务和运命》中说:"当'扬起火鞭'焚烧'斡罗斯'将要开头的时候,就像拔都那时的结局一样,朝鲜人乱杀中国人,日本人'张大吃人的血口',吞了东三省了。"[3]这是鲁迅针对当时中国的一批所谓"民族主义文学"者们喧嚣一时的狭隘民族主义,指出他们疯狂叫嚣要攻击苏联的同时,自己的国家却正在被外族入侵,令人悲愤。正如古代蒙古国的金帐汗国可汗拔都的处境一样,当时拔都也是一面进攻欧洲,一面自己后院失火,自己也丧命了。鲁迅这里并不是指责朝鲜人乱杀中国人,而是说1931年7月日本挑起"万宝山事件",谎称是中国人驱逐、乱杀朝鲜人,恶意挑拨中韩关系,使韩国首尔、仁川等地一些不明真相的韩国人对中国侨民发起袭击,实际上,"万宝山事件"是后来"九一八"事变的先声。

（8）1932年8月1日致许寿裳信,鲁迅说"自去秋以来,众论哗然,而商务刊物,不敢有抗日字样,关于此事之文章,《东方杂志》只作一附录",[4]这是指《东方杂志》第28卷21号（1931年11月）的附录《朝鲜排华惨案调查报告》。这是当时记者对"万宝山惨案"的调查报告。万宝山事件真相大白后,中国人都把矛头对准日方,鲁迅不满的是当时商务印书馆不敢明确抨击日方暴行。

此外,《鲁迅全集》中还有关于韩国的书籍版本、纸张的记载。

1914年7月,鲁迅为母亲祝六十大寿,出资托南京金陵刻经处刻印《百喻经》,

---

[1] 鲁迅. 鲁迅全集:第7卷[M]. 北京:人民文学出版社,2005:330.
[2] 鲁迅. 鲁迅全集:第10卷[M]. 北京:人民文学出版社,2005:371.
[3] 鲁迅. 鲁迅全集:第4卷[M]. 北京:人民文学出版社,2005:324.
[4] 鲁迅. 鲁迅全集:第12卷[M]. 北京:人民文学出版社,2005:318-319.

又作《百喻法句经》。1915 年 7 月 20 日："夜以高丽本《百喻经》校刻本一过。"是用高丽刻本来校金陵刻经处刻本。随后，7 月 25 日："写《出三藏记集》第一卷讫，据日本翻高丽本。"说明鲁迅对高丽刻本书籍还是比较信任的。

到上海后，鲁迅对韩国的关注总体上比之前多了，多次购买相关书籍。例如，1928 年 4 月 12 日买日本高桥键自、石田茂作的《满鲜考古行脚》一书，1930 年 8 月 28 日买原田淑人、田泽金吾合著的东乐浪郡古墓发掘报告《乐浪》一书，1935 年 3 月 26 日买《乐浪彩箧冢》，1935 年 5 月 30 日买《乐浪及高丽古瓦图谱》，1936 年 5 月 30 日买《乐浪王光墓》，这些书都是日本人在当地的考古报告，印制精致，有大量图片。我们从鲁迅的个人藏书中还可以看到，当时日本的"南满洲铁道株式会社"编的《满铁支那月志》里面也有很多这类材料。看来，鲁迅也在密切观察日本人在韩国这一地区的活动。

根据上述记载，我们可以说，鲁迅并没有忽视韩国，而是对韩国民族被侵略、被奴役的悲惨命运给予了深切的同情。他也不满于朝鲜民族在世界上声音的微弱，这点跟当时的中国差不多。

三、鲁迅与韩国人的关系

对于这个问题，目前学界已经有了大体上的介绍。例如，李又观、柳树人、金九经、李陆史、申彦俊，这里不赘。

但还有一些情况可以补充。一是在 1927 年，鲁迅在中山大学担任文学系主任兼教务主任的时候，2 月 25 日主持召开第四次教务会议，出席者有学校负责人朱家骅、傅斯年等十五人。会议议决内容中，有关于"台湾省及朝鲜学生入校审查及优待条件，收旁听生"等事项。联想到当时正在广州活动的"韩国独立团"，看来当时中山大学对于流亡在广州的朝鲜学生入学提出了优待政策。作为教务主任的鲁迅，在其中的作用是不可忽视的。

二是，关于 1933 年 5 月《东亚日报》驻中国特派记者申彦俊对鲁迅的采访。根据相关史料可以知道，申彦俊关于鲁迅谈话的记载，除了采访地点误差（鲁迅给他信明确邀请他到内山书店见面，申彦俊对采访现场环境的描写，也明显不是鲁迅家）和《中国论坛》名称等小细节的误差，总体上是符合历史真实的。根据申彦俊的记载，他在采访中向鲁迅提出了"弱小民族的解放"的问题。这个提问当然是包括韩国在内的。鲁迅由此关切地问起韩国的文学状况，并热情邀请韩国文学界不论是谁，请他们为鲁迅参与编辑的《中国论坛》（采访记中误为《中国文坛》）撰写文章。申彦俊的采访记中有这样一段话特别值得品味："他特意嘱托我说，朝鲜文坛上哪一位都可以，请为

跨时空文学对话

我现在正筹办的叫《中国文坛》的刊物撰写文章，介绍介绍朝鲜文艺的历史和现状。我希望，文坛上的有志之士特意撰写一稿，介绍一下朝鲜文坛的情况。用朝鲜文也好，或者用外国文也行，用什么文字写都可以。只要寄给笔者，就可以转交给他。"[1]

当时，美国记者伊罗生在上海创办了一个具有国际影响的刊物《中国论坛》，开始是英文的，后来改为中英文合刊。这个刊物不仅得到了鲁迅的支持，还得到了宋庆龄的支持，鲁迅自己的一些重要文章也在该刊发表。就在申彦俊采访鲁迅后一个月，鲁迅参加的以宋庆龄为首的中国民权保障同盟总干事杨铨被国民党蓝衣社暗杀，《中国论坛》通过刊登国民党蓝衣社的暗杀黑名单，揭露了当局的暴行。杨铨、鲁迅都在这个黑名单中。鲁迅告诉申彦俊，这是自己参与编辑的刊物，说明了鲁迅跟这个刊物的密切关系。他如此郑重地请记者转告韩国文学界，邀请韩国文学界向该刊投稿，是一种非同寻常的重视和热情的表示，也足以打破"疏离"韩国文学的印象。

这些记载说明，鲁迅早年曾经因为更加关切那些已经处于被吞并、被奴役的弱小民族，而当时韩国还没有被吞并，所以没有特别关注韩国，但是也并没有无视，在有机会接触韩国文学的时候，也是有所关注的，总体上并没有忽略或者"疏离"韩国。而且从韩国被日本吞并后，鲁迅对韩国的同情与日俱增，越到后来越强烈关注韩国，只是没有机缘与韩国文化界接触。而在1931年"九一八"事变后，由于中国同样遭受日本侵略，面临沦为亡国奴的危机，鲁迅更加深切地希望与韩国爱国者联起手来，以至于碰到一个记者就热切地请他邀请韩国文学界人士，向自己所参与编辑的国际刊物投稿。鲁迅之所以如此热切关心韩国和韩国文学，是希望与他们联合起来，发出自己的声音，共同抗击日本帝国主义的侵略。至于说鲁迅在韩国义士尹奉吉炸死日军大将白川义则等轰动一时的大事都没有评论，则并不能说明问题。因为在当时的情况下，日军气焰嚣张，中国政府面对侵略者奴颜婢膝，谁又能公开谈论此事呢？

---

[1] 申彦俊.中国的大文豪鲁迅访问记[J].鲁迅研究月刊，1998(9).

中韩建交后韩国文学在中国的传播

赵维平

一、文学与文化的关系

文化是一种社会现象，它是由人类长期创造形成的产物，同时又是一种历史现象，是人类社会与历史的积淀物。确切地说，文化是凝结在物质之中又游离于物质之外的，能够被传承的国家或民族的历史、地理、风土人情、传统习俗、生活方式、文学艺术、行为规范、思维方式、价值观念等，是人类相互之间进行交流的普遍认可的一种能够传承的意识形态，是对客观世界感性上的知识与经验的升华。而文学是指以语言文字为工具，形象化地反映客观现象、表现作家心灵世界的艺术。文学是文化的重要表现形式，包括诗歌、散文、小说、戏剧等。

一个国家的文学作品国际化可以塑造这个国家的文化新形象，构建国家正面的影响力，让该国文化在世界上焕发光彩。文学是文化的重要载体，也是民族精神的结晶，文学国际化肩负着提高一个国家文化竞争力的艰巨使命。中韩两国在地理位置上一衣带水，文化交流上又有着很深的历史渊源，随着两国经济地位的不断提升，通过文学作品向世界展示各自国家文化成为两国政府关注的课题。韩国政府推出的"文化兴国""韩国文学国际化"等战略为韩国文学作品走向世界打下了基础。中国政府将中国文化"走出去"定位国家战略部署，文学作品"走出去"也成为中国文人不懈努力的目标。

二、韩国文学在中国传播的主要推力

20世纪80年代，随着韩国经济的发展，韩国国内文坛提出了韩国文学国际化的倡议，对韩国文学作品的外文翻译给予扶持。最初的翻译计划由韩国文化部直接管理，翻译的语种仅限于英、法、德、西4门语种，其中又以英语翻译为重。90年代之后，这项事业由文艺振兴院接管，1996年随着"韩国文学翻译金库"的成立，2001年，韩国文艺振兴院将韩国文学翻译事业与"韩国文学翻译金库"相结合，正式成立了韩国文学翻译院，并开始大力培养和引进专业的翻译人才，翻译语种也由最初的4门语种扩展到28门语种，韩国文学的国际化进程得以蓬勃发展。

韩国文学翻译院是一个政府管辖的公共机构，是韩国文化体育观光部下属的特殊法人单位，以向海外传播韩国文学与文化为主要任务，工作重点就是系统地对韩国文学作品进行外语翻译和介绍，支持和培养外语翻译人才。翻译院面向引进韩国图书版权的海外出版社和代理公司，设置"海外翻译出版资助"和"海外出版营销资助"等各种资助项目，以国家扶持的形式积极鼓励图书版权的输出。每年出版选定的有助于韩国文化世界化宣传的作品，资助其外文翻译和海外出版销售。而韩国文学翻译院下属的宣传交流部则通过组织国内外的国际性文学活动和作家交流会，帮助海外读者了解韩国文化，吸引海外读者的关注。

截至2018年7月，韩国文学翻译院共资助翻译的外语图书中，英语1425部、日语863部、中文840部排在第三位[1]。其中中文图书包括现代小说372部、儿童文学132部、现代诗歌43部、古典文学29部、散文25部、韩国文学史13部、现代戏剧8部等，另外还有杂志、日记等。

三、韩国文学在中国的传播现状

1993年，《译林》发表了李春楠翻译的短片小说《狂乱时代》（吴独伊著），这是第一篇以"韩国文学"名义公开发布的短篇小说。1994年《世界文学》以"韩国文学小辑"为题，发表了4篇韩国短篇小说，分别是金芝娟的《梨花（배꽃질 때）》（崔成德译）、黄顺元的《雷雨（소나기）》（崔成德译）、吴永寿的《浦口渔村（갯마을）》（黎峰译）、金东里的《巫女图（무녀도）》（张琏瑰译）。之后，《世界文学》《外国文艺》《译林》《外国文学》等外国文学专业杂志陆续发表了韩国文学作品，但与欧美、日本等外国文学作品相比，在数量上明显处于劣势。

如果说20世纪90年代中国的韩国文学翻译尚处于起步阶段的话，进入21世纪，无论是从数量上，还是从作家和作品的选择范围上，都有了较大幅度的提升。特别是随着"韩流"在中国的盛行不衰，韩国影视作品改编小说、网络小说、推理小说等大众文学也逐渐出现在中国文学界。此后，在韩国文学翻译院的推动下，韩国的纯文学作品在中国翻译出版的比例逐渐增多。韩国文坛实力派女性作家的作品也在中国国内得到了广泛关注，现代文学作品在中国呈现出蓬勃发展的势头。

韩国儿童文学作家白希那于2020年3月荣获全球规模最大的儿童文学奖——阿斯特里德·林德格伦纪念奖，这在世界文坛引起轰动。白希那根据作品内容，选择不用

---

[1] 数据整理来自韩国文学翻译院网站（www.ltikorea.or.kr）。本数据没有包括在中国台湾地区出版的作品。

的材料亲自制作布景、模型和人偶，通过精巧的打光实现明暗对比，最后进行拍摄和后期处理，将动画制作的技巧元素融合进图画书的创作过程。这样的创作手法，使得她的作品像是在为故事搭建舞台，在空间和材质两个方面都极富趣味，也赋予其作品独特的视觉语言，打破了现实与童话之间的界限。白希那的成功，也使得韩国儿童文学打开了在中国翻译出版新的市场。目前，中国国内已经引进《云朵面包》《月亮冰激凌》《红豆粥婆婆》《澡堂里的仙女》《粉红线》《奇怪的妈妈》《糖球》《我是狗》等多部作品。

诗歌在韩国学术界是一个重要的研究领域，1993年，金素月的诗集《践踏缤纷的落花（진달래）》（张香华译）由中国友谊出版公司出版，这是中国大陆出版的第一部韩国诗集。1994年，许世旭编译的《韩国诗选》由三联书店出版，共收录了韩国及现代79位杰出诗人的153篇作品。总体来看，韩国诗歌在中国翻译出版数量不多，也未能在中国引起读者的广泛关注。此外，韩国散文随笔、戏剧等文学作品在中国的翻译出版数量也不多，在中国读者中也未能引起足够的关注。

总之，在中国国内翻译出版的韩国文学作品主要以韩国著名作家、韩国当代文坛实力派作家和新生代人气作家为主，他们的作品代表着韩国文学的潮流，具有鲜明的时代特征以及强烈的历史性和民族性，也兼具作家独特的个性。

四、韩国文学在中国传播过程中遇到的难题

尽管在中国翻译出版的韩国文学作品大多是韩国国内的畅销书，都能代表韩国文坛的尖端作品，但是这些作品在中国出版之后却未能产生大的反响。根据数据统计，韩国文学作品在中国出版之后销量普遍不高，每部作品大多在5000～6000册，这使得中国出版社普遍对出版韩国文学作品失去兴趣。林春城指出，在对韩国文学作品在中国的翻译情况进行调查之初，曾了解到韩国的很多作家都拥有中国文学作品集，但是中国的知识分子却很少了解韩国文学作品，甚至对之没有兴趣。[1] 中国作家的文学作品大部分在韩国得到了翻译出版资助，而韩国文学作品在中国的翻译出版大部分靠韩国方面的经费支持完成。

第一，韩国文学作品在中国很难引起读者共鸣。中韩两国文化交流历史悠久，又同受儒家思想影响较深，同属汉字文化圈，但是两国文化却在发展过程中形成了各自独特的文化。两国人民在相互理解方面并不全面，甚至在某些方面还存在认识错位。

---

[1] 林春城. 关于汉中文化沟通与跨越的考察：以韩国文学作品在中国翻译出版现状为中心[J]. 学术界，2011.

虽然在"韩流"的影响下,韩国大众文学也在中国产生了一定的反响,创造了一些畅销记录,但总体来看,韩国纯文学作品在中国市场举步维艰,很难引起中国读者的关注。

第二,中韩两国文学翻译人才稀缺,无法保证韩国文学作品在中国出版的翻译质量。文学作品对翻译水平的要求极高,很多优秀的文学作品,因为译文难以达到忠实于原文的要求,读起来枯燥无味,更无法打动读者、引发共鸣。尤其是韩国一些纯文学的作品主题、内容比较深奥,叙述方式也较为独特,如果翻译水平不够高,不仅不能够吸引读者,反而会使读者对韩国文学产生反感,影响韩国文学作品在读者心中的印象。

朴宰雨提出,韩国的文化是通过吸收中国的汉字文化和儒教文化才得以形成的,因此,无论是从历史角度还是从地缘政治学角度来看,中韩两国之间文学交流方面的不平衡现象,在某种程度上都是不可避免的。应该将现代以后各自发展起来的文学部分的交流作为今后的课题,考虑到中国在东亚以及世界上的影响比重,采取优先培养中文翻译人才的措施。[1]

另外,2017年受"萨德"影响,中国国内出版韩国文学作品数量急剧下滑,也体现了文学作品的传播受两国政经关系影响较大的特点。

五、中国文学在世界范围内的传播途径

中国文学作品在海外的传播并不是开始于当代,就东方社会而言,中国文学传入日本已经有1500多年历史;就西方而言,则有300多年历史。从传播趋势上看,主要呈现出力度加大、速度变快、前景较好的特点。莫言2012年获得诺贝尔文学奖,刘慈欣、曹文轩等接连折桂国际文学大奖,麦家的《解密》被翻译成几十种文字,在国外发行量越来越大。这些都说明,当代中国文学作品已经引起世界的关注,在这个过程中,国家战略性的引导起到了关键作用。

(一)中华学术外译项目

随着中国文化"走出去"战略的实施,加强中文人文交流,推进中华作品的传播能力,讲好中国故事,提升国家文化软实力的重任落在了当代中国文人肩上。就目前来看,"中华学术外译项目"在推动中国文学"走出去"的过程中起到了至关重要的作用。国家社科基金"中华学术外译项目"正式设立于2010年,主要立足于学术层面,资助中国哲学社会科学研究优秀成果以外文权威出版机构出版,进入国外主流发行传

---

[1] 〔韩〕朴宰雨. 韩国文学全球化与中国话的现状与展望[J]. 当代韩国,2006.

播渠道，以增进国外对当代中国以及传统中国文化的了解，推动中外学术交流与对话，提高中国哲学社会科学的国际影响力。该项目启动至今约十年时间，大批中国经典的、优秀的学术成果被推介到国外出版，为世界读者搭建了一个展现中国、了解中国、认识中国的重要平台。

截至2018年，中华学术外译项目已累计立项872项，涉及英、法、西、俄、德、日、韩、阿等数10个语种，走进26个主要国家和地区、120多家国际主流出版机构，受到国内外学术界和出版社的普遍好评。

（二）多项工程举措并举

中国政府正通过"中国当代文学百部精品对外译介工程""中国文学海外传播工程""经典中国国际出版工程""中国图书对外推广计划""中外图书互译计划"等工程的先后设立和逐步实施，为中国文学作品"走出去"打开了新局面，也形成了中外文学交流互动的大好格局。

（三）多种形式进行

将文学作品改编成剧作进行演出。例如，鲁迅的《阿Q正传》，在1975年被改编成话剧《阿Q》，由法国水族馆剧团在巴黎上演。还有一些中国文学作品被国外编入教材，如老舍的《骆驼祥子》被日本一些大型的中文专业列为基本教材。1983年10月，在中国艺术家英若诚的指导和帮助下，美国密苏里大学戏剧系的学生专业排练演出了巴金的作品——《家》。这些都大大提升了中国文学作品在国际上的知名度和影响力。

六、中国文学国际化对韩国文学的借鉴意义

朴宰雨指出：韩国知识分子几乎都知道中国的古典著作，而且对于现代文学家鲁迅，思想家孙文、毛泽东等也都相当熟悉。相比之下，中国对现代韩国的代表性思想家或理论家尚都处于未知状态。其原因包括：一是中国的思想或理论著作的内容质量水平较高；二是中国悠久的历史和文化奠定了雄厚的基础；三是可靠的翻译水平。[1]

文学作品的水平和读者数量，在某种程度上能够反映出一个民族的历史和未来。因此，无论是中国还是韩国都在加大力度推进文学作品的国际化，大力推进文学作品的国际化也成为中韩两国文人学者的文化使命。为了完成这一使命，需要做大量的工作，但是总结起来不外乎两个方面：创作佳作和传播佳作。

---

[1] 〔韩〕朴宰雨. 韩国文学全球化与中国话的现状与展望 [J]. 当代韩国，2006.

首先，创作佳作。韩国文学应积极创造创作佳作的条件。近代以后，韩国所经历过的苦难历史，包括殖民统治的独特处境、冷战中南北分隔体制生活的各种矛盾等，人们从中形成了深刻的世界认识。因此，韩国文学作品要能够写出大韩民族在历史边缘中重生的曲折和希望，刻画出从无到有的凤凰涅槃的艰辛，表现出个体人物的悲欢离合和民族的顽强不屈的精神。只有用文学作品将这些内容艺术地表现出来，才能创作出佳作，使其成为韩国乃至人类文化和精神宝库的一部分，而不是盲目地屈从于西方世界的接受心理。"打铁还需自身硬"，优秀的文学作品总会赢得它的读者，因此，创造出能够震撼人类心灵的文学作品是最重要环节。

其次，传播佳作。提高翻译水平，注重翻译质量。所谓的传播佳作，实际是指技术层面上的工作，即佳作的翻译质量。如果翻译质量不过关，就算是再优秀的文学作品也会无人问津。朴宰雨强调，翻译家的角色十分重要，莫言作品在韩国的遭遇就是一例证明。[1] 莫言在获得诺贝尔文学奖之前，韩国早期出版的莫言小说，如《红高粱》，韩版译文质量不高，错误较多，译者只在意是否能够出版，不重视误译等问题，所以韩国作家对《红高粱》的评价普遍不高。而之后的译本质量有很大提升，大家对莫言的评价也随之提升。

最后，还可借助"韩流"，推动佳作的传播。通过"韩流"的独特优势，提升韩国文学作品的影响力。文学作品被改编成电影、电视剧是促进文学作品传播的一个重要途径。电影、电视剧与文学作品相比，更容易被海外观众所接受。回顾莫言作品引起世界关注的过程，我们就可以发现电影媒介对文学作品"走出去"的推动作用。莫言的作品开始并没有引起世界文坛的关注，直到1988年电影《红高粱》获得柏林金熊奖之后其作品才真正得到世人的认可。当年中国台湾洪范书店就推出了中文版《红高粱家族》，之后1990年法语版问世，1993年英文版、德语版也相继推出。莫言的国际影响力逐渐扩大，先后获得了一系列国家大奖，最终于2012年获得诺贝尔文学奖。因此，精心打造"韩流"，带动韩国文学作品走向世界，是韩国文学海外传播的重要途径。

随着移动互联网、数字科技和移动智能终端在全球范围内的普及，数字文化产业发展迅速，阅读这一获取信息的传统方式也发生了颠覆性的变化，网络已经成为人们获取信息的重要平台，同时也改变了人类的阅读习惯。因此，在推动文学作品国际化的过程中，应该充分利用网络平台。无论是中国还是韩国，文学作品"走出去"都是一件任重而道远的事情，需要两国数代文人坚持不懈地付出努力。

韩国文学作品在中国传播过程中，韩国文学翻译院发挥了功不可没的积极作用，

---

[1] 〔韩〕朴宰雨. 翻译与韩国文学的世界化 [M]. 国际汉学，2017.

同时，在"韩流"的影响下，韩国大众文学也曾在中国产生不俗反响。但是，总体来讲，韩国文学作品在中国的传播依然存在不少问题。解决这些问题需要中韩两国政府和文学界、学术界、出版界等相关领域共同合作，此外，两国文学翻译人才的培养也是一项需要详细规划和长期坚持的伟大工程。相信只要两国人民始终坚持以开放的姿态真诚相待，互相交流，注重市场发展规律，重视翻译人才培养，中韩两国文学交流一定能够达到新的高度。

20世纪20—40年代韩国现代文坛对鲁迅及其作品的译介和接受

许赛

浙江越秀外国语学院

19世纪末期，朝鲜[1]在西方文化的强劲势头面前，包括文学在内的社会诸多方面都经历了无数的困惑和彷徨，封建时期被视为立国之本的传统文化也开始逐渐散去神圣的光环。为了国家的独立和发展，大部分知识分子开始接受西方文明、提倡开化的思想。在这一同化过程中，最易见效的就是外国书籍的翻译，但是受战争及政治因素的影响，中国书籍在朝鲜的翻译和接受面临极大的挑战。

20世纪10年代，韩日合邦之后，朝鲜半岛沦为日本殖民地，日本通过在汉城（今韩国首尔）设立的朝鲜总督府实行了严酷的镇压民主的强权政治。在此期间，中国文学书籍的翻译和出版数量受日本殖民主义影响出现了一定程度的下降。当然，由于中韩两国文化间悠久的历史渊源，朝鲜文人在积极接受西方文化与文学的同时，依然与中国现代文坛保持着较为紧密的联系。到20世纪20年代，随着印刷术的发展，中国文学作品在朝鲜的译介数量得到了增加，翻译出版的中国古典小说种类超过20余种（如把单行本包含在内，则约40种），此时期出版的作品尽管数量增加了，但内容上较原版出现了部分删减现象。[2]进入20世纪30年代，"九一八"事变爆发后，朝鲜作为日本的殖民地，中国文学的译介途径几乎被断绝了，虽然在这一阶段依然有如金光州、李容圭的合译本《鲁迅小说选集》等出版，但数量不大，这种情况一直到1945年解放之后才得以开放。[3]

在日本殖民朝鲜时期，由于受国内政治环境所限，朝鲜的中国文学研究者大多是曾经留学中国或日本的韩国学生，他们将自己对中国文学的兴趣带到了朝鲜半岛进行了译介，并将此作为"他山之石"，希望通过学习身处类似境遇的中国现代文学创作

---

[1] 韩朝两国在1950年朝鲜战争之前是统一的国家，因此韩国把在此之前的文学叙事也均沿用了"朝鲜"的国名。

[2] 閔寬東. 中國古典文學의 國內 出版과 板本 分析. 國際中國學研究（第89卷），2019：139-166.

[3] 김시준. 韓國에서의 中國現代文學研究 概況과 展望. 中國語文學志（第4期），1997：1-8.

经验，促进朝鲜现代文学的发展，打破朝鲜民族的愚昧和半开化，创造更好的世界。当时，较具代表性的中国文学研究者有李光洙、金亿、梁建植、丁来东、李陆史、韩雪野、金泰俊、李敬纯、金光州等。其中，被译介最多的中国现代文学作品当数鲁迅的小说，当时朝鲜总督府警务局发行了一份禁书目录——《朝鲜总督府禁止单行本目录》，目录中将《鲁迅文集》《鲁迅选集》《阿Q正传》等相关鲁迅著作列入了禁书之列，[1] 由此可见，鲁迅作品在韩国现代文坛的影响力。鲁迅作为我国最具影响力的作家之一，在中韩现代文学及文人交流等方面均做出了积极的贡献，他在日本留学期间就非常关注半岛局势，对朝鲜的亡国境遇深表同情，回国后也多次接触了侨居在上海、北京等地的韩国友人，了解他们国破家亡的悲惨处境、支持他们的独立解放事业，在中韩现代文学史上留下了重要的一页。

本文将重点整理鲁迅在 20 世纪 20—40 年代与韩国文坛的交流情况。在这一时期，日本帝国逐渐加强对中韩两国的侵略，我国人民先后展开了反帝、反封建革命及抗日斗争，许多韩国革命者也积极参与本国的独立运动及我国的革命斗争。在此过程中，中韩两国人民与革命者互为支援、相互协助。而这种政治上的团结互助也为两国现代文学的交流奠定了良好的基础。鲁迅在促进中韩两国的文学交流、增进两国人民间的友谊等方面做了很多工作。因此，本文首先将考证鲁迅与韩国友人的交流情况；其次，考察鲁迅作品在韩国的译介情况；最后，就韩国文坛对鲁迅作品的评价进行梳理。希望通过这种文学史性质的史料研究与整理，能为鲁迅与韩国文坛的关联研究提供些许参考，也能为中韩现代文学交流史的研究提供一些补充。

一、鲁迅与韩国友人的交往

鲁迅早在日本留学期间就对处于殖民地状态的半岛局势极为关注，在他回国后也与一些在华的韩国人士有所交流。这些人士大多是流亡到中国的独立运动家，也有一部分人具有文学创作或文字工作的经历。据现有的史料记载，当年与鲁迅有过交往的韩国作家有李又观、金九经、柳树人、申彦俊、李陆史等。

李又观是鲁迅与韩国友人交往中的一位独立运动家。在 1932 年淞沪会战后不久，上海曾发生一起韩国志士暗杀日本军政头目的重大事件。这一事件的主角是韩国爱国志士尹奉吉，他利用日侨在沪举行庆祝"天长节"之机，在虹口公园用炸药炸伤了日本派遣军司令白川义则大将。而李又观就与尹奉吉属于同一独立运动组织。据鲁迅日

---

[1] 《朝鲜总督府禁止单行本目录》是由朝鲜总督府在 1941 年刊印的禁书目录。转引自金河林《鲁迅文学在韩国的接受情况》，载于李立秋.20 世纪韩国关于韩国文学对中国古典文学接受情况的研究 [M]. 郑州：大象出版社，2017：261.

记记载，1923年3月18日，李又观与鲁迅有过一次会面交流。虽然，日记中只有"下午李又观君来"[1]寥寥数字，但正因如此也可大胆推测两人并非初次见面。另据杨昭全的研究，鲁迅通过与李又观的交往，了解了不少韩国被日殖民的现实状况，也反映了鲁迅对被迫流亡于我国从事独立运动的革命人士及他们的革命事业的关心和支持。

金九经是一位韩国的史学家、佛学家。他在1929年携家属至北京定居，一直到日本战败后方回国，后在首尔大学及延世大学任教，但可惜的是在1950年朝鲜战争时期失踪。他在中国期间，一方面，曾在北京大学中文系任教，据1988年版《北京大学校史》记录，1929—1931年，他在北大主要教授《中日朝字音渊源研究》和日语；另一方面，他作为一名佛学家，对我国敦煌石窟文献的校对整理做出了不小的贡献，正因如此，他与胡适、周作人有过多次交往。与鲁迅的交流是在其1929年5月15日回京探亲期间展开的，据李霁野的回忆，两人的第一次交流是在1929年5月25日，鲁迅与金九经在其暂住地"未名社"长谈。[2]鲁迅日记中虽未指出具体谈话人姓名，但也有一些相关记载："下午访凤举，未遇。往未名社谈至晚。"[3]此后，在鲁迅回京探亲的短短半个多月时间（1929年5月15日至6月3日），两人又相聚三次，在6月3日送别鲁迅时，金九经还将在朝鲜出版的杂志《改造》赠予鲁迅。

柳树人，与李又观一样也是一位抗日独立运动家。他在中国的时间比较长，中文水平比较高，对中国的感情也比较深厚，所以晚年定居中国苏州直至逝世。在文学研究方面，他作为一名无政府主义者，曾经发表过一些批判当时普罗文学派的阶级文学论的文章，其中两篇于1929年被收入李何林编辑的《中国文艺论战》一书之中[4]。关于他与鲁迅之间的关联，最值得一提的是他在获得鲁迅的支持后，于1926年在韩国的《东光》杂志上发表了《狂人日记》的韩译版，这也是韩国第一部被译介的鲁迅作品。因《狂人日记》的翻译工作，柳树人与鲁迅有过数次交流，但可惜鲁迅未将这些体现在其日记之中。[5]之后，1928年，柳树人也曾与中国友人时有恒共同拜访鲁迅，欲与其商谈《阿Q正传》韩译本在韩国的发行事宜，据《鲁迅日记》记载："午后时有恒、柳树人来，不见。夜理发。"[6]事后，柳树人与时有恒又多次拜访也不得见。对于鲁迅拒见的原因，多数已有的研究推测，问题出在同行时有恒身上。我国学者杨昭全也对此进行了分析，但至今尚无确切的史料佐证。不过，据杨昭全回忆，柳树人并未因此停止对鲁迅的热

---

[1] 鲁迅.鲁迅全集：第15卷[M].编年版.北京：人民文学出版社，2017：463.
[2] 李霁野.鲁迅先生与未名社[M].长沙：湖南人民出版社，1980：249.
[3] 鲁迅.鲁迅全集：第16卷[M].编年版.北京：人民文学出版社，2017：135.
[4] 柳树人.检讨马克思主义阶级艺术论，艺术家的理论斗争[M].中国文艺论战.上海：北新书局，1929.
[5] 李政文.鲁迅在朝鲜[J].世界文学，1981(4)：35.
[6] 同[3]94.

爱与尊敬,他在1973年旋又来华,任教于当时的苏州师范学院,为中韩友谊、中韩文化事业的发展做出了可贵的贡献。[1]

鲁迅与申彦俊的交往,直到《中国的大文豪——鲁迅访问记》于1934年在韩国《新东亚》杂志上的刊登才为大众所熟知,[2]因为两人的交流未被记录在《鲁迅日记》或收录于《鲁迅全集》的其他文章中。这与鲁迅当时的处境不无关联,据申彦俊在访问记中的记载,鲁迅在1933年给其第一封回信中说道:"我虽避居度日,但随时有被捕危险。先生有何要求可先书面提出。"可见,在特殊时期,申彦俊能与鲁迅见面并对其进行访问是一件极为不易之事,也唯其如此,益显申彦俊的这篇鲁迅访问记在韩国鲁迅学研究史料中的价值。申彦俊是一位支持独立运动的韩国报刊记者,于20世纪20年代末被任命为韩国东亚日报社驻华记者,主要在上海活动。在沪期间,其与蔡元培交流甚广、友情颇深。也正因这层关系,在蔡元培的斡旋下,申彦俊终于在1933年5月22日上海北四川路内山书店密室内见到了鲁迅。两人当天的谈话甚久、范围广泛,内容也十分深刻。据访问记中记载,鲁迅在访问中不仅表达了对文学艺术的一些真知灼见,也就国民党的残酷压迫表现出了顽强不屈的革命意志,还展现出了他对世界革命的关心、对弱小民族独立运动的支持。这些,无疑进一步增强了中韩两国人民间的友谊,也成了中韩文学交流史的一段佳话。

李陆史的情况和申彦俊类似,他与鲁迅的会面并未被记载于鲁迅的日记或其他文章中,其与鲁迅有过交流的史实是通过他的《鲁迅追悼文》(又名《鲁迅论》)得以推断的。[3]对此,中国学者金秉活曾就李陆史的追悼文中部分事实的真实性问题提出疑问,但也只是推测,无实质性的佐证材料。[4]不过,作为一名爱国诗人及文学工作者,加之李陆史具备较好的汉文功底及多次在华居住史,其对鲁迅及作品的钦佩之情是可想而知的。所以,在鲁迅去世之后的1936年10月,他在《朝鲜日报》上发表了《鲁迅追悼文》,文中写道:"当我接到他老人家以五十六岁的短暂的生涯永逝于上海师古塔九号的讣告,我的双眼禁不住流出两行泪水。这种痛苦心情,绝不仅仅是我这一个朝鲜后辈所具有的,人人皆有此心情。"后又在《东亚日报》上对鲁迅的作品《故乡》进行了译介。

综上,与鲁迅有过交往的韩国友人不仅有一些记录在鲁迅的日记中,也有一些记

---

[1] 杨昭全. 中朝关系史论文集 [M]. 北京:世界知识出版社,1988:486.
    杨昭全. 中国—朝鲜·韩国文化交流史:4[M]. 北京:昆仑出版社,2004:1413.
[2] 申彦俊. 中国的大文豪——鲁迅访问记 [J]. 新东亚,1934(4).
[3] 李陆史. 鲁迅论 [N]. 朝鲜日报,1936-10.
[4] 金秉活. 朝鲜—韩国学语言文学研究:3[M]. 北京:民族出版社,2006:230-231.

载于鲁迅的书信或其他文章，还有一些则是通过韩国友人自己的回忆或访问文章得以公之于世。总之，鲁迅在韩国友人，尤其是在革命青年中所具有的影响力是毫无疑问的。这在鲁迅逝世后，韩国友人以"韩国一青年"的名义送的"弱小民族的救星死了"的挽幅中也可得以证明。

二、鲁迅作品在韩国的译介

综上，即使是在被日本殖民统治的 20 世纪 20—40 年代的黑暗时期，韩国的革命家、文人依然没有中断与鲁迅的交流及对其作品的译介工作。但上文已提及，由于朝鲜总督府警务局"禁书"政策的干扰，这一时期被译介至韩国的作品数量不多，大多是通过原著阅读，因为韩国自古沿用汉文，而且现代韩语中也保有大量的汉字词，加之中日两国又是当时很多韩国留学生的主要留学国家，所以很多有文化的青年人都具备一定的汉语阅读能力。不过，为数不多的鲁迅作品韩译本在韩国上市后，虽会面临被禁售的风险，但依然产生了巨大反响。表 1 是这一期间鲁迅小说在韩国的翻译状况。

表 1　20 世纪 20—40 年代鲁迅小说在韩国的译介

原著作品名	翻译后作品名	翻译者	出版或刊登机构	出版时间
《狂人日记》	《狂人日记》	柳树人	东光社	1927.08
《头发的故事》	《頭髮의故事（一）》	梁白华	开壁社	1929.01
《阿Q正传》	《阿Q正傳（一）》	梁白华	朝鲜日报	1930.01
《伤逝》	《愛人의死》	丁来东	朝鲜日报	1930.03
《幸福的家庭》	《幸福한家庭》	金光州	朝鲜日报	1933.01
《狂人日记》	《狂人日记》	柳树人	三千里	1935.06
《故乡》	《故鄉》	李陆史	朝光	1936.12

由上可知，这一阶段，鲁迅作品被译介至韩国的只有 6 篇（其中《狂人日记》为同一译者的再版版本），柳树人在 1926 年译介了《狂人日记》，是最早翻译鲁迅作品

的文人。在其之后，在鲁迅作品的译介工作上做出贡献的有梁白华、丁来东、金光州等人。虽然，这一时期能够在韩国面市的鲁迅作品不多，但韩国知识分子及文人对鲁迅作品关注度非常高，其影响也很广泛。早在柳树人的译本《狂人日记》出版之前的1924年，翻译家、小说家梁白华就曾在《开壁》上发表《反新文学出版物流行的中国文坛之怪现象》，文中高度评价了鲁迅的文学成就及其弟弟周作人。此后，留学于北京的丁来东就中国现代文学作家在韩国的传播做了很多工作，其中就有一篇长文在1931年1月于《朝鲜日报》连载了半月有余——《中国短篇小说家：鲁迅和他的作品——他的时代一去不复返了吗？》，另在1945年于《艺术》创刊号中发表了《中国文学上的鲁迅与巴金》，为这一时期鲁迅作品在韩国的传播做出了不少贡献。曾留学过上海的金光州也是韩国鲁迅作品传播中的重要学者之一，但他介绍鲁迅的大部分文章都发表于20世纪40年代末期或50年代，超出了本文的研究时期，这里不多做赘述。事实上，这一时期鲁迅作品在韩国的传播，除了这些有中国留学、居住或工作经历的韩国学者之外，毫无中国留学或居住、工作经历的韩国学者也占据了很大一部分。比如，时任首尔大学教授的李明善，他是20世纪20—40年代在公开场合介绍鲁迅作品较多的学者之一，尤其在30年代后半期，发表了《小论文——对于鲁迅》《鲁迅的未成作品》《鲁迅与景宋女士》《鲁迅文学观》《鲁迅杂感文选集》等作品。此外，还有李庆孙、郑文秀、白铁、朴声远、裴浩、尹永春等学者也从不同的视角将鲁迅作品介绍至了韩国。所以，这一时期，在日侵殖民的特殊背景下，鲁迅作品在韩国的译介工作看似举步维艰，译介作品数量也相当有限，但其背后却涌动着一大批韩国的文人志士，欲借用鲁迅文学的爱国性、民族性、启蒙性、现实性、战斗性、批判性等特征来警醒、救赎本国人民，希望大众在殖民主义影响下的黑暗期更真实地认识自己、更勇敢地与侵略者作斗争。这些人士对鲁迅作品在韩国的传播有着开路之功。这个时期也是鲁迅作品传播于韩国的起步阶段，为之后韩国"鲁迅学"的发展产生了非常积极而又深远的影响。

三、韩国文坛对鲁迅作品的接受

如上文所述，当时，在韩国研究鲁迅文学的知识分子大致有两类人群：一类是留学中国或日本的留学生以及有过中国体验的韩国人士；另一类是韩国国内的大多掌握熟练的汉字功底，能够无障碍地阅读鲁迅作品的文人。他们能够直接接触鲁迅的文学和思想，他们不仅被鲁迅的作品吸引，还愿意像鲁迅一样用启蒙文学和具有抵抗精神的文章来唤醒殖民统治下的韩国民众。表2是20世纪20—40年代韩国文坛对鲁迅及其作品的评论情况。

表 2 20 世纪 20—40 年代韩国文坛对鲁迅及其作品的评论情况

论文题目	作者	发表或出版机构	发表时间
反新文学出版物流行的中国文坛之怪现象	梁白华	开壁	1924
中国短篇小说家：鲁迅和他的作品	丁来东	雨丝	1926.01
中国新文学简考	朴鲁哲	朝鲜日报	1928.11
读《阿Q正传》	丁来东	朝鲜日报	1930.04
文学革命后的中国文艺观	金台俊	东亚日报	1930.11
鲁迅与景宋女士	李明善	朝鲜日报	1931.01
鲁迅和他的作品（1）——共13篇	丁来东	朝鲜日报	1931.02
此后的鲁迅	李庆孙	朝鲜日报	1931.02
中国神学文学的Q时代和鲁迅	牛山学人	东方评论	1932.05
中国的大文豪：鲁迅访问记	申彦俊	新东亚	1934.04
战争时期的作家态度	李光洙	朝鲜日报	1936.01
鲁迅印象记	洪生翰	四海公论	1936.04
鲁迅略传	李陆史	朝鲜日报	1936.10
鲁迅追悼文	李陆史	朝鲜日报	1936.10
关于鲁迅	李明善	朝鲜日报	1938.12
鲁迅研究	李明善	京城帝国大学学士论文	1940

续表

论文题目	作者	发表或出版机构	发表时间
中国文学上的鲁迅与巴金	丁来东	艺术	1945.12

从表 2 中我们可以得知，殖民时期韩国对鲁迅文学的关注几乎和鲁迅的创作时期是相当的，最早出现于 20 世纪 20 年代，进入 30 年代相关成果普遍增多，反映了中韩文学交流的密切。但因时代文化和个人趣向的不同，韩国文人对鲁迅及其作品的理解不尽相同。对此，持肯定态度的占多数，代表人物有梁白华、丁来东、金台俊、李明善、李庆孙、申彦俊、李陆史等。比如，朴鲁哲在《中国新文学简考》中就写道："……其中，有个叫鲁迅者尤为突出。包括五年前（十年前）写的《狂人日记》到最近的《阿Q正传》，他的作品几乎没有一篇是拙作。他是中国小说家中最有前途的作家。"[1] 中国现代文学研究者丁来东对鲁迅作品也十分关注，因为有良好的中文功底，他几乎熟读了鲁迅大部分作品。他对鲁迅作品的思想、内容到创作等诸多方面都有较为全面的认识和理解，对鲁迅作品的评价也较为客观。1931 年，他在《朝鲜日报》发表了多达 20 期的评论文章——《中国短篇小说家：鲁迅和他的作品——他的时代一去不复返了吗？》，这是一篇在韩国现代文坛上最早对鲁迅进行比较全面的介绍和评价的文章，他将鲁迅文学的特点归纳为 5 个方面：①以中国最广泛的阶层——农民为主要素材，描写了他们的无知和受压迫的生活，以此来启发中国人民；②为了使现代文明植根于中国，对旧道德、旧习惯、旧思想表现出了百折不挠的反抗精神；③鲁迅的作品对在封建伦理下受压迫的女性表现出极大的同情；④鲁迅的作品大部分出自自身的生活体验，因此，十分真实；⑤鲁迅作品中，很多地方使用了讽刺的手法，这些讽刺来源于对中国国民的无限同情和热爱。[2] 1945 年 12 月，他还在《艺术》创刊号上发表了《中国文学上的鲁迅与巴金》等文章。

韩国独立运动家、爱国诗人、小说家李陆史也是这一时期较受关注的鲁迅研究者，同时他也给予了鲁迅及其作品高度的评价。1936 年 10 月 19 日，李陆史对鲁迅的逝世极为悲伤，3 天后，他以满怀崇敬的心情在《朝鲜日报》发表了《鲁迅追悼文》，这篇文章虽以"追悼"为题，但实际上却是一篇对鲁迅文学的评论文。文章大致分为两个部分：第一部分是鲁迅简介；第二部分是对鲁迅作品的分析及对其思想的论述。但正

---

[1] 朴鲁哲 . 中国新文学简考 [N]. 朝鲜日报，1928-11.
[2] 丁来东 . 丁来东全集：1[M]. 首尔：金刚出版社，1971：356-357.
于金哲 .20 世纪上半期中朝现代文学关系研究 [M]. 济南：山东大学出版社，2013：105-106.

跨时空文学对话

如表 2 所列,在此文之前,韩国文坛已经出现了多篇如丁来东、李庆孙、牛山学人等所发表的与鲁迅相关的评论文。之前这些文章也产生了不小的反响,但从内容及学术上综合来看均不如李陆史的这篇"追悼文"。首先,在该文中,李陆史更为全面地对鲁迅的《阿Q正传》《狂人日记》《孔乙己》等代表作的典型形象所具有的现实意义给予了客观的评价。同时,他在对鲁迅精神的解读中并没有和前人一样只停留于半封建的层面,而是将其与时代国民性联系在一起,从而把鲁迅精神的意义推向了一个新的高度。其次,针对当时韩国现代文坛所出现的无产阶级文学创作的身份论问题,李陆史借助鲁迅创作中对旧社会落后根源的准确把握,并以解救劳苦大众为己任的文学创作观,对当时韩国文坛在创作实践中所存在的相关问题进行了客观的批评。这些观点表明,鲁迅的文学观和创作观念正在逐渐地影响当时的韩国现代文坛。事实上,在19世纪20—40年代,韩国文坛上也出现了一些受鲁迅作品影响的文学作品。

表3 20世纪20—40年代受鲁迅作品影响的韩国作品

作品名称	作者	发表机构	发表时间	相关联的鲁迅作品或人物
《黄昏》	韩雪野	朝鲜日报	1936.02	《故乡》
《满老头之死》	李光洙	改造	1936.08	《阿Q正传》
《门外汉的手帖》	李陆史	李陆史全集	不详	《故乡》《狂人日记》
《归乡》	韩雪野	野谈	1939.02	《故乡》
《青葡萄》《绝顶》《狂野》	李陆史	子午线	1939—1940	
《摸索》	韩雪野	人文评论	1940.03	《狂人日记》
《波涛》	韩雪野	人文评论	1940.11	《孔乙己》
《鲁迅》	金光均	子午线	1942	
《横厄》	李陆史	李陆史全集	不详	《病后的日记》
《银河水》	李陆史	李陆史全集	不详	《社戏》

从表 3 中可以看出，当时韩国作家对鲁迅文学的接受程度。这种接受，不仅对个别作家的创作产生了影响，更对作家的精神世界产生了极大的影响。可以说，他的文学观、创作技法及其不屈的反抗精神都深深地感动了韩国现代文坛上的无数作家和广泛读者。

诚然，当时也存在一些否定鲁迅文学观的作家，他们也将自己的理解撰写成文并公开发表。比如，以《无情》开创了韩国近现代文学之先河的代表作家李光洙，他在日本对韩国强化殖民统治和"皇民化教育"的 1936 年发表了《战争时期的作家态度》，从文中这句"使关羽和张飞蜕化为阿 Q 和孔乙己"能够明显看出李光洙并未真正地理解阿 Q 及孔乙己形象的社会意义及其对中国现代文学的深远影响。同时，李光洙还针对当时的中国现状，批判中国只有像阿 Q 这样的人，没有英雄，这种批评是对鲁迅文学的"误读"，也是对中国文化的"误读"。从这种狭隘的认识中，我们可以看出，李光洙在日本殖民统治下，顺应日本军国主义政策的一种亲日心态。此外，金台俊也曾在《文学革命后的中国文艺观——过去十四年间》一文中对 1927—1928 年及之后的鲁迅及其创作态度的转向，提出了自己的疑问。

四、小 结

本文基于前辈学者的研究成果，从三个方面整理了 20 世纪 20—40 年代韩国现代文坛对鲁迅及其作品的译介和接受情况。在整个东亚近现代文化、文学研究领域，鲁迅精神与思想是一个经久不息的主题。在韩国也不例外，对于鲁迅文学的译介和接受，受日本殖民政策的影响，虽然被译介的作品数量并不是很多，但大部分韩国学者都对他的作品予以了高度的评价。在他去世之后，鲁迅及其文学作品备受韩国现代文坛的关注，出现了一些相关的评价和介绍文章，还有一些受鲁迅文学影响而创作的文学作品。虽然，在特殊的时代背景下，有部分学者对鲁迅的批评不够客观、全面，但即使从那些片面、不深刻、不客观的批评中，我们也可以吸取宝贵的经验教训。

· 第五篇 ·

中日韩《故乡》对话大会

韩国接受《阿Q正传》的历史脉络与现状

朴宰雨
韩国外国语大学中文系教授

一、缘起

1921年12月4日是鲁迅把《阿Q正传》在《晨报》里开始连载的一天（1921.12.4—1922.2.12连载）。到2021年刚好是100周年。

1930年1月4日，是韩国现代第一代中文翻译家梁白华先生（又称"白华"）在韩国鲁迅翻译历史上第一次把《阿Q正传》翻译成韩文，并开始在《朝鲜日报》上连载的一天（1930.1.4—2.16连载）。至今（2021年年末）快要92年了。

我个人和《阿Q正传》有30多年的缘分。本人自20世纪80年代初在韩国外国语大学中文系执教以来，除了请学术假期的一年之外，没有一年在课堂上不讲鲁迅的。1984年3月上《中国文化概论》课的时候，我就把《阿Q正传》当作讲授的主要对象之一了。我每年担任的本科固定课程是一、二年级同学多修的"中国文化的理解"。在这个两学期的课程里，我一惯安排同学们对"《阿Q正传》和中国民族性"这个主题进行探讨和研究。

首先把学生分成几个小组，让他们选择小主题，如"鲁迅的辛亥革命体验与《阿Q正传》的创作""当时农村阶级结构分析与《阿Q正传》里统治阶级的人物形象分析""阿Q与民众的人物形象分析""《阿Q正传》的主题与艺术""《阿Q正传》与主要中国民族性论"等。给他们几个礼拜的充裕时间，对这些主题进行调查并作分析。最后让他们在课堂上分组报告并讨论。依我的经验，通过这样的讲课安排，可以得到不少教育效果。

1. 对辛亥革命在地方上的进行过程及作为失败背景的封建社会结构的深层了解；
2. 对文学与中国现代文学的一下子的深入了解；
3. 对中华民族的劣根性问题和作家深刻的自民族反思能力的深入了解；
4. 对鲁迅这位能代表20世纪中国文学与思想的不寻常人物的存在有了强烈的认识；
5. 能从鲁迅那里学到批判性的思考和对自民族的深刻反思能力，能从本土化的主体立场思考韩国人和文学、社会以及围绕着我们这个世界的种种问题。

这有什么效果呢？第一，对辛亥革命深层了解；第二，对文学与中国现代文学深入了解；第三，对中华民族劣根性问题和作家深刻性的自民族反思能力的深入了解；第四，对鲁迅有了强烈的认识；第五，从鲁迅那里学到的批判性思考和对自民族的深刻反思能力。

这可以说有"一石五鸟"的效果，也可以说是我60岁之前30年里不放弃"鲁迅与《阿Q正传》"的主要缘由。我通过这个课程与学生进行对话，对话内容每年都会有些新的东西，这个课程也成为我把中文系学生引入中国文化世界的一道门关。虽然现在的效果好像不如20世纪八九十年代那么有现实感，但是进入21世纪却也觉得这个课题会对中国现代文化的了解有相当的效果。

上面介绍的是我个人的课堂文化。如此一来，韩国的学者、知识分子和青年、学生里，喜欢鲁迅的还算是不少。

二、翻译历史脉络

20世纪70—90年代，《阿Q正传》的韩译大为发展。进入21世纪，又被不断翻译出版，质量更加完善，规模也蔚然可观，构成了韩国《阿Q正传》翻译多彩多样的世界。

本人趁着这次机会，广泛调查了《阿Q正传》的韩文版本，发现正式由专业学者和翻译家翻译出版的版本真的多得不得了，只算每位翻译的初版已经超过53种，如果再算上重新翻印版、修正新版，以及通过不同出版社出版的各种不同版本，还有为了中学生的论述考试编辑出版的插图本、翻译本，估计早就超过了100种。

《阿Q正传》韩文翻译史可以分为六个时期。

1. 日本帝国主义侵占下（1921—1945）

第一次在报纸上连载翻译（第一代学者梁白华，1930）。

2. 从日帝解放到战争之前（1945—1950）

第一部韩译版单行本《鲁迅短篇小说选》1、2出版（第一代翻译家金光洲，1946）。

3. 从战争到20世纪60年代初（1950—1962）

翻译的中断与潜迹。

4. 20世纪60年代和70年代（1963—1979）

在军部政权统治下，第二部韩译版单行本《鲁迅短篇选集——阿Q正传》（第二代学者李家源，1963）出版，韩国第二代学者教授李家源、张基槿、许世旭、成元庆、金时俊、河正玉共6位和作家李文熙、华侨翻译家华国亮等共9位翻译出版9种翻译本。

其中作家李文熙的版本是改编的，不是纯粹的翻译。

5. 20 世纪 80 年代和 90 年代（1980—1999）

20 世纪八九十年代也有很多学者翻译《阿 Q 正传》，还有些日文版的也被翻译成韩文出版。7 位大学中文系教授尹和重、金贞和、朴云锡、金锡准、郑锡元、全炯俊、严英旭与金河中、李民树等 10 位翻译家以及朝鲜族翻译家李哲俊对《阿 Q 正传》进行翻译，共出版了 18 种韩文翻译版。

6. 21 世纪（2000—2021）

韩国社会进入 21 世纪，社会民主化已经深入。有很多年轻的教授、新的翻译家或者鲁迅专家也开始参与《阿 Q 正传》的翻译出版，整体翻译水平大大提高，翻译的多元化和个性化也有了很大进展。于仁浩、洪昔杓、任明信、朴正元、崔银贞、孔翔喆、李旭渊、赵宽熙、崔炯禄、金垠希、闵丙三大学中文系的 11 位学者教授，金泰成、金永文、金宅圭、文炫善等 11 位翻译家和两个翻译团队共出版了 24 种韩文翻译版。此外，为了提高中学生论述考试能力，又重新编辑了鲁迅《阿 Q 正传》韩文版 43 种，但是其学术价值低。

除了《阿 Q 正传》韩文翻译本的出版之外，也有一些与《阿 Q 正传》相关的著作相继出版，比如关于从韩国当代本土化立场与角度重新阅读《阿 Q 正传》的思考与心得的图书等。

三、翻译出版文化与背景：翻译版本这么多的原因

20 世纪 70 年代至今 50 多年，《阿 Q 正传》翻译出版了如此多的版本，这在别的国家估计是想象不了的，其原因在哪里？

1. 在韩国人心目中，中国现代代表作家就是鲁迅，而鲁迅的代表作就是《阿 Q 正传》。韩国人读高中的时期，或者在教科书里读过，或者在准备论述考试过程中听到过阿 Q 这个名字，这本书在韩国知名度很高。

2. 鲁迅和《阿 Q 正传》是一定要经过的门关之一，对研究生和学者来说都读过，所以会有想翻译出版《阿 Q 正传》这样的想法。

3. 从出版社的角度看，鲁迅在韩国社会依然有人气、有市场。《阿 Q 正传》作为中国现代最主要的经典之一，被认为是论述考试训练的教材之一，所以其对出版社来说是很有人气的。

20 世纪 30 年代在日本帝国主义统治下的梁白华和 20 世纪 40 年代解放后的金光州的翻译出版，以及战争后 1963 年李家源的翻译出版，可以说完全是由于翻译者的使命

感才得以实现。

后来从 20 世纪 70 年代开始的《阿Q正传》的多种翻译出版和韩国翻译出版文化有关系。华国亮、张基槿、许世旭、成元庆、金时俊翻译的《阿Q正传》的出版，基本上是作为某一个出版社的"世界文学全集"之一，或者"某出版社的文库"之一等形式出版。当时韩国某些大出版社的"世界文学全集""世界文学名作选集"等策划活动大大推动了海外文学名著的翻译出版，这可以说是当时韩国出版文化的一种反映。这在 20 世纪 80 年代和 90 年代也相当盛行。多版本的《阿Q正传》的翻译出版，跟这样的韩国的大众出版文化密切相关。

这一点还可以通过翻译史的背景与倾向来说明。

这时期有河正玉译注的《阿Q正传》那样，有非常扎实、非常多注解的译注本，学术价值相当高。也有李文熙译的《阿Q正传》那样，作为登坛作家，以英文翻译版为基础，自由发挥作家的文学想象力，改编原文的。还有以文太久名义翻译出版的《阿Q正传、牡丹花》，把鲁迅和赛珍珠作品连在一起安排翻译，不能说是有学术性的翻译。

20 世纪 80 年代是韩国民主变革运动的高潮时期，民主运动的导师"韩国鲁迅"李泳禧和参加运动的中文专家都要引进鲁迅来助推这个运动，批判军部独裁政权。中文学者们也越来越多地参与鲁迅研究和鲁迅作品的译介活动。20 世纪 90 年代也有这样的风气。

20 世纪 80 年代和 90 年代，一面继承 20 世纪 70 年代的出版风气，有些以"世界文学全集"之一方式出版，也出现了作家型翻译家之类的不严谨的翻译作风。但是认真严谨的学者的翻译也有增多，如尹和重、朴云锡、金锡准、郑锡元、全炯俊、李民树、严英旭等的《阿Q正传》翻译。

进入 21 世纪，在出版社的商业目的策划下也有些作家型翻译家之类的不严谨的翻译。但是也有鲁迅专家如洪昔杓、任明信、朴正元、李旭渊、赵宽熙等教授和翻译专家金泰成、金宅圭、文炫善，以及翻译集团 Book Trans 等加入翻译《阿Q正传》，他们在提高翻译个性化和翻译质量方面，作用很大。

此外还有一点，《阿Q正传》的翻译不需要付版权费，因为已经过了 70 年。而且韩国的出版社数量很多，据统计，2019 年有 70000 家左右，其中有出版实绩的 9300 家左右。因此鲁迅著作译本在韩国出版的机会也很多。

四、翻译策略与特点

从翻译策略与特点上看，翻译家的翻译策略问题和翻译出版商的特点今天不能详谈。

韩国人过去长期并广泛接受中国汉字文化，不过，后来慢慢趋向于韩文专用，所以 20 世纪 50 年代至 80 年代受到教育的人群比较容易了解汉字词汇，而 21 世纪里受到教育的人群则渐渐成为"汉字盲"。这在一定程度上影响了《阿 Q 正传》的翻译策略。

其翻译策略基本上可以分为"自国化战略"和"异国化战略"。以前的韩国学者都很懂汉字，不少人采取偏重于"异国化战略"。21 世纪以来，年轻人不懂汉字的多，怎样译成韩文，非常有难度。所以，21 世纪以来多偏重于"自国化战略"。

五、结语：总结与展望

只要韩国人需要了解中国、中国文化、中国人，那么《阿 Q 正传》的生命力在韩国就是永远的。虽然阿 Q 早已不在，但是他作为世界文学典型人物却永远活着。如果中国有"说不尽的阿 Q"，那么韩国有"用不尽的阿 Q"。关于《阿 Q 正传》的翻译问题，专家学者出了十几篇论文，可在一定程度上影响人们关于《阿 Q 正传》的翻译思考与翻译水平。今后在韩国也将继续出现新的《阿 Q 正传》翻译本，或许还能反映韩国社会的新趋向和新读者群的一些新要求吧。

故乡情结与现代想象
——鲁迅的故乡和文学的故乡

黄悦

一、情感的故乡与记忆中的故乡

优秀作家的笔下总有一个令人留恋的故乡。你不能想象老舍没有了北平，沈从文离了湘西，汪曾祺忘记了水乡，而鲁迅笔下的故乡大概是其中最复杂最耐读的。这个时期的故乡，读来之所以令人向往，大概是寄托着中国文人的田园梦和乡土中国的人情味，而这些，与现代文学的启蒙主题之间那种微妙的反差是一种对我们感情的温柔滋养。小时候读《故乡》不明白为什么好，而且，在很长一段时间内，我都不明白鲁迅的故乡究竟是哪里，为什么看社戏、吃毛豆的欢快与悲凉会同时存在。当然，那时候我并不懂得，故乡是一个事实和情感的化合物，它的样貌和色彩主要受作者本人的影响。

后来通过读传记和其他人的文章，我逐渐搞明白，鲁迅对故乡的叙述至少包括三处，即包括覆盆桥周家的新台门，还常来外婆家一度居住的王府庄（又或许是皇甫庄），后来外婆家回到鲁家旧宅安桥头居住，鲁迅也跟着回去居住，所以，他所讲到的故乡，常常是这三处的混合。《鲁迅自传》一开头就说："我于1881年生于浙江省绍兴府城里的一家姓周的家里。父亲是读书的，母亲姓鲁，乡下人，她以自修得到能够看书的学力。"其实鲁迅的外婆家并不是普通的乡下人，他的外公是前清举人，曾在户部做过主事，这样的家庭，显然不是一般的富农家庭。后来读周作人写的《鲁迅的故家》，其中提到鲁迅小说中的很多人物，就是来自他丰富的故乡生活。

二、血缘的故乡与精神的故乡

在外婆家，鲁迅不仅找到了自己的玩伴，还找到了精神的家园。他家的一个远方亲戚，秦少渔，鲁迅叫他友舅舅，这个人用今天的眼光来看很有艺术修养。他教鲁迅画画、影绣像，鲁迅后来在作品中多次提到的卖给了同学的图画技术，大概就是从这里获得的。

我还关注到一个内容，就是鲁迅小时候读的书。他从小就聪明，这个我们都知道，但是他读了很多闲书。所谓闲书，就是那些经史之外的小说和野史，这或许也是他精神世界丰饶的源泉。

三、被怀念的故乡与被启蒙的故乡

后来的作家对写故乡的作品不由自主地延续了这种情结，又多了几分自觉的成分，20世纪80年代的寻根文学就包含了对"故乡"的集体怀念。而这时的故乡，常常被置换为一种文化上的皈依，所以韩少功写云南，梁晓声写东北，都是写自己的第二故乡，其中的反思和批判与早期乡土文学有所不同。李佩甫有一部获得茅盾文学奖的作品《生命册》，里面讲述了一个在农村长大的知识分子如何逃离故乡又回归故乡的故事。该作品塑造的老姑夫形象，代表着故乡的宗法权威、人情社会，但同时也是道德法则的化身，这或许正代表着启蒙知识分子对故乡认知的一次升级。

另一种典型的故乡书写表达更强烈，当莫言书写他的高密东北乡时，已经清晰地意识到，就像福克纳有他的约克纳帕塔法世系一样，自己也要建构一个属于自己的宇宙。

格非的"江南三部曲"写出了江南的水韵和乡愁，他成功地做到了，拥有了属于自己的文学故乡。"江南三部曲"中，我最喜欢的是第一部《人面桃花》，或许加上了时间的发酵，才更有乡愁的味道。这一代作家笔下的故乡，越近越复杂，所谓近乡情更怯，面对当下的故乡，往往就是面对自我的一个过程。今年前半年，听梁鸿讲她的"梁庄三部曲"。最有力的评语是，在梁庄看到中国。我很佩服于她的勇气，因为书写当下的故乡，才是真正的困境所在。

去年，北师大教授张同道拍了一个纪录片，叫《文学的故乡》。采访的当代作家分别是贾平凹、阿来、迟子建、毕飞宇、刘震云和莫言。一人一集，莫言独占上下两集，每集50分钟左右。摄影机记录着他们返乡的见闻与访谈，试图挖掘出故乡、文学、作家三者之间的有机联系。其中，最打动我的一集是阿来，阿来说："我有十几年不想回家，我恨这个地方。"他和父母恩恩怨怨长大，现在却只剩下感恩和孝敬，但他也不愿留在此地。一个人和父母的关系在一定程度反映了和故乡的关系。

乡土何在？家长里短、伦理规范等都是与故乡联系在一起的。

我们今天如何继承和延续鲁迅先生的《故乡》情结，又为什么要回顾这样的感情。情感的故乡、精神的故乡、文学的故乡和我们的故乡。

虚构与真实中的历史书写[1]
——以鲁迅、梁启超、顾颉刚为例

谭佳

中国社会科学院文学研究所研究员

在 1902 年《新民丛报》14 号上，梁启超为《新小说》撰写广告《中国唯一之文学报〈新小说〉》，文中将历史小说列为《新小说》征稿的第三项内容："历史小说者，专以历史上事实为材料而用演义体叙述之，盖读正史则易生厌，读演义则易生感。"梁启超实则允许求真的历史可以适当演义，他认为这样更贴近人心。当然，演义的基础仍是以"历史事实为材料"。事实的真伪，乃是现代史学的定向标准。"演义"的定向标准无法衡量，夸张的演义本身已然是神话书写，如《西游记》《封神演义》。反之，如果将神话进行历史书写，其效果是真实还是虚构呢？此类神话小说虚构性虽强，但现实意义却可能更丰沛，这是中国现代历史书写的一个有意味现象。

章太炎、梁启超的文学革命影响及其对"神话"的大量使用，"古史辨派"长达二十年争论的重大影响，以及周氏兄弟对欧洲神话的译介和文坛效应，茅盾、闻一多对古典神话的故事化处理，凡此种种因素，促使神话与中国学术大家、作家发生深刻关联。分析鲁迅神话小说的意义与张力也正在此。一方面，被引进之初的"神话"及神话学仅是古典进化论的理论形态，这不仅与同时期，即 20 世纪 30 年代就被欧美人类学界质疑或抛弃的状况错位，更与今日多元的神话观念及神话研究有差距。所以，使用了神话元素的小说不一定具有传统神话精神，比如郑振铎《汤祷》系列[2]，盛名一时的梅兰芳剧本。另一方面，基于现实的创作有可能真正汲取了中国古典神话精神，如鲁迅和吴祖光等人。

一、虚构中的真实：鲁迅的神话小说

"神话"（Myth）源于古希腊"μυθολ"一词，直到 1830 年才从晚期拉丁语

---

[1] 本文在谭佳《继天立极的暮歌：中国神话主义小说的现当代流》（《文艺研究》2022 年第 4 期）基础上改编而成。

[2] 详细论证见谭佳《新与旧之间的郑振铎古史论：以"汤祷篇"为中心》，《南方文坛》2019 年第 3 期。

mythos 或 mythus 进入英语。美国学者贝齐·鲍登曾强调，"神话"最初的意思"不一定是叙事"，还包括"语词、话、故事、虚构等"，我们应该警惕以欧洲为标准来扭曲非西方国家"神话"的情况。[1] 清末民初，经日文しんわ转译的"神话"一词成为学术流行词语，被广泛用于中国知识分子研究和写作中。中国传统典籍几无"神话"一词，没有历时形变或范畴约定，[2] 研究者在经史子集、儒释道各类各派文献中都能找到为我所用的神话材料。中国"神话"在效仿他者中被发现和形塑，逐渐成为被视作理所应当的中国神话学。

纵观当下中国神话学概貌，具有大众普及性质的各类"中国神话词典""神话大全""神话故事"的共性在于，摘抄或整合不同文献记载，综合为某版故事并强调神话人物的神性特征。专业研究者往往基于各个神话故事研究母题、原型、文化心理、民族特点或勘察真实历史等内容。此番概貌决定了中国现当代神话主义小说忽略了所摘取文献的时代背景和文本情境，将某版神话故事作为固定前文本进行重述和发衍。

诚然，传统农业社会中的王权统治必须借助神意或天意来构建意识形态，越是强大的专制越要借助神性等终极价值来辅助政权。当传统社会遭遇鼎革变迁，这套终极价值必然转型，现代学术建构中的历史学、社会学、宗教学、哲学无不聚焦这些关键问题。从农业社会到工业社会，神话小说的书写者可以依据心目中的德行与道德标准，通过撰写神话人物来叩问现实，建构或批判权力形态。纵使身逢场域艰难环境，这种神话精神仍可如歌如泣被传承，尽管社会语境与文本功能完全变化，但是重述神话的主体精神气质才是决定文本意义的关键因素。比如1915年，梅兰芳《嫦娥奔月》首演引发轰动，这是梅兰芳创演的第一出古装戏。剧本根据《淮南子》《搜神记》内容，讲述了嫦娥趁丈夫后羿酒醉，悄悄吞服了他的长生仙丹后奔月。剧本重点刻画中秋之夜，嫦娥与众仙在宫中欢宴。《嫦娥奔月》开创了民国古装新戏的道路，专以古装舞蹈迎合当时观众心理，颇有知名度。尽管挪用了后羿神话主题，但京剧领域的神话主义与中国神话并没有精神上的联系，仅仅是一个被演绎的普通故事。

（一）鲁迅《奔月》的现实性

在重述后羿神话的谱系中，以《奔月》为代表，《故事新编》真正赓续了中国神话强大的政治批判功能和叙述者的主体精神。1926年，鲁迅以后羿射日和嫦娥奔月为主题创作短篇《奔月》，收入《故事新编》。《奔月》讲述了一个熟悉又陌生的故事。

---

[1] Mary Ellen Brown and Bruce A. Rosenberg (ed.), Encyclopedia of Folklore and Literature, pp.431-434, ABC-CLIO, Inc., 1998.

[2] 谭佳. 神话与古史：中国现代学术的建构与认同 [M]. 北京：社会科学文献出版社，2016.

所谓熟悉,读者熟悉小说中的人名、情节,由此获得支撑文本的历史感元素;所谓陌生,这部小说从精神气质到语言特点都是鲁迅对自己心态的刻画和对现实的讽刺,与常见的想象性神话小说迥异。1923 年,与周作人关系决裂的鲁迅搬出与弟弟同住的房屋。也是在这一年,《狂飙》杂志成员高长虹对鲁迅进行猛烈的莫须有的攻击。在内外交困情形下,鲁迅在 1926 年创作《奔月》。他在《两地书》里曾讲写作目的:"我是夜,则当然要有月亮的,……那时就做了一篇小说,和他开了一些小玩笑,寄到未名社去了。"此处的"他"就是高长虹。鲁迅自比为后羿,把高长虹比作射死老师的逢蒙,把许广平比作嫦娥。被捧为英雄的后羿娶了嫦娥,却开始了为三餐发愁的庸碌家庭生活,神射之功沦为只能为嫦娥设法提供乌鸦炸酱面,并遭到弟子逢蒙攻击,最终被嫦娥抛弃。在有些悲壮、可怜的结尾,鲁迅加入极为出戏的对白。与侍女交谈的后羿说,嫦娥不待见自己已老,调侃"以老人自居,是思想的堕落":

> "这一定不是的。"女乙说,"有人说老爷还是一个战士"。
> "有时看去简直好像艺术家。"女辛说。
> "放屁!——不过乌老鸦的炸酱面确也不好吃,难怪她忍不住……"

"战士""艺术家"等字眼皆是当时媒体形容鲁迅的用词。盖世神功的后羿自我解构于"放屁"的粗俗中,留下孤独、嘲讽、尴尬的碎片。王富仁先生在《中国现代历史小说论》中谈到:

> 英雄的业绩总是一时的,在更多的情况下,他只能像平常的人一样从事日常的劳动,在这时嫦娥因得不到原来舒适的生活而不满于羿,结果偷吃不老丹而独自奔月。逢蒙也因羿的名声影响他出人头地而企图用暗箭杀害羿。这是一个有英雄但却没有普遍英雄精神的民族。多少英雄都被它白白地牺牲了。

该文是否如王富仁所说,要表达"有英雄但没有普遍英雄精神的民族"的叩问?笔者认为不尽然。若真有普遍性的追问,《奔月》要表达的也是前文所强调的讲述者的主体精神,而并不是西方神话故事中的英雄主题。鲁迅回忆 1926 年南下情形时曾讲:"逃出北京,躲进厦门,只在大楼上写了几则《故事新编》和十篇《朝花夕拾》。前者是神话獉獉,传说獉獉及史实獉獉的演义獉獉,后者则只是回忆的记事罢了。"[1] "躲"

---

[1] 鲁迅. 鲁迅全集:第 4 卷 [M]. 北京:人民文学出版社,2005:469.

进神话故事的鲁迅用调侃、黑色幽默表达出清醒者被众人离弃的荒谬，也暗讽对他恶言攻击者的卑劣无耻。小说中有些对话摘自高长虹的文章而成，对忘恩负义之徒的嘲讽跃然纸上。因此，在描述后羿遭遇事业（神射）、爱情、友情的多重失败后，鲁迅的孤独仍有尖锐的战斗意味。然而，他却并不满意这份孤独的尖锐之作。在致增田涉的信里，鲁迅说："目前正以神话作题材写短篇小说，成绩也怕等于零。"[1] 为何担心成绩为零？恐怕，鲁迅明白把那些原本宏大的历史对象刻画为"小人物"，其实是"从认真陷入了油滑的开端"，"油滑是创作的大敌，我对自己很不满意"。《奔月》没有所谓普遍性叩问，但鲁迅对自己"油滑"与"成绩为零"之忧是真诚的。

周作人认为鲁迅最喜好最尊重的古典作品是《楚辞》。[2] 确实，鲁迅确实深嗜屈子之道，不仅著有《祭书神文》《湘灵歌》等"骚体"，在自题之像"灵台无计逃神矢，风雨如磐暗故园。寄意寒星荃不察，我以我血荐轩辕"中，用典和寓意处处与屈原呼应。因此，作为现代启蒙者的鲁迅可以解构历史、嘲讽崇高、置身于孤独与颓废。即使这样，在不加掩饰的嘲讽和战斗后，鲁迅对"油滑"的不满，对"等于零"的自我评价折射出他的真正精神追求，这正是中国古典神话的主体精神。从先秦巫史到现代文人，抨击时弊，抒怀述志，借古讽今，浇今人块垒，是探寻中国文化的传承者们的不变道义。甚至可以说，考察中国现当代神话主义小说的标准不是浪漫性、不是故事元素或文本风格。《奔月》于中国现代小说的经典地位已说明，神话题材的创作完全可是冷峻的现实主义色彩。这种借神话主义来书写现实的特点在抗日战争时期更为明显。

（二）鲁迅神话书写的余音

1944 年，谭正璧以后羿和奔月为主题创作《长恨歌》。作为著名文学史家，谭正璧在极为艰苦的战争岁月里仍保持民族气节，"忍气吞声、腼颜握管者，地非首阳，无薇可采，与其饿死，不如赖是以苟延残喘"[3]。家国危亡之际，谭正璧选择在历史小说中立级寻道。《长恨歌》"自序"里，他说："写历史小说的人，要比往常为多，他们各有各的意见，自有自的目的。……尽管此时已经历'古史辨'思潮洗礼，但特殊时期的作者们仍把神话传说与家国历史混合编制。"谭正璧说自己并不想步趋鲁迅："我却有一种自信，我的历史小说虽然所持态度有不同，然而没有一篇不是曾经用过极大的力（脑力），而没有一篇曾经用那轻薄油滑的笔调。"[4] 特殊的战争岁月不允许

---

[1] 鲁迅. 鲁迅全集：第 14 卷 [M]. 北京：人民文学出版社，2005：376.
[2] 周作人. 鲁迅的青年时代 [M]. 止庵，编. 北京：十月文艺出版社，2013.
[3] 王富仁. 中国现代历史小说大系：第二卷 [M]. 石家庄：河北人民出版社，1999.
[4] 同 [3].

"油滑"，但在精神气质上，谭正璧续接了鲁迅提出的"娜拉走后怎样"的思考。《长恨歌》围绕"嫦娥应悔偷灵药，碧海青天夜夜心"，重点描写嫦娥奔月之后的情形，表现青年人梦碎的迷惘。"于是当她饥饿难忍而欲死又不能的时候，不能不懊悔当时偷药那一回事太傻了！"从这个角度看，《奔月》虽是一部爱情小说，但又与简单情感书写全然不同，是作者在民族危难岁月的真切思考，融入了现实情景和对社会的批判，也是知识分子气节的慷慨之歌。

抗战胜利后，1947 年，邓充闾在《文艺先锋》上发表《奔月》。邓文笔下的嫦娥成为母系社会的女王，她从民间挑选羿为夫君。羿受权力驱使连射 9 个太阳，最终获得统治权，却成为遭人痛斥的战争狂人。当嫦娥苦口婆心劝羿不要射下最后一个太阳时，后羿狂妄地说：

> 这有什么要紧，失去了光和热，而我却获得了地位与权力！世界没有了颜色和声音，而我却获得女王们的柔顺。人们没有了食物，我正好借此领着大家去战争！血与肉的滋味难道不比树和草更好吗？

曾经每见到嫦娥都恭敬的君子成为嗜血独裁者，嫦娥无奈吞下仙丹："后羿，你还是去实现你的理想吧！但我得带去你的这支箭，将它化为月宫的桂树，给诗人留下和平的憧憬，同时也给世界留下一个太阳，使地球在度过寒冬之后还有春天，使人类在创伤疲惫之后，还有爱情和友谊。"在彼时国共内战氛围下，作者用这则神话叙事营造出对和平的向往。"嫦娥一去不复返，人间酣战何时休？"小说题记中的这句话不仅表达了对后羿所建立的强权国家的质疑和拒绝，更间接表达了作者对当时政权的批评。

初版于 1947 年的吴祖光《嫦娥奔月》，也是作者身处战乱，用重述神话来叩问现实之作。小说开篇描绘了一个混沌初开，人民百姓"自由、没有拘束，没有压迫，没有战争，没有人吃人的事情，……无为而治"的世界。[1] 这是自古以来文人们梦想的大同之歌。按吴祖光回忆，他曾收到上海市政府的警告，被威胁"以后不许再写这样影射攻击现实的剧本"。他认为《嫦娥奔月》"不是什么神话，而是出于一种借题发挥，发抒对反动当局的激愤之情。当时我就对演出者说了，这个剧本估计难以在审查机关通过"[2]。

---

[1] 吴祖光. 吴祖光剧作选 [M]. 北京：中国戏剧出版社，1981：526.

[2] 同 [1]450.

对比上述两则重述，邓、吴二人既有类似又有不同。吴在剧本"序文"结尾写道：

> 六年前正是民族抗战最火炽的当时，我设计《奔月》这个戏为的是纪念这一次全世界反法西斯的战争，……使得这应该是过时的武器脱颖而出时仍有锋芒，这是剧作者的幸运还是悲哀呢？是悲哀，是大独裁者的悲哀。历史从不骗人，自有人类以来，人民就是从不在强暴下低头的，何况在"人民世纪"的今天？……"射日"与"奔月"的传说并不是无稽的神话，而是几千年来从正义的人民的生活经验留下来的历史的真实的教训。[1]

作者把神话创作拉回现实，突出自己对独裁统治的抨击与反抗，显示出邓文与前述神话主题一贯的战斗性。不同在于，吴文开始凸显人民性。曾负责搜集整理吴祖光作品的黄佐临评价《嫦娥奔月》："不要读者迷于梦幻仙境之中，而要人们看到，后羿专制而暴戾，嫦娥与他共处也会被父母姐妹所唾弃。作者要告诫人们：不管过去有多大功劳，独裁者必为民心所不容。"[2] 从批判独裁走向深入人民，这是 20 世纪 40 年代末以后的文艺主旋律。"人民性"强调作家写作必须"坚持真正用保护人民、教育人民的满腔热情来说话"，避免讽刺的乱用。[3] 不难想象，鲁迅《奔月》的文风已不合时宜。然而，《奔月》的主体精神仍在承传。至 20 世纪 50 年代，对人民性的发扬与继承是作家最重要的职责使命，"人民性"成为后羿神话重述的鲜明特点，如袁珂先生的创作。

1957 年，袁珂创作了《嫦娥奔月》，这是袁珂学术生涯之外唯一的剧本作品，文笔清新隽永，戏剧感很强。作为当代最重要的神话学家，袁珂对史料的娴熟不言而喻。置换为文学创作，他笔下的后羿同样具有强烈的时代烙印——人民性。与吴祖光刻画了反人民性的独裁后羿殊异，袁珂笔下的后羿是心怀人民的伟大英雄。当嫦娥抱怨他任性地私下凡尘时，后羿说道：

> 不是我任性啊，你想，你们这些当神仙的，一年到头不知道享受了人民多少香火，多少贡献，如今人民遭受了这么大的灾难，我们不闻不问，这说得过去吗？[4]

---

[1] 吴祖光. 吴祖光剧作选 [M]. 北京：中国戏剧出版社，1981：657.
[2] 同 [1].
[3] 毛泽东. 在延安文艺座谈会上的讲话 [N]. 解放日报，1943-10-19.
[4] 袁珂. 嫦娥奔月 [M]. 北京：北京联合出版公司，2015：16.

袁珂把后羿及天上诸神（比如太阳）定位于"公子"，在其之上还有更高阶层的"天帝"。但后羿是有觉悟的压迫阶级代表，他一心拯救人民，为人民寻道，要与"公子"身份决裂，也是对自己统治者属性的叛逆。面对嫦娥的"真怕"（"天帝准会把我们打下十八层地狱去的！"）[1]，后羿悲壮又无畏，因为他心中"真爱人间，和这些淳朴可爱的人民"[2]。剧中设置的人民没有忘记这位英雄，在剧本最末，"人们抬着后羿的尸体，沿着河堤走去"，他们"悲哀而沉痛"，寂寞的嫦娥凭栏俯瞰，"在月宫中悲痛地掉泪"[3]。通过重述后羿，袁珂对人民的爱、对身为知识分子的真诚反省得以鲜明体现。

由此观之，历史书写也可以是一种神话装置。鲁迅、谭正璧、吴祖光、邓充闾、袁珂等运用神话来隐喻现实的战斗之风，"以古讽今"的写作旨趣继承了传统知识分子的精神遗产，这是中国神话之主体性的真正传承。从此角度反思，甚至没有神话故事，这种古典神话精神依然可以体现。例如，20世纪60年代，吴晗的《海瑞罢官》，以及吴晗、邓拓、廖沫沙一起撰写的《三家村札记》，从历史知识针砭现实弊病，重写历史故事，隐喻表达出那个时代的泥泞晦暗和作者们对出路的探寻。他们追求德行、民生道义，披荆斩棘为现实探路的情操，以及最终以身殉道的惨烈，无不是对屈原重述神话的千年回响。斗转星移，沧海桑田，这场古今回响在时代流变中体现出真正的知识分子们在中华文化母胎中传承神话的不变精神追求。

二、信史的矛盾：梁启超与顾颉刚

相对上文所述的，鲁迅、谭正璧、吴祖光、邓充闾、袁珂等人神话书写的真实性，一心追求新史学的梁启超、剥离神话还原信史的顾颉刚，他们在求真中却皆出现悖论或矛盾的情结，下文简单列之。

（一）梁启超的悖论

梁氏史学思想的核心是批判传统史学、建构新史学，相关论点集中体现在《中国史叙论》《新史学》《中国历史研究法》《中国历史研究法补编》等众多著作中。出于对西洋史学范式的绝对推崇，梁氏在《中国史叙论》（1901年）、《新史学》（1902年）等论著中猛烈抨击中国传统史学，认为其"陈陈相因，一丘之貉"，存在"四弊""二病"。

---

[1] 袁珂. 嫦娥奔月[M]. 北京：北京联合出版公司，2015：42.
[2] 同[1]75.
[3] 同[1]132.

"四弊"指"知有朝廷而不知有国家""知有个人而不知有群体""知有陈迹而不知有今务""知有事实而不知有理想"。缘此"四弊"复生"二病":"能铺叙而不能别裁""能因袭而不能创作"。合此"六弊"又造成三大"恶果":"难读""难别择""无感触"。在层层递进的抨击中,始终贯穿着一条主线——对中国历史撰写形式的反思和解构。梁氏认为"正统""书法""纪年"等书写形式从根本上导致中国传统史学的"六弊"和"三恶果"。在《新史学》的"论正统""论书法"和"论纪年"等章节中,他逐一列举抨击了这些因素。

与之同时,梁氏又认为正统、书法、纪年等皆源于《春秋》,它们的存在天经地义。具体而言,他说"中国史家之谬,未有过于言正统者也。言正统者,以为天下不可一日无君也,于是乎有统"。但又讲"正统"源于《春秋》:"统字之名词何自起乎?殆滥觞于《春秋》。《春秋公羊传》曰:'何言乎王正月,大一统也。'此即后儒论正统所援为依据也。庸讵知《春秋》所谓大一统者,对于三统而言。《春秋》之大义非一,而通三统实为其要端。"另外,梁氏虽反对"书法",但主张"惟《春秋》可以有书法";虽反对"纪年"的旧史体裁,但推崇《春秋》的纪年形式:"孔子作《春秋》,首据其义曰,诸侯不得不改元,惟王者然后改元,所以齐万而为一。去繁而就简,有精义存焉也。"

如此一来,梁氏的观点无疑陷入了悖论逻辑:若按对正统、书法、纪年等因素的强烈批判,那么产生这些"恶果"的源头——《春秋》,也理应被批判和否定;但事实上,这些因素却又随着梁氏对《春秋》的盛誉而被高度肯定。反之,如果《春秋》及其书写形式被肯定,那么"正统"等因素也应被肯定,可他又否定。无论怎样解释,梁氏对《春秋》的推崇与对"正统"等因子的猛烈抨击之间无法前后统一,成为似是而非的悖论。

(二) 顾颉刚的难题

清季民初,"古史辨"派在长达二十年的疑古实践促使这项工作彻底竣工。顾颉刚曾说:"'三皇五帝'的帝系乃古人伪造,古代各民族并非互相统属。……我们研究学问的,在现在科学昌明之世,决不该再替古人圆谎了。"[1] 疑古派认为,古之民族的信仰和民众的生活"一向为圣道王功所包蒙",因此要恢复"这些材料的本来面目,剥去它们的乔装"。"古史辨"派在整理、辨别文献史料年代,解构千古一系、民族出于一元、地域一统等传统观念方面做了重要开拓,打破了以儒家思想为主导的传统

---

[1] 罗根泽. 古史辨:第四册 [M]. 上海:上海古籍出版社,1982:5.

信仰话语，也为史学和考古学的发展扫除若干障碍。但是，到了现代中国最危急时刻，疑古本身却面临"障碍"，或称为"矛盾"。

费孝通在《顾颉刚先生百年祭》中曾提出一个问题："中华民族是一个"和"古史辨"之间，在"顾颉刚的思路中存在着个没有解开的矛盾"。这个"矛盾"包括两个方面：第一，在史实层面，顾颉刚的"古史辨"意在辨伪，"中华民族是一个"又极力论证民族融合，但他却没有意识到古人伪造古史所反映的，正是民族融合的事实。第二，如果顾颉刚意识到"民族出于一"的虚构象征着古代各族的"联宗"，那"古史辨"将之"拆成一堆垃圾"，和他后来论证中华民族已经融成"一个"，在学术取向上就存在矛盾。在辨析之后，费孝通饱含深情地说："如果人神可通，他一定不会见怪我旧事重提，因为历史发展本身已经答复了我们当时辩论的问题。答案是中华民族既是一体，又是多元，不是能一不能多，能多不能一。"[1]

费老称的"矛盾"第一点指向几千年来中华文化发展的大端与大势。第二点基于当时历史事件。1936年，抗日战争已经爆发，顾颉刚与史念海合编《中国疆域沿革史》，在第一章"绪论"言："在昔皇古之日，汉族群居中原，异类环伺，先民洒尽心血，耗竭精力，辛勤经营，始得近日之情况。"[2]顾氏罕见地用了"皇古"一词，并承认夏的实存："疆域之区划，皇古之时似已肇其痕迹，自《禹贡》以下，九州、十二州、大九州之说，各盛于一时，皆可代表先民对于疆域制度之理想。"不言而喻，这与20世纪20年代的他，立场迥异。1939年2月，受战争所迫而南迁的顾颉刚撰写《中华民族是一个》，他振臂高呼："凡是中国人都是中华民族"，"今后不再从中华民族之内的，另外分出什么民族"[3]。从历史情怀到现实诉求，顾颉刚的"矛盾"正说明，科学实证无法完满解决中国知识分子的家国情怀。推动或捍卫一个民族的文化发展、文化共同体筑牢的资源不能仅依靠实证，现代社会仍然需要价值意义上的创世叙事和神圣认同。不过，包括创世神话在内的神圣叙事，恰是在"古史辨"的学术实践中被解构，不妨说，中国现代神话学的奠基人就是"古史辨"的疑古诸将。

大致而言，"古史辨"派视古史传说中的鸟兽神化内容为神话，夏之前的神圣叙事为传说。这些神话传说或产生于纯幻想，或是有真实历史背景的故事，通过还原其面目，可以揭示从鸟兽神化人物如何演变为英雄先祖和圣君帝王。顾颉刚的"矛盾"也因此产生。究其底，被"古史辨"剥离和还原的神圣谱系，不仅有杜撰王朝合法性和皇权神话的功能，还是"天下一统"的凝聚力所在，更是士人心性得以升华的价值

---

[1] 费孝通. 人间，是温暖的驿站：费孝通人物随笔[M]. 北京：北京联合出版公司，2018：116-117.
[2] 顾颉刚，史念海. 中国疆域沿革史[M]. 北京：商务印书馆，1999：1.
[3] 顾颉刚. 中华民族是一个[J]. 益世报·边疆周刊（昆明），1939(9).

起点，后者恰是传统帝系具有超越世俗和政治的面相，也是中华文化的特点所在。比如"三皇五帝"，今日看来的神话，是传统意识形态赖以形成的合法性根源，也是中华历史发生和展开的文化基础，是无数知识分子寄托精神追求的德行乌托邦化身。虽然"三皇五帝"在不同朝代的组合与排列，因势而异，指称不一，但是，作为信念与价值皈依的整体符号，"三皇五帝"的神圣意义仍有价值，即使在经学解体后仍发挥着巨大的文化导向和凝聚人心之功用。

职是之故，民国初年，黄帝神话广泛流传，并引发了知识界"黄帝纪元"与"孔子纪元"的争论。20世纪30年代，顾颉刚主编的《现代中学本国史教科书》出版五年间再版多达55次，后因公然不承认"三皇五帝"为华夏信史而遭民国政府禁止，引来知识界一场激烈的冲突和争论。抗日战争时期，为回应疑古派对"三皇五帝"的学术解构，钱穆《国史大纲》（1939年）开篇便将中华历史上溯到黄帝以来的"四千六百余年"，希望起到团结凝聚民心之用。钱穆在《黄帝》一著中称"我们从文化的大体上看古史，纵有后人的想象，仍然充满着古人的基本精神。……黄帝是文明的创始人，从他打定基础以后，文化才慢慢地生长，到周朝才大体确定"[1]。中国知识分子的家国价值感和历史使命感随世事而变迁，当"一统"成为现实迫切需要时，"古史辨"派所开创的神话学范式便捉襟见肘，产生"可信者不可爱，可爱者不可信"（王国维语）的矛盾。如此便不难理解，梁启超为何也以轩辕为本民族肇纪："黄帝以后，我族滋乳渐多，分布于中原，而其势不相统合。惟内力充实，乃能宣泄于外，亦惟外兢剧烈，而内力乃以益充。"[2]

梁启超与顾颉刚反映出那个时期的思想家在中国社会"现代性转型"中的尴尬处境与内在紧张冲突，这种尴尬与冲突可以从"传统—现代""信仰—学问"两个向度来理解。在本文的使用中，"现代性"是一种直线向前不可重复的历史时间意识，是以科学主义和理性、主体自由等理念为基础的一套话语系统，它以不可逆转的线性时间发展观为核心，给予社会进步和主体解放的历史目的论承诺。而中国社会的"现代性转型"，就是指中国社会与士人在这种新的意识形态面前，如何处理中西社会、古今历史关系与价值判断的过程、相关的理论建构，以及对这些过程内部各种现象的理论反思与批判。通过梁启超面对《春秋》的悖论思想，可看出"传统—现代"的两难选择与不兼容性；同时也从"信仰—学问"层面，可以看出转型期的知识分子在处理自身价值与建构知识场域时复杂的情绪纠葛。

---

[1] 钱穆. 黄帝[M]. 北京：生活·读书·新知三联书店，2004：138.
[2] 梁启超. 饮冰室合集·专集之六[M]. 北京：中华书局，1989：1.

三、小　结

对《春秋》等传统经典、对"三皇五帝"的绝对信奉与推崇，必须建立在一种类似于宗教性色彩的经学信仰基础上。但是，以"现代"意识形态和"西学"学术生产为基本的社会，不需要如此的宗教性信仰来维护学术的产生。如果这种信仰不复存在，具有宗教性神圣色彩的儒家经典必然会如同后来的中国社会进程中所发生的学术实践那样，被"还原"为史料，甚至被打倒和摒弃。比如，"古史辨"派的研究，以强大的反传统旨趣对上古历史做深入的科学实证探讨，完全解构了经书的神圣性。随之而来的是，对《春秋》的圣化追捧转化为很客观的历史研究，最终导致经学内部"圣化话语"的倒塌。至此以后，"圣"的合法性越发受到根本性质疑，在愈加强烈的"反传统"知识诉求下，对传统经典已不需要通过经义发挥来求得王朝正当性，取而代之的是更为"明朗"的一个西化"未来"企盼。如果说，神话信仰因表征着圣人及古社会，从而起到过"溯前"的"乌托邦"作用，那么，20世纪20年代以来，这个"溯前"的"乌托邦"被完全打倒，从本质上蜕变为充满"未来"期待的另一种"乌托邦"信仰——"进化"。

鲁迅在《中国小说的历史的变迁》（1924）年第一讲《从神话到神仙传》中说："从神话演进，故事渐近于人性，出现的大抵是'半神'，如说古来建大功的英雄，其才能在凡人以上，由于天授的就是。""这些口传，今人谓之'传说'。由此再演进，则正事归为史；逸史即变为小说了。"具体论述如下：

> 至于现在一班研究文学史者，却多认小说起源于神话。……从神话演进，故事渐近于人性，出现的大抵是"半神"，如说古来建大功的英雄，其才能在凡人以上，由于天授的就是。例如简狄吞燕卵而生商，尧时"十日并出"，尧使羿射之的话，都是和凡人不同的。这些口传，今人谓之"传说"。由此再演进，则正事归为史；逸史即变为小说了。[1]

对"神话"起源性意义的强调，反映出鲁迅当时的进化论思想。鲁迅整理研究小说也正是为了"从倒行的杂乱的作品里寻出一条进行的线索来"[2]。人类社会不断地进化，"便是文章，也未必独有万古不磨的典则"，文学样式之一的小说"亦如诗，至唐代而一变，虽尚不离于搜奇记逸，然叙述宛转，文辞华艳，与六朝之粗陈梗概者较，

---

[1] 鲁迅. 鲁迅全集：第9卷[M]. 北京：人民文学出版社，2005：312.
[2] 同[1]311.

演进之迹甚明"[1]。那么，"进化"的目的是什么呢？1907年，鲁迅在留学时期所作论文《人之历史》的副标题为《德国黑格尔氏种族发生学之一元研究论释》一文，为我们提供了追问线索。黑格尔（今译作海克尔 E.Haeckel）是德国生物学家，达尔文学说的积极捍卫者和宣传者。这篇论文以海克尔的《人类发生学》为参考，介绍了达尔文学说及其发展的历史。从此文可看到鲁迅早期对"人"即"进化发展"的理解，例如，强调"立人"："人心必有所冯依，非信无以立，宗教之作，不可已矣。"[2]他曾说："人各有己，而群之大觉近矣"，他还认为："故今之所贵所望，在有不和众嚣，独具我见之士。"[3]可见，鲁迅神话书写是朝向历史，并与他对国民精神的改造、社会思想的改造相联系。鲁迅的神话观与神话小说为理解历史书写提供了新角度。

基斯·托马斯一再告诫我们："即便是最小心谨慎的历史学家也总是在建构神话，无论他们是否想这么做，没有什么办法可以培养我们不要去操作'我们的谱系学来迎合新的社会诉求'。"[4]换言之，任何关于历史意义、观念、态度的权威叙事，其根本都是一种神话制造，"它是某个时代的套话进入文学和历史文字里面的方式"[5]。有时代意义的神话小说由写作主体缔造，其价值取决于作者是否有勇气反思、批判甚至战斗所身处的权威话语体系。反之，"现代性转型"中的知识分子对信史的追求与考据，反而容易陷入矛盾情结。《淮南子·本经训》篇记载了"昔者苍颉作书，天雨粟，鬼夜哭"。天地鬼神为何因文字而哭？因为真正的书写者必须具有神话精神，必须有精神信仰，必然去追寻历史书写的价值与意义。无论是梁启超还是顾颉刚的矛盾，或鲁迅的神话小说及其影响，正是这种精神的写照。

---

[1]　鲁迅.鲁迅全集：第9卷[M].北京：人民文学出版社，2005：70,73.
[2]　鲁迅.鲁迅全集：第8卷[M].北京：人民文学出版社，2005：27.
[3]　同[1]25.
[4]　〔英〕玛利亚·露西娅·帕拉蕾丝-伯克.新史学：自白与对话[M].彭刚，译.北京：北京大学出版社，2006：117.
[5]　同[1]178.

鲁迅与《俄罗斯的童话》之相遇
——以"国民性"问题为中心

李一帅

中国社会科学院文学研究所助理研究员

高尔基是苏俄大文豪,鲁迅则被誉为"中国的高尔基"。鲁迅曾经把"高尔基"之名译成"戈里奇"(1920年)、"戈尔基"(1924年)、"戈理基"(1927年)[1],在多篇文章里沿用"戈理基"的译法,晚年方与同时代其他翻译家一样改用"高尔基"的译法。这意味着鲁迅对高尔基的认识有一个"规范化"的过程。而将两位文豪直接、深刻地联系起来的一个"文学事件",就是鲁迅晚年对高尔基著作《俄罗斯的童话》的翻译。鲁迅作为翻译大家,一生翻译了大量日本、俄苏的文学作品和理论著作,但所译高尔基作品仅有《我的文学修养》《恶魔》和《俄罗斯的童话》。前两篇分别是短文和短篇小说,暂且不论,而《俄罗斯的童话》的翻译,对于鲁迅来说则具有多方面的意义。1930年,鲁迅就试图和郁达夫一起翻译《高尔基全集》[2],但直到1934年9月至1935年4月,才从日文版《高尔基全集》(日本改造社版二十五卷本,高桥晚成译)中转译了《俄罗斯的童话》。《译文》杂志编辑黄源在1936年6月22日即高尔基去世的第四天,把德文版《高尔基全集》[3]送给病重中的鲁迅,希望作为鲁迅"日、德文互照"翻译的参考,但鲁迅在四个月后去世,所以《俄罗斯的童话》也成为鲁迅译高尔基的"绝笔"。晚年鲁迅为什么翻译(并且是转译)《俄罗斯的童话》?这不仅与鲁迅一贯的改造国民性的思想有关,而且与鲁迅的童话意识有关,与他对左翼文学运动的参与有关。因此,《俄罗斯的童话》涉及童话文体、国民性、政治性等多方面的问题,本文以鲁迅的译本和解读为对象,结合高尔基创作、发表《俄罗斯的童话》的过程及同时代苏俄的思想文化状况,分析相关问题。需要说明的是,鲁迅翻译《俄罗斯的童话》是从日文转译的,文本从俄文到日文再到中文的转换过程中涉及的语言层面的问题,不是本文的主要论述对象。本文主要依据鲁迅译《俄罗斯的童话》的初版本(文化生活出版社1935年8月版)分析相关的文学、思想、历史问题。

一、文体的转换：从"童话"到"小品文"

无论是 1918 年在小说《狂人日记》中喊出"救救孩子"时，还是 1919 年在《我们现在怎样做父亲》一文中倡导"幼者本位"时，"儿童"一直是鲁迅话语的关键词。研究者已经指出："鲁迅的小说创作——无论是文言小说还是白话小说，都是以儿童问题为起点的。"[4] 在此意义上，鲁迅对童话文体的注重是由其"救救孩子"的伦理观、价值观决定的。鲁迅注重童话文体的集中体现，就是他对爱罗先珂童话作品的翻译。鲁迅从 1921 年开始翻译爱罗先珂的童话，1922 年，《爱罗先珂童话集》出版之际，鲁迅在为该书所写的"序"中说：

因此，我觉得作者所要叫彻人间的是无所不爱，然而不得所爱的悲哀，而我所展开他来的是童心的，美的，然而有真实性的梦。[5]

这段表述对于理解鲁迅早年的童话观念十分重要。这里强调的"爱""童心""美"和"梦"，是鲁迅理解的童话的四大要素。此时鲁迅理解的童话是超现实的美好之境，是给孩子们看的。这种"童话"即我们现在一般理解的"童话"，正如《现代汉语词典》对"童话"的解释："儿童文学的一种体裁，通过丰富的想象、幻想和夸张来编写适合于儿童欣赏的故事。"[6]

不过，鲁迅 1927 年翻译《小约翰》时，称之为"无韵的诗，成人的童话"，对"童话"的理解开始发生变化。他写道："但我预觉也有人爱，只要不失赤子之心，而感到什么地方有着'人性和他们的悲痛之所在的大都市'的人们。"[7] 这里，童话混入了成人世界的"现实"感。到了 1934 年，鲁迅翻译《俄罗斯的童话》时，"童话"已经从"对虚幻世界的想象"转向"把现实世界比喻成虚幻世界的讽刺"。鲁迅在为《俄罗斯的童话》（书后所附）所拟的广告中写道：

高尔基所做的大抵是小说和戏剧，谁也决不说他是童话作家，然而他偏偏要做童话。他所做的童话里，再三再四的教人不要忘记这是童话，然而又偏偏不大像童话。说是做给成人看的童话罢，那自然倒也可以的，然而又可恨做的太出色，太恶辣了。[8]

这里，他明确指出《俄罗斯的童话》"不大像童话"而且"恶辣"[9]。所谓高尔基"再三再四的教人不要忘记这是童话"，是指《俄罗斯的童话》第十五、十六篇中的相关说明。第十五篇里高尔基说"请读者不要忘记这是童话",在本篇结尾处又说:"到这里,童话是并没有完的,不过后文还没有经过检阅。"在第十六篇的结尾处又说:"请不要忘记了这是童话。"可以说,《俄罗斯的童话》全书是结束于对"童话"文体的强调——讽刺式的、正话反说式的强调。高尔基的这种对"童话"的强调,必然给译者鲁迅的童话观以深刻影响。

《俄罗斯的童话》名为"童话",但所收 16 篇作品以反讽的手法塑造了知识分子、民族主义者、社会闲人、官僚、自由派等几十种不同的形象。鲁迅明确意识到了这些作品的"非童话"性质,指出:"短短的十六篇,用漫画的笔法,写出了老俄国人的生态和病情,但又不只写出了老俄国人,所以这作品是世界的;就是我们中国人看起来,也往往会觉得他好像讲着周围的人物,或者简直自己的顶门上给扎了一大针。"[10]

正因为《俄罗斯的童话》并非通常意义上的童话,所以,无论是在中国还是在苏俄,译文与原文的发表、出版都经历了曲折的过程。

鲁迅翻译的前九篇"童话"先后发表于《译文》月刊(1934 年 10—12 月、1935 年 4 月),而后七篇未能顺利刊出。他多次询问《译文》杂志社,但"那回答总是含含糊糊,莫名其妙"[11]。鲁迅写道:"以后的《译文》,不能常是绍介 Gogol;高尔基已有《童话》,第三期得检查老爷批云:意识欠正确。所以从第五期起,拟停登数期。"[12] 可见,《俄罗斯的童话》的内容对当时的中国社会确有"针砭时弊"的功能。最终,1935 年 8 月《俄罗斯的童话》单行本出版时,16 篇作品才全部编入[13]。当然,后几篇"童话"译文没能发表也与《译文》杂志的人员变动、经济困难有关[14]。《译文》于 1935 年 9 月第一次停刊,1936 年 3 月复刊时,《俄罗斯的童话》单行本已经出版。

无独有偶,高尔基发表《俄罗斯的童话》的过程,与鲁迅译文发表的过程有着类似的曲折。

关于《俄罗斯的童话》创作和发表的时间,鲁迅推测道:"发表年代未详,恐怕还是十月革命前之作。"[15] 实际上,俄文版《高尔基全集》中注明了 16 篇作品首次发表的刊物和时间:

一、二、四至十:《当代世界》杂志,1912 年,第 9 期,9 月;三:《俄国言论报》,1912 年,第 290 期,12 月 16 日;十一:《真理报》,1912 年,第 131 期,9 月 30 日;十二:《自由思想报》,1917 年,第 1 期,3 月 7 日;十三:《新生活报》,1917 年,第 1 期,4 月 18 日;十四:《新生活报》,1917 年,第 5 期,4 月 23 日;十五:《新生活报》,1917 年,第 7 期,4 月 26 日;十六:《新生活报》,1917 年,第 68 期,7 月 7 日。[16]

16 篇全部公开发表之前，其中 1912 年创作的 10 篇合集为《俄罗斯的童话》，由柏林"拉德日尼科夫出版社"[17] 于 1912 年 3 月在德国出版[18]。这是《俄罗斯的童话》的最早版本。高尔基在德国出版该书，主要原因是当时柏林具有俄国国内所没有的宽松的出版环境，一来可以在欧洲更好地宣传俄国布尔什维主义，二来能够满足俄侨的阅读需求[19]。最早读到《俄罗斯的童话》的俄国作家伊万·布宁（И.А.Бунин），当时就看清了《俄罗斯的童话》的命运，他写道：

> 今年冬天，他写了小说《三天》和一些小东西，总标题为"俄罗斯的童话"。在这些讽刺——象征式的童话故事叙述中，触及当代俄罗斯现实中的各种新鲜事。他和我在一起时写了这样的十篇童话，但我认为，其中一半将不得不在国外出版。[20]

高尔基 1912 年 2 月 10 日写完第一批童话[21]后，把打印稿交给柏林出版单行本，并且给了彼得格勒一份，希望在俄国《当代世界》杂志发表。但是，《当代世界》迟迟没有回音。这与《译文》对鲁迅"含含糊糊，莫名其妙"的态度颇为相似。高尔基在给编辑的一封信中说：

> 半年以来，我一直在等待给我的回信，收到的却是迫使我抗议的"争论"。
> 我给你们寄了童话，这些童话被你们称之为"令人喜爱的"，我问道，如果它们招人喜欢，就放进春天的书刊中，可是，过了三个月我收到答复，说最好把它们放在秋天发表。这些童话对我来说是一种新风格，了解它们在多大程度上取得成功对我非常有用；我不爱面子，可以和我开诚布公地交流。在我看来，如果这些童话对于杂志足够适合，从社会—教育的角度来看足够有价值，那么我可以一年给两次稿子，部分可以作为现代性主题的小品文（Фельетон），部分则总体表现俄罗斯主题。[22]

后来，《当代世界》编辑在回信中告诉高尔基，他们因担心审查而把题目改成"童话"，并且用"某个王国、国家"替换了原稿中的"俄罗斯"一词[23]。1917 年 7 月，列宁致信高尔基，要求他与《真理报》合作，帮助《真理报》发展，高尔基便把《当代世界》未及发表的一篇（鲁迅译本中的第十一篇）交给《真理报》发表[24]。

第二批俄罗斯童话创作于 1916 年至 1917 年，发表于 1917 年的《自由思想报》和《新生活报》[25]，主题集中在"战争，俄罗斯民族性问题，俄罗斯命运，人民—知识分子—

革命"[26]。鲁迅译本的第十三篇原文发表在《新生活报》创刊号,高尔基希望把该报办成"富有朝气的,可读性强的,令人愉快的"[27]报纸,但是十月革命后,该报逐渐变成了反对当局的报纸[28],所以第二批《俄罗斯的童话》更多表达了对当时局势的不满。最终,1912年和1917年高尔基分两批创作的16篇童话,1918年在彼得格勒"帆"出版社出版[29]。"帆"出版社致力于出版反战书籍[30],而《俄罗斯的童话》中的多篇作品都包含着反战思想。

高尔基在给编辑的那封信中原本是称这些"童话"为"小品文"（Фельетон）[31]的。什么是"小品文"? 俄国的这种"小品文"是"一种小型艺术政论形式,是期刊（杂志）所特有的,并以时事主题、讽刺的尖锐性和幽默为特点"[32]。换言之,俄国小品文是一种批判现实的报刊短文。《俄罗斯的童话》内容、体裁都与童话相去甚远,而高尔基称之为"童话",意为"现实中的不真实",带有讽刺意味。苏联《文学百科全书》的相关描述是:"高尔基激昂的小品文是苏联无与伦比的杰作,致力于揭露国际帝国主义及其走狗、我们国家人民的敌人,同时高尔基的小品文是对苏联文化发展的回应,提出铸造生活、指出苏联文学发展方向领域的问题。"[33]这种现实批判性同样存在于名为"童话"、实为"小品文"的《俄罗斯的童话》中。而杂文圣手鲁迅也曾经谈论过"小品文",他把小品文比喻成桌上可以把玩、磨平人心的美术"小摆设"[34],这种"小品文"与高尔基的"小品文"全然不是一种类型。实际上,高尔基的"小品文"和鲁迅的杂文是同类文体。这是鲁迅认同并翻译《俄罗斯的童话》的重要原因之一。

1933年4月,瞿秋白在《鲁迅杂感选集序言》中曾指出鲁迅杂感（杂文）的"阜利通"文体特征,说:"鲁迅的杂感其实是一种'社会论文'——战斗的'阜利通'（feuilleton）……杂感的这种文体,将要因为鲁迅而变成文艺性的论文（阜利通——feuilleton）的代名词。"[35]瞿秋白所谓"阜利通"（feuilleton）正是高尔基的"小品文"（Фельетон）。在同一篇文章中,瞿秋白说:"高尔基在小说戏剧之外,写了很多的公开书信和'社会论文'（publicistarticle）,尤其在最近的几年——社会的政治的斗争十分紧张的时期。"[36]瞿秋白敏锐地发现了鲁迅杂文与高尔基"小品文"的相通之处:作家的幽默才能、用艺术表达政治立场、深刻的社会观察和对人民斗争的同情。同年8月,鲁迅重新阐明对"小品文"的态度:"生存的小品文,必须是匕首,是投枪,能和读者一同杀出一条生存的血路的东西;但自然,它也能给人愉快和休息,然而这并不是'小摆设',更不是抚慰和麻痹,它给人的愉快和休息是休养,是劳作和战斗之前的准备。"[37]可见,笔战时期的鲁迅受到瞿秋白所论"阜利通"的启发,认同这种文体。这为他1934年选译《俄罗斯的童话》奠定了基础。可以说,鲁迅翻译《俄罗斯的童话》，是在翻译既是当下社会见闻又能巧妙叙事、兼具幽默精神与战斗性的"小品文"。

《俄罗斯的童话》是高尔基的"子弹"，在当时苏俄社会语境中有明确指向，其中的某些人物也有原型。这给鲁迅的翻译带来了挑战。鲁迅从日文转译《俄罗斯的童话》时沿用直译的方式[38]，他在《俄罗斯的童话》小引中说："我很不满于自己这回的重译，只因别无译本，所以姑且在空地里称雄。倘有人从原文译起来，一定会好得远远，那时我就欣然消灭。这并非客气话，是真心希望着的。"[39]他认为"真正具有俄罗斯生活背景的人，如著名的马克思主义批评家瞿秋白，应该是更为理想的翻译者"[40]。但鲁迅等不及有人从原文来译。他希望中国人早日读到《俄罗斯的童话》，看到其中的"国民性的种种相"[41]。

1936年4月，鲁迅写了杂文《写于深夜里》。这篇杂文由五节构成，第三节和第四节是两则童话，这两则童话都是根据人凡信中的真实事件（青年因收集俄国革命木刻和俄国革命军官肖像而被捕的故事）创作的[42]。讲完童话故事之后，鲁迅写道："我抱歉得很，写到这里，似乎有些不像童话了。但如果不称它为童话，我将称它为什么呢？"[43]这两则直面残酷社会现实、"不像童话"的童话，就是《俄罗斯的童话》式的童话。毫无疑问，《写于深夜里》是《俄罗斯的童话》影响下的产物。在这篇杂文中，鲁迅将童话与杂文统一起来。

二、"俄罗斯国民性的种种相"及相关问题

1934年10月，《俄罗斯的童话》第一篇在《译文》上发表的时候，鲁迅在"附记"中就说："虽说'童话'，其实是从各方面描写俄罗斯国民性的种种相，并非写给孩子们看的。"1935年8月《俄罗斯的童话》单行本出版之际，鲁迅自拟的广告词依然涉及国民性问题——如前所引，所谓"写出了老俄国人的生态和病情"。众所周知，在中国现代作家中，鲁迅长期致力于国民性的批判与改造。上面的引文证明，鲁迅在解读《俄罗斯的童话》时也采用了国民性视角。在此意义上，翻译《俄罗斯的童话》是为改造中国人的国民性提供借鉴。

那么，《俄罗斯的童话》呈现了怎样的"俄罗斯国民性的种种相"？这要回到鲁迅对俄罗斯国民性的基本认识。鲁迅对这一问题的关注由来已久。1921年他翻译阿尔志跋绥夫短篇小说《医生》的时候，在"译者附记"中就写道："人说，俄国人有异常的残忍性和异常的慈悲性；这很奇异，但让研究国民性的学者来解释罢。"[44]结合这种表述来阅读《俄罗斯的童话》，同样能看到"异常的残忍性和异常的慈悲性"。

例如，第三篇对于死亡的"渴望"与调侃——在墓地举行婚礼，用灵车接新娘，把摇篮做成棺材状，第七篇对于虐杀的揭露与抨击，等等。

从国民性解读《俄罗斯的童话》，证明晚年鲁迅依然具有自觉的改造国民性的意识。鲁迅去世前至少两次提到"国民性"——都是外国的"国民性"：一次是1936年致尤炳圻信中提到了"日本国民性"有别于中国[45]，另一次就是1935年在《俄罗斯的童话》的"小引"中提到了"俄罗斯国民性"。

什么是"国民性"？李冬木指出："'国民性'一词肇始于近代日本，可认为是大量的'和制汉语'词汇之一，后来这一词汇又进入中国，成为中国近代语言乃至现代汉语词汇之一。这几乎已是常识，中日两国学者之间对此并不存在异议。然而，所谓'常识'，有些是来自经验或实感，而非来自研究的结论。"[46]鲁迅常用"国民""国民性"等词来表达"国家的"和"民族的"相交织的意义，这是受到日源词和留日体验的双重影响。但是，鲁迅对"国"与"族"的理解还是有区别的。吴奔星认为，鲁迅早期对国民性的缺点基本持针砭的态度，而对民族性的优点是持肯定的态度[47]。这种矛盾性与多样性在对《俄罗斯的童话》的解读中也有体现。一旦将鲁迅"国民性"概念放入"俄罗斯国民性的种种相"的语境，词义的有效性与局限性便会显现出来。

俄语中没有与"国民性"直接对译的专有名词，最接近的译法可以是"Национальность"或"Национальный характер"，源于"Нация"（民族）一词，一般译为"民族性"。《俄罗斯的童话》发表时，16篇作品都没有标题。高尔基在一则书信里透露，他给其中的部分作品起了名字。例如，他原本把第五篇命名为《民族脸相》（Национальное лицо）[48]，用的正是"民族"一词。但鲁迅在翻译时用"国民"一词代替了"民族"。例如："是的，我没有国民的脸相呀！""警察局长洪·犹罩弗列舍尔是精通国民问题的了。"[49]实际上，高尔基写这篇《民族脸相》的目的在于讽刺斯托雷平（П.А.Столыпин）。斯托雷平反对革命，绞杀革命者[50]，捍卫"大俄罗斯"观念，支持大国沙文主义，压迫弱小民族。高尔基在1912年的一封信中写道："特别可怕和沉重的是，宣扬兽性的民族主义和'伟大的俄罗斯'这一最有害的思想所博得的关注与日俱增。"[51]《俄罗斯的童话》第七篇也写到民族问题：俄国的犹太人屡次被虐杀。俄国人对于其他弱小民族的"异常的残忍性"，鲁迅在翻译《医生》时已经察觉到。他说："无教育的俄人，以歼灭犹太人为一生抱负的很多；这原因虽然颇为复杂，而其主因，便只是因为他们是异民族。"[52]这种民族冲突是难以用"国民性"来概括、呈现的。

鲁迅的"国民性"概念源于日语，而日本是单一民族为主体的国家，所以这个"国民性"与"民族性"是统一、重叠的。但是俄罗斯的国家与民族却是另一种情况，托洛茨基曾这样描述："构成国家主体的 7000 万大俄罗斯人得到了大约 9000 万'异族'的逐渐补充,后者清晰地分为两个集团——自身文明优于大俄罗斯人的西部各族和低于大俄罗斯人的东方各族。帝国就这样形成了,其全体居民中属于统治民族的只有 43%,而 57% 的居民(其中乌克兰人占 17%,波兰人占 6%,白俄罗斯人占 4.5%)则属于文明程度不同和无权程度也不同的少数民族。"[53] 20 世纪初的俄罗斯,统治民族——斯拉夫族人口占比甚至不及全国人口的一半。所以,"国民性"就难以与"民族性"互相替代使用。俄罗斯思想家、作家大多以"民族性"或"民族性格"的概念来进行创作与论述,更多站在斯拉夫民族的立场。比如,俄罗斯思想家别尔嘉耶夫(Н.А.Бердяев)写道:"可以明显看出我们最典型的民族意识形态——斯拉夫主义,还有我们最伟大的民族天才——陀思妥耶夫斯基——俄罗斯人中的俄罗斯人。"[54] 他指出民族意识形态即是一种以斯拉夫民族命名的主义,证明民族主义的波涛暗涌,稍微夸大"民族性"就会滋生"民族主义"。因社会经济关系的恶化、持续不断的群众运动、各种复杂意识形态的驱使,19 世纪 60—70 年代诞生了俄罗斯民粹派,直到 19 世纪 90 年代中期因无产阶级运动的开始,民粹派才逐步蜕化成自由主义运动[55]。历史经验表明,斯拉夫民族主义有着根深蒂固的基础,而高尔基写《民族脸相》就是讽刺这些煽动民族主义的知识分子,防止民族问题的激化。从这一点来看,鲁迅在《民族脸相》译文中用"国民"代替"民族",与高尔基的原意略有错位。

因处于不同的民族位置、拥有不同的民族背景,鲁迅和高尔基塑造体现"国民性"的人物形象时有差异。鲁迅和高尔基都有异国生活经历,但这种经历与他们对民族性的思考的关系并不相同。鲁迅在塑造阿 Q、祥林嫂、孔乙己等形象时呈现了愚昧、从众、自欺欺人等多种国民性,但这些人物总体来说都是卑弱的、无力的。鲁迅在日本的留学经历多多少少给他带来了"民族心理伤痕",而高尔基的外国经历则不相同。1905 年的俄国革命风暴,迫使一千多名俄罗斯知识分子、活动家涌入意大利卡普里岛(1911 年之前),其中就有高尔基[56]。此时高尔基已经是著名作家、彼得堡有影响力的出版商之一。据学者阿里阿斯·维克希尔的考察,成群结队的俄罗斯作家和政治家从遥远的俄罗斯来到岛上看望高尔基。高尔基在岛上建立了真正的文学和政治中心[57]。高尔基的第一批"俄罗斯童话"正是创作于卡普里岛,他在岛上对俄罗斯发生的种种政治与文学事件有全面掌握,写出的小品文也针砭时弊。不过,《俄罗斯的童话》并没有受到异国——意大利的影响,在意大利写作的高尔基对卡普里岛只字未提[58]。高尔基不像鲁迅那样是在异国和异族之间形成了对国民性的反思,他的国民意识早已在俄国本土形成,且这种国民观念之中包含着呼吁"民族平等"的思想。所以,在通过异国来反思与建立国民意识方面,高尔基与鲁迅并不相同。

鲁迅用"俄罗斯国民性的种种相"来概括《俄罗斯的童话》，认为"俄罗斯国民性"与"中国国民性"有相似之处，但"俄罗斯国民性"存在于另一语境中，民族背景不同，"国民性"的内涵也有差异。不过，对于鲁迅来说，《俄罗斯的童话》在国民性的批判与改造方面是一个参照，使他对"奇异"的"俄罗斯国民性"的认识更近了一步。

三、《俄罗斯的童话》中的政治意识

在俄语中，除了"Национальность"（民族性）一词，另一个词也与"国民性"接近，即"Народность"（人民性）。陈鸣树曾指出："俄语'Народность'即民族性、大众性，因此也可译成国民性。"[59] 此言有一定道理，因为"国民性"本身带有政治性。"俄罗斯国民性"中包含的政治意识，在《俄罗斯的童话》中多有体现。

"人民性"[60]（Народность）和"民族性"在文艺理论定位中的不同，在于它曾经作为苏联文艺理论的创作方法被提出来。苏联文艺理论家季莫菲耶夫（Л.И.Тимофеев）强调："艺术性在人民性中达到了它的最高形式。这可以在作家的全民意义问题的论述中显现出来，在为了人民的利益而强调这些时显现出来，在有助于人民精神成长的人物形象中显现出来，在确保人民大众对作品认知的民主形式中显现出来。"[61] 实际上，这些"人民性"的要素同样包含在鲁迅晚年的文艺思想中：论述人民的问题，强调人民的利益，塑造人民的形象。

出于和高尔基一样的对人民大众的同情、对人民命运的关切，鲁迅找到了那个时代反映俄罗斯人民命运的一首首"短曲"——《俄罗斯的童话》。第二批童话（后五篇）发表于1917年，当年3月发生了二月革命，高尔基反对用武力斗争改变社会现实，将团结和保护知识分子作为自己的任务之一，且试图影响克里姆林宫和列宁，充当"伟大的调和者"[62]角色。在和布尔什维克发生了明显分歧的情况下，高尔基和孟什维克的一部分人合作创办了《新生活报》，所以，《俄罗斯的童话》中的第二批作品1917年4—7月在该报上发表。

如果说1912年的第一批童话是批判沙俄政府，那么1917年的第二批童话则是批判二月革命后的临时政府和工农兵代表苏维埃。高尔基从底层人民的立场出发塑造了多种形象。例如第十四篇《俄罗斯的童话》的主人公凡尼加，为贵族、为老爷、为国家赴汤蹈火而最终丢了脑袋。创作这篇童话时，高尔基在给卡萨特金的一封信中写道："我走过了整个社会阶梯的长路，从工人——底层，到伯爵与贵族——顶层。在底层——更明亮，在顶层——更阴暗，而我没有感受到任何温暖的印象。你们必须自己去创造它们。让我们试试。"[63] 鲁迅了解高尔基的这种经历，认为"底层经历"带给高尔基文学的灵感与众不同。他在《俄罗斯的童话》"小引"中写道:"高尔基出身下等,弄到会看书、会写字,会作文,而且作得好,遇见的上等人又不少,又并不站在上等人的高台上看,于是许多西洋镜就被拆穿了。如果上等诗人自己写起来,是绝不会这模样的。"[64] 鲁迅认同高尔基笔下的"底层形象"。不仅如此,他或许还从《俄罗斯的童话》第十四篇中的凡尼加身上看到了自己塑造的阿Q的影子。凡尼加和阿Q都是因为愚钝、盲从、缺乏个性而送命的底层民众。高尔基同情凡尼加,但更多地批判他,希望凡尼加们能够通过自救而觉醒,这也是鲁迅式的"哀其不幸,怒其不争"。王士菁指出:"鲁迅的革命现实主义的最基本的特色,不仅在于寻求民族和人民的自救力量,而且在于他终于找到了从根本上改变中国民族和人民命运的先进阶级的力量。"[65] 鲁迅在塑造阿Q形象时,既通过这一形象表现麻木、健忘、自欺的国民性,又赋予了其阶级性。阿Q属于封建社会中被剥削、被统治的阶级,是体现了阶级性、人民性的底层形象。从这个角度看,鲁迅翻译《俄罗斯的童话》同样是表达对底层人民境遇的支持与同情。

后五篇童话里对俄国民众尖锐的讽刺,展现了高尔基的政治隐喻才能。第十六篇中的玛德里娜遭叔子尼启太压榨,粗陋铁匠和凶猛勇士解救了她,铁匠和勇士都要求她承认自己的合法位置,但玛德里娜却犯了难。这里的"铁匠"和"勇士"是隐喻临时政府和工农兵代表苏维埃的共存。相关问题《高尔基全集》编者有明确表述:

> 它描绘摆脱了沙皇统治(尼启太和各类仆人)的俄罗斯(妇人玛德里娜)对资产阶级革命幻想破灭,但是在高尔基看来,还不存在"进入下一个文化阶段"(社会主义革命)客观必要的先决条件。在童话中有"两种权力"的暗示,试图去剥夺工人的革命欲望,和克伦斯基及同僚在国内建立军事独裁政权的欲望。[66]

高尔基曾说:"人民——不只是创造所有物质价值的力量,更是唯一的永不枯竭的精神价值源泉。"[67] 因此,他批判脱离人民的知识分子,憎恶关心自我、沉醉在颓废情绪中的虚无主义者。《俄罗斯的童话》第三篇中,高尔基描写了一个原本在棺材店写广告而出名的新锐诗人,用死亡诗歌赚取名誉和财富,最终感到厌倦,回到棺材店写广告语。这篇童话实则讽刺作家索洛古勃。"在第三篇童话中,高尔基模仿了索洛古勃的艺术风格,他歌唱了永恒、空间和死亡的'崇高'时代。"[68] 索洛古勃看到这篇作品后,写信给高尔基表达不满和抗议。此时,高尔基正对文学界流行的颓废主义和法国式的"死亡崇拜"狂热极为不满,认为知识分子丢掉了自己的责任,忽略了文学之于人民的意义。由苏联科学院出版的12卷本《俄国文学史》评价道:"《俄罗斯的童话》对于揭露意识形态和政治反应是很有价值的。这些故事展示了一个远离人民的知识分子,以及这个国家黑暗专断的狂热支持者。"[69] 同时,"高尔基认为索洛古勃、司徒卢威和罗迪奥诺夫都是公共生活和文学中叛徒的典型代表。他们的脸上,被高尔基打上了资产阶级知识分子反民主倾向的烙印"[70]。

索洛古勃与鲁迅渊源颇深,鲁迅将他的名字写作"梭罗古勃"。从《域外小说集》收录梭氏的作品开始,鲁迅编译了梭氏十一篇小说。但鲁迅并没有无视梭罗古勃的问题,他在《〈竖琴〉前记》中赞美俄国小说"为人生"的文学态度[71],但是,鲁迅明确意识到了十月革命后俄国文学发生的变化,"梭罗古勃"变成"沉默之流",革命后"旧作家的还在活动者"只剩下高尔基等人。鲁迅未必知道《俄罗斯的童话》第三篇是在讽刺梭罗古勃,但他已经表明了立场:肯定高尔基为革命、为人民的文学,失望于索洛古勃在革命中的沉默。

《俄罗斯的童话》中多篇作品都体现了鲁迅与高尔基的知识分子批判与社会批判的一致性。《俄罗斯的童话》第十篇讲述了一个以忍耐来抵抗暴力而葬送了所有人的故事,这明显是在讽刺和批判托尔斯泰主义的"勿以暴力抗恶"观念。鲁迅曾在评价阿尔志跋绥夫时写道:"因此,阿尔志跋绥夫便仍然不免是托尔斯泰之徒了,而又不免是托尔斯泰主义的反抗者——圆稳的说,便是托尔斯泰主义的调剂者。"[72] 鲁迅把阿氏看作一个矛盾的托尔斯泰主义者,并不认同"以沉默抗恶"。这种态度决定了他会认同《俄罗斯的童话》中的反抗精神。

《俄罗斯的童话》的翻译表明,鲁迅关心苏俄人民的命运,尤其是弱小民族人民的境遇。社会批判性,对文学、对社会、对人生态度的相似性,是鲁迅与高尔基之间的契合点。正因如此,鲁迅在《俄罗斯的童话》的"小引"中写道:"作者在地窖子里看了一批人,又伸出头来在地面上看了一批人,又伸进头去在沙龙里看了一批人,看得熟透了,都收在历来的创作里。"

四、结语:两位"高尔基"的相遇

从1912年《俄罗斯的童话》在德国出版,到1935年鲁迅的中译本出版,时间跨度是23年。当初,高尔基在意大利的卡普里岛创作《俄罗斯的童话》的时候,他不会想到,这部作品会在23年之后"旅行"到中国,经鲁迅之手变为中文版本,被中国读者阅读,在新的环境中重新获得意义。

1936年10月19日鲁迅逝世,次日,俄国《真理报》发布消息:"中国著名作家鲁迅因心绞痛于今晨在上海逝世，终年56岁。在中国，他以'中国的高尔基'而著称。"[74] 同日，中国文艺界也有悼念者嗟叹："昨晨'中国的高尔基'鲁迅的逝世，中外震悼；同声一哭！世界文坛东方一颗明星陨落，真是吾国文化界空前损失呵！"[75] 鲁迅在中苏两国都是戴着"中国的高尔基"的光环而"谢幕"的。

虽然也有人将鲁迅比作伏尔泰、契诃夫、果戈里、罗曼·罗兰，但"中国的高尔基"称号用得最广泛。鲁迅与高尔基虽有多方面的差异，但这不妨碍二人在社会、政治、知识分子批判等方面的诸多一致性，不妨碍鲁迅对"人民性"与"民族性"兼备的"俄罗斯国民性"产生兴趣或认同感。鲁迅晚年翻译《俄罗斯的童话》这个"文学事件"的意义，应当放在上述大背景中理解。对于晚年鲁迅来说，翻译《俄罗斯的童话》，是他"高尔基化"的实践行为。通过这次翻译，在文体层面，他重新思考了童话、杂文的文体问题并将二者结合起来；在思想方面，他丰富了自己的国民性话语，深化了自己的政治意识；而在视野方面，他对长期关注的苏俄文学与文化的认识也得到了升华。

参考文献：

[1] "戈里奇"的译法出现在《〈幸福〉译者附记》，"戈尔基"的译法出现在《论照相之类》，"戈理基"的译法出现在《〈争自由的波浪〉小引》。参见如下。

  鲁迅．鲁迅全集：第10卷[M]．北京：人民文学出版社，2005：187．

  鲁迅．鲁迅全集：第1卷[M]．北京：人民文学出版社，2005：196．

  鲁迅．鲁迅全集：第7卷[M]．北京：人民文学出版社，2005：318．

[2] 鲁迅．鲁迅全集：第12卷[M]．北京：人民文学出版社，2005：231-232．

[3] 雪融．德文本《高尔基全集》[M]//上海鲁迅博物馆．上海鲁迅研究．上海：百家出版社，1998：235．

[4] 董炳月．幼者本位：从伦理到美学：鲁迅思想与文学再认识[J]．齐鲁学刊，2019(2)．

[5] 鲁迅．鲁迅全集：第10卷[M]．北京：人民文学出版社，2005：214．

[6] 中国社会科学院语言研究所词典编辑室．现代汉语词典：修订本[M]．北京：商务印书馆，1996：1266．

[7] 鲁迅．鲁迅全集：第10卷[M]．北京：人民文学出版社，2005：282．

[8][10][73] 鲁迅．鲁迅全集：第8卷[M]．北京：人民文学出版社，2005：515，515，515．文为1935年8月上海文化生活出版社版所附的广告，由鲁迅撰写。

[9][11][13][15][39][41][64] 鲁迅．鲁迅全集：第10卷[M]．北京：人民文学出版社，2005：441，442，443，441，441，441，442．

[12][14] 鲁迅．鲁迅全集：第13卷[M]．北京：人民文学出版社，2005：272，276．

[16][21][29][48]Горький М. Собрание сочинений в 30 т. Т. 10. Москва: Государственное издательство
художественной литературы.1951.С.523-524.С.524.С.523.С.525.

[17] 见 Базанов П. Н. Шомракова И. А. Русские издательства В Берлине, 1920-1924 годы. Вестник Санкт-Петербургского государственного института культуры. 2017.№4.С. 7.

[18] 参见 Горький М. Русские сказки. Берлин: Издательство И. П. Ладыжникова.1912.

[19] 参见 Brian Boyd.Vladimir Nabokov:the Russian years. Princeton (NewJersey): Princeton University Press, 1990, p.198.

[20]Горький М. Полное собрание сочинений: художественные произведения в 25 т.Т.12. Москва: Наука.1971.С.566.

[22][23][24][26][31][51][63][66][68]Горький М. Полное собрание сочинений: художественные Произведенияв 25 т.Т.12.С.567.С.568-569.С.569.С.580.С.567.С.577.С.580.С.581.С.578.

[25]《新生活报》于1917年4月在彼得格勒创刊，1918年7月停刊，其与1905年创刊的《新生活报》是两种不同的刊物。参见 Коростелев С. Г. Газета «Новаяжизнь» (1917—1918) и цензурные условия в России после Февральской и Октябрьской революций. Вестник Московского университета. Серия10. Журналистика.2014. №3.С.105。

[27]Коростелев С.Г. Газета «Новаяжизнь» (1917—1918) и цензурные условия в России после Февральскойи Октябрьской революций.С.104.

[28]Чони Паола. Социал-демократическая критика Октябрьской революции: М. Горькийи «Новаяжизнь». Россия и современный мир. 2018.№3.С.154.

[30]Никитин Е. Н. «Парус»—антивоенный издательский проект М. Горького. Экономические и социально-гуманитарные исследования. 2016. №3. СС.130-131.

[32][33]Ред.: Лебедев-Полянский П. И. Нусинов И. М. Литературная энциклопедия в 11 томах. Том 11. Москва: Художественная литература.1939. СС. 689-695. СС. 689-695.

[34][37] 鲁迅．鲁迅全集：第4卷[M]．北京：人民文学出版社，2005：591，592-593．

[35][36] 何凝．鲁迅杂感选集[M]．上海：上海青光书局,1933：1，2．

[38] 葛涛．鲁迅翻译《俄罗斯的童话》的残余手稿研究[J]．鲁迅研究月刊，2019(1)．

[40] 孙康宜，宇文所安．剑桥中国文学史：下[M]．刘倩等，译．北京：生活·读书·新知三联书店，2013：595．

[42] 人凡，即曹白，原名刘萍若。1933年在杭州国立艺术专门学校学习，因组织木刻研究会被捕，1934年释放。

[43] 鲁迅. 鲁迅全集：第 6 卷 [M]. 北京：人民文学出版社，2005：525.

[44][52][72] 鲁迅. 鲁迅全集：第 10 卷 [M]. 北京：人民文学出版社，2005：193，192，192-193.

[45] 鲁迅. 鲁迅全集：第 14 卷 [M]. 北京：人民文学出版社，2005：410.

[46] 李冬木. 鲁迅精神史探源：个人·狂人·国民性 [M]. 台湾：秀威出版社，2019：243-244.

[47] 鲍晶. 鲁迅"国民性思想"讨论集 [M]. 天津：天津人民出版社，1982：14-15.

[49] 高尔基. 俄罗斯的童话 [M]. 鲁迅，译. 上海：文化生活出版社，1935：52-53.

[50] 参见 Горький М. Полное собрание сочинений: художественные произведения в 25 т. Т.12.С.577.

[53] 列夫·托洛茨基. 俄国革命史：第三卷 [M]. 丁笃本，译. 北京：商务印书馆，2018：942.

[54] Бердяев Н.А. Судьба России. Репринтное воспроизведение издания 1918 г. Москва: Философское Общество СССР. 1990. СС.3-4.

[55] Ляшенко Л.М. Революционные народники. Москва: Просвещение. 1989. С.140.

[56][57][58] Ариас-Вихиль М. А. "Русскаяреволюция готовилась на Капри...".Михаил Первухин о русской колонии на Капри (по материалам архива А. М. Горького). Studia Litterarum. 2017. №1. С. 314. С. 323. С. 316.

[59] 同 [47].

[60] Тимофеев Л. И. Теория литературы. Основы науки о литературе. Москва: Государственное учебно-педагогическое издательство министерства Просвещения РСФСР.1948.С.100.

[61][67] Тимофеев Л. И. Теория литературы. Основы науки о литературе. С.105.С.101.

[62] Tovah Yedlin, Maxim Gorky:a political biography, Westport, Connecticut and London: Praeger, 1999, p.105.

[65] 同 [47].

[69][70] Гл. ред.:Алексеев М. П. Бельчиков Н. Ф. История русской литературы:в 10 т. Т. 12. Москва.Ленинград: Академиинаук СССР. 1941-1956. С.381. С.383.

[71] 鲁迅. 鲁迅全集：第 4 卷 [M]. 北京：人民文学出版社，2005：444.

[74] Смерть китайского писателя Лу Сюня.«Правда» №290. 20 октября 1936. С.5. 这则报道为《真理报》转载"塔斯社"10 月 19 日消息，报道中去世年岁为鲁迅虚岁。

[75] 悼鲁迅 [M]. 北京：中国出版社，1936：70.

跨时空文学对话

从都昌坊口到五湖四海

鲁兰洲

鲁迅文化基金会

  故乡是一个地理概念，更是一个精神家园。鲁迅文化基金会建立不久，在周令飞会长的积极倡导和几座主要鲁迅足迹城市的共同努力下，开展了丰富多彩、卓有成效的"大师对话"活动。这一崭新的国际文化交流项目，曾得到时任中央宣传部部长刘云山同志的批示肯定，被浙江省委宣传部评为全省宣传系统创新奖。每一届活动展开推进，都受到多家中央和地方主流媒体的关注和刊播。2016年2月，法国文化部政策室主任米雪儿·普拉内尔和法国驻上海总领馆文化领事专程到绍兴，授予鲁迅纪念馆世界"历史文化名屋"称号。在法国人眼里，鲁迅的根在绍兴。"大师对话"是从大师的故乡启航的，因而向国外颁发的第一块"名屋"牌匾，就放在了石板路上的都昌坊口。

  确实，8年来，鲁迅文化基金会精心组织的"大师对话"活动，不仅每一次都是从鲁迅的故乡始发，在故乡举办多种形式的文学对话和文化交流活动，而且活动的主旨都紧扣故乡的特色、体现故乡的情怀、展示故乡的风采。这个"故乡"既包含作为中国现代文学旗手的作品精选，也包含家乡风土人情对鲁迅的影响，从而揭示——为什么故乡这个概念，在鲁迅皇皇巨著中占有那么大的分量和那么高的地位——这么一个令人回味的道理。这便是我们鲁迅文化基金会从事国际文化交流的一个基点，即始终把鲁迅的故乡与鲁迅的国度这两者有机联系起来，找出一些规律性的东西，让人体会一个活生生的鲁迅，一个从小康坠入穷困然后外出寻求救国救民真理之道的鲁迅。同时，也让人更深刻地感受"越是民族的便越是世界的"道理。这是鲁迅能够走向世界的内在逻辑，也是我们今天及以后把鲁迅作为国际间文学对话、文化交流、文明互鉴第一选择的最大理由。

  为了尽可能体现鲁迅故乡的城市特质和文学力量，我们在对外文学和文化交流中，努力寻找与对方交流国互鉴的元素，设计多种对话与合作方式。比如，趁中法建交50周年契机，敲响鲁迅与各国文豪对话的第一声锣鼓。周令飞先生和相关学者与法国文化官员、大学教授、雨果的曾玄外孙（第六代）等进行了广泛交流，并促成绍兴鲁迅纪念馆与巴黎雨果博物馆缔结友好博物馆。尤其是围绕雨果对中国的认知、鲁迅对法国文学的关注等话题，展开较为深入的探讨。

再如，2015年我们组织举办鲁迅与列夫·托尔斯泰对话活动，两国专家着重交流了中俄文化遗产的当代社会价值、鲁迅与故乡绍兴的文化渊源的话题，使交流充满着浓郁的地方特色、民族个性、文化共性。在2016年"鲁迅对话泰戈尔"活动中，除了文学交流以外，我们特意增加了"城市与民众"茶话会，印度驻上海总领事古光明、印度国际大学中国学院院长阿维吉特·班纳吉博士、"最美浙江人"尼拉杰·帕瓦尼及在绍印度侨民代表参加茶话会，与绍兴的作家、企业家共同探讨文化交流、商业合作等话题。亚洲最大的轻纺市场在鲁迅故乡，柯桥区有常住外国人3000多人，临时出入境外商达60000多人，无论是常住还是临时出入境的人数，印度人次都是各国之首。而这样的茶话会，对于烘托交流气氛，塑造故乡形象，具有直观性意义。

在2018年纪念大师对话五周年的时候，我们把文学对话与鲁迅故乡的戏曲文化、饮食文化、民俗文化结合起来，融合展示，使外宾印象深刻、情趣盎然，有助于他们准确理解鲁迅作品中的绍兴语境、故乡风情。在举办鲁迅与夏目漱石、鲁迅与但丁、鲁迅与海涅、鲁迅与马克吐·温对话时，我们同样注重挖掘故乡元素，增强对话的针对性和生动性。

连续举办七年的"大师对话"及三届"中外文学对话会"，从在摸索中前行到如今受到社会广泛关注，在鲁迅与世界文豪、中国文学与世界文学之间，架起了不同民族、不同国家、不同时代的桥梁，开启了一扇民间世界文化交流之窗。正如去年7月专程来鲁迅文化基金会绍兴分会调研的浙江省外事办主任金永辉所说："你们通过大师对话活动，进一步传播了鲁迅思想和民族文化，促进了绍兴的对外交流，提高了绍兴乃至浙江的文化地位和城市文化辐射的影响力，促进了国民特别是广大青少年思想文化的提升。这种民间文化交流，具有极强的生命力和特殊意义。"

我们以鲁迅符号联结世界符号，以鲁迅故乡对话其他世界文豪的故乡，通过文豪故乡城市之间的交流联谊，努力保护和积极利用鲁迅文化遗产，宣传鲁迅家乡，提升绍兴在国际上的知名度和美誉度，达到友好交流、共同发展的目的，从而推动绍兴文化创新发展，这是绍兴向世界发出的"好声音"。

39年前，绍兴入选首批国家级历史文化名城的时候，国务院相关评审机构对绍兴的评语是：杰出的古代城市风格，典型的江南水乡风貌，鲁迅等一大批历史文化名人。这三句话既体现了绍兴的特征，也是我们进行"大师对话"的基础和条件。鲁迅的思想和文化，躺下去是一段灿烂的历史，竖起来是一块巍峨的丰碑。而伟大的文学家往往又是伟大的思想家，鲁迅文学思想的深刻性和普适度是最适宜与世界各国文豪进行跨时空交流的。

从文化传播的内在要求来看，思想性、普适度、艺术感的有机结合，并持之以恒，是文化交流活动入耳入脑、赏心悦目的核心要素。鲁迅与世界文豪对话能取得明显的阶段性成果，就在于我们理解并坚持"思想把得准、脚步走得远"的道理。我们的工作重点始终放在普及、弘扬鲁迅文化上面。鲁迅文化基金会不去迎合低俗、媚俗的低层次需求，不去争议中小学课本该选用几篇鲁迅作品，也不把先生形象局限在高高在上、横眉冷对的阁楼上，而是用心找出鲁迅与各国文学大师的思想相通性、艺术融合点，揭示大师们对发现人性、针砭时弊、推动社会进步、修复人类文明诸方面的精神感召和文学伟力。

改革传统的线型单向传播方式，防止"灯下黑"的宣传效果，把中外文学巨匠、思想大家的传世作品集合在同一片蓝天下加以弘扬、交流、探讨，并以多种形象直观的方式给予组合推介，以多种文艺手段加以包装，形成自己独特的品牌，乃鲁迅与世界各国文豪对话活动得以成功的初步经验，也是今后我们仍需坚持并不断创新发展的有效手段。

国与国之间的交往，一国在世界上地位的巩固、形象的提升，越来越依赖于文化软实力的提高。而文学天生具有跨时空交流互鉴的特性。我们欣喜地看到，拥有两千多年深厚历史的文言文，到现代口语白话文的更替，中国文学不仅没有衰落，反而焕发了无限生机和活力。鲁迅等一大批现代文学巨匠的优秀作品，为中国当代文学的繁荣发展奠定了坚实基础，也为我们国际间文化传播交流提供了现实条件。

我们要充分发挥文学的心灵沟通作用，在国际传播中弘扬中国文化的优秀传统，在文学交流中体现真善美的普适价值，在文明互鉴中找到中外友好合作的最大公约数。每个国家都有自己民族文化的表达方式和鲜明个性，在大浪淘沙的人类文明史上，留下了许多历史精品。一个没有争议的事实和观点是，鲁迅作为近现代中国文化最杰出的代表，是中国文学的铿亮标杆、中华民族的思想高地，其文学力量和文化的品格，足以引领中国文化走向世界、交流互进，促进全球文化繁荣和人民幸福。同时，也会推动中国优秀文化在地球村的交融撞击中，保持和展示永恒的人文魅力。

让我们一次又一次地从都昌坊口坚实的石板路出发，汇入世界文明大潮，为促进人类和平与发展，做出我们应有的贡献。

地理的故乡和心理的故乡[1]
——通过鲁迅思考故乡的意味

全炯俊

韩国国立首尔大学中文系教授

在鲁迅的小说中，归乡主题占有相当重要的比重。这一主题与鲁迅小说世界的深层深邃地联结在一起，为我们到达那一深层的研究提供了有效路径。

鲁迅的归乡是以作为"现代性体验"的故乡丧失为内容的归乡。小说《故乡》就极为鲜明地体现了这一点。《故乡》的主人公以几种不同的方式体验了故乡的丧失。

（1）二十多年后重新映入眼帘的故乡已经面目全非。

（2）由于卖掉故乡的房子并将过去留在故乡的其他家族成员全部带往城市，故乡就不再剩有什么可据以为根的东西了。

（3）虽然重新见到了小时候的朋友闰土，但他也已经完全变了。

向来《故乡》阐释的主流都把焦点放在上述三者中的（3）上。将《故乡》的中心思想解读为因人与人之间的不理解、隔绝而悲伤的这类阐释，与将小说的叙述者"迅"等同于作家鲁迅的看法衔接在一起，形成了《故乡》阐释中的一个顽强模式。但是，在这一模式中隐藏着深刻的问题。如果只聚焦于与闰土的隔膜，归乡或故乡丧失主题就会仅被视为闰土的等价物或者使闰土成为可能的背景甚至条件，不会再被探究；如果将小说的叙述者"迅"等同于作家鲁迅，虚构与事实之间是否一致的问题就成为只为了依照事实来解释虚构才有意义的问题了。

作家鲁迅少年时代确实有过可以使我们联想到闰土的朋友。据周作人回忆，这个人的名字叫章运水。因为在绍兴方言中"运"和"闰"发音相同，所以将"运"换为"闰"，又将"水"换为"土"，"运水"就成了"闰土"。章运水的父亲章福庆是绍兴市东北的道墟乡杜蒲村人，在海边沙地上干农活，编竹器，在鲁迅家做"忙月"。1919年12月，鲁迅为卖掉绍兴的房子迁居北京而回到故乡，再次见到了章运水。此前，他们共见过3次面。第一次是1893年在绍兴鲁迅家里，当时鲁迅13岁，章运水15岁。

---

[1] 改编自全炯俊《鲁迅与作为现代性体验的故乡丧失》之部分内容。

跨时空文学对话

第二次是1900年，鲁迅和章运水等几个朋友一起去陶二峰处。第三次推测是在1912年，这时章运水已经34岁了。在小说中，叙述者"迅"和闰土只见过两次面。对照作家鲁迅与章运水的实际见面情况，小说里写的应该是第一次和1919年的最后一次见面。在小说中，叙述者"迅"和闰土之所以只见过两次面，是因为只有这样安排小说才能成立。如果像在实情中那样13岁时见一面，32岁时又见一面的话，闰土的变化就丝毫不能造成冲击了。如果该小说是以人与人之间的隔膜为中心主题的话，较之冲击性的变化，考察渐进式的变化过程会更为适当。但是鲁迅选择了冲击性的变化，这是因为它更适合故乡丧失的主题。一句话，小说中的闰土这一人物形象是在故乡丧失这一意义网中才有了存在的意义，而不是相反。因此，正确的理解是，在故乡丧失这一意义网中，实有的人物章运水才变成了闰土。

如前所述，小说中人物"迅"的故乡丧失可整理为三个层面，而重要的项目就夹在（1）和（2）之间。在与老屋的永别即永远的故乡丧失已经预定了的情况下，"迅"对见到与20年来的想象完全不同的故乡面貌是有心理准备的。进一步说，这里隐含着这样一种心理活动：我曾向往的记忆中的故乡已经不存在了，所以这次离乡没有什么好悲哀的。这一心理活动既是一种自我安慰，同时也将"迅"的地理空间的故乡转化成了心理上的故乡。地理空间上的故乡只是价值中立的东西，是"我"的心赋予了它意味或情绪。这样一来，故乡就成了存在于"我"心里的故乡。"迅"的故乡探索便由此开始。

"迅"的故乡探索的线索在（1）和（2）之间就已经显现出来了。已经记不起影像也无法用语言描述的"记忆中的故乡"是心理的故乡。通过闰土这一契机，心理故乡的影像才得以用语言描述。一听母亲提起闰土，"迅"的脑中就突然闪现出一幅神异的图画来。这幅神奇画面里的少年正是闰土，海边的沙地和瓜田就是闰土住的村子的景观。这里我们必须注意到两点。

第一点，从地理和空间上来看，闰土的故乡不是"迅"的故乡。"迅"出生成长在一个地方小城市里。在这个小城市里度过的幼年是"只看见院子里高墙上的四角的天空"的生活，是对西瓜的了解限于"先前单知道他在水果店里出卖"的生活。对儿时的"迅"来说，这种小城市的生活只是日常生活的演进，而闰土村子里的生活却新鲜而神秘。"迅"的心理故乡不是自己地理空间上的故乡，而是植根于此外的其他地方。第二点，"迅"实际上从未去过闰土住的村子。"迅"只是从闰土那里听到一些这样或那样关于村子的描述，那幅神异的图画并不是"迅"直接目击的事实，而是他听了闰土的话之后自己想象出来的情景。如果看重以上这两点的话，就不能不说"迅"的心理故乡和地理空间上的故乡没有任何关联，而且也和事实没有什么关联，它的真正内容是在想象中实现的神秘、和解及幸福的原体验。

但这篇小说并没有终结于揭示出心理故乡，而是把这里作为开始。随着与分别近30年的闰土的再次相见，"迅"的心理故乡的图景被转瞬间破坏了。虽然和闰土之间的一体感如今变成了隔膜感这一点也可以成为重要意义单元，但它的真正结构性功能在于破坏心理故乡的图景。这一图景的破坏正是真正的故乡丧失。

离开故乡的时候，"迅"思考着自己的侄子宏儿和闰土的儿子水生之间的关系，希望宏儿和水生等后辈们能过上大家不再相互隔膜的新生活。该部分是将这篇小说解读为哀痛人与人之间的隔膜并希望克服它的作品的决定性根据。但这只看到了表面。如果从深层对该部分加以探查的话，就会发现其实并非这么简单。宏儿和水生的关系正如当年"迅"和闰土的关系。为什么宏儿希望去水生家玩呢？因为像当年的"迅"一样，宏儿从水生那里听说了一些神奇的事情，被吸引住了。也就是说，宏儿也像当年的"迅"一样形成了心理故乡，而"迅"正是希望这个心理故乡不会被破坏。而且，与这一希望相关联，"迅"说了一句引人注目的话。

> 现在我所谓希望，不也是我自己手制的偶像么？

再向下跳过两行，又对希望做出了下面的著名陈述。

> 我想：希望本是无所谓有，无所谓无的。这正如地上的路；其实地上本没有路，走的人多了，也便成了路。

从"是否偶像"的怀疑转移到"希望也和地上的路一样"的认识，其根据在哪里呢？我们从夹在这两个陈述之间的如下描写中发现了这一根据。

> 我在朦胧中，眼前展开一片海边碧绿的沙地来，上面深蓝的天空中挂着一轮金黄的圆月。

这一想象性画面是因与闰土的重逢而破坏了的心理故乡图景的再建。两者的区别是画面中少年闰土的有无。"迅"的神秘、和解及幸福的原体验并未因与闰土的隔膜而完全被破坏。画面中只是消失了闰土的身影，而神秘、和解及幸福的原体验的图景，在承受了现实的冲击后，经过自我调整而存活了下来。这种存活就是"希望也和地上的路一样"这种认识得以成立的根据。前后文脉的联结使人联想到，有闰土身影的画面联结着过去，而没有闰土身影的画面也许就联结着未来。

跨时空文学对话

　　鲁迅的《故乡》不仅讲述了一个故乡丧失的故事，同时也讲述了一个故乡探索的故事。试想，如果没有故乡丧失，故乡探索不也就没有必要了吗？可以说，鲁迅的《故乡》正是一篇描绘了从地理空间上的故乡的丧失到心理故乡的发现、再经过心理故乡丧失的体验到心理故乡图景经过自我调整后存活下来，这样一个过程的作品。而且这一过程可以看作现代性的。

　　前现代的故乡虽然可以是离乡和归乡的对象，但从根本上说，它没有作为丧失的对象存在过。在那里，故乡是极其当然而自然的存在。在那里，地理空间的故乡和心理的故乡不是分裂而是合一的。但是，伴随着现代化，地理空间的故乡和心理故乡之间发生了分裂。这种分裂是否定性的吗？大概是这样。那么前现代的故乡是肯定性的吗？并不一定。前现代故乡中无分裂的合一是在地理空间的故乡的主导下实现的。这种主导反而具有阻碍对心理故乡进行探索的一面。如果真正的故乡属于心理故乡的话，那么就可以说，在对故乡自动化了的认识中，真正的故乡探索反而受到了压制，而与现代化一起出现的分裂，反而使对真正故乡的探索成为可能。由于地理空间的故乡的丧失，心理故乡的意义就变得明了起来。从鲁迅时代开始，到现在，分裂的进程一直在持续。实际上，这一过程是否只是一个过渡期也说不定。城市化—产业化的发展持续推进的话，社会的大多数成员就会过上以地理空间的故乡的不在为存在条件的生活。这样，对心理故乡的探索就会成为重要的人文课题。鲁迅早在1921年就已直观地面对了这一重要的未来性课题。

日本鲁迅《故乡》的教学及其当下意义

张仕英

浙江越秀外国语学院教授

鲁迅小说《故乡》创作于 1921 年 1 月,同年 5 月发表在陈独秀主编的《新青年》杂志上。在该作品诞生后的百余年时间里,这部作品先后成为中日两国教科书中的教材,作为精神文化传承的滋养,影响着中日两国一代代青少年,也影响着诸如大江健三郎、村上春树、莫言等作家的创作与人生。

关于鲁迅《故乡》的教学研究已有很多论者论及。近年来,将中日两国关于《故乡》的教学放在一个平台上进行比较研究的也多有成果。毫无疑问,在人类社会正处在"百年未有之大变局"的背景下,对中日两国关于《故乡》及其教学的研究,将会跨越中日两国语言文化的障碍,发掘、发现鲁迅《故乡》中更为深层的内涵,了解中日两国对该作品的"共识"与差异,揭示该作品对中日两国当下与未来的意义。为此,本文试图通过对日本《故乡》教学现场的个案介绍与分析,为中日两国共有共享的文化遗产——鲁迅《故乡》研究试述一得之见。

一、日本鲁迅《故乡》的教学现场

对于日本一般国民来说,认识鲁迅、了解中国社会,是从中学的国语课上学习鲁迅的小说《故乡》开始的。该小说于 1953 年被选入日本中学教科书,至今已经过去 68 年,其仍在日本教科书中占有重要位置。正如藤井省三指出的:"自 1953 年以来,凡是接受了义务教育的日本人,都是学过《故乡》的。"鲁迅"是近似于国民作家的存在"[1]。

在日本,有 5 家出版社(东京书籍株式会社、学校图书株式会社、株式会社三省堂、教育出版株式会社、光村图书出版株式会社)出版的国语教材中收录了鲁迅的《故乡》,每家出版社都对如何使用教材作了相应的指导。[2] 中学的国语教师通过对教材指导思想的理解设计自己的教学教案,在具体教案的指导下,教师在课堂上将他们对鲁迅《故

---

[1] 藤井省三. 新·鲁迅のすすめ. 日本放送协会,2003;119.
[2] 范文玲. 鲁迅《故》と中学国语教育:日本と中国の教科书を比较して. 东京学芸大学国语教育学会编. 东京学芸大学国语教育学会研究纪要,2018;14.

乡》的理解传授给学生。当然，在时代的变迁中，教师的教案和讲授重点也会随之变化，影响着不同时代的学生对《故乡》的理解和接受。以下试举两例日本教师的教案，以了解在教与学的动态过程中，教师是如何设计教案的，教学目标是通过怎样的方式完成的，教与学之间进行了怎样的交流与互动等。

教案示例（1）[1]

（1）作品

《故乡》（鲁迅 著、竹内好 译）

（2）题材

关于题材观：

为了把握作品的主题，要以理解作品的情景、作者的心情为重点。理解小说场面是如何设定的？小说情节是如何展开的？小说都有哪些描写？

小说分为 5 个段落。

①"我的故乡"；②回忆；③杨二嫂；④与闰土的重逢；⑤离乡。

通过《故乡》内容的"构成""对比""情景""人物""时代背景"几个方面理解作品的主题，通过认识"我"对"我""闰土""杨二嫂"的生活方式的描写，以及最后提出的"希望"，向我们提出了如何在这种情况下生活——共同生活的必要性。这些都是"故乡"学习的价值所在。

关于学生观：（略）

教学注意事项：

◎为了减少阅读的阻力，教师先做示范阅读。

◎在家里预习新出现的汉字。

◎让学生思考"宏儿不是正在想念水生么。我希望他们不再像我，又大家隔膜起来……""希望是本无所谓有，无所谓无的。这正如地上的路；其实地上本没有路，走的人多了，也便成了路"的意义。

◎让学生写感想文，保证每个人都有时间发表自己的意见。

◎教师准备时代背景资料，并加以说明。

◎用纸做一个杨二嫂的"缠足"小脚的纸型，让学生了解她的走路。

（3）题材的目标

通过阅读《故乡》的"构成""对比""情景""人物""时代背景"，体会深

---

[1] 学习指导案集.http://www2.wind.ne.jp/asnec/menu/kokugo1.htm.

入阅读小说的乐趣。（兴趣、动机和态度）

把自己对出场人物的心情、生活方式、主题的想法写在笔记本上，进行讨论。（表达能力）

以当时的社会为背景，理解"闰土""杨二嫂"变化的原因和"我"对家乡的失望。（理解能力）

体会作者对情景、人物的描写、优秀的比喻和效果等。（语言知识的理解能力）

◎苍黄的天底下，远近横着几个萧索的荒村。

◎瓦楞上许多枯草的断茎当风抖着，正在说明这老屋难免易主的原因。

◎只看见院子里高墙上的四角的天空。

◎正像一个画图仪器里细脚伶仃的圆规。

◎我想：希望是本无所谓有，无所谓无的。这正如地上的路；其实地上本没有路，走的人多了，也便成了路。

（4）学习计划（计划共 14 课时）

◎通读。（班内）。谈初读的感想（印象深刻的事情、疑问等）。（1）

◎理解五个段落的内容和结构。（1）

◎确认新词语的读音、写法、部首和它的意思。（1）

◎整理打印每个段落的问题、想法。（1）

◎围绕课题，理解每个段落的内容。（7）

◎了解《故乡》的写作时代和鲁迅。思考主题，形成笔记并发表，听取同学的意见并做修改。（2）

◎写读后感并发表。（1）

（5）课堂安排（50 分钟）

学习过程	学习活动	分钟	指导意见	评价
了解学习任务	◎了解本课时的学习课题。"啊！这不是我二十年来时时记得的故乡？"把握"我"的心情	3	写板书，听讲解，不让学生马上记笔记	是否认真听讲

续表

学习过程	学习活动	分钟	指导意见	评价
追求课题1	◎从以下4种表达查找相应的描写。 "家乡的样子" "归乡的理由" "天气" "心中的故乡"	20	○保证思考和写作的时间 ○留意学生的要求 ○鼓励缺乏自信的学生 ○必要时指名让学生发表 ○对发表和做出标记的同学，给予鼓励 ○举手多少一视同仁 ○对每种意见都有回应 ○对找不到描写的同学给以提示	○根据自己的想法做出标记了吗？ ○能发表吗？ ○举手了吗？ ○能耐心听取同学的意见吗？
解决课题1	◎发表"我"的心情 寂寥之感	5	让有同样想法的学生举手	感受到"寂寥之感"了吗？
追求课题2	○"远近横着几个萧索的荒村"给人的印象是什么样的人。（病人、死者、懒汉等） ○从"回乡的理由"思考"我"身上发生的事情。（搬家、经济原因等）	10	○让有同样想法的同学举手 ○说明这是一种拟人手法 ○和母亲的对话也可以作为参考	○想象到了缺乏活力的情景吗？ ○想象到了"我"的悲伤吗？
解决课题2	结合课题追求2，再一次考虑"我"的心情 寂寞 失望 不安 懊悔 依依不舍	10	○让同学意识到时间不多了 ○如果没有意见，就在班里讨论	○从四个描写中感受到"寂寥感"了吗？ ○结合情景描写想象到"我"的心情吗？
下次预告	○听第二段的阅读	2	要求在家阅读	认真听讲了吗？

以上教案反映了教师对《故乡》教学的整体思考和对每个环节的设计。这份教案首先引人注目的是《故乡》教学设定的"14课时"。日本的每课时为50分钟，14课时即为700分钟。正如蔡栅栅指出的："——这与我国的3课时（每课时40分钟）形成了鲜明的对比。……相比之下，我们的学生课堂参与度低，……学生的主体作用也得不到真正的体现。"[1]其次是日本学生的"参与度"几乎体现在每个教案环节中。让"学生举手"，让"学生发表"，让"学生体会作者的心境"，几乎所有的教案都要求学

---

[1] 蔡栅栅. 日本教科书中的鲁迅《故乡》[N]. 中华读书报，2015(19).

生写"读后感"。

但是在对作品主题的理解、学习目标的设定方面，日本的教学教案明显地出现了不同的思维方向。本教案即是"通过认识'我'对'我''闰土''杨二嫂'的生活方式的描写，以及最后提出的'希望'，向我们提出了如何在这种情况下生活——共同生活的必要性"。这样的教学目标在中国的《故乡》教学中显然是不会出现的。或许是战后成长起来的新一代日本人对中国近现代的苦难史缺乏了解，因此在日本的《故乡》教学教案中很少能看到诸如闰土的悲哀"是辛亥革命不彻底造成的""表达了作者对现实的强烈不满和改造旧社会、创造新生活的强烈愿望"，以及通过小说展开了对"国民性批判"等中国常见的解释。这些解释虽然有些已经陈旧，却都是着眼于《故乡》创作的中国的社会现实的。实际上，不了解《故乡》写作的近现代史背景是很难理解作者和作品中人物的。这一点不能不说是日本《故乡》教学上的一种缺憾。有日本学者还从另外的角度指出了教师自身存在的缺憾。"日本的中学教师多是国语或者日本文学专业背景，很少有中国文学出身的。因此，正是这些不熟悉鲁迅和中国文学的国语教师在讲授着鲁迅的作品。"[1]

尽管如此，为了更好更准确地理解鲁迅的作品，有的日本教师在整体教案之外又设计了如下一些问题，为《故乡》的教学实践提供了有益的参考。

教案示例（2）[2]

（前略）

问题点：

1. "我"的希望是什么？

2. 为什么灵魂会被消耗掉？

3. "我"的希望为什么是手制的偶像？

4. 家里的东西准备卖掉换钱，甚至拒绝了亲属，为什么都给了闰土？

5. 为什么有很多想对闰土说的话，到嘴边又说不出了？

6. 为什么感觉久别的故乡寂寥了？

7. "我"看到的故乡和心里的故乡不一样，是因为心境变了吗？

8. "我"怎样想象故乡？

---

[1] 江藤茂博「アジア文化の複層化された知の競演」『アジア文化』第 37 号 2019 年 12 月、アジア文化総合研究所出版会。

[2] 泉 陽子「コミュニケーションと国際理解」中学校 国語科 学習指導案、平成 29 年 10 月 14 日。https://www.hiroshima-u.ac.jp/system/files/97072/2017kokugo02.pdf.

9. "我"是谁？

10. 从"我"离开故乡到回乡，发生了什么？

11. "迅"为什么成了"县官"？

12. "迅"是县官吗？（"迅"的家世），这个国家的县官是什么？

13. "我"到底是不是富翁？

14. 为什么要出卖房子？

15. "我"住在城里吗？

16. 为了什么坐船？

17. 为什么搬家？

18. "我"描写了很多情景，每个场景都表现了什么？

19. "我"二十年后回乡，面对故乡的变化而无语，为什么会有这种变化？

20. 为什么详细地描写行船时的风景？

21. "我"的故乡以前是什么样子？

22. 闰土将器皿埋在土灰里，和水生"来我家玩"有什么关系？

23. 闰土为什么突然改变了态度？

24. 为什么闰土要把灰带回去？

25. 为什么闰土把第5个孩子带来了？

26. 为什么闰土脸上既高兴又悲伤？

27. 心如死灰的生活是怎样的生活？

28. 为什么闰土将器皿埋在灰里？

29. 为什么我和闰土之间出现了隔阂？

30. "我"和闰土孩提时代，两个人的家长也像今天一样有隔阂的吗？

31. 他希望的东西很容易到手，我希望的东西却很难到手。"我"和他都希望着什么？

32. 为什么会偶像崇拜？

33. "总是偶像崇拜"是什么意思？

34. 为什么杨二嫂从豆腐西施变成了"圆规"？

35. 杨二嫂是一个怎样的人？

36. 为什么杨二嫂对"我"表现出不屑的样子？

37. 为什么杨二嫂明目张胆地偷别人的东西？

38. 杨二嫂不是亲属，为什么也来了？

39. 杨二嫂的出现有什么必要性？

40. 为什么水生脖子上有银项圈？

41. 为什么叫水生？

42. 为什么水生和宏儿能玩到一起？

43. 水生和宏儿以后会怎样？

44. 月亮为什么是金色的？为什么用"悬挂"来描写？

45. 为什么不描写实有的动物，而是虚构一个动物？

46. 猹是什么动物？

47. 这个时期的中国是怎样的状态？

48. 近代中国是这样的吗？

49. 人为什么变化了？

50. 最后一段的意思是什么？

51. "希望"的意思是什么？

52. 作者最想表达的是什么？

53. 这个故事是真实的吗？

以上这些问题对中国人来说大多是常识，但对日本人来说却是问题。比如，少年闰土为了看护西瓜用钢叉去扎"猹"，日本列岛上或许没有这种动物，所以有教师认为"猹"是鲁迅"虚构"的。但是这里又有一些从特别的角度设计的问题。比如："闰土将器皿埋在土灰里，和水生'来我家玩'有什么关系？"；"他希望的东西很容易到手，我希望的东西却很难到手。'我'和他都希望着什么？"；"月亮为什么是金色的？为什么用'悬挂'来描写？"等等。这些问题既显示了中日两国由于文化背景不同而产生的认知差异，也为当下的中日两国拓展鲁迅《故乡》的教学实践提供了参照。

二、日本学生的《故乡》读后感

大多数教案的设计里都包含有写一篇读后感。从某种意义上说，读后感既检验了学生对《故乡》接受的程度，也反映了鲁迅《故乡》对日本学生影响的结果。以下试举一例以示之。

读后感[1]

我觉得我能理解《故乡》里"我"的心情。因为我曾经搬过家。在搬家的地方，我想起了以往的情景和朋友，心情很激动，但是当我得知那里的一切

---

[1] 鲁迅故郷感想 .https://ameblo.jp/shoko-hamham/entry-11073770307.html.

跨时空文学对话

都变了，我感到非常难过。所谓"故乡"，不仅仅是自己出生和成长的地方，更是心灵的寄托。

　　《故乡》里的"我"意识到"故乡"已经发生了变化，为了排遣悲伤，"我"告诉自己不是故乡变了，而是自己的心境发生了变化。当"我"终于见到了想念的闰土时，果然看到他变了，虽然很高兴，但也有一种说不出的悲伤涌上心头。一句意想不到的"老爷……"让"我"意识到闰土不仅是外表变了，精神也变了。"我"深切地感到和闰土的关系再也回不到从前了。闰土失去了生存的活力，只能向神佛祈祷，不再做其他努力。然而，对未来没有希望，什么都不做，只是向神佛祈祷的话，现在的生活和社会状况是不会发生任何变化的。闰土可以轻易地得到一些用具，但是仔细想想，"我"的希望如果不积极采取行动的话，不也和闰土一样吗？

　　我看到宏儿和水生之间超越了身份，玩儿到了一起。我希望人们能有一个经济稳定、心灵相通的"新生活"，"走的人多了，便也就成了路"，大概就是"希望的人多了，就能实现"的意思吧。我认为鲁迅是在呼吁当时混乱的中国社会，不要放弃希望。

毫无疑问，战后成长起来的新一代日本青少年无法从作品深植的文化背景出发撰写读后感。对他们来说，最容易理解的切入点就是作品中和自己切身经历有关的场景了。于是这位学生从自己搬家的经验谈起，来体会作者在希望与感伤之间徘徊的心境，并对闰土与"我"的关系作了解读，对作者"我"的"希望"提出了"要积极行动"的建议，对当下社会提出了自己的"希望"，从作品最后关于"路"的议论，理解了作者的良苦用心。可以说，这篇读后感反映了学生很好地完成了教师教案的目标设定。

　　但是并不是所有学生都能对鲁迅《故乡》做出准确的理解和把握。比如，一些学生的如下反映：

　　◎"我出生在现代的日本，到现在为止完全没有意识到身份和阶级的东西。……对我来说，"我"和闰土的身份区别，就像贵族和奴隶的那种，这对我来说是完全陌生的，非常难以理解的。"

　　◎主人公真的很有钱吗？请告诉我根据是什么？

　　◎在鲁迅的《故乡》，"希望"和"手制的偶像"有什么关系？

　　◎关于鲁迅的《故乡》，从灰堆里挖出10多个碗盘→这是闰土所为，闰土为什么会这样做？

◎关于鲁迅的《故乡》，那时候的中国不好，是什么原因造成的？

总之，由于中日两国文化背景的差异，尤其是日本学生对中国近现代史的不了解，使得其在学习鲁迅《故乡》过程中遭遇的困难要远大于中国学生。而很多教师的教案中也缺少对《故乡》创作背景的深度介绍，这与中国的《故乡》教学形成了明显的差异，当然这些与日本出版社的教材指导思想也有直接的关系。

三、结　语

《故乡》中"我"的最大隐痛是冷酷的现实带来的种种"隔膜"。回乡路上与凋敝的乡村的"隔膜"；回乡之后与儿时玩伴闰土的"隔膜"；与刻薄的"细脚伶仃的圆规"杨二嫂的"隔膜"；等等。说到底，这些"隔膜"反映着人们不同的社会地位和经济地位，也是鲁迅终其一生极力要挣脱和打碎的精神枷锁。

由前文不难看出，中日两国关于鲁迅《故乡》教学的不同方法与视角也显见着某种"隔膜"。中日两国围绕鲁迅《故乡》的教学存在诸多认识上的差异，最大差异莫过于对作品主题思想的解读了。但又与中日两国近现代史所走的不同道路有关。正如濑边启子指出的"日本初中学生接受的《故乡》，并非真正意义上的鲁迅的《故乡》，可以说是竹内"鲁迅"的《故乡》。……鲁迅的《故乡》在日本称得上是独特的作品，对其作品的解读也在日本独特地发展着，因而呈现出与中国初中学生不同的解读"[1]。

无论如何，《故乡》作为"世界文学"里的经典作品，作为中日两国共有共享的精神文化遗产，从更大的历史视角加以解读，形成对鲁迅《故乡》的思想性与艺术性解读的更多共识，并以此形成中日两国精神文化传承的共有滋养，无疑是十分有意义的。

---

[1]〔日〕濑边启子. 日本中学国语课本里的《故乡》[J]. 鲁迅研究月刊，2015(11).

跨时空文学对话

全球化进程催生动漫与全媒介融合发展
——论百年经典文学作品的动漫表达

王亦飞

鲁迅美术学院传媒动画学院院长、教授

鲁迅美术学院前身是 1938 年建于延安的鲁迅艺术学院，由毛泽东、周恩来等老一代领导人亲自倡导创建。毛泽东同志为学院书写校名和"紧张、严肃、刻苦、虚心"的校训。1945 年，延安鲁艺迁校至东北。1958 年发展为鲁迅美术学院。学院现有沈阳和大连两个校区，沈阳校区地处东北政治经济文化中心，坐落在著名的高新产业街——三好街；大连校区地处美丽的国家风景旅游度假区——大连的金石滩。

过去的近两年时间，在鲁迅文化基金会周令飞会长的积极倡导和鲁迅美术学院各级领导的倾情推动下，鲁迅文学作品动漫创作之纪念鲁迅 140 周年诞辰暨《阿Q正传》《故乡》发表 100 年鲁迅美术学院传媒动画学院师生动漫创作圆满结束，这是百年经典文学作品系列动漫创作的第一步。鲁迅美术学院李象群院长担任了课题艺术总顾问，课题总负责人是我和周令飞先生，成员包括文学界、艺术界等多位知名人士以及鲁迅美术学院传媒动画学院的教师和研究生团队。课题内容创作依照新时代传播学特征和鲁迅美术学院传媒动画学院动漫与全媒介融合发展的治学理念分为动态类（动画片、微电影）；静态类（绘本、连环画）；交互类（手机应用、游戏设计）；文创类（潮玩盲盒、纪念用品及文创产品）等七大部分动漫产品，是一个动漫全链闭合的文化消费多维立体产品形态。

我们知道，当代文化艺术的发展方向已是全球化新媒介语境了。多元的文化生态，给艺术创作和艺术教育带来了生机与活力。在大融合不可避免地到来之际，关注当下科技、艺术思潮和观念的发展成为必然和责任担当。沉浸式多维交互和动态语素正猛烈荡涤着视觉艺术和设计的内核与外壳，把动漫放在任何一个传播媒介或设计平台上它都存在，著名学者张之益有句话说得好"动画将重构未来的语言体系"。因此，在面对优秀传统文化在全新媒介语境下的传播和弘扬引发了我们全方位思考。传统是指先人积淀下的思想、制度、文化、艺术、道德、风俗及行为方式等。提到传统，就不能不说到创新，事实上，创新本身也是传统的有机部分。历史发展到今天，科学技术的发展不但创造了新的生产力，随之而来的是与现代生产力相适应的新型艺术创作形式的诞生。随着新媒体的不断涌现，人们的阅读习惯、文化消费方式以及对文化艺术的精神内涵和审美取向都产生了极大的影响。

经典文学作品动漫表达是一个全新的研究课题，更是这个时代的文化和审美特征。动漫是崭新的、充满旺盛活力的新兴学科，具有典型的新时代特征，其在社会学、人文学、传播学、信息科学及教育娱乐领域中的应用和研究成为新的价值内涵。以"泛动漫"理念为指导思想的"动漫+""跨媒体整合"和"沉浸式交互体验"成为动漫领域崭新的发展方向。鲁迅美术学院传媒动画学院是国内最早一批从事动画、漫画、动漫雕塑、数字媒体、游戏和虚拟交互、戏剧影视美术、移动端内容设计等教学科研的院校之一。传媒动画学院始终坚持围绕学科建设为中心，在"泛动画"和"动漫与全媒介融合"发展的治学理念指引下，以理论研究和创作实践相结合为抓手，从艺术与科学互为关系的角度深挖学科内涵，拓展学术特色优势，开展教学、科研和社会服务的实践创新工作，打造全新动画专业拔尖人才培养体系和特色学术生态。

谈到动漫表达就要谈到传播，就要谈到媒介融合，就要谈到全球化进程。全球化指世界的压缩，又指世界作为一个整体意识的加强，如果没有媒介传播和媒介融合，就不会有全球化。媒介和传播的历史发展经历了：口语传播时期；手写传播时期；印刷传播时期；有限电子传播时期；无线电子传播时期；数字传播时期。

全球化是不可逆的人类文明进程，媒介融合是媒介再造的过程，即通过新旧媒介之间的相互补充和整合，最终形成一种新的复合媒介。人类社会进入媒介融合时代，动漫与媒介载体、接受心理以及人文科学进行碰撞，无论在表现方法、视觉呈现，还是题材扩张和延伸上，都显示出对动漫本体的探索。动漫独特的开放性、包容性、亲和性、全球化、全龄化特征使得动漫被视为一种表意媒介，成为观念表达的全新语言形式和思考范式，成为联结多种艺术的新纽带，呈现出综合、互动、沉浸体验的跨媒体多样化态势。

在媒介融合日益广泛的背景下，动漫的创作、传播、接受开始以受众需求为中心发生转变，新媒介技术的不断更新使受众需求得到了极大满足。动漫技术的与时俱进发展带来"媒介变革""传播方式""受众接受"三个层面的转化。从传播学层面解读媒介融合带来的动漫传播媒介变革，媒介融合使得动画传播出现了由新媒介主导、新旧媒介不断融合、新旧媒介不断竞争互补的动漫媒介新形态；媒介形态的转变直接形成以受众为中心、分众化、分享式的动漫传播方式；传播方式的转化最终影响受众的心理需求、动机、选择、理解、反应、参与的方式。

纵观人类感知世界的演进之路，其进程已由文字阅读时代转为读图时代，进而转

跨时空文学对话

向为动态视频时代,再到沉浸互动体验和智能控制表意时代。由于受众接受方式的改变,导致受众在感官需求层面的转化,体现在画面、声音、感官三个层面。媒介融合和技术进步使动漫形成了"仿真化""平面化""虚实结合"的画面特征。当下流行的跨媒介叙事、非线性叙事、交互性叙事满足了受众渴望更加自由的审美理想。受众如今参与评论、参与游戏、参与创作等现象,揭示了动漫受众理性需求中"主体性"意识的增强和大众的强烈需求。

传统的就是当代的,民族的就是世界的。这就是"百年经典"文学作品动漫创作课题研究的理论及现实依据所在。

9月13日,周令飞先生于百忙中再次莅临鲁迅美术学院,进行了为期4天的"百年经典"文学作品动漫创作秋季工作坊,这已是周老师继去年和今年上半年以来的第三次研究生工作坊。(我和周老师为了更好地探索百年经典文学作品动漫表达这一课题的无限可能性,已经联合招收了三届从事这个方向研究的硕士研究生,旨在从更高的学术层面给这个具有划时代意义的研究一个多维度、高质量、最专业的解读和呈现。)本次工作坊确定了鲁迅其他两部文学作品《社戏》和《祝福》的动漫表达创作工作内容,课题内容在上一期七大部分动漫产品的基础上增加了更具前瞻性的、赋予新时代内涵的形式和内容,倾情献礼鲁迅140周年诞辰纪念活动。

多元的文化生态和媒介传播方式,给动漫创作带来了无限生机与活力。鲁迅美术学院作为延安鲁艺的"传人",继往开来,课题创作始终都将开放性、互动性、创新性、多元性、专业性的理念融入其中,在关注国际当代艺术发展前沿问题的同时,注重中华民族的视觉经验和审美理想。在尊重和深刻领会鲁迅文学作品精神内涵的同时,既坚持学术的纯粹性又尊重艺术的原创性,并以此来保持年轻人富于激情的创作精神,用青年人特有的聪颖智慧、独立思考来反映这个时代最前卫的文化情操,这也是鲁迅精神的本质所在。

百年《故乡》百年"路"

王众一

今天，中日韩学者聚集在这里，纪念鲁迅先生140周年诞辰，讨论先生100年前创作的小说《故乡》，这具有历史意义和现实意义。从现实情况来看，世界正经历着百年未有之大变局，人类社会未来的发展正处在十字路口，道路抉择关系人类命运，是我们必须认真对待的问题。

回望历史，其实100年前，鲁迅创作《故乡》的1921年，中国和世界就处在一个巨变前夜。世界处在两场世界大战之间，当时似乎看到某种希望，同时也充满着迷茫。在东亚地区，朝鲜半岛已经沦为日本的殖民地，"三一"独立运动使韩国人的民族意识开始觉醒；中国新文化运动风起云涌，各种思潮激荡，新青年的思想觉醒正在孕育；日本正处在大正时期的民主运动走向式微，敏感的芥川龙之介已经对世界前景感到些许不安。

鲁迅就在这样一个时代背景下进入1921年，迎来他的不惑之年。这一年鲁迅进入了文学创作的高产年，同时也是他奋笔译介日本和西方文学、思想著作的高产年。

从翻译角度来说，这一年发生了三件看似无关却颇具象征意义的事件。

首先是中国近代翻译鼻祖、对鲁迅产生过深刻影响的《天演论》的译者严复在这一年离世。这标志着以优美的桐城派风格的八股语言，创造无数译词、将西方启蒙著作译介到中国的翻译先驱时代结束。

同时，中国历史上"开天辟地的大事变"——中国共产党的诞生也发生在这一年。在这之前一年，陈望道参考戴季陶给他的1904年幸德秋水等人翻译的日文版《共产党宣言》和陈独秀提供的《共产党宣言》英译本，首次完成了《共产党宣言》的全本白话翻译。

而鲁迅在这一年一方面将森鸥外的《沉默之塔》和芥川龙之介的《鼻子》《罗生门》译成中文；另一方面文学创作才能大爆发，年初完成了小说《故乡》的创作，年底完成了他的代表性作品《阿Q正传》。这两部百年前完成的小说成为数年之后首批被译介到日本的中国文学作品，开中国现代文化走向世界的先河。

从时代变局与译介交流的大背景来看，鲁迅的两部作品相继在1921年完成并非偶

跨时空文学对话

然。1921年4月21日至24日，鲁迅翻译的森鸥外小说《沉默之塔》发表于《晨报副刊》。而《沉默之塔》正是发表在日本社会主义者幸德秋水"大逆罪"预审判决之后；鲁迅翻译的芥川龙之介小说《鼻子》《罗生门》分别于1921年5月11日至13日和6月14日至17日，发表在《晨报副刊》上，而就在这之前不久，芥川龙之介在上海会见了中国共产党创始人之一李人杰（汉俊）。从译介作品的选取来看，鲁迅的文学创作与他们有着思想共鸣。尽管《故乡》创作略在此之前，但这段时间前后的相互影响肯定是存在的，特别是后来的《阿Q正传》就更加明显。

小说《故乡》的叙事结构立体地呈现了作者的多重心境。怀乡之情对应着少年时的离去和对儿时的温馨记忆，这部分呈现出来的是鲁迅记忆中的故乡。而哀伤之情叙事上对应着阔别多年之后的归来，看到令他失望的现实的故乡。不过鲁迅在最后饱含希望之情对应着离故乡而去，此一去鲁迅毕生追求心目中的理想故乡。这样的叙事结构反映了鲁迅的文学和思想都走向成熟，小说所传递的情绪不能不和当时的时代风云共鸣，进而也在东亚地区引起共鸣。

《故乡》在中国的重要性，从其进入教科书的历史便可见一斑。自1923年《故乡》进入教科书，除了"文革"十年外，一直是中国人中学时代的必读课文，成为现代语文教育史里的名篇，其历史意义在中国始终是学校教学的重点。

《故乡》发表后很快在日本引起注意。1927年，日本白桦派代表作家武者小路实笃将日文版《故乡》发表在其编辑的杂志《大调和》上。1932年1月，《中央公论》杂志刊载了佐藤春夫翻译的《故乡》，1935年，岩波书店出版了佐藤春夫、增田涉翻译的文库版《鲁迅选集》，鲁迅作为东亚文豪走进寻常读者家。鲁迅作品由此开始在东亚文学版图中"攻城略地"。

1953年就有出版社将竹内好翻译的《故乡》选入国语教科书，指定初中三年级学生阅读。1972年中日恢复邦交之后，更有多家出版社将竹内好译本的《故乡》编选入日本中学三年级教科书中。可以说，1953年以来接受过义务教育的日本人，都读过鲁迅的《故乡》。作品中"失望—挫折—希望"的构图，给许多进步的日本人带来积极的力量。导演筱田正浩在其史诗作品《佐尔格》的片头处就引用了《故乡》结尾的一句话："希望本是无所谓有，无所谓无的。这正如地上的路；其实地上本没有路，走的人多了，也便成了路。"

关于道路、希望的思考，也使鲁迅的文学与思想深刻地影响了韩国人。被日本殖民统治的苦难历史，使得韩国人对鲁迅的思想产生高度共鸣。鲁迅在世的时候就对韩国有很大的影响，柳树人于1925年将鲁迅的《狂人日记》翻译成韩文版，并于1927年将其发表。在20世纪20—30年代日本殖民统治时期，韩国抵抗运动家、诗人吴相淳和李陆史等曾多次拜访鲁迅，讨论对文学和人生的感悟。韩国独立运动家金九与鲁迅曾在北京、上海等地多次会面，共叙文学、艺术、人生，并讨论朝鲜半岛的独立运动以及鲁迅作品在韩国的译介。第二次世界大战之后，韩国1949年版的《中国语·读本篇》收录了鲁迅的小说《药》和《故乡》。据说在韩国课本收录的中国作家中鲁迅的作品是最多的。

韩国作家朴宰雨说："在韩国知识界很早就开始接受鲁迅，从鲁迅的文学与思想里发现惊醒人们封建意识的资源、反封建斗争的精神武器，进而发现同帝国主义压迫者或者法西斯权力进行斗争的锐利的思想武器。"社会活动家、思想家李泳禧则认为，只要美国式资本主义想要统治世界，而且美国式物质主义与力量哲学以各种名称和各种形态强加给全人类的状况存在，鲁迅的思想会继续有效。

话题回到本文开头提及的3个100年，其实不仅是译界的三件具有象征意义的事件，更是和中国思想的百年激荡密切相关。

严复目睹了第一次世界大战下欧洲文明的破产，深刻地反思了帝国主义的弊端，他去世前留下遗嘱："中国必不亡。旧法可损益，必不可叛；新知无尽，真理无穷。人生一世，宜励业益知；两害相权，己轻，群重。"

鲁迅在百年前的新文化运动中，作为觉醒一代的中国人，认识到希望在于走出一条前无古人的新路。他的"其实地上本没有路，走的人多了，也便成了路"成为一句箴言，点亮了那一代代中国人心中的灯，成就了《故乡》这部文学作品的思想价值。

从1921年出发的中国先进分子，筚路蓝缕，百年探路，历经社会革命与自我革命，终于以百年之后的成就回应了严复的期许，走出了一条鲁迅所向往的通向未来之路，证明了自己的行动价值。

2021年是中国共产党建党100周年，年初央视一套隆重推出了70后导演张永新执导的电视连续剧《觉醒年代》。这部历史正剧颇有新意，第一次比较全面、立体、准确地描述了催生中国共产党的新文化运动。其中对鲁迅用了较多的笔墨，充分肯定了他在新文化运动中的旗手地位和独特贡献。这一点使这部作品远远超过了之前推出的同类题材的影视剧作。一度被淡忘的鲁迅正在年青一代人的心目中复活，人们对鲁迅之于民族文化的现代价值有了更新的认识。

包括《故乡》在内，鲁迅的作品群在那个奏响启蒙与救亡双重变奏的年代里，剖析了中华民族所遭受的苦难与不幸，他提出的问题，促成了中国进步青年的觉醒，也影响了东亚国家，并跨越时空，至今仍然震撼着我们的灵魂。鲁迅在《故乡》中提出的"路"的问题，在面临百年未有之大变局的今天依然具有现实意义。

回望东亚的百年，受西方刺激我们分别走上了不同的通往现代化之路。当年鲁迅

跨时空文学对话

面对积贫积弱的祖国，走出故乡寻找别样的人们，"寄意寒星荃不察，我以我血荐轩辕"，正体现了他为民族的觉醒、解放与复兴奋斗一生的意志。日本与韩国的教育家将鲁迅的这部小说收入中学教材，是在寻找精神故乡这一点上和鲁迅有着共鸣。分别讨论各自的故乡，寻找文化乡愁，重构东方文化的精神故乡，对于经历100年来在现代化道路上探索，走过各自不同道路的东亚三国来说，具有特别意义。面对百年变局，我们构建人类命运共同体，当从构建区域文化共同体开始。从这个意义上说，今天中日韩三国学者讨论小说《故乡》，一同探讨通向未来的"回故乡之路"，将具有非常积极的现实意义。

· 第六篇 ·

中德文学对话会

朱子的义利观能够证成"善之异质性"吗？
——基于康德主义的考察

谢晓东　刘舒雯

谢晓东，哲学博士，厦门大学哲学系教授

刘舒雯，厦门大学哲学系博士研究生

朱子是中国古代社会后期最为重要的一名哲学家，而不少人相信康德（Kant）是最为重要的德国哲学家，也是西方排名前几的哲学家。由于朱子和康德所具有的举足轻重的地位，故而其思想关系早就引起了一些比较哲学家的注意。[1] 本文打算从一个狭小的问题切入，即"善之异质性"（the heterogeneity of the good）问题，去探讨他们的思想交集。具体来说，就是李明辉教授（为了行文的便利后文均省略"教授"二字）认为朱子无法从原则上区分道德意义上的"善""恶"和自然意义上的"善""恶"，从而和康德伦理学构成了明显的对立。在研究人心道心问题时，林月惠教授（为了行文的便利后文均省略"教授"二字）批评朱子无法说明"善之异质性"问题。本文并没有随李、林氏的脚后跟打转，而是以回到问题本身的方式去考察朱子的义利观是否属于义务论类型？如果朱子伦理学属于义务论一系，那么他是可以说明"善之异质性"的；反之，则无法说明。至于这种转换问题的方式是否成功，则是需要请教于方家的。

一、何谓"善之异质性"？

"善之异质性"问题在中文学界还比较陌生，因而有必要首先对其予以扼要介绍。

（一）概念界定

早在20世纪90年代初，李明辉就指责朱子无法从原则上区分道德之善和自然之善。换言之，他相信朱子无法说明美国康德主义者希尔伯（Silber）所说的"善之异质性"

---

[1] 在此之前，牟宗三和李明辉曾从更为宏观的角度利用康德伦理学的基本架构，把荀子、程颐和朱子的伦理学定性为他律伦理学，而把孔孟陆王等人的伦理学界定为自律伦理学。具体参阅牟氏《心体与性体》，李氏《儒家与康德》（增订版），联经，2018，第47页。

的问题。[1] 在对东亚儒学的研究中，林月惠也注意到了希尔伯的观点，她进而认为朱子和李栗谷的人心道心说无法阐明"善之异质性"这个伦理学难题。[2] 至于"善之异质性"何以又变成了伦理学难题，林月惠并没有告诉我们。为了追寻真相，有必要回到李氏和林氏观点的源头希尔伯那里。

希尔伯对康德的道德哲学予以高度评价，在他看来，康德发动了一场伦理学中的"哥白尼式革命"，即确认了道德法则（moral law）而不是善（the good）的首要性，从而真正区分了道德之善和自然之善。[3] 诚如康德所言："善和恶的概念必定不是先于道德法则被决定的，而只是后于道德法则并且通过道德法则被决定的。"[4] 道德法则是人类确立秩序的基础，有法则方有善恶之分。而道德法则是人的道德意识中的一个理性的事实。根据我的理解，希尔伯的观点的实质是：不同于此前的一切伦理学，康德把正当（the right）置于首位，而把善放于次位，这就是正当独立且优先于善的伦理学中的义务论进路。[5] 而此前的西方伦理学都是目的论进路，即首先定义善，再把正当规定为促进善的行为，这就是善优先于正当。目的论有两种类型，即利己主义和功利主义，它们的主流把善定义为快乐，正当的行为就是能够最大限度地促进善的行为。其特点是以非道德价值去说明道德价值，或以自然之善去说明道德之善。依此种进路，自然之善与道德之善并无原则区分，因而善具有同质性。相反，以康德为代表的义务论则首先说明了什么是正当，即道德法则所体现的正义，然后规定符合正义的才是善的，反之，即便可以给人们带来巨大的效益也是毫无价值的。[6] 据此可以发现，义务论需要严格区分自然之善与道德之善，很多时候甚至需要牺牲自然之善以成就道德之善。

（二）问题的实质

其实，朱子的人心道心说以及整个朱学是否无法阐明"善之异质性"这个伦理学

---

[1] 李明辉：《朱子论恶之根源》，收入钟彩钧编：《国际朱子学会议论文集》（上册），台北："中研院"文哲所筹备处1993年版，第579页。在《儒家与康德》（增订版）的第4-5页，李氏又一次提到了该问题。

[2] 林月惠. 异曲同调：朱子学与朝鲜性理学 [M]. 台湾：台大出版中心，2010：324.

[3] John R. Silber. The Copernican Revolution in Ethics: The Good Reexamined.Robert Paul Wolff (ed.).Kant: A Collection of Critical Essays. New York:Doubleday & Company, Garden City,Nortre Dame 1967:266-290.

[4] 〔德〕康德. 实践理性批判 [M]. 韩水法，译. 北京：商务印书馆，1999：68.

[5] 英国康德主义者罗斯（Ross）在其名著《正当与善》（The Right And The Good）中首次清晰地表述了此点。

[6] 作为康德现代传人的罗尔斯（Rawls）就清楚地说明了此点。
〔美〕约翰·罗尔斯. 正义论 [M]. 何怀宏等，译. 北京：中国社会科学出版社，1988：23-24.

难题，只需要回到朱子伦理学是义务论还是目的论的问题就可以了。[1] 那么，从道德哲学角度去看，朱子伦理学到底属于何种类型呢？如果规范伦理学只区分为义务论和目的论两大类型，[2] 那么无疑朱子伦理学属于义务论。为了简化问题起见，笔者拟考察朱子的义利观的基本结构，从而探明其伦理学性质。问题在于，为何从义利观入手可以起到证明一个伦理学体系的性质的作用？根据李明辉，存心伦理学必为自律伦理学所涵，功效伦理学则必为他律伦理学所涵。[3] 再根据牟宗三先生朱熹为他律伦理的前提，我们可以逻辑地得出结论：朱子的伦理学为功效伦理学或功利主义。因此，我们只需要论证朱子的伦理学不是功利主义（或就是义务论）即可。在《从康德的幸福概念论儒家的义利之辨》一文中，李明辉通过义利之辨否认了孟子的伦理学是功利主义。[4] 本文的论证策略是：同样借助朱子的义利之辨而去证明其伦理学不是功利主义而是义务论。义利之辨是一个复杂的问题，我们仅仅通过考察朱熹义利观的结构去证明其伦理学的基本性质。

二、朱子"以义为上"的义利观

在此之前，早有论者把朱熹伦理学定位为存心伦理学，从而和德川日本儒学主流的功利主义（功效主义）相对立。[5] 但是，存心/意图伦理学是和责任伦理学相互对立的，[6] 而不一定是和功利主义相互对立。故而，我们还需要进一步地论证才更有说服力。

（一）义的不断强化

朱熹曾言："义利之说乃儒者第一义"[7]，由此可见，义利之辨在儒家义理系统中

---

[1] 其实，关于朱子伦理学属于他律伦理学还是自律伦理学，也只需要还原为其伦理学属于何种理论类型即可。自律伦理学和义务论是同构的，而他律伦理学和目的论是同构的。细心的读者不难发现，李明辉对朱熹伦理学的两大批评：一是他律伦理学，二是无法说明善之异质性。其实可以归结为同一个问题，即从规范伦理学的角度而言，朱熹伦理学的基本性质是什么？
[2] 为了使得本文不显得过于枝蔓，笔者暂时悬隔了美德伦理学是否属于规范伦理学的第三种类型的学术争论。
[3] 李明辉. 儒家与康德 [M]. 增订版. 台湾：联经出版公司，1990：5.
[4] 同 [3]197.
[5] 黄俊杰. 从东亚视域论德川日本儒者的伦理学立场 [M]// 思想史视野中的东亚. 台湾：台大出版中心，2016：79-100.
[6] 这对概念是马克斯·韦伯提出来的，意在强调现代社会是一个后习俗的责任伦理学的时代。当然，上面的注释 5 中的观点是黄俊杰引用李明辉的，而李氏本人确实提到根据舍勒（Max Scheler）的区分，存心伦理学和功效伦理学构成对立的二分。李明辉：《儒家与康德》（增订版），第 53 页。不过，舍勒的区分影响不大，而韦伯的区分则影响深远。
[7] 朱杰人，严佐之，刘永翔. 朱子全书：二十四 [M]. 上海：上海古籍出版社，合肥：安徽教育出版社，2002：1082.

的重要地位。儒家的义利之辨源远流长。早在孔子那里就用君子与小人的品格差异对义、利进行了简要区分，并要求人们应当见得思义（《论语·述而》）、见利思义（《论语·宪问》）。这或许可视为义利之辨的肇端。与孔子相比，孟子持有一种加强版的义利观。"王何必曰利？亦有仁义而已矣"（《孟子·梁惠王上》）"行一不义、杀一不辜而得天下，皆不为也。"（《孟子·公孙丑章句上》）孟子认为义具有不受任何社会福利衡平的绝对性，进而建构先验的人性论，把义设定为人之本性而论证之。董仲舒的义利观更为强势，有"正其谊不谋其利，明其道不计其功"之语。以朱熹为代表的理学家赞美是言，以为"盖孟子知言虽是理之自然，然到直截剖判处却不若董生之有力也"[1]。从儒家思想的历史脉络上看，似乎有一种不断加强义、弱化利的趋势。

（二）朱子"以义为上"[2]的强势表述

理气关系是朱熹义理系统的本体论基础。对于朱熹，"义优先于利"是因为理在本原上优先于气。朱熹有"理在事先"的命题，认为"未有这事，先有这理"，但他的结论实质上是一种基于假设的逻辑推断。"理在事先"即设想事物还未存在之时理可以先行存在。理是一种先验的存在，无论经验之物生长消亡它依旧自在。理属于形而上者，气属于形而下者，它们在纵向上层次不同，理先于气，理高于气。朱熹把理在本体上的优先性贯彻到道德层面，故而使天理具有了正当性和完善的道德价值，而气则代表着正当性的缺乏或者道德价值的不完善。

《论语集注》讲：义者，天理之所宜。利者，人情之所欲。[3] 朱熹把义直接与天理对应，认为义有天理的根据，而把利与情、欲、人欲、私欲等表示人之需求与感性欲望的词汇联系。而与欲、情有关的词汇都与气更为密切，如《知言疑义》中讲：盖天理莫知其所始，其在人则生而有之矣；人欲者，梏于形、杂于气、狃于习、乱于情而后有者也。[4] 显然，从朱熹理论上的逻辑一致性来看：由于理优先于气，那么义必然优先于利。

---

[1] 朱杰人，严佐之，刘永翔.朱子全书：五十三[M].上海：上海古籍出版社，合肥：安徽教育出版社，2002：2498.
[2] 赵金刚.朱熹的历史观：天理视域下的历史世界[M].北京：生活·读书·新知三联书店，2018：270-295. 他的表述是"以义为本"，但两个命题的实质相同。
[3] （宋）朱熹.四书章句集注[M].北京：中华书局，1983：73.
[4] 同[1]3556.

三、正当独立其优先于善和朱子义利观结构的同构性

"以义为上"的义利观具有明确的伦理学倾向，而这种倾向和康德后学罗尔斯关于正当与善的论述具有密切的关联。因为罗尔斯明确认为，一种伦理学说的结构取决于它怎样把正当与善的概念联系起来，以及怎样规定它们之间的差别。[1]

（一）正当与善和义与利之结构对应性

笔者认为，朱学中的义与利相当于罗尔斯伦理学中正当与善的关系。理由如下。

第一，道德理性主宰感性。

在道德哲学看来，个体具有自我的二重性，即impersonal层面的理性我和personal层面的感性我，[2] 二者构成了一个有血有肉且能够从事真正的道德行为的主体。康德区分了感性和理性，在此基础上划分了道德与幸福。道德对应于人的理性存在，而幸福则对应于人的感性存在。对于人心来讲，追求其自然/生理欲望的满足是很顺畅的，这是感性的强大动力。所以大部分西方道德哲学家才认为，人本能上就倾向于自己的利益，故而不需要再强调伦理利己主义（ethical egoism）了。对于一个社会来讲，如果想要其保持一定的合理秩序，那么就需要道德的存在。对于朱子来讲，代表社会公共利益的规范就构成了道德，而道德则意味着道心为主人心听命。从哲学上看，这就导致了道德理性对人的感性的控制。而根据李明辉的论证，康德哲学和朱熹一样，也都是强调理性与感性的二分的。[3] 对于康德后学罗尔斯来说，其具有明显的理性主义立场，而和休谟的情感主义立场明显不同。

第二，正当（the right）与义、善（the good）与利的逻辑同构性。

罗尔斯认为，作为公平的正义属于正当范围，而善（the good）则是次一级的概念。其实，对于朱子的义利观来讲，义是第一位的，而利是第二位的，利必须受到义的约束与限制。就此而言，正当与义、善与利确实具有逻辑同构性。

（二）正当优先于善和义优先于利的基本结构（优先性）是一致的

以上论证了义利的结构类似于正当与善的结构，但这只是证明的第一步，我们还需要继续证明优先性，即义优先于利。通过与康德后学罗尔斯"正当优先于善"的观念进行对照，笔者将从哲学问题的角度进一步确证朱熹持有"义优先于利"的伦理学

---

[1] 〔美〕约翰·罗尔斯. 正义论 [M]. 谢延光，译. 上海：上海译文出版社，1991：449.
[2] 关于非个人性立场与个人性立场的概念，可以参阅〔美〕托马斯·内格尔 (Thomas Nagel)《平等与偏倚性》，谭安奎译，商务印书馆2016年版，第一至六章.
[3] 李明辉. 儒家与康德 [M]. 增订版. 台湾：联经出版公司，1990：76.

观点，故朱熹的伦理学是一种非目的论的伦理学。

从根本上来看，义优先于利是因为义根植于天理，而利生于形气。以本体论上的优先性为基本前提，义对于利的优先性还可以衍生出以下三个方面的性质。

首先，绝对性。

对于朱熹而言，义也有同样的绝对性和裁断力。朱熹认为义是人心之裁制[1]，并用刀剑比喻义在裁决时的不妥协性。《语类》说，"义"字如一横剑相似，凡事物到前，便两分去。"君子义以为质""义以为上""义不食也""义弗乘也""精义入神，以致用也"：是此义十分精熟，用便见也。[2] 义的绝对性就体现在裁决时的惨烈刚断，只将事物二分为合义与不合义。只要判定为"不合义"之事则坚决不做，丝毫不因其中蕴含的大利、公利而妥协犹豫。

其次，确定性。

朱熹认为义是确定的，利是不确定的。孟子说："求则得之，舍则失之，是求有益于得也，求在我者也。求之有道，得之有命，是求无益于得也，求在外者也。"（《孟子·尽心上》）朱熹解释说："在我者，谓仁义礼智，凡性之所有者。……有道，言不可妄求。有命，则不可必得。在外者，谓富贵利达，凡外物皆是。"[3] 有心求利，但在事实上不一定得利，因为得利与否通常受到具体境况（命）的制约。但有心求义则一定会得义，因为求义是本于天理而求己之本性，故在得义与失义问题上个人握有完全的权柄。

最后，一致性。

朱熹认为义具有一致性。如《语类》讲到："人之一身，如目之于色，耳之于声，口之于味，莫不皆同，于心岂无所同。'心之所同然者，理也，义也。'且如人之为事，自家处之当于义，人莫不以为然，无有不道好者。如子之于父，臣之于君，其分至尊无加于此。人皆知君父之当事，我能尽忠尽孝，天下莫不以为当然，此心之所同也。"[4] 朱熹从道德心理的角度说明了义的共识不仅在道德上是应当的，在心理上人们也有一致认同的自然倾向，体现为在现实中人们对父子、君臣等伦理秩序的一种无争议的认可和维护。而就利而言，即便是最基本的生存欲望每个人也是不同的，这就是朱熹所谓的"私"：如饥饱寒燠之类，皆生于吾之血气形体，而它人无与焉，所谓私也。亦未便是不好，但不可一向徇之耳。[5] 一向徇利必然导致不可调和的分歧，义的一致性则

---

[1] （宋）朱熹.四书章句集注[M].北京：中华书局，1983：231.
[2] （宋）黎靖德.朱子语类[M].北京：中华书局，1986：120.
[3] 同[1]350.
[4] 同[2]1390.
[5] 朱杰人，严佐之，刘永翔主编.朱子全书：五十七[M].上海：上海古籍出版社，合肥：安徽教育出版社，2002：2729.

能消解分歧。

很明显，朱子义利观的核心主张是"以义为上"，其蕴含着义优先于利的结论。那么，这样的结构又具有怎样的规范伦理学的类型学上的意义呢？这是下文所要解决的。

四、善之异质性的证成

罗尔斯认为道德哲学的两个主要概念是"正当"和"善"，"一种伦理学理论的结构就大致是由它怎样定义和联系这两个基本概念来决定的"[1]。该观点可追溯到弗兰克纳对道德哲学种类的划分，他认为大多数道德哲学家的观点基本上可以划分为两个阵营：一个是目的论（teleological theory），另一个是义务论（deontological theory）。目的论的立场是在判断道德上"何为正当"的问题时，应当以"非道德的价值"作为唯一的、最基本的、最终的判断原则。非道德价值就是可以拿来计量、估价的一切好处，或者是在好、坏之间权衡所得的净值。相反，义务论的基本立场是非目的论的，认为正当和义务绝不可简化为非道德价值的计算，或受制于对结果好、坏的权衡。正当之所以为正当，是因为它自身的特性就是如此，绝不能把与之异质的东西，如给现实生活带来的好处，当作判定正当与否的标准。[2] 罗尔斯也认同目的论首先把善定义为独立于正当的东西，然后再把正当定义为使善最大化的东西。这种独立于"正当"的"善"就是弗兰克纳所说的"非道德价值"，而"正当"就是道德上的应当。关于朱子的是否能够说明"善之异质性"的难题，这取决于对其伦理学性质的定位。从正面来看，朱子一贯支持董仲舒的"正其谊不谋其利，明其道不计其功"的动机主义观点；从反面来看，朱子对以陈亮为代表的功利主义予以坚决的批评。由此观之，朱子伦理学属于义务论一系。就此而言，朱子是可以说明"善之异质性"难题的。

---

[1] 〔美〕约翰·罗尔斯.正义论[M].上海：上海译文出版社，1991：23-24.
[2] William K,Frankena.Ethics(second edition).PRENTICE-HALL,INC,Englewwood Cliffs,New Jersey,1973:15.

诗思互镜与文明交流互鉴的普遍语法
——以屈原、荷尔德林诗歌诠释中几组意象的再诠释为例

吴根友

武汉大学哲学学院教授、文明对话高等研究院院长

一、引言

在有关诗与思之间相互关系的解释传统中，中国与德国的诗歌诠释中都有自己的深厚传统。中国经学传统中的《诗经》诠释史古老而内容丰厚，文学史传统中的"诗骚"传统则更能体现诗情与哲理的高度融合，称为诗的哲学化解读，或曰诗化哲学，亦无不可。中国现代哲学史上，王国维将叔本华的哲学思想引入《红楼梦》的解读之中，创造了一个别有意味的新红学天地。尼采崇尚超人、力的思想，在现代中国文学的大家鲁迅先生的早年诗歌理论中（如"摩罗诗力"说），亦得到较为强烈的回响。而现当代哲学家海德格尔对荷尔德林诗歌解读的相关著作译成中文后，对于中国哲学界与文学艺术界，均产生了巨大的影响。

当代中国哲学史家、诗人哲学家萧萐父先生，特别重视哲理与诗心的高度结合。他甚至认为："中国哲学的致思取向，从总体上乃是诗化的哲学。"[1] 在《序方任安著〈诗评中国著名哲学家〉》一文中，他对诗与思的关系，从中国诗歌史与哲学史的角度给出了十分简洁而又精辟的总结，原文如下。

> 在情与理的冲突中求和谐，在形象思维与逻辑的互斥中求互补，在诗与哲学的差异中求统一，乃是中华哲人和诗人们共同缔造的优秀传统。他们在这一心灵创造活动中实现着美和真的合一，使中国哲学走上一条独特的追求最高价值理想的形而上学的思维的道路，既避免把哲学最后引向宗教迷狂，又超越了使哲学最后仅局限于科学实证，而是把哲学所追求的终极目标归结为一种诗化的人生境界，即审美与契真合而为一的境界。

---

[1] 萧萐父. 吹沙二集[M]. 成都：巴蜀书社，1991：512.

萧先生上文所说的情与理的统一与和谐、审美与契真的合一，其实就是诗与思的统一。就中国的学术史而言，历史上的大哲往往对大诗人的作品都有注释，从而构成中国诗思互镜的漫长精神史。就屈原的《离骚》等作品而言，前有刘勰，后有朱熹、王夫之、戴震等哲人，对其进行注释或解释，他们一方面照顾到屈原作品的诗歌艺术性的特色，但更主要的是从哲学之思的角度来剖析诗人作品中的思想内涵，特别重视屈原的忠贞之志与高尚的理想人格。即使从文体的角度出发，也是从与《诗经》所代表的诗学传统来考察屈原诗作亚于《诗经》而高于文人诗作的角度来肯定其作品的精神价值。而海德格尔对于荷尔德林诗作的阐释与高度肯定，也是从其对现代科学——技术所带来的人的生存危机的反思，以及正在造成人的无根的存在状态的反思角度出发，对荷尔德林诗作中的大地——天空意象的反复解读，对于故乡——源头的反复歌咏的解读，以及人在大地上辛勤劳作而诗意的栖居的可能性样态的追问。揭示了荷尔德林诗中对于现代人生存的精神启迪意义。

实际上，哲理与诗心的融合，其实可以归结为两个维度：其一，人的合理化的秩序性生存；其二，人与大自然、故乡、本源的亲密性关系。所不同的地方在于，哲学可能是以概念的方式来表达这一思想，而诗人则是通过诗歌的形象来表达这一思想的诉求。然而诗思互镜，以及在不同民族、文明传统里所呈现出的普遍语法——对人的生存——生活的理想状态之追求，可以超越时间、地域与不同的文明形态，展开交流互鉴，进而丰富人类的精神宝库。下面就以中国三位哲人对屈原作品的解释与德国的海德格尔对荷尔德林的诗作解释为例，来探讨诗思互镜与文明交流互鉴的普遍语法。

二、奇文、忠贞、纯心——刘勰、王夫之、戴震对屈原作品解释的几组观念

（一）《离骚》乃奇文，雅颂之博徒——刘勰对屈原作品的精神定位

刘勰在《文心雕龙》《辨骚》和《诠赋》三篇文章之中，对屈原的作品进行了全面的评价，尤其是《辨骚》篇表现得最为充分。刘勰主要从文与经的关系出发，揭示了作为"奇文"的《离骚》和以《离骚》为代表的楚辞，在继《诗经》之后所取得的艺术成就与所达至的思想高度。如《辨骚》篇开头即说："自风雅寝声，莫或抽绪，奇文郁起，岂《离骚》哉？"在《诠赋》篇开头部分，简述了赋体文学兴起的源头时，亦说道："及灵均唱《离骚》，始广声貌。然则赋也者，受命于诗人，而拓宇于《楚辞》也。"

在刘勰的思想中，"文"并非完全是现代学科分类之后的文学，故其所说的"奇文"一词亦非现代文学观念中的"奇妙文章"那样扁平而落于庸常。作为"奇文"的《离骚》，是指仅亚于《诗经》之神圣性的"伟大文章"，而这种伟大文章是与"道之文"密切相关的。《文心雕龙·原道》开篇即说："文之为德也大矣，与天地并生者，何哉？"作为"道之文"可以分为两类：一类是大自然之文，如日月叠壁、山川焕绮、虎豹之文等；二是人文之文，《易》之太极卦画，与圣人之丰功伟业相关的一切文章，都是人文之文。特别是经孔子综合裁定的"六经"文字，更是金声玉振，"雕琢性情，组织辞令"，"写天地之光辉，晓生民之耳目"。刘勰以无以复加的赞美之辞歌颂了自伏羲到孔子时代的一切圣人经典的崇高性：

> 爰自风姓，暨于孔氏，玄圣创典，素王述训，莫不原道心以敷章，研神理而设教，取象乎河洛，问数乎蓍龟，观天文以极变，察人文以成化，然后能经纬区宇，弥纶彝宪，发挥事业，彪炳辞义。

因此，理解屈原创作的《离骚》及其他作品所具有的"奇文"之性质，首先要理解刘勰所说的"道之文"的丰满内涵，从仅亚于"道之文"的贤人之文的角度来理解屈原之文的"奇"之美大：

> 固知《楚辞》者，体宪于三代，而《风》杂于战国，乃《雅》《颂》之博徒，而词赋之英杰也。观其骨鲠所树，肌肤所附，虽取镕经旨，亦自铸伟辞。（《辨骚》）

（二）属辞比事：依本事而求情，用韵语以抗坠——王夫之对屈原诗作艺术表现手法的解读

与刘勰着重从诗歌发展的角度对屈原诗歌进行解读的视角不同，王夫之对屈原诗作的解释，主要借用《春秋》的思维方法，阐述屈原诗作的表现手法，以及用韵的诗歌语言形式本身在达意方面的特点。析而言之，大体上可以从三个方面来加以解读：一是借用"五经"之一《春秋》的"属辞比事"法；二是"依本事而求情"；三是重视诗歌韵言的特点，考察韵意相随的特点，以求既能贴近屈原的文本，更能达到与"屈子之情于意言相属之际"[1]。

---

[1] 王夫之. 船山全书：14[M]. 长沙：岳麓书社，2011：207.

所谓"属辞比事"手法，即先立言之意而以具体的事象系于此意之下以喻之、证之，像《易·说卦传》以乾为健、坤为顺之意，则乾卦可以马、首、天等事以属之，而坤则以牛、腹、地之事以属之，如王夫之说：

> 《经解》曰："属辞比事。"未有不相属而成辞者。以子属天，则为元后；以下属天，则为六寓，触类而长之，或积崇隆为泰华，或衍浩瀚为江海，叠出而不穷，必不背其属，无非是也。

上文提到的《经解》，实为《礼记·经解》一篇，其原文是讲《春秋》的书写体例："属辞比事，《春秋》教也。"因此，王夫之实际上是采用了《春秋》的"属辞比事"手法来解读屈原的系列作品。他认为，汉代的王逸不懂得这一"属辞比事"的手法，所以在解读屈原的作品时，"俄而可以为此矣，俄而可为彼矣，其来无端，其云无止"。"昧于斯言，疑误千载。"他希望自己采用的方法，能够"达屈子之情意相属之际"。

与"属辞比事"的艺术表现手法处于同一个范畴的另一手法是"寄托"之言的方法，实即俗称的"托物以言志"的方法。由此方法观之，《远游》一言并不能等同于《诺皋》《洞冥》之类的说怪之文，而是不得志者的寄言。如王夫之说：

> 《远游》极玄言之旨，非《诺皋》《洞冥》之怪说也。后世不得志于时者，如郑所南、雪庵，类逃于浮屠。未有浮屠之先，逃于长生久视之说，其为寄焉一也。[1]

上文《诺皋》《洞冥》，前者指唐代段成式《酉阳杂俎》中的《诺皋》篇，专语怪力乱神之事。《洞冥》是指相传由后汉郭宪所著的《洞冥记》，亦记载神仙鬼怪之事的专怪类作品。郑所南是宋末元初诗人、画家，今福建连江人。为表达对故国之思，将自己的名字改为郑思肖。肖是繁体字"趙"字的半边，日常坐卧必背北向南，故又号"所南"。此处所说的雪庵和尚，当是明代的雪庵而非宋代的雪庵。明代雪庵和尚在朱棣夺位之后，削发为僧，行走在乡村山林，擅绘画，爱好楚辞，表忠情也。

所谓"依本事而求情"的方法，即是根据作者实际的生活背景、精神主旨和生活的自然环境，来解读屈原作品的实地意旨。就生活背景而言，屈原的有些作品是生活于楚怀王时代的作品，有些是生活于楚顷襄王时代的作品，故不能忽视其有些作品的

---

[1] 王夫之. 船山全书：14[M]. 长沙：岳麓书社，2011：208.

时代背景而主观化地加以解释。例如《离骚》篇中的彭咸之志,《远游》篇的远游之情,都只能是楚怀王的心态,而不可能是顷襄王时期的作品。故王夫之说:

> 彭咸之志,发念于怀王,至顷襄而决。远游之情,唯怀王时然,既迁江南,无复此心矣。必于此以知屈子之本末。

另外,由于屈原生活的楚国沅湘之地,是山泽之国,此地的自然环境也塑造了屈原作品中光怪陆离的审美表象,非后世东方朔、王褒等人所能拥有的作赋环境。如王夫之说:

> 楚,泽国也。其南沅湘之交,抑山国也。叠波旷宇,以荡遥情,而迫之以岭崟戍削之幽菀,故推宕无涯,而天采矗发,江山光怪之气,莫能掩抑。出生入死,上震天枢,□□□秦,□江□□,皆此为之也,夫岂东方朔、王褒之所得与乎?

屈原作品的本事之三,即屈原本人的根本情怀,王夫之将屈原作品的本事概括为"忠"。此忠,既是对楚怀王之忠,也是对故国和自己之族姓之忠,如王夫之说:

> 蔽屈子以一言曰"忠"。而《七谏》以下,悻悻然如息夫躬之悁戾,孟郊之齷齪,伎人之憎矣。允哉,朱子删之。而或以此诬《骚经》《九章》弥天亘地之忱,为患失尤人之恨,何其陋也。既为涤雪,复缀《九昭》于卷末,匪曰能贤,时地相疑,孤心尚相仿佛。

上文息夫躬,乃西汉末年哀帝时人,曾官至光禄大夫、左曹给事中,册封宜陵侯。性格耿直,因与丞相王嘉政见不合,被免官回到自己的封地。建平二年(公元前5年),受到诬陷,下狱至死。孟郊乃唐末诗人,属苦吟派诗人,其诗作多写世态炎凉,反映民间疾苦,有"诗囚"之称。与同时期的贾岛的诗歌相比,有一定的类似性,故中国诗歌史上有"郊寒岛瘦"之说。王夫之在这里对孟郊的批评过于苛酷,不足为凭。王夫之举此二人为例,一是说息夫躬之耿直,不能与屈原之"忠"情相比较,而孟郊之苦吟,亦不能与屈原行吟泽畔的苦吟相提并论。王夫之肯定朱熹在注楚辞时删除了汉代王褒等人的作品,但也批评朱熹在注《楚辞》的过程中有对屈原忠贞之情误读的一面。为了对屈原之"情意"进行还原,并借此对而表达了自己的"抱独之心",王夫之作《九昭》之赋表达自己对屈原情志的还原性理解。《九昭》之序文云：

> 有明王夫之，生于屈子之乡，而邈闵戢志，有过于屈者，爰作《九昭》而叙之曰：仆以为抱独心者，岂复存于形埒之知哉！故言以莫声，声以出意，相逮而各有体。声意或留，而不肖者多矣，况敛事征华于经纬者乎！故以宋玉之亲承音旨，刘向之旷世同情，而可绍者言，难述者意。意有疆畛，则声有判合。相勤以貌悲，而幽霟之情不宣。无病之讥，所为空群于千古也。聊为《九昭》，以旌三闾之志。[1]

非常难能可贵的是，王夫之特别重视韵语的诗歌语言形式之于达意，并因之而能抵抗时间的消磨，让诗人之意保存于天地之间的特殊功能，王夫之说：

> 自《周易象》以韵语制言，《雅》《颂》《风》胥待以成响。然韵因于抗坠，而意有其屈伸，交错成章，相为连缀，意已尽而韵引之以有余，韵且变而意延之未艾，此古今艺苑妙合之枢机也……元气元声，存乎交禅不息而已。[2]

（三）"经之亚"与志纯——戴震对屈原作品精神内涵之定位

戴震对于屈原作品的注释，在形式上仍然沿用了传统的经学注释方式，即以篇章意旨通释，再加上词句训释而构成注释的主要结构。所不同的地方在于，他还专门就屈原作品中涉及的山川草木虫鱼鸟兽做了释名的工作，又做了音义工作。后面两项工作对于正确地理解屈原的作品，提供了知识方面的帮助，体现了戴震在治经过程所使用的"由字通词，由词通道"[3]的实证性的解释学原则。

在《屈原赋注》的"自序"部分，戴震对屈原的整个作品给出了一个纲领性评价，这个评价可由"至纯"和"经之亚"两个核心词语来体现。"至纯"一词是由三组意象构成，即"心至纯""学至纯""立言要旨归于至纯"。正因为整个屈赋是由三组"至纯"的精神意象构成，故屈原的作品达到了一种"经之亚"的精神高度。此"经之亚"所指之经当指《诗经》。序文开篇引《汉书艺·文志》的观点："故《志》列之赋首，

---

[1] 王夫之. 船山全书：15[M]. 长沙：岳麓书社，2011：147.
[2] 王夫之. 船山全书：14[M]. 长沙：岳麓书社，2011：209.
[3] 依钱穆先生考证，戴震写《与是仲明论学书》这封长信，当是27岁之时，该信总结了自己的"治经"原则。《屈原赋注》作于29岁，当是其经学原则已经形成之后。

又称其作赋以风，有恻隐古诗之义。"[1]

戴震基本上继承了文学评论史的一般说法，认为自宋玉以下，楚辞类作品"则不免为辞人之赋，非诗人之赋矣"[2]。辞人之赋与诗人之赋的差异则在于有没有继承《诗经》的"讽诵"和"恻隐"之精髓。由此分辨，戴震谦虚地说道：

> 予读屈子书，久乃得其梗概，私以谓其心至纯，其学至纯，其立言指要归于至纯。二十五篇之书，盖经之亚。[3]

综观刘勰、王夫之、戴震有关屈原创作的《楚辞》的评价，异中有同。其所同者，都肯定了屈原作品是源自伟大心灵的美的言辞。其诗作深刻地关怀着人合乎道的要求的生存法则，其中所包含的故国之思，对自己国家、人民、君王的忠贞之情，与人的根源性的生存密切相关。因此，屈原的作品，就其思想的主旨而言，是关乎人的有序化、有根性的在世生存的大问题。他的哀怨之情，绝非个人的得失与牢骚，而是通过对个人的人生不幸与苦难的抒发，表达的是对祖国、生民、国君的关怀。因此，从精神的内涵来说，他的作品是五经精神之延续，用刘勰的话来说是"雅颂之博徒"；用王夫之的话来说，合乎《春秋》"比辞属事"之手法；用戴震的话来说，是"经之亚"。其独立的精神品质是"奇文"、是"依本事而求情，用韵语而抗坠"；是"纯志"。在带有等级特质的中国传统社会价值秩序里，其所表现的精神品质是：对代表常道、绝对价值或主导秩序的"五经"精神的延展与个体化的理解和表达。亚于经而不失其正。

三、大地—天空、劳绩—诗意栖居、故乡—本源——海德格尔对荷尔德林诗歌解读的三组意象

相对于歌德、席勒、海涅等大诗人而言，诗人荷尔德林在汉语世界的影响力似乎要小很多。但伴随着海德格尔对于荷尔德林诗歌的哲学阐释在中文世界流通之后，荷氏在中文世界的影响日益增加。本文不是专门研究荷尔德林的诗作本身，而是通过海德格尔对荷诗阐释的三组意象的分析，并将与屈原的诗歌解释史上出现的几组意象的比较，从文明交流互鉴的角度，考察诗与思相互交融在中德文化中的异中之同，即哲理与诗心相互扶持的特色。

---

[1] 戴震. 戴震全书：三 [M]. 张岱年，主编. 合肥：黄山书社，1995：611.
[2] 同 [1].
[3] 同 [1].

中文版《荷尔德林诗的阐释》（孙周兴译）一书中，海德格尔通过对荷尔德林几首诗的阐释，实际上揭示了荷氏诗歌中所蕴含的一些深邃的哲学思想，通过对荷诗中所蕴含的思的揭示，显示了思与诗的内在关系。在《荷尔德林和诗的本质》一文中，海德格尔高度肯定了荷氏诗作"蕴含着诗的规定性而特定诗化了诗的本质"，并称荷氏"在一种别具一格的意义上乃是诗人的诗人"。

第一组意象是"大地—天空"的意象，这是海氏解释荷尔德林诗作时特别予以关注的一组意象。在《荷尔德林的大地和天空》一文中，海德格尔通过对荷尔德林《希腊》一诗的深入、细密地解读，表达了对"天地人神"有机、整体而又无限的理想生存状态的向往。该文很长，解释的过程也是循环往复而细密。为了扼要地抓住其思想的旨趣，从海氏在此文中提出的批判性意见出发，或许能更容易把握其对"大地—天空"意象阐释的要旨。在此文的后半部分，海德格尔对作为"傍晚之国"的欧洲作了这样批判性的描述：

> 欧洲的技术—工业的统治区域已经覆盖整个地球。而地球又已然作为行星而被算入星际的宇宙空间之中，这个宇宙空间被订造为人类有规划的行动空间。诗歌的大地和天空已经消失了。谁人胆敢说何去何从呢？大地和天空、人和神的无限关系似乎被摧毁了。[1]

在此批判性的描述之后，海德格尔又作了进一步的解释，以显示现代技术对于人的理想存在方式的破坏，从而让我们对荷尔德林诗歌中所憧憬的大地、天空、人、神四者有机关联的生存方式有所领悟。海德格尔认为，荷氏《希腊》一诗，虽然对"作为一个统一整体的无限关系的显现"仍然未能向我们揭示出来，但却以"隐瞒的"独特方式促进我们去思索现代人的促逼。"也就是说，这片大地上的人类受到了现代技术之本质连同这种技术本身的无条件的统治地位的促逼，去把世界整体当作一个单调的、由一个终极的世界公式来保障的、因而可计算的贮存物（Bestand）来加以订造。向着这样一种订造的促逼把一切都指定入一种独一无二的拉扯之中。"[2]

明白了海氏对现代技术世界的批判意旨，我们再回头来看海氏对荷尔德林诗歌中"大地—天空"意象的阐释，似乎就可以明白他的"思与诗"相结合的追求：

---

[1]〔德〕海德格尔.荷尔德林诗的阐释[M].孙周兴，译.北京：商务印书馆，2000：215.
[2] 同[1]217-218.

> 于是就有四种声音在鸣响：天空、大地、人、神。在这四种声音中，命运把整个无限的关系聚集起来。但是，四方中的任何一方都不是片面地自为地持立和运行的。在这个意义上，就没有任何一方是有限的。若没有其他三方，任何一方都不存在。它们无限地相互保持，成为它们之所是，根据无限的关系而成为这个整体本身。[1]

海德格尔承认，上述他阐述的天空、大地、人、神以及他们的"四方"关系，在荷氏的诗歌中并未出现"四方"这个数目，但整体地考察荷氏的"全部道说"（书信、残稿等），"四方"这个概念所体现出的"并存状态的亲密性而得到洞见了"。"四方"所指示的"命运之声的无限关系从自身而来统一的形态"这一意蕴已经被揭示，如荷氏在《形态与精神》一诗中所说的"万物亲密地存在"一语，即体现了"使四方开始进入亲密性之中"的意思。

海德格尔通过对荷尔德林《莱茵河》第十三节开头诗句——"这时，人类与诸神欢庆婚礼"及其稿本"这时，天空之婚曲到来"一句的对照，认为荷氏诗中所写的"新娘就是天空的乐曲达到的大地"。"婚礼乃是大地与天空、人类与诸神的亲密性之整体。它乃是那种无限关系的节日和庆典。"[2] 通过这一"大地与天空的婚礼"，人与任意一个神，"更共同地让美在大地上居住"，而"美乃是整个无限关系连同中心的无蔽状态的纯粹闪现"[3]。

第二组意象是人在大地上劳绩，却"诗意地栖居"的意象。海德格尔对于荷尔德林诗歌中歌颂人在大地上的"劳绩"而能够"诗意地栖居"的意象，非常敏锐地捕捉到了，并予以高度的肯定。在《荷尔德林和诗的本质》一文中，海德格尔从荷尔德林诗歌中提取了五个中心句子。而第五个句子就是大家比较熟悉的两句诗：

> 充满劳绩，然而人诗意地栖居／栖居在这片大地上。[4]

人生在世，充满劳绩，比较容易理解。但充满劳绩的人在大地上可以诗意地栖居，这不是一般的人所能理解或体会得到的。海德格尔认为，荷尔德林"从人类此在的根基上"发现了"诗意的"生存本质，这种"诗意地栖居"的意思是说：

---

[1] 〔德〕海德格尔.荷尔德林诗的阐释[M].孙周兴，译.北京：商务印书馆，2000：206-207.
[2] 同[1]173.
[3] 同[1]219.
[4] 同[1]35.

置身于诸神的当前之中,并且受到物之本质切近的震颤。此在在其根基上"诗意地"存在——这同时也表示:此在作为被创建(被建基)的此在,绝不是劳绩,而是一种捐赠。[1]

"诗意栖居"短语中的"诗","不只是此在的一种附带装饰,不只是一种短时的热情甚或一种激情和消遣"。诗的本质"乃是对存在和万物之本质的创建性命名",它绝对不是任意的道说,"而是那种首先让万物进入敞开域的道说",因此,"诗乃是一个历史性民族的原语言(Ursprache)"[2]。由此可以将诗看作"历史孕育的基础",而不是一般意义上所谓的文化或者"文化灵魂"的单纯表达。[3]"在诗中,人被聚焦到他的此在的根基上。人在其中达乎安宁……在这种安宁中,一切力量的关联都是活跃的。"[4]

由于"诗本身在本质上就是创建","作诗是对诸神的源始命名",故"诗人之道说"就是对诸神暗示性语言的"截获",然后把这种截获"进一步暗示给诗人的民众"[5]。因此,通过荷尔德林诗歌的哲学阐释,海德格尔对诗的本质作了这样的规定:

诗的本质就被嵌入到诸神之暗示和民族之间的相互追求的法则中了。诗人本身处于诸神与民族之间。诗人是被抛出在外者——被抛入那个"之间"(Zwischen),即诸神与人类之间。但只有并且首先在这个"之间"中才能决定,人是谁以及人把他的此在安居于何处。"人诗意地栖居在这片大地上。"

因此,所谓"诗意地栖居",意思是说,通过"本身处于诸神与民族之间"的诗人,让诗人的民众重新回到与诸神和融共处的状态之中。这种人神和融共处的状态就是"此在"在"存在根基上的诗意"。由此,我们就可以理解荷尔德林所说的,作诗是"最清白无邪的事业"(孔子:"诗无邪"),同时语言,特别是诗的语言又是"最危险的财富"[6]。

---

[1] 〔德〕海德格尔.荷尔德林诗的阐释[M].孙周兴,译.北京:商务印书馆,2000:45.
[2] 同[1]46.
[3] 同[1]45-46.
[4] 同[1]48.
[5] 同[1]49.
[6] 同[1]36-38.

第三组是"故乡—本源"的意象。海德格尔通过对荷尔德林《返乡——致亲人》一诗的阐释,对荷氏诗歌中追求诉"故乡—本源"意象进行揭示。这其实可以看作海氏本人批判现代科学—技术导致人的存在根基之斩断或丧失的现象,而借助"诗人中的诗人"——荷氏之诗,来阐发自己关于人的存在的哲学思考。

在海德格尔看来,"故乡切近于源头和本源的位置",所以故乡"也就天生有着对于本源的忠诚"。因此,"那不得不离开故乡的人",实际上是"难以离弃这个切近原位",而"返乡就是返回到本源近旁"[1]。但"与本源的切近乃是一种神秘(Geheimnis)"。这种"神秘"不是通过揭露和分析去知道的一种神秘,"而是唯当我们把神秘当作神秘来守护,我们才能知道神秘"[2]。人们如何知道"神秘"呢?那需要通过诗人来道说"神秘"。故乡——"母亲苏维恩邻近'家园炉灶'而居",炉灶守护着潜藏的火光,火光一旦燃起烈焰,就将开启出大气和光明。因此,"家园炉灶",亦即母亲般的大地的炉灶,"乃是朗照的本源,它的光辉首先倾泻在大地上"。

"故乡—本源"这一诗的意象,在荷尔德林的诗作与海德格尔的阐释之中,并非无历史性和地方性的普遍而空洞的意象,而是对当时德国的"少年们和老人隐匿起来"的"德国之魂"[3]。在诗人荷尔德林的诗作《返乡》之中,"福乐的苏维恩,我的母亲",与她的"更辉煌的姐妹伦巴第",是"故乡的本质"[4]。对于海德格尔而言,荷尔德林诗歌中的"返乡","乃是德国人的历史性本质的将来"[5]。而蕴藏于诗人诗作中的"德国人的历史性本质的将来",需要通过"有思想者的存在",才能让作诗者的话语方向揭示出来:

> 德国人是诗与运思的民族(亦可译为"诗与思的民族"。见译者脚注)。
> 因为现在必须首先有思想者存在,作诗者的话语方成为可听闻的。[6]

当然,并不是任何一个德国人的"思"可以触及那"被诗意地表达出来的隐匿着的切近之神秘","唯有忧心者的运思"才能"诗意地表达出来的隐匿着的切近之神秘"[7]。"然而,词语一旦被道出,就脱离了忧心诗人的保护",因此:

---

[1] 〔德〕海德格尔. 荷尔德林诗的阐释 [M]. 孙周兴, 译. 北京:商务印书馆, 2000:24.
[2] 同 [1]25.
[3] 同 [1]11.
[4] 同 [1]22.
[5] 同 [1]32.
[6] 同 [1]32.
[7] 同 [1]32.

诗人要求助于他人，他人的追忆有助于对诗意词语的领悟，以便在这种领悟中每个人都按照对自己适宜的方式实现返乡。[1]

因此，回到上文所述，诗人只是"诸神与民族之间"的居间者，他必须在天地人神"四方"的相互联系之中，"无限地相互保持，成为它们之所是"，并"根据无限的关系而成为这个整体本身"。

四、作为原初语言的诗歌在文明交流互鉴中的"普遍语法"意义

一般而言，人类早期叙事诗时代，特别是口头文学，如神话时代，诗与思是内在的统一的。诗与思的高度结合，是人类文明在早期的普遍形态。中国学者蒙文通先生曾以中国文明为例，阐述文学（诗）的时代要早于历史的时代。他认为，孟子所说的"《诗》亡然后《春秋》作"，"正说明《国风》变而为《国语》。这一变化反映了周代学术由文学的时代而入于史学的时代"[2]。而"由《国语》变而为《家语》，正是由史学时代演变而入于哲学的时代"[3]。纵览世界文学史，诗歌，或者是史诗，是各民族的原初语言。在这一原初的语言形式里，诗与事、诗与思是交融于一体的（本文不讨论诗与事的关系，而仅讨论诗与思的关系）。因此，将诗思互镜的现象放在人类文明交流互鉴的历史进程之中，可以喻之为一种"普遍语法"。

就中国传统的学术而言，经史子集四部分类，虽然有广义的文学知识类别——集部，但仅就"五经"内部的著作而言，本身就包含着诗与思的内在关联。作为经之一种的《诗经》，仅就其现存的 305 篇而言，颂、雅的部分诗作就是包含浓厚的宗教、哲学之思。子部中的一些个人思想作品，亦是诗意与思想的高度融合，《庄子》一书实可作为典型。汉译佛教的一些经典，如《百喻经》之类通俗作品，也是诗与思的高度结合的作品。集部中作家个人作品家，更是诗与思的结合。例如柳宗元、刘禹锡等文人的作品集，皆是如此。诗与思的分离，也只是现代学科分类导致的一种短暂的精神现象。这种诗思分离的比较短暂的人类精神现象，其根源还在于现代工商业的精细分工，即物质生产的精细分工导致精神生活领域中众多的分工，诗与思的分离仅是这种物质生产

---

[1] 〔德〕海德格尔. 荷尔德林诗的阐释 [M]. 孙周兴，译. 北京：商务印书馆，2000：33.
[2] 蒙文通. 蒙文通全集：一 [M]. 蒙默，编. 成都：巴蜀书社，2015：10.
[3] 同 [2]16.

分工导致众多分工的一种表现而已。如果说，古希腊神话中人是男女结合的圆形的完满状态，因为天神的忌妒而将人劈为两半，让人无心再与神较力，而是追求另一半。这事实上是以神话的形式揭示了人的完满性存在的丧失。在现代工商业文明兴起之时，人的思维中诗性的与理性的思维的统一性也开始分裂，追求效率与效益的现代资本主义的生产—生活方式，迫使一些存在物（包括人的存在）必须服从资本追逐利润的逻辑，而分工—分离，让一切事物只展现其有效益的一面，从而在整体上让全社会都表现出高效益化，是追求效率与效益的最原始的一步。从这个角度来说，诗与思的分离，是人在思维层面的完满性让位于资本—效益的逻辑的第一步。

就本文的比较而言，实际暗含着两种不对称性，其一，在形式上的不对称性，这亦表现在两个方面，首先是屈原为中国古典时代的大诗人，而荷尔德林是18—19世纪的现代诗人。他们在诗歌内容、诗思的追求目标上有很大差异。其次是在哲学家的诗评方面，有人数上的不对称性，中国方面选择了三位哲人，而德国方面则只选择了海德格尔一人。这并不意味着海德格尔一人足以抵得上中国的三位思想家，而完全是因为我对其他的评价荷尔德林诗作的哲人一概无知的结果。其二，诗歌的时代精神与评论者对于诗歌精神价值的评论标准的不对称性，中国三位哲学对于屈原诗歌精神价值的评价尺度是经学的精神准则，合乎经学的精神准则与表现方法，则屈原的诗作就是有价值的，如果其中有些内容不符合这种经学所包含的价值，则是需要摒弃的内容。更简洁地说，五经与经学所代表的精神之正统，与屈原作品与经和经学这种精神之正统的弥合度，是其诗与思的价值之圭臬。之于屈原的作品是否包含有人类的一般性的精神内容，或者表现出对人的生存希求新面向之开掘与否，并不在刘勰、王夫之、戴震三位研究屈原诗作的视野之内。海德格尔对于荷尔德林诗作的哲学解读，完全是立足于他本人对于现代性、现代技术对人的完整性之割裂的批判立场出发，借助荷尔德林诗作中的几组意象，来表达对人的有根性、整体性、切近本源性的存在之呼唤。因此，从表面上看，是海德格尔在努力地阐释荷尔德林的诗歌，实际上是海德格尔让荷尔德林说着海氏本人自己想说的话。当然，我们也不否认荷尔德林的诗歌中蕴含着对现代性批判的哲学之思，否则，我们就无法理解为什么海德格尔不选择德国其他的伟大诗人之作品，如歌德、海涅的作品展开他对现代性的批判，而是选择了荷尔德林的系列诗作。以歌德为例，他的长篇叙事诗《浮士德》，其内涵固然十分丰富，并非能作单向的释义，但其中对现代性，特别是并不停歇的现代动力与精神的歌颂，是重要的精神内核。这一精神内核显然与海德格尔对于现代性，特别是现代技术造成的各种割裂的批评是不甚合拍的。因此，阐释者与被阐释对象之间的精神契合度，决定了海德格尔与荷尔德林的诗思倾向更为接近，而与歌德的诗思倾向不甚相契。

事实上，本文上述选择的三位中国思想家对于屈原作品的阐释，也基本上符合这一基本的阐释原则，三人共享的"尊经"立场，都不约而同地表现了对屈原作品中合乎"五经"精神的肯定与赞美，如刘勰肯定屈原是"雅颂之博徒"，王夫之认为屈原作品的表现手法合乎《春秋》的"属辞比事"的手法，戴震认为屈原作品是"经之亚"，且其诗表现为"心至纯""学至纯""立言要旨归于至纯"的"志纯"的整体意象，而所谓的"志纯"并非一种自然的情感真诚，而是指合乎"五经"的根本精神。当然，他们三人对于屈原作品精神价值的肯定，也有各自的独特之处，如刘勰强调屈原的作品是《诗经》之后的"奇文"，体现经之文在不同时代环境之中变化的极致之美。因此，在《文心雕龙》一书中，将《辨骚》篇视之为文之枢纽五篇之一——当然是居五篇之末。王夫之则主要从政治上的"忠贞之情"、精神上的"抱独之心"与诗歌韵语的"抗坠"功能等多角度，肯定了屈原作品多方面的精神价值，并且将自己亡国之臣的"遗民"之情投射到屈原身上，在两人的政治身世上找到了精神的契合度，固对屈原作品的精神丰富性做出多方面的同情解读。处在乾嘉考据学时代的戴震，由于面对清政府的文字狱的残酷政治形势，不可能放开思想家的思维，而只能严格地"依经立义"，歌颂屈原的绝对忠贞之情——纯志，并对屈原作品的植物做了知识性的实证解释与说明。

　　回到本文的主题，即诗与思相结合的精神现象，在中德文化发展过程中表现出了某种共享的思维形式，尽管诗与思相结合的具体表现形式并不相同。慧境既可能通过哲学的玄思开拓出来，也可以通过诗歌的意象呈现出来，而在哲学家与诗人、即思与诗之间是可以对话，且可以相互阐释并相互照亮。诗之意象因为思之光芒照射而表现出自身的多层次的色彩之美，而诗却让思的光芒在各种意象中穿梭、驰行，使得思之光芒不像太阳之强光令人无法直视，而是在立体的感性之意象中以不同的折射率，在人的心灵之中呈现光怪陆离之妙。不同民族的诗思结合所呈现出的不同的精神内容，恰恰可以丰富我们人类的精神宝库。人类历史有阶段性，其精神的内容与形式，特别是对待人的规定与约束是不同的，在特定的问题上有进步与落后之分，需要思想的鉴别与分析。但不同民族的精神成果，从其主要方面说具有平等性。因此，在不同民族，乃至不同文明形式之间的交流互鉴活动中，我们不应该采用抬高自己、压低他者的"判教"态度，而是要学会"各美其美，美人之美，美美与共"（费孝通语）的思维方式。

"存在的建基者"：海德格尔论诗人对民族共同体的历史性意义[1]

贺念

武汉大学哲学学院副教授

一、引论：诗人对"家"与"国"的双重建基

在对海德格尔美学思想及相关诗学问题的探讨中，诗人的道说为何以及如何指引了人在大地上的诗意居住成了一直以来人们所关注的核心问题。诗人通过倾听纯粹语言的言说，为人的生存建立了一个不同于计算性和有用性的"另一尺度"，也就是：人作为能死者逗留于物，参与天地人神四元的自由游戏，从而找寻本真性的家园。所以海德格尔说："作诗就是本真的让栖居。"[2]

然而，通过对海德格尔的诗学阐释更全面的研究，尤其是《海德格尔全集》第38卷《逻辑作为对语言本质的追问》（1934年夏季学期弗莱堡讲课稿）和第39卷《荷尔德林的颂歌〈日耳曼尼亚〉与〈莱茵河〉》（1934—1935年冬季学期弗莱堡讲课稿）的深入研读，我们发现海德格尔所强调的另一个维度被我们所忽视了，即：诗人不仅建基供个体此在诗意栖居的家园，而且也建基本真性的民族共同体。

针对第一个维度，海德格尔的诗学思想集中体现在对荷尔德林的名言"人充满劳绩，但诗意地栖居在此大地之上"的阐释之中；针对第二个维度，海德格尔则主要通过"存在的建基者"这一表达来阐明诗人对民族共同体的历史性意义，他说道："人类的历史性此在根本上来说是由诗人所预先经验的存在所承载和引导的，诗人预先经验它之后再将它带向语言，并且带到民族（Volk）之中。这也就是说我所说的'诗人乃是存在的建基者（Stifter）'。"[3] 这意味着，在海德格尔看来，荷尔德林和歌德等诗人的诗作不仅仅教人如何诗意地生存，而且它们也根本性地规定了"何为（本真性的）德意志民族"，从而对于民族的存在建基具有历史性的开端意义。

---

[1] 国家社科基金一般项目"海德格尔存在论现象学中的规范性问题研究"（21BZX094）阶段性成果。

[2] Heidegger, GA7, S193.

[3] Heidegger, GA39, S184.

本文首先论述海德格尔对个体此在（"我"）与民族共同体（"我们"）的哲学建构；其次，论述语言对于民族共同体的奠基性作用，在此基础上，分析海德格尔如何论述作诗指引了一个民族的本真性存在方式；最后，分析海德格尔这一思想在文明互鉴的视野下所具有的当代意义。

二、"我"与"我们"："自身"（Selbst）的不同存在方式

近代主体性哲学兴起之后，康德曾将哲学的根本问题总结为"人是什么？"（Was ist der Mensch）[1]，海德格尔在早期思想的代表作《存在与时间》中就曾指出，人作为此在（Dasein）并不同于现成存在者（Vorhandenes），后者是我们用"实体＋属性"的方式可以"范畴式"地把握的，如我们从性质（颜色、大小等）、数量、时间和地点等方面来规定一张桌子、一个石头的存在，但对于人之此在来说，他的本质在于他的生存，也即他朝向能在的各种可能性，因此我们不能用"什么"（was），而只能用"谁"（wer）来对人之存在提问，于是经由海德格尔将人之存在的独特方式明确下来之后，康德的哲学根本之问就转化为了"人是谁？"（Wer ist der Mensch）[2]。

海德格尔不仅改变了追问人之存在的提问方式（从"什么"到"谁"），而且也根本上改变了这一追问的主体性原则的基础。自笛卡尔开始，哲学确立了"我思故我在"的第一原则地位，即"我思"（cogito）作为精神性的自我乃是先于所有关于世界的其他知识建立起来的最具确然性的存在。康德发展了这一唯我论的主体性原则，他在《纯粹理性批判》中同样将我思所代表的"先验统觉的源始的综合统一"称为知性的最高原理（B136）。[3] 当海德格尔在《存在与时间》中明确地将此在的基本状态（Grundverfassung）标示为"在世界之中存在"（In-der-Welt-sein），同时将"共在"（Mitsein）作为此在的本质规定（Wesensbestimmung）进行强调时，他实际上已经彻底扭转了唯我论—观念论的主体性原则，因为哲学上"第一性"的源初被给予性再也不是一个单纯思想的"我"，而是一个已经被抛到世界，并且总是与其他人和物打交道的实际性的我。严格来讲，这时候的"我"就已经不可避免地是"我们"中的"我"。这意味着，追问人之存在的最源初根据就从单一的自我意识转化为了一种复合性的结构化存在，即人在世界中与他人和他物的共在结构。

---

[1] 〔德〕伊曼努尔·康德.康德认识论文集：下卷[M].李秋零，译注.北京：中国人民大学出版社，2016：654-655.
[2] Heidegger, SuZ, S44f.
[3] 〔德〕伊曼努尔·康德.纯粹理性批判[M].邓晓芒，译；杨祖陶，校.北京：人民出版社，2004：91-92.

跨时空文学对话

由于海德格尔在《存在与时间》中讨论此在的本真性时间问题时花费了极大的篇幅论述死亡以及它的个别性和不可替代性，所以给予很多学者一个印象，似乎海德格尔同样陷入唯我论的窠臼，忽视了本真性共在的维度。[1] 这一看法实际上与海德格尔思想本来面貌完全不符，它所犯最大的一个错误，就在于忽视了海德格尔对"本真性民族"的论述[2]。实际上，"民族"概念在《存在与时间》后半部分探讨"历史性"时就已经出现了，但对这一维度最为清晰的阐明还是集中在海德格尔30年代中期的文本中，尤其是1933—1934年冬季学期的研讨班《论自然、历史与国家的本质与概念》（收于《海德格尔年鉴》第4卷）、1934年夏季学期弗莱堡讲座《逻辑作为对语言本质的追问》(GA38)以及1934—1935年冬季学期讲座《荷尔德林的颂歌〈日耳曼尼亚〉与〈莱茵河〉》(GA39)。

海德格尔在《逻辑作为对语言本质的追问》中专辟一章谈"对人之本质的追问"，在此他对"人是谁？"这一问题所关涉的主体方面的基础给出了最为清晰的回答。能够提出这一问题的，是人自身，而"人是谁？"（而不是"人是什么？"）所问及的存在者，其实也是人自身，所以海德格尔认为："人是谁？"这一问题是针对自身（Selbst）而来的，根据它所关涉主体的不同情况，可分为"我（自身）是谁？"，"你（自身）是谁？"，"我们（自身）是谁？"，"他们（自身）是谁？"等。海德格尔讲道："你是谁？你自身是谁？我自身是谁？我们自身是谁？此'谁—问题'指向了作为'自身'的存在者之一般。我们现在可以将预先提出的问题的答案确定为：人是一个自身（ein Selbst）。"[3]

这意味着，海德格尔用一个去掉了人称、中性的、形式上的主体规定"自身"代替了此前第一人称的"我"作为哲学的根本问题"人是谁？"的基础。严格来讲，"自身"的人称及其内容规定都是不确定的，它有待被具体的人称占位。虽然它是所有"人是谁？"这一问题必然回溯到的哲学基础，但它却不再是一个确定的存在者，诸如笛卡尔的"我思"或者康德的"先验自我"。海德格尔的这一思想具有非常重大的哲学意义，即：他彻底扭转了近代主体论哲学的"唯我论"倾向，取消了作为思维者存在者的"我"的基础性地位，并用一种全新的存在论视角来重新追问人作为主体的意义。如他明确讲道：

"自身（Selbst）并不是我（Ich）的独特规定。这是近代思维的根本错误。自身

---

[1] 持这一看法的学者有很多，包括阿伦特、哈贝马斯、洛维特、列维纳斯等代表。

[2] 除了"本真性民族"之外，早期海德格尔思想中表达"本真性共在"的方式同样还包括"做出表率式的操心"和"爱"，相关研究参看 Nian He: Sein und Sinn von Sein: Untersuchung zum Kernproblem der Philosophie Martin Heideggers, Karl Alber Verlag, 2020, Kapitel 7, S234-273。

[3] Heidegger, GA38, S35.

并不是由"我"决定的,毋宁说,自身的特性同样也内在于你、我们和你们。自身的特性并不分别属于你、我、我们,毋宁说,我、你、我们都是以同样源始的方式(in gleichursprünglicher Weise)归属于 Selbst(自身)。"[1]

如果追问人的本质要从"自身"出发,而不是从"我"出发,并且"我""你""我们""你们"等虽然都归属于"自身",但它们彼此之间却没有孰者更优先、更源初的问题,那么也就不存在从"我"出发,去构造"他人",进而构造"我们"的哲学步骤,比如胡塞尔在《笛卡尔式的沉思》的"第五沉思"中,试图以"同感"概念来说明我的自我关于陌生自我的经验,进而解决他人的构造问题。在胡塞尔看来,自我能够凭借"同感"的能力把他人把握为一个像自己一样具有身体的共同存在着的自我。但在这样一种现象学构造中,"我"相对于"他人"以及进而作为共同存在的"我们"无疑具有优先的哲学地位。与胡塞尔不同,海德格尔明确说道:"既不能说'我们'对于'我'有优先性,也不能说'我'对于'我们'具有优先性。"[2] 现象学的任务不是要论证到底应该是如胡塞尔那样从"我"出发来给"我们"奠基,还是如列维纳斯那样从"他者"出发给"我"奠基,抑或如宾斯旺格强调的那样从"我们"出发来给"我"奠基[3],而是要论证,为何"我""他""我们""你们"等都以同样源初的方式奠基于一个无人称、中性的"自身"。

那海德格尔如何理解"我"与"我们"呢?在他看来,并没有一个从"我"到"我们"的奠基过程,或者反过来,从"我们"到"我"的奠基过程,他以 Dasein(此在)出发追问人的生存,"我"和"我们"则是此在所关涉的 Selbst(自身)两个同样源初的存在方式,具体来说,到底此在是作为"我"还是"我们"出现,取决于生存活动中的"关联关系"(Bezugsverhältnis)究竟如何。

海德格尔说:"我们并不是原初地从数字(Anzahl)方面规定的,毋宁说,是从在此被说及(angesprochen)的自身的各自特性来规定的。"[4] "我们"并不是很多的"我"在数量上的相加。举个例子来说:"我们现在在线上开会",之所以这里的与会者被称为"我们",不是因为"参会的我"有很多,它是一个总数,也不能从多个主体"出现在同一个物理空间和时间"、同样的地理位置,或者"共同的生物特征"(比如这个会场具有听觉和语言能力等生物特征的人比较多)出发来理解"作为与会者的我们",

---

[1] Heidegger, GA38, S38.

[2] Heidegger, GA38, S38.

[3] 宾斯旺格曾明确提出过在爱中所敞开的"我们性"(Wirheit)要优先于在操劳中的"我",见 Ludwig Binswanger, Grundformen und Erkenntnis des Menschlichen Daseins, Ernst Reihhardt Verlag, Berlin/Basel, 4. Auflage, 1964, S33。

[4] Heidegger, GA38, S42.

毋宁说，这里之所以使用"我们"，乃是因为在会上的此在相互倾听，这一"相互倾听"的生存活动所关涉的那个自身（Selbst）就是"我们"[1]。

只要"相互倾听"的这种彼此关联关系建立了，那么此时的"此在"作为"我们"也就同时建立了，"我们"并不是许多个"我"相加的一个"后果"，相反，即便有多个"我"在会议现场，也不一定就是"我们在开会"。如果"相互倾听"的活动没有真正展开，那就只能说"有不同的人在发言"，而不是"我们在开会"。

这意味着说，我们要从此在的生存活动的"关联关系"出发，而不是从"我"出发，来理解活动主体所关涉的"自身"，从而回答生存活动中的"人是谁？"的问题。"我"并不先于"我们"，它更不先于"自身"，而且"我"也并不排斥"我们"，仿佛在"我们"之中就不存在实现本真性的"我"的可能。"我"和"我们"是理解"自身"并行不悖且不可分割的两个同等重要的维度。

通过对以上哲学思路的澄清，我们在考察海德格尔关于艺术（诗作为其本质）与人之生存的本真性赢获之间关系时，也必须同时从这两个维度去思考。这意味着，"诗意家园"与"本真性的民族共同体"是理解人的本真生存并行不悖且不可分割的两个维度。诗人对于"家"与"国"的双重建基乃是对海德格尔在《存在与时间》中就已经展开的此在本真性的"个体"与"民族"的双重维度的发展而已。在早期《存在与时间》中，这两个维度就表现为：通过死亡的时间性分析揭示个体此在的本真性的同时，也允诺了一种本真性共在（Mitsein）的可能，只是后者在早期文本中并未得到足够的展开，而海德格尔在中后期思想中，通过诗人对"民族共同体"的存在建基作用填补了这一薄弱环节。

三、"我们"：作为语言共同体的"民族"（Volk）

如果我们进一步追问"我们自身是谁？"，海德格尔会如何回答呢？"我们自身"作为一个共同体（Gemeinschaft）的源初性规定究竟来自何处呢？海德格尔认为"我们"的源初规定性不能从物理学角度获得，比如在地球的某块区域上生活，共同出现在某一段天体时间里，也不能从生物学角度获得，比如有共同的种族或基因上的传承。他认为，我们是通过自身的决断（Entscheidung）融入一个民族而成为"我们"的：

"我们作为 Dasein 以我们自己的方式融入对民族（Volk）的归属性，我们立于民族的存在之中，我们就是这一民族自身。""我们自身是谁？回答：民族。我们是一个民族，并不是抽象的民族。"（Wer sind wir selbst? Antwort: das Volk. Wir sind ein

---

[1] Heidegger, GA38, S56.

Volk, nicht das Volk.）[1]

在这里，海德格尔提出，民族不是一个在科学意义上的自然性事实，仿佛只要有许多人现成地在一起，就有"民族"，就有"我们"，毋宁说，作为民族的我们是在一系列决断中产生的。如上面的例子，只有"相互倾听"的这一决断才保证了"我们在开会"。我们作为一个民族成立，在于我们（决断性地）参与了塑造共同的精神、文化和习俗。

那又该如何理解"民族"（Volk，注意，此词亦可翻译为"人民"）呢？海德格尔分别从身体、灵魂和精神三个方面对"民族"概念的一般含义进行了解释。从"身体"方面看，民族被理解为居住在一片土地上的人口（Bevölkerung），包括从血缘或者种群角度理解的"族人""种族"；从"灵魂"方面看，民族被理解为在生长的居住点，给人身上打下了烙印的习俗或生活方式，包括"民歌""民俗""民族节日"等；而从"精神"的角度看，民族被理解为"历史性的、有着认知和意志的精神性存在"[2]。

但以上这种分析主要还是从社会学意义讲的，严格来说，它回答的还是"民族是什么？"，依然把民族当作一种特别的现成存在者进行了规定。如果以"谁"还追问民族，那真正合适的提问方式是："这个作为我们自身的民族，它是谁？"（Wer ist dies Volk, das wir selbst sind?）[3] 显然，这不再是一个科学问题，既不是自然科学，也不是社会科学回答的问题，因为它不是对事实的研究，而是一个"决断的问题"，也就是我们如何通过决断性的行动来塑造我们自身的问题。海德格尔对着台下听课的学生举例说道：比如"当我们说'我们一起参与这所大学的教育活动'，我们如何行使决断"。如果仅仅是谈论一下校园的风景，或者对学校的过去以及现在表达肯定或否定态度，根本就不算决断性地参与到大学的教育活动中，没有真正进入作为大学共同体的"我们"。一种真正的决断，比如"我决定不再闲荡，认真准备考试，获得学位证书；以后，我将认真开展实用的职业培训，做好本职工作，做一个正直的人，一个对民族共同体有用的人"[4]。而这样的决断，总是朝向未来的，它自身作为一个事件必须预先地进入未来的事件。这意味着，"这个作为我们自身的民族，它是谁？"这个问题既关乎我们的历史及现状，更关乎我们自身朝向未来的决断。也就是说，在海德格尔看来，能够作为"民族"的源初规定性的那种东西，它必须具备统摄民族的历史、现在与未来的特别的时间性，并且尤其能够先行到未来，并在自身历史化的同时塑形现在。

---

[1] Heidegger, GA38, S57.
[2] Heidegger, GA38, S67.
[3] Heidegger, GA38, S69.
[4] Heidegger, GA38, S73.

这一关键的角色，海德格尔给出的答案是：语言。

从民族共同体的历史来看，我们生存的所有彼此"关联关系"是通过语言作为纽带而建立起来的。海德格尔说："存在的赢获或者失去都是在语言之中。语言是民族的历史性此在的世界构形（weltbildend）和保存中心的存有"；"语言是历史性的，这无非是说，语言在承担存在的绽出性直临中被移交给存在者整体的发生之中。""语言的本质存在于它作为世界构形力量出现的地方，即它首先预先对存在者的存在进行构形并将它们带入构造（Gefüge）的地方。"[1]

语言命名了物，命令了物的意义，以及物与物之间的关系，在这个意义上，语言命名了世界。这并不是说，一个物的实存需要依赖作为语言的另一个存在者，而是说，物自身意义的显现有赖于语言，"唯有词语才让一物作为它所是的物显现出来，并因此让它在场"[2]。因此，语言在敞开存在者整体的意义上，揭示了世界，"语言是存在的寓所"[3]。另外，语言也不是人的一种表达工具，仿佛是人通过语言建构了世界，相反，海德格尔认为，语言自身言说。表面上看，是人在使用语言在陈述和表达，但海德格尔解释了"人之说"与"听语言说"的一种更深沉的结构：

"说本是一种听。说乃是须从我们所说的语言的听，所以，说并非同时是一种听，而是首先就是一种听。……我们不仅是说这语言，我们从语言而来说。只是由于我们一向已经顺从语言而有所听，我们才能从语言而来说。在此我们听什么？我们听语言的说。"[4]

因为语言是存在之寓所，所以，每一个民族都居住在各自的存在之寓所之中并且以各自的方式历史性地揭示着存在。一个民族与另一民族最本己的区分就是语言。语言是复数的，民族也是复数的。而海德格尔认为，诗意语言才是一个民族最本源的语言。

语言是历史性的，它完成了对一个民族历史性此在的世界构形，我们任何人都已经出现在一个语言共同体之中，我们是被抛入语言之中的，而不是我们构建了语言，语言先于我们任何人，正如我们无法选择自己出生在何种母语之中，母语已经先于我们而规定了我们被抛入的实际性。同时，语言也是当下发生着的，只要我们生存着，它就一直是活泼的。然而，生存着的我们作为"民族"最根本的规定之所以是语言，最为重要的理由乃是：语言同时是朝向未来的。因为如前所述，"这个作为我们自身的民族，它是谁？"这个问题乃是一个决断问题，它必须在我们朝向未来的决断中给出回答。在海德

---

[1] Heidegger,GA38,S168-170.
[2] Heidegger,GA12,S158.
[3] Heidegger,GA9,S.
[4] Heidegger,GA12,S243.

格尔看来，语言的"未来维度"就在于它作为诗意的道说可以指引物的物化与世界的世界化，从而完成对一个民族的"存在建基"。正是在此意义上，海德格尔说："诗意语言才是一个民族最本源的语言。"[1]

四、作诗与本真性民族

首先，何谓"作诗"？

一般而言，人们会将作诗理解为诗人的一种创作活动，即诗人将自己心灵的体验用语言表达出来。在这个意义上，诗歌作为广义艺术活动之一，带有主观的色彩，正如柏拉图和亚里士多德所理解的那样，艺术活动本质上是一种模仿，要么模仿现成的物，要么模仿人的行动。因此在一般人看来，诗歌创作模仿的对象是现实之物，而诗歌自身恰恰因为参与了主观创作，因而是一种虚构，与科学所追求的"真"隔着一段难以弥合的距离。而海德格尔却说："但情况恰恰相反，诗歌作为得到创建的东西乃是现实之物，而所谓的现实之物乃是持续崩解的不现实的东西。"也就是说，海德格尔绝不认为诗歌的任务是主观的虚构，而是"道说性的创建"。诗歌作为一个民族的源初语言，不仅创建了一个民族的历史性存在，它表现为：塑造了一个母语共同体的世界构形（比如汉语其象形组成，以及历史性的语言文本作为中华精神的载体规定了我们对天、地、人及相互关联最基本的理解），而且还将通过道说，对民族此在进行一种指引。海德格尔说道：

"诗歌是道说性的创建。但就本质而言，语言自身就是最为原初的作诗，诗歌乃是一个民族的元语言（Ursprache）。

"作诗作为指引着的令敞开的道说样式。

"诗歌乃是：将民族之此在设立入这种暗示的领域内，也就是一种指示，一种指引。诸神在这种指引中——不是作为某种被意指的东西、可进行观察的东西，而是在诸神之暗示中——变得敞开。"[2]

这就是说，"诗并非对任意什么东西的异想天开的虚构，并非对非现实领域的单纯表象和幻想的悠荡飘扬。作为照亮着的筹划（lichtender Entwurf），诗在无蔽状态那里展开的和先行抛入形态（Gestalt）之裂隙中的东西，是诗让其发生的敞开领域，并

---

[1] Heidegger,GA38,S170.
[2] Heidegger,GA39,S34-38.

且作为如此,现在敞开领域才在存在者中间将存在者带向闪耀和鸣响"[1]。诗不是文学上任意的虚构,或者诗人情感、幻想或者想象的表达,诗本性上乃是照亮着的筹划。那么如何理解这一筹划呢?在早期,海德格尔在《存在与时间》中的筹划指的是此在从自身的可能性而来对自身的理解,它对自己说着:"成为你所是的","筹划是使实际上的能在得以具有活动空间的生存论上的存在建构"[2],此时的筹划是世界性的,它是此在在世生存的一个基本环节。而在中期,"筹划是一种投射(Wurf)的触发,作为这种投射,无蔽把自身派送到存在者本身之中"[3]。作为如此的照亮着的筹划[4],它让世界与大地进入裂隙而争执,并且让敞开领域发生,它表明为道说,世界与大地开始道说,世界与大地的争执的领地也开始道说,神性所居住的或远或近的地方也开始道说,在道说中,一个民族的世界得以历史性地展开,并且大地也作为自身锁闭者而得到保存。因此,诗创建了真。如果诗的本性是创建真的话,那么艺术的本性当然就是诗。

如果诗的本性是创建真的话,这实际上意味着,它不仅描述了此语言民族共同体如何理解世界,而且还包含了"指引",一种要求,即民族"应当"如何去创建自身的历史性存在。

其次,诗人凭何而作诗?

"诗作是衡度……作诗乃是接受尺度……人首先为他的本性之幅度而接受尺度,(以此),人作为能死者成其本性。"[5] 接受尺度就意味着人作为能死者参与四元世界的游戏,并让四元自由游戏。此过程中,物物化,世界世界化。而世界作为家园,是本性的语言。因此,接受尺度亦意味着诗人倾听本性的语言的道说。艺术作为一种创制活动(poiesis),最初的含义就是"带出来"(hervorbringen),即让源初的语言所承载的存在进入无蔽之中。

---

[1] 对"诗"的这一段描述,孙周兴先生的翻译似乎是有问题的。德语原文为"Was die Dichtung als lichtende Entwurf an Unverborgenheit ausseineanderfaltet und in den Riß der Gestalt vorauswirft,ist das Offene,das sie geschehen läßt und…"从句中的"sie"指的是"die Dichtung",而孙周兴将其理解为"Unverborgenheit",他译为"是让无蔽发生的敞开领域",这句话海德格尔强调的是,诗让敞开领域发生。参看海德格尔.林中路[M].修订本.孙周兴,译.上海:上海译文出版社,2004:60.

[2] GA2,S193.

[3] GA7,S60.

[4] "照亮着的筹划"并不是"向着照亮(澄明)进行筹划",海德格尔在下页的边注中已经说了,是"裂隙的筹划",即筹划进入世界与大地的争执,只是这一筹划是照亮着的,它能作为道说,而将存在者带向敞开和光亮。刘旭光先生将此处的"筹划"理解为"对澄明的领会"和"澄明"自身的共属一体,尽管很有灼见,但恐怕却是不符合海德格尔原意的。参看刘旭光.海德格尔与美学[M].上海:上海三联书店,2004:212-215.

[5] GA7,S202.

海德格尔在《诗人何为》里说："创造（Schaffen）意味着：汲取（schöpfen）。'从源泉中汲取'意思就是：接受喷涌出来的东西并把所接受的东西带出来。"[1] 创造因此不再是从主体方面去规定，而是从艺术，从存在自身的显现去规定，创造不再是主体骄傲蛮横的主观表达，而是从艺术和存在自身汲取，并如实表达。这正如作诗意味着倾听语言的道说，并接受四元世界的尺度。马克·弗罗芒－莫里斯在其著作《海德格尔诗学》中非常准确地把握到了这一点："如果诗，——而不是诗人——是真正的'作者'，那么诗人就会已将自己抹去，并且不把关于他自己的任何东西添加到诗中去，这样诗人就会更加忠实，那么这首诗就应该拥有版权。那么，还有什么东西是该诗人去做的呢？只有准确性（exactitude）：这位诗人更接近于'源本'的东西，好像他只是一个更忠实或字面上的翻译者一样，好像这首诗在被写出前已经被写下了。"[2] 因此，诗的创造就是汲取并接受尺度，这乃是艺术家成为艺术家的规定。只有当人归属于艺术时，人才能创造。严格来讲，诗人的创造不是主观的任意编造，而是让诗歌自身创作自身。

最后，作诗如何创建本真性的民族呢？

在《荷尔德林的颂歌〈日耳曼尼亚〉与〈莱茵河〉》[3]中，海德格尔最为清晰地回答了这一问题。在此，他将诗人理解为一个民族共同体的"存在的建基者"。

"人类的历史性此在根本上来说是由诗人所预先经验的存在所承载和引导的，诗人预先经验它之后再将它带向语言，并且带到民族之中。这也就是说我所说的'诗人乃是存在的建基者（Stifter）'。"

"建基包含着双重涵义：一方面，建基指的是将尚未存在的东西在其本质中先行筹划而出。这种作为作诗的建基乃是一种道说，就此而言，它同时指的是：将筹划活动带到语词之中——作为道说和得到道说的东西，将道说设立入一个民族的此在当中，并由此将这种此在首先带向站立，为这种此在建基。另一方面，建基活动指的是：将那种仿佛是先行得到道说、得以奠基的东西作为持续的纪念而进行保存和拯救。这种纪念是对得到开启的存在之本质的纪念。一个民族必须一再以崭新的方式思及这种纪念。"[4]

海德格尔完全是从一种特别的时间性出发来论述诗人对于民族共同体的作用，即诗人通过倾听语言自身的言说，可以预先经验尚未存在但将要存在之事，并将它带向语言，带到民族之中，而且让这种"将来"自身历史化，即让它走进民族的历史，从

---

[1] GA5，S298.
[2] 〔法〕马克·弗罗芒·莫里斯．海德格尔诗学[M]．冯尚，译；李峻，校．上海：上海译文出版社，2005：92.
[3] GA39.
[4] Heidegger,GA39,S184,214.

而对民族的当下存在形成一种指引。诗人作诗因而具有三重作用：一是显示，让尚未存在者显示出来；二是保存，通过创作，此尚未存在者作为先行道说得以保存和拯救，只要我们阅读诗歌，我们就可以在诗意语言中不断经验它、纪念它；三是指引，对尚未存在者的纪念具有一种筹划作用，它指引了民族共同体当下的生活，它作为一种"本真性"而给出了一种要求、一种应当。

具体来说，荷尔德林就是显示、保存以及指引了德意志民族之未来存在的诗人。海德格尔说道："荷尔德林是作为将来的、德国的存在之诗人——不是主格的第二格，而是宾格：诗人，首先将德国人以诗歌方式创造出来的诗人。荷尔德林在别具一格的意义上是诗人，亦即他是德国的存在的创建者。原因在于，他以最为深远的方式筹划了德国的先有，先行而远远地将德国的存在筹划入最为深远的将来。他能够打开这一最具将来性的深远之域，因为他从诸神的拒绝（逃遁）和逼涌的最深邃的急迫之经验中取得了打开的钥匙。"[1]

在荷尔德林《日耳曼尼亚》中得到创建的就是："祖国作为一个民族的历史性存在。祖国乃是存在本身，它从根基上承载并构造着一个在此存在着的民族的历史，也就是它的历史之历史性。祖国不是抽象的、超时间的自在观念，相反，诗人在一种原初意义上以历史性的方式看待祖国。"[2] 注意：这里讲的民族的"历史性存在"绝不能被理解为"过去存在"（Vergangenes），后者是不可更改地完结了，它不可复现，过去之物是固定的，然而前者所关涉的乃是一种本真的时间性："曾在着的未来从自身放出当前。"荷尔德林并不是单纯地召回已经过去的希腊的诸神（有名之神，复数），而是在承认诸神逃遁的历史背景下，从德意志民族的未来存在出发，重新召唤新的无名之神（"最后的神"）。

这意味着，一个生存在民族母语中的诗人，他能够预先经验此语言中昭示出的存在之未来规定，然后凭借于他将它带向语言，即带向这个民族的历史性此在，将一种全新的民族之本真可能性规定建基起来，这就是一种指引性的激活，它不是单纯对民族过去历史的复现，也不是沉湎于民族此在的当下生活方式，而是从一种被要求的未来存在出发，打开一个新的历史性的开端。正如一个个体此在可以在面临死亡的畏之经验中，通过决断而向着未来进行筹划，从而激活一个与常人相区分的此在全新的生存可能性。作诗活动因为创建了属于"我们"（因为"我们"都归属于语言共同体）的这种本真性的时间性，所以它可以为民族的本真性存在而建基。

---

[1] Heidegger, GA39, S265-267.

[2] Heidegger, GA39, S121.

五、余论与启示

本文借助于海德格尔在 20 世纪 30 年代的文本探讨了他对"我"与"我们"之哲学内涵和哲学关联的分析,指出他将无人称、中性的"自身"(Selbst)作为哲学根本问题"人是谁?"的追问基础,"我"和"我们"是同样源初地奠基于"自身"之中,它们之间没有孰者优先的问题,也没有彼此之间需要奠基的问题。这样,我们在学理上,根本性地划清了海德格尔哲学与"唯我论"的界限。"我"与"我们"一直是海德格尔无论是早期还是晚期思想中并行不悖且不可分割的两个维度,只是对"本真性的我们"的思考,即诗人的道说为本真性的民族共同体之存在建基,更集中、更清晰地体现在他 30 年代的文本之中。这样,我们不仅彻底扭转了学界认为海德格尔思想中没有"本真性的共同存在"思想的看法,也补充了人们对海德格尔诗学意义的单维度印象:本源之诗不仅让物物化,从而让个体此在实现诗意地栖居在大地之上,而且也根本上规定了本真性的民族共同体的此在,正如荷尔德林之于德意志民族,以及屈原之于中华民族一样。前者是基于人与自然的关系而探讨诗意家园(Heimat),而后者则更多地基于人与人之间的共同存在探讨本真性的祖国(Staat)。

海德格尔强调诗歌对"家"与"国"的双重"存在建基"对于我们理解自身的诗歌文化传统具有极大的启示作用。首先,海德格尔没有将"本真性的我们"理解为一个普遍性的自我,比如康德的政治哲学所提倡的"普世公民",而是以语言作为基本规定,提出"我们"的终极形态是具有多元性的民族共同体。这在强调承认文明多元性基础上开展文明互鉴交流的当下,具有根本性的理论指导作用。

其次,海德格尔对荷尔德林作为诗人之意义的阐释有助于我们理解屈原等伟大汉语诗人的哲学意义。

我们在文学史上将屈原称作第一位"浪漫主义诗人",将"浪漫"与"现实"相对,仿佛屈原《离骚》等伟大诗篇仅仅是在抒情的意义上进行虚构。借助海德格尔对作诗之本质的分析,我们清醒认识到:《离骚》不仅奠定了我们对长江、香花草木、神话人物、虬龙鸾凤等天地世界之存在意义的理解,也奠定了我们是如何理解中华民族自身存在的。也许长江对于一个没有汉语经验的人来说,就是一条普通的河流,它具有其他物理河流的科学性质;香草就是一些普通的植物,它具有相应的颜色、形态和自然习性,但只要我们生活在汉语的语言共同体中,长江和香草所象征的人格性及其人生意义就不再是虚构,不是一种"浪漫",而是中华民族的现实的存在规定。

再次,我们将屈原当作了第一位诗人,却尚未如海德格尔所揭示的那样,充分地认识到他对汉语民族的历史性意义。他不仅仅是开始性的,而更是"开端性"的诗人。

这意味着《离骚》的意象所承载的意蕴世界建基了中华民族的历史性发生，有了《离骚》，我们中华民族的历史命运才真正得以展开。也就是说，从存在的历史发生角度来看，《离骚》才是汉语之语言共同体的历史开启者。

最后，我们总是从当今出发重思诗人的历史意义，但这并不是要再单纯地复制屈原，回到过去，而是从未来出发，让屈原精神成为一种敞开新的历史可能性的演历（Wieder-holung），正如荷尔德林在技术主义时代危机下对于德意志民族的历史意义一样。所以，理解屈原如何建基了汉语民族共同体的本真存在的真正目的，是要促使我们思考，在当前的技术主义时代下，一种朝向未来的历史性的可能性是怎样的，我们又该如何将它带向语言，从而通过激活当前的汉语，构形一种新的本真性的共同生活。

参考文献：

[1] Heidegger: *Sein und Zeit*, Tübingen 1927,16. Auflage,1986.

[2] Heidegger: Holzwege (1935–1946),GA5, Hrsg.: F.-W. von Herrmann,1977.

[3] Heidegger: Wegmarken (1919–1961), GA9,Hrsg.: F.-W. von Herrmann,1976.

[4] Heidegger:Unterwegs zur Sprache (1950–1959),GA12,Hrsg.: F.-W. von Herrmann,1985.

[5] Heidegger: Logik als die Frage nach dem Wesen der Sprache (Summer semester 1934)，GA38,ed. Günter Seubold,1998.

[6] Heidegger: Hölderlins Hymnen "Germanien" und "Der Rhein" (Winter semester 1934/35),GA39,ed. Susanne Ziegler,1999.

[7] Ludwig Binswanger,Grundformen und Erkenntnis des Menschlichen Daseins,Ernst Reihhardt Verlag,Berlin/Basel,4. Auflage,1964.

[8] Nian He:Sein und Sinn von Sein: Untersuchung zum Kernproblem der Philosophie Martin Heideggers,Karl Alber Verlag,2020.

[9]〔法〕马克·弗罗芒·莫里斯.海德格尔诗学[M].冯尚，译；李峻，校.上海：上海译文出版社，2005.

[10] 刘旭光.海德格尔与美学[M].上海：上海三联书店，2004.

[11]〔德〕伊曼努尔·康德.纯粹理性批判[M]邓晓芒，译；杨祖陶，校.北京：人民出版社，2004.

[12]〔德〕伊曼努尔·康德.康德认识论文集：下卷[M].李秋零，译注.北京：中国人民大学出版社，2016.

跨文化共同记忆视阈下的福建与近现代中德文化交流

刘悦

厦门大学外文学院

2022 年对于中华人民共和国和德意志联邦共和国来说是一个重要的年份。1972 年 10 月 11 日，两国正式建立外交关系，但是中德两个民族之间的交往源远流长，哪怕是国与国之间的交往也早已超越了五十年的界限。在国与国之间政治、经济关系发展的外部环境始终处于变化的背景下，人文交流尤其在促进民族之间的理解方面有不可替代的作用。在此，我想提出一个跨文化共同记忆的概念，借由这个概念来追溯中德之间的人文交流。

跨文化记忆可以被理解为在跨文化语境中生成的的文化记忆，它始终处于动态的建构当中，并处于双向影响当中。跨文化记忆有这样几个特点：

一、跨文化记忆是在跨文化语境中通过互动生成的文化记忆；

二、无论是单方的记忆还是共同记忆，跨文化记忆都不是文化的单纯叠加或者聚合的产物，而是交织的产物，具有文化间性的特点；

三、跨文化记忆强调客观而不是主观影响因素。互动的参与方不管带着何种主观动因进入跨文化互动场域，最后起决定作用的是客观生成跨文化共同记忆的土壤；

四、个体和群体的跨文化记忆之间有双向影响。群体的跨文化记忆建构基于个体记忆之上，而个体记忆又受到群体记忆的影响；

五、跨文化共同记忆具有可建构性、可追溯性和可传承性。

接下来，我想举几个在近现代中德文化交流中和福建有关的例子，来说明跨文化记忆的体现和潜在作用。图 1 是 1912 年德国汉堡港留下的一幅中国水手群像。摄影者不详。从中国人的视角来讲，我们可能看到这张照片后，脑海中马上就会闪现出一些问题：他们是什么人？从哪里来，到哪里去？为什么会出现在这里？

图 1　1912 年德国汉堡港的中国水手[1]

图片中反映的一些信息，可能马上就能唤醒我们脑海中业已存在的与近现代中国历史相关的文化记忆。从这些中国水手的打扮来看，他们与其他世界各国的水手无异。从某种程度上讲，他们可以说已经完全入乡随俗。从他们的相貌可以推测，里面可能有不少人来自广东或者福建沿海。从身体语言可以看出，他们中的大部分仍有很强的防御意识。这些信息不禁会促使我们进行一些思考，而这些思考会将我们导向中国海外移民史，导向中西文化交往史，导向中国近现代的社会变迁史。事实上，在 19 世纪末期，统一的德意志帝国成立后，远洋航线曾有过一段繁荣时期。由于发展迅速，水手短缺，欧亚之间的远洋航线上曾大量雇用中国的水手。有德国学者统计，20 世纪初，在世界各地航行的德国轮船上雇用的约 5 万名水手中就有约 3000 人来自中国。[2]

让我们把时间再向前拉到拍摄这张照片的约 20 年前。在一位德国学者的书中，我们看到了一张 19 世纪 90 年代福州港的照片（见图 2）。这张照片拍摄的时间，距离第一次鸦片战争后中国被迫打开首批 5 个通商港口（其中包括福州和厦门）已经过去了 50 年。从这张颇为清晰的照片中，我们得以一窥当时福州港的繁华程度。

---

[1] Lars Amenda: China in Hamburg. Hamburg: Ellert & Richter Verlag, 2011:42.
[2] 刘悦. 德国的华人移民：历史进程中的群体变迁 [M]. 杭州：浙江大学出版社，2018：10.

图 2　19 世纪 90 年代的福州港 [1]

19 世纪下半叶，已经有禅臣洋行等多家德商在闽经商。从 1873 年的福州海关统计数字里面可以看到，从德国进口的船舶数量仅次于英国，居于各国第二位。[2] 而且从当时留下的一些记录来看，德国船的口碑在民间甚至还要优于英国船只。[3] 当时有一些商家认为德国人比较守信，值得做生意。此外，这个时期中德之间的军火贸易也在迅速发展，就在离厦门大学思明校区不远的白城沙滩上有一处景点，名叫胡里山炮台，那里曾安设有两门克虏伯大炮，是洋务运动发生后由清政府从德国克虏伯工厂购置的。1871 年成立的德意志帝国统一各邦后，德国在扩张自身国家利益的驱动下，虽迟到但未缺席，也跟随其他西方列强的脚步进入了东亚利益场，谋求更大的利益。1896 年，德皇威廉二世派好战的海靖男爵任驻华公使。德军在此前后曾经谋求在华建立舰队基地。在德意志 1897 年夺取胶州湾之前，曾经考虑过在厦门建设军港。现在还可以在德国的联邦档案馆上查到一张 1903 年普鲁士测绘局所绘的厦门地区地图，同期被测绘的还有福州港的地图，当时德国对于厦门的了解已经到了非常细致的程度。

---

[1] Bernd Eberstein.Hamburg-China: Geschichte einer Partnerschaft, Hamburg: Christians, 1988:97.
[2] 中国人民政治协商会议福建省委员会文史资料研究委员会. 福建文史资料第 10 辑：闽海关史料专辑 [M]. 福州：福建人民出版社，1985：88.
[3] 厦门市志编纂委员会. 近代厦门社会经济概况 [M]. 福州：鹭江出版社，1990：16.

跨时空文学对话

这些史实折射出动机、目标、利益考量和实施行为等多方因素，引导我们在关于跨文化记忆的挖掘中找到更多维度，其中民间交流在这一时期的中德互动中留下了难以磨灭的印迹。比如，中国近现代最具影响力的报纸《申报》在1884年就刊登了关于德国商船在厦门海域救人这样一则报道：

> 八月初三日，厦门复发大风，港内夹板商船急下碇抛锚，以防触碰。海面渔船急切不能入口，多有尽付波臣者。有合吉鱼行张姓渔船一艘，由大担山外入港，驶至青屿附近，蓦被风浪击翻，全家男女大小十四人均堕水中，有二女孩因荏弱无力，顿被猛浪冲入波心，幸有德国夹板船入口，引水西人好卜施丹急放小艇拯救，计拯起七男三女及童男童女各一人。若该西人者，真可谓好行其德矣。[1]

到了1896年，《申报》再刊登了一段关于德国商船在海上救援落水者的报道：

> 厦门采访友人云，德国亚民也商轮船即新汀州，正月三十日由香港开行，将近汕头，遥见有一渔船飘荡波中，悬旗求救。船主尉依德急改道飞驰，而前时适风狂浪险，爱督同水手，特小艇放下，极力救援，始将在船各人援之出水，附载至厦门，禀请德国领事官照送地方官安置。周子迪观察以尉依德氏好义可嘉，除照例给洋银四十圆外，复于二月十三日制备红缎幛，大书急公好义四字，饬厦防同知送交德领事署，转给尉依德氏。[2]

这些都是在民间交往中留下来的让人感受到人性光芒的故事。不可否认，中德在近现代的交往受到了德国建立在华势力范围的决定性影响，从而决定了这种交流是多元的、复杂的。从19世纪90年开始，《申报》中陆陆续续记载了一些中德群体民间爆发的冲突。例如在1890年，有德国船厂的人入屋修理而导致中德工人之间爆发冲突：

---

[1] 李向群,中共厦门市委党史和地方志研究室.近代厦门历史资料汇刊申报纪闻：第一册[M].厦门：厦门大学出版社，2020：390.

[2] 同[1]421.

> 日前，德国敖固斯丹夹板船入坞修理，不知何故，华人忽与西人为难，工头某甲蓦掣利斧，欲砍西人。西人遂禀请英领事官函请地方官将甲拘押，华工激于公愤，一律停工。[1]

1898 年，即在德国谋划在华殖民地被揭露的前后，《申报》的一则报道也将国人的愤怒心理表露无遗：

> 香港西字报云：数月前人言籍籍，谓德国水师员弁在中国南方沿海各处探查地势，但官场中屡次力白其无。然德国年来常以战船两号泊近胶州，密探水道，并派一弁督理其事，又垂涎于中国南方附近，厦门等处曾有战舰多号密为勘察，是德人经营福建沿海地方，亦已不遗余力。华人曾窥其动静录于报章，其事之确凿与否虽不能逆料而知，然亦非凭空结撰也。闻之华人云：前数月有一德国水师人员谒见闽浙总督，语次谓中国朝廷已许借用福建沿海某处屯驻德军，倘他日台湾有事，留此以保护德人之商于亚东者。［……］及今之思，殆德人欲蚕食中土，故假一词以愚弄之钦！[2]

从这些《申报》的报道中，我们看到了一个动态发展的德国形象，以及德国在福建民间的接受及其变化情况。尽管我们今天是在中德建交五十周年这个契机来讨论跨文化交流，但是我认为，不讳言、不回避、不美化，是我们追溯跨文化共同记忆应有的态度，只有这样才能够追溯到真正闪耀着人文光辉的共同交流记忆。

1900 年，鼓浪屿上迎来了在德国汉学界以及中德文化对话界非常重要的一位人物，他就是福兰阁（Otto Franke）。福兰阁生于 1863 年，1888 年作为德意志的外交译员来到中国，在上海领事馆工作。1900 年，37 岁的福兰阁来到厦门，在当时鼓浪屿的德国驻厦门领事馆担任领事，这也是他在华 14 年经历里的最后两年。福兰阁的遗稿现存于柏林国家图书馆东亚部，其中还含有他在鼓浪屿时期的书信，以及他保存的福建的照片（见图3）。

---

[1] 李向群，中共厦门市委党史和地方志研究室. 近代厦门历史资料汇刊申报纪闻：第一册 [M]. 厦门：厦门大学出版社，2020：84.

[2] 同 [1]269.

图 3　福兰阁遗稿中的福州方广岩照片[1]

在福兰阁后来出的回忆录里面，还可以看到 1900 年到 1901 年厦门德国领事馆以及福兰阁乘坐官轿在厦门领事馆的影像。[2] 今天，这个领事馆的建筑已经荡然无存了。之后福兰阁于 1902 年回到德国，1903 年到 1907 年担任清政府驻柏林公使馆的秘书，1908 年代表德国与清政府谈判，共同筹办青岛特别高等专门学堂。1909 年到 1927 年到汉堡大学筹办汉堡殖民学院，这所学院就是今天汉堡大学的前身。

福兰阁在华的最后一年，另一位德国年轻人也开始了他在华的第一次考察。这个人就是给我们留下了非常多中国近现代建筑照片记录的恩斯特·柏石曼。这位来自柏林的建筑师曾先后三次在华进行大规模的考察旅行。他的足迹几乎遍布了中国南方的所有省份。据考证，柏石曼从 1906 年就开始系统地研究中国古建筑，是近现代已知的最早全面研究中国传统建筑的西方学者。他对中国建筑很有感情，而且在代表作《中国佛塔》里着重关注了福建的佛塔：

中国的古物很快就会消失，这是我在第一卷的导言中所表达的担忧，可悲的是，这一担忧已经得到了证实。出于这种考虑，当务之急是尽快全面地记录中国古建筑文物。我们至少要以今天的研究者可能的方式来记录它们，这样才

---

[1] 来源：福兰阁遗稿，现存于柏林国家图书馆东亚部。
[2] 〔德〕奥托·福兰阁.两个世界的回忆：个人生命的旁白[M].欧阳甦，译.北京：社会科学文献出版社，2013：124-125.

能经得起子孙后代的历史检验。保护中国建筑价值这一概念的基本出发点是：中国建筑是中国文化的代表，通过中国建筑可以感知中国文化的精神。尽管中国在政治和经济上都很落后，但这种延续了几千年的古老而又仍然具有生命力的文明形式，对于今天的德国乃至整个欧洲，依然具有重要意义。[1]

从跨文化共同记忆的意义上来讲，柏石曼所做的工作具有两个意义：第一，他给当时乃至今天的，在海外的中国文化，尤其是古建筑文化的研究者留下了宝贵的史料遗存；第二，从中国文化传承的内部视角看，这些"遗失在西方的文化记忆"是可以通过资料的发掘、整理、译介、出版重新激活，并且散发出生命力的。

1909年到1933年，柏石曼并不在中国，但实际上他的研究并没有中断。由于经费紧张的关系，他在这个时期的研究更多是拜托一位他的德国同胞艾锷风（Gustav Ecke）来进行的。1921年厦门大学成立，在"研究高深学问，养成专门人才，阐扬世界文化"的办学宗旨下，建校伊始就设有英、法、德三个学门，至1923年正式成立了外文系。1896出生的德国人艾锷风正是第一位进入外文系乃至厦门大学任教的外籍教师。他以教授的身份教授希腊语、希腊哲学和德语。在福建地区生活、游历的过程中，艾锷风对于中国古建筑文化和中国传统家具产生了兴趣，催生了他后来撰写《刺桐双塔》和被誉为近现代中国明式家具研究开山之作的《中国花梨家具图考》的佳话。

1926年10月，厦门大学国学研究院成立，成为继清华大学、北京大学之后，全国第三，南方唯一的国学研究专门机构。国学研究院以考古为研究重点，会聚了鲁迅、林语堂、罗常培、沈兼士、顾颉刚、张星烺、张颐、陈万里、俄国学者史禄国、法国学者戴密微等大师级学者。艾锷风虽然不是国学研究院的正式成员，但也借此契机直接参与了很多国学院活动。1926年，艾锷风和著名的考古学家陈万里，还有历史学家张星烺一起同往泉州，为其后来离开厦门大学后出版的《刺桐双塔》一书奠定了基础（见图4）。

---

[1] Ernst Börschmann, Die Baukunst und religiöse Kultur der Chinesen. Einzeldarstellungen auf Grund eigener Aufnahmen wähend dreijähriger Reise in China. Band II, Gedächtnistempel: Tze-tang. Berlin: Verlag Georg Reimer, 1914. p. IX .

跨时空文学对话

图 4　泉州东塔（左）、西塔（右）（艾锷风摄于 1928 年）[1]

艾锷风在 1948 年以客座教授的身份再次回到厦门大学，两年后前往夏威夷，1971 年在夏威夷逝世。艾锷风在与柏石曼的书信来往中，非常清晰地记录了自己对中国佛塔的研究兴趣：

> 厦门，1928 年 11 月 23 日
> 尊敬的行政专员：[……]
> 随信送上 10 张照片：
> 泉州西塔维修时的照片 [……]
> 这张照片可能只是有些意思，对您来说并不重要。我使用搭建大型脚手架的材料，在两座塔的 16 个侧面搭起了 16 个脚手架；只有这样，我才能达到必要的距离和正确的视角高度——顺便说一下，在大风不断的天气中，这些脚手架很不稳定。[……]
> 4. 西塔的浮雕，描绘的是火龙太子悟静。
> 5. 东塔的浮雕，描绘的是沙竭罗将。[……]
> 您忠诚的艾锷风[2]

---

[1] 张星烺. 泉州访古记 [J]. 史学与地学，1928(4)：1-16.
[2] Hartmut Walravens (Hrsg.).Und Der Sumeru Meines Dankes Würde Wachsen Beitrage Zur Ostasiatischen Kunstgeschichte in Deutschland (1896-1932) Wiesbaden: Harrassowitz Verlag, 2010:99-160.

由此，从艾锷风为观察点，我们可以构建起一个在当时的文化交织场域下的跨文化记忆网络（见图 5）。首先，鲁迅和林语堂都是在 1926 年到 1927 年活跃于厦门大学的。鲁迅、张星烺、陈万里由于林语堂的邀请而来到厦大。与此同时，得益于这种大师云集的场域，艾锷风也与鲁迅建立起了联系。从我们现在掌握的史料中可以看到，鲁迅曾于 1926 年赠予艾锷风一本亲笔签名的英译版《阿 Q 正传》。同时期担任外文系系主任的周辨明在 1928 年暂别厦门大学，赴汉堡大学攻读博士，并于三年后拿到了语言学的博士学位。周辨明在汉堡大学的导师之一就是曾在福兰阁之前在德国驻厦门领事馆任职翻译的汉学家佛尔克。与福兰阁成为学者前的履历类似，佛尔克在 1890 年到 1902 年曾任德国驻华使领馆翻译。从 1923 年起，佛尔克担任汉堡大学汉学教授，成为福兰阁的继任者。值得一提的是，上文提到的建筑师柏石曼虽然没有博士头衔，但他在 1945 年到 1949 年成了汉堡大学汉学的实际负责人。

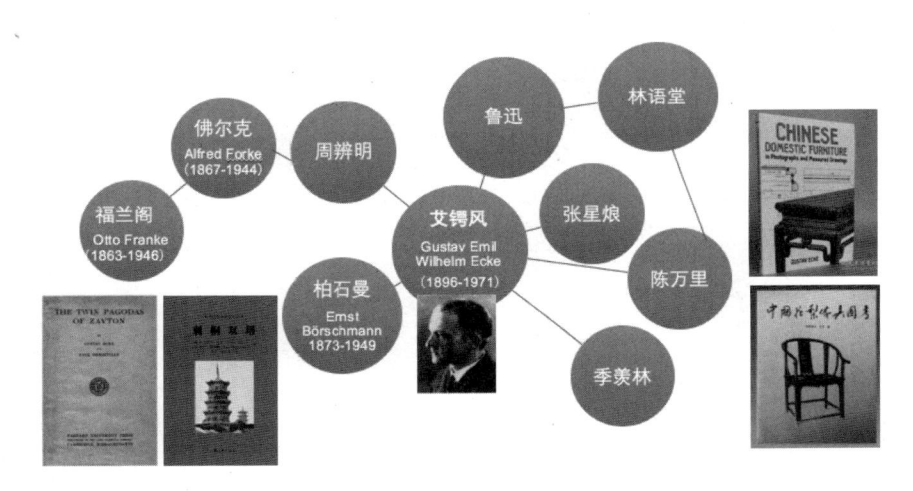

图 5　以艾锷风为观察点的跨文化记忆网络

基于厦门大学现存的校史资料和官方出版物，梳理厦门大学从 1921 年到 1949 年的中德人员流动情况可见，厦门大学在此期间聘任的教职员工中共有 26 名具有留德背景，其中中国留德学 21 人，德籍教员 4 名，英国留德学 1 人。其中，在新中国被任命为第一任厦门大学校长的王亚南，也正是因为在德国的经历奠定了他在 1938 年与郭大力共同翻译《资本论》的坚实基础。

更多的中德人文交流的参与者和促进者，如以严复、林纾为代表的闽籍翻译家及其合作者，对于西方学术作品，以及包括德语文学在内的西方文学的汉译，曾经在 20 世纪初成为西学东渐的一个重要媒介。在十几年以后，以辜鸿铭和更晚一些的以林语堂为代表的闽籍作家作品也在德国得到了译介和传播。尤其是辜鸿铭的作品，在德国一战前知识分子的思想讨论中占有一席之地。

最后，语言在跨文化交流中的影响也很值得一提。今天的西方语言中，大部分指代"茶"一词的发音都来源于闽南语的发音。实际上，在17世纪初的《利玛窦中国札记》意大利语和拉丁语版本里，利玛窦对于"茶"一词的使用对应的是非闽南语区的"茶"的发音。有根据进行推断的是，荷兰东印度公司在17世纪下半叶开始大规模地从闽南采购茶叶，导致在欧洲形成了较大规模的茶及饮茶文化的传播，借由茶叶这一商品的传播，中国的茶文化与各地文化结合，形成了独有的跨文化记忆。茶文化影响绵延至今，给西方社会留下了许多显性的文化融合现象：例如在2016年，德国东弗里斯兰的茶文化就被收进了德国的联邦非物质文化遗产名录。

追溯中德之间的人文交流，必然会追溯其中产生的跨文化记忆。展望未来，跨文化共同记忆是中德近现代以来的文化交往溯往思来，行稳致远的土壤和根基，也是源头活水。共同行动基于共同愿景，共同愿景又来源于共同记忆，值得我们从历史中不断挖掘更多可被激活的跨文化记忆宝藏。

亘古回响
——鲁迅对屈原精神的继承与超越

胡旭

厦门大学中文系教授

鲁迅的古典文学素养很高，他对嵇康的研究非常引人注目。但是，对鲁迅精神影响最深的却不是嵇康，而是屈原。在鲁迅近70首诗歌中，与《楚辞》有关或直接化用《楚辞》诗句的，有15首之多。鲁迅的其他作品中也多次提到屈原及其作品，评价极高。如果说鲁迅心中存在极为深厚的屈原情结，大约是没有人能够怀疑的。

一

屈原和鲁迅之间的最明显的共性，是抗争精神。楚国为南方蛮夷之地，早期受中原诸侯的排斥、侵伐与伤害，形成一种斗争精神。对于拥有高贵血统的屈原来说，这种不屈的抗争精神被他自觉地继承了下来。

屈原所面处的困境，一是恶俗世风："众皆竞进以贪婪兮，凭不厌乎求索。羌内恕己以量人兮，各兴心而嫉妒。"二是黑暗政治："谗人高张，贤士无名。""变白以为黑兮，倒上以为下。"三是刻骨失望："余既滋兰之九畹兮，又树蕙之百亩。畦留夷与揭车兮，杂杜衡与芳芷。冀枝叶之峻茂兮，愿俟时乎吾将刈。虽萎绝其亦何伤兮，哀众芳之芜秽。"。然，即便如此，屈原坚信自己追求，并不屈抗争，因而发出"路漫漫其修远兮，吾将上下而求索"的高昂呼声。

楚越文化历来存在着千丝万缕的关系，越东人不畏强暴、勇于抗争的战斗精神，历来为人称道，鲁迅所说的"台州式的硬气"[1]，就是这种精神的典型体现。鲁迅所赞扬的勾践坚确慷慨之志、嵇康的疾恶如仇之书、孝孺的忠肝义胆之辞等，正是他自己的人格追求和道德准则。

鲁迅的抗争精神，丝毫不亚于上述诸人，他说："今之所贵所望，在有不和众嚣，独具我见之士，洞瞩幽隐，评骘文明，弗与妄惑者同其是非，惟向所信是诣，举世誉

---

[1] 鲁迅. 南腔北调集 [M]. 北京：人民文学出版社，1973：55.

之而不加劝，举世毁之而不加沮，有从者则任其来，假其投以笑骂，使之孤立于世，亦无慭也。"[1] 1932年鲁迅先生在白色恐怖的背景下创作了战斗性诗篇《自嘲》，其中有云："横眉冷对千夫指，俯首甘为孺子牛。" 1934年作《报载患脑炎戏作》，其中有云："横眉岂夺娥眉治，不料仍违众女心。"

两首诗的"横眉"，是怒目之意。"娥眉""众女"让人联想起屈原《离骚》中"众女谓余之蛾眉，谣诼谓余以善淫"。而"千夫"所指，则与屈原"吾独穷困乎此时也"大有心性相通之意。

"冷"字则把屈原孤伟独立的遗风，继承得淋漓尽致。这种敢于睥睨一切丑恶的反抗精神，造就了一个"真正的猛士"。如果说，鲁迅是中国现代文学史上最有抗争精神的文人，其根源一定要追溯到屈原那里。

屈原的个性中，最典型的体现是清高狂狷。《渔父》一文中，屈原先标举"举世皆浊我独清，众人皆醉我独醒"。又云"吾闻之，新沐者必弹冠，新浴者必振衣；安能以身之察察，受物之汶汶者乎！宁赴湘流，葬于江鱼之腹中。安能以皓皓之白，而蒙世俗之尘埃乎！"其大胆放言、睥睨一切的个性如在目前。后代正统儒家学者，对此颇不以为然。班固《离骚序》中云："今若屈原，露己扬才，竞乎危国群小之间，以离谗贼。然责数怀王，怨恶椒兰，愁神苦思，强非其人，忿怼不容，沉江而死，亦贬絜狂狷景行之士。"然而，鲁迅对屈原的"狂"是完全肯定的。在《摩罗诗力说》中有这样的评价："惟灵均将逝，脑海波起，通于汩罗，返顾高丘，哀其无女，则抽写哀怨，郁为奇文。茫洋在前，顾忌皆去，怼世俗之浑浊，颂己身之修能，怀疑自遂古之初，直至百物之琐末，放言无惮，为前人所不敢言。"鲁迅如此推崇屈原，与他们之间个性的相近不无关系。

二

屈原一生，爱国忠君。在其早年所作的《橘颂》中，这种精神已十分明确："后皇嘉树，橘徕服兮。受命不迁，生南国兮。深固难徙，更壹志兮。"在随后仕途中，屈原时刻劝谏楚王，欲使其以古圣先贤为榜样，如"彼尧舜之耿介兮，既遵道而路""汤禹俨而只敬兮，周论道而莫差""举贤而授能兮，约循绳墨而不颇"等，就是明证，希望君王远离奸佞、修明法度、联齐抗秦、统一中原。正当他为楚国能从大国走向强国而"忽奔走以先后兮"，为国家兴盛、人民安居而努力时，却被小人所谗，遭到放逐。

---

[1] 鲁迅. 集外集拾遗[M]. 北京：人民文学出版社，1976：21.

屈原对楚王听信谗言痛心疾首，但他不能也不愿离开祖国，正如司马迁在《史记·屈原贾生列传》中评价的那样："虽放流，眷顾楚国，系心怀王，不忘欲反，冀幸君之一悟，俗之一改也。其存君兴国而欲反复之，一篇之中三致志焉。"最终还是怀着"鸟飞返故乡兮，狐死必首丘"的故土之恋，"赴常流而葬乎江鱼腹中耳"。

鲁迅留学日本之初，作《自题小像》云："灵台无计逃神矢，风雨如磐谙故园。寄意寒星荃不察，我以我血荐轩辕。"宋玉《九辨》中说："愿寄言夫流星兮，羌倏忽而难当"，王逸《楚辞章句》注："欲托忠策于贤良也"，用"流星"来比"贤人"。鲁迅诗句中的寒星应该是由流星转化而来。"荃不察"则是源于《离骚》中的"荃不察余之中情兮"，这里的"荃"是以香草来喻君王，而鲁迅诗中的"荃"究竟指什么，学术界争议很多。有的认为喻其母，母亲不了解儿子的离家东渡只是因为不满包办婚姻，并不是怨恨母亲；有的说喻祖国，祖国不了解游子们远游远渡重洋是为了寻求救亡图存的道路，并不是嫌弃她的落后；还有的说是喻"哀其不幸，怒其不争"的国民大众，百姓们无法理解这些革命志士浴血奋战，视死如归的真正目的。其实，不必过多地去追究"荃"究竟比喻什么，"荃"中体现的鲁迅深受屈原的影响是不争之事实，而且与《离骚》所表达的内涵也极为相似。无论"荃"比喻的是母亲、祖国还是国民大众，作者所要表达的都是自己胸中志向无人能够理解的隐痛。无奈之下，只好把它寄于天上的流星，但并不会因此而沉沦，相反，会用自己满腔的热血"荐轩辕"，把自己的全部献给祖国和革命事业。这首诗是鲁迅早年的作品，血气方刚在诗中表现得一览无余，为国为民、誓死报国的坚定信念也初见端倪。

鲁迅从弃科举、学洋务到留学日本，从剪辫子、习柔道到学医救人，从幻灯事件到弃医从文，这些看似与当时社会格格不入的行为其目的都是救国救民，"创造出中国历史上未曾有过的第三样时代"。最终鲁迅选择了文艺，因为他意识到"盖弗启人智而开发其性灵，使知罟获戈矛，不过以御豺虎"[1]，所以才用如"匕首""投枪"般的文字无情地针砭时弊、剖析国民的劣根性。也许是因为我们民族有着太多忧患，生活在这片土地上的人民有太多苦难，忧国忧民成为担负在中国知识分子肩上永远的重任。屈原反复吟咏"长太息以掩涕兮，哀民生之多艰"，鲁迅则"哀其不幸，怒其不争"。如果说"哀其不幸"是屈原开创的，那么"怒其不争"则是从鲁迅这里开始的。纵观二者的爱国精神，屈原关注的是"君"与"臣""君"与"民"的关系，鲁迅思考的则是"国"且"民"的辩证关系。由于时代背景的相似，爱国精神在二者身上根深蒂固，使得鲁迅的风骨中流淌着屈原的血脉。

---

[1] 鲁迅. 坟[M]. 北京：人民文学出版社，1980：38，207.

三

屈原"信而见疑，忠而被谤"的不公正遭遇，让他陷入"世溷浊而莫余知兮"的苦恼，他痛斥"众女嫉余之娥眉，谣诼谓余以善淫"；批评"固时俗之工巧兮，偭规矩而改错。背绳墨以追逐兮，竞周容以为度"。尽管他明知国君不明、小人谮害，但他仍希望君主能体察自己"吾谊先君而后身兮，羌众人之所仇也。专惟君而无他兮，又众兆之所雠也！"然而在那样一个是非颠倒、黑白混淆的世界，屈原的行为不但不为国君所容，更不为全体国民所接纳，他却执着于自己的信念上下求索，终于被这个他要拯救却误读他、唾弃他的世界放逐了。

鲁迅的一生和屈原一样，几乎处于被谗见谤的包围之中。幼时家道中落，以长子的身份承担起家庭重责。几乎每天出入于质铺和药店里，在侮蔑里接了钱，再到一样高的柜台上给他久病的父亲去买药。但这样并不能挽救父亲，父亲终于日重一日地亡故了。在经历玉田叔祖、衍太太等人的欺辱之中，鲁迅"看见世人的真面目"，决定"走异路，逃异地，去寻求别样的人们"。求学过程中，学洋务被看成一种走投无路的人，只得将灵魂卖给鬼子，要加倍地奚落而且排斥的。还有"剪辫"，在鲁迅看来，"毫不含有革命性，归根结蒂，只为了不便"[1]，可不曾想到放假回乡剪了辫子吧，"乡里人看不惯没有辫子的人"，于是鲁迅就"在上海买了一条假辫子"，"一圈小辫扎紧在头顶好像孙行者的紧箍一样"。可是即便这样还是不行，乡里人"似乎更不喜欢装假辫子的，因为光头只是假鬼子罢了，光了头而又去装上假的辫子，似乎他别有什么居心，所以更感觉厌恶了"。归国后，1923—1926年，"兄弟失和"事件，引发鲁迅的愤懑与伤感。据许寿裳回忆："作人的妻羽太信子是有歇斯底里症的。她对鲁迅，外貌恭顺，内怀忮忌。作人则心地糊涂，轻信妇人之言，不加体察。……致鲁迅不得已移居外客厅而他总不觉悟；鲁迅遣工役传言来谈，他又不出来；于是鲁迅又搬出而至砖塔胡同了。从此两人不和，成为参商，一变从前'兄弟怡怡'的情态。"[2] 这件事对于鲁迅来说是个不小的打击，加之随后不断发生的高长虹等自己曾经帮助过的青年人中伤自己，"爱而得仇，善而获怨，这是人生的不幸"[3] 鲁迅的感受堪与屈原"既滋兰之九畹兮，又树蕙之百亩"，奈何"兰芷变而不芳兮，荃蕙化而为茅"的感受有相似之处。

屈原与鲁迅都有"去国—彷徨"的彻骨感受，屈原先后经历了帝阍"依阊阖而望予"、宓妃"夕归次于穷石兮，朝濯发乎洧盘""高辛之先我"，甚不如意，然终难

---

[1] 鲁迅. 且介亭杂文末编[M]. 北京：人民文学出版社，1973：78.
[2] 吴小美，肖同庆. 是复归与认同，还是告别与超越：对鲁迅与屈原关系的思考[J]. 兰州大学学报：2001(5).
[3] 孙郁. 被亵渎的鲁迅[M]. 北京：群言出版社，1994：3.

去国。其再三求索的过程正和鲁迅不断寻求救国之路一样。鲁迅先是决定"走异路，逃异地，去寻求别样的人们"，留学日本就立志学医，"预备卒业回来，救治像我父亲似的被误的病人的疾苦……一面又促进了国人对于维新的信仰"。但"因为身在异国，刺激多端"，鲁迅在与好友许寿裳"谈到历史上的中国人的生命太不值钱，尤其是做异族奴隶的时候"，每每"相对凄然"[1]。当经历了幻灯事件后鲁迅意识到"医学并非一件紧要事，凡是愚弱的国民，即使体格如何健全，如何茁壮，也只能做毫无意义的示众的材料和看客"，这时他才找到真正的救国之路——"提倡文艺运动"，这是"我们的第一要著，是在改变他们的精神"。这种"去国—彷徨"寻求救国之路的经历，让鲁迅很同情屈原"哀高丘之无女"的感伤，他的诗作中也有相似的诗句，如"可怜无女耀高丘"等，借屈原之"哀高丘"来托己之忧。

四

鲁迅和屈原都是不为世人所理解的。从呐喊求救到忧思彷徨，再到寂寞孤独，这样的心路历程何其相似。

孤独的屈原既遭"众女"之谗，又被怀王疏远放逐。"莫吾知"的苦闷使他长叹"鸷鸟之不群兮，自前世而固然"，"世幽昧以眩耀兮，孰云察余之善恶？"知音难觅的寂寞在鲁迅这里得到共鸣："独有叫喊于生人中，而生人并无反应，既非赞同，也无反对，如置身毫无边际的荒原，无可措手的了，这是怎样的悲哀呵"，在这样一种拯救者与被害人拯救者之间隔阂而产生的寂寞中，鲁迅感到"如大毒蛇，缠住了我的灵魂"。于是他始寻找各种办法"来麻醉自己的灵魂"，其中有一个就是"回到古代去"。或许正是这个办法，让鲁迅的情感在屈原那里再次得到慰藉。鲁迅孤独时就会想到屈原。《祭书神文》是一首"不敬财神敬书神"的诗。在除夕之夜，当众人忙着敬财神时，孤独的鲁迅却"狂诵《离骚》兮为君娱，君之来兮毋踟蹰"，"宁召书癖兮来诗国，君为我守兮乐未休"。可见，鲁迅从年少时起就渴望《离骚》及"书神"所标志的虽清苦却拥有丰富的精神与思想的高尚境界。

1931—1932年，在白色恐怖的日子里，鲁迅用世人难以听到的《离骚》之音书写着寂寞，怒斥着暴行。写得最为情致摇曳的要数《湘灵歌》和《无题（洞庭落木）》。

湘灵歌
昔闻湘水碧如染，今闻湘水胭脂痕。
湘灵妆成照湘水，皎如皓月窥彤云。

---

[1] 许寿裳.挚友的怀念：许寿裳忆鲁迅[M].马会芹，编.石家庄：河北教育出版社，2000：110.

高丘寂寞竦中夜，芳荃零落无余春。
鼓完瑶瑟人不闻，太平成象盈秋门。

无题（洞庭木落）
洞庭木落楚天高，眉黛心红涴战袍。
泽畔有人吟亦险，秋波渺渺失离骚。

屈原在《九歌》中写有两篇关于湘水之神的诗——《湘君》《湘夫人》，相互呼应，实为一篇，表达他们对爱情的忠贞。然而，鲁迅虽然在主人公的选取和措辞造句上借鉴《楚辞》中的内容，但是借用洞庭、湘水却表达着另一种境界。

《离骚》是屈原被放逐后所作的长诗，当年屈原被放逐时还可以放声吟唱创作《离骚》，而如今连这小小的愿望都实现不了，正所谓"秋波渺渺失离骚"。

鲁迅在自己小说集《彷徨》的扉页上题小诗："寂寞新文苑，平安旧战场。两间余一卒，荷戟独彷徨。"他感到文化界的沉寂，彷徨两间犹如屈原上下求索。同时鲁迅又集《离骚》句："朝发轫于苍梧兮，夕余至乎县圃；欲少留此灵琐兮，日忽忽其将暮"；"吾令羲和弭节兮，望崦嵫而勿迫；路漫漫其修远兮，吾将上下而求索"题于小说集的扉页。据许寿裳称："这八句正写升天入地，到处受阻，不胜寂寞彷徨之感。"

面对世俗的幽昧，屈原与鲁迅都自愿选择忍受世人难以想象的寂寞，以保持自己的"独醒"，决不与世俗同流合污。鲁迅评屈原"孤伟自死"，"孤伟"成为鲁迅与屈原精神联系之所在。也使鲁迅成为立于新旧文坛之交的"独醒"者——"洞瞩幽隐，评骘文明，弗与妄惑者同其是非，惟向所信是诣，举世誉之而不加劝，举世毁之而不加沮，有从者则任其来，假其投以笑傌，使之孤立于世，亦无慭也"。鲁迅与屈原一样，同样具有洞察世事的敏锐视角与能力；同样是"哀民生之多艰"，屈原离群索居，鲁迅则永远和人民在一起；同样是睹家国之危难，屈原将希望寄托在一个昏君身上，鲁迅则用自己的笔唤醒民众的意识，去创造"第三样的世界"。因此，鲁迅并不总是孤独的，在寂寞时还能发现些许志同道合之士——"一枝清采妥湘灵"，以"九畹贞风慰独醒"。

五

鲁迅对屈原的评价，每有发人深省之处。在《言论自由的界限》中，鲁迅说：

看《红楼梦》，觉得贾府上是言论颇不自由的地方。焦大以奴才的身份，仗着酒醉，从主子骂起，直到别的一切奴才，说只有两个石狮子干净。结果怎样呢？结果是主子深恶，奴才痛嫉，给他塞了一嘴马粪。其实是，焦大的骂，并非要打倒贾府，倒是要贾府好，不过说主奴如此，贾府就要弄不下去罢了。然而得到的报酬是马粪。所以这焦大，实在是贾府的屈原，假使他能做文章，我想，恐怕也会有一篇《离骚》之类。

在《从帮忙到扯淡》中，鲁迅又指出：

> 《诗经》是后来的一部经，但春秋时代，其中的有几篇就用之于侑酒；屈原是"楚辞"的开山老祖，而他的《离骚》，却只是不得帮忙的不平。到得宋玉，就现有的作品看起来，他已经毫无不平，是一位纯粹的清客了。然而《诗经》是经，也是伟大的文学作品；屈原宋玉，在文学史上还是重要的作家。为什么呢？——就因为他究竟有文采。

从这两段文字我们可以看出，鲁迅认为屈原的辞赋既不是"那些会念书会下棋会画画的人，陪主人念念书，下下棋，画几笔画"的"帮闲文人"的行为，也不是"开国的时候，这些人便做诏令，做敕，做宣言，做电报，——做所谓皇皇大文"的"帮忙文人"的行为，而是"不得帮忙的不平"。"这焦大，实在是贾府的屈原"，"焦大的骂，并非要打倒贾府，倒是要贾府好"，"假使他能做文章，我想，恐怕也会有一篇《离骚》之类"这些文字如果换一个角度去思考，也就是说，屈原其实和焦大相似。屈原的《离骚》痛斥"王听之不聪也，谗谄之蔽明也，邪曲之害公也，方正之不容也"[1]和"焦大的骂"一样，并非要推翻楚国，倒是要楚国好，恰恰是为了振兴楚国。

然而在《离骚》的文辞中"多芳菲凄恻之音，而反抗挑战，则终其篇未能见，感动后世，为力非强"的原因是鲁迅认为这是由于"国家"概念古今不同的解释造成的偏差，因此屈原不可能用毁坏性的词语。鲁迅的这一番评论不仅替屈原去掉一些浪漫主义的成分，而且让屈原成为关注现实的伟大诗人。从这个角度而言，在爱国情感上，屈原与鲁迅又一次取得共鸣，虽然他们各自选择的方式不一样，但精神内核是一致的。

鲁迅不仅继承了屈原的"放言无惮""凭心而言，不遵矩度"，更超越了屈原选择死亡作为自己归宿的无奈抗争。他能勇敢地面对"渗淡的人生"，直视"淋漓的鲜血"，毫无疑问，他发扬光大了屈原的精神。

---

[1] 司马迁. 史记 [M]. 北京：中华书局，1959：2482.

跨时空文学对话

歌德、屈原和鲁迅：通向永恒之路
——哀颂之歌与自强不息

吴漠汀（Martin Woesler）

湖南师范大学／维藤海德克大学教授

1. Die wichtigste schöpferische Antriebskraft
最重要的创造驱动力
The main creative driving force

Wenn wir die deutsche und die chinesische Literatur vergleichen wollen, sollten wir uns einmal die Quellen der Literaturtraditionen anschauen, die großen Literaturmeister, die Prinzipien und den Kern des literarischen Geistes, die Seele der Literatur. Was ist die wichtige schöpferische Antriebskraft der großen Literaturmeister in Vergangenheit und Moderne?

如果我们想比较中国文学和德国文学的话，那我们应该看一看文学传统的来源，伟大的文学大师，文学的原则和文学精神的核心，以及文学的灵魂。传统文学和现代文学大师们的重要创作动力是什么？

If we want to compare German and Chinese literature, we should take a look at the sources of literary traditions, the great literary masters, the principles and core of the literary spirit, the soul of literature. What is the important creative driving force of the great literary masters in the past and modern times?

Deutschlands Nationaldichter und berühmtester Dichter aller Zeiten ist Goethe. Schon zu seinen Lebzeiten war er die unumstrittene Größe in der deutschen Literatur. Seitdem hat er die Sprache so stark geprägt, wie sonst nur Martin Luther, und darüber hinaus noch die Literatur. Er war bestimmend für die Epochen Sturm und Drang / Geniezeit (1765–1790), Weimarer Klassik (1786–1832) und Romantik (1798–1835). Er bezog den Hauptantrieb für sein Schreiben aus dem ständigen Streben („wer immer strebend sich bemüht" - Faust II, Vers 11936 f.), aus der Liebe zu jungen Frauen, das dem Dichter auch Muse war („Das Ewig-Weibliche zieht uns hinan" - Faust II 1832, S. 344, Schlussverse) und aus der Hoffnung auf den perfekten Augenblick, der die Zeit zum Stillstehen bringt (Werd ich zum Augenblicke sagen: / Verweile doch! Du bist so schön! / Dann magst du mich in Fesseln schlagen！ / Dann will ich gern zugrunde gehn!, Faust I).

歌德，作为德国最伟大的文学大师和最著名的诗人，即使在他生前，也已经是德国文学中无可争议的伟大人物。从那时起，他就在语言上留下了除他以外只有马丁·路德才有的印记，也在文学史上留下了浓墨重彩的一笔。他对狂飙突进运动（1765—1790）、魏玛的古典主义（1786—1832）和浪漫主义（1798—1835）等时代具有决定性影响。他从坚持不懈的努力（"自强不息者，吾将救之"）、对年轻女性的爱，也是一种对诗人的灵感（"永恒女性自如常，接引我们向上"）和对能使完美时刻停滞的希望（"假如我对某一瞬间说：请停留一下，你真美呀！那你尽可以将我枷锁！我甘愿把自己销毁！"）中汲取了写作的主要动力。

Germany's national poet and most famous poet of all time is Goethe. Even during his lifetime, he was the undisputed greatness in German literature. Since then, he has left his mark on the language as only Martin Luther otherwise did, and on literature beyond that. He was determinant for the epochs Sturm und Drang / Geniezeit (1765—1790), Weimar Classicism (1786—1832) and Romanticism (1798—1835). He drew the main impetus for his writing from constant striving ("whoever strives"), from love for young women ("The eternal feminine, it draws us upward"), and from hope for the perfect moment that brings time to a standstill ("I will say to the moment: / Stay! You are so beautiful! / Then you may put me in shackles！ / Then I will gladly perish!").

China hat mehrere Nationaldichter. Qu Yuans wird nach seinem Tod am 4.6.278 v. Chr. zum Begründer der literarischen Tradition des Südens, so durch seine Gedichte Lisao und Tianwen, aber auch durch die zahlreichen künstlerisch überarbeiteten Volkslieder, im ihm zugeschriebenen Sammlung Chuci. Sein ungeklärtes Verschwinden (Freitod?) im Fluss Miluo lässt bis heute das ganze Land am Drachenbootfest (Duanwujie) sich an ihn erinnern. Bis heute werden an diesem Tag Zongzi (in Blätter gewickelte Reisportionen) in den Fluss geworfen, um die Fische davon abzuhalten„ihn zu essen". Die Drachbootregatten erinnern bis heute daran, dass die Fischer damals versucht haben, ihn zu retten. Dass Qu Yuan jedes Jahr in dieser Form gedacht wird, belegt, dass Qu Yuans Seele in China als unsterblich angesehen wird.

跨时空文学对话

中国同样也有几位代表性的民族文学大师。在公元前 278 年 6 月 4 日去世后,屈原成为南方文学传统的创始人,通过他的诗歌《离骚》和《天问》,也通过大量经过艺术加工的民歌,在《楚辞》中收集。他在汨罗江的莫名失踪(自杀?)至今仍被全国人民在端午节纪念。时至今日,人们在这一天将粽子扔进河里,以阻止鱼吃掉他。龙舟赛至今都在提醒人们,当时的渔民们试图拯救他。每年都以这种方式纪念屈原的事实证明,在中国,屈原的灵魂被认为是不朽的。

China has several national poets. After his death on June 4, 278 B.C., Qu Yuan became the founder of the literary tradition of the South, so through his poems *Lisao* and *Tianwen*, but also through the numerous artistically reworked folk songs, in the collection *Chuci* attributed to him. His unexplained disappearance (suicide?) in the Miluo River still makes the whole country remember him on the Dragon Boat Festival (Duanwujie). To this day, zongzi are thrown into the river on this day to keep the fish from eating him. The dragon boat regattas remind us to this day that the fishermen tried to save him at that time. The fact that Qu Yuan is commemorated in this way every year proves that in China Qu Yuan's soul is considered immortal.

Qu Yuan bezog den Hauptantrieb aus dem Schmerz, dass seine politischen Ideale bitter enttäuscht wurden und sein guter Rat aufgrund von Intrigen aus Qin verkannt wurde, wobei er im Nachhinein doch recht bekam, als das Unglück, vor dem er gewarnt hatte (Verlust des Königreichs Chu an die Qin und Gefangennahme des Königs Huai) tatsächlich eintrat.

屈原的主要动力来自看到自己的政治理想惨遭挫败,自己的好建议因秦国的阴谋而被排挤诽谤的痛苦。尽管现在回想起来,当初他所警告的灾难(楚国被秦国所灭,怀王被俘)真实地发生了,他被证明是正确的。

Qu Yuan drew the main impetus from the pain of seeing his political ideals bitterly disappointed and his good advice misjudged due to intrigues from Qin, though in retrospect he was proved right when the calamity he had warned about (loss of the kingdom of Chu to the Qin and capture of King Huai) actually occurred.

Lu Xun ist der Nationaldichter des modernen China. Er bezog seinen Hauptantrieb darin, dass er Schmerz empfand, als er die Schwäche seines Landes sah. Um seinen Landsleuten zu helfen, studierte er zunächst Medizin. Schließlich wechselte er, aufgerüttelt von einem Bild der Hinrichtung eines Landsmannes, zur Literatur, da er hoffte, damit seinen Landsleuten als

Literat mehr as als Arzt helfen zu können. Ein weiteres Hilfsmittel für ihn war Bildung, er setzte sich auch für Reformpädagogik ein. Er haderte jedoch sein Leben lang mit diesem Schicksal, in verschiedenen Lebensphasen glaubte er mal mehr, mal weniger an die Wirkung von Literatur.

鲁迅是现代中国的民族诗人。他的主要创作动力来自看到自己国人弱点时的痛苦感。为了帮助他的同胞，他首先学医。而后，他因一位同胞被处决的画面所激起，转而弃医从文，希望作为一名作家而不是医生来帮助他的同胞。他的另一个方式是教育，他也主张改革教育。然而，他一生都在与这种命运抗争，在他生命的不同阶段，他对文学的影响有时相信，有时又不确定。——最好有他的书信或者文字的证明。

Lu Xun is the national poet of modern China. He derived his main drive from the fact that he felt pain when he saw the weakness of his country. In order to help his countrymen, he first studied medicine. Finally, stirred by a picture of a compatriot's execution, he switched to literature, hoping that by doing so he could help his countrymen more as a man of letters than as a doctor. Another tool for him was education; he also advocated reform pedagogy. However, he struggled with this fate throughout his life; at different stages of his life, he believed sometimes more, sometimes less in the effect of literature.

Während bei Goethes literarischem Werk Faust sich die Himmelstore schlussendlich für Faust öffnen, obwohl dieser zuvor einen Pakt mit dem Teufel abgeschlossen hatte und somit seine Seele an den Teufel hätte verlieren müssen, wird ihm Einlass gewährt mit der Begründung „Wer immer strebend sich bemüht, den können wir erlösen."Diese Logik erinnert an die chinesische und europäische Tradition, sein Leben dem Buddhismus/Kloster zu widmen und die irdischen Bedürfnisse und Abhängigkeiten hinter sich zu lassen.

虽然在歌德的文学作品《浮士德》中，天堂之门最终为浮士德打开，尽管他之前与魔鬼达成了协议，因此不得不将自己的灵魂丢给魔鬼，但他还是被允许进入，理由是"自强不息者，吾将救之"。这个道理和中国的"放下屠刀立地成佛"类似，在欧洲也有放弃世俗生活而进入修道院的传统。

While in Goethe's literary work *Faust* the gates of heaven finally open for Faust, although he had previously made a pact with the devil and thus would have had to lose his soul to the devil, he is granted entry on the grounds that "He who strives eternally, we can redeem".This logic is reminiscent of the Chinese and European tradition of dedicating one's life to Buddhism/monasticism and leaving earthly needs and dependencies behind.

In Qu Yuans Lisao muss der Drachenreiter umkehren, da er zwar die Himmelspforten erreicht, sich ihm diese jedoch nicht öffnen. Warum in den meisten Literaturtraditionen die Tragödie höher angesehen ist als die Komödie, liegt unter anderem daran, dass die Tragödie im Laufe des Stücks eine Spannung aufbaut und Fallhöhe gewinnt, bevor das tragische Ende durch den tiefen Sturz in die Katastrophe umso tragischer wirkt. Somit baut die Größe des Lisao auch auf der Fallhöhe auf.

在屈原的《离骚》中,骑龙人不得不回头,因为他虽然到达了天堂之门,但天堂之门并没有为他打开。在大多数文学传统中,悲剧比喜剧更受重视的原因之一是,悲剧随着剧情的发展而建立起紧张的气氛,并获得下降的高度,之后悲剧性的结局因为深深陷入灾难而变得更加悲惨。因此,《离骚》的伟大也是建立在坠落的高度之上。

In Qu Yuan's *Lisao*, the dragon rider must turn back because, although he reaches the gates of heaven, they do not open for him. One reason why tragedy is more highly regarded than comedy in most literary traditions is that tragedy builds tension and gains falling height as the play progresses, before the tragic ending is made all the more tragic by the deep plunge into disaster. Thus, the greatness of *Lisao* also builds on the height of the fall.

Goethe trug mit zur Verherrlichung der Vorstellung des „Genies" bei. Damit ist nicht zuletzt der Dichter mit seiner Schöpferischen Gabe selbst gemeint. Goethes Gedichte selbst entsprangen aber harter Arbeit, wie man an den zahlreichen Überarbeitungen sieht, das Verständnis des Genies ist deshalb auch nicht das des von Natur aus begabten, sondern dass durch Bildung herangereifte, das auch Imperfektion kennt und gerade durch das Eingeständnis der eigenen Unvollkommenheit seine Größe erlangt.

歌德为美化"天才"的概念做出了贡献,这不仅指的是具有创作天赋的诗人。歌德诗作本身就是辛勤工作的结果,这一点从无数次修改中可以看出。因此,对天才的理解不是天生的天赋,而是通过教育之后成熟起来的,他也知道不完美,并且正是通过承认自己的不完美而实现了自己的伟大。

Goethe contributed to the glorification of the idea of the "genius". This refers not least to the poet himself with his creative gift. Goethe's poems themselves, however, were the result of hard work, as can be seen from the numerous revisions; the understanding of genius is therefore not that of the naturally gifted, but that which has matured through education, which also knows imperfection and attains its greatness precisely through the admission of its own imperfection.

Das Motiv der Inspiration durch weibliche Reize, das sowohl seine Biographie bestimmte als auch in seiner Literatur zum Ausdruck kam (Faust liebt Gretchen), ist ein klassisches Motiv für künstlerische Inspiration: Die Frau als Muse.

通过女性魅力获得灵感的主题，既决定了他的传记，也表现在他的文学作品中（《浮士德爱上格雷琴》），是艺术灵感的经典主题：女人是缪斯。

The motif of inspiration by female charms, which both determined his biography and was expressed in his literature (*Faust loves Gretchen*), is a classic motif for artistic inspiration: woman as muse.

2.Tragik und Zeitlosigkeit
悲剧与永恒
Tragedy and timelessness

Prominent in Goethes Literatur ist die moderne Verarbeitung klassischer Archetypen, so schließt Faust einen Pakt mit dem Teufel, verkauft sein Seele und ihm werden die Reichtümer der Erde und die Möglichkeiten der Schaffenskraft präsentiert, denen er jedoch nicht mit Hybris begegnet, sondern ihnen entsagt. Das einzige, dem Faust nicht widersagt, ist die Liebe, hier scheint er die Fesseln des irdischen Daseins zu überwinden, indem er das Glück im Augenblick findet, und plötzlich für ihn die Zeit stillzustehen scheint, die Ewigkeit erreicht zu sein scheint: „zum Augenblicke sage: Verweile doch, du bist so schön!" Den tragischen Elementen der Endlichkeit und Vergeblichkeit des irdischen Daseins scheint hier die Zeitlosigkeit konzeptuell entgegengesetzt.

在歌德的文学作品中，最突出的是对古典原型的现代重塑。例如，浮士德与魔鬼签订了契约，出卖了自己的灵魂，并得到了全世界的财富和创造能力的可能性，然而，他并没有以狂妄的态度来迎接这些可能性，而是放弃了。浮士德唯一没有放弃的是爱情，在这里他似乎克服了尘世生存的羁绊，在当下找到了幸福，突然间对他来说，时间似乎静止了，永恒似乎已经到达："对当下说，还不快去，你是如此美丽！"尘世存在的有限性和虚无性的悲剧因素，在这里似乎被永恒性在概念上对立起来。

Prominent in Goethe's literature is the modern treatment of classical archetypes, for example, Faust makes a pact with the devil, sells his soul, and is presented with the riches of the earth and the possibilities of creative power, but he does not meet them with hubris, but renounces them. The only thing Faust does not renounce is love, here he seems to overcome the fetters of earthly existence, finding happiness in the moment, and suddenly for him time seems to stand still, eternity seems to have been reached: "to the moment say, tarry yet, thou art so fair!" The tragic elements of the finitude and futility of earthly existence seem here to be conceptually opposed by timelessness.

Natürlich ist die Verewigung eine Metapher für die Möglichkeit der Dichter, durch ihre Literatur unsterblich zu werden. Goethe feiert hier die Schöpfungskraft und das fortwährende Strebens des menschlichen Geistes.

当然，不朽化是对诗人通过其文学作品成为不朽的可能性的一种隐喻。歌德在这里颂扬了人类精神的创造力和永恒的奋斗。

Of course, immortalization is a metaphor for the possibility of poets becoming immortal through their literature. Goethe here celebrates the creative power and perpetual striving of the human spirit.

Dem entgegen stehen in der Geschichte der Weltliteratur die Bilder des rituellen Selbstmordes mit dem Stein wie Qu Yuan und auch das tragische Ende Lu Xuns in Krankheit. Aber auch Goethe ist in seinem Leben mit Selbstmorden konfrontiert, er gedenkt am Grab einer Leserin, die sich unter Bezugnahme auf den Roman „Die Leiden des Jungen Werther" das Leben genommen hat.

在世界文学史上，与此形成鲜明对比的是像屈原用石头祭祀自杀的形象，还有鲁迅在病中的悲惨结局。歌德在生活中也遇到了自杀者——一位读者参照小说《少年维特的烦恼》自杀了，他曾在这位读者的墓前纪念。

In contrast to this, in the history of world literature, there are the images of Qu Yuan's ritual suicide with the stone and also the tragic end of Lu Xun in illness. But also Goethe is confronted with suicides in his life, he commemorates at the grave of a reader who took her own life referring to the novel "*The Sorrows of Young Werther*".

3. Goethe und China
歌德与中国
Goethe and China

Goethe lenkte als erster seiner Zeit wirksam die Aufmerksamkeit auch auf die Literaturen der Welt, unter anderem auf China. Von Natur aus Universalist und Weltbürger war er bemüht, die Unterschiede zwischen der chinesischen und der deutschen Kultur gering erscheinen zu lassen.

歌德是他那个时代第一个真正提醒人们注意世界文学的人，包括中国。从本质上讲，他是一个普世主义者和世界主义者，他努力使中国和德国文化之间的差异看起来小些。

Goethe was the first of his time to effectively draw attention to the literatures of the world, including China. Being a universalist by nature and a cosmopolitan, he endeavored to make the differences between Chinese and German cultures seem small.

Goethe kannte seit 1813 aus der Weimarer Hofbibliothek den Atlas von Martini, die Chinabeschreibungen Du Haldes, die Reisebeschreibungen Marco Polos, Reise- und Gesandtschaftsberichte sowie die beiden Romane Hao Qiu zhuan (sittliches Liebespaar kommt nach einigen Wirrungen zu einer Liebesheirat von Kaisers Gnaden, diesen Roman las er auf Deutsch) und Yu Qiaoli (begabter junger Beamtenliterat verliebt sich in zwei Cousinen, diesen Roman las er auf Französisch). Darüber hinaus las er An Heir in His Old Age《老生儿》auf Englisch. Goethe antwortete auf Johann Peter Eckermanns Frage, ob ihm Hao Qiu zhuan fremdartig erscheine.

从1813年起，歌德就熟悉了马尔蒂尼的地图集、杜哈尔德对中国的描述、马可·波罗的旅行描述、旅行和公使馆报告以及魏玛宫廷图书馆的两部小说《好逑传》（道德上的恋人在经历了一些困惑之后，在皇帝的恩典下达成了爱情协议，他读了德译版）和《玉娇梨》（天才的年轻公务员文学家爱上了两个表妹，他读了法译版）。他还读了《老生儿》的英译版。歌德回答了约翰·彼得·埃克曼（Johann Peter Eckermann）的问题，即《好逑传》对他来说是否陌生。

Since 1813, Goethe had been familiar with Martini's atlas, Du Halde's descriptions of China, Marco Polo's travel descriptions, travel and legation reports, and the two novels The Pleasing Story (*Hao Qiu zhuan*, moral lovers come to a love match by the grace of the emperor after some confusion, he read the German translation) and *Yu Qiaoli* (gifted young civil servant literary man falls in love with two cousins, he read the French translation) from the Weimar court library. He also read the English translation An Heir in His Old Age. Goethe replied to Johann Peter Eckermann's question whether Hao Qiu zhuan seemed strange to him:

> Nicht so sehr als man glauben sollte. [...] Die Menschen denken, handeln und empfinden fast ebenso wie wir, und man fühlt sich sehr bald als ihresgleichen, nur daß bei ihnen alles klarer, reinlicher und sittlicher zugeht. Es ist bei ihnen alles verständig, bürgerlich, ohne große Leidenschaft und poetischen Schwung und hat dadurch viele Ähnlichkeiten mit meinem Hermann und Dorothea.

> 并不像人们想象的那么多。[……] 这些人的思维、行为和感觉几乎与我们完全一样，人们很快就会觉得自己是他们中的一员，只是他们的一切都更清晰、更纯粹、更有道德感。与他们在一起的一切都可以理解，是资产阶级的（这里的意思是"老百姓"的），没有很大的激情和诗意，因此与我的赫尔曼和多萝西娅有很多相似之处。

> Not so much as one should think. [...] The people think, act and feel almost the same as we do, and one feels very soon as their equal, only that with them everything is clearer, purer and more moral. Everything with them is understandable, bourgeois, without great passion and poetic verve, and thus has many similarities with my Hermann and Dorothea.

Im Falle des Yu Qiaoli scheint sich Goethe mit dem Protagonisten identifiziert zu haben, war er doch selbst sowohl Minister wie Dichter. Er drückt dies deutlich in seinen „Chinesisch-deutschen Jahres- und Tageszeiten" im Mai und Juni 1827 aus.

在《玉娇梨》中，歌德似乎认同了主人公，因为他自己既是部长又是诗人。他在 1827 年 5 月和 6 月的《中德四季晨昏杂咏》中明确表达了这一点。

In the case of *Yu Qiaoli*, Goethe seems to have identified with the protagonist, being himself both a minister and a poet. He expresses this clearly in his *"Chinese-German Seasons and Days"* in May and June 1827.

> Sag, was könnt uns Mandarinen,
> satt zu herrschen, müd zu dienen,
> Sag, was könnt uns übrigbleiben,

Als in solchen Frühlingstagen
Uns des Nordens zu entschlagen
Und am Wasser und im Grünen
Fröhlich trinken, geistig schreiben,
Schal auf Schal, Zug in Zügen?

疲于为政，倦于效命，
试问，我等为官之人
怎能辜负这大好春光，

滞留在这北国帝京？
怎能不赴绿野之中，
怎能不临清流之滨，
把酒开怀，即席赋诗，
一首一首，一樽一樽。
——［德］歌德 著 / 杨武能 译

Say, what can we mandarins,
tired to rule, tired to serve,
Say, what can remain for us,
Than in such spring days
To renounce the north
And by the water and in the green
Merrily drinking, mentally writing,
Scarf on scarf, gulp on gulp?

Damit ist wieder eine Verbindung sowohl zu Qu Yuan geschlagen, der den in China häufigen Topos des Dichters verkörpert, der sich aus den kleingeistigen weltlichen Dingen zurückzieht, um sich dem unbeschränkten literarischen Schaffen zu widmen. Auch Lu Xun hat den Schritt von der praktischen Arbeit für Einzelne (Arzt) zum Schaffen von Literatur, die das Potential hat, seine Landsleute aufzurütteln, gemacht.

这又一次与屈原建立了联系：屈原体现了中国常见的诗人退出世俗琐事，全身心投入无限的文学创作中的主题。鲁迅也从个人的实际工作（医生）迈向了有可能唤醒同胞的文学创作。

This again forges a link with both Qu Yuan, who embodies the topos common in China of the poet who withdraws from petty worldly things to devote himself to unrestricted literary creation. Lu Xun, too, made the move from practical work for individuals (doctor) to creating literature that had the potential to stir up his countrymen.

Goethe übte geduldig chinesische Schriftzeichen und versuchte sich auch an Zweit-Übersetzungen klassischer chinesischer Gedichte, so in seinen ersten vier Übersetzungen „Chine-sisches" aus der Anthologie Neue Gedichte auf die Bilder hundert schöner Frauen 1788. 1824 erschien die steife und fehlerhafte englische Übersetzung, im Frühjahr 1827 Goethes deutsche im Rokokostil.

歌德耐心地练习汉字，也尝试对中国古典诗歌进行二次翻译，例如，他在1788年翻译了选集《关于一百个美丽女人形象的新诗》中的前四首《中国诗》。僵硬而有缺陷的英译本于1824年出现，而歌德的德译本则在1827年春天以洛可可风格出现。

Goethe patiently practiced Chinese characters and also tried his hand at second translations of classical Chinese poems, as in his first four translations of "Chine-sisches" from the anthology Neue Gedichte auf die Bilder hundert schöner Frauen (*New Poems on the Images of a Hundred Beautiful Women*) in 1788. The stiff and flawed English translation appeared in 1824, and Goethe's German one in rococo style in the spring of 1827.

> Fräulein See-Yaou-Hing
> Du tanzest leicht bei Pfirsichflor
> Am luftigen Frühlingsort:
> Der Wind, stellt man den Schirm nicht vor,
> Bläst euch zusammen fort.
>
> Auf Wasserlilien hüpfest du
> Wohl hin den bunten Teich;
> Dein winziger Fuß, dein zarter Schuh
> Sind selbst der Lilie gleich.
>
> Die andern binden Fuß für Fuß,
> Und wenn sie ruhig stehn,

Gelingt wohl noch ein holder Gruß,
Doch können sie nicht gehn.

薛瑶英小姐

轻舞在桃花锦簇下，
翩然于春风吹拂中：
若非有人撑伞遮挡，
只恐风儿将你吹走。

轻舞在朵朵睡莲上，
悠悠然踏入彩池中，
你那纤纤的脚，你那柔柔的鞋，
浑然便与莲花一致。

众人也纷纷把脚儿来缠，
她们纵能翩翩而立，
抑或还能妩媚行礼，
举步前行却属万难。

薛瑶英小姐是元载的爱妾。她是一位俏佳人、优秀舞女和女诗人。有位文人听见了她的歌唱，观赏了她的舞蹈，于是为她写了下列诗行。

跳舞时你似乎无法承受镶有宝石的服装的重量，
你的脸庞像刚刚盛开的桃花。
我们确信，汉朝的武帝
建了一座屏风以免飞燕有可能被风吹走。

中文翻译：谭渊. 歌德的"中国诗人". 中国翻译 2009 年第 5 期 33-38,
中图分类号：H059 文献标识码：A 文章编号：1000-873X (2009)05-0033-06

Misses See-Yaou-Hing

Thou dost dance lightly by peach pile
In the breezy spring place:
The wind, do not imagine the umbrella,
Blows you away together.

On water lilies you hop

Well down the colorful pond;

Your tiny foot, your delicate shoe

Are even like the lily.

The others tie foot by foot,

And when they stand still,

They may yet make a gentle greeting,

But they cannot walk.

[The inspiration for this poem comes from Goethe's reading of Thoms:

Lady See-yaou-hing was the beloved concubine of Yun-tsae. She was handsome, a good dancer, and a poetess. A person on hearing her sing and seeing her dance addressed her the following lines.

When dancing you appear unable to sustain your garments studdied with gems,

Your countenance resembles the flower of newblown peach.

We are now certain, that the Emperor Woo of the Han dynasty,

Erected a screen lest the wind should waft away the fair Fe-lin.

(Thoms, 1824:263)]

Zu Eckermann sagte Goethe:

歌德对艾克曼说：

To Eckermann Goethe said:

Ich sehe immer mehr [...], dass die Poesie ein Gemeingut der Menschheit ist [...] Aber freilich, wenn wir Deutschen nicht aus dem engen Kreis unserer eigenen Umgebung hinausblicken, so kommen wir gar zu leicht in diesen pedantischen Dünkel. Ich sehe mich daher gern bei fremden Nationen um und rate jedem, es auch seinerseits zu tun. Nationalliteratur will jetzt nicht viel sagen, die Epoche der Weltliteratur ist an der Zeit [...]

我越来越看到[……]诗歌是人类的共同财富[……]但当然，如果我们德国人不跳出我们自己周围的狭窄圈子，我们就很容易陷入这种迂腐的自负。因此，我喜欢环顾外国，并建议大家也这样做。民族文学在现代算不了很大的一回事，世界文学的时代已快来临了。[……]

I see more and more [...] that poetry is a common good of mankind [...] But of course, if we Germans do not look outside the narrow circle of our own surroundings, we get into this pedantic conceit all too easily. I therefore like to look around at foreign nations and advise everyone to do the same. National literature does not want to say much now, the epoch of world literature is at hand [...]

Aus der universalistischen Haltung Goethes, seiner Identifikation mit den chinesischen Dichterbeamten, seinem Beweis der Übersetzbarkeit klassischer chinesischer Lyrik und aus seiner Autorität als Chinakenner - wenn sie auch nur durch wenige, wie oben dargestellt schöngefärbte, Leseproben gesichert war -, heraus konnte Goethe geschickt leicht kokettierend formulieren.

从歌德的普世主义立场出发，从他对中国诗人官员的认同出发，从他对中国古典诗歌可译性的证明出发，从他作为中国鉴赏家的权威出发——即使这只是通过上文所示的几篇色彩优美的读物来保证的——歌德能够巧妙地以一种轻巧的调情方式来表述。

From Goethe's universalistic attitude, his identification with the Chinese poet-officials, his proof of the translatability of classical Chinese poetry, and from his authority as a connoisseur of China - even if only through a few, as elaborated above.

Hat mich Europa gelobt, was hat mir Europa gegeben?
Nichts! Ich habe, wie schwer! meine Gedichte bezahlt.
Deutschland ahmte mich nach, und Frankreich mochte mich lesen,
England! freundlich empfingst du den zerrütteten Gast.
Doch was fördert es mich? daß auch sogar der Chinese
Malet, mit ängstlicher Hand, Werthern und Lotten aufs Glas.

欧洲有没有赞美我，欧洲给了我什么？
什么都没有！我为我的诗付出了，多么沉重的代价。
德国模仿我，法国则喜欢读我。
英格兰，你亲切地接待了这位破碎的客人。
但这对我有什么好处呢，即使是中国人
马利特，用焦急的手，韦尔森和洛腾在玻璃上。

Did Europe praise me, what did Europe give me?
Nothing! I paid, how heavily! my poems.
Germany imitated me, and France liked to read me,
England! kindly you received the shattered guest.
But what does it promote me? that even the Chinese
Paints, with anxious hand, Werthern and Lotten on the glass.

In den „Geständnissen" 1854 schließt Heinrich Heine an die Goethe-Verse der „Venezianischen Epigramme" an, eine Zeitschrift aus Kalkutta habe berichtet, seine Lyrik sei als erstes deutsches Buch ins Japanische übersetzt worden.

在1854年的《忏悔录》中，海因里希·海涅在《威尼斯书信》的歌德诗句之后说，加尔各答的一分杂志上报道他的诗歌是第一本被翻译成日文的德国书。

In the *Confessions* of 1854, Heinrich Heine follows up the Goethe verses of the *Venetian Epigrams* by saying that a magazine from Calcutta had reported that his poetry was the first German book to be translated into Japanese.

Der Kontext mag hier ein Wettbewerb um Weltruhm gewesen sein, den Goethe damals mit dem zeitgenössischen Dichter Heine hatte.

这里的背景可能是歌德当时与海涅争夺世界名声。

The context here may have been a competition for world fame that Goethe had at the time with the contemporary poet Heinrich Heine.

Ob Goethe damals selbst vereinzelten Berichten von Schiffsbesuchen glaubte, in denen chinesische Bilder von Lotte und Werther entdeckt worden sein sollen, ist nicht bekannt. Immerhin hat er es geschafft, dass seine Zeitgenossen und die Goethe-Philologen bis heute diese Behauptung für bare Münze nahmen. Tatsächlich ist Werther (1774) in China damals nicht auf Glas gemalt worden. Der Roman erreichte schnell eine Auflage von 9000 Exemplaren und erschien 1775 in französischer Übersetzung, 1779 in englischer und 1781 in italienischer. Erst etwa 150 Jahre nach seinem Siegeszug in Europa, in den 1920-er Jahren, wurde er in chinesischer Übersetzung von Guo Moruo bei den chinesischen Jugendlichen euphorisch gefeiert (Yang Wuneng: Nachwort 1980).

歌德本人当时是否相信有关访问船舶的孤立报道——据说在这些报道中发现了洛特和维特的中国画，这一点不得而知。至少他成功地让他的同时代人和歌德文学学者都接受了这一说法，直至今日都信以为真。事实上，《维特》（1774 年）在当时的中国并没有被画在玻璃上。这部小说的发行量很快就达到了 9000 册，并在 1775 年、1779 年和 1781 年分别出现了法语、英语和意大利语的译本。直到它在欧洲取得胜利后约 150 年，即 20 世纪 20 年代，郭沫若的中译本（杨武能：《后记》1980）才在中国青年中疯狂地传阅与赞颂。

Whether Goethe himself at the time believed isolated reports of ship visits in which Chinese pictures of Lotte and Werther were said to have been discovered is not known. After all, he managed to get his contemporaries and Goethe philologists to accept this claim at face value to this day. In fact, *Werther* (1774) was not painted on glass in China at the time. The novel quickly reached a circulation of 9000 copies and appeared in French translation in 1775, English in 1779, and Italian in 1781. It was not until about 150 years after its triumph in Europe, in the 1920's, that it was euphorically celebrated among Chinese youth in Chinese translation by Guo Moruo (Yang Wuneng: *Afterword* 1980).

Die europäische Jugend identifizierte sich mit dem melancholischen Protagonisten des Brief romans, fand dort Gefühle formuliert, die sie in der traditionellen Gesellschaft unterdrücken mussten und sahen in Werther einen Leidensgenossen. Die Identifikation ging so weit, dass es zu einer Selbstmordwelle kam.

欧洲青年认同这本书信体小说的忧郁主人公，发现他们在传统社会中不得不压抑的情感在这里得到了表达，并在维特身上看到了同病相怜的感觉。而认同的结果是，它导致了一波自杀潮。

European youth identified with the melancholy protagonist of the epistolary novel, found expressed there feelings that they had to suppress in traditional society, and saw in Werther a fellow sufferer. The identification went so far that it led to a wave of suicides.

Tatsächlich begegnen sich hier Qu Yuan und Goethe in der Schwermütigkeit ihrer Gesänge. Goethe hat die schwermütigen Gesänge von *Selma* des schottischen Dichters Macpherson (1736–1796) übersetzt und teilweise in den Briefroman übernommen. Goethe selbst verarbeitete im *Werther* seine Liebeskrankheit, nachdem er sich in Wetzlar zwischen Mai und September 1772 in Charlotte Buff verliebte, die aber schon einem anderen versprochen war.

事实上，屈原和歌德在他们忧郁的诗歌中相遇。歌德翻译了苏格兰诗人麦克弗森（1736—1796）的《塞尔玛》的忧伤歌曲，并在书信体小说中部分借用了这些歌曲。1772 年 5 月至 9 月，歌德在韦茨拉尔爱上了夏洛特·布夫，但她已被许配给别人，之后歌德自己也接受了《维特》中的相思之苦。

In fact, Qu Yuan and Goethe meet here in the melancholy of their songs. Goethe translated the melancholy songs of *Selma* by the Scottish poet Macpherson (1736—1796) and partly adopted them in the epistolary novel. Goethe himself came to terms with his love sickness in *Werther* after he fell in love with Charlotte Buff in Wetzlar between May and September 1772, but she was already promised to someone else.

Der Werther und seine Rezeption in China fanden wieder um Aufnahme in den bekannten chinesischen Roman Shanghai im Zwielicht von Mao Dun, und in die Autobiographie eines chinesischen Mädchens von Xie Bingying.

《维特》及其在中国的肯定再次被纳入茅盾的著名中国小说《子夜》和谢冰莹的《女兵自传》中。

Werther and its reception in China were again included in the well-known Chinese novel in *Twilight* by Mao Dun, and in *the Autobiography of a Chinese Girl* by Xie Bingying.

4.Qu Yuan and Lu Xun
屈原和鲁迅
Qu Yuan and Lu Xun

Auch Qu Yuan schuf mit seinem rituellen Selbstmord und der nicht gefundenen Leiche einen unsterblichen Mythos, der auf dem Topos des verkannten moralisch korrekten Fürstenberaters, dem später von der Geschichte recht gegeben wird, aufbaute. Qu Yuan bezog sich auf eine „höhere Wahrheit", die unabhängig von Zeit und Raum war.

屈原还以他仪式性的自杀和未被发现的尸骸创造了一个不朽的神话——建立在被排挤诽谤的痛苦上，后来被历史证明是正确的。屈原提出了一个独立于时间和空间的"深层真理"。

Qu Yuan also created an immortal myth with his ritual suicide and the not found corpse, which built on the topos of the misjudged morally correct prince advisor, who is later proved right by history. Qu Yuan referred to a "higher truth" that was independent of time and space.

Lu Xun empfand Schmerz darüber, dass er vom Verlangen, seinen Landsleuten zu helfen, angetrieben war, aber Zeit seines Lebens befürchtete, dass er auch mit seiner Literatur diese Wirkung nicht erreichen konnte.

就鲁迅而言，他痛苦于同胞的不觉醒，一直无法确定自己的作品是否真的可以唤醒他们。他一生都在怀疑文学作品是否有改变社会的力量。

Lu Xun felt the pain, that he was driven by the desire to help his countrymen but he doubted through his whole life, if his literary works could reach this target.

Weil der folgende Abschnitt von D. Dooghan über Lu Xuns satirischen Einakter „Das wiedererweckte Skelett" über Zhuangzi mehrere Aspekte berührt, die im vorliegenden Aufsatz eine Rolle spielen, möchte ich seine Ergebnisse hier mit einem längeren Abschnitt zitieren.

因为下面 D. Dooghan 关于鲁迅关于庄子的讽刺性独幕剧《起死》的部分涉及了在本论文中起作用的几个方面，所以我想在这里用较长的部分引用他的发现。

Because the following section by D. Dooghan on Lu Xun's satirical one-act play "*The Reawakened Skeleton*" about Zhuangzi touches on several aspects that play a role in this essay, I would like to quote his findings here with a longer section.

Bei seinem ersten Versuch, den Toten wiederzubeleben, versuchen die Geister, ihn davon abzubringen, sich in Kräfte einzumischen, die sich seiner Kontrolle entziehen: „Du Idiot Zhuangzi! In deinem Alter müsstest du es besser wissen. Der Tod hat keinen Meister außer der Unendlichkeit. Der Raum ist die Zeit - ein Kaiser würde nicht so leichtsinnig sein. Kümmere dich um deinen eigenen Kram und geh nach Chu" (Lu Xun 2010, 394). Dies ist ein Echo auf Fausts Begegnung mit dem Geist im ersten Teil von Goethes Stück. Lu Xun war mit Goethe vertraut, besaß mehrere Bücher und erwähnte ihn 1908 „in seinem Werk Über die Kraft der Mara-Dichtung" (Lu Xun 1996, 97). Auch in seinem späten Leben beschäftigte er sich mit Faust. Im Nachwort zum zweiten Band von Qiejieting zawen , das zeitgleich mit „Die Auferstehung der mit „Die Auferstehung der Toten" geschrieben wurde, erwähnt Lu Xun, dass Rou Shis Übersetzung von Anatoly Lunacharksys Stück Faust und die Stadt 1934 verboten worden war (Lu Xun 2005, 6:467). Lu Xun hatte 1930 ein Nachwort zu diesem Werk geschrieben (7:369-374). Auch auf Faust geht er im Januar 1936 ein: In einem Kommentar zu einer Sammlung von Käthe Kollwitz Werken gibt er eine kurze Zusammenfassung von Gretchens Schicksal, die einen Stich von ihr begleitet (6:490). Anders als Faust zügelt dieser Zhuangzi jedoch nicht seine Hybris und setzt seinen unklugen Plan, die Toten zu erwecken, fort. Indem er das Wortspiel des Zhuangzi parodiert, besteht er darauf: „Ihr seid die Idioten! Ihr wisst nichts über das Sterben. Das Leben ist der Tod, der Tod ist das Leben; seine Sklaven sind seine Herren. Ich habe das Leben bis zu seinem Ursprung zurückverfolgt - ich lasse mich nicht von ein paar kleinen Gespenstern abschrecken" (Lu Xun 2010, 394). Wo Faust die Grenzen des menschlichen Verstandes sah (Goethe 2010, 15-16), verkündet Lu Xuns Zhuangzi arrogant seine Allmacht. Seinem Wahn der Meisterschaft setzen die Geister nur eine Warnung entgegen: „Es ist dein eigenes Begräbnis" (Lu Xun 2010, 394). Die multiplen literarischen Diskurse, die hier im Spiel sind, dienen nicht nur als Quellenmaterial, sondern ermöglichen auch einen Kontrast zwischen Zhuangzi und Faust, der die Kritik an ersterem verschärft. [...] Seine Einladung an Zhuangzi, sich im Bahnhof zu entspannen, erinnert an die gefährliche Allianz von Intellektuellen und Staatsmacht, die Lu Xun im Zawen von 1929 anprangerte (Lu Xun 2010, 400). Das Schicksal des wiederauferstandenen Mannes ist irrelevant: „Auf diese Weise verwandelte Lu Xun die alte Geschichte von Meister Zhuang, der das Skelett beklagt, in eine beißende Satire auf den Staat und auf die Intellektuellen, die trotz all ihrer hochtrabenden Reden den Armen nichts nützen - schlimmer noch, durch ihre selbstgerechte Einmischung in ihre Angelegenheiten vergrößern sie nur ihr Elend"(Idema 2014, 40). Lu Xun schont sich in dieser Kritik nicht: Tang Fuhua 唐复華 (2003) sieht im Schicksal des Auferstandenen die Ambivalenz Lu Xuns hinsichtlich der Wirksamkeit seiner eigenen intellektuellen Leistung (Seitenbereich).

在他第一次尝试让死人复活时，鬼魂试图劝阻他干涉他无法控制的力量："你这个白痴庄子！在你这个年龄，你应该更清楚。死亡没有主人，只有无限。空间就是时间——一个皇帝不会如此大意。管好你自己的事，到楚国去"（鲁迅2010，394）。这与歌德剧作第一部分中浮士德与鬼魂的相遇相呼应。

鲁迅熟悉歌德，拥有几本书，并在 1908 年的作品《论马拉诗歌的力量》（鲁迅 1996，97）中提到他。他在生命的晚期也对《浮士德》念念不忘。在与《死而复生》同时写的《且介亭杂文二集》第二卷的后记中，鲁迅提到柔石翻译的 Anatoly Lunacharksy 的剧本《浮士德与城市》在 1934 年被禁（鲁迅 2005，6：467）。鲁迅曾在 1930 年为这部作品写了一篇后记（7：369-374）。他还在 1936 年 1 月对《浮士德》发表讲话。在对凯特·科尔维茨作品集的评论中，他对格雷琴的命运做了一个简短的总结，并附上了她的一幅雕刻（6：490）。然而，与浮士德不同的是，这个庄子没有遏制他的傲慢，继续他不明智的起死回生计划。他模仿庄子的文字游戏，坚持说："你们是白痴！你对死亡一无所知。生命就是死亡，死亡就是生命；它的奴隶就是它的主人。我已经追溯到生命的起源——我不会被几个小幽灵吓倒"（鲁迅 2010，394）。浮士德看到了人类理解的极限（歌德 2010，15-16），而鲁迅的《庄子》则傲慢地宣称自己无所不能。他的主宰妄想被神灵反击，只有一个警告："这是你自己的葬礼"（鲁迅 2010，394）。在这里起作用的多种文学话语不仅可以作为原始材料，还可以在《庄子》和《浮士德》之间进行对比，加强对前者的批评。[……]他邀请庄子到站台旁休息，让人想起鲁迅在 1929 年《札记》中谴责的知识分子与国家政权的危险联盟（鲁迅 2010，400）。复活的人的命运无关紧要："这样，鲁迅把庄老爷子哀叹骷髅的往事变成了对国家和知识分子的尖锐讽刺，尽管他们说得天花乱坠，但对穷人毫无用处——更糟的是，由于他们自以为是地干涉他们的事务，他们只会增加他们的痛苦"（Idema 2014, 40）。在这种批评中，鲁迅也没有放过自己：唐复华（2003）从"复活者"的命运中看到了鲁迅对自己的思想成就的有效性的矛盾心理（侧栏）。

  On his first attempt at resurrecting the dead man, ghosts attempt to dissuade him from meddling in powers beyond his control: "You idiot Zhuangzi! You ought to know better, at your age. Death has no master but infinity. Space is time— an emperor would not be so reckless. Mind your own business and get on to Chu" (Lu Xun 2010, 394). This echoes Faust's encounter with the Spirit in the first part of Goethe's play. Lu Xun was familiar with Goethe, owning several books and mentioning him in his 1908 *On the Power of Mara Poetry* (Lu Xun 1996, 97). He had Faust on his mind late in his life as well. Writing concurrently with "*Resurrecting the Dead,*" Lu Xun mentions in the postscript to *the second volume of Qiejieting zawen* that Rou Shi's translation of *Anatoly Lunacharksy's play* Faust and the City had been banned in 1934 (Lu Xun 2005, 6:467). Lu Xun had written a postscript to that work in 1930 (7:369-374). He also discusses *Faust* in January 1936: writing comments on a collection of *Käthe Kollwitz's* works, he provides a brief summary of Gretchen's fate to accompany an engraving of her (6:490). Unlike Faust, though, this Zhuangzi does not check his hubris and proceeds with his ill-advised plan to raise the dead. Parodying the Zhuangzi's wordplay, he insists, "You're the idiots! You know nothing about dying. Life is death, death is life; its slaves are its masters. I've traced life back to the very source—I'm not going to be put off by a few squitty little spectres" (Lu Xun 2010, 394). Where Faust saw the limits of human understanding (Goethe 2010, 15-16), Lu Xun's *Zhuangzi* arrogantly proclaims his omnipotence. To his delusions of mastery the ghosts only warn, "It's your own funeral" (Lu Xun 2010, 394). In addition to serving as source material, the multiple literary discourses at play here enable a contrast between *Zhuangzi* and *Faust* that sharpens the criticism of the former. [...] His inviting Zhuangzi to relax at the stationhouse recalls the dangerous alliance of intellectuals and state power that Lu Xun lambasted in the 1929 *zawen* (Lu Xun 2010, 400). The plight of the resurrected man is irrelevant: "In this way, Lu Xun turned the old tale of Master Zhuang lamenting the skeleton into a biting satire of the state and of the intellectuals who, despite all their lofty talk, fail to be of any benefit to the poor — even worse, by their self-righteous meddling in their affairs, they only increase their misery" (Idema 2014, 40). Lu Xun does not spare himself in this critique: *Tang Fuhua* (2003) sees in the fate of the resurrected man Lu Xun's ambivalence regarding the efficacy of his own intellectual output (page range).

5. Guo Moruo orientiert sich beim Drama Qu Yuan an Goethes Faust
郭沫若以歌德的《浮士德》为基础创作的戏剧《屈原》
Guo Moruo based the drama *Qu Yuan* on Goethe's *Faust*

Guo Moruo, Tian Han und Zong Baihua erkundeten in Drei Blätter (1920) Goethes Gedichte, klassifizierten sie als „kraftvoll und frei", und vergleichen sie mit den Gedichten Qu Yuans, Li Bais und Du Fus (Yang 2000).

郭沫若、田汉和宗白华在《三叶》（1920 年）中探讨了歌德的诗，将其归为"有力而自由"，并与屈原、李白和杜甫的诗作进行了比较（Yang 2000）。

Guo Moruo, Tian Han and Zong Baihua explored Goethe's poems in *Three Leaves* (1920), classifying them as "powerful and free", and comparing them with Qu Yuan's, Li Bai's and Du Fu's poems (Yang 2000).

Guo Moruo bekennt, dass er Qu Yuan mit ‚Xianglei'„komplett [seine] eigenen Gefühle"hat ausdrücken lassen. Er schreibt: „Obwohl ich mich niemals tatsächlich mit Goethe verglichen habe, so habe ich mich doch mit Qu Yuan verglichen.", Shinian chuangzuo (Ten Years of Creation, Guo p. 69, zitiert nach: Zheng 2004)

郭沫若承认，他让屈原用《香蕾》来表达"完全是 [自己] 的感情"。他写道："虽然我实际上从未将自己与歌德相提并论，但我却将自己与屈原相提并论。"（《十年创作》，郭沫若第 69 页，后引。）

Guo Moruo confesses that he let Qu Yuan express "completely [his] own feelings" with *Xianglei*. He writes, "Although I never actually compared myself to Goethe, I did compare myself to Qu Yuan.",Shinian chuangzuo (*Ten Years of Creation*, Guo p. 69, quoted from: Zheng Zhou 2004)

Guo konzipierte das Schauspiel zunächst als ein Drama in zwei Teilen, ähnlich strukturiert wie Goethes Faust. So wollte er das Problem lösen, Qu Yuans Leben von mehr als 30 Jahren abzudecken. (Wang 2019)

郭沫若最初将该剧设想为一个两部分的戏剧，结构类似于歌德的《浮士德》。通过这种方式，他想解决涵盖屈原 30 多年生活的问题。(Wang 2019)

Guo initially conceived the play as a drama in two parts, structured similarly to Goethe's *Faust*. In this way, he wanted to solve the problem of covering Qu Yuan's life of more than 30 years. (Wang 2019)

Obwohl ich mich nie mit Goethe verglichen habe, verglich ich mich doch mit Qu Yuan. Was ich in jenem Jahr in „Xianglei" geschrieben habe, war tatsächlich Selbstausdruck. Was Qu Yuan hier äußert, sind komplett meine eigenen Gefühle. [Shinian chuangzuo (Zehn Jahre Schaffen) 69, zitiert nach: Zhengzhou 2004].

跨时空文学对话

虽然我实际上从未将自己与歌德相比，但我确实将自己比作屈原。那年我在《香蕾》里写的东西其实是自我表达。屈原在这里所表达的完全是我自己的感受。（《十年创作》第 69 页，转引自：郑州 2004）。

Though I have never actually compared myself to Goethe, I did liken myself to Qu Yuan. What I wrote in *Xianglei* that year is actually self-expression. What Qu Yuan voices here are completely my own feelings, ("Shinian chuangzuo (*Ten Years of Creation*)" p. 69, quoted after: ZhengZhou 2004)

6. Nationaldichter, die literarische Traditionen begründet haben und fester Bestandteil des Sprachschatzes bis heute geworden sind

建立了文学传统的民族诗人，他们的代表作已成为当代语言词汇的固有部分

National poets who have established literary traditions and have become an integral part of the linguistic vocabulary up to the present day

Johann Wolfgang von Goethe, Qu Yuan und Lu Xun gelten in ihren Kulturen jeweils als Nationaldichter, die eine eigene Tradition an Literatur entscheidend mitbegründet haben oder als repräsentativ dafür gelten: Goethe mit der Sturm und Drang-Literatur, der Klassik und der Romantik, Qu Yuan mit der im Chuci gesammelten Poesie des Südens und damit der Alternative zur offiziellen Musikamts-Dichtung des Shijing sowie Lu Xun und seine Mitstreiter der 4.-Mai-Bewegung, die mit ihren ersten Versuchen in baihua die Grundlage für die moderne und gegenwärtige chinesische Literatur legten. Alle dienten sie am Hof als Berater, als Minister von Fürsten oder arbeiteten im Ministerium. Alle drei waren schon zu Lebzeiten Instanzen von Kultur und Literatur, alle lösten sich aus den Niederungen von Intrigen und Tagespolitik durch ihre dichterische Größe.

约翰·沃尔夫冈·冯·歌德、屈原和鲁迅在他们各自的文化中被认为是民族诗人，他们对自己文学传统的建立做出了决定性贡献，或成为其代表。歌德的"狂飙突进文学""古典主义"和"浪漫主义"；屈原在《楚辞》中收集的南方诗歌，从而成为《诗经》乐府诗歌的替代品；还有鲁迅和他的五四运动成员——他们首次尝试以白话文写作，

奠定了中国现代和当代文学的基础。他们都在宫廷中担任顾问、国君的大臣或在政府部门工作。这三个人的一生都是文化和文学的实例，通过自己在文学创作方面的出类拔萃，从阴谋和日常政治的深处脱身。

Johann Wolfgang von Goethe, Qu Yuan and Lu Xun are considered national poets in their respective cultures, who have decisively contributed to the founding of their own literary tradition or are considered representative of it: Goethe with the Sturm und Drang literature, the Classical and Romantic periods, Qu Yuan with the poetry of the South collected in the *Chuci* and thus the alternative to the official Music Office poetry of the *Shijing*, and Lu Xun and his fellow members of the 4th May movement, who laid the foundation for modern and contemporary Chinese literature with their first attempts at baihua. All of them served at court as advisors, ministers to princes, or worked in the ministry. All three were authorities on culture and literature in their own lifetimes, and all rose above the turmoil of intrigue and dailypolitics through their poetic greatness.

So nimmt es nicht Wunder, dass der frühe Goethe-Übersetzer und Nacheiferer Guo Moruo sich zunächst an Goethe's Faust orientierte, um seine Tragödie Qu Yuan zu verfassen.

因此，早期的歌德翻译家和模仿者郭沫若首先将歌德的《浮士德》作为写作悲剧《屈原》的范本，也就不足为奇。

Thus, it is not surprising that the early Goethe translator and emulator Guo Moruo first looked to Goethe's *Faust* to compose his tragedy *Qu Yuan*.

Qu Yuan erscheint als tragische Figur, die sich fälschlich beschuldigt und verkannt im Fluss ertränkte und durch seinen literarischen Ruhm Unsterblichkeit erlangte. Lu Xun und Goethe erreichten diesen literarischen Ruhm schon zu ihren Lebzeiten. Der vielseitig bewanderte Vielschreiber Goethe prägte die deutsche Sprache wie sonst vielleicht noch Martin Luther.

屈原作为一个悲剧人物出现，他因被诬陷和诽谤而投河自尽，但通过文学的名声获得不朽的地位。鲁迅和歌德在世时就已经取得了这种文学上的名声。歌德是一位多才多艺、多产的作家，他在德语中留下的印记也许只有马丁·路德才能与之比拟。

Qu Yuan appears as a tragic figure who drowned himself in the river, falsely accused and misjudged, and achieved immortality through his literary fame. Lu Xun and Goethe achieved this literary fame during their lifetimes. Goethe, a versatile man of letters, left his mark on the German language as perhaps Martin Luther did elsewhere.

跨时空文学对话

Zahlreiche Original-Zitate aus dem Faust sind heute als Sprichwörter oder geflügelte Wörter im deutschen Sprachschatz vorhanden:

今天，《浮士德》中的许多原始语录作为谚语或经常引用的格言存在于德国的词汇中。

Numerous original quotations from *Faust* exist today as proverbs or frequently quoted aphorisms in the German vocabulary.

Nach weitschweifenden Universitäts-Studien erklärt Faust: „Da steh ich nun, ich armer Tor! / Und bin so klug als wie zuvor." Dies wird häufig verwendet, um Ratlosigkeit auszudrücken.

在漫无边际的大学学习之后，浮士德宣称："现在我站在那里，可怜的傻瓜！/ 和以前一样聪明。"这经常被用来表达困惑。

After rambling university studies, Faust declares, "There I stand now, poor fool! / And am as wise as before." This is often used to express perplexity.

Faust spielt kurz mit dem Gedanken, es noch einmal mit der Religion zu versuchen: „Die Botschaft hör'ich wohl, allein mir fehlt der Glaube." Dies wird häufig verwendet, um starken Zweifel auszudrücken.

浮士德短暂地玩弄了一下再次尝试宗教的想法："信息我听得很清楚，但我缺乏信心。"这常被用来表达强烈的怀疑。

Faust briefly plays with the idea of trying religion again, "The message I hear well, but I lack faith." This is often used to express strong doubt.

Mephisto erklärt einem Studenten in Gestalt des Dr. Faustus: „Grau, teurer Freund, ist alle Theorie / Und grün des Lebens gold'ner Baum." Dies wird häufig verwendet, um die Langeweile durch theoretische Auseinandersetzung zu beschreiben.

梅菲斯特以浮士德博士的身份向一个学生宣称："亲爱的朋友，灰色是所有的理论 / 和生命的金树的绿色。"这经常被用来描述通过理论论证的无聊。

Mephisto, in the guise of Dr. Faustus, declares to a student, "Gray, dear friend, is all theory / And green of life's golden tree." This is often used to describe the boredom caused by theoretical argument.

Faust begegnet unterwegs einem Pudel, den er in sein Studierzimmer nimmt. Hier entpuppt sich der Pudel als Mephisto, was Faust ausrufen lässt: „Das also war des Pudels Kern!" Dies wird häufig verwendet, um auszudrücken, wenn man den Kern einer Sache erkannt hat.

浮士德在路上遇到一只卷毛狗,他把它带到了自己的书房。在这里,卷毛狗变成了梅菲斯特,使浮士德感叹:"原来这就是卷毛狗的实质!" 这常被用来表达当一个人已经确定了某一事物的实质。

Faust encounters a poodle on the way, which he takes into his study. Here the poodle turns out to be Mephisto, causing Faust to exclaim, "So that was the poodle's core!" This is often used to express when one has recognized the core of something.

Die als Gretchenfrage berühmt gewordene Frage im Faust stellte Gretchen ihrem Liebhaber Faust: „Nun sag': Wie hast du's mit der Religion?" Sprichwörtlich ist die „Gretchen-Frage" geworden, die grundsätzlich jede entscheidende Frage bezeichnen kann.

《浮士德》中被称为"格雷琴问题"的问题是格雷琴向她的情人浮士德提出的:"现在告诉我,你对宗教有什么看法?""格雷琴问题"已经成为谚语,基本上可以指任何决定性的问题。

The question in *Faust* that has become famous as the Gretchen Question was posed by Gretchen to her lover Faust: "Now tell me, how do you feel about religion?" The "Gretchen question" has become proverbial, which can basically refer to any decisive question.

Auch im Chinesischen gibt es allgemein bekannte Redensarten, die von Qu Yuan stammen oder sich auf ihn beziehen, wie die folgenden im Internet von Lesern gesammelten Beispiele:

在中文中,也有源于屈原或提及屈原的俗语,如读者在网上收集的例子:

In Chinese, there are also commonly known sayings originating from or referring to Qu Yuan, such as the following examples collected by readers in the internet:

哺糟啜醨 Wenn man schon soweit ist, kann man es auch ganz machen. Aus Qu Yuan. „Chu Ci - Der Vater des Fischers". Quelle: Westliche Han - Sima Qian: Aufzeichnungen des Großhistorikers - Qu Yuan Jia Sheng Lie Zhuan: „Jeder ist betrunken, warum also nicht den Bodensatz füttern und den Bodensatz schlürfen."

不知所从 Ich weiß nicht, was ich tun soll. Quelle: Qu Yuan. „Chu Ci - Göttliche Residenz": „Mein Herz ist beunruhigt und ich weiß nicht, was ich tun soll."

才过屈宋 Talentierter als Qu und Song (extrem talentiert). Quelle: Tang-Dichter Du Fu, „Lied der Trunkenheit": „Der Herr hat einen Ausweg aus Xixi und Huang, und der Herr ist talentierter als Qu und Song."

初度之辰 Die Zeit der Geburt, also: Geburtstag. Quelle: Qu Yuan, „Li Sao": „Der Kaiser hat Yus Geburtstag berücksichtigt und ihm einen guten Namen gegeben."

独清独醒 Allein rein, allein wach. Quelle: Qu Yuan: „Ich bin allein in meiner Unschuld, wenn die Welt schlammig ist, und ich bin allein in meiner Wachsamkeit, wenn alle anderen betrunken sind."

【哺糟啜醨】解释：比喻效法时俗，随波逐流。出自《楚辞·渔父》。出处：西汉·司马迁《史记·屈原贾生列传》："众人皆醉，何不哺其糟而啜其醨。"

【不知所从】解释：不知怎么办。形容拿不定主意。出处：战国·楚·屈原《楚辞·卜居》："心烦虑乱，不知所从。"

【才过屈宋】解释：屈、宋：战国楚文学家屈原和宋玉。比喻文才极高。出处：唐·杜甫：《醉时歌》"先生有道出羲黄，先生有才过屈宋。"

【初度之辰】解释：初度：初生之时；辰：日子。指生日。出处：战国·楚·屈原《离骚》："皇揽揆余初度兮，肇锡余以嘉名。"

【独清独醒】解释：独自清白，独自觉醒，不与世俗同流合污。出处：战国·楚·屈原《渔父》："屈原曰：'举世皆浊而我独清，众人皆醉而我独醒，是以见放。'"

哺糟啜醨 When you're ready, you can make it whole. From Qu Yuan. "*Chu Ci - The fisherman's father*".Source: Western Han - Sima Qian: Records of the Grand Historian - Qu Yuan Jia Sheng Lie Zhuan: "Everyone is drunk, so why not eat the dregs and slurp the dregs."

不知所从 I don't know what to do. Source: Qu Yuan. "*Chu Ci - Divine Residence*"："My heart is troubled and I don't know what to do."

才过屈宋 More talented than Qu and Song (extremely talented). Source: Tang poet Du Fu, "*Song of Drunkenness*"："The Lord has a way out of Xi and Huang, and the Lord is more talented than Qu and Song."

初度之辰 The time of birth, thus: birthday. Source: Qu Yuan, "*Li Sao*"："The emperor took Yu's morning of birth into account and gave him a good name."

独清独醒 Alone pure, alone awake. Source: Qu Yuan: "I am alone in my innocence when the world is muddy, and I am alone sober when everyone else is drunk."

7.Schlussbemerkung: Die Seele der Nationalliteraturen
结语：民族文学的灵魂
Conclusion: the soul of national literatures

Während Goethe die Epoche der Weltliteratur einläutete, ist es uns heute möglich, Dichtergrößen aus verschiedenen Kulturen zu vergleichen. Ein Ausgangspunkt dafür kann sein, die wichtigste Kraft, die die Dichter zu ihren Schöpfungen antrieb, zu ermitteln. Auch wenn die Wissenschaft europäischer Literaturen auch in Abgrenzung zur chinesischen Literatur gerne die Tragik für sich reklamiert, zeigt sich doch bei der biographischen Betrachtung dreier Dichtergrößen, dass die wichtigste Antriebskraft bei den beiden chinesischen Nationaldichtern stärker aus dem Schmerz und der Verarbeitung dieses Schmerzes stammte, bei Goethe waren es lebensbejahendere Kräfte wie Streben und Liebe und er gab seinem größten Werk, dem Faust, ein positives Ende, indem sich die Himmelspforten dem öffneten, der „immer strebend sich bemüht". In diesen Größen der Nationalliteratur offenbart sich uns ein Eindruck von der deutschen und chinesischen Seele der Literatur.

歌德开创了世界文学的时代，所以，我们今天能比较来自不同文化的文学大师。这方面的一个出发点可以是确定推动文学大师创作的主要力量。尽管欧洲的文学学者们喜欢把悲剧说成属于欧洲传统的，甚至与中国文学形成对比，但对三位文学大师的传记考察表明，两位中国民族诗人最重要的创作动力更多地来自痛苦和对这种痛苦的输出；而歌德更多的是肯定生命的力量，如奋斗和爱情，他给他最伟大的作品《浮士德》一个积极的结局——天堂之门向"自强不息"的人开放。在这些民族文学大师身上，我们能够展现出德国和中国文学灵魂的影响。

While Goethe ushered in the era of world literature, today it is possible for us to compare poet greats from different cultures. A starting point for this can be to identify the main force that drove poets to create. Even if the science of European literature likes to claim tragedy for itself, even in distinction to Chinese literature, a biographical examination of three great poets shows that the most important driving force in the case of the two Chinese national poets stemmed more strongly from pain and the processing of this pain; in the case of Goethe, it was more life-affirming forces such as striving and love, and he gave his greatest work, *Faust*, a positive ending by opening the gates of heaven to the one who "always strives". In these greats of national literature, a part of the German and Chinese soul of literature is revealed to us.

Literatur
参考文摘
References

[1] Dooghan, Daniel M. Old tales, untold: Lu Xun against world literature[J]. Journal of Modern Literature in Chinese 14. 1: Artikel 2.

[2] Guo Moruo. Shi nian chuangzuo (Ten Years of Creation). P. 69.

[3] Wang Pu. The Transmediality of Anachronism: Reconsidering the Revolutionary Representations of Antiquity and the Leftist Image of Qu Yuan. Frontiers of Literary Studies in China, 2019,13(3), 349-384.

[4] 王璞 .The Transmediality of Anachronism: Reconsidering the Revolutionary Representations of Antiquity and the Leftist Image of Qu Yuan[J]. 中国文学研究前沿 .2019，13(3)，349-384.

[5] Wuneng, Yang . Goethe and Comparative Literature. Comparative Literature: East & West, 2000,1(1),94-105.

[6] 杨武能 . 歌德与比较文学 [J]. 比较文学：东方与西方，2000，1(1)：94-105.

[7] Zheng, Yi. The Figuration of a Sublime Origin: Guo Moruo's Qu Yuan. Modern Chinese Literature and Culture,2004, 16(1), 153–198. http://www.jstor.org/stable/41490916.

[8] Zheng, Yi . 崇高起源的形象化：郭沫若的《屈原》[J]. 中国现代文学与文化，2004，16(1)，153-198.http://www.jstor.org/stable/41490916.

论歌德的《中国作品》与世界文学构想

贺骥
中国社会科学院外国文学研究所研究员

一、引言

1827年1月31日,歌德在和艾克曼的谈话中提出了他的影响深远的世界文学构想:"诗是人类的共同财富,而且正在由成百上千的人在不同的地方和不同的时间创造出来……每个人都应该告诉自己,写诗的天赋并非什么稀罕物儿,没谁因为写了一首好诗,就有特别的理由感到自负。显而易见啰,我们德国人如果不跳出自身狭隘的圈子,张望张望外面的世界,那就太容易陷入故步自封、盲目自满了哦。因此我经常喜欢环视其他民族的情况,并建议每个人都这样做。民族文学而今已没有多少意义,世界文学的时代即将来临,我们每个人现在就该为加速它的到来而贡献力量。"[1]

世界文学(Weltliteratur)是歌德于1827年提出的文学发展蓝图。它指的是国际性的文学交往,其思想基础是具有人道精神的世界主义。这种国际性的文学交往具体体现在各国之间的文学和文化交流、阅读外国的文学杂志和外文原著、文学翻译和国际旅游等活动上。这种国际性的文学交往的结果就是各民族文学之融合,它是歌德关于文学发展的未来规划,歌德用"世界文学"这个名称是希望"有朝一日各国文学都将合而为一,这是一种要把各民族文学统起来成为一个伟大的综合体的理想,而每个民族都将在这样一个全球性的大合奏中演奏自己的声部"[2]。这个伟大的综合体以欧洲文学为核心,以古希腊文学为典范,东方文学则处于从属地位,因此,他的世界文学构想具有明显的欧洲中心论色彩,"愿希腊文学和罗马文学的研究永远成为较高文化的基础。中国、印度和埃及的古代文化只是一些奇特的异物而已;让自己并让世界去了解它们,这是一件大好事;但是在道德和审美教育方面,它们不会对我们有多大助益"[3]。他公开宣扬文化霸权主义,"欧洲文学即世界文学"[4]。他的"世界文学"概念有三大要素:普遍性、尘世性和整体性。世界文学的普遍性在于它表现了普遍的人性;尘世性指的是它采用尘世题材,再现世俗的个人生活和社会生活,反映私事和国事;而整体性则体现在各民族文学的相互交流、相互借鉴和相互融合上。歌德的译作《中国作品》就是正在形成的"一种普遍的世界文学"[5]之范本。

歌德于1775年年底来到魏玛。经过歌德、席勒和维兰德等人多年的努力，魏玛古典文学享誉欧洲，魏玛成了欧洲文学（世界文学）的首都。这个首都从地理、经济和政治三个方面对文学世界进行统治。魏玛在地理上是世界文学的首都，经常有外国作家来魏玛拜见歌德，斯塔尔夫人、让-雅克·安培和卡莱尔等人与歌德保持着通信往来，贝朗瑞、拜伦和曼佐尼等人的作品得到了歌德的认可，中国文学获得了歌德的承认。魏玛公爵卡尔·奥古斯特家族赞助文艺，吸引了一批优秀的德国作家来魏玛，这些作家积累了丰厚的文学资本，从而使魏玛成为文学的信息中心，异质的中国文学作品由于歌德的译介而被欧洲读者接受。作为魏玛的"半神"和世界文学的霸主，歌德利用"强势的"欧洲文化资源，对"弱势的"中国文学作品进行了欧化改造，在"文学政治"的意义上行使了文化霸权。

1827年，歌德研读了汤姆斯翻译的《花笺记》，并将其英译本 Chinese Courtship 的附录《百美新咏》中的《薛瑶英小姐》等四首诗转译成德文，发表在他主编的杂志《论艺术与古代》第6卷第1册。歌德的这四首译诗都配有小传，他将它们视为一个统一的整体，给它们加了一个总标题"中国作品"。在《中国作品》（Chinesisches）的前言中，歌德指出，中国人和德国人一样都有普遍的人性，中国文学家和德国文学家一样普遍都有文学创作才能，"以下内容出自一部诗选及传记性作品，其标题为《关于一百个美丽女人形象的新诗》。摘选的笔记和小诗使我们相信，在这个特殊的、奇异的国度里尽管有着种种限制，但人们一直在生活、恋爱、创作"[6]。

二、《中国作品》评析

歌德从汤姆斯（Peter Perring Thoms, 1791—1855）英译本《百美新咏》（The songs of a Hundred Beautiful Women）[7] 转译的四首中国诗作，分别对应于颜希源编撰的《百美新咏图传》中的图传五十七、图传二十一、图传三十九和图传九十一。整部《百美新咏图传》乃是关于103位古代美人生平事迹的传记与诗歌文本，它们歌咏了美人的美貌、美德和文艺才华。

1824年，英国汉学家汤姆斯翻译出版了清代诗体小说《花笺记》，英文名《中国式求婚》（Chinese Courtship）。在《花笺记》译本的附录 Biography 中，汤姆斯从《百美新咏图传》中选译了32位美女的传记和31首诗歌，其中《薛瑶英小姐》为"百美之歌"的第18首，《梅妃小姐》为第2首，《冯小怜小姐》为第11首，《开元》为第31首。汤姆斯本人精通汉语但无诗才，他的译诗都是无格律的散文体无韵诗，其译文在大体上可以称为"忠实的翻译"。

歌德读过克拉普洛特主编的《亚洲杂志》（1802），尤其是该杂志第2卷第2册《论中国古代文学》[8]。通过这本杂志，歌德知道中国古诗大多为格律诗，中国格律诗的平仄相当于欧洲格律诗的音步。于是歌德把汤姆斯散文体的无韵诗全部改写成有格律限制的韵诗。通过散文的诗化、压缩、选择和杂交等手法，歌德对汤姆斯的译文做了重大改动；他竭力回避中国文化的异质性和特殊性，以突出文学的共性和普遍性；他还删减了一些不重要的内容，发挥想象力添加了自己的创造。[9]

歌德的翻译堪称"戏仿式翻译"或创造性的归化式翻译。他在长文《西东合集的注释和论文》（1819）中写道："翻译家虽然进入了外国的情境之中，但他的本意是要把外国的思想化为己有，因此他竭力用自己的思维方式来再现原作。在最纯粹的词义上我把这个阶段称作戏仿式翻译。"[10] 戏仿式翻译用本国的语言形式和文化资源来复制和改造原作，这种翻译策略暗合侨易学的"侨戏"，即模仿游戏，其中"既有学习的一面，也有自身在化用后创造的一面"[11]。

（一）薛瑶英

为了便于评析，现将汉语原诗、英语译诗和德语译诗以对照形式排列如下。

赠薛瑶英[12]（贾至）

舞怯珠衣重，笑疑桃脸开。方知汉武帝，虚筑避风台。

薛瑶英小姐[13]（汤姆斯）

薛瑶英小姐是元载的爱妾。她是一位俏佳人、优秀舞女和女诗人。有位文人听见了她的歌唱，观赏了她的舞蹈，于是为她写了下列诗行。

跳舞时你似乎无法承受镶有宝石的服装的重量，
你的脸庞像刚刚盛开的桃花。
我们确信，汉朝的武帝
建了一座屏风以免飞燕有可能被风吹走。

薛瑶英小姐[14]（歌德）

她很美，有诗才，人们赞赏她，称她为最轻盈的舞女。一位崇拜者用下述诗歌表达了对其曼舞的叹服。

春之地空气流通

你在桃花花簇旁轻盈舞蹈：
如果人们没有建一座屏风，
风就会把你们吹跑。

你愉快地穿过彩池
在睡莲上舞蹁跹，
你的小脚、你的轻柔鞋子
本身就是彩莲。

其他的女人纷纷缠足
如果她们安静地站住，
还可以优美地道个万福，
但她们已无法走路。

诗人们把秀气的小脚称作"金莲"，这种称呼即源于她的穿着金色绣鞋的小脚，据说她的这种优点促使后宫中的其他女人用布带把自己的双脚紧紧包裹起来，即使不能和她相同，也要做到和她相似。他们说这种风俗随后传遍了全国。

图传五十七"舞怯珠衣重"节录自唐代苏鹗的笔记小说集《杜阳杂编》，其中收录了贾至的五言绝句《赠薛瑶英》和杨炎的赠诗，汤姆斯只翻译了贾至的赠诗，但没有提贾至的名字。《赠薛瑶英》以夸张的手法塑造了一位体轻娇弱的舞女形象。薛瑶英是唐代宰相元载的宠姬，她"能诗书，善歌舞，仙姿玉质，肌香体轻"[15]。"避风台"乃赵飞燕典故之一。据《太平广记》，赵飞燕身轻不胜风，汉成帝于是在太液池畔为其筑避风台。苏鹗误写成"汉武帝"，颜希源亦以讹传讹，清代编定的《全唐诗》中改正为"汉成帝"。

汤姆斯译文中的引言部分删掉了中文简传中的比喻和"绿珠"等典故，其译诗为平淡乏味的无韵四行诗，内容上忠实于蓝本，形式上显得松散拖沓，最后两行由于采用了"飞燕"的典故而使欧洲读者感到莫名其妙，但正是身轻如燕的赵飞燕"有可能被风吹走"激发了歌德的诗兴。汤姆斯不知道"避风台"的出处，于是把它译成了"屏风"。在贾至的诗中，薛瑶英舞蹈的地点在元载府邸；在汤姆斯的译诗中，舞蹈的地点在庭院。

歌德将汤姆斯的三句引言缩写成了两句，将英译四行诗拓展成了十二行韵诗。他用音步来呼应汉语律诗的平仄，并用不同的格律来暗示薛瑶英和她的模仿者之间的差别。第一节第二行和第二节第二行及第三行均包含一个跳跃性的扬抑抑格音步（lúftigen, wóhl hin den, wínziger），扬抑抑格音步表示薛瑶英舞姿优美流畅，并暗示她有文思泉涌的"诗才"。第三节第二行是一个有些曲折变化的扬抑格诗行（únd wenn síe ruhig stéhn），这个涩滞而笨拙的诗行意指模仿者们扭曲的足骨，并暗示她们无诗才。

歌德的引言没有历史背景，也没有点明女主人公的社会地位。他用普遍化的笔法突出了女主人公的美丽、善舞和诗才。"有诗才"与汉语蓝本的"能诗书"巧合。他认为东方文学中的比喻"比较模糊"，有可能"歪曲对象"[16]。比喻和典故虽然属于东方文化特色，但它们具有不可译性，于是他用创造性的化用来克服不可译性。汉语中的"桃花"比喻已成为一种固定的表达方式，喻指女子娇艳的容颜。汤姆斯将"笑疑桃脸开"直译为"你的脸庞像刚刚盛开的桃花"，由于欧洲没有桃花，读者会不明就里。歌德将这个模糊的比喻改写成具体的春天美景"桃花花簇"，而舞女的轻与桃花花簇的重形成了鲜明对比。"风就会把你们吹跑"中的"你们"指的是舞女和桃花花瓣，这种夸张手法再次凸显了舞女的"轻盈"。在汤姆斯的译诗中，舞女身处庭院环境，歌德则创造性地把舞蹈场景从庭院环境移入野外的自然环境，描绘了一幅美人在野外春景中的春舞图。"春之地"（Frühlingsort）这个新造的组合词把时间空间化了，舞蹈的地点也被普遍化了。歌德对"桃花"比喻的改造和对普遍春景的有效描绘使他的译诗突破了"文化界限"，[17]成为"普遍的世界文学"的一个范本。

在歌德译本的后记中，他提到了中国女人的三寸"金莲"。"金莲"这个名称出自汤姆斯的英译本《花笺记》，小说作者如此描述女主人公杨瑶仙的纤足："她的金莲（小脚）长不足三英寸。"[18]汤姆斯为"金莲"做了一个脚注，注中说"金莲源于潘妃小姐"。据陶宗仪《辍耕录》，"金莲"起源于南唐后主李煜的嫔妃窅娘。《百美新咏》图传十九"缠足昭蟾影"为窅娘简传，图传四"金莲步步移"为南朝齐东昏侯萧宝卷的宠妃潘妃的简传，这两个简传汤姆斯都没有翻译，并且他张冠李戴，说"缠足"起源于潘妃。歌德根据汤姆斯的脚注，在自己的译诗《薛瑶英小姐》第二节和第三节中，创造性地把潘妃"步步生莲花"的故事和窅娘"以帛缠足"的故事糅合在一起，以典型化手法虚构出薛瑶英缠足跳舞的形象。在《百美新咏》图传四中，潘妃在宫殿地上金制的朵朵莲花上跳舞；而在歌德的译诗中，薛瑶英在池塘中真实的睡莲上跳舞，从而把这个中国舞女变成了欧洲童话中自然界的小精灵埃尔芙。

歌德译诗的第一节描绘的是春舞，第二节描绘的是夏舞，第三节描绘的是模仿者们笨拙的脚步，整首诗就是一幅拼贴画，它的内涵比中文蓝本和英译本更普遍、更丰富。全诗歌咏的是自然美，薛瑶英就是自然美的化身，她在自然界的睡莲上"舞蹁跹"，她的纤足已化作了"彩莲"。其他的女人纷纷模仿她缠足,表现出人工的笨拙。歌德的译诗表现了普遍的人性:爱美之心人皆有之,人类尤爱自然美。除了美妙的舞姿之外,歌德还强调了舞女的"诗才",轻盈的舞步即暗指她的敏捷"诗才",薛瑶英于是成为歌德世界文学构想中的第一个女诗人形象。

(二)梅妃

一斛珠[19](梅妃)

桂叶双眉久不描,残妆和泪湿红绡。长门尽日无梳洗,何必珍珠慰寂寥。

梅妃小姐[20](汤姆斯)

梅妃是唐明皇的妃子,年仅九岁她就能背诵《诗经》的所有诗歌。她把自己的想法告诉了父亲:"虽然我是一个女孩,但我希望记住这本书中的所有诗歌。"这件事很讨父母的欢心,他们于是给她起名为"采苹",其意为"慧根"。她于开元年间入宫。皇帝非常喜欢她的人品。她很博学,能与名媛谢女比肩。她虽然疏于打扮,但她天生丽质,不需要艺术家帮她美容。当杨太真小姐成为皇帝的宠妃的时候,梅妃被迫搬到一个别院。据说皇帝又想起了她;那时一位外国使臣来朝,进贡给皇帝一些珍珠,皇帝于是下令把珍珠赏赐给梅妃小姐。她拒绝接受这些珍珠,并委托信使把下列诗行送给皇帝。

我已经很久没有美化桂花眼了:
由于被弃我的腰带已被痛苦的泪水沾湿了。
自从住在别院,我已不再化妆。
难道送给我一些珍珠,就可以使我的内心恢复平静?

梅妃小姐[21](歌德)

梅妃是明皇的情人,她美艳绝伦,才智超卓,从少女时代起就令人称奇。自从她遭到一位新宠的排挤之后,皇帝就给她在后宫中安排了一个特殊的住处。后来有外邦君主来进贡,他们给皇帝带来了大礼,皇帝于是想起了梅妃,派人把所有的礼物都送给了她。她把礼物送还给了皇帝,一同送去的还有下述这首诗。

你送来珠宝给我作装饰！
我早已不复对镜自观：
自从我从你的目光中消失，
我不再知道美容和打扮。

图传二十一"斛珠空慰念"节录自陶宗仪编《说郛》所收宋代传奇《梅妃传》。图传中梅妃所作七言绝句《一斛珠》（又名《谢赐珍珠》）抒发了女主人公被弃之后的哀怨。"桂叶双眉"即桂叶眉，唐代妇女眉式种类有蛾眉、柳眉、桂叶眉等。[22] 桂叶眉流行于唐天宝至贞元年间，其形短阔，如新生之桂叶。《全唐诗》中的《谢赐珍珠》将"桂叶双眉"改作"柳叶双眉"，汤姆斯则将"桂叶双眉"改写成"桂花眼"，西方读者读到这里往往会联想到花一般漂亮的双眼，同时脑海中浮现出一幅富有中国情调的"鲜花美人图"[23]。

汤姆斯的译诗是一首散文体无韵四行诗，它表现了弃妇梅妃的自怜和绝望。汤姆斯对中国古代文化的了解相当浮泛，他将梅妃"九年能诵二南"译成"年仅九岁她就能背诵《诗经》的所有诗歌"，这在客观上夸大了梅妃的过人天赋；他不明白"采𬞟"为何意，想当然地将它译作"慧根"（Ablity's root），这种误译反而增强了梅妃身上的才女光环；他不知道图传二十一中的"谢女"乃指咏絮才女谢道韫，于是把她音译为 Tscayneu（谢女）；他也不知道上阳宫是唐玄宗时的冷宫，而长门宫则是汉武帝时的冷宫，于是妄自将"上阳宫"译为 another apartment（别院）。汤姆斯不求甚解的误译使图传包含的大量中国文化信息丢失了。[24] 他若深入研究，就会明白"二南"指的是《诗经》中的《周南》和《召南》，而"采𬞟"则指的是"采浮萍"[25]。

歌德的译诗《梅妃小姐》是一首技巧精湛的小诗，其纯熟的技巧和特殊的形式表明梅妃是一位"才智超卓"的女诗人。该诗是一首押交替韵的四行韵诗，其中一、三行的尾韵为阴音韵(schmücken-Blicken)，三、四行的尾韵为阳音韵(angeblickt-schmückt)，这种四行诗最适合向爱人表达"爱情的幸福与痛苦"[26]。但这些交替韵不是纯韵，而是准押韵，准押韵暗示着不完美的爱情。

歌德对汤姆斯的译本进行了普遍化处理，抹去了英译本中的中国历史背景和中国文化特色（如《诗经》、唐朝、杨太真等）。他缩减了汤姆斯冗长的引言，突出了重点：梅妃是一位"才智超卓"的奇女子和女诗人。他放弃了令德国读者感到陌生的比喻"桂花眼"，将汉语文本和英译本中的间接暗示转变为女诗人直抒胸臆，向皇帝直接表达对他的薄情寡义的谴责和她自己的独立人格。在汤姆斯的译本中，梅妃是皇帝的附属品和喜新厌旧的牺牲品；在歌德的译本中，梅妃是与皇帝地位平等的"明皇的情人"，作为臣属的皇妃变成了情场中势均力敌的"情人"。汤姆斯的译诗突出的是"我"的自怜和"痛苦",歌德的译诗则再现了"你"和"我"之间的相互关系。作为奇女子和女诗人的"我"在遭到情变之后拒绝了对方所给予的物质补偿,态度如此决绝,以至于"我"在物质和精神上的独立人格跃然纸上。歌德将汤姆斯怨天尤人的悲歌改造成了一首宏扬妇女个性解放的赞歌。[27]

歌德译诗中的两个核心母题"镜子"和"目光"均为歌德独创。对歌德而言,爱情不仅是一种生理和心理现象,而且是一种视觉现象,爱与看和被看紧密相关。在赠给施泰因夫人的《为何你给我们深邃的目光》一诗中,"你"和"我"通过看对方窥探出了"我俩之间的真情"[28]。而在译诗《梅妃小姐》中,由于"你"不再看"我",即你对我的爱已"消失",于是我也不再为悦己者容。

"镜子"的隐喻出自《西东合集》。在《反映》一诗中,镜子喻指诗歌:"一旦我站在镜前,我蓦地发现亲爱的,也在镜中往外看。……随后我审视我的诗,发现她又在那里。"[29] 在紧随其后的《我内心充满喜悦》一诗中,镜子喻指心:"是啊,我的心是面镜子,朋友,让你照见自己。"[30] 用公式来表达,镜子 = 文本 = 心。在歌德的译诗中,梅妃"不复对镜自观",这表明她对爱人已死心,与此同时,她以诗歌之镜自卫,用文本之镜表达她独立不羁的个性和与对方决裂的心声。

(三)冯小怜

感琵琶弦[31](冯小怜)

虽蒙今日宠,犹忆昔时怜。欲知心断绝,应看胶上弦。

冯小怜小姐[32](汤姆斯)

冯小怜在后宫中生活了五个月,在此期间,她唱歌跳舞并弹奏各种弦乐器以娱悦皇帝,皇帝喜欢她的人品,五个月之后便册封她为左皇后。她坐在餐桌边紧靠着皇帝,骑在马背上陪伴皇帝出行。有一次,她和皇帝一起外出行猎时,周国的军队侵入了皇帝的领土。周军发现了躲在一个水井中的冯小怜小姐,就把她献给了他们的君主邕。有一天,她正在弹奏心爱的乐器琵琶(吉他),她弹断了其中的一根琴弦,于是她即兴朗诵了下列诗行。

虽然我感谢你每天向我表示的好感,
但我仍然记得旧时的爱情;
如果你想知道我是否已心碎,

那么你只需看一看我的琵琶弦。

冯小怜小姐[33]（歌德）

冯小怜陪伴皇帝出征，战败后她被敌军俘虏，成为新统治者的女人之一。下面这首诗保存着人们对她的怀念。

愉快的夕光，
给我们带来歌曲与欢畅，
你使我多么悲伤啊赛琳！
她歌唱，伴之以弦乐，
一根琴弦突然断裂，
她继续唱，以高贵的表情：
"不要以为我自由而欢悦；
欲知我是否已心碎欲绝——
只需看看这把曼陀林。"

图传三十九"仓猝游畋异"节录自唐代李延寿编撰的《北史·后主淑妃冯小怜》。冯小怜是北齐后主高纬的宠妃，以色艺惑主，被立为左皇后。"周师取平阳，帝猎于三堆。晋州告急，帝将还。淑妃请更杀一围，从之。后，周师入邺，获小怜于井中，以赐代王达。"简传塑造了一个祸国殃民、胆小自保的妖女形象，但她依从代王宇文达之后所写的五言绝句《感琵琶弦》却表现了这个妖女的另一面：对爱情忠贞不渝。

汤姆斯的译诗为语言平淡的无韵四行诗，突出的仍然是女主人公对爱情的忠诚。由于他对中国古代文化一知半解，他所译的冯小怜传记犯了一些错误。图传载"穆后爱衰，以从婢冯小怜五月五日进之，号曰续命"。汤姆斯居然将五月五日端午节译成了"五个月"，并且删掉了"续命"。续命丝为古代端午节辟邪的饰物，人们在端午节以彩丝系臂，谓可以避灾延寿。因为穆后恰巧在五月五日这一天把冯小怜献给了皇帝高纬，所以她被称作"续命"[34]。据图传所引《北史》，北齐亡国后，周武帝宇文邕把冯小怜赐给了代王宇文达。冯小怜于是成了宇文达的宠妃，汤姆斯把她误译为"君主邕"的宠妃。

歌德缩减了汤姆斯译文中的散文体小传，删去了冯小怜躲在井里的胆怯行为，突出了她"陪伴皇帝出征"的英雄气概，仅用两个句子就概括了《冯小怜小姐》一诗产生的原因：战争悲剧。他从汤姆斯的译诗中读出了冯小怜的内心冲突（不忘旧爱与感恩新宠）以及由此引发的戏剧紧张，而这种戏剧紧张无法用短小的四行诗加以表现，于是他就把四行诗扩展成了叙述女歌手冯小怜戏剧性命运的九行诗。

歌德改写的九行韵诗具有扬抑格的、牧歌般的跳跃韵，其韵式为 AAB、CCB、DDB。这种韵式和奥皮茨（Martin Opitz,1597—1639）欢快的牧歌韵式 ABB、ACC 非常相似。歌德译诗的前三行具有洛可可文学的风格（美酒、美女与歌唱），"悲伤"一词则对这种欢快的风格进行了反讽。汤姆斯的译诗是一首自嗟身世的感怀诗，歌德则虚构了一位充满同情心的叙述者，叙述者见证并讲述了冯小怜的不幸命运，他称冯小怜为"赛琳"。"赛琳"（Seline）是欧洲女子的名字，从名字上歌德就把"小怜"欧化了。歌德又进一步删除汤姆斯译本的中国文化特色，把小怜心爱的乐器"琵琶"改换成欧洲乐器"曼陀林"。在《冯小怜小姐》稿本的另一篇异文中，女歌手的名字叫作"阿敏娜"（Amine），阿敏娜是歌德青年时代洛可可风格的牧歌剧《热恋者的情绪》中的女主人公。《冯小怜小姐》这两个稿本中漂亮的名字"赛琳"与"阿敏娜"隐含着对洛可可文学游戏人生的态度的批判。[35]

在汉语蓝本中，"弦断"的隐喻具有双重含义，它既暗喻心碎，又表示一种不祥的预感。歌德抛弃了这个令德国读者难以理解的隐喻，将汉诗的含蓄美转变为具体的直接表达，用"弦断"直接类比"心碎"。他对汤姆斯的译诗进行了创造性的加工，将私密的弦乐演奏改为社交晚会上的自弹自唱。汤姆斯的译本在传记部分叙述了"弦断"事件，歌德则将"弦断"这个戏剧因素置于诗歌的中心，随着弦断乐止，"歌曲与欢畅"突变为"心碎欲绝"的极度悲伤。这种悲伤通过群体的欢聚与个人的内心孤独的对比而得到凸显。

与汉诗和英译诗中屈从新主而念新忆旧的弱女子冯小怜不同，歌德译诗中的冯小怜向新主和晚会参加者勇敢地展现了她的高贵人格和强烈的自我意识，"不要以为我自由而欢悦"。作为战俘，她虽迫不得已委身于新主，但内心依然完全忠于旧主，她始终保持着心灵的纯洁和精神的自主，大胆表达了她对"自由"的向往，堪称歌德笔下的"女英雄"[36]。冯小怜形象在文化迁移过程中遇到了欧洲自由主义兴起的时代。歌德选择了这位有诗才的女歌手，对她加以欧化，把一位祸水红颜改造成了歌颂自由的女英雄，并在《论艺术与古代》杂志上加以传播，这种灌注了欧洲时代精神的女英雄形象更容易被欧洲读者接受。

（四）开元宫人

袍中诗[37]（开元宫人）

沙场征戍客，寒苦若为眠。战袍经手作，知落阿谁边？蓄意多添线，含情更着绵。今生已过也,愿结后生缘。

开元[38]（汤姆斯）

开元是一位宫中侍女。君主元宗给边境部队寄了大量军服,其中许多军服是在后宫中制作的;边防军中的一位士兵在他的外套口袋里发现了下列八行诗节。

你在战场上和敌人战斗,
由于严寒你无法入睡,
我为你缝制这件长袍,
尽管我不知道谁会穿上它。
由于挂虑你能否自保,我额外添加了几个针脚,
把双份的棉花塞进长袍。
即使在今世我们不能共同生活,
我也渴望在来世与你结婚。

有位士兵发现了这首诗,于是把它交给了他的上司。这位指挥官又把它递交给了皇帝。皇帝命令一位侍从在后宫中进行严格调查以查明是谁写了它,不管是谁写了这首诗,都不应该矢口否认。在调查期间,有一个人说道:"我就是那人,我罪该万死。"元宗皇帝同情她,于是把她嫁给了得到诗歌的那人,此时皇帝幽默地说道:"我们还是在今生结婚了。"

开元[39]（歌德）

开元是宫中的一名女仆。严冬时节,当驻扎在边境的帝师正在与叛军作战时,皇帝给自己的军队运送了一大批暖和的军服,其中大部分军服是由后宫自己制作的。一位士兵在他的战袍口袋中发现了下述诗歌。

为了惩罚边境叛乱,
你英勇作战,但刺骨的严寒
在夜里妨碍你睡觉。
我努力为你缝制这件战袍,
即使我不知道谁会穿它;
我给它絮了双倍的棉花,

跨时空文学对话

> 我的针也增加针脚，很周到
> 为了维护一位军人的荣耀。
> 如果在此岸我们无法会面，
> 但愿在彼岸我们能喜结良缘！

这位士兵认为他应该把诗笺拿给他的军官看，诗笺引起了轰动，然后被送到了皇帝手中。皇帝立即下令严格调查后宫：无论谁写了它，都不应该否认。这时有一位女子走出来说道："我就是作者，我罪该万死。"元宗皇帝怜惜她，于是就把她嫁给发现诗歌的那位士兵，赐婚时皇帝幽默地说道："但是在此岸我们已经会面！"女子随即答道：

> 皇帝关心子民的福祉，
> 他无所不能，把未来变成了现实。
> 从此开元的名字就保存在中国女诗人们的名册中。

图传九十一"袍寄谐今偶"征引自唐代孟启的著作《本事诗》。图传中含有开元宫人所作五言律诗《袍中诗》，前四句再现了边军士兵艰苦的戍边生活，随后两句描述宫人缝制战袍的具体场景，末两句表达了她对岁月蹉跎的绝望和对来生缘的想象。全诗感情直白，抒发了红颜暗老的宫怨和对平民婚姻生活的渴望。"蓄意多添线，含情更着绵"两句诗对仗工整，由此可推断开元宫人具有深厚的诗歌素养。图传中宫人想象中的"后生缘"因唐玄宗的同情而变成了"今生缘"，唐代文学所蕴含的人性光辉使此诗得以万古流传。[40]

汤姆斯的译诗为自由体八行诗。他的译本大体上忠实于汉语蓝本，但翻译时又出了纰漏，他将唐玄宗的年号"开元"误解成了宫女的姓名。他把图传中元宗（玄宗）的敕令"有作者勿隐，吾不罪汝"改译成"不管是谁写了这首诗，都不应该矢口否认"，并将"遍示后宫"改译成"在后宫中进行严格调查"。他将汉诗中的陈述句"今生已过也"改译成让步从句"即使在今世我们不能共同生活"，这种改变乃是一种与原作的竞争，它不仅改变了原作绝望的口吻，而且使原作中听天由命的宫女变成了一位主动追求爱情的勇敢女性。[41] 他的译诗所用的措辞"今世"和"来世"仍然保留了中国文化特色。歌德则认为欧洲读者对佛教的"来世"观念显得太陌生，于是就把它改译为基督教的"彼岸"。

歌德的译本清除了汉语蓝本及其英译本中中国文化的特殊性。他没有描述历史事实，隐去了历史背景，译本中的时间、地点和人物都没有具体的所指。总之，他试图使特殊情境普遍化，以表现普遍的人性：少女对爱情和美满婚姻的向往以及人的天良。整个译本具有中篇小说（Novelle）般的叙述性。1827年1月29日，歌德在与艾克曼的谈话中对中篇小说做出了本质性的定义："一篇 Novelle 不过就是一个曾经发生的、闻所未闻的事件罢了。"[42] 歌德译本中"闻所未闻的事件"就是宫女在战袍中藏了一封"诗笺"，诗笺被一位士兵发现，然后辗转送到了皇帝手中，皇帝不仅没有惩罚犯禁的宫女，反而赐婚予她。与汤姆斯的散文体译诗不同，歌德的译诗是双行押韵的、每行有五个扬音节而尾韵为阴音韵的、扬抑格十行诗，流畅的诗体语言暗示了大团圆的美满结局。后记中添加的两个诗行为五个扬音节而尾韵为阴音韵的抑扬格诗行，这种诗行符合文艺复兴以来的诗剧格律，一方面它标明了人物口语的对话性，另一方面凸显了"闻所未闻的事件"之戏剧性转折。正因为歌德添加了这两行诗，德国学者安娜·贝尔斯将《中国作品》中译诗的数量确定为"四首半诗歌"[43]。

图传中的"边军"和"沙场征戍客"暗示了玄宗朝的开边战争。汤姆斯的译本也提到了边境战争。歌德则将开边战争改变为边军对"叛军"的平叛战争，凸显了战争的正义性。在汤姆斯的译诗中，宫女为士兵缝制"长袍"是为了士兵的保暖；而歌德笔下的宫女缝制"战袍"则表达了她对保家卫国的军人的普遍尊重："为了维护一位军人的荣耀。"汤姆斯译诗中的宫女想象着偶遇的爱情；歌德译诗中的宫女则更勇敢，她突破宫禁，大胆追求自由的爱情。

图传中的开元宫人是一位匿名的女诗人，汤姆斯将这位宫人称作"开元"，歌德则强调了女诗人的姓名及其不朽才名。为了突出女诗人"开元"的诗才，歌德虚构了"诗笺引起了巨大的轰动"这一情节。通过讲述一位用诗歌表达自我的女诗人的爱情故事，歌德表达了他的开放性思想：女性文学也是世界文学的组成部分。在1827年2月5日的日记中，他直接把他的《中国作品》称作《中国女诗人》。[44] 歌德比较尊重德国女作家的才华，在与他有亲密关系的女人中，施泰因夫人是剧作家，玛丽安娜是诗人，他称施泰因夫人为心灵的"抚慰者"，赞赏玛丽安娜"即兴作诗"的才能。[45] 而他在《玉娇梨》《花笺记》《百美新咏》等中国文学作品中，又看见了一个才女成群的文学世界，这再次证实了他关于"天才女性"的信念。[46]

歌德笔下的皇帝是法律和仁慈的化身。他一方面严令边防军"惩罚"叛乱；另一方面给自己的军队送去了大量战袍，以表示对有冻馁之虞的将士们的关怀。出于对宫女的怜悯他法外开恩，当场为她赐婚，为此歌德虚构了汉语蓝本和英译本中所没有的皇帝与宫女的一段对话，对话表明高高在上的皇帝也有普遍的人性。

三、结　语

歌德的翻译属于创造性翻译，他通过改动和"不断的创造"，力图"使一件尚欠完美的作品得以提高，变得完美"[47]。在《薛瑶英小姐》一诗中，歌德把在室内跳舞的娇弱舞女改造成在大自然中舞蹈的灵动舞女，以凸显自然美高于人工美的主题；在《梅妃小姐》一诗中，他把顾影自怜的怨妇改造成有独立人格的奇女子，以呼应妇女个性解放的主题；在《冯小怜小姐》一诗中，他把妖女改造成追求自由的女英雄，以弘扬自由主义的时代精神；在《开元》一诗中，他把汉诗中绝望的宫女和英译本中充满幻想的宫娥改造成追求爱情自主的勇敢女性，以彰显女主人公的自我意识。所有这些改造都凸显了歌德"世界文学"构想的欧洲文化优越性。此外，值得注意的是，这四位女性都是有"诗才"的女诗人。通过对女色女德[48]的淡化和对女性诗才的强调，歌德把女性文学纳入了世界文学构想。

《百美新咏》的一百篇图传歌咏的是美人的美貌和美德。汤姆斯从中选择了32篇简传，旨在传播中国文化知识和让西方读者了解中国人的"伦理与礼节"。歌德从这32位美女中选择了四位女性，他的选择标准是"诗才"，这四位女性都是才华横溢的、写诗的妇女，其中的开元甚至才名远扬，其诗作成为女性文学的经典和世界文学的范本。

歌德的世界文学构想有三个维度：普遍性、尘世性和整体性。普遍性首先指的是以美为自身目的的纯文学表现了"普遍的人性"。[49]歌德的四首译诗皆对汤姆斯译本进行了普遍化处理，抹去了其中的中国历史背景和中国文化特色，旨在使特殊情境普遍化，以表现普遍的人性和弘扬欧洲人鼓吹的"普世价值"。其次，普遍性表现在文学形式的共性上，例如，中国的格律诗用平仄来代表节奏，欧洲的格律诗则用音步来代表节奏，两者都用节奏和押韵来体现诗歌的音乐性。尘世性指的是世界文学采用的是尘世题材而非宗教母题，它描绘的是人间生活。歌德的这四首译诗展现的就是四位中国才女的日常生活、爱情婚姻和尘世命运。整体性则体现在各民族文学的相互交流、相互借鉴和相互融合上，相互融合的最终结果就是形成一个伟大的综合体，该综合体的中心乃是欧洲文学。歌德世界文学构想的本质不是文化多元主义，而是文化霸权主义和欧洲中心主义。他利用作为中心的欧洲文化资源，对作为边缘的中国文化资源进行了改造，他以欧洲文学的价值标准在思想内容和文学形式上对《赠薛瑶英》等四首中国古诗做了欧化处理，他所说的"综合"（Synthese）其实就是霸权主义者对他者的征服和改造，他所说的"整体"（das Ganze）其实就是一个世界性的等级制文学帝国。他的"世界文学"暴露了文化霸权的真相：一个地方性（欧洲）的文学传统，被武断地当成了具有"普世性"的传统。

参考资料

[1][42][47]〔德〕艾克曼. 歌德谈话录[M]. 杨武能,译. 成都：四川文艺出版社，2008：133-134，131，135.

[2]〔美〕韦勒克,沃伦. 文学理论[M]. 刘象愚,邢培明,陈圣生,等,译. 北京：三联书店，1984：43.

[3][49] Johann Wolfgang von Goethe.Goethes Werke.Hamburg:Christian Wegner Verlag,1964: V.12,505,582.

[4] Johann Wolfgang von Goethe.Werke.Weimar:Böhlau,1919:U.I,V.42.2,500.

[5]〔德〕歌德. 论文学艺术[M]. 范大灿,安书祉,黄燎宇,译. 上海：上海人民出版社，2005：378.

[6][14][21][33][39] Johann Wolfgang von Goethe.Goethes Werke.Weimar:Böhlau，1919:U.I, V.41.2,272,272f,273,273f,274f.

[7][13][18][20][32][38] Peter Perring Thoms.Chinese Courtship. In Verse.London:Parbury,Allen and Kingsbury,1824:249-280,263,29,254,259,270.

[8][17][27]Shu Ching Ho: "Kulturtransformationen. Zu Goethes Übertragungen Chinesischer Dichtungen" in Remmel(Ed.) Liber Amicorum.Bonn:Bernstein, 2010:242,249,252.

[9][26][35][43] Anna Bers: "Universalismus und Wiederholte Spiegelung, Rokokokritik und Literaturgeschichtsschreibung-Zu Goethes Chinesisches" in Feng Yalin(Ed.) Literaturstraße, Würzburg:Königshausen & Neumann,2017:V.I,172,182,184,167.

[10] Johann Wolfgang von Goethe: Werke,Wiesbaden: Emil Vollmer Verlag,1965,V.1, p.1229.

[11] 叶隽. 侨易：第二辑[M]. 北京：社会科学文献出版社，2015：192.

[12][15][37]（清）颜希源. 百美新咏图传：第四册[M]. 扬州：广陵书社，2010：20,20,90.

[16] Johann Wolfgang von Goethe.Goethes Werke,.Weimar: Böhlau,1919:U.I,V.40,256.

[19][31]（清）颜希源. 百美新咏图传：第三册[M]. 扬州：广陵书社，2010：50,86.

[22] 王绍军. 唐代妇女服饰研究[D]. 武汉：武汉大学博士学位论文.2014.

[23][24][34][36][41][46] 谭渊. 歌德席勒笔下的"中国公主"与"中国女诗人"[M]. 北京：中国社会科学出版社，2013：148,148,152,154,158,166-167.

[25] 周振南. 诗经释注[M]. 北京：中华书局，2002：22.

[28][29][30]〔德〕歌德. 迷娘曲：歌德诗选[M]. 杨武能,译. 桂林：广西师范大学出版社，2003：84,319,320.

[40] 孙朝成. 三千年选解三百首 [M]. 北京：作家出版社，2015：142.

[44] Johann Wolfgang von Goethe.Goethes Werke. Weimar.Böhlau,1919:U.III,V.11,19.

[45]〔德〕萨弗兰斯基. 歌德：生命的杰作 [M]. 卫茂平，译. 北京：三联书店，2019：582.

[48] 古代中国人认为"女子无才便是德"。女四书大力提倡对妇女进行"女德"教育。参见（清）章学诚. 文史通义校注 [M]. 叶瑛，校注. 北京：中华书局，1985：539.